リュシアス

弁論集

西洋古典叢書

凡例

一、本訳は、とくに註記しないかぎり Oxford Classical Texts 所収の、*Lysiae Orationes*, ed. C. Hude, 1912 を底本とする。ただし、底本巻末にある第三十五弁論（プラトン『パイドロス』二三〇E―二三四Cにあたる）は除いている。

二、各作品の訳文に先立って「概要」として訳者による短い解説を置き、作品の主題、弁論の種類、作品の構成、成立年代など作品を読むために最小限必要と考えられる事柄を記す。

三、ギリシア語をカタカナで表記するにあたっては、

(1) *ph, th, kh* は *p, t, k* の音で表記する。

(2) 母音の長短は原則として区別しない。

(3) 地名は慣用に従って表示した場合がある。

四、本文中のゴシック体漢数字は、節番号を表わす。また（ ）は、底本において挿入文と判断されている部分、［ ］は、訳者が意味を補うために入れた部分である。写本上の原文欠落、校訂者による削除、補入などについては必要に応じて註記する。

五、註でリュシアスの作品に言及する場合には、作者名を記さず、弁論番号のみを記す。また、頻出するアリストテレス『アテナイ人の国制』は『国制』と、クセノポン『ギリシア史』は『ギリシア史』と記す。

六、度量衡の単位については、アテナイの通貨単位以外は、そのつど註記する。アテナイの通貨単位相互の関係は、一タラントン＝六〇ムナ、一ムナ＝一〇〇ドラクメ、一ドラクメ＝六オボロスである。

七、巻末に「人名索引」、および本書に頻出する語句の説明として「用語解説」を付す。
八、作品訳、註、および解説の分担は次のようである（作品訳、註は弁論番号）。
細井＝一から十二、十四、十五、十八、二十、二十一、二十五、二十七、三十三、三十四、および解説一、二、四。

桜井＝十三、十六、二十二、三十、三十一、および解説三。

安部＝十七、十九、二十三、二十四、二十六、二十八、二十九、三十二。
九、第十二弁論、第二十二弁論、第二十三弁論および解説は、細井敦子・桜井万里子・安部素子訳注『リューシアース弁論選』大学書林、一九九四年（ギリシア語テキストとの対訳）として公刊したところを基にしている。

目次

リュシアス

弁論集

細井敦子
桜井万里子
安部素子 訳

第一弁論　エラトステネス殺害に関する弁明

概　要

第一弁論は姦通に関わるアテナイ市民間での殺害事件を扱う。話者は被告エウピレトスで、エラトステネスなる男を殺害した廉《かど》で告訴され、殺害があったことは認めるがそれは姦通の現場においてであったと申し立て、この殺害は合法であると弁明して無罪を主張する。古代ギリシアにおいては殺人の訴えは私訴であったから、原告は、殺された者の親族であろう。法廷は「合法殺人」を裁くデルピニオン（アポロン・デルピニオスの神殿に付属する法廷で、アクロポリスの東にある）と推定される。制作年代は、前三九九年に法の再整備が完了するその前後かと考えられるが、確定できない。序言（一―五節）に続いて、こちら側の人物が生彩に富んでいるのに比べて相手方は非常に影が薄く描かれる、事件全貌の巧みな叙述（六―二六節）があり、これが全体の半分近い長さを占める。ついで論証（二七―四六節）部分は、証人の証言と三回の法朗読を交えた合法性の弁明（三六節まで）と蓋然性による論証（三七節から）とからなり、法の遵守を訴える結語（四七―五〇節）となる。

一　市民諸君[1]、この事件に関して諸君が、もしもこのようなことが自分の身に起こったら、と考えて私を裁く立場にたってくれるなら非常にありがたいと思う。というのは、私にはよくわかっているのだが、もし諸君が他人事についてもわが身のことと同じ判断をもってくれるなら、私の事件に関して憤りを覚えぬ人はなく、全員が、そういう行動に及ぶ者に対しては、私の加えたあの罰は軽いものだと考えるであろう。二　しかもこれはひとり諸君の見解であるにとどまらず、ギリシア全土においても同様であろう。なぜならばこのような犯行に関するかぎり、民主政下と寡頭政下とを問わず、最も力弱い者たちと同一の罰が最も大きな力をもつ者たちにも科されることになっていて、最下層の者と最上層の者とは同じように扱われるからである。市民諸君、それほどに、この人倫にはずれた不遜な行為[2]は、およそ人たるものにとって非常に恐るべきものと考えられているのである。三　さて思うに、罰の重さについては、諸君は皆同じ意見をもっているであろうし、誰も、このような所業の責めを負っている者たちを赦免すべきだと考えたり、かれらの罰が軽くてよいと考えたりするほど、軽率な人はないであろう。四　市民諸君、私は次のことを諸君に示す必要があると思う。すなわち、エラトステネス[3]が私の妻と通じていたこと、彼女を誘惑し、私の子らを辱め、私の家に入りこんで私自身に対しても人倫にはずれた不遜なふるまいをしたこと、しかも私とかれとの間には、私の妻のこと以外にはいかなる敵意も存在せず[4]、また私が為したことは貧困を脱して富裕者になろうという金欲しさゆえでもなく、諸法に則った報復[5]以外のなんらの利得のためでもなかったこと、である。五　それでは私は、事の起こりから、私自身の事柄を何事も省略せず真実を述べて、すべて諸君に語ろう。もし為された事柄のすべてを諸君に語ることができるなら、それのみが私の救われる唯一の道だと思うからである。

六　アテナイ市民諸君、そもそも私は、結婚を決意して配偶者を得てからは、はじめのうちは、自分が彼女の負担にならぬよう、また同時に彼女があまり勝手にしたい放題のことをすることもないよう気を配り、できるかぎり見守って、当然と思われる範囲で注意をしていた。ところが子どもが生まれてからは、もう彼女を信頼しきって、それまでの私の役割をすべて彼女に引き渡してしまった。私たちの夫婦仲がしっかり固まったと考えたからである。七　さてはじめのうちは、アテナイ市民諸君、彼女は最良の妻であった。家政上手で、倹約家で、万事適切に処理していたのである。ところが、私の母が亡くなると、この死が私にはすべて悪い事のもとになったのである……[6]。八　というのは、私の妻はその葬儀の列に連なって[7]、かの男に姿

(1) デルピニオンの法廷（『国制』五七-三）では、五〇歳以上の市民五一名からなる「エペタイ（ἐφέται）」が裁判を担当した。

(2) 四七頁註（10）参照。ここでは暴力は伴わないが夫の領分を侵害する行為である。以下四、一六、二五節に出る。

(3) エラトステネスという名前が例の少ない名であることなどの理由で第十二弁論の主人物と同一視されることがあるが、本弁論中で「若い男」（三七節）といわれているエラトステネスを、「四百人」体制や「三十人」寡頭政で重要な役割を演じた政治家と（縁続きの可能性はあっても）同一人物とするのは難しいであろう。

(4) 殺害行為の計画性を否定するために、敵対関係が存在しなかったことを強調する（四三節に対応）。なお、原告被告間の敵対関係の存在は、金銭目当てに訴訟を起こす「提訴常習者」（用語解説参照）と区別するための訴追理由の一つとされていた。

(5) 序言の段階から、複数の法（ないしは法の条項）に依拠して正当性を主張する意図が表明される。なお本弁論では「法」なる語は、単数と複数を原文に即して訳し分けている。

(6) テキストに脱落が推定されている。

(7) 葬儀は、自由身分の女性が公の場に出ることのできる数少ない機会の一つであった。

を見られ、そのうちに誘惑されてしまった。かの男は、市場へ使いに行く女中を見張っていて私の妻に話をもちかけ、ついに彼女を堕落させることになったのである。**九**　まずはじめに、市民諸君、（こまかいことまで説明しなければならないが、）私の小さい家は二階建てで、階上と階下は同じ広さで、女子部屋と男子部屋がある。子どもが生まれてからは母親が自分で授乳しており、子どもを入浴させる必要があるたびごとに危ない思いをして階段を降りて来なくてもよいように、私は二階に、女たちは階下に暮らしていた。**一〇**　そしてこれがすでに習慣となってしまって、妻は、授乳と子どもを泣かせないためとで、階下の子どもの傍らへ行って眠ることが何度もあった。しかもそういう状態は長いこと続いたのに、私は一度も疑いの念をもたず、愚かにも自分の妻はアテナイ中で最も思慮深い妻であると思いこんでいたのである。**一一**　ところが市民諸君、時が経って、ある時私が突然前ぶれなしに田舎から[1]帰宅したことがあった。夕食の後で、子どもがむずかって泣きだしたが、そうなるように女中からわざと苦しめられてのことであった。じつは家にはあの男が来ていたからである。私はすべて後になってから知ったのであるが。**一二**　それで私は妻に、子どもが泣きやむように、階下へ行って乳をやれと言った。彼女ははじめは、私が久しぶりで帰宅したのを喜んでいるようなそぶりで、降りて行こうとしなかったが、しかし私が腹を立てて重ねて言いつけると、妻は「あなたはそこで女中を誘惑なさりたいのね。以前にも酔ってあの女を引き込んだりしたでしょう」と言った。**一三**　私が笑っていると、彼女は立ち上がって出ていったが、ふざけたふうを装って、扉を閉め、閂《かんぬき》をかけた。しかも私のほうは、こういうことを何ひとつよく考えてみることもせず、疑いもしないで、田舎から帰ってきたので満足して眠っていたのである。**一四**　翌朝になると、妻が上がってきて扉を開けた。私がなぜ夜中に表の戸が音をたてていたのかと尋ねると、妻は、子どもの傍らにあったランプの灯が消えてしまった、それで隣の人のところから火を貰ってつけたのだと言った。私は黙っていたが、それはそのとおりなのだろうと思っていた。そのとき私には、市民諸君、彼女の顔が化粧しているように見えた。彼女は兄弟が亡くなってまだ三〇日にもなっていなかったのであるが。それでもそのことについても私は何も言わず、黙って外出した。**一五** そののち、市民諸君、時が経って[2]己が身に禍がふりかかっているなどとは思ってもいなかったとき、一人の老女が私のところへやってきた。後になって聞いたことであるが、老女は、かの男が通じていたある女からひそかに遣わされたもので、その女というのは、男がもう以前のように自分のもとへ来なくなったので怒っていて、自分が不当な仕打ちを受けていると考えており、何が原因か突き止めるまで注意していたのである。**一六** さて、老女は私の家の近くで見張っていたのだが、その時私に寄ってきて語りかけた。「エウピレトスよ[3]、あなたによけいなお節介をしようとやって来たとは思わないでもらいたい。なぜなら、あの男、あなたとあなたの妻とに道にはずれた不遜なふるまいをしているあの男は、私たちにとっても敵なのだから。あなたの家の市場への使いや家事をしている女中をつかまえて拷問にかけたら[4]、何もか

---

(1) 中心市から離れたところに農地を所有していたのであろう。

(2) どのくらいの時間経過かわからないが、話者が二人(あるいはそれ以上)の子をもつようになった(四節)のはこの間のことであろう。ただし複数「子ら」を誇張表現とする見方もある。

(3) 本弁論以外では未詳。

(4) 用語解説「拷問」参照。ただし、この箇所では法廷外の対処方法についてのことであろう(一八節参照)。

もわかるだろう。それこそ」と彼女は続けた、「オエ区[1]のエラトステネスなのだ、こういうことをしてあなたの妻のみならずほかにも多くの女たちを誘惑したのは。あの男はそれを仕事にしているのだから」。一七　こう言うと、市民諸君、老女は立ち去った。一方、私はたちまち混乱してしまい、あらゆることが念頭に浮かんできて、疑惑の念でいっぱいになった。私のほうは部屋に閉じ込められていたということを考え、また、あの晩、屋内の扉と中庭の戸が音をたてていた――そのようなことはかつてなかったのだが――ことや、妻が化粧しているように見えたことも思い出した。あれこれすべてが意識にのぼってきて、私は疑惑の念でいっぱいになってしまった。一八　私は家に帰って例の女中に市場へ私についてくるように命じ、講仲間の一人[2]のところへ彼女を連れていって、私は家の中で起こったことはみな知っているのだ、と告げた。「さておまえは」と私は言った、「二つのうちいずれか好むほうを選んだらよい。鞭打たれ、粉碾小屋に投げ込まれていつまでもその惨めな境遇に甘んじるか、それとも真実をすべて告白して痛い目にあわずに私から過ちを許してもらうか。さあ、嘘を言わず、すべてほんとうのところを話せ」。一九　彼女は、はじめのうちは否定して、自分は何も知らないのだからどうなりと好きなようにしてくれ、と言っていた。しかし私が彼女にエラトステネスの名を出して、妻のところへ通っている男はかれなのだと言うと、女中は私がすべてを詳しく知っていると考えて驚いた。そしてその時もう私の膝にすがって、何も危害を加えないという約束を私からとったうえで、告発を始めた。二〇　まず私の母の葬儀の後にあの男が彼女に近づいたこと、次に彼女自身がついに仲立ちの役をしたこと、そして私の妻も時が経つにつれて説得されたこと[3]、あの男を家へ入れるためにとっている方法、そして、私が田舎へ行っている間に、テスモポリア祭[4]のときに私の妻があの男の母親とともに神殿へ出かけることになったいきさつ、さらに起こったことをすべて詳しく物語ったのである。

二一　彼女がすべて話し終えたとき、私は彼女に次のように言った。「さてこのことは誰にも洩らさないように。もし洩らしたら、いま私がおまえにした約束はむなしいことになろう。私は、おまえがこの件の現場を私に見せてくれると期待する。どんな言葉よりも、ほんとうにおまえの言うとおりかどうか、行為そのものが明らかになることを望むからだ」。彼女はそうすると同意した。二二　そしてその後、四、五日が過ぎていった……[5]私は大きな証拠によって諸君に示そう。まず第一に、私はその最終日のことを話したい。私に

---

(1) おそらくエレウシスの東北方の原籍区（デーモス）でオイネイス部族に属する。

(2) 試訳「講仲間」は、文字どおりには「（ある目的に）役立つ人でかつ友人」。「役立つ（ἐπιτήδειος）」の語源は不明であるが「故意に、その目的のために」（本弁論一一節に用例あり）という意味を核としてもつ。「仲間、友人」を指す場合にも、漠然とではなく宗教、経済、社交などの面で具体的な目的を共有することによって結ばれた、相互扶助関係の仲間について用いられると考えられる（四一節では複数）。なお本書十二-一四および第八弁論参照。

(3)「説得」は論証部分の議論（三二―三三節）での重要なポイントとなる。

(4) デメテル、コレ両女神を祭神として既婚女性が参加する男子禁制の祭儀。十月から十一月の三日間、アテナイのプニュックスの丘にある社で催される国家的規模のものと、原籍区ごとの小規模なもの（開催時期は不明）とがあり、後者は正妻が公にその地位を確認しあう場としても機能していたらしい。本弁論の「妻」の場合は、事が露見する危険のより少ない大規模な祭儀に参加したのであろうか。

(5) 何のための証拠かが示されていない。テキストに脱落があると推定されている。

はソストラトス(1)という、同じ講中の友人(2)がいた。日没後にかれが田舎から帰ってくるところへ私は行きあった。私は、その時間ではかれが帰宅しても誰ひとり残(3)っていないということを知っていたので、私といっしょに食事をするように勧めた。そして二人で私の家に戻り、二階へ上がって夕食をしたのである。二三　十分に満足するとかれは帰ってしまい、私は眠りについた。市民諸君、そこで、かのエラトステネスが入ってくる。そして女中がすぐ私を起こして、男が家にいると告げる。私は、彼女に入口に注意しているよう言いつけて静かに階下へ降り、家の外へ出る。そしてあれこれの友人のところへ行った。不在の者もあり、町を離れている者もあった。二四　そこで、居合わせた連中のうちできるだけ多勢を連れて戻ってきたのである。そしていちばん近い店で松明《たいまつ》を買い求めてわれわれは家に入る。入口は、女中があらかじめ用意して開けてあった。(4)部屋の扉を押すと、最初に部屋に入った者たちは、まだかの男が私の妻の傍らに横になっているのを見たし、あとから入った者たちは、男が裸のまま寝台の上に起きあがったのを見たのである。二五　市民諸君、私は男に打ちかかって殴り倒し、かれの両手を後ろに回して縛って、いかなる理由で私の家へ入りこんで道にはずれた不遜なふるまいをするのか、問いただそうとした。するとかれは不正をはたらいていることは認めて、嘆願者の態度をとり、どうか自分を殺さないで金を受け取ってくれと懇願した。二六　そこで私は言った。「おまえを殺そうとするのは私ではない、この国の法なのだ(5)、それをおまえは踏みにじって、快楽よりもつまらないものと考えたのだ。そして、諸法に従い秩序を守って生きるよりも、私の妻や子どもたちにこのような過ちをはたらくほうを選んだのだ」。二七　このようにして、市民諸君、かの男は、諸法(6)がそのようなことを為している者たちに対して命ずるところを身に受けたのであって、道を歩いているところを家に連れ込まれたのでもなく、原告たちの主張するように、竈《かまど》にすがっていたのでもない(7)。どうしてそんなことがあろうか。なぜならかれは寝室の中で打たれてすぐ倒れ、私がその両手を後ろで縛った。そして部屋の中には人が何人も入ってきていたので、男は身を守るための刃物も棒も何も持たない状態で、そこから逃げ出すことはできなかったのである。二八　原告の主張はおかしい。市民諸君、ご存じと思うが、不正な行為をしている者たちは、敵対者側が真実を言うのを認めず、自分たちは偽りを述べてこのような主張を捏造して、聴くものの心に正しい行為をする者たちへの怒りを起こさせようとするのだ。まず、法を朗読してもらいたい。

---

(1) この箇所以外では未詳。第九弁論一三節の同名者とは別人とされる。

(2) 九頁註(2)参照。

(3) 底本「誰ひとり」は修正読み。写本は「何も」。

(4) 「入口は開けられており、女中も支度ができていた」という修正読みもある。

(5) 「法」を擬人化することによって、自分(加害者)は法そのものであり、相手(被害者)は法の敵対者である、という対立関係を強く主張する。

(6) 読みあげさせるべく用意した法が複数であることを示す(以下に三回朗読される)。

(7) 生活の拠点(火の元)である竈は誓言や嘆願のよりどころでもあり、原語 *ἑστία* は「祭壇」をも意味しうる。竈にすがっている嘆願者をそこから引き離して殺害することは、神々に対する瀆神行為とされていた(トゥキュディデス『歴史』第一巻一三六参照)。

法[1]

二九　市民諸君、かれは抗弁したわけではなく、不正をはたらいていることは認めたのである。そして殺されずにすむように嘆願者として懇願し、罰金を払う心算であった[2]。しかし、私はかれの弁償金の申し出にどうしても譲らず、この国の法のほうがより有効であると考えて、諸君が[3]、意図的にこのような行為をしている者たちに対してはこれが最も正当であるとの判断に立って定めた罰を、かの男に加えたのである。ではこの事の証人たちに登壇願いたい。

証人たち[4]

三〇　ではアレイオス・パゴスの碑にあるこの法も読みあげてもらいたい。

法[5]

聴いてのとおり、市民諸君、アレイオス・パゴスの法廷みずからが、父祖の時代からわれらの時代まで殺人事件を裁くべく認められた法廷が[6]、はっきりと言明しているのだ、自分の妻の傍らで[7]姦夫を捕らえてこの報復を為した者には、殺人の廉で有罪の宣告をしないように、と。三一　そしてその立法者は、正式の妻の場合にはそれが正当である、という強い確信をもっていたので、より軽い罰に値する側妾の場合についても同じ罰を定めたのである。いうまでもないことであるが、もし正妻の場合に何か殺害より大きな報復があったならば、立法者はそれを制定したであろう。現実には立法者はこの場合にそれ以上重い報復を見いだすことができなかったので、同じものが側妾の場合にも適用されてよいと考えたのである。この法も読みあげてもらいたい。

(1) 論証を始めるにあたって法廷に示す最初の「この国の法」(二六、二九節)であるから、殺害の正当性を強く主張しうる内容をもつはずである。「姦通法」の名をもつ法は、被害者たる夫と姦婦たる妻に関する規定部分のみ(伝デモステネス五九-八七)が伝存する。話者が依拠したのはその一部分(現存せず)で、夫が現場で姦夫を殺害することを容認する条項であったと考えられる。

(2) 話者には弁償金を受け取る解決法もありえたことが読みとれる。また「悪事犯」として現行犯逮捕する(アイスキネス一-九一、用語解説「略式逮捕」参照)、あるいは告訴する(リュシアス断片に『アウトクラテスの姦通に対して』のタイトルがある)などの法的手段をとることも可能だったはずである(本書十三-六六、六九参照)。姦夫(あるいは姦夫容疑者)が(殺されずに)捕らえられた場合についての規定も伝存する(伝デモステネス五九-六六)。

(3)「諸君が(定めた)」と主語を強めることによって、この罰が本弁論の同時代に(おそらく法の再整備のさいに)定められたものであることを強調している、ととる。

(4) 用語解説参照。

(5) 殺人が有罪にならない「合法殺人」の場合について規定した法(殺人に関する「ドラコンの法」のうちの一条項)を指す。すなわち「妻、母、姉妹、娘、自由身分の嫡子を得るための側妾の傍らで姦夫を殺した者(夫、息子、兄弟、父など)」は、競技中に過失致死を起こした者、戦闘中に誤って(味方を)殺した者などと同様に、国外退去不要(無罪)とされた(『国制』五七-三、デモステネス二三-五三―五五、プラトン『法律』八七四B―C)。

(6)「三十人」(本書第十二弁論および解説(三)参照)の支配下では、殺人事件を裁くというアレイオス・パゴスの会議(用語解説参照)本来の機能が停止されていたが、前四〇三年の和解協定により旧に復した。

(7) この箇所および上掲註(5)の「~の傍らで」は、原文では次の三一節で五回用いられる「~の場合に」と同じ前置詞であるから同様の訳も可能である。本訳では「合法殺人」規定を「現場でのこと」とする通説に従っておく。

法(1)

三二　聴いてのとおり、市民諸君、法はこのように命じている。すなわち、人を暴力で辱めた者は、もし暴力を受けた者が自由身分の市民または少年であれば、二倍の罰金を負う。(2)もし被害者の女性が、彼女らの傍らで［加害者を］殺すことが許容されている女性である場合は、(3)同じく二倍の罰金を科せられる。このように、市民諸君、暴力をふるった者は説得づくで為した者よりも軽い罰に値すると考えられたのである。それは、説得づくで為した者には死を当てているが、暴力で為した者には二倍の罰金を科していることからわかる。三三　暴力で事を為す者は被害者から憎悪されるが、説得づくで為す者は、他人の妻をその夫よりも自分に親しくさせ、家中を意のままにし、生まれてくる子らも、夫の子かそれとも姦夫の子か不明になるほど、相手の魂を堕落させる、と考えてのことである。(4)それゆえに、この法を制定した者は、後者に対してはその罰を死としたのである。三四　私のことに戻るが、市民諸君、これらの法は私を不当行為ではないとして免訴しているのみならず、相手の男にこのような罰を与えることを命じてさえいるのである。これらの法が有効であるべきか、それとも何の価値もないものであるべきかを決めるのは諸君である。三五　私が思うに、あらゆる国家が諸法を定めるのは、処理に困るような問題が生じたとき、われわれは何を為すべきかをそれらの法に頼って考察するためではなかろうか。さて、いま問題になっている事柄に関して、不正を蒙った者たちに向かってこのような罰を加害者に科することを奨励しているのはまさにここにある諸法なのである。三六　私は諸君もこれらと同じ判断をするべきだと考える。(5)もしそうでないならば、そのような罪責免除の保障を姦通者に与えることによって、盗人どもにまでも姦通者と名乗るのを奨励することになろう。盗人は、もしまさに姦通という理由を自分自身のために申し立ててそれが目的で他人の家に入るのだと主張すれば誰も自分に手出しはしないだろう、とよくわきまえることになるのである。というのは、すべての人は、姦通の諸法など無きに等しいと考えるべきで、諸君の投票をこそ恐れるべきであると心得るであろうから。まさにそれこそ、この国で最大の力をもつからである。

三七　市民諸君、考えてみてもらいたい。(6) 私を告訴する者たちは、私が、あの日昼間に、女中に命じてあ

(1) 続く説明から、ソロンの立法とされる（プルタルコス『ソロン伝』二三）暴行に関する法と推定される。プルタルコスは、姦夫を捕らえた者には殺すことを許しておきながら暴行（強姦）者は一〇〇ドラクメの罰金刑云々というのは不合理である、としてソロンを批判している。

(2) 被害者が奴隷であった場合の二倍、という意味と考えられる。

(3) 「もし（暴行の）被害者が合法殺人の法（一三頁註（5）参照）に挙げられている女性に該当する場合は」と言うべきところ。暴行に関する法と姦夫殺害を容認する法とは別箇のはずであるが、話者はここで二つの法を巧みに結びつけて、姦通は暴行より重罪で死に値する、との主張を導入する。

(4) この法廷の裁判員（家長たる男子市民、五頁註（1）参照）には、正統な家の存続が重要である、という訴えが受け入れられやすいはず、との計算があるとみられる。

(5) 盗人は誘拐者や追剥ぎと同様、「略式逮捕」（用語解説および『国制』五二-一参照）の対象であった。また、夜盗を現場で殺害しても罪にはならなかった（デモステネス二四-一一三）。

(6) 三七-四二節では蓋然性に依拠しつつ相手の主張を反駁する。計画的に呼び寄せたのではないことの証明には、話者は「女中」を奴隷の拷問（用語解説参照）に差し出すこともできるはずであるが、していない。女中との約束（一九-二一節）を守っているからか、あるいは証言されると不利との判断があるからか。

の若い男を連れて来させたのだと言っている。しかし私は、市民諸君、いかなる方法によるにせよ、私の妻を堕落させた男を捕らえることは正しい行為だと考えるであろう。三八（なぜなら、もしかれと私の妻とのあいだに言葉の交わりだけがあって行動は何もないのに私がかれを家に呼び寄せた、ということであれば、それは不当だったであろう。しかし、もしすでにあらゆる事が為されていて、そして何度もあの男が私の家へ入りこんでいたところを私が捕らえた、ということであれば、それがいかなる手段によったにせよ、私は自分が分別ある行為をしたと思うであろうから。）三九 そもそも、原告側のこの申し立て自体、偽りであることを考えてもらいたい。次のことから容易にわかるであろうから。というのは市民諸君、私には先にも述べたとおり、ソストラトスという友人がおり家人のように親しくしているのだが、かれは田舎から帰る途中、日の沈むころに私と出逢って、夕食を共にし、十分満腹してから私の家を辞して帰ったのである。四〇 そこで市民諸君、まず第一に、よく考えてもらいたい。もしあの晩私がエラトステネスに対して悪事を企むつもりだったとすると、私自身は別のところで食事をするのと、夕食を共にする人を家へ連れてくるのと、どちらが私にとって好都合であっただろうか。私の友人がいれば、かの男は私の家へ入りこむのを幾分ためらったであろう。それからまた、諸君は、私が夕食を共にした友人を帰らせてひとり残り、助け手もない状態になったりすると思うだろうか、それとも、居残って私といっしょに姦夫への報復をしてくれるよう、かれに頼むと思うだろうか。四一 さらにまた、市民諸君、昼の間に、講仲間の人々(1)に知らせて、最も近くの友人たちの家に集まるように頼んでおくほうが、夜中に侵入者に気づいてすぐ、友人の誰が在宅しているか不在かも知らずに走り回るよりもよかっただろう、とは思わないだろうか。私はハルモディオス(2)のところへも他の誰彼のところへも行ったがかれらは町にいなかったし（私はそれを知らなかったので）、他の人々のところへ行くと不在であるのがわかった。そこで私が連れてこられる人々だけをつかまえて戻ってきたのである。**四二**　しかるに、もし前もって知っていたのなら、私自身ができるだけ安全に家に入ることができるように（というのは、相手の男のほうも(3)刃物を持っているかどうか、私には知る由もなかったのだから）、また、できるだけ多くの証人とともに報復をすることができるように使用人たちにも支度させ、友人たちにも知らせるはずではないか。今回は、その晩どういうことになるか何もわかっていなかったので、ともかく私に集められるだけの人々を連れてきたわけである。このことについては証人たちに登壇してもらいたい。

証人たち

四三　市民諸君、証人たちの話を聞いたであろう。諸君は、この件について諸君自身に問うて、私とエラトステネスとのあいだに、かつてこの件以外に敵対関係があったかどうか探してもらいたい。何も見いだせないであろう。**四四**　じじつかれは、提訴常習者(4)として私を相手取って公訴を起こしたことはないし、私を国から追い出そうと画策したこともないし、私訴を起こそうとしたこともない。かれが私の悪事を見知って

（1）九頁註（2）参照。

（2）アピドナ区の出身。僭主ペイシストラトスを倒した一人として有名なハルモディオスの一門に属し（プロクセノスの子）、コリントス戦争に参加した人物（イサイオス五-一一）と同一視されている。

（3）ということは、話者自身は刃物を持っていた（使って殺害した）のであろう。

（4）五頁註（4）および用語解説「提訴常習者」、「公訴と私訴」参照。

いたので私はそれを他人に知られるのを恐れてかれを殺そうとした、というような悪事もない。また私は、もし事を成し遂げたらどこからか金銭を受け取れる、と期待していたのでもない。というのは、このような事柄のためには、互いに相手の死を謀る人々もいるからである。四五 さらにいえば、私とあの男の間には、罵りあいも、酩酊も、何か他の諍いもまったく存在せず、あの事件の晩までは私はかの人物にかつて逢ったことさえなかったほどなのである。もし最大級の不正をあの男の手から蒙ったのでなければ、私は、いったい何を望んであのような危険を冒したであろうか。四六 だからこそ私は、自分で証人たちを呼び集めたうえで瀆神ともなるような行動に出たのだ。もしほんとうに私がかれを不法に殺そうと望んだのであれば、その事を誰にも知られずにいることもできたのに。

四七 こうして私は、陪審の市民諸君、この報復行為は私個人のための私的なものではなく、国全体のためである、と考える。何となれば、このような事を為す者たちは、諸君が私と同じ考えをもっていることを見れば、このような過ちに対していかなる報賞が約束されているのかを見ることになり、他人に対して過ちを犯すことが少なくなるであろう。四八 もしそうでなければ、現行の諸法を全廃したうえで別の諸法を定めて、自分の妻を守っている者は処罰するが、妻に対して過ちを犯そうとする者には十分な罪責免除を約するほうがはるかに立派であろう。四九 そのほうが、諸法の手で市民を陥れるよりもずっと正当だからである。諸法は、姦夫を捕らえた者には、自分の望むところを為せと命じているのに(1)、裁判のほうは、諸法に背いて他人の妻を辱める者たちにとってよりも不正を蒙っている者たちにとって、よりきびしいものとなっている。五〇 こういうことを言うのは、いまや、身体の面でも、財産の面でも、他のすべての面でも、危機的な状況にいるのはこの私だからである[3]——この国の諸法[4]に従順であったがゆえに。

(1) 伝デモステネス五九-六六では、姦夫を引き渡された夫は、法廷での短刀の使用以外は望むところを為すべしとしている。アリストパネス『雲』一〇八三行、『福の神』一六八行は、姦夫に肉体的な虐待が加えられたことを伝えている。なお一三頁註(1)(2)(5)参照。

(2) 二六節の「諸法に従い」と同様、諸法を罰則としてでなく道徳律として表現し、法廷の目を殺害の正当性の検討よりも姦通の不当性の糾弾に向けさせようとしている、と読む。

(3) 故意の殺人として有罪となれば、話者は死刑、財産没収となることを意味する。

(4) 当法廷で朗読された三つの法(ないしは条項)。四節と対応して(五頁註(5)参照)主張の核心を確認し、弁論を結んでいる。

第二弁論　コリントス戦争の援軍として斃れた戦士への葬礼弁論

概　要

戦いの場に斃れた勇士を悼む弁論は、その源流をホメロス『イリアス』最終巻に見いだすことができる。そこでは近親者としての個人的な感情の吐露が基調をなしているが、ペルシア戦争においてテルモピュライに散った兵を悼むシモニデスの名高い碑銘になると、戦士たちの武勲とその死がラケダイモンの人々の総意を受けてのものであることが歌われている。アテナイのケラメイコス墓地において国葬という形がとられるようになったのもおそらくその頃からであろう。国葬への参列は市民のみならず他国人にも許され、そこで弔辞を述べるのは特に選ばれた人物の役割であったから、在留外人の身分であっても当代一流の弁論作者リュシアスに作成の依頼がなされたことはありうる。制作されたのはコリントス戦争（前三九五―三八六年）中かその後まもなくであろう。全体の構成は、序言（一―二節）、祖先の勲功礼賛（三―六六節）、埋葬される戦士への賛辞（六七―六八節）、嘆き（六九―七六節）、遺族への慰めと結語（七七―八一節）の五部からなっている。なお本弁論は、本書に収めた作品中では、伝存写本数の最も多いものである。葬礼弁論の一典型として古来非常によく読まれてきた作品といえよう。

一　葬儀に参列している市民諸君、ここに眠る戦士たちの武勇を言葉によって明らかにすることが可能であると考えていたら、私は、わずかな時日のうちに演説の準備をするようにとの要請をもってきた人々を非難したことであろう[1]。この戦士たちの功績に匹敵するような言葉を準備するには、いかに時間があっても十分ではないのであるから、ポリスはそのゆえにこそ、ここで話をする人々への配慮から、直前になってその命令を出すのだと思われる。これが聴衆の寛容さを得る最上の手段だと考えたのであろう。二　それでもやはり、私の言葉はかれらを語るためであり、私が競うべき相手はかれらの功績ではなくて私より以前にかれらについて語った人々である[2]。かれらの武勇は、詩作に優れた者にとっても弁論に優れた者にとってもそれほど豊かなので、先人たちがかれらについて多くの優れた作を発表してはいるが、それでも言い残されたことは多く、後に続く者たちが語るべきことは多い。なんとなればかれらはあらゆる土地、あらゆる海を経験し、いずこの、いかなる人々のもとへも向かっていった。その人々がわが身の禍を嘆くこと、それはすなわちかれらの武勲を讃えていることになる。

三　まず第一に、いにしえの祖先が経験した戦いを、伝え聞く名声の記憶をたよりに語りたい[3]。歌によっ

（1）死者の功績が弔辞者の言語能力をはるかに超えるものであると述べるのは葬礼弁論の定型であるが、ここではさらに技巧的な表現をとっている。アテナイでの国葬の式次第については、トゥキュディデス『歴史』第二巻三四に詳しい。

（2）葬礼弁論として現存するものでは、前四三一／三〇年のペリクレスによる国葬演説（トゥキュディデス『歴史』第二巻三五―四六）が最も名高く、ソピストのゴルギアスの断片、プラトン『メネクセノス』中のもの（二三六D―二四九C）、弁論家ヒュペレイデスのパピルス断片などもある。

（3）祖先の功績のなかでも、アテナイの伝説的な過去の武勲がかなり大きな部分（一六節まで）を占める。本弁論の場合、それだけ祝勝歌の伝統をひく演示的な要素が強いといえよう。

て讃えるのであれ、武勇の記録を語るのであれ、このような機会に祖先を敬い、死者の業績をもって生者を教えるために祖先のことに思いを致すのは万人にふさわしいことであるから。

四　アマゾンたちは、いにしえを尋ねれば［軍神］アレスの娘であって、テルモドン(1)の川辺に住んでいた。周辺の住民のなかで彼女らだけが鉄の武具をつけ、あらゆる民族のなかで彼女らが初めて馬を乗りこなし、それを用いて彼女らは、敵たちが無知ゆえに予期もしていないところを襲って、逃げる者は捕らえ、追いせまる者は置き去りにしたのである。彼女らは本性は女であるが、その勇気においてむしろ男と考えられていた。姿形において男に劣る分は精神において男を凌いでいたからである。**五**　彼女らは、多くの民族を支配し戦いによってすでに周辺の民を隷属させていたが、語り伝えによってこの国の大いなる武勲を聞いたので、高い名声と大きな野望とに動かされて、従属民のうちの最も戦いに強い者たちを率いてこのアテナイへ侵攻してきた(2)。ところが勇敢な男子たちを相手にして、彼女らは女の性にみあう精神をもつことになり、それ以前とは逆の評判をとって、肉体のゆえというよりはこの戦いのゆえに彼女らは女であることを見せたのであった。**六**　彼女らのみは、苦い体験から学んだにもかかわらず、将来のことについてよりよい建議をすることもできず、故国に帰って自分たちの不運とわれらの祖先の武勇とを語り告げることもできなかった。というのは彼女らはこの地で戦死して無謀な試みの代価を払い、かくしてこのポリスの記憶をその武勲のゆえに不滅のものとし、自国のほうはこの地における禍のゆえに無名のものとしてしまったからである。彼女らは他国に対して不当な望みを抱いたがために、正当な罰として自国を滅ぼしたのである。

七　次にアドラストス(3)とポリュネイケス(4)はテバイに進軍し戦いに敗れたが、カドモスの子孫たるテバイ方が亡骸を葬ることを許さなかったので、アテナイ人は、もしかれら二人の行為が悪いことであったとしてもかれらは死という最大の罰を受けたのであるし、このままでは、地下の神々はかれらの供物を受けることができず、天上の神々に対しても祭壇が穢れているのは不敬に当たる、と考えたので、まず布告使たちを送ってテバイ方に亡骸の引き上げ許可を要請した。**八** 敵が生きている間に復讐するのは勇敢な人々のすることであるが、死者の中にいる亡骸に対して勇気を誇示するのは自分自身に信頼をおいていない人々のすることであると考えたからである。しかし布告使たちがその目的を果たせなかったので、アテナイはテバイに軍を進めた。(5) それ以前にはテバイとのあいだに何らかの諍いがあったわけでもなく、また[テバイの相手である]アルゴス方の生き残った者たちを喜ばせるためでもなく、**九** ただ、戦いに斃れた者がしきたりどおりの葬

(1) 小アジアのポントスにある川。アイスキュロス『縛られたプロメテウス』七四二行にもアマゾンの故地として出る。
(2) アマゾンたちのアテナイ攻めとテセウスの勝利は、イソクラテスもしばしばとりあげている(四-六八―七〇、七-七五、一二-一九三)。彼女らの目的はテセウスに奪われた仲間の一人を取り戻すことであった(プルタルコス『テセウス伝』二六)とされる。
(3) 伝説的なアルゴスの王でテバイ攻めの七将の総帥。
(4) オイディプス王の息子、兄弟エテオクレスが治めるテバイを攻めて相討ちで斃れた。この話はアイスキュロス『テバイ攻めの七将』、エウリピデス『フェニキアの女たち』などの悲劇の題材となっている。
(5) ここに述べられた戦死者の遺骸収容に関するテバイ人とアテナイ人の態度の相違は、前四二四年のデリオン戦の後(トゥキュディデス『歴史』第四巻九七)、前三九五年のハリアルトゥス戦の後(『ギリシア史』第三巻五-二四)の双方の相違そのままである。遺骸収容が協定に従って行なわれたとする説(プルタルコス『テセウス伝』二九)もあるが、式典弁論ではより戦闘的で勇ましい解釈が好まれる(イソクラテス四-六五、一二-一六八など)。

礼に与《あずか》るのは当然であると考えて、双方のために、敵対する一方に対して危険を冒したのであった。テバイ側のためには、かれらが死者たちを冒瀆することによって神々に対してより大きな暴挙(1)に出る仕儀にならぬように、アルゴス側のためには、祖先の名誉につらなることなくギリシアの慣習から遠ざけられて、共通の希望である葬儀を行なわずに祖国へ帰還する仕儀にならぬように、との配慮であった。一〇　このように考えて、また、戦いにおける運不運はすべての人に共通であると信じて、敵は数多かったが、正当な援軍も得てアテナイはこの戦いに勝利したのである。そして幸運に勇気づけられてテバイ方から必要以上の大きな賠償を望んだりはせず、かれらに向かっては不敬の代わりにみずからの徳を示し、みずからは侵攻の目的である賞品すなわちアルゴス人らの亡骸を受け取ってかれら自身の地エレウシスに埋葬した。テバイを攻めた七将のうちの死者たちについて、［アテナイの祖先は］このような態度をとったのである。

一一　後になって、ヘラクレス(2)が人間世界から姿を消したのち、かれの子らはエウリュステウス(3)のもとから逃れて、ギリシア中の人々から追いたてられ――ギリシア人は自分たちの仕打ちを恥じてはいたがエウリュステウスの権力を恐れてもいたのである――、このアテナイへ嘆願者としてやって来て祭壇のもとに座った。一二　エウリュステウスはかれらを引き渡すよう求めたが、アテナイ人は承諾せず、自分たちの危険を恐れるよりもむしろヘラクレスの偉業を敬い、権力者の気に入るためにかれらの手で苦しめられている者たちを引き渡すことよりも、力弱い者たちを庇《かば》って正義にくみして戦うことのほうを正しいと考えたのである。一三　エウリュステウスは、その時ペロポンネソスを領していた者たちを率いて進軍してきたが、アテナイ人は、大軍を間近にしてもアテナイ人は心変わりすることなくそれまでと同じ考えをもちつづけた。アテナイ人は、子らの父親ヘラクレスからは個人的には何も善いことを受けていなかったし、子らがこの先どのような人間になるのかもわかってはいなかった。一四　また、エウリュステウスに対しては以前から敵意をもっていたわけではなく、〔嘆願者たちを助けたという〕よい評判をとることのほかには目前の利益もなかったのであるが、その子らのためにこれほどの危険に身をさらすのが正しいと判断したのである。不当に苦しむ者たちを哀れみ、不遜な暴挙に出る者たちを憎み、後者を妨げようと努め、前者を助けるのをよしとし、自由の印は強制されずに事を為すことであり、正義の印は不当に苦しむ者たちを援助することであり、勇気の印は自由と正義双方のために必要とあらば戦って死ぬことである、と考えたからであった。一五　かれら双方はこれほどの意志をもっていたので、エウリュステウスの仲間たちの側では、〔保護を求めてきた者たちに〕すすんで手をさしのべたアテナイ人から何か受け取れるとは期待しなかったし、アテナイ人のほうは、エウリュステウス自身が嘆願したとしてもすでに自分たちの許にいる嘆願者たちを追い返すのは正しいことではないと思っていた。したがってかれらは自分たちの力だけを、ペロポンネソス全土から侵攻してきた軍勢と競わせて戦いに勝利をおさめ、その結果ヘラクレスの子らの身柄の安全を確保し、恐怖から解放して精神の自由を得させ、

（1）四七頁註（10）参照。

（2）ヘラクレスはギリシア神話最大の英雄であったから、弁論家たちは好んでかれに言及し、本書第三十三弁論『オリュンピア大祭弁論』の冒頭でもその偉業が讃えられている。子ら（エウリピデス『ヘラクレスの子ら』参照）への援助の話はイソクラテス（四-五八）やプラトン（『メネクセノス』二三九B）にも言及されており、テバイ進軍の話と並んで葬礼演説の伝統的な話題の一つだったと考えられる。

（3）ミュケナイの王。出生にまつわる事情からヘラクレスとその子らに敵意を抱き、ヘラクレスに「十二の難業」を課した。

身の危険を冒して、ヘラクレスの武勇ゆえにその子らに冠を与えることとなった。一六　かれらは子でありながら父よりもこれほど幸いな運命に恵まれた。つまりかれらの父ヘラクレスは全人類のために多くの善きことをもたらした者であるが、苦しみ多い、勝利と名声を求める生涯を送り、悪を為す者に対してはそれを懲らしめることができたが、エウリュステウスに対してのみは、敵対者でありかつ自分に不当なことを為した者であるのに、復讐することができなかった。かれの子らはこのポリスのおかげで、みずからの救いと敵への復讐とを同じ日に見ることができたのである。

一七　さてわれらの祖先は、一致して正義のために戦った経験を数多くもっている。(1)その出自が由緒正しいものだからである。われらの祖先は、他の多くの人々のようにあちこちから集められて他の人々を追い出して他人の土地に住みついたというのではなく、まさにこの土地のはえぬきで、もとからの一つの土地を母とも祖国ともしてきた。(2)一八　かれらは、当時自分たちのところにあった専制的な支配を覆して民主政体を樹立した最初で唯一の人々である。(3)万人の自由は何にも優る合意事項であると考え、危険から生ずる希望(4)を互いに共有しながら自由な精神をもってポリスを営んできた。一九　法に従って善き者を尊び悪しき者を懲らしてきたがそれは、力によって互いを支配しようとするのは動物の行為であって、人間にふさわしいのは、法によって正義を判断し、言葉によって説得して、行為によってそれらに奉仕することである、人間は法によって支配され言葉によって教えられるのであるから、と考えたからである。

二〇　さらにいえば、ここに眠る人々の祖先は良き生まれで、それにふさわしい判断をもち、多くの驚嘆すべき事績を残し、またかれらを継いだ者たちも、あらゆる場所で、永く記念さるべき大きな戦勝碑をみずからの優れた武勇によって残したのである。ギリシアのなかであらゆる危険を冒して何万もの夷狄に立ち向かったのはかれらのみであった。二一　それはアシアの王(5)が、自分のもつ富に飽きたらず、エウロペまでも隷属させようとして五〇万の軍勢を差し向けたときのことである。(6)かれらは、もしこのポリスがすすんで友邦となるようにさせるか、あるいは拒否した場合には征服するか、いずれかに成功すれば、ギリシアの他のポリスをもたやすく支配できるだろうと考えたのである。かれらは、もし、向かってくる敵をいかにして防ぐべきかについてまだギリシアの意見が分裂している間に攻めれば、ギリシアは同盟軍がいない状態にある

---

(1) 一七節から二〇節にかけて、遠い過去の時代から近い過去へ話を移行させる橋渡しとしてアテナイの理念を打ち出す。

(2)「この土地のはえぬき」の誇りは、とりわけ他のポリスへの対抗意識をもってアテナイを賛美するときの定型句であり、式典（とくに葬礼）弁論に出る（トゥキュディデス『歴史』第二巻三六、プラトン『メネクセノス』二三七B－C、デモステネス六〇-四参照）。この箇所に酷似した表現がイソクラテス四-二四にみられる。

(3) 神話時代のテセウスの話に遡ると同時に、僭主政を倒した民主政の賛美をも意図する。

(4) 戦利品、名誉ある葬礼など。

(5) ペルシア王ダレイオス（在位前五二一－四八五年）を指す。「アシアの王」という呼び名は本弁論以外には例がないとされる。古代の「アシア」（「アジア」の語源）は現在のトルコのエーゲ海沿岸地域を、「エウロペ」（「ヨーロッパ」の語源）はバルカン半島南部からギリシア本土全域をいう。

(6) 以下、四七節まではペルシア戦争のこと。マラトン（前四九〇年）とテルモピュライ（前四八〇年）の陸戦、アルテミシオン（前四八〇年）とサラミス（同年）の海戦、プラタイアの陸戦（前四七九年）が順次語られて、ギリシアがペルシアを破ってアテナイがギリシアの指導者の地位を獲得するにいたる経緯が正当化される。

だろうと判断して、マラトン(1)に上陸した。二二　そのうえかれらは、以前にアテナイが関係した戦い(2)から、次のような意見をもっていた。すなわち、もし最初にアテナイ以外のポリスに向かえば（アテナイは不当に苦しむ者に対してすすんで援助の手をさしのべるであろうから）その人々とアテナイとの両方を相手にすることになるが、もしまずアテナイに侵攻すれば、他のギリシアのポリスはどれも、よそのポリスを救うためにペルシアに対抗して明らかな敵意をもつことなどあるまい、というのである。二三　ペルシア方の考えは以上のようであった。われらの祖先は、この戦いの危険性を計算したのではなく、死すべき者の誉れが不死のものとして勇気ある人々の間に語り伝えられることを信じ、敵の数を恐れることなくむしろみずからの武勇を恃んだのである。そして、夷狄がこの国土に入ったことを知るや、それを恥じて時を移さず同盟軍を助け、ギリシアの人々が他のポリスにでなく自分たちにその救いを感謝すべきであるなどとは考えもしなかったのである。二四　そのように全員意見を一つにして、わずかな数で大軍に立ち向かったのである。かれらの考えるところでは、死は万人にとって定まったことであるが、勇気ある行為は少数の者にこそふさわしく、また、生命は死によって自分のものではなくなってしまうが、戦いの記憶は自分固有のものとして残すことになる。自分たちだけで打ち勝てないような相手には、援軍の力を借りても勝てないであろう、負けた場合でも他の人々よりほんのわずかばかり先に死ぬにすぎないであろうし、勝利をおさめれば他のギリシア人をも解放できるであろう、と考えたのである。二五　かれらは勇敢な市民であったので、身体を惜しむことなく、武勇のためには生命に固執することなく、敵と相対する危険を恐れるよりもむしろみずからの法を畏敬し、財を得る目的で自分の土地から他人の土地へと境を越えて進撃してきた夷狄を倒し、その戦勝碑をギリシアのために、みずからの土地に建てた。二六　かれらは非常に速やかにその戦いを遂行したので、夷狄のアッティカ到着を知らせるのと祖先の勝利を知らせるのが同じ人々である、ということになったほどであった。というのも、アテナイ以外のギリシア人は誰も迫りくる危険の恐怖を経験せずにすみ、皆自分たちがすでに解放されたことを聞く喜びを経験したのである。このような次第であるから、かれらの武勲はもう古いことであるのに、いまもなお新しい事柄のようにあらゆる人々から讃えられているのも驚くにはあたらない。

二七　この事があってのち、アシアの王クセルクセス(3)が、それまではギリシアを侮っていたところ期待を裏切られ事の次第に恥の憂き目を見、禍に苦しんで、その原因となった者たちに対して怒っていたが、かれ自身は不幸を体験したこともなく、勇敢な軍勢の経験もないままに、準備を重ねること一〇年目にして一二〇〇隻の船団を率いて来寇した。陸上の軍勢は数限りなく連れてきたので、従軍した民族の名を挙げるだけ

(1) アッティカ東岸。アテナイ軍は軽装歩兵を先頭に布陣して戦った。この戦いにはプラタイアからの援軍もあったが、リュシアスは記していない。スパルタが「ペルシア人見たさに」到着したのは合戦が終わってからであった。マラトンの戦いの経緯については、とくにヘロドトス『歴史』第六巻一〇二―一二〇参照。

(2) アテナイがエレトリアと組んで、イオニアのギリシア人諸市のペルシアに対する反乱を援助したことを指す（ヘロドトス『歴史』第五巻九七―一〇三）。

(3) ダレイオスの子（在位前四八五―四六四年）。ヘロドトスは『歴史』の後半三分の一（第七―九巻）をこの第二次ペルシア戦争の記述にあてている。サラミス海戦の勝利をクライマックスとする前四八〇年の戦いについては、同書第八巻八三―九六のほかアイスキュロスの『ペルシアの人々』に、ペルシア王の作戦の倫理的意味が問われている（海戦のさまは四五四―四七〇行）。

でもたいへんな仕事になるであろう。二八　その数の多さを示すよい証拠がある。クセルクセスは、歩兵の軍勢を、ヘレスポントスの最も狭まった地点(1)で一〇〇〇隻の船を用いてアシアからエウロペへと渡すこともできたのであるが、かれはそれでは渡河が長くなるだろうと考えてその策をとらず、二九　自然の摂理で生じたものをも、神々の業《わざ》をも、人間の考えをも軽んじて、海の上に道を造らせ、船団には大地を通り抜けるように強制した。つまり、ヘレスポントスにくびきをかけ、アトス山を掘り抜いたのである。(2)誰も支持することなく、ある者たちは不本意ながら従い、ある者たちは自発的に裏切ったのであるが。前者は対抗してみずからを守るほどの力がなかったため、後者は金銭の力で買収されたため、つまり利得と必然、この二つが人々を説得したわけである。(3)三〇　アテナイは、ギリシアの大勢がこのようであったから、自分たちは船団を組んでアルテミシオン(4)へ援助に行った。ラケダイモンおよび同盟国のいくつかはテルモピュライ(5)に迎撃に行った。かの地は隘路になっているから敵の侵入を見張ることができると計算してのことである。三一　二つの戦いは同時に行なわれ、アテナイは海戦に勝利し、ラケダイモンは、勇気に欠けるところはなかったが、軍勢の人数、すなわち守備につくべき人数と戦うべき相手の人数とを誤認して、敵に敗北したのではないが、戦列を組んだその場所で斃れた。三二　かくして、一方は不運にあい、他方ペルシア方はギリシアへの入口を制圧して、われらのポリスへ向かって進軍してきた。われらの祖先はラケダイモン人にふりかかった災難を聞き、事が立ち至った状況に苦慮した。というのは、かれらにはわかっていたのであるが、もし陸路から敵に向かえば、一〇〇〇隻の船隊がすでに出航しているのだからアテナイは守り手なしに取り残されてしまうであろうし、もし三段櫂船に乗り組んで出れば、ペルシアの歩兵隊に襲われるであろう。ギリシアを守ることと後に十分な守備隊を残すことと、この両方を満たすのは不可能であるから、三三　目前の二つの策すなわち祖国を見捨てるか、夷狄とともに行動してギリシア人を隷属に追い込むか、のうちの一つを選ぶのに苦慮したのである。しかし、武勇と貧困と追放を友として自由を得るほうが、不名誉と富を友として祖国を奴隷にするよりもよい、と判断して、ギリシア全体を救うためにアテナイを後にした。敵の軍勢と海陸両方で戦って危険を冒すのではなく、片方ずつ順次になるようにとの配慮であった。三四　かれらは、子らや妻や母をサラミス島[6]に避難させたうえで、同盟諸国の艦隊をも召集した。それから日を経ずして夷狄の陸上軍も艦隊も到着した。その様子を目にしたら、ギリシア人の自由のためにこのアテナイが冒している危険の大きさと恐ろしさにひるまない者がいようか。三五　自分たちの救いが信じがたくかつ危険が迫りつつある状況で、かの船隊の軍勢を見た者たち、あるいは、[敵への]戦利品のようにサラミス島に残された愛する人々のために海戦に出陣しようとしていた者たちは、どのような感慨を抱いたであろうか。三六　かれら

(1) 現ダーダネルス海峡の東岸アビュドスと西岸セストスの間。
(2) アトス山はカルキディケ半島の東部、トラキア海に突き出た先端にある。クセルクセスが海を鞭打って船の橋を造らせ、アトス山の下に運河を掘らせた状況は、ヘロドトス『歴史』第七巻三三―三七、二二一―二四に活写されている。
(3) 対ペルシア戦の統帥権をめぐってはアテナイ、アイギナ、スパルタ、アルゴスなど諸ポリス間に対抗意識があり、ギリシア側の内部抗争や敵方とのかけひきがあった(ヘロドトス『歴史』第七巻一四五以下参照)。
(4) エウボイアの北西にある岬。
(5) マリス地方とロクリス地方のあいだの山道(ヘロドトス『歴史』第七巻一七五―一七六)。
(6) アッティカ西方の島。

に向かって敵は四方から大軍をもって包囲してきたので、かれらは、その状況のなかでは、みずからの死などはごく小さなことで、戦局が敵に利した場合、最大の禍を蒙るのは、サラミスに避難している者たちになると予見するほどであった。三七 たしかに、目前の窮状ゆえに、かれらが何度も互いに挨拶を交わし、みずからを嘆きあったのももっともであった。味方の船は数少ないのがわかっており、敵の船は数多いのが見えている。自分たちのポリスは孤立していて、国土は破壊され、敵軍のまっただ中である。神殿が焼かれ、全員が危機に直面していることはわかっていた。(1) 三八 聞こえるものは、同一の場所でギリシア人の鬨の声と夷狄のそれとが混じりあう声、双方の激励の声、瀕死の兵のうめき、そして海は屍で満ち、味方の船も敵方の船も砕け散乱し、海戦は長い間平衡を保っていた。時には勝利して救われたように思われ、時には敗北して全滅してしまったように思われた。三九 たしかに、目前の恐怖のゆえにかれらは、見てもいないものを見たように、聞こえてもいないものを聞いたように錯覚することがしばしばであった。(2) 神々への嘆願、以前に捧げた生贄《いけにえ》の記憶の喚起、子らへの哀れみと妻への愛、父母への哀れみと嘆き、武運拙《つたな》くなった場合に受けるべき不幸の予想、それらのうちの何が欠けていたであろうか。四〇 かれらの危険の大きさを見たなら、神々の誰が哀れまずにいられたであろうか。人間の誰が涙せずにいられたであろうか。誰がかれらの剛胆さを敬わずにいられたであろうか。かれらは、計画の時でも戦いの危険のなかでも武勇においてすべての人をはるかに凌いでいた。ポリスを離れ、船隊に乗り組み、みずからの短い生命をもってアシアからの大軍に対抗したのである。四一 かれらは海戦に勝利をおさめて、すべての人々に、少数の軍勢で自由のために戦うほうが、王に治められている多数の軍勢でみずからの隷従のために戦うよりもずっと優れていることを示した。**四二** ギリシアの自由のために貢献したのは、かれらが最も回数も多く戦果も大きい。将軍はテミストクレスで、[3] 判断においても申し分なく、アテナイの艦隊は他のすべての同盟諸邦を合わせたより大きかったし、[4] 兵士らも最も熟練していたからである。いったい、どのギリシア人が、判断力や軍勢の数や、武勇においてアテナイ人と競いえたであろうか。**四三** したがって、かれらが海戦における武勲を、全ギリシア人の同意のもとに受けたのも正当であるし、冒した危険にみあうだけの幸運に恵まれたのも当然であり、かれらは、かれらの武勇が真正の、まさにこの地から生まれたものであることをアシアから来寇した異民族に示したのである。[5]

(1) アテナイを占領したクセルクセスの軍勢とアテナイ側の攻防戦、アクロポリスの神殿焼失などについては、ヘロドトス『歴史』第八巻五〇以下参照。

(2) ヘロドトスも、海戦の発端においてギリシア艦隊の前に一人の女の幻が現われて全軍を激励したと伝える(『歴史』第八巻八四、およびプルタルコス『テミストクレス伝』一五参照)。

(3) ペルシア戦争、とくにサラミスの海戦における立役者。アテナイの繁栄が制海権の掌握にかかっていると説いた最初の人(トゥキュディデス『歴史』第一巻九三)であり、その天賦の判断力は史家の絶賛を博している(同書第一巻一三八)。

(4) ギリシア方の三段櫂船総数は(三六六隻から)三七八隻(ヘロドトス『歴史』第八巻四八)、うちアテナイは一八〇隻(同書第八巻四四)を出した。クセルクセスの艦隊は一二〇〇隻(一七節およびイソクラテス四-九三。ヘロドトス『歴史』第七巻八九およびアイスキュロス『ペルシアの人々』三三九行では一二〇七隻とされる)。

(5) ヘロドトスも「多くの人の不興を買うかもしれないが」と断わりながらも、結果的にペルシアを退けてギリシアを救ったのはやはりアテナイの力である、としている(『歴史』第七巻一三九)。

四四　この海戦においては、かれらはこのように一身を挺して、誰よりも多くの危険に身をさらすことによって、各人の武勇のゆえに、世の人々の共有としての自由を獲得したのである。その後のこと、ペロポンネソス人がイストモスを封鎖する防壁を建設中で、(1)自分たちの安全のみに満足し、海からの危険を逃れたと判断し、自分たち以外のギリシア人が夷狄の支配下に入るのを見過ごそうとしていたとき、四五　それを見てアテナイ人は憤り、かれらに忠告して、そのような考えをもちつづけるなら全ペロポンネソスを壁で囲むほうがよいと言った。もしアテナイ人がギリシア人に裏切られて夷狄の側についたら、夷狄は一〇〇〇隻の船隊も必要とせず、ペロポンネソスの人々はイストモスの防壁の利益を受けることもあるまい、海の支配権は確実にペルシア人のものになるであろうから、というのである。四六　そのように教えられてペロポンネソス人も、自分たちの行動は不当で意図もよくない、アテナイ人の言うことは正しくて善いことを忠告してくれている、と認めたので、プラタイアへ救援に赴いた。大多数の同盟軍は敵の数に恐れをなして、夜の間に戦列から逃げ出してしまったが、ラケダイモン人とテゲア人は夷狄を敗走させ、アテナイ人とプラタイア人は、自由を棄てて隷従に甘んじたすべてのギリシア人相手に、戦闘によって勝利をおさめた。(2)四七　その日こそ、われらの祖先は以前からわれらを覆っていた危険に最善の終結をもたらした。エウロペの自由を確かなものとし、すべての戦いにみずからの武勇の証をたて、かれらだけであれ他の人々とともにであれ、陸戦でも海戦でも、夷狄相手であれギリシア人相手であれ、味方からも敵方からもあらゆる人々から高く評価され、ギリシアの国土の指導者となったのである。

四八　また後になって、(3)それまでに起こった事柄への羨望や為された事柄への恨みが原因でギリシアの内部で戦いが始まったとき、(4)全員が大きな野望を抱き、各々が小さなきっかけを探しつつ、アテナイはアイギナとその同盟軍に対する海戦を戦ったが、かれらから七〇隻の三段櫂船を奪うことになった。(5) **四九** 同じ時にアテナイ方はエジプトとアイギナとを包囲しており、(6)兵役年齢の若者たちは船隊に乗り組んだり歩兵軍となったりして出征していたので、コリントスとその同盟軍は、無人の地になっているところへ侵攻したことになるか、それとも包囲の陣営をアイギナから引き上げさせることになるだろうと判断し、全軍一丸となっ

---

(1) この防壁の建設はサラミス海戦以前から、半島へのペルシア軍の侵入を防ぐ目的で始まっていた(ヘロドトス『歴史』第八巻四〇、七一、第九巻七—八)。

(2) このプラタイアの戦い(ヘロドトス『歴史』第九巻二五—八五)では、スパルタ、テゲア、コリントス、メガラ、マケドニア等のギリシア勢に対して、テバイ、テッサリアなどがマルドニオスを指揮官とするペルシア方についた。アテナイ軍はあとから参加したが最後の城塞戦に力を発揮して勝利を確実にした。

(3) これまではペルシア対ギリシア(とくにアテナイ)の争いとアテナイの指導的地位の確立という視点から論が展開されてきたが、四八—六六節ではギリシア内部での抗争とアテナイの支配力の後退を扱う。聴衆を意識すれば、弁論は当然これまで以上に微妙な配慮を要するものとなるはずである。

(4) 前四六一/六〇年アテナイはスパルタの仇敵アルゴスと同盟を結び、テッサリアもそれに加わったが、前四五五年にアテナイ、スパルタ間に五年間の休戦協定が成立した(トゥキュディデス『歴史』第一巻一八、一〇二—一一二)。

(5) 前四五九/五八年。五二節で語られるメガラにおける対コリントス戦と同じころである。

(6) 前四六〇/五九年アテナイの遠征軍は、ペルシア王に対抗するエジプトの反乱を援助するためにナイル川をメンフィスまで遡ったが、六年におよぶ戦闘の末、前四五五/五四年惨敗した。この大敗や前四五八/五七年頃タナグラにおける対スパルタ戦に辛勝した顛末などについては、話者は沈黙している。

て進軍してゲラネイアを奪取した。(1) 五〇 アテナイ人らは、遠く［エジプト］に出征している者からも、近く［アイギナ］に出征している者からも、あえて誰ひとりをも呼び戻そうとはしなかった。自分たちの勇気を信じ、侵入者を嘲笑し、老人たちも兵役年齢に達していない者たちも、(2) 老人は経験により若者は本性によって人に優れているのであるから、自分たちのみで危険を冒すことができる、と考えていた。五一 老年者は多くの戦場で勇敢な働きをしてきて、若年者はかれらを見習うことができる、また年長者は治める術を知っていて、年少者は命令を実行する力を有しているからである。五二 そしてミュロニデスを将軍として、(3) かれらは自分たちでメガラの地に行き戦って、すでに力を失っているかまだ若くて力をもたない者たちからなる兵力で、全メガラ軍に対して勝利をおさめた。かれらは、自国への侵攻を企てた者たちに対抗して、自分たちのほうがかれらの国へ出撃したのである。五三 そしてかれらにとっては偉業であり敵にとっては不名誉の極みである戦勝碑を建てた。すでに身体の力を失った者も、いまだその力をもたない者も、勇気にかけては両者ともに優れていたので、美々しい名声をもって祖国に帰還し、一方は再び教育を受け、他方は残されたことについて建議者の役を果たすことになったのである。

五四 さて多くの人々が危険を冒して戦ったことのいちいちを一人の者が語るのは容易ではないし、長い期間にわたって為されたことを一日のうちに明らかにするのも容易ではない。いったい、どのような演説、時間、弁論家をもってしたら、ここに眠る人々の武勇を讃えるのに十分であろうか。五五 かれらは最大の苦労と、輝かしい闘争と、見事な戦いとをもってギリシアを自由にし、祖国が非常に強力であることを示し、七〇年にわたって海を支配し、(4) 五六 同盟諸国を離反もなく保ち、多数者が少数者に隷従するのを認めずに、すべての者が等しいものをもつに至らしめ、同盟軍の力を弱めることなくむしろいっそう強力になるようにし、自分たちの力がこれほど強いものであることを示したので、ペルシアの大王ももう他人のものを羨むことはやめて、自分のもっているものの一部を与え、それでもこれから先のことを恐れたほどであったし、

五七　当時はアシアからギリシアに向けて三段櫂船が出撃することもなく、[5]ギリシア人の上には独裁者が立つこともなく、ギリシアのポリスが夷狄の奴隷になることもなかった。かれらの武勇はこれほどの智恵と畏怖とをすべての人々にもたらしたのである。そのゆえにこそ、われらのみが、ギリシア人の保護者となり、諸ポリスの指導者とならねばならない。

---

(1) ゲラネイアはコリントスとメガラの境を画す山地。以下五三節までのコリントス対アテナイの戦い（前四五八年）については、トゥキュディデス『歴史』第一巻一〇五参照。史家は戦いは引き分けであったという。

(2) 退役直前の五〇歳代末の老兵と、通常なら城壁防備にあたるはずの一八―一九歳の少年兵。

(3) ミュロニデスはペルシア戦争以来、名将の誉れ高い人物として知られていた（アリストパネス『女の平和』八〇一行、『女の議会』三〇三行）。この翌年にはオイノピュタの戦いにボイオティア軍を破った（トゥキュディデス『歴史』第一巻一〇八）。

(4) 前四七八／七七年のデロス同盟成立から前四〇五年アイゴス・ポタモイ（ケルソネソス中部、ヘレスポントス海峡に注ぐ同名の河の河口付近の地域）の海戦における敗北を経て前四〇四年春のペロポンネソス戦争終結に至る間。

(5) 前四四六／四五年アテナイとスパルタ同盟軍とのあいだに締結された三〇年の休戦条約（トゥキュディデス『歴史』第一巻一一五）「カリアスの平和」の条項。現実問題としての「大王の平和」（前三八七年）との対比を意図するとみられる。

五八　われらの祖先はまた、不運のなかにおいてもみずからの武勇を示した。[1]というのは、ヘレスポントスにおいて、指導者の無能のゆえか、神々の配慮ゆえか、船団が壊滅し、あの最大の不幸が、打撃を受けたわれらのみならず他のギリシア人をも襲ったときに、それからいくらも経たないうちに、われらアテナイの力こそがそれまでギリシアの救いであったことが明らかになったのである。五九　つまりわれら以外の人々[2]がギリシアの主導権を掌握すると、前回には海に出なかった人々がギリシア人を海戦で破り[3]、エウロペに入航してギリシア人のポリスを隷属させ、われらの不幸の後に、あるいは夷狄の勝利の後に、僭主として支配の座につくことになったのである。[4]六〇　ギリシアはあの時に[5]、この墓碑の上に髪を切り供えて弔意を表わし[6]、ここに眠る人々を悼むべきであった。かれらの武勇とともに埋葬されたのは自分たちの自由そのものである、と考えて。ギリシアはこれほどの男たちを失い親なし子になって不幸であるが、ペルシア王はアテナイ以外の指導者たちを従属させることになって幸いである、と考えて。なぜならば、ギリシアにとっては、この人々を失って思いがけない隷従がもたらされ、ペルシア王にとっては、ギリシアを率いるのがアテナイではなくなったために、先祖代々念願の対抗意識が再燃してくることになったからである。

六一　しかし、アテナイの不幸を嘆くことは、ギリシア全土のために嘆くことにつながった。[7]かの人々は、私人としても公人としても記憶にとどめられるに値する。かれらは隷従を逃れ、正義のために戦い、民主政のために立ち上がって、あらゆる人々を敵にまわして、ペイライエウスに帰還した。法によって強制されたのではなく、みずからの本性に促されてのことであって、あらたな危険にさいしては祖先のいにしえの武勇に倣い、六二　みずからの生命を賭してもこの政体を世の人々に共有のものにしようとして[8]、隷属の生よりもむしろ自由な死を選び、敵に対して憤るよりもむしろ禍を恥じ、異境に住んで生きながらえるよりむしろみずからの土地で死ぬことを欲し、誓いと協定[9]とを同盟者とし、以前の支配者たちとみずからの同胞市民を敵対者としていた。六三 反対する者が多数であっても恐れず、みずからの身をもって戦いに臨み、敵に勝って碑を建て、ラケダイモン人の墓碑を、みずからの武勇の証人としてすぐこの碑の近くにもっている。と

(1) 五八―六〇節は、ペロポンネソス戦争終結から一〇年ほど後の事柄に及ぶ。本節の「あの最大の不幸」はアテナイの敗北を決定づけたアイゴス・ポタモイの海戦。指揮にあたった将軍たちの誤算については、『ギリシア史』第二巻一参照。この戦いに言及するときリュシアスはつねに「このたびの禍、あの海戦」などぼかした表現を用いる（本書十二-四三、三十一-八ほか例多数）。

(2) ラケダイモン（スパルタ）人を指す。

(3) ペイサンドロス麾下のスパルタ海軍がペルシアのパルナバゾス率いる大艦隊に敗北した（『ギリシア史』第四巻三-一〇）前三九四年のクニドスの海戦を指すとされる。アテナイがコノンを指揮官としてペルシア方を援助したことは語られない。自由なアテナイはアイゴス・ポタモイの敗北で終わってしまった、という感慨がつよいためと読める。

(4) 前三九三年、前註の連合艦隊がメロス、キュテラなどの島やペロポンネソス半島南部ラコニア地方の沿岸を攻撃したこと（『ギリシア史』第四巻八-七）を指すか。

(5) アイゴス・ポタモイの敗北時に、の意。

(6) ホメロス『イリアス』第二十三歌（パトロクロスの葬礼）、エウリピデス『狂えるヘラクレス』一三八二行他にみられる風習。

(7) 六一―六五節は時間の経過を遡って、ペロポンネソス戦争直後のアテナイの内戦において寡頭派に対抗した人々への賛辞が述べられる。解説（三）および第十二弁論参照。

(8) 相反する立場の市民が、最終的には勝者敗者の区別なく、再建された民主政治に参加することを目的として、の意。

(9) 前四〇三／〇二年の和解協定（解説（三）参照）を指す。

いうのも、かれらはこの国が小さいものでなく大きいものであることを証明し、内乱ではなく合意した状態にあることを示し、壊されたものの代わりに長壁を建てたのである。(1) 六四 かれらのなかで帰還した者たちは、ここに眠る者たちの勲功の兄弟分ともいえるような思慮を示した。敵に対する報復よりもこの国の救済のほうに心を向けたからである。また、力を弱めることはできないが、自分たちがさらに力をもつことも必要とはせず、従属を望む者たちにまでも自分たちの自由を分け与えたが、かれらの従属に自分たちが与ることはよしとしなかった。六五 かれらは最大最美なる功績をもって、アテナイがさきの不運に陥ったのはかれらの怯懦によるのでもなく、敵の武勇によるのでもないことの弁明とした。かれらが内部で力による対立抗争をした後に、ペロポンネソス勢や他の敵が前にいるのに自分たちの国に帰還することができたからには、一致団結すれば敵と戦うことなどたやすいというのは明らかだったからである。

六六 かの人々は、ペイライエウスにおける戦いのゆえにすべての人々から羨まれているのであるが、ここに眠る友軍(2)もまた、誉め称えられてしかるべきである。かれらはかつてこの民衆を援助し、またわれらの救いのために戦い、その武勇をかれらの祖国とも思い、あのように生を終えたのである。それに応えて、このポリスはかれらを悼み、国葬をもってかれらを弔い、市民と並ぶ名誉を後々までも享受することを許したのである。

六七 いまここに埋葬された人々は、(3) 昔の仲間の手で不当な仕打ちを受けたコリントスを助けてその新しい盟邦となり、ラケダイモンとは意見を同じくすることなく(ラケダイモン人はコリントス人の隆盛を羨んだが、この人々のほうはコリントスが不当な仕打ちを受けているのを哀れんで、以前の敵意を記憶するよりは現在の友誼を重んじた、というのが理由であったが）、すべての人々にかれらの武勇を示したのであった。六八　というのは、かれらは、果敢にもギリシアを強大にしようとみずからの救いのために戦ったばかりでなく、敵たちの自由のためにさえも死を恐れなかった。つまりラケダイモンの同盟軍を相手に、かのラケダイモンの人々の自由のために戦ったのである。かれらは、もし勝利すればかの人々も自分たちと同じ利益を受けると考えたからであるが、武運拙く敗北したためにペロポンネソスに住む人々の隷属は確実なものになったのである。六九　そのような状況にあった人々にしてみれば、生は悲しむべきであり死は望ましいものであった。しかし今ここに眠る人々こそ、生にあっても死にあっても羨まれるべき存在である。祖先の武勇によって教育され、成人してからは祖先の名誉を全うし、みずからの武勇を示したのであるから。七〇　かれらはみずからの祖国にとっては多くの善きことの原動力であり、他の人々によって不幸に陥った事態を正

（1）ペロポンネソス戦争終結のさいに破壊されたペイライエウスとのあいだの長壁が、ペルシアの資金援助を受けて前三九四―三九三年に再建されたことを指すか。しかし長壁にはアテナイ人自身が再建した部分もあり（『ギリシア史』第四巻八-九―一〇）、作者はそれをとりあげているのであろう。

（2）傭兵として戦った外国人、在留外人を指す。

（3）六七―六八節が本来のテーマであるはずの、コリントス戦争の戦死者たちへの賛辞。この段がこれほど短いのは、この作品が実際の葬礼演説の草稿ではなくてたんなる習作であるためとの見方もあるが、目前の死者たちへの賛辞はすでに祖先へのそれと重ね合わされているためとも考えられる（トゥキュディデス『歴史』第二巻のペリクレスの国葬演説、とくに四二節参照）。

しく立て直し、祖国から遠いところで戦いを果たしたのである。(1)

かれらは、勇気ある人々の死にふさわしく生を終わった。祖国には養育料を返し、育ての親たちには嘆きを残して。七一　よって、生ある者には、かれらを慕い、みずからを嘆き、かれらの近親者たちの残された人生を哀れむことこそふさわしい。このような男たちが埋葬された今、親族にとってどのような喜びがまだ残されているであろうか。死者たちは、みずからの武勇に比べてはすべては軽いものと考え、みずからの生命を棄て、妻を寡婦として子らを父なし子として残し、兄弟や父母を孤独の境涯におとした人々であるから。七二　困難は数多くあるが、私はかれらの子らを羨む。自分たちがどれほど偉い父を奪われたかを理解するには、その子らはまだ年が若すぎるからだ。私はまた、かれらの親たちを嘆く。みずからの不幸を忘れるには、すでにあまりにも年老いているからだ。七三　いったい、生み育てたわが子を葬るほど癒しがたい苦しみがあるであろうか。年老いて身体の力は衰え、すべての希望を失ったところで身よりもなく困窮状態になることほど、わが子ゆえに昔は羨まれた身が今や哀れみを受ける身となることほど、苦しいことがあろうか。かれらにとっては生よりも死のほうが望ましいのではないだろうか。亡くなったものが優れていればそれだけ、残された者の悲しみも大きいからである。七四　いったい、いかにしてかれらの苦しみを止めることができるのだろうか。国の禍の時においてであろうか。いやその時ならば、他の人々も、かの死者たちのことを思い出すのが当然である。では共通の幸運の時においてであろうか。いやわが子が亡くなってしまったのに、生き残って死者の徳を享受している者たちがいること、これは十分悲しむべきことではないか。では個人的な危機、すなわち以前には友であった者たちがかれらの窮状ゆえに離れてゆき、敵が死者たちの不幸に勇み立っているのを見るような危機においてであろうか。**七五** 思うに、次のような感謝のみが、ここに眠る人々にわれらから捧げるものとしてふさわしい。すなわち、かれらの親たちをもかれらと同様に重んじ、そして子らをも、われらが父親であるかのように喜び迎え、また妻たちには、もしかれらが存命であったなら為したであろうような援助をわれらが代わって為す、ということである。(2) **七六** ここに眠る人々以上にわれらの尊敬に値する人がいるであろうか。生きている人々のなかでは、死者の近親者たち以上に重んじられてしかるべき人がいるであろうか。死者たちの徳を享受したことにおいては、この人々は他の人々と同様であるが、死者たちの不幸に与ることにおいては、この人々のみが権利をもつのであるから。

七七 それにしても、このように嘆きつづけるべきものであろうか。われらは、われら自身が死すべき身であることを忘れてはいない。ゆえになぜ、以前から受けることがわかっているものを今になって嘆いたり、生まれた以上は必ずふりかかってくるものをこのようにあまりにも重く受けとめる必要があるのか。死はきわめて勇敢な者にもきわめて臆病な者にも共通だと知っているわれらであるのに。死は悪人を見逃すこともないし、善人を称賛することもなく、すべての人に公平におのれを提供するのだ。**七八** もしも戦いの時に危険を逃れおおせた者たちがそれ以後不死になることを許されるのなら、生き残った者は死んでしまった者

(1) この戦いが主にコリントス地峡一帯で行なわれたことをいう。

(2) 戦没者の遺族に対しては、子弟は成年に達するまで国費で養育される(トゥキュディデス『歴史』第二巻四六)など特別の援助がなされた。

たちをいつまでも悔やんでも当然であろう。しかし、人の本性は病や老いに力およばないのであり、われらの分け前をもたらす神力はあらがいがたいものなのである。**七九**　であるから、この人々、最大最美のことのために危険を冒してこのように生を終えた人々は非常に幸いであったと考えるのがよい。自分を運にまかせてしまうのではなく、向こうから死がやってくるのをいたずらに待ったのでもなくして、最も美しいものを選びとったからである。かれらの記憶は老いることなく、その名誉は万人の羨むところとなった。**八〇**　人の本性ゆえに死すべき身として嘆かれる人も、その武勇ゆえに不死の身として誉め称えられる。そしてかれらは国葬をもって葬られ、力と知と富とをきそう競技が催される。(1)戦いに斃れたものは不死なる神々と同じ名誉をもって敬われるべきであるからだ。**八一**　私はかれらの幸いなる死を讃え、羨む。そして、死すべき身をもったからには、その武勇のゆえに不死なる記憶をとどめることができた人々についてのみ、人として生まれたのはよいことであった、と言いうるのだと考える。ともあれ、いにしえからの習わしに従い、祖先の法を守って、埋葬された人々を嘆くことがわれらの務めであろう。

（1）身体競技、戦車競技、あらゆる詩文の競技（それぞれ力、富、知に対応する）が行なわれた（プラトン『メネクセノス』二四九B）。なお第三十三弁論参照。

第三弁論　シモンに答える弁明

概　要

第三弁論は、少年愛に起因する計画的な傷害事件の加害者として訴えられた、おそらく四〇歳を超える富裕なアテナイ市民（名は記されていない）の弁明弁論で、話者は傷害の事実を否定するのではなく事件の計画性を否定し、このような告訴をすること自体が不当であると言う。原告はシモンという名の市民、計画的傷害に関する裁判の法廷は、計画的殺人、放火、毒薬による殺人の場合と同様アレイオス・パゴスの会議である。弁論の構成は、序言（一－四節）、事件の前史に始まり証人の証言をまじえてなされる事件叙述（五－二〇節）、論証（二一－四五節）、結語（四六－四八節）で、法廷弁論の典型的な形式の一例。明快に整った形をとりながら話者は弁論全体にわたって原告の暴力的な行動に繰り返し言及し、争点である計画性の問題には中盤に至るまで触れようとしない。形式と陳述内容とのずれが話者の意図を感じさせる。制作年代は、弁論中にコロネイアの戦いへの言及があることから前三九四年以後であることは推定できるが、この戦闘と傷害事件との前後関係が、裁判の場においてはおそらく自明のことであったために、示されていないので下限の推定は難しい。

一　議員諸君(1)、私はシモン(2)については数多くの悪事をかねがね見知ってはいたが、その大胆さがこれほどまでとは思わなかった。つまりかれは、自分が罰を受けねばならない事柄について被害者を装って訴訟を起こし、このように重大で厳粛な誓言をしたうえで(3)諸君の前に現われているのである。二　さて、もし私に関して判断を下すのが諸君以外の人々であったとしたら、私は、さまざまの根回し工作(4)に運不運が重なると、時によっては被告にとって予想に反した結果を生むことがあるのを見ているので、この裁判に対して強い危惧を抱くであろう。しかし諸君のもとへ来たのであるから、私は正義を手に入れられると期待する(5)。三　議員諸君、私がいちばん不愉快なのは、人に知られては恥だと思って被害を受けても黙って耐えてきた事柄についてこれから諸君に向かって話をしなくてはならない、ということである。しかし、シモンが私をこのような羽目に追い込んだからには、何も隠さず、為されたことをすべて諸君にお話ししよう。四　議員諸君、もし私が不当な行為をしているのなら、私は無罪にならなくても当然であろう。しかし、もしシモンの誓言内容に関して私に咎はないことが示され、ただ、かの少年に対する私の態度が年齢にしては思慮を欠いている(6)というだけのことだと諸君の目に明らかになったならば、私を悪人と認めないでいただきたい。ご承知のとおり、欲望というものは万人の心に在るものであり、そこから生ずる厄介なことに対処する仕方が端然としていれば最も勇気と思慮のある者といえるのであろう。このシモンは、私がそのような態度をとるのを事ごとに妨げたのであるが、その次第をお話ししよう(7)。

五　議員諸君、われわれ二人はプラタイア(8)の少年テオドトス(9)を愛欲の対象とした。私のほうはかれによくしてやって、当然自分の愛人であると考えていた。シモンのほうは暴力的な領分侵害(10)をし法を踏みにじって、

(1) 用語解説「アレイオス・パゴスの会議」参照。

(2) ここ以外では詳細未詳。ありふれた名であるが、本弁論は、本書中の他の弁論と比べると、第十三弁論に次いで名指しの頻度が高い。アリストパネス『雲』(前四二三年初演)三五一行に出る「公金横領者シモン」が当時すでに強欲な人を指すきまり文句のようになっていたこと(『スーダ辞典』による)を考えあわせると、本弁論の作者もそれを利用して悪い印象を与える効果を計算していたのではないか。

(3) 殺人事件や殺害の意図をもつ傷害事件の場合には、原告も被告も、もし偽りを述べたら自分と子孫と一家が滅んでもよいという誓言をした。アレイオス・パゴスの裁判においては証人たちも同様にしたとされる。

(4) しばしば、不正なこと、厚顔無恥なことを画策する、という貶下的な意味をもつ。何らかの買収行為が考えられる。

(5) 二節は、弁論の開始にあたって法廷の好意を自分に引き寄せる試み(captatio benevolentiae)の一つの定型に則っている。

(6) 子弟の教育に関する法(『国制』五六-三、アイスキネス一-一一、プラトン『法律』七六四E)によれば、少年合唱隊の上演世話人を務めることのできるのは四〇歳(これが少年たちに対して倫理上思慮ある態度を維持できるようになる年齢とされた)を超えた市民であった。

(7) 序言において自分の弁明の中心は何か、を明言せず、遠回しな表現に終始して、自分がむしろ相手の「暴力的な領分侵害行為」の被害者であり消極的な立場にいることを印象づける(九、一〇、一三、三〇、三五—三六、四〇節)。本弁論の基調となる態度が表明されている。

(8) 三二三頁註(2)参照。

(9) 本弁論の少年の場合は、シモンとの間に金銭の契約にもとづく愛人関係があったかどうか(二二節)が問題の一つになっていること、少年を拷問にかけるという想定がなされている(三三節)ことなどから、おそらく奴隷身分であったと考えられる。

(10) 原語は「ヒュブリス(ὕβρις)」とその派生動詞。本弁論ではとくに用例が多い。他者(人または神々)の精神・身体・物質的領分を(多くは暴力的に)侵害して恥じない不遜さおよびその行動を意味する。道徳面のみならず法的な犯罪ともなりえた。「不遜な、人倫にはずれた、思い上がったふるまい」とも訳せるが、本弁論では、話者がシモンを訴えることも考えている(四〇節および五七頁註(6)参照)ところから、この訳語を当てた。

少年を自分の意のままに従わせようと思っていた。少年がかれから受けた被害を述べるとなると一仕事になるであろうから、私自身が受けたところだけを諸君に聴いていただきたいと思う。六　シモンは、少年が私のもとにいると知って、夜に、酔って私の家へやって来て、扉を叩き、女子部屋(1)にまで入りこんだが、中には私の姉やその娘たちがいて、みな家の使用人たちに顔を見られるのも恥じるほどつつましく暮らしていたのである。七　ところがこの男の暴力的な領分侵害はひどいもので、そこに居合わせた人々やかれとともにやってきた者たちが危ないと気づいて、父親のいない未婚の娘たちのいるところにまで入ってゆこうとするかれを力づくで押し出すまで(2)、出てゆこうとはしなかったほどだったのである。そして、その暴力的な領分侵害行為を受けた人々に対してすまなく思うどころか、私たちが食事をしているところを探し出して、まったく場はずれな、この男の狂気の沙汰を知らない人にはとうてい信じがたいようなことをやってのけた。八　中にいる私を呼び出して、私が外へ出るや否や私に殴りかかってきたのである。私が防ぐと、離れたところに立って石を投げはじめた。それは私には当たらず、かれとともに私のところへ来たアリストクリトス(3)に当たって額を傷つける。九　さて私はといえば、議員諸君、一方ではひどい仕打ちを受けていると思いつつも、他方では、さきほども述べたように、このありさまが恥ずかしいので、じっと耐えつづけて、市民たちの目に愚か者と見えるよりはむしろこのような不法行為を罰しないでおくほうを選んだのである。［事が表沙汰になれば］この男の為したことはかれのいかがわしさに相応のことだとされるであろうが、私のほうは、被害の実情がこのようなものであっては、この国で有為の士たらんと心がける者がいるとそれを妬む連中もつねに数多いので、その人々から笑いものにされるだろう、とわかっていたからである。一〇　議員諸君、このように私は、この男の違法なふるまいにどう対処したらよいか、たいへん困惑したが、けっきょくこの町を離れるのが最も有効ではないかと考えた。そこで少年を連れて（真実はすべて話さねばならないから）、アテナイから立ち去った。そして、シモンが若者のことを忘れ、以前の過ちを反省するに十分な時が経ったと思えたころに戻ってきたのである。一一　そして私はペイライエウス[4]に行ったが、この男のほうは、少年テオドトスが戻ってきて自分が借りた家の近くのリュシマコスのところに暮らしていることにすぐ気づき、友人たちを何人か呼び集めた。そこでかれらは昼食をしながら飲んでいたが、少年が出てきたらいつでもつかまえて引き込めるように、屋根の上に見張りの連中を立てておいたのである。一二　私がペイライエウスから戻ってきたのがまさにその時であり、私は通りすがりにリュシマコスの家に立ち寄る。私たちはそこで少し時を過ごしてから外へ出た。かれらはすでに酔っていて、私たちにとびかかってきた。かれらのうちでも何人かは加担したがらなかったが、このシモンとテオピロスとプロタルコスとアウトクレスとは、少年を引っぱって行こうとした。少年は外衣を脱ぎ捨てて逃げ出した。一三　私のほうは、少年は逃げるだろうし、この連中も町の人々と顔を合わせたらたちまち恥ずかしくなって引き返すだろう、と考えて別の道を通って

（1）アテナイの家屋では、男子部屋と女子部屋が分かれていた（本書一‐九参照）。

（2）仲間たちでさえ反対した、ということで相手の不埒な行動を強調し、孤立させる。一九節も同様の手法。

（3）以下二〇節までの叙述部分には固有名詞が次々に出される。聞き手が、場所や人物を具体的に思い浮かべることができるという前提にたつからであろう。アリストクリトスほか計七人（八、一一、一二、一六、一七節）はいずれもこれらの箇所以外では未詳。

（4）四一九頁註（3）参照。

そこを立ち去った。それほどこの連中を避けようとしていたし、かれらのやったことがみな私自身にとってたいへん厄介なことだと考えてもいたのである。一四　そしてシモンが乱闘があったと主張しているその場所では、この連中のほうも私たちのほうも頭に怪我をしたこともなく、何かほかの傷を受けたこともないのであって、現場に居合わせた人々を証人として提出することができる。

証人たち[1]

一五　さて議員諸君、不当な行為をし、私たちに対して謀りごとをめぐらしたのはこの男のほうであって、私がこの男に対してではない、ということは、その場にいた人々によって諸君の前に証言された。あれから、少年は羊毛縮絨業の店[2]へ逃げこんだが、この連中はそこへなだれこんできて、少年が叫び、喚《わめ》き、抵抗しているのに力づくで連れて行こうとした。一六　大勢の人々が駆けつけてかれらの仕打ちに腹をたて、これはひどいと言いたてるが、かれらは人々の言葉など気にもかけず、少年を護ろうとしていた縮絨工のモロンやそのほかの人々をさんざんに殴ったのである。一七　そして、かれらがもうランポンの家のそばに来ていたときに、私が一人で歩いてきて出逢う。私は少年がこのように無法な暴力的領分侵害行為を受けているのを見過ごすのはひどいし恥でもあると考えて、少年を抱きとめようとする。この連中はなぜこの少年に対してこれほど違法なことをしているのかについては、聞いても答えようとせず、少年を放して私に殴りかかってきた。一八　議員諸君、乱闘になったのはその時であって、少年はかれらに物を投げて、自分の身を護り、この連中のほうも私たちに物を投げ、そのうえ酔った勢いで少年を殴りつけ、私は自分の身を護り、居合わせた人々は皆、われわれを被害者とみて助けようとし、この騒ぎの間に私たち全員が頭に傷を負った。一九そして、シモンとともに酩酊していた者たちは、その後私に出逢ったときすぐに赦しを乞うたが、(3)それは自分たちを被害者としてではなくて加害者と考えてのことであった。そしてそれ以来四年が経ったが、その間誰ひとりとして一度も私を裁判に呼び出すこともなかったのである。二〇　ところがここにいるシモンは、かれこそすべての悪事の元凶だったのであるが、ずっとわが身の危険を恐れて事を荒立てずにいたのに、私が財産交換に関する私訴(4)で失敗したことを知るや、私を軽視して大胆にもこのような裁判の場に私を引き出したのである。私の述べたことの真実性については、その場にいた人々を証人として諸君に提出しよう。

証人たち

二一　さて事の次第については、諸君は私からも証人たちからも話を聴いたことになる。(5)議員諸君、私は、諸君が両方の側から真相を聴いて容易に審判を下すことができるように、シモンのほうも私と同様の「真実を話そうという」判断をしてくれたら、と思う。しかしかれは自分の宣誓など少しも気にしていないのだから、私から諸君に、かれが偽って申し立てていることについても話してみよう。二二　先刻シモンは大胆にも、

---

(1) 用語解説参照。
(2) 衣服（外衣）の汚れを落とし起毛する店（本書二十三-二、三十二-二〇参照）。
(3) 四九頁註（2）参照。
(4) 「財産交換」（用語解説参照）は、話者が富裕な市民であることの推定の根拠となる。ここでは「私訴」が複数であることから、財産目録の提出だけでなく実際に財産が交換された結果それをめぐって複数の訴訟が行なわれたとする解釈と、交換の相手のところで法手続きが滞ったとする解釈とがある。
(5) 二一―三四節は、事件の背景と事件当日についての、シモン側の主張に対する反論。

自分のほうはある契約(1)を結んで三〇〇ドラクメを少年テオドトスに与えていたのに、私が策をめぐらして少年がシモンに背くようにしむけたのだ、と主張した。しかるに、もしそれが事実なら、かれはできるだけ多数の証人を呼び集めて法に則った裁判手続き(2)をとるべきであった。二三　しかしこの男はそのようなことはいっさいしていないようであるし、暴力的な領分侵害行為に出て私たち二人を殴り、大騒ぎをし、家に押し入って夜間に自由身分の女たちのいる部屋にまで入りこもうとした。議員諸君、このような行動こそ、かれが諸君に偽りを述べていることの何よりの証拠であると認めてしかるべきではないか。二四　また、かれの言がいかに信じがたいものであるか、考えてもらいたい。というのは、かれは自分の財産を全部で二五〇ドラクメと評価したことがある。(3)しかるに、件《くだん》の少年と交際するために自分自身が所有している財産を超える額を契約したなどというのはおかしいではないか。二五　かれの厚顔ぶりは、この金額を与えたという虚言を吐くだけにはとどまらず、それを取り戻したと主張するほどにまでなっている。しかるに、かれの訴えるところによれば当時問題の三〇〇ドラクメを少年から取りあげようと不埒なことをした私たちが、あの喧嘩が終わったあとになって、かれのほうで苦情の申し立てをしないという妥協(4)が成立したわけでもなく、私たちも何の必要に迫られてもいなかったのに、問題の金額をそっくりかれに返す、などということはありうべきことだろうか。二六　否、である。なぜなら、議員諸君、これは何もかもシモンのほうで工作し仕組んだことであって、金銭を少年に与えたと主張しているのは、もともと契約があったわけでもないのに、暴力的な領分侵害行動をとっても人からひどいことをすると思われないためであり、金を取り戻したと言いつくろっているのは、シモン自身かつて一度もその金銭を要求したこともなく、それに言及したこともまったくないのが明らかな事実だからである。

二七　シモンはまた、私の手で自分の家の扉に身体を打ちつけられて痛い目にあわされたと主張している。しかしかれがどこが痛いというふうもなく自分の家から四スタディオン[5]以上も少年を追いかけていたことがわかっており、それは二〇〇人以上もの人が目撃しているのに、シモンは否定しているのである。

（1）「契約」は、シモンの言うとおり実在したとすると、少年の主人との間で交わされたものであろう。アテナイ市民の場合は、少年の父親または保護者が男色の相手とすべく少年を賃貸しすると、貸し手も客も罰を免れず、また少年自身も、成人してから公の場で演説したり役職についたりする権利を失う、という趣旨の法規定（アイスキネス一-一二〇他）があった（アリストパネス『騎士』八七六-八八〇行から、前四二四年以前の成立と推定）。本弁論では「契約」関係の違法性が主張されていないことも、少年の奴隷身分を推定する根拠となる。

（2）少年の側に対しての契約不履行の訴えか、話者を相手とする三〇〇ドラクメ取得（二五節）の訴えか。いかなる内容の裁判手続きを意味するのか不明。話者が意図的にぼかした表現を使っていると思われる。

（3）話者もこの財産評価をまったく信じていないような、突き放した述べ方である。男色の風習は、経済的にも余暇の点でも余裕のある社会階層にほぼ限られていたと考えられるところから、おそらく評価算定のしかたに問題があるのであろう。貢納金や公共奉仕を逃れる目的で財産評価を故意に低くする場合もあった（本書二十一-二三参照）。

（4）予想される原告が予想される被告に対する要求を公式に放棄する「請求放棄の予告（ἄφησις）」を指すとされる。

（5）一スタディオン＝六〇〇プース、一プース＝〇・二九六メートル（アッティカ単位）で計算すると、四スタディオンは七〇〇メートル余りということになる。

二八　この男はまた、私たち(1)が陶片(2)を携えてかれの家に行き、私がかれを殺すと脅したと言い、これこそまさに計画的だと主張している。しかし議員諸君、思うに、かれの主張が偽りであることを判断するのは、諸君のようにこの種の事件を調べるのに慣れた人々(3)のみならず、一般市民の誰にとってもまた容易である。二九　なぜなら、いったい誰が信じるだろうか、前もって計画し企んだ場合、私が昼日中に問題の少年を連れてシモンの家に出向くなどと(4)。――大勢の男たちがかれのところに集まっているのに、ただ一人で多数を相手に闘いたいと思うほど気が狂っているわけでもないのに、しかもとくに、シモンは私がかれの家の戸口に現われるのを待ちかまえているだろう、とよくわかっているのに――しかもかれのほうはといえば、私の家に押しかけて力づくで入りこみ、私の姉妹やその娘たちに対する配慮もなしに大胆にも私を探し回り、私が食事中のところを見つけると外へ呼び出して殴りかかったような男であるのに。三〇　そして当時、私はこの男の悪辣さをわが身の禍と判断し、騒ぎたてられるのを嫌って事を荒立てなかったのであるが、その私が、かれの言うところによれば、時が経ってから思い直して、騒ぎたてられたいと望むようになった、というのか。三一　また、もし少年がこの男［シモン］の家にいるのであったら、かれの虚言にも、私が欲望にかられたあまりにとうていありえないような無謀な行動に出たのだ、という説明がついたであろうが、実際は、少年はこの男とは言葉を交わしたこともなく誰よりも嫌っていて、私の家で暮らしていたのである。三二　だから諸君のうち誰の目に信じられるだろうか、以前はこの男と事を起こさないために少年を連れてアテナイから出帆した私が、再び戻ってきたときには少年を連れていちばん厄介なことが起こるに違いないこのシモンの家にわざわざ出向いた、などということは。三三　しかも、かれに対して計略をめぐらしておきながら、友人も使用人も他の誰も助けに呼ばないほど何の準備もなしにただこの子供[5]だけを連れて出向いたなどとは。この子供のほうはといえば、私を助けることができないどころか、もし私が何か悪いことでもした場合には、拷問にかけられたら[6]私に不利な通報でもしかねないような年頃であるのに。三四　それとも私は、それほどに愚かだったのであろうか、シモンに対して計略をめぐらしておきながら、夜間でも日中でもかれ一人を捕らえることのできる場所を見張っていないで、私自身多くの人から目撃されたり、したたかに殴られたりすることがわかっている場所へ、まるで自分の身の上に計画的傷害を招こうとでもするかのように、敵たちからきわめて手ひどい暴力的な領分侵害行為を受ける目的で、出かけて行くほどに。

三五　議員諸君、さらにまた、あの時の乱闘についても、シモンが偽りを述べていることは容易にわかる。[7]

（1）話者と少年。法廷に来ている話者の支持者たちも考えられる。五九頁註（8）参照。

（2）「陶片」は「人を殺害することも可能な物」（本書四-六-七）とされている。シモンの告訴が「計画的傷害罪」であったことがこの節で明示され、話者はそれに対して蓋然性による反論をする（三四節まで）。

（3）アレイオス・パゴスの会議（用語解説参照）の議員はアルコン職経験者で終身身分であったから。

（4）二九節では最初の修辞的疑問文に続いて、「……であるのに」という譲歩が、さまざまな文構造をとりながら重ねられており、この節全体が息の長い一つの総合文となっている。話者の、説得への熱意と執着を表わす。三〇―三四節も類似の語法を用いる。

（5）本弁論の他の箇所ではテオドトスは「少年」または「若者」とされているのでこの「子供」は別人であるという説もあるが、この語を使うのは少年の幼さを強調するため、とみる説に従う。少年も話者について出廷しているように読める。

（6）少年が奴隷身分であったとする推定の根拠の一つ。用語解説「拷問」参照。

（7）三五―三九節は話者の叙述（一一節以下）にもとづく論証。

この少年は、事態を覚ると外衣を脱ぎ捨てて逃げ出したが、この連中のほうが少年を追いかけ、私は別の道を通って立ち去ったのである。三六　しかるにいずれを事件の責任を負う者と考えるべきか、逃げるほうか、それとも捕らえようとするほうか。なぜなら私は、わが身の危険を感じているほうが逃げるのであり、何か悪いことを為そうとするほうが追うのだというのは誰の目にも明らかだと思うのである。三七　さてこれらのことは、ほんとうらしく見えはするが事実とはかけ離れている、というのではない。じっさい、この連中は少年をつかまえて別な方角へ力づくで連れ去ろうとしたのだが、私がそこへ来合わせて、かれらには手を出さず少年を抱きとめようとした。ところがこの連中は少年を力づくで連れ去ろうとして私に殴りかかってきたのである。このこともその場にいた人々が諸君の前に証言したところである。だから、これほど違法な悪事[1]をはたらいたのはこの連中のほうであるのに、それがみな私の計画的な行為だと思われるとしたら、おかしいではないか。三八　もし事態が逆であったとして、私のほうが大勢の講仲間[2]と連れ立っていてシモンに出逢い、かれと闘い、かれを殴りつけ、追いかけ、捕まえて力づくで連れ去ろうとしたということだったなら、私はどうなったであろうか。こういうことをしたのはこの男のほうだという今でさえ、私は祖国や私の全財産を失う危険[3]のあるような裁判の場に立っているのだから。三九　最大の、最も明らかなことは、かれは私の企みで被害を受けたというのだが、四年もの間諸君に訴え出ることができなかった、という事実である。ふつうの人なら愛人をもっているときには、欲望の対象を奪われたり、したたかに殴られたりしたなら、立腹してすぐにも復讐を考えるところなのに、この男の場合にはそれほど時が経っているのである[4]。

四〇　議員諸君、私がこの事件に少しも責任はないということは、十分に立証できたと思う[5]。これらの事柄に起因する諍いに加えて、私はシモンから数多くの暴力的な領分侵害行為を受け、かれの手で頭に傷まで受けていながら、もし、愛する少年のことでわれわれが張り合ったために、それを理由に誰かが祖国からの追放を画策することにでもなったら恐ろしいと考えたので、あえてかれのことを訴え出る(6)決心がつかなかったというのが実情である。**四一**　それから、殺す意図なしに人を傷つけた場合には計画的傷害には全くあたらないと私は考えていた。なぜなら、いったい、自分の敵の一人に傷を負わせようという目的だけで前もって長い間熟慮するほど単純な人間がいるだろうか。(7) **四二**　いるはずはないし、また現行の諸法の制定者たちも、もし何人かが乱闘をして頭を傷つけあうようなことが起こったとして、それを理由に当事者たちを国外追放にすべきだとは考えなかったことも明らかである。さもなければまったく、追放者が続出したことであ

（1）これらの悪事は、少年に対する行為であって話者に対する行為ではない。話者は次節でもこの二つを意図的に一体化して、前者を弁明の補強材料にしている。

（2）九頁註（2）参照。

（3）有罪となれば国外追放と財産没収が科せられるということ。四二、四七節でもこの危惧が述べられる。

（4）犯罪の被害者が提訴するために期限はなかったようである（本書七‐一七、十三‐八三）から法的には四年後でもよいわけであろうが、話者は「ふつうの人なら」と言って聞き手の常識に訴えて法廷を自分のほうに引き寄せる。

（5）四〇‐四三節では、原告の主張（二‐八節）に対して、殺害の意図がなかったことを強調し、計画的傷害罪には当たらないと弁明する。凶器の携行と殺害の意図の二つが計画的傷害成立の要件であったと読む。

（6）「ヒュブリス」（四七頁註（10）参照）の廉で。目撃者も多かったと言っている（二七節）。なお、デモステネス二一‐七一‐七二参照。

（7）「計画」は殺すためには必要だが、傷を与えるためには不要なはず（よほど頭の足りない人間でないかぎり）、の意味。

ろう。しかし、殺害の意図をもって人を傷つけたが殺害することはできなかったという場合には、このような者たちについては、前もって熟慮して予見していた事柄に関してその者たちを罰するのが妥当であると判断して、国外追放という大きな罰が定められている。[1] 目的が果たされなかったとしても、かれらが関わって為した事柄自体が重大であることにかわりはないからである。**四三** 計画性については、諸君は以前にもたびたび、以上のような判断を下している。もし、酩酊のあげくの張り合いや少年愛のことや罵りや妓女についてのことなどが原因で喧嘩をして傷を受けるというような、正気に戻って考えてみれば誰でも後悔するようなことについて、諸君が市民たちの誰彼に祖国から追い出すという重大な恐ろしい罰を科するなら、おそろしいことになるであろう。

四四 シモンの考えにはまったく驚かされる。私には、愛人をもつことと提訴常習者[2]であることとは同じ人間のすることではなく、一方はお人好しの、他方は悪賢い人間のすることだと思われるからだ。私は諸君に、この男には自分の死刑をめぐって法廷に立つほうが、他人を国外追放の危険に陥れるよりもずっとふさわしいのだ、ということを理解してもらうために、かれの悪辣さを他の事柄からも諸君の前に暴露することが許されたらよいのにと思う。[3] **四五** 他のことはさておくとしても、次のことは諸君に聴いてもらうべきであるし、かれの臆面のなさや大胆さの証拠にもなるだろうと考えるので、それに言及しよう。それはコリントスでのこと[4]、この男は敵軍との戦闘とコロネイアへの進軍との後になって到着して、歩兵指揮官のラケス[5]と争ってかれを殴った。市民が全軍あげて出陣していたが、かれは軍紀を乱す悪者として、アテナイ市民のうち一人だけ、将軍たちによって除名されたのである。[6]

四六　かれについてはまだ多くのことを語りたいと思う。しかし諸君のこの法廷では係争中の事件以外のことを述べるのは掟に反するから、(7) 次のことだけは心に留めておいてもらいたい。われわれの家に力づくで押し入ったのはこの者たちだ。(8) われわれを力づくで別の方向へ連れ去ろうとしたのはこの者たちだ。原告になっている、この者たちなのだ。**四七**　諸君はそれを忘れず正しい投票をしてもらいたい。そして人が不当

---

(1) 五七頁註（3）、本書六-一五および四-一八、二〇、デモステネス二三-二一など参照。

(2) 用語解説参照。

(3) 四四―四五節では、相手の過去の行動を引いてその性格を非難する。アレイオス・パゴスの法廷では事件に直接関係のないことを語るのは許されなかった（四六節および一〇五頁註（2）参照）が、ここでもそれは語らない、と言いつつ四五節ではかれの性格の「証拠として」巧みに弁論の中へ組み入れている。

(4) 前三九四年、コリントスでのスパルタとの戦闘は激しいと予想されており（本書十六-一五）、じっさいアテナイ軍は大きな打撃を受けた。さらにアゲシラスの率いる軍がボイオティア国境に迫ると、それを阻止するためにコロネイアへ転戦した。

(5) 前四一七年にシケリア諸市の争いに介入すべく派遣された将軍ラケス（トゥキュディデス『歴史』第三巻八六）の同名の息子とみる説もある。歩兵指揮官は各部族から一名、挙手で選ばれた（『国制』六一-二）。

(6)「除名」は将軍（用語解説参照）の権限でなされた（『国制』六一-二）。それにどのような罰が科されたかについては諸説あるが、シモンは少なくともこの時点では市民権を失ってはいない。

(7) 上掲註（3）参照。

(8) 相手方（原告、証人、場合によっては補助弁論者なども含む）を一括して複数で呼ぶ。他の作品にも例が多く、当時の告訴手続きの実情を写していると思われる。なお五五頁註（1）参照。

に国外追放処分を受けるのを傍観しないでもらいたい。その祖国のために私は多くの危険を戦いにおいて冒し、多くの公共奉仕(1)を為し、私も私の祖先も(2)、祖国にとって禍の原因になるようなことは何ひとつしたことがなく、良きことのみ多く為してきた。**四八** であるから私は、シモンがいま要求していることを何か私の身に受ける場合にだけでなく、すでにこのような事件のゆえにこのような裁判の場に立つべく余儀なくされたという理由によっても、議員諸君ならびに市民諸君から同情されてしかるべきであろう。

---

(1) 用語解説参照。祖国への貢献の表明については三四七頁註(5)参照。

(2) 祖先への言及。個人は孤立した一人ではなく、祖先から子孫に及ぶ、より大きな共同体の一部分である、という考え方が読める。

第四弁論　計画的傷害事件について――被告・原告不詳

概　要

第三弁論と同様、計画的傷害事件で訴えられた者の弁明弁論である。原告・被告とも名は出ないがかなり富裕なアテナイ市民で、一人の遊女をめぐる争いが直接のきっかけとなって事件があった。被告は傷害事件そのものは否定せず、自分には殺害を計画する根拠はない、その事情は当の遊女を拷問にかければ判明するのに原告はそれを拒否している、その拒否こそ原告が偽りの訴えをしていることの証拠である、と主張する。アレイオス・パゴスの会議が法廷となる。弁論の形式としては、序言および事件の叙述にあたる部分がなく、計画性の否定（一―七節）に続いて相手への攻撃と反論の証明が大部分を占め（八―一七節）、結語（一八―二〇節）に至る。伝承の写本（解説（二）参照）には欠落はないので、それ以前の段階で冒頭部分が失われたとみるか、現存の形のままで、自分の主張を補強する補足弁論（用語解説「エピロゴス」参照）として完成された弁論であるとみるか、見解が分かれている。制作年代については、決め手となるような事件などが文中になく、推定は困難である。

一　議員諸君、われらの間には和解がなかったといってこの件を争いつづけるのは驚くべきことである。つまりこの男は、一組の役牛や奴隷や財産交換[1]によって私の農地から得たすべてのものを返還したことは否定できないが、他方で、あらゆることについて和解していながら、あの女のことになるとわれらが共有することで合意したのを否定していることは明らかである。二　この財産交換は、あの女のゆえにかれが行なったことは明らかであり、かれがいったん得たものを返還したその原因は、次のこと以外かれは述べることができないであろう（真実を述べようとすれば）。つまり、友人たちはこれらすべてのことに関してわれらを和解させた、ということである。三　私は、かれがディオニュシア祭の審査員[2]として抽選に外れなければよかったと思う。そうすれば、かれが私の部族を優勝させたのは私と和解しているからだと諸君の目に明らかになったであろう。実際のところかれはそのことを自分の書板に記したが、抽選に外れたのである[3]。四　私の言の真実であることは、ピリノスとディオクレス[4]が知っている。しかしかれらは、いま私が被告となっている事件について誓言をしなかったので証言することができない[5]。もし証言していれば、かれを審査員として推したのはわれらであり、われらのおかげでかれは審査の席に着くはずであったということが諸君にははっきりとわかったであろうから。五　だが、かれは、もしかれがそう言いたいのなら、敵であった。私はこの点はかれに譲ってもよい。たいした違いはないのだから。よろしい。私は、かれの主張によれば、自分でかれを殺害するつもりでかれのところへ行き、むりやりに家に押し入った。ではいったいなぜ、かれを取り押さえておきながら、そしてあの女をも捕まえるほど力もあったのに、殺さなかったのだろうか。かれから諸君に答えてもらいたい。いや、かれは答えることはできないのだ。六　じつに、諸君のうち、短刀の一撃を受けたら、こぶしで打たれるのより速やかに死んだであろうということくらい知らない者はいないであろう。かれ自身もまた、われらが何かこのような物を携えてかれの家へ行ったと咎めているわけではないらしく、陶片で打たれたと主張している。(6) しかもかれが述べたところからしてすでに、計画性がなかったということは明らかなのである。七 なぜなら、もし計画的であったらこんなふうに不用意には出かけずに——かれのところに陶片とか何かかれを殺害するのに使えるような物が見つかるかどうかわからないのだから——自分の家から何かを用意して出かけたはずである。さて、われらは、少年たちや笛吹き女たちを目当てに酒気を帯びて行ったことは認めよう。だからどうしてそれが計画的ということになるのだろうか。私にはまったくそうは思われない。八 だがこの男は他の人たちとは違って、狂おしいほど欲望が強く、金銭は返したくないし、女のほうも自分のものにしておきたいと両方を望む者だ。かれがその女に唆《そそのか》されてあまりにも喧

(1) 用語解説参照。ここで何が行なわれたのか、詳しい事情はわからない。なお五一頁註(4)参照。

(2) 春エラペボリオン月(三―四月)に催された大ディオニュシア祭では、合唱物語詩(ディテュランボス)、悲劇、喜劇の競演があり、それぞれの審査員は、まずアテナイの一〇部族(二八七頁註(5)参照)が各々複数の候補者を推薦してその名を壺に入れ、次にアルコンが各部族の壺から一名を抽選して、計一〇名を選んだ。

(3) この人物の場合、話者によって推薦され、複数候補の段階では名が入っていたがアルコンによる抽選の段階で外れたということらしい。訴訟沙汰の当事者になっていないということが、審査員資格の一条件だったように読める。

(4) ともにこの箇所以外では未詳。

(5) 四七頁註(3)参照。ここでなぜ二人が誓言をしなかったのかは述べられていない。

(6) これについては話者もとくに反論はしていない。

嘩早くなっていたり泥酔していたりするときは、自分を守る必要がある。彼女はといえば、双方から愛されたいとの気持ちから、ある時は私を、ある時はかれを、だいじに思うと言う。九　しかも私ははじめから容易に満足する性格であったし、今でもそうである。かれのほうは何でも大げさに考える性格で、目の下の痣《あざ》を負傷だといったり、移動にも寝椅子を使ったりして、一人の遊女のせいでこのようにひどい状態になっていると吹聴して恥じないほどである。かれが私に金銭を返済すれば議論の余地なくかれのものになるはずの女であるのに。一〇　そしてかれは、自分がひどい陰謀をしかけられたと言って、あらゆる点でわれらに反対していながら、あの女を拷問[1]にかければその反駁は成立するのだが、それをすることを拒んだのである。彼女は、まず告げたであろう。自分がこの男と私の共有だったのかそれともこの男だけの所有だったのか、金銭は、私が半額を出したのかそれともこの男が全額負担したのか、私とこの男は和解していたのかまだ争っていたのか、一一　さらにまた、われらは呼ばれて行ったのかそれとも誰に呼ばれたのでもなく行ったのか、この男のほうが喧嘩をしかけたのかそれとも私のほうが先にこの男を打ったのか、などである。これらのことの一つずつでも、また他のことでも、多くの人々とくにこの法廷の人々に向かって明らかにすることは少しも困難ではなかったはずである。

一二　議員諸君、［事件が］計画的ではなかったこと、私がこの男に対して不当な仕打ちをしていないことは、このように多くの証拠と証言によって諸君の目に明らかに示されたと思う。もし拷問を拒んだのが私であったら、この男の言い分が真実とみえるためのしるしになったであろう。それがいま、私の言い分の真実さを示す証拠となってくれたと思う。なぜならそれを望まなかったのはこの男のほうであり、私も同じ金額を出したのだから、自由身分のことは私にも、かれと同様の関わりがあるはずであって、彼女を自由身分だと言っているかれの話はそれほど強い主張力はないからである。一三　そうだ、かれの言は偽りであり、真実を語っていない。じつに恐ろしいことではないか、身体を敵の手から解放するためにならこの女を私の思うように利用することも許されていた私が、祖国を追われる危険にさらされるときになって、この審判に臨む原因となったその事柄について彼女から真実を聞くことができない、というのであれば。しかも、この訴因のために彼女を拷問にかけるほうが、私を敵の手から買い戻すために彼女を売るよりは正当ではないか。敵が外敵なら、かれらが身代金を受け取って解放する気になりさえすれば、こちらは他からでも金策をして帰国することが可能である。しかし内部の敵の手に落ちたらそれは不可能となる。なぜならかれらは金銭を受け取ることを望んでいるわけではなく、他人を祖国から追放することを自分の仕事にしているからである。一四　したがって諸君はかれを許してはならない。かれは女が自由身分であるという主張をしてそれを理由に拷問にかけることを拒否しているのだ。それよりむしろ、誣告(3)の廉でかれを有罪とするのが当然である。かれはこれほど明白な反駁を回避しておきながら諸君を欺くのは容易だろうと思っていたのであるから。一五　諸君はまさか、かれが自分の使用人たちを拷問にかけるのを要求していたいくつかの点について、か

（1）用語解説参照。
（2）この遊女を所有する権利を他人に売り、その金銭を（捕虜になった時など）自分の身代金として敵方に渡して自分を買い戻すことをいう。
（3）提訴常習者（用語解説参照）が行なう提訴をいう。

れの要請[1]のほうがわれらの要請より信頼できると認めるはずはあるまい。というのは、かれの使用人たちが知っていたこと、つまりわれらのほうがかれのところへ行ったのだということはわれらも認めている。しかし、それが、呼ばれたから行ったのかそうでないのか、また私が先に打たれたのかそれとも先にかれを殴ったのか、ということは彼女のほうが知っていたはずである。一六　まだそのうえに、もしわれらがかれの使用人たちを、かれ個人の所有であるにもかかわらず拷問にかけたとしたら、かれらは主人にとりいろうとして、真実に反してでも私を糾弾したであろうことは考えられる。しかし、この女はかれと私の共有であったのだ。双方が等分に金額を負担したのであり、彼女はそれをよく知っていた。こうしたことが起こったのはすべて彼女のゆえにこそだからである。一七　また諸君全員に忘れないでもらいたいのだが、彼女を拷問にかけることによって少なくとも私のほうは相手より損な立場になって、非常に絶望的な危険を冒すことになるはずであった。なぜなら、いま、彼女は私よりもこの男のほうをずっと重んじていたという態度をとっており、この男と共謀して私を不当に扱ってきたが、私と組んでこの男に悪事を為すということはけっしてなかったようにみえているからである。それでもやはり、彼女の助けを求めたのは私のほうであって、この男のほうは彼女を信用しなかったのである。

一八　議員諸君、私の危険はこれほど大きいのであるから、この男の主張をたやすく受け入れないでもらいたい。そうではなくて、この裁判は私にとっては祖国と生命とがかかっていることを思って、先に述べた要請[2]を実行することを考慮に入れてもらいたい。これ以上有力な証拠を求めないでもらいたい。私には、この男に対して何も事前の計画などしなかった、ということ以外には述べるべき証拠もないであろうから。

一九　議員諸君、私は怒りを覚える。私は、遊女であり奴隷身分でもあるこの女ゆえに最悪の危険にさらされているのだが、ではいったい、ポリスに対し、あるいはこの男に対してどんな悪事を為したことがあるというのか、または、市民の誰かに対して何らかの過ちを犯したことでもあるのだろうか。私はそういうことはいっさいしていない。それなのに何よりも不合理な危険を冒し、この者たち[3]ゆえにはるかに大きい禍を私自身に招き寄せている。二〇　したがって私は、子らや妻たちや、この場を統べたもう神々にかけて諸君に懇願し嘆願する。私を哀れんでもらいたい、そしてこの男のせいで起こったことを見逃さないでもらいたい。私が祖国を追われるのは不当であり、この男が被害を受けたのでもないのに受けたと主張していること、そのことのために追放という大きな罰を私に与えるのも正当ではないのである。

（1）原語 *πρόκλησις* は、裁判において、拷問による奴隷の証言を得ようとする者（甲）が、相手方（乙）に対して、（乙の）奴隷を差し出すか、こちら（甲）が出す奴隷を受け入れるかを選ぶように要請する手続きをいう。第三者が所有する奴隷を証言のために受け入れるよう要請することもできた。この節からは、同一の事件をめぐって話者（被告）は問題の遊女を差し出すよう要請し、相手方は自分の使用人たちを受け入れるよう要請している、とみえる。

（2）一五節では単数で示されていた「要請」がここでは複数になっている。自分と相手方それぞれが出す「要請」を両方とも実行してもらいたいということであろうか。

（3）原告一人のみならず原告側の証人、支持者たちなど、自分に敵対する者の範囲を拡大表現して、弁論末尾の嘆願の効果を高めている。五九頁註（8）参照。

第五弁論　カリアスの聖財横領事件に関する弁明

概要

カリアスという在留外人(用語解説参照)が召使たちの密告により告発されて被告となった裁判で、話者(名は出ていない)が被告のために為した補助弁論(用語解説「エピロゴス」参照)。告発・弁明の弁論はすでに終わっているので、密告された「事件」が何であったかは不明であるが、タイトルおよび弁論内容から、かなり富裕なカリアスがアテナ女神の神殿に置かれた国庫の財務に関係し、その立場を利用して国庫金の横領ないしはそれに類する不正行為をした、ということであったらしい。短い序言(一節)のなかに話者と被告との特別の連帯が述べられ、ついで被告のモラル面での良さとポリスに対する貢献(二―四節)が語られ、当裁判の重要性が強調されるところ(五節)までが現存するテキストである。制作年代は特定できない。

一　陪審の市民諸君、(1) もしこのカリアスの裁判がかれの身体生命の危険をかけたものでないなら、私は、私より前に弁論を行なった人々(2)の話で十分と考えたであろう。しかし、今や私は、私自身および生前の私の父にとっての友人であり、かつ互いに多くの契約関係(3)を結んだ間柄であるカリアスのたっての願いを受けている以上、全力でかれを助けて正義を守るべきであり、それをしないのは恥ずべきことであると考える。

二　さて、私のみていたところでは、このポリスにおける、在留外人としてのかれの生き方は、このような裁判にかけられてこれほどの危険にさらされるなどありえず、むしろ諸君の手から何かよい報酬を受けることになるだろうと思われるような生き方であった。今や、陰謀をめぐらす連中は、幾多の悪事の原因になっている者たちよりも、何の悪いこともしていない者たちのほうが生命の危険にさらされるように事を運んでいるのだ。三　諸君は、かれの召使たちの話は信用できるがこの人々[4]の話は信用できない、と考えてはならない。カリアスはといえば、個人であれ役職者であれ、いまだかつて誰からも訴訟を起こされたことはなく、かれ自身このポリスに居住して諸君に対してあまたの貢献を為し、いかなる咎めも受けることなくこの年齢まで達したのである。ところがこの者たち[5]はといえば、これまでつねに大なる過ちを犯し多くの悪事に

(1) この呼びかけは、法廷がアレイオス・パゴスの会議（用語解説参照）でなく通常の陪審廷であると推定される根拠の一つ。「聖財横領」においては瀆神よりもむしろ盗みという面に重点がおかれていたためであろうとされる。聖財横領が「窃盗、追剝ぎ、巾着切り、壁掘り盗み・押し込み、子どもの誘拐」に続いて列挙されて「それらの罰は死刑」（本弁論一節「身体生命の危険」参照）と一括されている記述がある（クセノポン『ソクラテスの思い出』第一巻二-六二）。

(2) 弁明弁論をした被告カリアス（またはその代理弁論者）および被告側の証人として証言を述べた人々など（用語解説「エピロゴス」参照）。被告が複数であったとする見方もある。

(3) 貸借契約を指すと思われる。話者の父とカリアスとの間に結ばれた、一定の形式をもつ相互援助の客人関係（用語解説「クセノス」参照）にもとづいたもの。

(4) 上掲註（2）に同じ。それと相対している「かれの召使たち」が原告の立場にあるとわかる。次註参照。

(5) 目前にいる相手方を指す。密告者たるカリアスの召使たちが実際に出廷しているわけではなく、法手続き上は代理人が原告となって出廷しているはずである。かれらに加えて証人たちもいたかもしれない。

加担してきた連中であり、それがまるで何か善事の原因にでもなった人間であるかのように今この告訴弁論をしているのは、自分たちの身分の解放を考えてのことなのである。(1) こういうことをよく心得ていてもらいたい。**四** しかもかれらの言動に私は驚きはしない。かれらはよく承知しているのだ、偽りを述べて反駁されても現状より悪い事は蒙らないであろうし、(2) もし諸君を欺きおおせれば現在の苦境から解放されるであろう、ということを。さらにいえば、他人について弁論をすることで自分が大きな利益を得ているような提訴者とか証人とか、そういう連中を信頼に値すると考えてはならない。そうではなくて、自分の身を危険にさらして国庫のために力を貸すような人々の(3)ほうをこそ、信用すべきなのである。

五 私には、この裁判はこの人々(4)の個人的な問題ではなくて、アテナイ市民すべてに共通な問題であると判断するのが適当と思われる。この人々だけが召使をもっているわけではなくて、他の人々も皆そうなのである。召使たちは、この人々の運命に注目しながら、もはや自分の主人に対してどのような善い事を為したら自由身分になれるかと思案することはなく、それどころか主人に関してどのような偽りの密告をしたら(5)……………［自由身分になれるかと思案するであろうから］。

（1）国家への反逆や瀆神行為や公金横領などの場合、奴隷身分の者も、主人の「不正行為」に関する情報を提供することができた（本書七-一六、アンティポン二-三-四、五-三四、アンドキデス一-一二-一四、一七、プラトン『法律』九一四Aなど）。それにもとづいて裁判が起こされ、その密告が正しいと判断されて主人に有罪判決が出ると、奴隷身分の者は報奨として解放されて自由身分になることができ、市民であれば報奨金が与えられた。次註参照。

（2）通報内容が虚偽とされた場合、かつては死刑が科せられたが、前四一〇年に始まる法整備のさいにその規定が廃止されたと考えられている。この箇所では奴隷身分の密告者も死罪を恐れる必要はなかったことになる。「密告」については一八五頁註（3）参照。

（3）ポリスに対する被告の財政的貢献をいう。カリアスと同じく在留外人であった作者リュシアス自身については本書十二-二〇参照。

（4）六九頁註（2）に同じ。

（5）以下、原写本で二紙葉が欠落しており、その欠落部分に本弁論の末尾と第六弁論の冒頭とそれに続く部分が書写されていたと推定できる（解説（二）参照）。

第六弁論　アンドキデスの瀆神行為告発

概要

アテナイの名門出身のアンドキデス（解説（一）参照）は、ヘルメス柱破壊および秘儀模倣という瀆神行為（前四一五年）によって穢れた身でありながら法に違反してエレウシニオンに立ち入った、との理由で前三九九年に告発され、アレイオス・パゴス（用語解説参照）の法廷で裁判を受けた。本弁論は原告側（おそらく、エレウシスの秘儀に関与する名門ケリュケス家出身のカリアスと、かれに操られたケピシオス、メレトス、エピカレス、アギュリオスの四名）の立場で作られたもので、これを実際の裁判における告発弁論とする見方も有力である。しかし被告の国内国外における所業を糾弾するこの作品は、冒頭部分と末尾近くにあるかなり大きな原文欠落を考慮に入れても、法廷弁論として構成されたものとは読みがたく、ここでは有罪判決を促すパンフレットとする見方に従いたい。被告アンドキデスの側からみた告発の動機および被告側の主張は、かれ自身の作である第一弁論『秘儀について』によってその詳細を知ることができる。

一　……………男はその馬を返納するように見せかけて神殿のノッカーに繫ぎ、その夜のうちにひそかに曳き出してしまった。そしてかれはこのようなふるまいをしたのち、最も苦しい死、つまり飢餓によって死んだ。食卓の上には美味なものがたくさん並んでいたのに、かれにはパンと粥が強い悪臭を放っているように感じられて、食べることができなかったのである。[1] このことも、われらの多くの者はあの最高位神官[2]の口から聞いていた。二　アンドキデスが自分の親族や友人を共犯者だと密告してかれらを死にいたらしめたということ。[3] 三　したがって、私はいま、この男について当時言われたことを記憶に呼び戻し、この男の友人たちのみがこの男とその言葉によって滅びるのではなくて、この男自身も他の者によって滅びるのが正当であると思う。

このような事件については、投票する諸君にとっても、アンドキデスに同情したり好意的になったりすることは不可能である、この二柱の女神[4]が不当な行為を為す者に罰を下すのは明白なのだから。つまり、人間である以上、あらゆることが自分にも他人にも起こりうると期待しなければならないのである。四　さあ、もしこのアンドキデスが諸君のおかげでこの裁判から無罪で解放され、九人のアルコンの抽選に出かけてバ

(1) 原写本上での欠落については、七一頁註(5)参照。本弁論一節は、エレウシスの二女神(後出註(4)参照)に対する瀆神行為(用語解説参照)を犯した者が受けた神罰を語る教訓話の一部であるらしい。アンドキデス(一-二九)は皮肉な調子でこのような話に言及している。

(2) 原語 *ἱεροφάντης*(ヒエロパンテス)は、エレウシスの秘儀を司る神官団のなかの最高位の神官の呼称。五四節で話者の曾祖父がこの地位にあったことがわかる。

(3) この節は文脈上無理があるため、底本も削除提案に従っている。内容としては次節の説明で、欄外註記が伝承の過程で本文に紛れこんだものかと考えられる。瀆神事件をめぐる史実については、アンドキデス第一弁論のほか、トゥキュディデス『歴史』第六巻二七―二九、五三―六一参照。

(4) エレウシスの秘儀の主神であるデメテルとコレの二女神。

シレウスにでも当たったら、[1] かれの仕事は、アテナイではエレウシニオンで、またエレウシスではその聖所で、[2] 諸君のために犠牲の式を捧げたり、祖先からの慣習に従って祈ったり、誰も神事に関して不正や瀆神行為をはたらくことがないように祭りの秘儀運営をすること以外にはないことになろう。[3] 五 そうなったら秘儀に参加する入信者たちがどんな意見をもつと諸君は思うか、もしかれらがアルコン・バシレウスが誰であるかを見て、かれが為したあらゆる瀆神行為を思い出した場合には。あるいはアテナイ以外のギリシア人が、その集会で犠牲式を捧げたり使節として臨席したりするためにその祭りにやって来る場合には。六 アンドキデスはその瀆神行為のゆえに、国の内外で知らぬ者はない。善きにつけ悪しきにつけ非常に変わった行動をした人々は、どうしても知れわたることになるからである。ついでまた、かれはアテナイを離れている間にも、シケリア、イタリア、ペロポンネソス、テッサリア、ヘレスポントス、イオニア、キュプロスなど、多くのポリスで騒乱をひき起こし、自分と交わりのあった多くの王たちに巧みにとりいった。シュラクサイのディオニュシオスは別であったが。[4] 七 この王は万人にまさって幸運な人であって、判断力も人に優れ、アンドキデスと交際のあった人々のうち、かれほどの男にも欺かれなかったのはこの王ただ一人であった。この男のやり口というのは、敵に対しては悪を為さず、味方の中で自分にできるかぎりの悪を為すのである。したがって、諸君が正義に反して少しでもかれの気に入ることをすれば、ギリシア人の目を逃れることは、神かけて言うが、容易ではないのである。

八 さて、今や諸君はかれについて協議しなければならない事態にたちいたっている。アテナイ市民諸君、諸君がよく知っているとおり、父祖の法とアンドキデスとの双方を同時に重んじることは不可能なのであって、父祖の法を消し去るべきか、この男を厄介払いすべきか、二つに一つである。**九**　かれの大胆さは、その一条項(5)について、自分が該当するところは取り除かれたので、自分はアゴラにも神殿にも立ち入ること……(6)が許されると主張しているほどである、今でもなおアテナイ人の評議会議場において。**一〇**　しかし人の言うところでは、かつてペリクレス(7)は諸君に向かって、瀆神を犯す者について警告して、かれらに対しては書かれた法のみを適用するだけでなく、書かれざる法も用いるべきで、それについてはエウモルピダイ一門が解釈の任にあたっており(8)、誰もそれを無にする力をもった者も、またそれにあえて異を唱えた者もいない、それを定めた者が誰かも知りえないのである、と語った。こうすることによって、瀆神を犯した者た

（1）用語解説「アルコン」参照。

（2）エレウシスの秘儀は、アテナイの北西、メガラとの国境辺に位置するエレウシスで毎年秋に開催された。この大秘儀が、中心市アテナイを発した行列のエレウシスへの到着で始まることは、聖地と中心市との緊密な結びつきを示す。秘儀の拠点は、アテナイではアゴラ南西部の神殿エレウシニオン、エレウシスでは秘密を保持するために建造された城壁内部の聖所であった。なお春にはアテナイ近郊で小秘儀が開催され、入信希望者はまずこれに参加することになっていた。

（3）用語解説参照。

（4）シュラクサイの僭主、在位前四〇六－三六七年。本書十九一二〇、四二九頁註（1）参照。

（5）瀆神行為を犯した者が神殿やアゴラに立ち入ることを禁じる内容のイソティミデスの決議を指す。この決議は秘儀模倣者たちを密告することで無罪となったアンドキデスを標的に出されたらしい。二四節およびアンドキデス一－七一参照。

（6）この箇所に一行近くの欠落が推定されている。

（7）前四九〇年頃生まれ、四二九年没。名門貴族の出で、アテナイ民主政を代表する大政治家。解説（三）参照。

（8）エレウシスの秘儀に関する不文法の解釈はエレウシスの名門エウモルピダイ家のみに許されていた。そのことを伝える事例がアンドキデス一－一一五－一一六にみえる。

ちがたんに人間に対してのみならず神々に対しても責めを負うことになると考えられるからだというのである。一一　アンドキデスは、これほどに神々やかれに報復しなければならない人々を軽蔑していたので、一〇日間も市に滞在しないうちにアルコン・バシレウスの許に瀆神行為の訴訟を申し出た。そしてこのアンドキデスは自分自身、神々に対してこのような行為を為していながら、（諸君の注意をむしろそちらへ向けさせるために）アルキッポス(1)がアンドキデス所有の父祖代々のヘルメス柱像に対して瀆神行為をしていると主張して訴訟が受理されたのである。一二　アルキッポスのほうでは反論して、そのヘルメス柱像は損傷もなく完全な状態であり、他のヘルメス柱像と同様いかなる被害も蒙っていないと言った。それでもけっきょく、相手がこのような男であるから事を起こされるのを避けるために、金銭を与えて裁判を回避することになった。だから、かれが他人を瀆神罪で罰しようと考えたときはいつでも、他人のほうがかれを罰するのが正当かつ敬神の行為といえるほどである(2)。

一三　しかしかれアンドキデスは、密告する者(3)が極刑を受けるのに、密告された者たちが市民権を保持して諸君と同様の権利を享受するとしたらおかしい、と主張するであろう。そしてかれは自分自身を弁明せずに他人を告発するであろう。たしかに、密告された者たちの帰国受け入れを命じた人々は不当であって、かれと同じ瀆神行為の責めを負うべきである(4)。しかし、もしいま諸君自身が全権を握る立場にいながら、罰する権利を神々から取りあげてしまうならば、責めを負うべきはこの者たちではない［むしろ諸君である］ということになろう。もちろん諸君はこのような責めを自分のほうへ向けてはならない。諸君はこの不正をはたらいている者を罰すれば解放されるのだから。一四　それから、密告された者たちは密告された事柄を否定しているのだが、このアンドキデスはそれを為したことを認めているのである。ところでこの最も厳粛かつ正義を重んじるアレイオス・パゴスの法廷においても、不正行為を認める者は死刑であるが、もし抗議するならばその者は尋問を受けて、［その結果］不正行為とは認められなかった例も多い。否定する者と認める者とに同じ判断をしてはならないからである。一五　おかしなことではないか。もし誰かが市民の身体を、頭であれ顔であれ手であれ足であれ傷つけたならば、その者はアレイオス・パゴスの法に従って被害者の属しているこのポリスから、［あるいは計画的傷害罪で］(5) 追放される。そしてもし帰国するならば所定の告発(6)を受けて死刑によって罰せられる。もし誰かが同様の不正行為を神々の像に対して為した場合に、諸君はその者が神殿に上がるのを妨げることもせず、入りこむのを罰することもしないのか。諸君に対して善くも悪くもふるまう可能性のある者たちのことに注意を払うのは、正しく善なることではないとでもいうのか。一六　人の話では、ギリシア人の中でも多く［のポリス］がこのアテナイにおいて瀆神罪を犯した者に自分たちの神殿への立入りを禁止しているという。しかるに諸君はみずから不正行為の被害者でありながら、諸君のポリス

(1) 喜劇作者。前四一五年頃の競演で一度だけ優勝している（『スーダ辞典』「アルキッポス」の項参照）。
(2) 用語解説「瀆神行為」参照。
(3)「密告」については一八五頁註（3）参照。
(4) アンドキデスによって前四一五年に密告された人々の多くは亡命した。その後個別に帰国した人々もいるが、残る人々は前四〇三／〇二年の和解のさいに帰国したと思われる。
(5) 写本にはあるが底本は削除している。
(6)「エンデイクシス（ἔνδειξις）」という訴訟手続きによる告発。おそらく略式逮捕（用語解説参照）と同一あるいは類似の手続きであろう。

の法を、他のポリスの者が諸君の法を重んじるほどにも重んじていないのか。一七　この男は、メロスの人ディアゴラス(1)よりも不敬なほどであった。ディアゴラスは言葉によって他国の神殿や祭儀を穢したのであるが、このアンドキデスは行為によってみずからのポリスの神事を穢したからである。だから、アテナイ市民諸君、今回の神事に関しては、異国人よりも生まれながらの市民の不正にいっそう怒りを覚えるべきである。一方はいわば他人の犯罪であるが、こちらは身内のことなのであるから。一八　そして、諸君が取り押さえている者らは不正行為者なのだから釈放してはならないし、逃れている者らは、かれらを略式逮捕(2)した者または殺害した者には銀貨一タラントンを与えると布告して、探して捕らえねばならない。そうでなければ諸君は、諸国のギリシア人から報復よりも大言壮語のほうを望むのだと思われるであろう。一九　かれはギリシア人たちの前にまで、自分が神々を敬わない者であることを示した。自分の行為をはばかるどころか大いに勇気づいて、船主業に手をつけて海を渡ったりした(3)のである。しかし神はかれを引き戻して、かれが過ちを犯すにいたって私の主張によって罰を受けるように意図し給うた(4)。二〇　私はかれが罰を受けるよう期待している、そうなったとして私には何の不思議もないであろう。神は、すぐその場で罰することはない。（すぐに下る罰は人間からの罰であり、）私は、ほかにも瀆神を犯した者たちが後になって罰せられたことを見ているので、多方面から証拠立てて推定することができる。しかもかれらのうちには、祖先の犯した罪のゆえに罰せられた者たちさえいる。当面は、神は多くの恐怖や危険を、不正を為す者に送り、そのために多くの者がその禍から解放されるために死んでしまいたいと望むほどである。神はかれらを苦しめたうえで、その生に、死という終わりを置き給うのである。

二一　アンドキデス自身の生活ぶりも、かれが瀆神行為を犯したときに遡って調べ、誰かこのような者が他にいるかどうか調べてもらいたい。アンドキデスは、犯行のあと罰金を科せられて法廷に召喚され、自分で、もし自分の従者を引き渡さない場合には自分が禁錮とされてもよいと言った。二二　しかし従者を引き渡すことなどできないのをよく知ってのうえである。その従者はまさにアンドキデスゆえに、そしてかれの犯行ゆえに、密告者になりえないように、死んでしまったからである。しかも、かれが同じ期待によって罰金刑よりも禁錮刑のほうがたやすいと思ったのは、神々の誰かがかれの判断を狂わせたからに違いない。二三　かれは、このような刑によって一年間近く拘置されていた。そして拘置の身である間に、自分の縁者や友人を密告した。もしその内容が事実と判断された場合には無罪放免が与えられることになっていたからである。いったい諸君はかれがどんな心の持ち主であると思うか、自分に親しい者たちを密告するという最も極端な恥ずべき行為をするなど——たしかに自分が助かるというわけでもないのに。二四　その後、かれ

（1）前五世紀末の数十年間アテナイで活躍した抒情詩人（アリストパネス『鳥』一〇七一行他）。無神論を唱えたといわれ、エレウシスの秘儀を冒瀆した廉で死刑の判決を受け、逃亡した（ディオドロス『歴史』第十三巻六-七）。

（2）用語解説参照。

（3）アンドキデスの亡命中の行動については、かれの第一弁論『秘儀について』、第二弁論『帰還について』に言及がある。

（4）この箇所はテキストに疑問が出されている。船主業についてのアンドキデス自身の反論（一-一三七）との整合性も考慮して訳す。

（5）「罰金を科せられて」および次節「罰金刑よりも」は修正読み。写本伝承は「陰謀によって」および「証言よりも」となっている。話者は次節でかれが従者を殺したことを示唆しているがアンドキデス自身の話（一-六四）は異なっている。

が自分で最も大切に思うと言っていた人々を死にいたらしめた後で、かれの密告は事実であると判断されてかれは釈放された。そして諸君は追加決議をしてかれのアゴラおよび神殿への立入りを禁止した(1)。かれが敵の手により不当行為を蒙っても、かれにはそれを罰することができないようにとの配慮である。二五 ［追加決議をしたのは］アテナイ市民の記憶にあるかぎり、このような罪で市民権を失った(2)ものは一人もおらず、それもっともなことで、誰ひとりこのような行為をした者はいなかったからである。このことについては、神々が原因なのか、自然のなりゆきでそうなったのか、いずれであろうか。二六 そののちかれはキティオン(3)の王のもとへ航海してゆき、裏切って捕らえられ、王によって拘置された。そしてたんに死刑のみならず毎日の拷問を恐れていた。生きながら手足を切られるのではないかと思ったからである。二七 その危険から逃れおおせると、かれは「四百人」体制のもとにある自分のポリスへ帰ってきた(4)。かれは自分のために被害を受けたまさにその人々のもとへ戻ることを欲した。神はそれほどの忘却を与え給うたのである。しかし戻ってみると拘置され、手荒な扱いを受けて、それでも死ぬことはなく、釈放されたのである。二八 そこからかれは、キュプロスを治めているエウアゴラス(5)のもとへ赴き、そこでも不正な行為をして監禁された。そしてまたそこを逃れて、アテナイの神々から逃れ、みずからのポリスを逃れ、ともかく最初に行き着くところへ逃れてゆこうとした。しかし、幾度も禍を蒙りながらけっしてそれが止むこともない生活には、どんな喜びがあるというのだろう。二九 かれはそこから船出して、民主政下にあるみずからのポリスへと戻り、当番評議員たちに金銭を贈って自分をここへ連れ戻させようとしたが(6)、諸君は、諸君が決議した法を神々の前に守って、かれをこのポリスから追放したのである。三〇 この男を、民主政であれ、寡頭体制であれ、僭主であれ、いついかなる時でも、ポリスは一貫して受け入れ拒否してきた。かれが瀆神行為をはたらいて追放の身になり、知人に対して不正行為をはたらいたために知人よりは見知らぬ人々を信頼して生活するようになって以来である。そしてかれは、ついにこのポリスに戻ってきたいま、二度も同じところで訴えられている[7]のである。三一　身柄はそのつど拘束され、財産は幾多の裁判のゆえに減少している。およそ人が自分の生活を敵や提訴常習者[8]たちと分かちあうことになったときには、それは生きた心地のしない生活である。こうした状態を、神はこの男に、救いを条件に考えたうえで与えているのではなく、すでに為された瀆神行

（1）七五頁註（5）参照。諸々の法廷もアゴラで開かれることが多かったから、アゴラへの立入禁止は提訴を不可能にすることにつながった。

（2）刑罰としての「市民権剝奪（ἀτιμία）」は、古典期以前では法の保護の全面的停止を意味したが、古典期には、民会での発言、投票、公職就任、訴追、神殿やアゴラへの立入りなどの権利の剝奪を指す。特定の権利のみの剝奪にとどまる場合もあり、一般には終身で、時に子孫に及ぶこともある。土地所有権や市民身分の女性との通婚権はその対象にならなかったと考えられる。

（3）キュプロス島南東岸にある王国。

（4）おそらくアンドキデスは寡頭政権が樹立されたことを知らなかったのであろう。「四百人」については解説（三）参照。

（5）前四三五頃―三七四／七三年。前四一一年にキュプロス島南部サラミスの王となり、親アテナイの政策を進めた。かれの宮廷にはアテナイから亡命者が集まったが、なかでもとくにコノンが有名（第十九弁論二〇節以下および三〇七頁註（7）参照）。

（6）この時のアンドキデスの言い分はかれの第二弁論で知ることができる。「当番評議員」については、三一五頁註（3）参照。

（7）訴訟手続きについては七七頁註（6）参照。「同時に二つの訴訟を起こされている」との解釈もある。具体的内容は不詳。

（8）用語解説参照。

為の罰として与えているのである。三二　そして今や最後に、かれは自分の身を、諸君の望むままに為すべく諸君の手に委ねた。不正をしていないという自信があってのことではなく、何か神力の必然に導かれてのことである。神かけて、年老いた者も年若い者も、アンドキデスがこの裁判で救われるのを見て、かれの瀆神行為を見知っているがゆえに、神を信じなくなるようなことがあってはならない。たとえ半分であっても苦しみのない生を生きるほうが、二倍であってもこの男のように惨めな生を生きるよりは良い、と心に刻んでもらいたい。

三三　かれの破廉恥さは、国政に携わろうと準備工作をしているほどで、すでに民会で演説をし、アルコンの誰彼を非難したり資格審査(1)で不合格にしたりしており、また、評議会の議場へ入りこんで、犠牲式、行列、祈禱、占術などに関して意見を述べたりしている。しかしこの男の意見に従っていたらどのような神々の気に入ることができると思うか。陪審の市民諸君(2)、たとえ諸君がこの男の為したことを忘れたいと望んだとしても、神々のほうもそれを忘れるだろうと思ってはならない。三四　かれは自分を、悪事を為した者でなくて事を起こさずに市民生活を送っている者と考えており、自分のほうが、ポリスに対して悪を為した者たちを発見したかのように思っている。そして他の者たちよりも強い権力をもつべく工作している。あたかも、諸君の柔弱さと多忙のゆえに、諸君から罰せられる恐れはないかのように。その諸君に対するかれの現在のふるまいが不当であることは明らかで、かれは非難も罰も受けることになるであろう。

三五　かれはまた、つぎのような論を強く押し出してくるであろう（諸君が双方の言い分を聞いてよりよい判断をするように、かれが弁明するはずのことを諸君に教えておかなくてはならないから言うのだが）。

すなわち、密告して当時の恐怖と混乱からポリスを解放したのはポリスに対しておおいに善を為したことになる、という論である。三六　しかし、大いなる悪事の原因だったのは誰か。かれがしたことの行為者は、まさにこの男自身ではないか。それとも、諸々の善事のほうについてこの男に感謝すべきなのか、密告してくれたことについて、諸君がかれに罪責免除をその賃金として支払って感謝すべきだとでもいうのか。そして混乱と悪事のほうの責任は諸君にあって、諸君が瀆神行為の犯人を探したことが原因だとでもいうのか。それは違う。まさにそれとは正反対であって、ポリスを混乱に陥れたのはこの男で、それを鎮めたのが諸君なのである。

三七　また、聞くところによればかれは、この和解協定(3)は他のアテナイ市民に対すると同様、かれにも当てはまるといって弁明しようとしているらしい。そして、このような外見をつくることによって、諸君の多くが、和解協定を破るのを恐れてかれを放免するだろうと考えているのである。三八　しかしアンドキデスには和解協定は何の関係もない、ということについてこれから話そう。ゼウスにかけて、諸君がラケダイモン側と結んだ協定(4)も、ペイライエウス派が市内派と結んだ協定も同様である。というのもわれらはこれほど

---

(1) 用語解説参照。

(2) アレイオス・パゴスの裁判で使われる「議員諸君」でなくて、民衆法廷での一般的な呼びかけ語である。

(3) 前四〇三年春、内戦を終結させるためにスパルタの仲介により民主派（ペイライエウス派）と寡頭派（市内派）との間で結ばれた和解協定（解説(三)、および『国制』三九-五参照）。

(4) ペロポンネソス戦争終結時の和平協定（解説(三)参照）。

多数であったが、アンドキデスの犯行と同じあるいはそれに似た犯行を犯した者はいないからで、この男までがわれらの［和解の］恩恵を受けるわけにはゆかないのだ。三九　そうではない。われらが仲違いしていたのはこの男のゆえではない、われらの和解が成立してはじめてこの男もその協定に加えたのだ。協定も誓約も、それができあがったのは、一人の市民のためではなく、市内派とペイライエウス派からなるわれら全市民のためである。もし外国にいるアンドキデスに関してわれら自身が必要に迫られてかれの過ちを取り消すために配慮するようなことがあったら、そのほうがおかしいではないか。四〇　それともラケダイモン人たちのほうが、アンドキデスから何か善行を受けたからというので、自分たちとの和平協定においてかれのために配慮したのか。そうではなくて、アンドキデスのために配慮したのは諸君なのか。いかなる善行のゆえか。ポリスのために、諸君の命を受けてかれが危険を冒したことが幾度もあったというのか。四一　アテナイ市民諸君、かれのこうした弁明には真実性はない。欺かれてはならない。もしアンドキデスが自分の過ちゆえに罰を受けるのであれば、これは協定を破ることにはならない。そうではなくてもし誰かが公の禍ゆえに私的に報復を受けるのであれば協定に反することになるのである。

四二　そうするとおそらく、かれはケピシオス[1]に対して反対の訴訟を起こすであろうし、自分の言い分もあることであろう。真実を話さねばならないのだから。だが諸君は、同一の決議によって被告と原告とを同時に罰することはできない。今はこの男に関して正義の判断を下すべき時機なのであって、ケピシオスやかれがさきに言及したわれら各人には別の機会があるであろう。だから別の怒りがあるからといって、この不正行為をはたらいている男をいま無罪にするようなことがあってはならない。

四三　だがかれは、密告者は自分であったし、もし諸君が自分を罰するならばもう誰も諸君に密告する者はいなくなる、と主張するだろう。しかしアンドキデスは諸君から密告の報酬を受けている、他の人々はそのために生命を失ったのに自分は救われたのだから。かれのこの救済に責任のあるのは諸君だが、現在のかれの禍とこの裁判に関しては、かれが自分自身に責任を負っている。密告者になったときの条件である決議と罪責免除の要件を踏みにじったのであるから。四四　したがって、密告者たちに不正をはたらく許可を与えてはならず（すでに為されたことだけでもう十分なのだから）、違反者を罰すべきである。また一般の密告者たちは、恥ずべき責めを負って徹底的に論駁されてしまうとわれとわが身を密告するような結果になった者たちでも、少なくとも一つのこと、つまり不正を蒙った被害者をこれ以上苦しめてはならないことは心得ている。自分たちがポリスの外にいるときにはアテナイ市民で市民権ある者と見えても、ポリス内で被害者たる同胞市民のもとにいるときには、悪辣な瀆神犯と見えるだろう、と考えるからである。四五　じっさい悪辣さではこの男につぐバトラコス(2)を見れば、かれは「三十人」体制のもとで密告者となり、エレウシスに移住した者たち(3)と同様、かれにも和解協定と誓約とが適用されていたのではあるが、自分が諸君に対して不当な仕打ちをしたため諸君を恐れて、別のポリスに移住している。ところがアンドキデスは、バトラコス

（1）ケピンオスは、メレトス、エピカレス、アギュリオスとともにアンドキデスを瀆神罪で訴えた人物。本弁論以外では、アンドキデスの『秘儀について』中にしばしば言及され（一-一二一、七一、九二他）卑しい人物として罵倒されている。
（2）本書十二-四八にも言及されている提訴常習者。
（3）解説（三）参照。

が人間に対して為したのに劣らない不当な行為を、神殿に侵入することによって、まさに神々に対して為したのである。したがってバトラコスよりも悪辣で無思慮な者は、諸君の手でかろうじて生命を救われるのならそれだけで十分満足すべきではないか。

四六 さあ、諸君は何を考慮してアンドキデスに無罪の票決をする必要があるのか。兵士として勇敢だったというのか。いや、かれは一度たりともこのポリスから出征したことはない、騎兵としても、重装歩兵としても、三段櫂船船長としても、乗組員としても、このたびの禍(1)以前であれ以後であれ、もう四〇歳を過ぎているというのに。**四七** しかも、他の亡命者たちはヘレスポントスで諸君とともに三段櫂船の指揮にあたっていたのに。諸君も思い出してもらいたい。諸君自身どれほどの禍と戦いから諸君みずからとこのポリスとを守って生き延びたことか。多くのことを身をもって苦しみ、私的にも公的にも多くの出費をし、今次の戦争ゆえに多くの勇敢な市民を葬って。**四八** ところがアンドキデスはこうした禍を蒙ることがなく……(2)、祖国にとっての救済のために、かれは今や、その祖国で瀆神罪を犯していながら国政に参加するのがよいと考えている。なぜならかれは、富裕で、財産の力もあり、諸国の王や僭主たちとも客人の関係(3)を結んでいて――そのことは今もかれが、諸君のやり方を心得ているので、誇示しているが――この男の有利になるような……いかほどの臨時財産税を……(4)。**四九** そしてかれは、このポリスが大揺れの危険に陥ったことを知っていて、船主でもあったのに、穀物の輸入によって祖国を援助するような心意気を見せようともしなかったのである。在留外人ならば、異国人であっても、在留しているがゆえに輸入を通じてこのポリスを援助したのに。おおアンドキデスよ、きみは何か善いこともしたのか、いかほどの過ちを帳消しにして、いかほどの

養育費を祖国に返還したのか…………。(5)

五〇　アテナイ人諸君、アンドキデスによって為されたことを思い起こせ。多くの人々から諸君が誰にもまして尊敬された、あの祭典(6)のことも心に刻んで。こう言うのも、諸君は、この男の過ちについて何度も見たり聴いたりしたために、すでに打ちのめされていて、恐ろしいことがもはや恐ろしいこととは思えないほどなのである。それはならない、心をこちらに向け、諸君の判断力でこの男の為していたことを見てもらいたい。そしてよりよい判断をしてもらいたい。五一　かれは衣裳を着込んで、模倣の動作によって未入信者たちに神事を示してみせ(7)、口にすべきでない禁句を声に出して言い、そしてわれらが認め、奉仕と信仰の儀式を行なって犠牲式をあげ、祈りを捧げる、その神々の像を破壊したのである。男女の神官たちが、年を経

(1) アテナイ軍がペロポンネソス軍に惨敗した前四〇五年のアイゴス・ポタモイの海戦を指す。三九頁註(1)参照。

(2) 諸校訂版では、ここに該当する原写本(ハイデルベルク本)欄外にテキスト不確定を指摘する記号がついているとされるが、訳者の実見では、問題の記号は四八節末にあたる箇所の欄外についている。

(3) 用語解説「クセノス」参照。

(4) テキスト不確定については上掲註(2)参照。(原写本作成かそれ以前の書写段階で)一行が欠落したという推定が、系列の転写本上でなされている。

(5) 原写本ではこのあと一紙葉(二頁相当)が失われている(解説(二)参照)。

(6) エレウシスの秘儀のこと。七五頁註(2)参照。

(7) 仮装して最高位神官(七三頁註(2)参照)のまねをしたのである。

た古来のきまりに従って西方に向かって立ち、紫染めの旗を振ってかれに呪いをかけた(1)のは、このようなことがあったからである。五二　かれは自分がそれをしたと認めたのである。そのうえ、諸君が定めた法、つまり神事を穢した者としてかれを神殿立入り禁止とする法に背き、このようにあらゆる禁制を暴力的に破って、われらのポリスに入ってきた。そして、かれには許されていなかった祭壇で犠牲の式を捧げ、自分が冒瀆した祭式に連なり、エレウシニオンに入りこんで女神官の聖水盤で手を洗ったのである。五三　誰がこのようなことに耐えられようか。どんな友人、どんな親族、どんな陪審員(2)が、ひそかにかれを喜ばせることであからさまに神々から嫌われてもよいと思うだろうか。さて、今や諸君は報復者として、アンドキデスを厄介払いしてこのポリスを清め、穢れを払い、かれをパルマコス(3)として送り出し、罪ある者から解放されねばならない。この男こそ、こういうことをすべて身ひとつに負っているのだから。

五四　さて私は、最高位神官ザコロスの子ディオクレスすなわちわれらの祖父にあたる人(4)が諸君に進言したことを述べておきたい。諸君が瀆神罪を犯したメガラの男にどう対処すべきか思慮していたときのことであるが。人々は裁判ぬきでかれをただちに死刑にすべしと勧告したのであるが、ディオクレスは、一方では人々のために、皆が聴き、見たうえでいっそう思慮深くなるように、裁判が行なわれるべきことを、他方では神々のために、各人が瀆神行為を為す者には何の罰が与えられるべきか自分自身で決断したうえで家を出て法廷に入場すべきことを、忠告したのである。

五五　しかも諸君は、アテナイ市民諸君（諸君は何を為すべきか、わかっているのであるから）、この男の説得に負けてはならない。諸君は明らかに、瀆神行為者を捕らえており、その男の為した過ちを見、聴いたのだ。かれは諸君に面と向かって嘆願するであろう。哀れんではならない。なぜなら、哀れみに値するのは正当に死刑になる者たちではなく、不当にそうなる者たちのみだからである。

(1) かれと同様に秘儀模倣の廉で有罪とされたアルキビアデス(父)(第十四弁論参照)も、財産没収に加えて、男女の神官全員から呪いをかけられることになったと伝えられる(プルタルコス『アルキビアデス伝』二二参照)。「旗」でなく「衣」とする解釈もある。

(2) 「陪審員」は伝承どおりの読み。底本は「仲間の区民」との修正読みを採る。本書二十七-二一-一四参照。つぎの「ひそかに」は陪審員の秘密投票や、判決を有利にするために支援者たちが行なう裏取引を指す。

(3) 原語 φαρμακός は、タルゲリア祭(三〇三頁註(4)参照)において穢れを一身に負って鞭打たれ追放される役割を演じる人物を指す。ふつう罪人がその役に当てられたため「大悪人」を意味する例(アリストパネス『騎士』一四〇五行)もあるが、この箇所ではもとの意味が生きている。

(4) 本弁論の話者「私」もエウモルピダイ家出身であるらしい(本弁論一〇節および七五頁註(8)参照)。ザコロス、ディオクレスについてはこの箇所以外では未詳。「私」は八五頁註(1)の四名のうちのメレトス(ソクラテスを告発した人物と同一人の可能性もある)かエピカレスであろうとされる。

第七弁論　アレイオス・パゴス法廷弁論——聖オリーヴ樹の木株[1]についての弁明

概　要

ポリスの祭祀に用いる油を採るためにその管理下におかれていた聖オリーヴ樹の木株を、伐り倒すか掘り出すかして、前三九七／九六年に撤去した、として訴えられた一人の富裕な市民（名は出ていない）の弁明弁論。原告はニコマコス、法廷はアレイオス・パゴスの会議（用語解説参照）である。訴訟手続きは瀆神罪の公訴（*γραφὴ ἀσεβείας*）が適用されたとみるのが通説である。弁論の制作年代は「事件」のしばらく後、前三九五年頃と推定される。弁論の構成は、序言（一—三節）、叙述（四—一一節）、論証（一二—四一節）、結語（四二—四三節）であるが、被告は「事件」の存在そのものを否定する立場をとるのであるから叙述部分は短く、しかもそのなかに提題と一般的な考察を含む（五—八節）。弁論の大部分は、いかにこの「事件」がありえないものであるかを、動機、証人の有無、市民としての話者の生き方、奴隷拷問のかけひきなどさまざまな角度から論証することにあてられている。

一　議員諸君、これまで私は、市民は誰でも、訴訟や争いに関わることなく平穏に生活してゆくことが許されると考えていた[2]。ところが今や、このように思いがけず訴訟沙汰と悪辣な提訴常習者たち[3]とに見舞われて、私は、まだ生まれてもいない者たちまでが、可能なことならの話だが、先々のことを心配しなければならないようになるかとさえ考えている。なぜなら、このような人々がいると、危険は、何の不正行為も為していない人々にも、多くの過失を犯した人々にも共通するものとなるからである。二　この裁判は私にとってまったくぬきさしならない状況で起こされ、まず最初は、私が一本のオリーヴ樹を大地から撤去した廉で[4]訴えられ、[5]そして訴えた者たちが、聖オリーヴ樹の実の収穫を請け負った人々のところへ事情を聞きに出向いたのである。[6]ところが、この方面からは私が不正をはたらいた事実を見いだすことができなかったので、

---

(1) 本弁論においてはオリーヴ樹を意味する原語は三語あり、訳語としては「オリーヴ樹」(ἐλάα)、「聖オリーヴ樹」(μορία)、「(聖オリーヴ樹の)木株」(σηκός)と区別している。第一の語は広くオリーヴ樹一般を指す。第二は多くは複数で出るが、「分け前、割当て」を意味する語に由来して、語源的にはアテナ女神のオリーヴ樹から(実生、接木、挿木などの方法で)分割された木と考えられる。第三は「囲い、柵」を意味する語であるが、「聖オリーヴ樹の木株を保護するための囲い」からの転義で「聖オリーヴ樹の木株」そのものを指すという解釈に従う。

(2) 自分にとってこの裁判が思いがけないものである、と述べて法廷の同情を引き寄せるのは序言の定型の一つ(四七頁註(5)参照)。

(3) 用語解説参照。原告側「かれら」(二節)に含まれる。

(4) 文字どおりには「見えなくする、消去する」。つまり「伐り倒す」と「掘り出す」両方の場合を含むと思われる。

(5) 問題の樹が、パンアテナイア祭の体育競技や競馬の優勝者に賞品として贈るためのオリーヴ油を採るために、ポリスから指定された樹(『国制』六〇-一-三参照)であるところから、国に属すべき物を私物化したとの理由で「アポグラペ(ἀπογραφή)」(一一七頁註(1)参照)の手続きで訴えたとみられる。二九節の「告発」も同様。

(6) アリストテレス『国制』六〇-二は「以前は国家がオリーヴの果実の収穫を請け負わせる定めであった」と伝える『国制』は前三二〇年代成立と考えられる)。一種の入札によって請負人を決めたらしい。

かれらは、今では、私が撤去したのは聖オリーヴ樹の木株(1)であると主張している。このような訴えを起こせば私には反対の弁明が非常に困難になるであろうし、かれらのほうは逆に言いたい放題のことを言えるようになるだろうと考えてのことである。三　そして私は、この男が熟慮して企んでここへもちだした事柄について、審判すべき立場にある諸君とともにその事情をよく聴いて(2)、自分の祖国についても財産についても裁判を争わなくてはならない(3)。いずれにせよ、事柄を発端から諸君に説明してみよう。

四　問題のこの地所は、かつてペイサンドロス(4)の所有であったが、かれの財産が国庫に没収されたので、メガラの人アポロドロス(5)が民会から無償で譲り受けた。かれはしばらくの間自分で耕作していたが、「三十人」政治になる少し前に(6)アンティクレス(7)がかれから買い、小作に出した。私はそのアンティクレスから平和時に(8)買って、現在に至っている。五　さて議員諸君、思うに私の仕事は、私がこの土地の所有者となった時点においては、そこにはオリーヴ樹もその木株もなかった、と立証することであろう(9)。というのは、それ以前のことについては、もしたとえそこに多くの聖オリーヴ樹があったとしても、私が罰せられるのは正当ではない。もしそれらがわれらゆえに撤去されたのでないならば、他人の犯した過失に関してわれらのほうが不正をはたらいたとして被告の立場に立たされるというのは、まったく不当なことだからである。六　というのも、諸君は皆ご存じのように、まさに今次の戦争が多くの禍の原因となっているのであって、とくに遠くの土地にある樹木はラケダイモン軍によって伐り倒され(10)、近くにあるものはわれらの友軍によって略奪された(11)。であるから、いったい、戦争当時このポリスにふりかかった禍の償いを今になってこの私がしなければならないとしたら、それはどうして正当なことといえようか。とくにこの土地は、戦時においては国庫に

没収されて三年以上もの間耕作されずにあった。七　その間にここの聖オリーヴ樹が伐採されたとしても不

(1) 九一頁註（1）および一一、二六、二九節参照。

(2) 原告のほうは十分準備をして裁判に臨めるから有利である、と述べるのも定型である。ここではさらに自分の「不利」を巧みに利用して、審判する立場の人々を自分の側にとりこんでいる。

(3) 有罪となった場合に国外追放と財産没収を科せられるということ（二五、三二、四一節でも繰り返される）。アリストテレスは、以前は聖オリーヴ樹を掘ったり伐り倒したりする者は、アレイオス・パゴスの評議で有罪と決まれば死刑に処したとし、その法はかれの時代でも存続しているという（『国制』六〇-二）。したがって本弁論の時代には、法としては死刑が定められていて実際にはより軽い刑が適用されることがあった（あるいは多かった）、と解釈すれば、予想される刑について話者の表現がゆれている（一五、二六節）のも理解できよう。

(4) 前四一五年のヘルメス柱像破壊事件の時には急進的な民主派であり、その後「四百人」の寡頭政樹立に参加し（本書十二-六六、二十五-九、トゥキュディデス『歴史』第八巻六八）、寡頭体制崩壊時にデケレイアに亡命した有名な政治家。財産没収はその時（前四一一年秋）のことであろう。

(5) 寡頭派のプリュニコス暗殺に関わった政治家（本書十三-七一を註とともに参照）。

(6) 前四〇四年秋の少し前に、ということ（解説（三）参照）。この「少し前」がペロポンネソス戦争終結の前か後かは不明。

(7) この箇所以外では未詳。本書第十三弁論の主人物アゴラトスの父（奴隷）を所有していたアンティクレス（十三-六四）とは別人とされる。

(8) 九節に「ピュトドロスが筆頭アルコンであったとき」（前四〇四／〇三年）とあり、かつ「平和到来」と感じられた時期つまり前四〇三年夏、アルコン年の末期であろう。

(9) 事実の叙述の途中に（五―八節）提題と一般的な考察が挿入される。

(10) ペロポンネソス戦争末期の一〇年間、アッティカ北部のデケレイアにスパルタ軍の攻撃砦が置かれていたことを指すのであろう。

(11) 戦争末期から直後の混乱した状況を指すと解される（本書十四-三三参照）。

思議はない、われらは自分で自分の財産を管理することもできなかったのであるから。ご存じであろう、議員諸君、――諸君はとくにこのようなことの管理には最も関係が深いのだから(1)――あのころは、私有のオリーヴ樹や聖オリーヴ樹が大地を覆うほどであったが、今ではその多くが伐り倒されて大地は露出している。そして平和時においても戦時においても同一の人々がその所有者であった場合、諸君は、所有者以外の人々が木を伐ったならば所有者を罰するべきだなどとは思わないであろう。**八**　このようにずっと続いて耕作してきた人々が諸君から咎められないのなら、ましてや、平和時に土地を買った人々が、諸君から咎めを受けないのは当然ではないか。

九　しかしながら、議員諸君、以前の事柄に関しては述べるべきことは多いが、以上で十分であると考える。私はこの土地を譲り受けてから、五日を経ずしてカリストラトス(2)に貸したが、それはピュトドロスが筆頭アルコンであったときのことである(3)。**一〇**　カリストラトスは二年間耕作したが、かれは、私有オリーヴ樹も聖オリーヴ樹も、聖オリーヴ樹の木株も、私から引き継ぐことはなかったのである。三年目にここにいるデメトリオス(4)が一年間耕作した。四年目に私は、アンティステネスの解放奴隷アルキアス――かれはもう故人であるが――に賃貸した。それから三年間は同じ状態のまま、プロテアスが賃借したのである。さあ、証人たち、登壇してもらいたい。

証人たち(5)

一一　さてこの賃貸の期限が切れてからは、私自身が耕作している。告発者は、スニアデスがアルコンであった時(6)に聖オリーヴ樹の木株一本が私によって伐られたと主張している。しかし、それ以前に耕作して何年もの間私から賃借していた人々は、この地所には聖オリーヴ樹の木株はなかった、と諸君に向かって証言しているのである。したがってこの告発者が虚偽を申し立てているのを暴くほどたやすいことはあるまい。というのは、初めに存在しなかった物が後に耕作した者によって撤去されるなどありえないことだからである。

一三　さて私は、議員諸君、これまでは他人から、手ごわく正確で、何事も当て推量や理に合わないやり方では行なわない人間だと評されるたびに、私にはふさわしくない言葉と思って当惑していた。しかし今は、諸君が皆、私に関してこのような意見をもってくれるとよいのにと思う。そうすれば諸君は私が、もしこのような行為に着手するならば、木を撤去した者にはいかなる利得があるか、それを為した者にはいかなる罰があるか、もし私がその行為を人に知られずにやり遂げた場合はどうか、それが知られてしまった場合は諸

（1）オリーヴ樹の管理にアレイオス・パゴスの評議会が担った仕事は、二五、二九節に述べられる。アルコンは任期中に採れたオリーヴ油全部をアテナ女神の財務係に納めるまでは、アレイオス・パゴスの議員になることができなかった（『国制』六〇-三）。

（2）この箇所以外では未詳。

（3）九三頁註（8）、前四〇四／〇三年。

（4）この箇所以外では未詳。この節に出る他の四名も同様。デメトリオスは出廷している。解放された奴隷（アルキアス）は在留外人身分になるので土地所有権はもたなかった。

（5）用語解説参照。呼び出されるのはデメトリオスの他、おそらく故人を除いた二名、つまり話者がこの土地の所有者になって数日後からの賃借者（一一節）であろう。話者が土地を入手した時点での土地の状況を知っているはずのアポロドロス、アンティクレスら（四節）は証人には入っていないようである。

（6）前三九七／九六年。

君からいかなる罰を受けるか、を考慮するに違いない、と思ってくれるだろうから。一三　誰であれ、こういうことをするのは、領分侵害の暴力行為をではなく利得を目的としてだからである。諸君もまた、当然そう考えるであろうし、私の相手方もそういう見方から、不正を為した者にはいかなる利益があったのかを明らかにすることによって告発を為すのが当然である。一四　しかし、この男は何も立証することはできないであろう。私がそのような仕事に手をつけるほど生活苦に迫られていたとも、問題の木株一本があるために私の地所が台無しになっていたとも、木株が葡萄樹の邪魔だったとも、家に近すぎたとも、また、もしこのようなことを何かしたら［この法廷の］諸君からどんな目にあわされるか、私が知らなかったということも。わが身に多大の罰がふりかかることは、私のほうで実証することになるからだ。一五　まず第一に、あたかも、ひそかにでなくアテナイ市民すべてに知ってもらう必要があるかのように、白昼私がその木株を伐ったとしよう。そして、もしその事柄がたんに恥ずべきことであるだけならば、おそらく通りすがりの人々のことなど気にしないでよいのかもしれない。ところが私は恥どころか最高の罰を受ける危険を冒していたことになるのである。一六　そして私は必ずや、人として最も惨めな境遇になるであろう、もし私のそのような行為を見知ってしまった私の使用人たちを、今後一生の間、私の奴隷としてでなく主人としてもつ羽目になるならば。そうなれば、かれらが私に対してどんな悪いことをしても、私はかれらを罰することはできないであろう。というのは私は、かれらが私に仕返しをするのも、私を密告して自由身分になるのもかれらの意のままである、とよく承知していることになるからである。一七　さらにまた、もし家の使用人たちのことはまったく考慮外であったとしても、すでに何人もの賃借人がいて皆［地所の状態を］知っているのに、いっ

(1) (2) (3) (4)

たいどうして私がその聖オリーヴ樹の木株を撤去してしまうなどという大胆なことをするであろうか。利益はわずかで、裁判の危険のほうは時効もないのだから、耕作期間を終えた者たちすべてにとって、もし誰かに咎められたとき次の耕作者に責任を負わせることができるように、その木株が損なわれずに存在することこそ望ましいではないか。ところが今や明らかに賃借人たちは私をも放免しており、(5) もしその証言が偽りであるとしたら、かれらは自分たち自身をも事件の共犯者と設定していることになる。**一八** だが、もし私がかれらをまきこむような根回し工作までしたのだとしても、通りすがりの人すべてや隣人たち、つまり、たんに互いに誰が見てもかまわないようなことを知っているのみならず、われらが誰にも知られないようにと内密にしておく事柄までも聞き知っている、そういう人々を、いかにして説得できようか。私にとっては、かれらのうちある人々は友人であるが、ある人々は私の財産について私とのあいだにもめごとをもっている。**一九** この男はそういう人々を証人として出すべきだったのであって、それもせずにただこのように厚顔な

(1) 四七頁註(10)参照。
(2) 原告ニコマコスを指す。
(3) 死刑も想定しうる表現。九三頁註(3)参照。本弁論の時には大祭用の油は指定された聖樹から採られており(二、二五、二九節)、アテナ女神がアクロポリスに生じさせたオリーヴ樹(ヘロドトス『歴史』第八巻五五)の生命の継承(九一頁註(1)参照)を重んじる通念はまだ生きていたと考えられる。聖樹への加害者にとって法律どおりの死刑の可能性はなかった、とはいえないであろう。
(4) 七一頁註(1)(2)および一八五頁註(3)参照。
(5) 賃借人たちは、木株はなかった、と証言した(一一節)。それは私の主張どおりで、私も賃借人たちと同様に無罪だ、ということ。なお九五頁註(5)参照。

告発を為すべきではなかった。かれが述べているところによれば、私が傍らに立っていて、私の使用人たちが幹の根元(1)を伐っていた、そして牛車の御者がその木材を車に積んで曳いて立ち去った、というのである。二〇　しかるにニコマコスよ(2)、きみはその時にこそ、通りすがりの人々を証人として呼んでその問題を明白にすべきであった。そうしたら私には弁明の余地が残されなかったであろうし、きみ自身は、もし私がきみの敵であったならば、そのやり方で私に報復ができたであろう。あるいはもしきみがポリスのために行動したのなら、このように告発しても提訴常習者とは見られなかったであろう。二一　またもしきみが利益を得ようとしたのであれば、その時になら非常に多くを得たであろうに。というのは、事柄は明らかなのだから、私は、きみを［金銭で］説得する以外に自分が救われる道はまったくない、と考えたであろうから。しかるにきみはそういうことは何もしないで、きみの弁論だけによって私を滅ぼすことができると考えており、きみのために証人になる人がいないのは、私の実力と私の財産のゆえだと主張して告発を行なっている。二二　しかしそれでも、もしきみが、聖オリーヴ樹を撤去しようとしている私を見たと言っているその時に九人のアルコン(3)か他の人々つまりアレイオス・パゴスの議員の誰彼を連れてきたならば(4)、ほかにきみのための証人は不要だったのではないか。なぜなら、この紛争に関して裁定を下そうとしているほどの人々なら、きみが真実を述べていると知っていたであろうから。

二三　私はたいへん恐ろしい目にあっている。もし証人たちを提供できる者であれば、その者は諸君が当然その証人たちを信用すると考えたであろう。しかしかれ［現原告］には証人がいないので、かれはその責任も私が負うべきだと考えているのだ(5)。私はそのことも驚くにはあたらないと思う。というのは、かれは提訴常習者なのだから、当然この種の作り話にも証人にも事欠かないだろうからである。だが諸君がかれと同じ考えをもつはずはないと私は思う。二四　なぜなら、諸君は知っているからだ。郊外には聖オリーヴ樹は数多くあり、また私の別の所有地には、戦災で焼かれたまま(6)のものもあるのを。もし私が望んだなら、それらを撤去したり伐ったり、土地を耕作してしまうほうが安全だったであろう。樹は多数あるのだから、不正が明るみに出ても、比較的には小さい不正ということになったであろうから。二五　しかしながら私は、それらの聖オリーヴ樹のことも、祖国や(7)他の財産と同様に重視している、後者は両方とも危機に瀕していると思われるからだ。だが、このことに関しては、諸君自身を証人に立てよう。諸君は毎月の管理にあたり、毎年一度、視察員を派遣しているが(8)、そのうちの誰ひとりとして、聖オリーヴ樹の周囲の土地を耕した廉で私

(1) この箇所のみ *πρέμνα*（もとは「幹の根元」の意、「幹、丸太」にもいう）が用いられている。
(2) 本弁論の原告。二九節から比較的若年と考えられる。第三十弁論の主人物とは別人であろう。
(3) 用語解説「アルコン」参照。
(4) 犯行の現場に役人を連れてきて逮捕させる手続きをいう。しかしここでは逮捕よりも証人を確保する意味のほうが重視されているようである。
(5) 原告は、話者がその社会的地位と財力を利用して（二一節）、証人になりうる者をみな自分の方へ引き入れてしまった、と非難しているらしい。
(6) 女神アテナがアクロポリスに植えた樹はペルシア軍の戦火に焼かれても木株からすぐに新しい芽を吹いた、というヘロドトスの逸話（『歴史』第八巻五五）が想起される。
(7) 「祖国や」は校訂者の補入。もしこの裁判で有罪となれば祖国も財産も失うことになるから、の意味。三二節にも「追放」や「財産」として言及される。
(8) 年一回の「視察員」は実の収穫（二節）時期を決定するための準備であろう。

に罰金刑を科したことなどなかった。二六　こうは言っても私は、小さな罰金刑ですむくらいのことは大げさに考えるが一身に関わる危険[1]は何とも思わない、などというのではまったくない。私がよりたやすく過失を犯せるようなオリーヴ樹は数多くあってそれらを私がこのようによく世話しているのは認められているのに、その一方で、ただ一本の、しかも人に知られずに根から引き抜くことなど不可能であった聖オリーヴ樹[2]を撤去してしまったとして、いま私はここで裁かれているのである。

二七　議員諸君、法に背くには、民主政下と「三十人」の支配下と、いずれが私にとって好都合だったであろうか。しかも私は、あの当時は力があったが今は非難されているなどと言っているのではなく、あの当時は誰にでも不正を行なうことが今よりたやすかったと言っているのだ。さて私は、あの当時でも、今問題になっているような悪事も他のいかなる悪事も為したことはないのが判明するであろう。二八　もし私が誰よりも私自身に対して悪意を抱いているのでないとしたら、諸君がこのように監督管理しているのに、いったいどうして、そこから聖オリーヴ樹を撤去するなどということに手をつけたであろうか。その土地には木は一本もなく、ただ一本のオリーヴ樹[3]の木株だけがあって——とかれは主張するのだが——その周囲には道がついており、両側に隣人たちが住んでいて、囲いもなくどこからでも見通せるというのに。であるから、誰が大胆にもこうした事情を無視して、そのような暴挙に出たであろうか。二九　これは恐るべきことだと思われる。聖オリーヴ樹の管理を四六時中するようポリスから任じられている諸君のほうは、土地を耕作したとして私を罰したこともなく、木を撤去してしまったとして裁判にかけたこともないのに、近所で農業を営んでいるわけでもなく、管理者に選ばれているわけでもなく、この件についての事柄を見知っている年齢でもないこの男のほうが[4]、土地から聖オリーヴ樹[5]を撤去してしまったとして私を告発した、ということは。

三〇　さて私は諸君にお願いする、かれのこのような言葉をかれの行為より信頼できるものと考えないでもらいたい。諸君自身が見知っていることについては、私の敵たち[6]が言うことをそのとおりだと許さず、私の言葉や、私の市民としてのあり方から判断してもらいたい。三一　というのは、私は、自分に割当てられたことはすべて、ポリスによって強制されたものとしてというよりは、むしろすすんで果たしてきたからであり、三段櫂船奉仕も臨時財産税納付も合唱隊奉仕もまたそれ以外の公共奉仕[7]にも、市民の誰にも劣らず金銭をかけてきたからである[8]。三二　しかもこれらのことを、すすんでではなくほどほどにしていれば、追放

---

(1) 九三頁註(3)および九七頁註(3)参照。

(2) 註とともに二、一一、二九節参照。

(3)「木株」＝「聖樹の木株」という了解があるから他の樹木との対比のためには「聖オリーヴ樹の」とする必要はなく、広義の「オリーヴ樹の」を用いたのであろう(九一頁註(1)参照)。

(4) 一般に、弁論をする者は若すぎても老齢すぎても聴衆に不快感を起こさせると考えられていた(クセノポン『ソクラテスの思い出』第三巻六-一、アリストテレス『アレクサンドロスに贈る弁論術』二九)。ここではアレイオス・パゴスの法廷が比較的高齢の議員から構成されているという状況を考慮して、相手の若さを事柄自体への無知と結びつけて強調している。

(5) 二節(九一頁註(5)参照)、一一、二六節およびこの箇所で問題になっているのは同一物のはずであるから、(いずれ芽を吹くべき)木株があれば、それを「聖オリーヴ樹」と呼ぶことができたと考えられる。

(6) 直接には原告とその支援者たちであろうが、三九節および一〇五頁註(1)参照。

(7) 用語解説参照。話者が相当に裕福な階層の市民であることがわかる。臨時財産税については三一九頁註(1)参照。

(8) 三四七頁註(5)参照。

に関しても私の財産に関しても争うことはなかったであろうし、不正を犯すことにもならず私自身の生活を危険にさらすことにもならずにより多くのものを得ることができたであろう。逆に今この者が告発している事を為したとしたら、私にはそこから何の利得もなくただわが身を危険にさらすことになったはずである。三三　このようにみれば、諸君は皆、大きい事柄については大きい証拠を頼りにするほうが正しく、ポリス全体が証言していることのほうを、この者一人が告発していることよりも信頼できると考えることに賛同してくれるであろう。

三四　さてなおそのうえに、議員諸君、他のことからも考えてもらいたい。というのは、私は証人たちを連れてかれのところへ行ったのである。そしてかれに、私が問題の土地を取得したときに所有していた召使はこれですべてであり、かれの望む者を誰でも拷問[(1)]のために差し出す用意があると言った。そうすれば反論はこの男の言葉や私の行為よりも強固になるであろうと考えてのことである。三五　ところがこの男は、召使たちは信用がおけないといって受け入れようとはしなかった。私はおかしなことだと思う、拷問を受ける者たちが、自分自身についてては、死刑になるということをよく知っていながらも告発し、主人たちについては――その主人たちに対してかれらは生まれつき非常に敵意を抱いているのだが――暴露して目前の苦しみから解放されることよりもむしろ拷問に耐えることのほうを選ぶ、などということは。三六　さらにまた、議員諸君、つぎのことは誰の目にも明らかであろう。すなわち、もしニコマコスが要求しているのに私が自分の召使を提供しなかったというのなら、私は自分の悪事を知っているとみえたであろう。しかし、私のほうは提供しているのにこの者が受け取ろうとしなかったのであるから、かれに関しても同じ判断をするのが正当である。とくにその危険は双方にとって平等ではないのだから。(2) 三七 というのは私に関することでは、もし召使たちがこの男［原告］の望んでいることを言った場合には、私には弁明することも許されなかったであろうが、この男に関することでは、もしかれらが同意しなくても、かれはいかなる罰にもあう恐れはないはずであった。したがって、私からの奴隷引き渡しの適切さよりも、かれによる奴隷受け取りの必要性のほうが、はるかに大きかったのである。私は拷問からも、証人からも、証拠からも、諸君がこの件に関して真実を承知することは私の側に有利である、と考えて積極的に動いたのである。三八 議員諸君、よく考えねばならない。いずれをより信頼するか、多くの人々から証言を得た者たちをか、それとも誰からの証言も得られなかった者をか。いずれが当然ありそうなことか、危険に身をさらさずにかれが偽りを述べることか、それともこれほどの危険を冒しても私がこのような仕業をしたということか。また、諸君はかれがポリスのために助けになっていると思うか、それとも提訴常習者としてポリスを責めたてていると思うか。三九 というのは、諸君も認めていると思うが、ニコマコスは私の敵対者たちに説得されてこの訴訟を起こしたのだ、

あたる（用語解説「瀆神行為」参照）。

(1) 用語解説参照。

(2) 結果として有罪になった場合に被告が受ける危険と、無罪になった場合に原告が受ける危険とは同じではないから、ということ。一般的には、原告が敗訴した（法廷の五分の一の票を得られなかった）場合一〇〇〇ドラクメの罰金が科されたが、瀆神罪その他いくつかの例外があった。本件も例外に

不正を為した者を明らかにしようと期待してではなく、私から金銭を取ることをもくろんで。(1) このような裁判は非常に悪意にみちた難しいものであるから、誰でも皆できるだけそれを避けようとするからだ。四〇 しかし私は、議員諸君、それを避けようとは思わず、かれが私を告発するとすぐに、諸君の裁量にわが身を委ねたのである。そしてこの危険があるからといって敵対者の誰彼と妥協をしたこともない。その敵対者たちは自分自身を褒めるよりも私の悪口を言うほうを喜びとするような人々なのであるが。そして今までのところ、誰も私に面と向かってみずから手を下して何か悪を為そうと試みたことはないが、一方でこのような、諸君が信をおくのは不当であるような人々を私に差し向けてきたのである。四一 もし不当にも私が追放の身になることでもあれば、私はすべての人間のなかで最も惨めな者となるであろう、もともと子のない独り者で、家は人も絶え、母は極貧となり、かくも恥多い咎めを受けてこれほどの祖国を奪われて。祖国のために海でも陸でも数多くの戦いに参加し、民主政下でも寡頭政下でもみずから秩序を守ってきた私であるのに。

四二 だが議員諸君、この話はやめよう。こういうことはこの法廷で(2)言うべきでないと思うから。私は諸君の前に、問題の地所には聖オリーヴ樹の木株がなかったことを明示し、証人も証拠も提出した。それを記憶に留めて、この件に関する判定を下すべきであり、また、この告発者からつぎのことを聞き出すべきである。すなわち、いったい何のために、現行犯で告発することもできたのに、これほど時を経てから、これほどの大きな裁判を私に対して起こしたのか、四三 また、行為自体によって不正を犯す者を明示することが可能であるのに、一人の証人も出さずに、弁舌だけで信用されようと努めているのはなぜか、さらにまた、私が、私の傍らにいたとかれの主張する私の召使たちを皆［拷問のために］提供しているのに、それを受け取ろうとしなかったのはなぜか、こういうことを聞き出すことにしてもらいたいのである。

（1）「提訴常習者」たちの常套手段については用語解説参照。話者は三〇節で複数の敵の存在をほのめかしていたが、ここにきて（三九－四〇節）ニコマコスが出したオリーヴ問題はじつは表面上の理由にすぎず、話者の真の敵たちはその背後にいて話者を政治的社会的に葬ろうと画策している、という図式を示す（解説（二）参照）。

（2）アレイオス・パゴスの法廷では係争中の事件以外のことを述べるのは禁じられていた（本書三－四六、アンティポン五－一一、アリストテレス『弁論術』第一巻一）。

第八弁論　講仲間内部の中傷に対する非難

概　要

経済、宗教、社交など共通の目的で結ばれたある集団の内部で金銭関係のもめごとがあり、それをきっかけに今までの不満を爆発させた一人のメンバー（名は出ていない）が、会合の席で集団からの脱退を宣言する、という内容の弁論である。序言（一―二節）のあと、叙述部分は、現在の状況（三―九節）、これまでの状況・貸付金をめぐる係争（一〇―一三節）、これまでの状況・人間関係における中傷（一四―一七節）の三部に分かれ、結語（一五―二〇節）となる。法廷よりはむしろ集団内部に向けた弁論であるらしく、比較的小規模な集団の在り方の一例として、わが国の「講」にも通じるものを思わせて興味深い。なお、パピルスに残る数行の梗概（解説（二）参照）は欠損が大きいが、本弁論が第九、十、十一弁論とともにリュシアス作品中の「罵詈雑言関係」としてまとめられていたことを伝える。弁論制作年代の推定は困難である。

一　以前から述べたいと思っていたことに関して述べるためには、［今日は］適当な機会を得たと思います[1]。この場には、私から非難を向けたい人々がいますし、その一方で、私に不当な行為を為している者たちを咎めるならこの人々の前でこそ咎めたい、と思うような人々[2]もいるからです。その場にいる人々に向ければ熱意もずっと大きくなるというものです。なぜなら私が思うに、ある人々は、もし仲間たち(3)の目に無用な仲間だと見えてもまったくそれを気にしないのでしょう（さもなければ、かれらはそもそも私に向けて過ちを犯そうと試みるようなことはしなかったはずですから）。二　しかしそうでない人々(4)に対しては、私は、この者たちに対して何の不当なこともしていないのにまずこの者たちのほうから不当な被害を受けているのだということを見せたいと思います。これについて述べねばならないのは煩わしいことですが、述べずにいることもできない。期待に反して私が不当な扱いを受け、また、友人と見えていた人々が不正を為しているのに気づいたからには。

三　まず第一に、諸君のうちの誰かが、自分の犯した過ちを弁解しようとしてその言い訳をつくり出した

---

(1) 冒頭の「以前から」によってこの「機会」がそれほど頻繁にはないらしいことが、また次に続く言葉によってこれが仲間全員の集会の席であることが推定される。タイトルを「講仲間」と試訳したのは、漠然とした仲間ではなく、後出註(3)および一〇九頁註(3)に記すような性格の集団であると理解できるため（本弁論末尾一八節では「交友関係(*φιλία*)」と表現される）。タイトルの「非難」は「告訴・告発」とも訳しうる *κατηγορία* である。

(2) 仲間のうちでも話者に同情的ないしは中立的な立場にある人々の存在が示されている。以下、弁論全体を通して人間関係の実情が必ずしも明瞭に記述されていないのは、それがこの場では既知のことであるためか。

(3) 宗教、経済、社交などの面で具体的な目的を共有することによって結ばれた、相互扶助関係の人的ネットワークを指す語の一つ。原語の意味については九頁註(2)参照。

(4) 自分も当然「そうでない人々」に入れているわけであるから、「そうでない人々に対しては」と表現することによって、攻撃する相手方（自分に対して不当な行為をしている人々）以外の人々、この弁論を聞くと想定される人々を、自分と同じ考えに立つものとして自分の側にとりこむ意図を表わす。

りすることのないように願いたい。そのために聞かせてもらいたいのです、諸君の誰が私から悪口を言われたり、不当な仕打ちを受けたりしたか、また誰か、私に頼んだのに、私にできることを要求したのに、手に入れられなかったことがあるか。いったいなぜ諸君は私に対して、ある時は言葉によって、ある時は行為によって、不当な仕打ちをしようとするのか。さらに諸君は、われわれ[1]に向かってある人々のことを罵っておきながら、今度はその人々に向かって、われわれのことを罵ろうとする、それはなぜなのか。四　しかも諸君は、私を訴えるよりも私に関わりあっているとみえるほうを重視したほど、それほどもめごとを好むのです[2]。だが諸君の言ったことすべてを私は繰り返すつもりはない（耳にするのも不愉快なことであったから）。また諸君が私を中傷した言葉をひきあいに出して同じことを言ったりもしないでしょう。もし私が自分のために、諸君が言ったのと同じ言葉を諸君に向けるならば、それでは諸君をこの［中傷という］咎めから解放することになってしまうでしょうから。五　諸君が私に対して不遜なふるまいをしているつもりでいて、じつは諸君自身を嘲笑の的にしていることがあるが、それについて話しましょう。というのは、諸君は、私が無理やりに諸君に近づいて話の仲間に入ろうとしていると主張し、諸君のほうがあらゆる手段を尽くして私を厄介払いしようとしたが、最後には私が、諸君が不承知なのもかまわず、エレウシスの祭りの見物に同席した、と主張しています[3]。しかも、それを言っている諸君は、私を中傷しているつもりでいるが、しかし、諸君みずからの愚かさ、間抜けぶりを曝しているのです。同じ時に同じ一人の男を陰では欺き、表では友人扱いにしているのですから。六　諸君は悪口を言わないか、それとも私とつきあわないか、どちらかを選ぶべきでした。しかもそのことは、はっきりと交わりを断つというやり方で為されるべきでした。もし諸君が断交を恥と思うなら、断交はよくないと諸君が考える、その相手が諸君と交際することのほうは恥にはならないではありませんか。七　そもそも私自身、諸君が何の根拠で私との交際を軽んじても当然となるのか、まったく見いだすことができませんでした。諸君は非常に賢いのに私は無学であるとか、さらに諸君は友人が多いのに私は仲間はずれであるとか、さらにまた、諸君は富裕であるのに私は貧しいとか、諸君は過度に高い名声を得ているのに私は信用されていないとか、私の生活は危ういのに諸君は安定しているとか［そんなふうに考えたこともない］。いったい何を根拠に私は自分が交際相手として諸君から嫌われても当然だなどと思ったでしょうか。八　しかもこのことについては、諸君は、いちばん新参の者たちに話したその時にはわれわれに知らせようとは思わなかったらしい(4)。そしてそこでは巧みなトリックのつもりで人々を欺いたが、

(1)「われわれ」は、自分に共感する可能性のある人々（一〇七頁註（2）参照）に視線を注いで、その人々を「諸君」の側でなく自分の側につけようとする姿勢を表わす。弁論を始めるにあたって自分が孤立した存在ではないことを示すことにもなる。

(2) 難読箇所。六節の内容に呼応していると読む。

(3) 毎年秋に催されるデメテル女神の大秘儀のことか（七五頁註（2）、『国制』三九-二参照）。これとは別にエレウシスでは、競技を伴う祭典が四年ごと、二年ごとにも行なわれていた（同書五四-七）。いずれにせよ、この集団が祭礼や社交のための連帯（一〇七頁註（3）およびアリストテレス『ニコマコス倫理学』第八巻九参照）をもっていることを示唆するであろう。

(4) 八節はテキストがとくに混乱しているところで、かなり修正読みに拠っている。「かれら（新参者たち）がわれわれに知らせるだろうとは思わなかった」と「かれらが」を補う解釈もある。

けっきょくはめぐりめぐって、諸君自身が、好んで悪人と交わっているという非難をかぶっていたのです。

さてそれを私に話している者については、諸君は、探って突き止めるということにはならないでしょう。まず第一に、諸君は私に告げた者を知っていて探すことになるでしょうから。諸君が自分でその話をした相手を知らないはずはない。九　それから、その人が諸君に対して為したことを私がその人に対して為したら、私は悪者になるでしょうから。というのも、かれがわれわれに告げ口したのと諸君がかれに話したのとでは、事情が異なります。かれが話したのは私の気に入るために、私の近親者に告げたのですが、諸君のほうは私を中傷する目的でかれに告げたからです。そしてそのことがもし私にわかっていたなら、私は反論を試みたでしょう。だが実際は（そのこともまた、それ以前のことと符合し、私にとってもそのことは以前のことの証拠で、以前のことは今度のことの十分な証拠なのですが）、一〇　まずヘゲマコス相手の馬の担保の件では、[1]私はすべて諸君を通して事を運んだのですが、その馬が病気にかかっていたのでそれを取り消そうと私が望むと、ここにいるディオドロスは、[2]私の気持ちを変えさせようと試みました。かれは、ポリュクレスは一二ムナについては何も反対しないであろうし、返済するであろうと主張したのです。その時はそう言いながら、その馬が死ぬとついにこの者たちに与して私に敵対する側につき、私が問題の金銭を取り立てるのは不当だと言いだしたのです。一一　しかるにかれらは、まさにみずからを告発していたのです。というのは、もしこの者たちとともに私が為したことについて、[3]私が不当な仕打ちを受けていながら何も言わないことが正しいのであれば、おそらくかれらが共同したやり方はうまくいったことになるのでしょう。そして私のほうは、かれらがこの件については言を左右にしていたので、反対の議論をもちだすのだろうと思っていました。一二　ところがかれらは、反対の議論はせずに反対の行動に出てきた。そしてその目的は、ポリュクレスが私の話の内容を知るように(4)、ということだったのです。事の次第は［つぎのようにして］明らかになりました。仲裁係たち(5)を前にすると、ポリュクレスは怒った調子で、かれが聞いたところでは、私は講仲間たちに対してさえも不正を為しているらしい、と述べました。だが、このことはまさに告げ口の内容と一致するではありませんか。なぜなら、私にもたらされた告げ口の内容は、諸君が、私のために弁明しようとしている人々(6)を翻意させようと言っており、すでに何人かを妨害して弁明を取りやめさせた、ということだったからです。そしてそれは私がこれ以上あからさまに反論する必要はないでしょう。一三　さあ言ってもらいた

(1) 難読箇所。諸写本のままでは意味がとれない。「ヘゲマコス」は近代の修正読み。アッティカに同名者は多いが同定は困難である。話者はヘゲマコスの仲介で馬を担保にとってポリュクレスに金銭を貸したらしい。

(2) ディオドロス以下、本弁論一六節までに名指される計七人は、いずれも本弁論以外では未詳。

(3) 「私が為した」は近代の補入。この箇所ではほかにも修正読みがある。

(4) 調停に臨む以前に、相手が申し立てるはずの話を知るように画策したこと。

(5) 「仲裁係たち（*διαιτηταί*）」は「原籍区の裁判員」が扱う範囲（金額一〇ドラクメ以内の事件）を越える事件を引き受けて和解または判決を出す役職で、六〇歳に達した市民でその年に他の役職についていない者がその任にあたった（『国制』五三-二-六参照）。ただし当事者が私的に選んで委任する「仲裁係」もあり、本弁論では後者を指すとする解釈もある。仲裁係のもとでの係争は本弁論と同時進行のかたちで、まだ継続中のはずである。

(6) 補助弁論（用語解説「エピロゴス」参照）をする者のこと。

い、そもそもかの男［ポリュクレス］(1)は、私がクレイトディコスに私の補助弁論をしてくれるよう(2)頼んだのに拒絶されたということを知っていた、とでもいうのですか。かの男はこの者たちのそばに居もしなかったではないか。いったいかれにとって、私の近親者たちに向かってそのようなことを捏造すべく努力するほど一生懸命に諸君のもとへ私を中傷する、そのことには何の利益があったのですか。

一四　私は知っています、諸君は、今もそうだがすでに以前にも口実を探していたのです。諸君が、トラシュマコスが私のせいで諸君の悪口を言っていると主張していたときもそうだった。そこで私はかれに尋ねて、ディオドロスを悪く言っているのは私のせいなのか、聞いてみた。ところがトラシュマコスは、私のせいなどということは気にもしていませんでした。かれは、ディオドロスのことを悪く言ったのが誰かのせいだなどということはまったくない、と言ったのです。そして、私がこの一件を直接の対決にもってゆこうとしているとき、トラシュマコスはこの男［ディオドロス］(3)が言ったことについて論争を受けて立つ気になっていました。(4)しかしこの男のほうは、それに応じるくらいならいかなることでもやってのけたでありましょう。

一五　そのあと、アウトクラテスが、私のいるところでトラシュマコスに、「エウリュプトレモスがきみから悪く言われたというので、きみを非難している、それを知らせたのはメノピロスだが」と告げた。トラシュマコスはすぐに、私とともにメノピロスのところへ出かけた。するとかれは、まったく聞いたこともなければエウリュプトレモスに対して知らせたこともない、それどころか、長いあいだ言葉を交わしてもいない、と主張しました。一六　諸君が当時、私とトラシュマコスとの交際をこのような口実にしていたことは明らかです。いま、諸君には口実がなくなったので、私を当時よりもあからさまに苦しめるようになり、余すところはもう何もない。まったく私は、諸君が私に向かってまで諸君自身についての悪口を言っていたあの当時に、いずれこのような仕打ちを受けることになるということを覚るべきでした。しかもそれに続いて、ポリュクレスについても、(5)いま諸君が援助している者だが、かれについても私は諸君にすべてを話したのでした。一七 まったく、なぜ私はこのことに注意しなかったのか。(6)少々お人好しだったので、やられたのです。というのは、私は自分が諸君の友人であって、諸君が私に向かって他の人々の悪口を言うからには自分は何も悪口を言われない特別な立場にある、(7)と信じこんでいて、お互いについての非難中傷は、諸君の一人一人からの信用の保証であると思っていたのです。

一八 さて私はすすんで諸君との交友関係(8)から脱退することにします。神々にかけて、もし諸君と交際しなくなったからといって何か報いを受けるとは思えない。今まで交際してきても何の得るところもなかった

(1)「かの男」という指示詞から、ポリュクレスはこの席にいないことがわかる。
(2) 用語解説「エピロゴス」参照。クレイトディコスもこの集団のメンバーの一人であったらしい。
(3) 一〇節で「ここにいるディオドロス」と指されている人物。一四節では「諸君」とディオドロスとは同一視されていて、「諸君」のなかでも話者にとっては中心的な攻撃相手とみえる。
(4) 一四―一六節から、トラシュマコスは話者に同情的な立場をとっているらしいことがわかる。
(5) 馬を担保にして話者「私」から一二ムナを受け取った人物(一〇、一二節および一一一頁註(5)参照)。
(6)「しなかった」という否定詞は近代の補入。
(7) 難読箇所。
(8) 一〇七頁註(1)(3)、一〇九頁(3)参照。

からです。今後、何か私に訴訟事がある場合、その時私は、［諸君のなかから］弁論者と証人とを欲しいと思うだろうか。[1] 現在でさえ諸君は、私のために弁じるどころか弁論者[2]を妨げようと試み、私を助けて正しい証言をするどころか、私の敵対者たちの側について、かれらのために証言しているのです。一九 それとも諸君は、私に好意をもつ者として私に関して立派な良いことを言おうとするでしょうか。とんでもない。今や私のことを悪く言うのは諸君だけ、という現状なのです。さて私についてはもう、諸君の邪魔になるものは何もないでしょう。今回のようなことは、諸君が諸君自身について経験するでしょう。諸君のあいだには、仲間に対してはつねに悪口を言い、悪くあしらうという習慣が一つあるからです。私が諸君のもとにいなくなったら、それは諸君自身に向けられるだろうし、そうして各自一人ずつ諸君自身が嫌われてゆくでしょう。そして最後にはただ一人残った者がわれとわが身を中傷することになるでしょう。二〇 私は最初に諸君から離れてゆくから、諸君から悪く扱われるのもいちばん少なくてすみ、それだけ得をするというものです。諸君は、諸君と交際する人々を悪く言ったり、扱ったりしている。しかし、交際しない人々については、そんなことはけっしてできはしないのですから。

（1）「弁論者」は補助（場合によっては代理）弁論者を指す。これが補助弁論者を提供する集団の一つであることが読める。

（2）別途進行中の貸付金の件で「私のために補助弁論をしようとする者」のこと（一二—一三節および一一一頁註（5）参照）。

第九弁論　兵役被登録者のために

概　要

兵役に登録された者が、その不満を将軍（用語解説参照）への罵りとして口に出したために罵詈雑言罪で罰金を科せられることになり、諸々の経緯の末に事柄が「罰金未払い」として法廷（通常の民衆法廷であろう）にもちだされた、という状況で、その被告のために作成された弁明弁論である。被告の名はポリュアイノスで、おそらくアテナイ市民であろう。原告は弁論中で明確に限定されてはいないが将軍職にあったクテシクレスとその一派とみられる。弁論の構成は、序言（一―三節）、事件の叙述（四―七節）、論証（八―一八節）、結語（一九―二二節）。制作年代は、頻繁に徴兵が行なわれているらしい記述からコリントス戦争（前三九五―三八七年）の間とされているが確定はできない。

一　私の相手方は[1]、この事件そのものは等閑にしておきながらその一方で私の性格を非難しはじめたが、いったい何を考えているのだろうか。問題の事柄について語ることこそ適切であるというのを知らないのだ

（1）複数で示されている。

ろうか。それともそれはわかっているが、諸君の注意を逃れようとして、あらゆることについて必要以上の話を語っているのであろうか。二　かれらが私を軽視してではなく事柄を軽視して演説している、ということはよくわかる。もし逆にかれらが、諸君は事柄を知らないために中傷者たちに説得されて私に有罪の判決をするだろう、と考えているとしたら、そのほうが驚くべきことであろう。三　陪審の市民諸君、私は、この裁判が私に課せられているのはこの提訴についてであって私の性格についてではない、と思っていた。ところが私の相手方が私を中傷するので、あらゆることについて弁明をしなければならなくなった。ではまず今回の債務支払いの召喚[1]について諸君にお話ししよう。

四　私は以前にこのポリスへ帰着して[2]、まだ二ヵ月も在住しないうちに兵役に登録された[3]。私はそのことに気づくと、すぐ自分が登録されたについては正常ならざる事情があると疑った。そこで担当の将軍[4]のもとへ行って、すでに兵役は果たしたことを明らかにしたが、何も妥当な措置を講じてもらうことはできなかった。それどころか恥をかかされて怒りを覚えたが、しかし事を荒立てることはせずにいたのである。五　困惑した私は、市民の一人にこの事態にどう対処したらよいか相談しているうちに、かれらが[5]、「ポリュアイノスはカリクラテスよりもアテナイに在住している期間が短いとはけっして言えない」という言い分で私を拘留するとまで脅しているのを聞き知った[6]。しかも私が上に述べた相談のことは、ピリオス[7]の銀行のカウンターでの会話だったのであるが、六　それなのにその役職者[8]であったクテシクレスの一派は、誰かから私が侮蔑の言を吐いていたと知らされて、法が禁じているのは議場内の公職者を侮蔑する場合だけであるのに[9]、その法を無視して私を罰すべきだと考えたのである。しかしかれらは私に罰金を科したものの実行に移そうとはせず、任期満了時に告知板[10]に記して財務役たちに引き継いだのである。七 クテシクレス一派の為したことは以上であった。しかし財務役たちは、この者たちとはまったく違う考え方をとり、その告知板を残した前任者たちを召喚して非難の口実を調べた。そして事情を聴くと、私がいかなる立場に立たされたかを考

(1) 原語 ἀπογραφή は、公的な債務を負っている者について、債務支払いの担保とする目的で作成・公表される財産目録。そのような債務者を被告として法廷に呼び出すこともいう。

(2) 諸写本に従って「以前に」と読む。底本は「二年前に」という修正読みを採る。話の筋から推して「帰着して」と訳した語は、本来は「来て（到着して）」の意味である。

(3) 兵役登録にさいして恣意的な人選が行なわれたりして市民の間にも不満のあったことは、アリストパネス『平和』一一七九行などからもうかがえる。

(4) 兵役登録の管理は将軍（用語解説参照）の国内での職務であった（本書十四-六）。

(5) 将軍たちの合議があったことが読みとれる。

(6) ポリュアイノスが本弁論の話者と読める。紀元後一世紀の修辞家ルティリウス・ルプスによればリュシアスには「ポリュアイノスの財産について」なる弁論（題名のみ現存）があり、それと同一人物とみる説もある。カリクラテスについては本弁論以外では未詳。なおパピルスに残る梗概（解説（二）および第八弁論概要参照）には、「カリクラテスが兵役から帰ってきて」と読めるが詳細は未詳。

(7) この箇所以外では未詳。金融業に従事していることから、在留外人であったと推測される。

(8) ここでは将軍を指す（用語解説「アルコン」参照）。これを筆頭アルコンと解して事件を前三三四／三三年とする（したがって本作品は偽作となる）説もある。

(9) この法は相手が一般市民である場合についていえることで、将軍やアルコン相手の場合には「議場内」の制限はつかなかったとされる（デモステネス二一-三二―三三参照）。話者が故意に解釈を拡張しているのであろうか。なお一二九頁註(10)参照。

(10) 石膏を塗った書板で、一時的な告示や事務書類に使われた（『国制』四七-二、五三-二）。

慮して、まず第一に私への罰金を撤回するようにとかれらの説得に努めた。同じ市民の誰彼を憎しみのゆえに兵役登録するのは好ましくない、と諭したのである。しかしどのようにしてかれらを翻意させたらよいか困惑して、諸君のもとでの裁きに委ねることに同意したうえで罰金を無効と判定したのである(1)……。

八　これで、財務役たちによって私が罰金を免除されたことは理解してもらえたと思う。またまさにこの証明ゆえにこの告訴からも解放されてしかるべきだと考えるので、さらに多くの法や他の正当性の根拠をも提出しよう。その法を読みあげてもらいたい。

法(2)

九　この法が、議場において侮蔑の言を吐く者たちは罰せられると明言しているのは、聞いてのとおりである。しかるに私はすでに証人たちを出したように、執務室(3)には入らなかったのだから、罰金を科せられるのは不当であり、それを負うとか支払うとかも正当ではない。一〇　もし議場に入らなかったのが明らかであるならば、そして法は議場内で誤った行為をしている者が罰を受けるべきだと明言しているならば、私は明らかに不当行為はしておらず、それではなくて相手方の敵意によって、理に合わない罰を受けているのだ。かれら将軍たち自身でさえ自分たちが不当なことをしたのは認めている。一一　というのは、かれらは執務報告を提出しなかったし(4)、法廷に入って自分たちの行為を投票によって承認させることもしなかったからである。さて、もしこの人々が罰金を科したのは正当であり、諸君の前でその罰を決定したというのであれば、私のほうも、財務役たちがそれをとりやめにしたのだから、当然のこととして訴訟から解放されているといえるであろう。一二　もしじっさい、かれら将軍たちに罰金を科したりそれをとりやめたりする権限がない(5)

とすれば、私が法に従って罰せられたうえで罰金という負債を負っているのも説明のつくことであろう。しかしかれらに罰金取り消しの権限があって、かれらが扱っている件について執務報告をすることになれば、かれらがもし何か不正を為してきた場合にはたちまちそれにふさわしい罰に見舞われることになるであろう。

一三　私の件がどのように引き継がれ、罰せられたかの次第を、諸君は理解されたであろう。諸君はなお、この提訴の原因のみならず敵意の口実をも知っておく必要がある。というのは、私はソストラトス(6)と友人関係になったのだが、それはこの者たちの敵意を買う以前で、かれがポリスについて多大の貢献をしたことを知っていたからである。**一四**　かれの力のおかげで私は人に知られるようになったが、私はそれによって敵

---

(1) この直後に証人の証言が行なわれたと考えれば「証人たち」（九節）との整合性は保てるが、それには証人登場（証言朗読）を予告する定型句が必要であろう（用語解説「証人」参照）。書写の欠落数行が推定されている。「諸君のもとでの裁き」を執務審査の場とみる解釈もある（一二二頁註（2）参照）。

(2) 六節および一一七頁註（9）参照。

(3) 執務室も議場の一つであるから、の意味であろう。

(4) 用語解説「執務審査」参照。

(5)「ない」という否定辞は前後関係の整合性から補入されたもの。罰金の決定から納付にいたる手続きや、将軍職と財務役との職権の範囲、実際の経緯、話者にとっての有利・不利など詳細は未詳。本弁論の話者自身、以上だけでは十分な説得力がないと考えるからこそ、相手方の敵意というつぎの論点をもちだすのであろう。

(6) この箇所以外では未詳。第一弁論（二二、三九節）の同名者とは別人とされる。話者との年齢差（次節参照）から、同性愛（少年愛）の関係であったことが考えられる。その親密な関係が話者にもたらした社会的・政治的な有利と不利、少年愛が市民としての政治生命に関わってくるという点は、第三弁論とも共通する。

に報復することも、友に善行を為すこともなかった。かれが生きていた間は、私は若年ゆえに暇な生活を送る[1]ことを余儀なくされていたし、かれの死後は、言葉においても行動においても、ここにいる私の告発者たちの誰ひとりをも傷つけたことはなく、もしそれを話せば私に不利になるどころかむしろ相手方から利を受けても正当であろうようなことまで、述べうるほどである。一五　ともかくかれらが怒りを見せたのは、いま述べた事情のゆえにであって、敵意にいたる口実はほかに何もないのである。ともかくかれらは、まだ兵役に服したことのない者を徴用すると誓っておきながら、その誓いを踏みにじり、民衆の前で私の一身に関わる裁判[2]の決定を下すようにしむけたのである。一六　公職者に対して侮蔑の言を吐いたとして罰金を科し、正義をまったく無視し、あらゆる理屈をつけて私を傷つけようとつとめた。私を大いに傷つけ、自分たちを大いに利するためならかれらは何でもしたであろう。こういう目的がひとつもなくてさえ、正義を行なうことを何よりも軽視している者たちなのだから。一七　いやじつのところは、かれらは、諸君の数[3]を軽視し、神々を畏れるべきだとも考えずに、これほど不注意にまた法に反して私を攻撃したのだ、すでに為された事柄について弁明を試みることもせず、それどころか最後には、私への報復が十分でないと考えて、奥の手としてポリスから追い出すことにしたのである。一八　これほど法に反した暴力的な考えをもっていたので、不正行為を隠すことを何とも思わず、私を、不正行為をはたらいたとして同一の事柄について再び裁判に引き出し[4]、何の証拠もみせずただ罵っている。私の生き方には合わない、むしろかれら自身にふさわしい、いつものやり方で中傷を投げかけているのである。

一九　この連中はいかなる手段をとってでも私をこの裁判によって陥れようと躍起になっている。だが諸君はかれらの中傷に煽られて私に有罪の投票をしてはならない。また、より善く正しく思慮した人々[5]の意見を無効にしてはならない。その人々はすべてを法と蓋然性[6]とに従って執り行ない、明らかに、何の不正も為さず、何よりも、正しいことを重んじているのである。二〇　私は不正をはたらいているこの者たちのことは、たいして怒ってはいなかった。敵が悪意あることを為し、友が善意あることを為すのは定石だと思うからだ[7]。だが、もし諸君の手で正義を奪い取られるなら、はるかに強く苦しむであろう。そうなれば私が被害を蒙っているのは敵意によるのではなく、ポリスから悪意をもたれているゆえだと見えるであろうから。

二一　私は言葉の上では債務支払いの督促[8]に関して争っているが、実際には、市民権に関して争っているのである。というのは、もし正義を得れば（私は諸君の判断を信じているが）私はこのポリスに留まることが

（1）「余暇をもつ」すなわち政治や裁判など公の仕事に携わらないことを指す。有力者との関係を政治的に利用できる年齢にはまだ達していなかったという主張である。

（2）有罪となれば、財産は没収され市民権を失って亡命せざるをえなくなることを意味する（一七、二一節）。この節、「ともかく」が連続するこの続き方は唐突なので、本文の欠落を疑う見方もある。「民衆の前で」が、この場を民衆法廷であろうとみる根拠（一一九頁註（1）参照）。

（3）一五七頁註（3）参照。

（4）最初の罰金決定（六節）と今回の「未払い」裁判と。

（5）罰金の決定を取り消した財務役たち（七節）を指す。

（6）原語 τὸ εἰκός については一五三頁註（1）参照。

（7）「敵には悪を、友には善を」の考え方が叙事詩の時代からギリシア思想のなかに深く根づいていることについては、すでに多くの指摘がなされている。ここではそれが一般的通念として語られ、それをふまえたうえで話者自身の主張（友から悪を受けることこそ苦しい）が強調される。

（8）一一七頁註（1）参照。

できよう。しかしもし、この連中によって不当にも捕らえられるようなことがあれば、私は逃れるであろう。なぜなら、いったいどのような希望に力を得て、共に市民として生きてゆくことができようか。あるいはまた、相手方の執拗さを知りながら、［それに対抗すべき］いくらかの正義をどこに求めたらよいかを知らなければ、いかなる判断を下すべきなのか。二三　どうか正しいことを重んじ、よく知れわたっている不正事についても諸君は赦しを与えていることを考慮して、何も悪いことをしなかった者たちが、敵意のゆえに不当にも最大の不運に落ちこんでゆくのを見捨てないでもらいたい。

第十弁論　テオムネストス告訴――その一

概　要

一人の市民（名は出ていない）が、テオムネストスなる市民から「きみは、きみの父親を殺した」と罵られたとしてかれを罵詈雑言罪で告訴し、仲裁係の裁定（その内容は述べられていない）が出された。本弁論は、その裁定を不服とした原告が陪審廷に事件をもちこむさいの弁論である。やや変則的な構成をとっており、告訴の事由となっている罵詈雑言事件は序言（一―三節）の最後に一行述べられるのみで、つぎに相手の罵言雑言の内容が偽りであることの短い論証（四―五節）と証人の提出がなされる。作品の大半を占める部分（六―三〇節）は、論証のかたちで「文言が異なっても意味内容が同じであれば、罵詈雑言罪に当たる」との主張が展開される。ここではとくに相手を自明の理も解さない愚か者とする揶揄的でいささか強引な論調をとる。三一―三二節が結語。比較的短い弁論のなかで初め（六節）と終わり（三〇節）に相手の主張をくずして無力化するための「先取りの反駁」があるのも話者の姿勢の表われと読める。弁論の制作年代は前三八四／八三年である。

一　私には証人が欠けて困るということはないだろうと思う、陪審の市民諸君。(1) 見たところ、あの時その場にいた人々の多くがいまここの諸君のうちに陪審員として出席しているからだ。あの時、というのは、リュシテオス(2)がテオムネストス(3)を、武具遺棄(4)をしていながら禁令を犯して民会で演説している(5)、といって提訴したときである。(6) なぜなら、あの裁判のさいにかれは、私［話者］が実の父親を殺害したと言ったのである。(7) 二　しかし私のほうは、もしかれが、その父親を私が殺害したとして非難したのであったら、かれの言を許したであろう（私はかれの父を、つまらない、何の値打ちもない者と思っていたから）。(8) またもし、何か他の禁句を聞かされたのであれば、かれを攻撃するようなことはしなかったであろう（罵詈雑言の廉で訴訟を起こすのは自由人らしからぬ、あまりにも訴訟好きなやり方だと思うから）。三　しかし実際には、私自身の父に関して――諸君にとってもこのポリスにとってもあれほど重要な人物であったから――このような言葉を投げた者に報復しないのは恥ずべきことだと思われるし、また、かれが諸君から罰せられることになるか、それともアテナイ市民のうち、このかれ一人には法に背いて自分の望むままに言ったり行動したりしてよいという特権が与えられているのか、それを知りたいとも思うのである。

四　私は、陪審の市民諸君、年齢三二歳で、(9) 諸君が帰還してから、今年は二〇年目である。(10) したがって私の父が「三十人」の手にかかって死を遂げたとき私は一三歳だったと思う。(11) そのような年齢では、寡頭政が何であるか理解することもできなかったし、不当な扱いを受けていた父を助けようにもできなかったであろう。五　また、私が財産目当てに私の父の死を企んだなど、正気の沙汰ではない。というのも、すべてを相

（1）本弁論においては陪審員への呼びかけ「陪審の市民諸君」が非常に頻繁にみられる。本件の陪審員の多くは「事件」の場にいた人々である（一節）ので、頻繁な呼びかけはかれらを当然自分に有利な証人になる者と見立てて自分の側につけようとする意図の表われと読める。

（2）この箇所以外では未詳。

（3）リュシアス断片『テオムネストスに対する告発』で罰金の債務者として告発されている人物と同一人とみる説も否定されていない。

（4）一二九頁註（1）参照。戦場で武具（とくに盾）を棄てることは、道徳的な恥辱であり、軍事的な規律違反であった（アンドキデス一-七四、アイスキネス一-二九、イソクラテス八-一四三および一三五頁註（4）参照）。

（5）基本的には市民は誰でも民会での発言権を有していたが、何らかの罪によってそれを禁止（市民権の剝奪）されている場合、それを無視して発言すると、他の市民は、発言の資格を審査するために問題の発言者を呼び出すよう提訴することができた。

（6）この「提訴した」（εἰσήγγελλε で修正案もある）の訴訟形式については議論が多い。ここでは広義に解して訳す。

（7）話者はリュシテオス側の証人として出廷していたのであろう。

（8）この文のままでは法の下の平等の原則に反する衝撃的な言であるとして「かれの父を……者と」でなく「そのことを……ことと」に修正する提案やこれを一種のジョークととる見方などがある。しかしここは「もし」という仮定文中の挿入句であり、伝承どおりでも文脈からみて「殺害者の正当性は被害者の価値の有無に左右される」という主張を正面切って行なっていることにはならないであろう。

（9）写本は「三〇歳」であるが、次の第十一弁論冒頭の「三二歳」という記述と一三歳から数えての整合性とによって「三二歳」に修正される。

（10）亡命者たちとくに「ペイライエウス派（民主派）」の帰還（前四〇三年）から数えて本弁論の年代がわかる。実際は「諸君」すなわち「ペイライエウス派」ではないはずであるが、民主政復活後の弁論の特徴的な表現として、陪審員＝全市民の代表＝民主派＝話者自身という図式をとることが多い。

（11）「私の父」の同定については本書二十-一二九の「レオン」とみるほか諸説あるがいずれも決定的ではない。話者が当時少年であったことは法廷に認められる事実だったであろう（満一八歳で成年に達する規定であった）。一三六頁註（2）参照。

続したのは私の兄(1)パンタレオンで、かれが私たちの後見人となって父の全財産を取ったのである。(2)だから、陪審の市民諸君、種々の理由から私は父の存命を願うほうが当然であった。こうした事柄について述べねばならないが、しかし多言を費やす必要はない。なぜなら諸君はほぼ全員が、私の言うことが真実であると知っているからである。それでも以上のことに関して証人たちを出そう。(3)

証人たち

六 さて、陪審の市民諸君、おそらくかれはこれらのことについては弁明をしないかもしれない。そして仲裁係に対してさえ大胆にも言ったことを、諸君にも述べるであろう。(4)それはすなわち、人を「自分の父親を殺した者(5)」と呼んだからとて禁句ではない、法はそのようなことを禁じているのではなく、「人殺し」と言うことが許されていないのだ、と。**七** しかし私が思うに、陪審の市民諸君、諸君は名称について議論するのではなく、その意図するところについて議論するのである。また、人を殺害した者は誰でも人殺しであり(6)、誰でも人殺しはすなわち人を殺害した者である、とは周知のことだからである。もし同一の力をもつ名称をすべて書き記すとしたら、立法者にとってはたいへんな仕事になるであろう。だから立法者は、一つの名称を挙げることによって同様のあらゆる場合を示すことにしたのである。(7)**八** おそらくきみは、テオムネストスよ、きみを「父殺し」「母殺し」と呼んだ者は罰すべきであるが、「[おまえは自分を]産んだ人あるいは産ませた人を殺した」と言った者は禁句を言ったわけではないから罰しなくてよい、などと考えはしないだろう。**九** というのも、私はきみの意見を聞ければありがたいのだが(きみはこのことに関しては長じており、実際面でも理論面でも関わってきている(8))、もし誰かがきみのことを「盾を投棄した」と言ったら

（1）「兄」についている定冠詞を「父の（兄弟）」の意味にとってパンタレオンを「話者の伯（叔）父」とする解釈もあるが、大方の説に従う。リュシアス断片（題名のみ）に残る人物（『パンタレオンに対する告訴』）と同一とする見方もある。

（2）ここに述べられた長兄のやり方は、兄弟間の均分相続を定めた法（イサイオス六-二五）に反するが、話者（および他の兄弟たち）が未成年者であったことから、事情はより複雑になったと推測される（本書十六-一〇参照）。

（3）「自分は父を殺してはいない」という話者の主張がこの四-五節で片づけられていること自体、次節冒頭の言葉と合わせると、その主張がすでに相手も認めているところであることを思わせる。

（4）「仲裁係」については一一一頁註（5）参照。この文から、現在の場が仲裁係の裁定を不服とする訴えを審理する陪審廷（『国制』五三-二―三参照）であると推定できる。裁定内容はテオムネストスの言い分を認めるものであったはずで、理論上は、(a)話者は父殺しである、ゆえにテオムネストスは罵詈雑言罪には当たらない、(b)話者は父殺しではない、しかしテオムネストスは罵詈雑言罪には当たらない、のいずれかであろう。四節および前註を考慮すれば、(a)の可能性は低いのではないか。

（5）この発言を文字どおりにでなく「見殺しにした」という比喩的な意味にとる解釈がある。テオムネストスは「言葉は同じでも意味が違う」と弁明したいところであるのに、話者はそれを比喩と承知のうえで故意に文字どおりにとって「言葉は違っても意味は同じ」との主張を多数の法例を挙げて展開し相手を翻弄している、とみるのである。しかしこの解釈によってもなお本弁論全体への疑問は残るであろう――話者は何の必要があってこれほどまでに相手を愚弄するのか。

（6）「人を……であり」は、次の第十一弁論三節との整合性から、写本筆写者が犯した脱字と推定されて近代に補入された部分。

（7）この節に始まる一連の論法は、のちにアリストテレスが「公正さ（ἐπιείκεια）」と呼び（『大道徳学』第二巻一）、現在の法律用語でいう「衡平的解釈」に近いとされるもの。また「公正とは書かれた法と真実の間で判断すること」（『弁論術』第一巻一三）ともいわれ、当法廷でもそれが陪審の市民たちに受け入れられる考え方だったのであろう。

（8）テオムネストスが盾放棄の廉で告発されて有罪（民会での発言禁止）になり云々という一連の訴訟事件（一節）に関係させた皮肉。

（法では、「盾遺棄と発言した者は罰せらるべし」とある）、きみはその者を訴えないで、自分とは関係ないことだからといって盾投棄に満足するだろうか。投棄と遺棄とは同じではないとの理由で。[1]　一〇　また、もしきみが「十一人」[2]のメンバーであったら、誰かが外衣[3]を剝ぎ取られたとか、短い内衣[4]を取られたとか言って犯人を略式逮捕[5]してきたら、「追剝ぎ」という名称を使っていないからといって前と同様、釈放したりするだろうか。また、少年を誘拐して奴隷に売った廉で捕らえられた者がいたら、きみはそれが「人身誘拐者」[6]ではないと言うだろうか、もしきみは名称について争うのであってその所業に注目しようというのではないならば――まさに人は皆、所業あってこそ名称を決めるのに。一一　そのうえ、考えてもらいたい、陪審の市民諸君、この人物は怠惰と柔弱さゆえにアレイオス・パゴス[7]に登ったことがないようである。ご存じのように、かの法廷では殺人事件が裁判にかけられるときは、その「人殺し」という言葉を開廷時の宣誓のなかで使ってはならず、今回私に投げられている「殺害した」という言葉を用いねばならない。つまり、原告は相手が「殺害した」と宣誓し、被告のほうは「殺害していない」と宣誓するのである。[8]　一二　殺人の行為を為した者を、その者自身が自分は「人殺しである」と言っているのに、宣誓時の原告の表現は、被告は「殺害した」であった、という理由で放免したらおかしなことではないか。しかるにこの人物が言わんとするところはこれと少しも異ならないのである。しかもきみ自身、「盾を投棄した」と言ったという罵詈雑言の廉で、テオン[9]に対して訴訟を起こしたではないか。だが、投棄については法には何も規定はなく、「盾を遺棄した」と言った者について五〇〇ドラクメの罰金を払うよう命じた規定があるのだ。[10]　一三　まったくおかしなことではないか、きみが非難される立場になって敵に報復したいときには今私がしているように法を解釈し、きみが法に反して他人を悪く言うときには罰を受けるのを不当とするというのは。きみは自分の望むように法を操ることができるほどそれほど力があるのか、あるいは、人がきみから不当な仕打ちを受けて

（1）本弁論では、武具放棄に関する争点として二つの語および二つの文法形態が対比使用されている。訳語としては、棄てて放置したまま（帰還した）という状態を指すほうに「遺棄」、投げ棄てた行為を指すほうに「投棄」を当てて区別している。なおプラトン『法律』九四四B－D参照。

（2）用語解説参照。

（3）外衣（ヒマティオン）は、内衣の上に巻きつけるようにして着る羊毛製の衣服。長方形の一枚布なので毛布のようにも使われた。

（4）「キトニスコス」（「キトン」の縮小詞）。やや薄手の膝丈の衣服で、ペルシア戦争後に足首丈の「キトン」に代わって用いられるようになったとされる。

（5）用語解説参照。

（6）自由身分の市民を奴隷に売る者、および他人の奴隷を不法に横領する者をいう。これは盗人、追剝ぎと並んで略式逮捕の対象となるべき犯罪者とされた（『国制』五二-一）。「少年誘拐」は「人身誘拐」（成年者をも含む）ではないのか、との問いも、当然とみなされていることを相手だけはわかっていないという形に論を運んで相手を滑稽な立場に追い込むことを意図する。

（7）用語解説「アレイオス・パゴスの会議」参照。

（8）アレイオス・パゴスの法廷における宣誓については、デモステネス（二三-六七－七〇）に詳細な記述がある。

（9）この人名の読みは諸写本に従う。本弁論一節に言及される人物と同一として「リュシテオス」とする校訂版が多い（底本もその一つ）が、一節では「遺棄」が、ここでは「投棄」が使われており、また二つの訴訟が同一であるとの確証はないことから、あえて伝承を変更する必要はないと思われる。

（10）禁句を口にした者に対するこの罰金については、前三九〇年代成立と推定されるイソクラテスの弁論（二〇-三）に規定があるが、「禁句」の具体的な詳細はわからない。古典期以前でも、死者への罵詈雑言や神殿、競技場ほか一定の公共の場所における生者への罵詈雑言については五ドラクメ（相手に三、国庫に二ドラクメ）の罰金が科された（プルタルコス『ソロン伝』二一）。なお一一七頁註（9）参照。

もけっして報復しないだろうと思うほど実権を握っているというのか。一四　それともきみは、ポリスに対する善行によってではなくて、ポリスに対する悪行[1]の罰を受けずにすませることによって、いっそうの利益を得るはずだと思うほど思慮に欠けているのが恥ずかしくないのか。では法を朗読してもらいたい。

法[2]

一五　さて陪審の市民諸君、諸君全員に明らかになったと思う、私は正しいことを言っているがこの男は言われたことも理解できないほど間抜けだ、ということが。それではこの男に、別の諸法からもこの事柄を説明したい。遅まきながら何とかこの男が、その座席[3]にある間に教育され、将来われわれに無理難題をもちかけることがないように。それでは古いソロンの法[4]を朗読してもらいたい。

一六　法「法廷が追加刑を科すときは、一〇日間、桎《あしがし》に繋ぐ[5]」。

テオムネストスよ、ここでいう「桎《あしがし》に繋ぐ」は、今では「足枷《あしかせ》に繋ぐ」といわれているものである。さてそれではこの刑を経験した者が出所後に「十一人」の執務審査に臨んだ場合[6]、自分はかれらによって、桎《あしがし》にではなく足枷《あしかせ》に繋がれた、と言ってかれらを告発したら、皆その者を愚か者と思うであろう。また別の法[7]も朗読してもらいたい。

一七　法「アポロンにかけて誓言の後、保証人を提出すべし。判決を恐れるときは逃亡を企つべし[8]」。

この「誓言の後」は「誓いの言葉を述べたのち」ということであり、「逃亡を企つ」というのは現在の表現では「逃げ出そうとする」にあたる。

「家の内に盗人あるとき、家屋内立入禁止と為す者は[9]」。

この「家屋内立入禁止」は「戸を閉ざすこと」であり、言葉が異なるからといって内容に異同あるべからず、である。

(1) かれが盾を放棄したことをいう。

(2)「禁句」に関する法であろうが、その内容は本弁論以外からは未詳。男女市民のアゴラでの仕事を侮蔑することの禁止(デモステネス五七-三〇)、役職者への罵りの禁止(本書第九弁論)など個別の例は散見される。

(3)「座席」「演壇」両方を指しうる語。二〇節にも出る。法廷で原告、被告それぞれに与えられた場所をいう。

(4) これが文字どおり古代ギリシア民主制の礎を置いた立法家ソロンの制定になる法文(前六世紀初頭)であったという確証はない。前五世紀以前から存在していて、前五世紀末に再整備された法の中にとりこまれたものであろう。本弁論当時の日常語と異なる古めかしい文言を含む箇所を取り出して、名称ではなく意味・実体が問題だという主張を支える例として使っている。以下一九節までの引用についても同様。この部分は、原語としては法律用語(古語)と日常語という位相の違いを示す例としてとくに興味深い。

(5)「一〇日間」は写本どおりの読み。底本を含めて「一〇日」を「五日」に修正する校訂版が多く、その根拠はデモステネス二四-一〇五の、窃盗犯に対する罰金刑に追加しうる刑としての「五日五晩の桎」なる規定(ただし後代の挿入とみる説もある)である。しかし本弁論の一行がデモステネスの伝える規定と同じものの引用と断定することは困難なので、本訳では修正しない。

(6) 用語解説「十一人」、「執務審査」参照。

(7) この「別の法」は単数なので、一七―一八節までの三つの引用は同一の法、すなわち窃盗に関する法からの引用とみる解釈を採る。

(8) 殺人事件の場合でも、被告は一回目の弁明弁論のあとで自発的に国外退去することが許容されていた(アンティポン五-一三、デモステネス二三-六九―七〇参照)が、窃盗事件についても同様であったのか。

(9) 窃盗犯(容疑者)の家の家宅捜索を妨害する者をいうのか(プラトン『法律』九五四A参照)、犯人を中へ閉じ込めて犯行の現場を確保しようとする者か、二様の解釈がある。

一八　「金銭は、貸し手の望むままに秤量《ひょうりょう》さるべし(1)」。
きみは利口だ(2)、この「秤量《ひょうりょう》」という語は、［たんに］「秤《はかり》に載せて重さを量る」という意味ではなく、貸し手が思うままに「利息を付ける」という意味なのだ。では次に、ここにある法(3)の終わりの部分を読んでもらいたい。

一九　「公然と往来する女たちは(4)」とか、「家僕傷害の場合の二倍たるべし」など(5)。
注意してもらいたい。「公然と」というのは「目立つように」ということであり、「往来する」は「歩き回る」ことであり、「家僕」というのは「家の召使」のことである。二〇　陪審の市民諸君、このような例は、挙げればきりがない。しかるに、もしかれが鉄でできているのでなければ、事柄それ自体は昔も今も同じであって、ただ名称だけが今と昔とでは異なる場合があるのだ、ということがよくわかったと思う。かれはそれを態度で示すであろう、つまり何も言わずにかれの座席を降りることになろうから。二一　もしかれがわかっていないのなら、陪審の市民諸君、私は諸君が正しい票決をするよう要請する。父親を殺したといわれるほうが、盾を遺棄したと言われるよりもはるかに不名誉であることを考慮して。まったく、自分の父親についてこのような評判をたてられるくらいなら、私はありとあらゆる盾を投棄してしまうほうを受け入れるであろう。

二二　さてこの男は、起訴の事由にあたる身であって、しかもかれの受ける禍は事柄に比しては小さいものであるというときに諸君の同情を得た(6)のみならず、証言した者(7)を市民権剥奪に追い込みさえした。ところが私のほうは、一方でかれが諸君もご存じのあの事をしたのを見ており、他方、自身では自分の盾を守ったのに、このように神をも畏れぬ恐ろしい事柄の噂をたてられていて、もしかれが無罪とされるならば、私はきわめて大きな禍に見舞われることになるのだ。かれの禍など、もしかれが罵詈雑言の罪で有罪にされてもとるにたらないものであるが。そのような立場にある私がかれを罰することができないというのか。二三
私には諸君の前で非難される理由があるのか。(8) 私が悪評をたてられているのは正当だとでも言うのか。しかし諸君自身はそれを否定するであろう。それとも私よりも被告のほうが、良い両親から生まれた、より良い人間だとでも言うのか。しかしそれはかれ自身も主張できないであろう。私が、自分では武具を遺棄してお

---

(1) 一般的な金銭貸借の利息についてではなく、ある限定（おそらく窃盗犯に関する法）のなかでの貸付金の金利が問題になっていると解される。「秤量」の原語 *στάσιμος* の本来の意味は「立っている、静止した」であるが、「秤で量る」の用例もある。

(2) 相手を馬鹿にした皮肉な呼びかけ。

(3) 新たに別の法文を手渡すなどして朗読させるのであろう。「法の終わりの部分」ということは次の二つの引用が、そこにまとめられた関連事項であることを示唆する。

(4) 娼婦を指す。プルタルコス『ソロン伝』（二三-一）の婦女暴行（と売春斡旋）の補償金規定のなかに同文言で「公然と往来する女たちは（除く）」とある。

(5) 第二の引用は難読箇所。底本（修正読みの一つ）に従って、補償金が暴行の被害者の身分に応じて規定されていることを示すととる。

(6) 勝訴した、の意。それがリュシテオス提訴の時（一節）のことか、対テオンの訴訟（一二節）か、あるいはまた別件であるのか、話者をめぐる過去の事情は不明。

(7) 二四、三〇節にディオニュシオスと名指されている。かれの市民権剥奪（八一頁註（2）参照）はおそらく偽証罪によるものであろうが、「偽証」がどの裁判においてなされたものかはわからない。

(8) 「諸君は何の根拠があって私を非難するのか」との解釈もある。

きながら、それを保持した者に対して罵詈雑言罪の訴訟を起こしているとでも言うのか。しかしこの町に拡がっている話はその逆である。二四　諸君がこの男にあのことで大いにりっぱな贈物をした[1]のを想起してもらいたい。あの件ではディオニュシオスを哀れまなかった人があるだろうか。危険にさいしては最も勇気ある市民であったが、あのような禍に見舞われ[2]、二五　法廷を出るときに言ったところでは、われわれの行なったあの遠征は最も不幸な戦い[3]で、そこでは市民の多くが戦死し、盾を保った者たちも、盾を放棄した者た[4]ちからの偽りの証言によって捕らえられた、自分自身についても、帰還してこのような目に遭うくらいなら戦場で生命を終えていたほうがよかった、とのことであった。二六　どうか、悪く言われても当然のテオムネストスを哀れんだり、思い上がった不遜な行動に出て法に背いた言葉を吐く者を容赦したりしないでもらいたい。私にとっては、あれほどの父親に関してこのように不名誉な非難を受ける以上に大きな禍はないのだ。二七　私の父は何度も将軍となり、さまざまな数多くの危険を諸君と共にしたが、とくに敵方には自分の身を捕虜として差し出したこともなく、同胞市民には、かつて一度も、執務審査にさいして負い目を感じたこともなかった。だが満六七歳のときに、寡頭政のもとで多数の諸君に好意的[5]であったために倒されたのである。二八　このような発言をする者に対して私が立腹し、父に加担するのは当然ではないか、父までが悪評をたてられているとあっては。というのも、父にしてみれば、敵の手にかかって倒され、子らによって非難されるのでは、これ以上の癒しがたい痛手はないではないか。今もなお、陪審の市民諸君、かれの武勇の記念は諸君の神殿に、この者とその父とが為[6]した禍の記念は敵方の神殿に納められているというのに。これほど、怯懦はかれらにとって生まれつきだったのである。二九　そして陪審の市民諸君、たしかに、かれらはその容姿において丈高く若くあればあるだけいっそう、反感の的になるのである。なぜならかれらは、肉体においては力があるが精神においては無力なのが明らかだからである。

三〇　陪審の市民諸君、聞くところによると、テオムネストスは、私がディオニュシオスと同じ証言をしたので(7)怒りにかられてあの言葉を吐いたのだという弁論をしようとしている由である。しかし諸君は、陪審の市民諸君、心してもらいたい。立法者は怒りを理由に赦免することはなく、もし発言が真実であると明らかにされなければ発言者を罰するのである。私はすでに二度もこの件について証言している(8)。諸君が「盾放棄の」目撃者は罰するが放棄者たちは許す(9)など、まだ知らなかったからである。

三一　さてこの件についてはこれ以上言うべき事はない。私は諸君に、私にとってはこれ以上重大な裁判

(1) テオムネストスがディオニュシオスに対して勝訴した時のことを指す。
(2) ディオニュシオスは本弁論以外では未詳（本書十三-四一の同名者とは別人）。「禍」は二二節の市民権剝奪を指す。
(3) 前三九四年のコリントス付近での戦いをいう（本書十六-一五、『ギリシア史』第四巻二-一一参照）。
(4) ここでは「盾保持」との対比のみが問題なので「遺棄」「投棄」とは異なる語形が用いられる（一二九頁註（1）参照）。
(5) 一五七頁註（3）参照。
(6) 相手のテオムネストスを指す。自分たちは敵方から武具を奪い取って神殿に奉納したのに、相手方は敵に武具を奪われた、という対比。戦利品としての武具を神殿に奉納保管しておくのは古来の慣習である（本書十二-四〇他）。
(7) リュシテオスの提訴（一節）による裁判のとき（一二五頁註（7）参照）。
(8) リュシテオスの提訴の時（一節）と、ディオニュシオスが偽証で訴えられた時（一二、一四節）と、と読む。
(9) ここでは悪事の目撃者との対比であるから、上掲註（4）と同様になっている。

はないのだということを考慮して、テオムネストスに有罪を票決するよう要求する。というのは、現在私は罵詈雑言罪でかれの原告であるが、まさにその同じ投票によって父を殺した罪の被告となるからだ。(1)成年の資格審査を終えるとただちにひとりで(2)「三十人」をアレイオス・パゴスに訴え出た私であるのに。(3)三二 以上の次第を記憶に留め、私にも私の父にも、また現行の法と諸君が為した誓言とに対しても擁護の手をさしのべてもらいたい。

---

(1) 話者の言を文字どおりにとれば、仲裁裁定(一二七頁註(4)参照)は(a)であったことになる。しかし話者が現法廷における相手の無罪と自分の「父殺し」での有罪(その点ではすでに決着(b)がついているにもかかわらず)とを強引に結びつけて裁判を有利に導こうとしている、とも考えられる。

(2) 上記四節から数えて前三九九/九八年のことと推定される。用語解説「資格審査」参照。

(3) 「ひとりで」は、「兄弟(五節参照)のうち自分だけが」の意味ととるが、「市民のうちただ一人」ととることも不可能ではないように弁じている。もし話者の提訴が事実とすれば、「三十人」のうちその時アテナイに残っていた可能性のあるのはペイドンとエラトステネスであるから(本書十二-五四)、第十二弁論のエラトステネスは、リュシアス自身がなした告発のさいには無罪になり、その後本弁論の話者によって再度訴えられたことも考えられる。ただし裁判が実現したかどうかは話者も述べていない。

第十一弁論　テオムネストス告訴——その二

概要

前弁論の要約とみられる作品。内容としては、第十弁論の一五—二〇節すなわち当時の日常語とは異なる法律用語の例として数行の法文が引かれるところすべてと、関連の別件（二四—二五節）とを省略して、それ以外のところを、話者の主張を強く押し出す形で半分弱の長さにしたものである。この要約がいつ誰によって作成されたものか、どのような事情で第十弁論の要約だけが主弁論に続いて中世写本の伝承経路に乗ったのか、まだ十分解明されていない。ただ、紀元後二世紀後期—三世紀初めと推定されるパピルス（オクシュリンコス・パピルス二五三七、解説（二）参照）に、「罵詈雑言関係四作品のうち」として一〇行の記述があって「テオムネストス告訴」（その一）と（その二）の間の異同が指摘されているところから、要約の作成がそれ以前に遡ることは間違いないと考えられる。

一　かれ［テオムネストス］が私のことを、父親を殺害した者だ、と言ったことは多くの諸君が見知っており、私のために証言もしている。だが、私がその行為をしていないことは明らかである。なぜなら、現在私は三二歳(1)であるが、諸君が帰還してから今年は二〇年目である。二　したがって、私の父が「三十人」の手にかかって死を遂げたとき私はおそらく一二歳(2)であって、寡頭政が何であるかも知らず、父を助けることもできなかった。私が財産目当てに父の死を企んだこともありえない。というのは兄が全財産を取って、われわれからは奪ったからである。

三　しかしながらかれはやはり、もし「自分の父親を殺した」と言えば禁句を口にしたことにはならない、法はその言い方を禁じているのではなくて「人殺し」という表現を禁じているのだから、と述べるであろう。しかし私は、名称についてではなくて、所業(3)の意味するところについて議論すべきであると思うし、誰か人を殺害した者はその人の殺人者(4)であり、誰かの殺人者というのはその人を殺害した者である、とは周知のことだと思うのである。四　もし同一の力をもつ名称をすべて書き記すとしたら立法者にとってはたいへんな仕事になるであろう。だから立法者は、一つの名称を挙げることによって同様のあらゆる場合を示すことにしたのである。おそらく、もし誰かがきみを「父殺し」とか「母殺し」とか呼んだら罰すべきであるが「自分を産んだ人あるいは産ませた人を殺した者」と呼んだら罰しなくてよい、などということはありえまい。五　また、もし誰かが「盾投げ(5)」と言っても罰せられないことになるだろう。というのは、法は、「盾を遺棄した」と言った場合には罰を定めているが、「盾を投棄した」と言った場合のことは記していないからである。同様にしてゆけば、もしきみが「十一人」のメンバーであったら、他人の外衣や短い内衣を剝ぎ取ったという理由で略式逮捕されてきた者でも、「追剝ぎ」という名称がついていなければ受けつけないことになるだろう。六　また、少年を誘拐して奴隷に売った者を「人身誘拐者」として受けつけることもないであろう。一方きみ自身は、「あいつは盾を投棄した」と言った人を罵詈雑言の廉で訴えたではないか[6]、法にはそのように書かれてはおらず「遺棄した」が禁句となっているのであるが。おかしなことになるではないか、他人が言う場合には、いま私がしているように法を解釈して敵に報復すべきだとし、きみのほうが他人に言う場合には、罰を受けるのを不当とするのならば。七　だから、私を擁護してもらいたい、父親を殺したと言われるほうが、盾を投棄したという評判をたてられるよりもはるかに不名誉であることを考慮して。まったく、自分の父親のことでこのような評判をたてられるくらいなら、私は盾などみな遺棄してしまうほうを

（1）前弁論四節では諸写本は「三〇歳」。この異同についてはパピルス（概要参照）は言及していない。

（2）前弁論四節では「一三歳」。この異同はすでに前記パピルスにおいて指摘されており、書写伝承の誤りというよりも、そもそもこの要約を作成した者の誤りに起因することも考えられるので、修正読みは提案されていない。

（3）前弁論では「それ［諸名称］の」（意図するところ）となっていたが、要約者はおそらく誤解して「諸所業の」と書き改めている。これにより後続の原語（両弁論とも同一語）は、ここでは「意味するところ」と訳した。

（4）原語では前弁論の「人殺し」と同一語であるが、ここでは文脈の必要上、「殺人者」と訳す。

（5）「人殺し」のように一語の合成語で、武具放棄者を臆病者、卑怯者として揶揄するのに使われた（アリストパネスの喜劇では前四二三年上演の『雲』三五三行、前四二一年上演の『平和』一一八六行。なおプラトン『法律』九四四B－C参照）。

（6）本書十一二参照。

受け入れるであろう。しかも私は、諸君も知ってのとおり、この男の［盾放棄の］現場を見たのだ、私自身は盾を守ったのであるが。であるから、どこに私がかれを罰することができない理由があるのだろうか。八 私には非難される理由があるのか。私が悪評をたてられたのは正当だとでも言うのか。しかし諸君自身はそれを否定するであろう。かれのほうが良い人間であるとでも言うのか。しかしそれはかれ自身も主張できないであろう。それとも私が、自分では武具を放棄しておきながら、それを保持したかれに対して訴訟を起こしているとでも言うのか。しかし、この町中にまき散らされた話はその逆である。九 どうか、悪く言われても当然の者を哀れんだり、思い上がった不遜な行動に出て法に背いた言葉を吐く者を容赦したりしないでもらいたい。しかもその言動は、何度も将軍職を務め、諸君とともに多くの危険を冒し、敵方の捕虜となったことも、執務審査時に諸君に負い目を感じたこともなく、諸君への好意ゆえに七〇歳にして寡頭政の犠牲となった、一人の市民[1]に向けられているのである。一〇 かれのことを思って怒りを抱くのは当然である。敵どもの手にかかって死んだのに、自分の子らによって殺されたと非難されるのでは、これ以上の癒しがたい痛手はないではないか。かれの武勇の記念は諸君の神殿に、この者たちの怯懦[2]の記念は敵方の神殿に、納められているというのに。

一一 かれは怒りにかられてあの言葉を吐いたのだと言うだろう。しかし諸君は心してもらいたい、立法者は怒りを理由に赦免することはなく、［発言が］真実であることを示さなければ発言者を罰するのである。私はこの件について二度証言をしている。諸君が［盾放棄の］目撃者は罰するが放棄者たちのほうは赦すなど、まだ知らなかったからである。したがって私は、かれに有罪を票決するよう要求する。一二 現在私は罵詈雑言罪でかれの原告であるが、まさにその同じ投票で私は父を殺した罪の被告となるのであって、私にとってはこれ以上重大な裁判はないといってよい。成年の資格審査を終えるとひとりで「三十人」をアレイオス・パゴスに訴え出た私であるのに。さあ、かの人にも私にも擁護の手をさしのべてもらいたい。

(1)「三十人」によって殺された自分の父を指す(二節)。前弁論では「六七歳」で死んだとされていて、その異同も前記のパピルスにおいて指摘されている。ただしこの場合は、要約作者が、きりのよい数字として「七〇歳」と記しているとも考えられる。

(2)テオムネストスとその父を指す。本弁論では、テオムネストスを含めて個人名はいっさい出ていない。

第十二弁論　「三十人」のメンバーであったエラトステネス告発
――リュシアス自身の演説

概　要

「三十人」政権下で兄を殺された弁論作者リュシアスが原告となって、その殺害に関わったとして「三十人」の一人（エラトステネス）を告発する弁論。直接に手を下しての殺害ではないので殺人事件裁判の法廷ではなく、「三十人」を対象に設けられた、規定の資格を有する市民からなる執務審査（用語解説参照）の法廷において行なわれたと考えられる。話者は、真に糾弾さるべきは目前の被告のみならず「三十人」とその同調者たちであることを序言（一―三節）において明示する。事件の叙述（四―二三節）は個人的な事柄を扱うが、それと同じほどの長さをもって、市民全体が「三十人」の暴政の犠牲者であることが結語（八一―一〇〇節）部分で語られる。それに先立つ論証（二四―八〇節）部分でも、事件についてのエラトステネス糾弾（一―四〇節）とかれの前歴攻撃（―六一節）とそれを補強するためのテラメネス攻撃（―七八節）とが、ほぼ等しい比重で展開される。弁論全体として二重の告発を意識した内容と構成形式とが見事に一致し、明晰で力強い文章と相俟ってリュシアスの代表作となっている。前五世紀末において在留外人が法廷に立って弁論することが可能であったか否か、いずれの見解をとるにせよ、制作年代は、「三十人」体制崩壊（前四〇三年秋）から最終的な和解（前四〇一／〇〇年）に至る間と推定される。

一　陪審の市民諸君、この告発は話を切り出すのが難しいわけではなく、話を打ち切るのが難しいのだ、と私は思う。かれら(1)が為した悪事はあまりに大きく数多いので、偽りの申し立てをしようとしても事実以上に恐ろしい事例を挙げることはできず、真実を述べようとしてもすべてを言いつくすことはできずに、告発者が諦めてしまうか、時間がたりなくなるか、ということにならざるをえないほどなのである。二　思うにわれらはこれまでとは正反対の立場におかれることになろう。というのは、以前には告発する側が、被告側に対していかなる敵意を抱いているかを示さねばならなかった。ところが今は、被告たちから、この国に対していかなる敵意を抱いたがゆえにあえてそれに向けてこれほどの悪事を為したのかを聞き出さねばならないのである。もとより、私に個人的な敵意や不幸がなくてこのようなことを言うのではない。それどころか、市民全員に、公私両面にわたって憤るべき理由が十分にあるのである。三　私はといえば、陪審の市民諸君、これまで自分のことでも他人のことでも訴訟事件を起こしたことは一度もないのに、いま事態に迫られてこ

(1) 糾弾されるべき悪事の行為者がエラトステネス一人ではなくて複数であることを冒頭から明示している。この話者の意図をくみ、また推定される法廷の性格を考慮して、本訳においては「告訴」ではなく「告発」を用いている（用語解説「公訴と私訴」参照）。エラトステネスは本弁論以外ではクセノポンの「三十人」（解説（三）参照）のリストに名が出ているのみ（『ギリシア史』第二巻三-二）。同名者がきわめて少ない名であるとの理由で本書第一弁論の主人物と同一視する見方もあるが、第一弁論中に被害者の政治的な経歴がいっさい言及されていないこと、両人物の年齢の開きが大きいと思われることから、別人とみるのが通説である。なお本弁論冒頭の一文はラテン語訳されてキケロの *Pro Lege Manilia* の冒頭に使われている。

の男を告発するのやむなきに至ったものであり、その結果、経験のなさゆえに、資格も力量もないままに私[1]の兄と私自身とのためにこの告発演説をすることになるのではないか、とまったく意気消沈することがしばしばであった。しかしそれにもかかわらず、私の力の及ぶかぎり、できるだけ手短かに、事の起こりから諸君に伝えるよう努めたい。

四 私の父ケパロスは、この地へ来るようにとペリクレスに説得されて、三〇年間ここに住んだ[2]。そしてわれら兄弟も、父も、誰に対しても一度たりとも訴訟沙汰を起こしたことはないし、また訴えられたこともなく、他人に対して過ちを犯すことも他人から不正を蒙ることもないような生き方を、民主政のもとでしてきたのである。**五** ところが「三十人」が、悪辣な提訴常習者[3]でありながら権力の座につくと、不正な人々を国から粛清してそのほかの市民たちを徳と正義へと向けねばならぬとの主張を掲げ、口ではそういうことを言いながらも、かれらが大胆にも実行にとりかかったのはそれとはまったく逆のことだったのである[4]。その次第については、まず私自身のことを話して、ついで諸君の場合について記憶を呼び戻すように努めよう。**六** そもそも「三十人」の席で在留外人について発言したのは、テオグニスとペイソンである[5]。すなわち、この体制に対して不満を抱く者たちがいる、だからかれらを罰するように見せながらじつは金を集めるための口実が立派に成り立つ、まったくのところ、この国の財政は逼迫しているのだが、支配するには財力が必要なのである、と。**七** そして、聴いている者たちを説得するのに苦労はしなかった。というのもかれらは皆、人を殺すことは何とも思っておらず、金銭を得ることのほうを重視していたからである。そこでかれらは一〇名を逮捕することに決め[6]、そのなかに二名の貧しい者を入れた。残りの［八名の］者たちに対して、この逮捕が金銭目当てのものではなく国益を思って為されたことであるという弁明ができるようにするためである。あたかも自分たちの為してきたことはどれも立派に弁明が成り立つのだと言わんばかりであった。

八　そしてかれらは家の分担を決めるといよいよ出かけていった。[7]かれらは私が客人たちをもてなしているところへやって来て、客人たちを追い払い、私をペイソンに引き渡す。ペイソン以外の人々は製作場に入ってゆき、奴隷のリストを作りはじめた。[8]私はペイソンに、金銭を受け取って私を逃してくれるかと尋ねた。

（1）類義語を重ねて意味を強める修辞。その裏に在留外人リュシアスの弁論資格の問題への暗示もあると読むべきか。

（2）大政治家（七五頁註（7）参照）と自分の父が近しい間柄だったことを、さりげなく聴衆に印象づけている。「クセノス」（用語解説参照）の関係であったともいわれる（解説（三）、（四）参照）。

（3）用語解説参照。

（4）「三十人」の初期の政策についての評価は、本書二十五-一九、『国制』三五-二一三なども参照。

（5）両者ともに「三十人」のメンバー。テオグニスは悲劇作者でもあった（アリストパネス『アカルナイの人々』一一行、一四〇行他）。ペイソンについての詳細は本弁論以外では未詳。

（6）クセノポンによれば「三十人」が各々一人ずつ逮捕することになった、という（『ギリシア史』第二巻三-二一）。ここではまず手始めに一〇人、ということか。

（7）「三十人」のうちの三人（一一節）とその部下たち。

（8）兄弟の所有する盾の製作場。製作場は一般に市民または在留外人が所有して奴隷に作業させ、時には経営を委ねることもあった。奴隷数が二〇から三〇名でも比較的大きな製作場であったらしい（一九節参照）。奴隷の価格はおそらく性別、年齢、技能などによって異なったのであろう。一例として、前四一五年のある没収財産リスト上では、八五－三〇一ドラクメの幅がある（『ギリシア碑文集成』第一巻（第三版）四二一番三三－四九行）。

かれは答えた、金額が大きければ、と。九　そこで私が銀貨一タラントン[1]なら渡す用意がある、と言うとかれはそうすることに同意した。さて私は、かれが神々をも人間をも信じない者であることはわかっていたが、それでもやはりその時の状況からみて、どうしてもかれから誓約をとっておく必要があると思った。一〇　かれが、誓いを破った場合には自分も子孫も滅びてあれ、という呪いの言葉をかけながら、その一タラントンとひきかえに私を助ける誓いをたてたので、私は自分の寝室に入って箱[2]をあける。ペイソンはそれに気づいて入ってくる。そして中にある物を見ると部下を二人呼ぶ。そしてその箱の中の物を取るよう命じた。一一　陪審の市民諸君、かれが、合意したものだけではなく銀貨三タラントン、キュジコス金貨四〇〇スタテル、ダレイオス金貨一〇〇スタテル[3]、それに四個の銀の大盃[4]にまで手を出したので、私はかれに、せめて逃げるための路銀だけでももらいたいと頼んでみたが、かれは、命が助かるならありがたく思うべきだろう、と言ったのである。一二　私とペイソンが外へ出て行くときに、ちょうどメロビオスとムネシテイデス[5]が製作場から出てきた。かれらは、まさに門口のところで私たちに追いついて、どこへ行くのかと尋ねる。ペイソンは、私の兄のところへ、そちらの家の中の物も調べるために行くのだと答えた。するとかれらはペイソンにそちらへ行ってくれと促し、私にはダムニッポスの家まで自分たちについてこいと言った。一三　ペイソンは私に身を寄せて、黙っているように、自分もいずれそちらへ行くから安心するように、と告げた。さてそちら[6]では、かれら二人と私はちょうどテオグニスが別の人々を見張っているところに来あわせる。メロビオスとムネシテイデスは私をテオグニスに引き渡すと、戻っていった。私は、このような状況にあっては、もう死が目前にあるのだから危険を冒そうと決めた。一四　そこで私はダムニッポスを呼んでこう言う、

「きみはちょうど私の講仲間で、私はそのきみの家に来た。私は何も悪いことをしているわけではない、財産ゆえに殺されそうになっているのだ。だからきみは、こんな目にあっている私に、快くきみ自身に備わった力を提供してくれ、私を救うために」。かれはそうしようと約束した。そしてテオグニスに話をもちかけるほうがよいだろうと判断した。かれなら金銭をやればどんなことでもするだろう、と考えたからである。

一五 ダムニッポスがテオグニスと話している間に（私はたまたまその家の勝手には通じており、出入口が二つあることも知っていたので）、これを利用して逃げ出す試みをするのがよいと思った。もし気づかれずにすめば逃げ出せるだろうし、もし捕まったとしても、テオグニスがダムニッポスに説得されて金銭を受け取れば放免されることに変わりはないだろうし、そうでなければ、いずれにしても死ぬことになるのだから、

---

(1) アテナイの貨幣の単位とその相互関係については凡例参照。前五世紀末の熟練職人の日当は通例一ドラクメであった。

(2) 貨幣のほか文書、衣類、薬など貴重品を入れる箱（アリストパネス『蜂』一〇五八行ほか）。

(3) アテナイの通貨に換算すると、一キュジコス貨は二八ドラクメ、一ダレイオス貨は二六ドラクメに相当する。

(4) 主に献酒に使われる平たい大盃。

(5) 両者とも「三十人」のメンバー。前者はおそらく前四一一年の寡頭政権成立のさいに「四百人」を支持する演説をした人と同一人（『国制』二九-一）。後者については本弁論以外では未詳。

(6) ダムニッポス（本弁論以外では未詳）の家。かれも在留外人であるかもしれない。

(7) 本来「ある目的のために役に立つ、有用な」を意味する形容詞で、「ある目的のために集まった仲間」を指すと考えられる（本書一-一二、八-一を註とともに参照）。

(8) アテナイの家屋は中庭を囲んで建てられた一群の部屋からなり、ふつう中庭側が正面で街路側は壁面となっていた。この家では街路に通じる出入口が二つあったらしい。

という思案があったからである。**一六**　このように考えて私は、かれらが中庭に通じる戸口で見張っている間に逃げ出そうとした。私が通り抜けなければならない扉は三つあったが、どの扉もたまたま開いていた。そして私は船主[1]のアルケネオスのところに着くと、私の兄の消息を探るためにかれをアテナイへやる。かれは戻ってくると、エラトステネスが兄を路上で捕らえて牢獄へ連行した[2]と報告した。**一七**　そして私のほうは、この知らせを聞いたうえでその夜の間にメガラ[3]へ渡ったのである。ポレマルコスのほうには「三十人」が、かれらのもとでは日常化していた、毒盃を仰ぐべしというあの宣告を下した。何ゆえに死刑になるのか、その理由を告げるより先にである。このように、裁判を受けたり弁明を行なったりすることは論外とされたのであった[4]。**一八**　しかもかれが死んで牢獄から運び出されるときになると、われら一家には三箇所に家があったのだが、かれらはそのいずれからも葬列を出すことを許さず[5]、テントを賃借してそこへ遺体を置いた。また外衣もたくさんあったのに、人々が頼んでも一着も葬儀のために出してはくれず、けっきょく友人たちが、ある者は外衣を、ある者は枕を、と各人ありあわせのものをポレマルコスの葬儀用に出してくれたのである。**一九**　またかれらは、われらの財産である七〇〇面の盾を押収し、金銀を大量に押収し、さらに自分たちが手に入れることがあろうなど夢にも思わなかったほど多くの青銅製品、装飾品、家具、婦人用外衣を、そして奴隷を一二〇名——その中の最も有能な者たちを自分のものにし、残りを国有としたのであるが——をも手に入れておきながら、なおかつ貪欲と汚れた利欲に目がくらんでいて、自分たちの本性を証明した。というのは、メロビオスは、最初にポレマルコスの家へ踏み込んだときに、ポレマルコスの妻がたまたまつけていた金の耳飾りを、彼女の耳から奪い取ったのである。**二〇**　そしてわれらはといえば、ごくわずかの財産に関してさえ、かれらの哀れみに与ることはどうしてもできなかった。それどころかかれらは、われらの財力ゆえに、われらに対して、あたかも誰か非常な悪事を蒙って怒りを抱いている人々がするような仕打ちをした。このような仕打ちに値する悪事など、われらはこの国に対して何もしておらず、それどころか合

（1）「商船の所有者」または「船長」で、自分の船で商品を運搬する商人をいう。アルケネオス（この名自体「船主」を意味しうる）はこの箇所以外では未詳。話者リュシアスとは、ダムニッポス（一四七頁註（6）参照）と同様、親しい（おそらく講仲間の）関係にあると読む。

（2）現行犯として捕らえた「悪行者」（窃盗、強盗、誘拐犯など）をただちに「十一人」（用語解説参照）のもとに連行するのと同じ手続き（用語解説「略式逮捕」参照）がとられたことをいう。ただし、一般の場合は犯行を認めればそのまま死刑、否認すれば裁判にかけられたが、本弁論（一七、八二、九六節）においては「三十人」の暴政下では「十一人」に引き渡されることすなわち死刑に処せられることであった、という主張が読みとれる。

（3）アテナイの北西に隣接するポリスで、ボイオティア、コリントス、アルゴス、カルキス、オロポスなどとともに「三十人」に反対する者の亡命先であった。リュシアスはここで亡命し、ペイライエウスへ戻るのは五三節。したがって以下一九節までの事件は直接自分で見たことではなく、何らかの形の伝聞にもとづく叙述である。

（4）「三十人」は一五〇〇人を下らぬ数の市民を裁判ぬきで死刑に処したとされる（『国制』三五-四）。

（5）葬列は死者の家から出すのがふつうであった。通例は、埋葬のための準備は六〇歳以上の女性の近親者が行なう。遺体を清め、敷布、経帷子、被布として外衣（一二九頁註（3）参照）を用いて包み、花や冠で飾ってから、枕で頭部をやや持ち上げた姿勢で棺台の上に終日安置する。葬列は翌朝日の出前に墓地へ向かう。

唱隊奉仕(1)の役はすべて果たし、多額の臨時財産税(2)も納め、秩序を守って身を処し、命じられることは何でも行ない、誰を敵としたこともなく、多数のアテナイ市民を敵の手から取り戻すために賠償金を支払いもしたのに(3)。在留外人の身でありながら市民であるかれらの生き方とはまったく逆の生き方をしていたわれらを、かれらは、あれほどの仕打ちに値する者と考えたのである。二一　すなわちこの者たちは、多くのアテナイ市民を敵の手に追いやり、不当に殺害して埋葬もせず、市民権をもっている者たちの多数からその権利を取りあげ(4)、多くの者の娘の、成立しかけていた結婚を妨害したのである(5)。二二　そしてかれらの厚顔ぶりは、弁明をするためにここへやって来て、何の悪いことも恥ずべきこともしていないと主張するほど甚だしい。私はかれらの主張が真実であってくれたらと思う。もしそうであれば、私にもかれらのいう善事の恩恵が少なからず分け与えられていたであろうから。二三　だが現実は、国に対しても私個人に対しても、かれらはそのようなことを為してはいない。じじつ、私の兄を、さきにも述べたように、エラトステネスは殺したのだ。かれ自身が個人的に私の兄から害を受けたからでもなく、兄がこの国に対して過ちを犯したところをかれが見ていたからでもない。ただ、かれはみずからの違法性にすすんで最後まで奉仕した、ということなのである。二四　私はかれを登壇させて質問したい、陪審の市民諸君。というのは私はつぎのような意見をもっている。すなわち、この男に利益を与えるためになら、他人に向かってこの者のことを話題にするのさえ瀆神行為だが、この者に損害を与えるためになら、この男自身に向かって話しかけるのさえ、神々の意にかなう敬神行為だ、と信ずるのである(6)。では登壇して私がきみに問うことに答えてもらいたい。

二五　「(7)きみはポレマルコスを逮捕したか、しなかったか」。「権力をもっている者たちが命令した事をしたのだ、恐ろしかったので」。「きみは評議会議場にいたのか、われらのことが論議されていた時に」。「いた」。「われらを死刑にするよう主張していた人々に賛成したのか、それとも反対したのか」。「反対した」。「われらが死刑になるようにか」。「きみらが死刑にならないように」。「われらが不当な目にあっていると考えてか、それとも正当なことと考えてか」。「不当なことと考えて」。

二六　そうなると、なんと愚かな者よ、きみは一方では救うために反対しながら、他方では殺すために逮捕しようとしたのか。それに、きみらの多数がわれらの助命を決定しえた時にはわれらの死刑を望む者たちに反対していたと言うが、ポレマルコスを救うも救わないもきみ一人にかかっている時になると、かれを牢

（1）用語解説「公共奉仕」参照。ポリスに対して自分が為した貢献を列挙して判決を有利に導こうとするのは法廷弁論の定石である（三四七頁註（5）参照）。

（2）三一九頁註（1）参照。

（3）古典期でも戦争で捕虜となった者は、親族または友人が身代金を支払って解放しないかぎり奴隷身分に陥った。

（4）八一頁註（2）参照。

（5）古典期のアテナイでは婚約と嫁入りという二段階の手続きを経た婚姻が正規とみなされた。ここでは、父親が殺害その他の迫害を受けたために娘の結婚が途中で破棄されたということであろう。

（6）穢れた存在である殺人者とは関わりをもつべきではないとする通念（本書十二-七九、八二、アンティポン二-三-一一）を逆手にとった論法。「瀆神行為」については用語解説参照。

（7）弁論の途中で相手方を登壇させて一問一答で行なう尋問。本書ではほかに二十二-五、十三-三二（指示のみ）に例がある。作者は実際の法廷での問答を予想して草稿をつくり、裁判後に手直しして公刊したと考えられる。この節はハイデルベルク写本（解説（二）参照）の読みに従って訳す。底本では「われらが死刑になるようにか」および「それとも正当なことと考えてか」を削除している。

獄へ引きたてたではないか。いったいきみは、もしそのとおりだとすると、反対したが何の役にも立たなかったという理由で立派な人間と認められることは期待するが、逮捕して殺したという理由で私やここにいる人々から罰を受けることは予期しないというのか。

二七　加えて、もしも反対を唱えたというかれの主張が真実であるとしたら、かれに実行の命令が下されたというその点に関してもかれの言は信じがたい[1]。なぜなら、「三十人」はまさかこの在留外人の件でかれから忠誠の証を得ようとしたわけではあるまいから。それに、誰であれ意見を開陳して反対を唱えた者ほど、その命令を受けそうもない者はいないではないか。なぜなら「三十人」がかく為さるべしと望んだことに反対した者くらい、その任にあたるはずのない人間はいないからである。**二八**　さらに、「三十人」以外のアテナイ市民たちが事態の責任を「三十人」に帰するのなら十分理由のある主張だと私には思われるが、しかし「三十人」自身が、自分たちに対してそうするとしたら、諸君がそのようなかれらの主張を受け入れるなど、どうしてありえようか。**二九**　かりにもし、この国に[「三十人」以上に]さらに強力な政権があって、そこから正義に反して人を殺害すべしという命令がかれに対して出されたというのであれば、諸君がかれを許すこともありうるかもしれない。ところが現実には、いったい諸君は誰を罰したらよいことになるのだろうか、もし「三十人」が「三十人」に命じられたから事を為した、と主張するのが許されるとしたら。**三〇**　さらにまた、家でなく路上で[2]、ポレマルコスの生命と「三十人」の決定との両方を守ることが可能であったところで、かれは、捕らえて引きたてたのである。諸君は皆、諸君自身の家にせよ、家族の誰かのところにせよ、家の捜索に侵入してきた者たちには怒りを抱いているに違いない。**三一**　それでも、自己の安全のために他人を殺害した者たちには許しを与えるべきであるということなら、諸君がかの者たちを許してもまだしも正当であろう。命令を受けて派遣されながら行かなかったり、来て見つけておきながらそれを否定したりすることは危険だったからである。ところが、エラトステネスの場合は、出遭わなかったということも、それからかれを見つけなかったということもできたはずであった。(3) それは反駁も拷問(4)の余地もなかったのであるから、敵対者たちがそうしたくても反駁することはできなかったはずである。三二 エラトステネスよ、もしきみが有用な人物であったなら、不当にも破滅に追い込まれようとしている人々を捕らえるのではなく、むしろ不当にも殺されようとしている人々のためにそれを通報する者となるべきであった。今やきみのしたことは、事態を憂慮している人の行為ではなくて、それを喜んでいる人の行為である、ということが明らかになった。三三 したがって、ここにいる人々は、かれの言葉よりもむしろかれの行為から判断し、自分の見知っている出来事こそがその時言われたことの証拠であると考えて、投票すべきである。その事柄につい

(1) ここから二九節にかけて「蓋然性、ありそうなこと、もっともらしいこと(εἰκός)」の検証による相手の言い分への反駁がなされる。「エイコス(εἰκός)」は推論や経験にもとづく判断の表明で、人間の本性や行為の「通則、常識」も意味しうる。これと表裏一体をなすのが三三節の「証拠(τεκμήρια)」(それ以上根拠を示す必要のない確かなしるしや事実で、かつ人間の本性を含まないもの)で、この二つが法廷弁論における立証の中心的な要素となる。

(2) 見逃すこともできたはずの路上で、現行犯を逮捕する形(用語解説「略式逮捕」参照)で捕らえたことを非難する。

(3) 逮捕にさいしてエラトステネスが単独で行動していたかのように叙述している。

(4) 裁判にさいして市民には拷問の免除が定められていた。用語解説「拷問」参照。

て証人を出すことはできないのであるから。というのも、われらはたんにその議場にいることを許されなかったのみならず、自分の家にいることも許されていなかった。(1) それは、この者たちが、国に対してあらゆる悪事を為しておきながら自分自身についてはあらゆる善事を主張できるようにするためであった。三四 しかし、きみが反対意見を出したという、そのことを私は拒むわけではなくて、望むなら認めてもよい。ただきみは反対したと言っているにもかかわらずポレマルコスを殺害してしまったのだから、もし賛成していたらいったい何をしたであろうか、私は恐ろしい。

さあ、もし諸君がポレマルコスの兄弟なり息子なりであったとして、諸君はどうするであろうか。[この者を] 無罪放免するであろうか。というのは、陪審の市民諸君、エラトステネスは、二つのうち一つを証明する必要がある。つまり、ポレマルコスを逮捕連行しなかったか、それとも逮捕は正当であったか、のいずれかである。ところがこの男は、逮捕が不当であったことは認めて、自身に関する諸君の票決を容易にしている。三五 しかも、アテナイ市民(2)も他国の人々も、この件に関して諸君がいかなる判定を下すかを見ようとして、多数ここへ来ている。(3) その中の、諸君の同胞市民たちは、かの者たちが、犯した過ちゆえに罰を受けることになるか、あるいは望みの事を成し遂げれば国の独裁者となり不首尾の場合でも諸君と同等の権利を保つことになるか、いずれかを知ったうえで、ここを立ち去ることになろう。一方、この地に滞在している他国の人々は、自分たちが自国への「三十人」の立ち入りを拒否しているのが不当なのか正しいのかを知るであろう。なぜならその人々は、もし、悪事の被害者たちのほうが、加害者を捕らえておきながら放免してしまったら、当然のことながら自分たちが市民諸君のために見張り役をするのは無駄な苦労ということになる、と考えるであろうから。三六　恐ろしいことではないか、諸君は、海戦で勝利をおさめたあの将軍たちのほうは、兵たちを海から収容することができなかったのは嵐のためであったとかれらが述べたときに、死者たちの武勇に報いるにはかれらを罰しなければならぬと考えて死刑にしておきながら、この者たち、すなわち私人であるときには海戦の敗北にあらんかぎりの力を尽くし、ひとたび権力の座につくと多くの市民を裁判ぬきで殺すことにすすんで賛成するような者たちのほうは(5)——かれらこそ、諸君によって、子孫もろとも極刑をもって罰せられるべきではないだろうか。

三七　さて私は、陪審の市民諸君、告発はすでに為されたところで十分であると思っていた。告発を続ける必要があるのは、この男の為したことが死に値すると思われる時までである、と私は信ずるからである。死刑こそが、われらがかれらに科することのできる最大の罰であるから。したがって私は、一つ一つの行為についてたとえ二度ずつ死んでもなお十分な罰を受けたとはいえないような者たち、そういう者たちを長々と告発する必要はないと思う。三八　じっさい、この国でよく用いられる手を使うこともこの男の役には立たないのであるから。それは、告発そのものに対しては何の弁明もせず、自分たち自身に関してはそのつど

（1）「三十人」から認められた「三千人」以外の市民が市外退去を命じられたことをいう（本書二十五-二一参照）。
（2）「生まれながらに市民資格を有する者」を意味する語が使われている。
（3）裁判を傍聴（見物）するために来ている人々の存在が読みとれる。
（4）前四〇六年のアルギヌサイの海戦を指す（解説（三）参照）。
（5）帰結節を欠く文法上の不整合によって後続の主張をよりつよくきわだたせている。

異なる主張をして欺く――諸君に向かって、兵として勇敢であるとか、三段櫂船を指揮して多くの敵船を捕らえたとか、敵対する諸国を味方につけたとかを示して――という手なのであるが。三九　なぜ役に立たないかというなら、かれに言明させてみるがよい。いったいいつ、自分たちが殺した市民の数にみあうほどの敵を殺したのか、いつ、自分から裏切って敵方に渡した数にみあうほどの敵船を捕らえたのか、あるいは、諸君の国を奴隷にしたように、どの国を隷属させたのか。四〇　いやそれどころか、諸君から取りあげた数にみあうほどの武具を敵から剝ぎ取ったことがあるのか。自分たちの祖国で破壊しつくしたように、どの城壁を取ったことがあるのか[1]。アッティカの砦をも壊したような者たちだからこそ、ペイライエウスの防壁を壊したのはラケダイモン側に命令されたからではなくて、それによって自分たちの支配力が強められると考えたからだ、ということを諸君に対しても明らかにすることとなったのである。

四一　さて私は、かれエラトステネスのために弁じる人々の大胆さに感嘆することがたびたびあった[2]、自分でありとあらゆる悪事を為すのと、悪事を為す人々を褒めるのとは同一人物のすることなのだと考えれば驚くまでもないが。四二　なぜなら、かれが多数の諸君[3]の利益に反する行動をしたのはこれが初めてではなく、「四百人」体制のときもその駐屯地で寡頭政をたてようとしたが、三段櫂船の長の身で自分の船を捨ててイアトロクレス[4]や他の人々――その名前は挙げるまでもないが――とともにヘレスポントスからの逃亡を企てた[5]。そしてここへ帰ってくると、民主政を望む人々の意図とは逆のことをしていたのである。この件に関しては諸君に証人たちを出そう。

四三　さて、その間[6]のかれの動きは省くことにしよう。しかし、あの海戦でアテナイに災難がふりかかっ

（1）「三十人」が、参政権を与えた三〇〇〇人以外の市民から武器を取りあげたことについては『ギリシア史』第二巻三-二〇、『国制』三七-一-二参照。長壁およびペイライエウス（四一九頁註（3）参照）の周壁の破壊が、スパルタから出された和平の条件の一つであったことについては『ギリシア史』第二巻二-二〇、三-一一参照。

（2）式典弁論の冒頭によくみられる表現の型を用いている。それによって弁論の語調を変え、あらためて聞き手の注意をひいたうえで証人喚問へつなげようとする。エラトステネスの所業全般に対する攻撃は「四百人」体制時に遡り、「三十人」体制を経て現在に及ぶ（四一-六一節）。

（3）「多数」とくに「（人の）数の多さ」を意味する τὸ πλῆθος に「諸君の」ὑμέτερον が付いた語句（ホメロスには「かれらの数（を頼みに）」がある）。呼びかける対象としての、民衆、寡頭派に対する民主派、多数派、多数の諸君の集合体としての民主政、ときには民会（プラトン『ソクラテスの弁明』三一C）を指すこともある。リュシアスでは半数ちかい一四の弁論中に用例があるが、とくに第十八弁論（七例）、二十弁論（九例）で用例比率が高く、用例数は十三弁論（一〇例）、十二弁論（六例）にも多い。「多数の諸君」に対して好意的であるか否かが人を判断する一つの重要な基準であったことを示す表現と考えられ、各弁論それぞれの文脈に応じて訳している。本弁論では以下四三、四九、六六、六七、八七節に出る。

（4）この箇所以外では未詳。

（5）前四一一年初夏の「四百人」寡頭政権樹立と相前後して、ヘレスポントスではストロンビキデスの率いるアテナイ艦隊が警備にあたっていた（トゥキュディデス『歴史』第八巻六二）。おそらく、エラトステネスとイアトロクレスとはこの時の三段櫂船指揮官で、アテナイ勢がサモスに民主政をたてたときにアテナイ本国へ逃亡し、帰国すると「四百人」寡頭政に協力したのであろう。

（6）「四百人」寡頭政崩壊から「三十人」政権樹立の企てを始めるまでの間。

たとき[1]――その時はまだ民主政が続いていたのであるが――つぎのことから内乱が始まった。すなわち五名の市民が、ヘタイロイ[2]と呼ばれる者たちによって監視役[3]に選ばれた。それは市民を仲間として集める役目であったが、かれらは誓いによって結ばれた者たちのなかで指導的な立場にあり、多数の諸君に敵対する政策を進めていた者たちであった。そのなかにエラトステネスとクリティアス[4]がいたのである。**四四**　この者たちは部族ごとに目付役を配置して、挙手によって決定すべきことや支配の地位につくべき人々について指示を出したり、そのほか何でもしたいことがあればそれをする権限をもっていた。こうして諸君は、敵によってのみならず同じ市民であるこの者たちによっても、善いことは何ひとつ票決できず多くの点で事欠くように謀られていたわけである。**四五**　なぜならかれらは、状況が異なれば市民の上に立つことはできないこと、つまり諸君が惨めな状況にあってこそ自分たちの支配が可能になるだろう、ということをよくわかっていたからである。またかれらは、諸君が目前の窮状から解放されることを望むあまりその先のことなど心に留めはしないだろう、と考えたのである。**四六**　さてかれが監視役の一人であったことについては、諸君に証人たちを提出しよう。証人たちとは、あの当時かれと行動を共にしていた人々ではなく(その人々を出すことは私にはできないことだろうから)、かれエラトステネス自身からそのことを聞いた人々である。**四七**　たしかに、もしかれと共に行動した人々に分別があれば、かれら[三十人]を糾弾する証言を為すであろうし、自分たちに不正行為を教えたその者たちを厳しく咎めるであろうに。また誓約についても、もしその人々に分別があれば、市民に害を招くための誓約なら守るに値すると考えるが国に益をもたらすためのものなら容易に破棄する、というようなことはないであろうに。さて、この者たちに対して言うことは以上である。証人たちを呼び入れてほしい。証人諸君に登壇してもらいたい。

証人たち

四八　諸君は証人たちの話を聞いた。けっきょくのところ、かれは権力の座についたが善いことには何も関与せず、そうでないことを数多く行なったのである。しかるに、もしかれがよき市民であったなら、まず違法な支配をしてはならなかったのであり、つぎに、すべての弾劾[5]について、それらが虚偽であること、すなわち、バトラコスとアイスキュリデス[6]が密告しているのは真相ではなく、「三十人」によって造りあげら

(1) アテナイの敗北を決定的にした前四〇五年のアイゴス・ポタモイの海戦を指す（三九頁註（1）参照）。

(2)「仲間たち」の意味で、一人または複数の指導者のもとで上流階層の同志が一時的に結束して政治的な活動をする私的な集団「ヘタイレイア（ἑταιρεία）」（五五節参照）の構成員。

(3) 原語は ἔφοροι で、おそらくスパルタの高位の役人の組織（前五世紀には任期一年の五名で構成）に倣って同じ名をつけたのであろう。

(4) 前四六〇頃―四〇三年。「三十人」の一人。哲学者プラトンの従兄弟でソクラテスの弟子でもあった。熱心な親スパルタ派で、ペイライエウス派との戦闘（五三節）で戦死。著述家としてもエレゲイア詩や悲劇を書いている。

(5) εἰσαγγελία の訳語。公的秩序を脅かすとみなされる犯罪を裁くための法的手段で、誰でも評議会または民会に直接提起することができた。公訴の一種であったが、告発者は法廷で五分の一の票が得られなくても罰金を科せられなかった（『国制』八-四、四三-四、四五-二）。

(6) バトラコスについては本書六-四五でも「密告者」として言及されている。アイスキュリデスについてはこの箇所以外では未詳。両者とも「三十人」の手先となって、かれらに疑惑や反感をもっていると思われる者たちを虚偽の罪状で告発したのであろう。

れ、市民の不利益になるように申し合わせのできた事柄なのだということを評議会に通報する者となるべきであった。**四九**　しかも陪審の市民諸君、多数の諸君に対して悪意を抱いていた者たちは、沈黙を守ることによって利益が減ったわけではない。というのは、国家にとってそれ以上に大きな悪事はありえないような悪事を主張したり実行したりするには、別の人々がいたからである。もし好意的であったと主張する人々がいるなら、どうしてあの時に、みずからすすんで最善を主張し、誤れる者たちを正しい方向に向け直すことによって、自分の立場を示さなかったのか。

五〇　それでもやはり、かれは、自分の行為を恐怖のゆえだと主張することができるかもしれず、また諸君のうち幾人かはそれで十分だと思うであろう。しかしそれならば、かれは自分の弁明において「三十人」に対立していたことが露見しないよう注意すべきである。さもないと、まさにそこで、かの件はかれ自身も容認していながらしかもかれは、対立しても「三十人」から危害を加えられないほど強い立場にあった、ということが明らかになるであろうから。かれはその積極性を、諸君に対して多くの害を為したテラメネス[1]のためにではなく諸君の安全のためにこそ、もつべきだったのである。**五一**　ところがこのテラメネスたるや、アテナイを敵、諸君の敵を味方であると考えていたのであって、この二つのことは多くの証拠によって私がこれから示すとおりであるし、また「三十人」内部での争いも諸君のためではなくてかれら自身のためのもの、つまりどちら側が事を成し遂げてこの国を支配するかという争いであったことも、そのとおりである。**五二**　なぜなら、もしかれらの内紛が不正を蒙っている人々のためであるなら、実権を握っている者としては、トラシュブロス[2]がピュレを占拠したのを契機に自分の好意を見せればよかったではないか。しかしこのエラトステネスは、ピュレの砦にいる者たちに対して何らかの申し出をしたり好都合なことをしたりはせずに、支配者仲間とともにサラミスとエレウシスに赴いて、市民三〇〇人を牢獄へと連行し、ただ一回の投票によってかれら全員に死刑の判決を下したのである。(3)

五三　われらがペイライエウスに到着して、あの騒乱(4)があった後で和解の交渉が進んでいたとき、われら

---

(1)「三十人」の一人。前四一一年の「四百人」寡頭政権樹立のさいの指導者の一人であったが、まもなく「四百人」に代えて無報酬で国政にあたる「五千人」体制を導入した。「三十人」の支配が圧政化するとこれに反対の意向を示し、ついに死刑に処せられた。かれに対する評価は、リュシアス、クセノポン（『ギリシア史』第二巻三）、アリストテレス（『国制』とくに二八-五）と三者三様に分かれている。

(2) ステイリア区出身、アテナイ民主派の最重要人物。「四百人」成立時にはサモス駐留のアテナイ海軍によって結成された在外民主政府の指導者であった。「三十人」成立で追放されてテバイに逃れたが、圧政に傾いた「三十人」に対抗するため、七〇名の亡命者を率いてアッティカ北部のピュレを占拠した。当時からその最後に至るかれの行動については本書（十六-一五、二十八-四以下）、『ギリシア史』（第三巻五-一六、第四巻八-二五―三一）にも記述がある。

(3) 本書（十三-四四）やディオドロス（『歴史』第十四巻三二）によれば、亡命者に加担したことがその理由であった。これらの町が反「三十人」勢力の拠点となるのを恐れたらしい。とくにエレウシスは港をもち、要塞の防備があるうえに秘儀の神域には緊急時に使用できる財宝もある、という好条件を備えていた。

(4) ペイライエウスを占拠した民主派に対する寡頭派の攻撃と大敗、クリティアスの戦死など一連の戦闘を指す。以後民主派はペイライエウスを拠点として「ペイライエウス派」と呼ばれ、寡頭派は「市内派」と呼ばれる。

はどちらの側でも、双方ともに表明したとおり、事態の相互的な進展への多大の期待をもっていた。[1]じっさい、ペイライエウス派のほうは優勢な立場にいたのだが、相手方が市内へ戻ることを許したのである。**五四** 市内へ戻った人々は、ペイドンとエラトステネス以外の「三十人」を追放し、かれらに最も敵対する人々を役職者[2]に選んだ。「三十人」を憎むのとペイライエウス派に好意をもつのとは同じ人々であるのが正当だろうと考えたのである。**五五** さて、そのなかにはペイドンとヒッポクレスとランプトラの人エピカレスがおり、ほかに、カリクレスにもクリティアスにもかれらの集団[3]にも最も反対の立場にあるとみられる人々がいた。[4]ところがかれら自身が権力を握ると、さらに大きな内乱とペイライエウス派に対する戦いを、市内派を煽って始めたのである。**五六** これによって、かれらが内乱状態にあったのは、ペイライエウスにいる人々のためでも、不当に殺されようとしている人々のためでもなく、またかれらが苦しんだのも、死者たちや死に瀕している者たちを思ってではなくて、自分たちよりも大きい権力を握ってより速やかに財をなしてゆく者たちがいるからであった、という事情を露呈することにまでなった。**五七** かれらは支配機構と国とを掌握したうえで、あらゆる悪を為した「三十人」とあらゆる悪を蒙った諸君[5]との両方を相手に戦っていたことになる。しかも、「三十人」が追放されるのが正当ならば諸君がそうなるのは不当であり、諸君の追放が正当なら「三十人」の追放は不当である、ということは誰の目にも明らかであった。なんとなれば「三十人」がこの国から追放されたのは、ほかでもない、諸君を追放した行為の責任をとったためだからである。**五八** したがって諸君はつぎのことに対して強く怒るべきである。すなわち、ペイドンは、諸君を和解させて帰国させるために選ばれていながらエラトステネスと同じ所業に加担し、同じ考えによって、自分たちよりも強い者には諸君を利用して不利益を為す構えをみせ、不当にも追放されている諸君には祖国を返還するまいとし、ラケダイモンに赴いて、わが国がボイオティアのものになってしまうであろうと中傷したり(6)、そのほか説得に最も役立つと思われることを並べたりして、出兵を承諾させようとしたのである。**五九** しかしラケ

(1) この法廷には旧ペイライエウス派も旧市内派もいることを意識した表現。

(2) 参政権をもつ三〇〇〇人が選出した、内戦停止のための全権を委ねられた一〇人を指す。この「十人」については『ギリシア史』第二巻四-二三、『国制』三八-一、三、ディオドロス『歴史』第十四巻三三-五にも記述があるが、『国制』のみは「十人」選出が二度行なわれたとする。

(3) 原語は *ἐταιρεία*（一五九頁註（2）参照）。

(4) ペイドン、カリクレス、クリティアス（一五九頁註（4）参照、この時点ではすでに戦死している）は「三十人」のメンバーである（『ギリシア史』第二巻三-二）。ヒッポクレスについてはこの箇所以外は未詳。エピカレスは「三十人」支配下の評議会議員（アンドキデス一-九五）とは同名別人であろう。カリクレスは、アポロドロスの子カリクレスと同一人とすれば、前四一五年のヘルメス柱破壊事件究明の主導者の一人で、前四一三年船隊の指揮官としてペロポンネソス沿岸の作戦に従事し（トゥキュディデス『歴史』第七巻二〇、二六）、前四一一年の「四百人」寡頭政に参画しその倒壊後亡命していた（本書十三-七三-七四）。以下六一節まで「十人」の内部抗争と市内派対ペイライエウス派の戦いとが錯綜し、それにスパルタ側がからんだ複雑な状況であったことが述べられる。

(5) 五七-五八節で連発される「諸君」は、内容的にはすべてペイライエウス派を指すが、それを「諸君」と表現することによって陪審員全体ひいては法廷全体を被害者（自分）の側につけることを意図している。

(6) 民主派を率いるトラシュブロスが亡命先であったボイオティア地方のテバイの支援を受けていたことなどを理由にしたと思われる。また、戦争を終結させるにさいしてスパルタがアテナイを完全には破壊しなかったのは、テバイが強大化するのを抑止するためであった、という見方もある（ポリュアイノス『戦術書』第一巻四五-五）。

ダイモン側で、生贄《いけにえ》の占いが妨げになったからか、かれらが乗り気にならなかったからか、ともかくかれは目的を達することができなかったので、援軍を雇用によって獲得するために一〇〇タラントンを借り、リュサンドロス(2)にその指揮をとるように要請した。かれは寡頭政に対しては非常に好意的であり、この国に対しては非常に悪意をもっていて、とくにペイライエウス派を最も憎んでいたからである。六〇　かれらはあらゆる人間を、この国を破壊する目的で雇い入れ、諸国をけしかけ、ついにはラケダイモン人およびその同盟国のうちできるだけ多くの国々を説得して、わが国が和解するのではなく滅亡するよう工作していた。もし善き人々がいなかったならば、そうなったであろう。(3)諸君は敵どもを罰することによって、その人々にも感謝していることを明らかにしてもらいたい。六一　以上のことは諸君自身がよく承知しており、証人を立てる必要があるとも思われない。それでもやはり証人たちを出そう。私はここでひと休みしなければならないし、諸君のうちにも、同じ話でもできるだけ多くの人から聴くのがよいと思う人々がいるであろうから。

証人たち

六二　さてつぎに、テラメネスについても、できるだけ手短かに話をしよう。私自身のためにもこの国のためにも、私は諸君に話を聴いてもらわねばならない。そして、エラトステネスが被告なのにテラメネスを告発するのは見当違いだ、とは誰も考えないでもらいたい。(4)聞くところによると、エラトステネスが、自分はテラメネスの友人であって同じ仕事に参加したという弁明をするであろうとのことだからである。六三だが私が思うに、かれは、もしテミストクレスとともに政権の座にあったのであればあの長壁の建設に(5)尽力している、と強く主張するところであろう。テラメネスに協力してそれの取り壊しに尽力したとさえ言うのだから。とうてい承服できないことだ。私にはかれら二人が同じ価値をもつとは考えられない。一方はラケダイモン側の意向に反してそれを建設し、この男は同胞市民を欺いてそれを取り壊したからである。(6) 六四 そのためにこの国は、当然あるべき事態とは正反対になっているのである。すなわち、テラメネスの仲間たちこそ、かれとは反対の行動をした者があれば別であるが、かれに続いて滅んでも当然であったのに、今や

(1) 古代ギリシアでは国外派兵にさいしてまず国内、つぎに国境で生贄の儀式を行なって神々の吉兆を得てから出兵するのがふつうで、とくにスパルタでは慎重な態度をとっていた。満月にならないと出兵できない慣例もあった(ヘロドトス『歴史』第六巻一〇六)。

(2) 前四〇八/〇七年にスパルタの海軍司令官となり、ノティオン、アイゴス・ポタモイなどの海戦で戦功をあげた(『ギリシア史』第一巻五以下)。「三十人」政権援助など一連の動きについては後出(七一―七二節、七四節および『ギリシア史』第二巻二以下)。前三九六年、コリントス戦争開戦直後にテバイとの戦いで戦死した(同書第三巻五)。

(3)『国制』三八-三によれば、パイアニア区のリノンとアケルドゥス区のパウロスも民主派と寡頭派の和解、および亡命者の帰還実現に努力したという。ここではそのような人々を指すのであろう。

(4) 六二節からは、相手がテラメネスを盾にして弁論を行なうと予想して前もってその根拠を崩そうとする「先取りの反駁」となる。テラメネスの所業全般に対する攻撃は「四百人」体制時に遡り、「三十人」体制における評価に及ぶ(六二―七八節)。エラトステネスへの糾弾(一五七頁註(2)参照)と対称形をなす。「(のは)見当違いだ」は底本校訂者の補入。

(5) 前四九〇年のサラミスの海戦ののち、アテナイはスパルタの介入を回避してテミストクレスの指揮のもとにただちに中心市に防壁を築き、ペイライエウス港の城壁建設も完成させて防備を強化した。

(6) 前註および一五七頁註(1)参照。テラメネスは前四〇四年、和平締結のさいの使節の一人であった。

私の目に映るものといえば、かれをひきあいに出して為される諸々の弁明であり、かれの協力者であったことでよい評価を得ようと試みている姿である。(1) あたかもかれが多くの善事の原因であって大なる禍の原因ではなかったかのごとくに。**六五**　まずかれは第一次の寡頭体制樹立に与って最も力があった。(2) 諸君を説得して「四百人」のもとでの国制を選ばせたからである。かれの父もまた、先議委員(3)の一人として同じことをしており、かれ自身はこの体制に非常に好意的であると思われていたので、一派によって将軍に選ばれたのである。**六六**　かれは自分が重んじられていた間はこの国制に忠実な態度をとっていた。しかし、ペイサンドロス、カライスクロス(4)とその他の人々が自分より優勢になってゆくのを見、そしてまた多数の諸君がもはやこの者たちに従おうとしないのをみると、そのときかれはいちはやく、かれらに対する嫉妬と諸君に対する恐れからアリストクラテス(5)の工作に参加したのである。**六七**　そしてかれは、多数の諸君の目に信頼できる者に見えようとして、アンティポンとアルケプトレモスを、自分のたいそう親しい友人であるのに告発して死刑にしてしまった。(6) かれの悪辣さたるや、「四百人」に対する忠誠ゆえに諸君を隷従せしめるのと、諸君に対する忠誠ゆえに自分の友人を滅ぼすのとを同時にしたほどであった。**六八**　また、重んじられ、最大級の名声を得ていたのに、自分でこの国を救うと公言しておきながら自分でこれを滅ぼした。重要かつ大いに価値のある策を見いだしたと主張していた（人質を出すことも長壁を壊すことも船隊を引き渡すこともせずに和平交渉をまとめると約束していた）にもかかわらず。かれはその策については誰にも語ろうとせず、自分を信用してもらいたいと言ったのである。**六九**　アテナイ市民諸君、諸君はアレイオス・パゴスの会議が救済策を講じていて、(7) 多くの人がテラメネスに反対していたときにも、それでもテラメネスに祖国と妻子と

わが身とを委ねたのだ。しかも諸君は知っていたではないか、ふつうなら敵に用心して口を閉ざすものなの

(1)「三十人」の極端な政策に反対して処刑されたテラメネスの最期(『ギリシア史』第二巻三)が市民のかれに対する評判を高めたのであろう。のちにアリストテレスもかれへの礼賛を記している(一六一頁註(1)参照)。リュシアスはそれとは異なり、かれをエラトステネスと並ぶべき糾弾の対象とする見解を提出している。

(2)トゥキュディデス(『歴史』第八巻六八)は、前四一一年の寡頭政成立のさいの指導者として、アンティポン、ペイサンドロス、プリュニコスについでテラメネスを挙げている。

(3)「先議委員」はシケリア遠征失敗の直後(前四一三年)に事態収拾のために設置された任期無期限の委員会で四〇歳以上の市民のなかから各部族一名ずつ選挙された(『国制』二九-二)。これにより評議会と民会の権限は縮小され、「四百人」体制への布石となった。テラメネスの父ハグノンはおそらく、前四四〇年と四三一年に将軍に選ばれて前四二一年にはニキアスの和約締結調印式に立ち会ったハグノンと同一人物。

(4)ペイサンドロスについては九三頁註(4)参照。カライスクロスはおそらくクリティアス(一五九頁註(4)参照)の父。

(5)名門ケクロピス部族出身の政治家。「四百人」寡頭政権のメンバーであったが、急進派がスパルタとの和平締結を目指しているのを知ると、寡頭体制の転覆を企てた(トゥキュディデス『歴史』第八巻八九、プラトン『ゴルギアス』四七二Aほか)。

(6)アンティポンは名門出身の弁論作者(解説(一)参照)。「四百人」のメンバーでスパルタとの和平交渉に失敗し、政権倒壊後、他の指導者たちが亡命したときアテナイにとどまり、国家反逆罪で前四一一年処刑された。トゥキュディデスから高く評価されている(『歴史』第八巻六八)。ヒッポダモスの子アルケプトレモスはアグリュレ区出身、前四二五年ピュロスでの戦闘後スパルタとの和平交渉に努力した(アリストパネス『騎士』七九四行他)。アンティポンと最期を共にしたことは、この箇所以外では伝プルタルコス『十人の弁論家の生涯』(解説(四)参照)八三三-八三四にみえる。

(7)この時のアレイオス・パゴス評議会の役割については他に所伝がない。評議員たちのなかにはスパルタと長年親交のある者もいたはずで、そういう人々が個人的に動いたのかもしれない。本書十八-一〇のような出来事もありうる。

に、逆にテラメネスは同胞市民に対して口を閉ざし、敵に告げようとしている話を同胞市民には知らせまいとしているのだ、ということを。七〇　ところがかれは、約束したことを何ひとつ実行せず、この国が弱体化すべきであるともくろんでいて、その結果、それまで敵側でさえ誰ひとり言い出さず、市民も誰ひとり予期すらしなかったことを、諸君を説得して実行させた。すなわち、ラケダイモン側から強制されたのではなく、自分からかれらに、ペイライエウスの壁を取り壊して時の政体を崩壊させることを申し出たのであるが(1)、それは、もし諸君からすべての期待を奪ってしまわなければ早晩報復されるであろう、とよく知っていたからであった。七一　そしてついには、陪審の市民諸君、かれは、かの人物(2)［リュサンドロス］がいうところの潮時を自分で注意深く確認するまでは民会を開催させなかった。そしてじっさい、サモスからリュサンドロス(3)の船隊を呼び寄せ、また敵側の陸上部隊が市に駐留したのである。七二　そしてこのように事態が整ったうえで、リュサンドロス、ピロカレス、ミルティアデスの出席のもとに(4)、かれらは国制に関する民会を開くことにした。いかなる弁論者もかれらに反対の意見を述べたり脅したりすることのないように、また諸君のほうはこの国の利益を選択することなく、かれらのよしとすることを投票するように、との狙いである。

七三　そこでテラメネスが立って、諸君に、三〇名の市民にこの国を委ねてドラコンティデス(5)が提案した国制を採用するよう要請した。しかし諸君は、かかる状態にはあったがそれでも、そのようなことはしたくないと騒ぎだした。その日の民会は隷従か自由かをめぐって開いているのだ、という自覚をもっていたからである。七四　しかしテラメネスは、陪審の市民諸君（しかも私はこのことに関しては諸君自身を証人として立てよう）、諸君の反対の声など自分はまったく意に介さない、自分はアテナイ市民の多くが自分と同様の行動をとっていることを承知しており、自分はリュサンドロスとラケダイモン側との意向に添うことを言っているからだ、と述べた。かれに続いてリュサンドロスが立っていろいろ述べたがとくに、諸君を協定違反として掌握している、そしてもし諸君がテラメネスの要請していることをしないならば、諸君にとっては国制ではなくて身の安全が問題になるだろう、と述べた。**七五**　民会に出席した人々のなかで良心的であった市民は皆、根回し工作とその当然の帰趨とを覚って、ある者はそこにとどまってなりゆきを静観する態度をとり、ある者は席を立って去った——少なくとも国に対して悪いことは何も投票しなかったということだけは自覚しながら。少数の悪辣な、悪い企みを抱いている者たちが、前もって命じられていたことに挙手で賛成した。**七六**　つまりかれらには指令が出されていて、一〇名はテラメネスが名指した者を、一〇名はすで

(1) しかし『ギリシア史』第二巻二‐一九によれば、長壁とペイライエウス周壁の破壊はスパルタ側からアテナイの使節(テラメネスを含む)に示した条件であった。帰国したテラメネスは民会においてこの条件の受け入れを勧告した。
(2) 写本に従って単数に読む(底本は複数)。
(3) 五九節および一六五頁註(2)、『ギリシア史』第二巻三‐一三—一四参照。
(4) リュサンドロスを除きこの箇所以外では未詳。おそらくスパルタ海軍の指揮官であろう。
(5) 「三十人」の一人(『ギリシア史』第二巻三‐二)。アリストパネス(『蜂』一五七行)の古註に、当時多くの訴訟に関わっていた者として出るアピドナ区出身の者と同一人物とされる。アリストテレスも「三十人」体制決議の提案者としてこの名を挙げている(『国制』三四‐三)。

に任についている監視役[1]が命じる者を、他の一〇名はその場の出席者のなかから、選ぶことになっていたからである。かれらはこれほどに諸君の無力さをみてとっており、自分たちの力を知ってもいたので、民会でなされるはずのことは前もって承知していたのであった。**七七**　このことに関しては、私を信用しなくても、かの男テラメネスを信用してくれればよい、私がいま言ったことはすべて、かれがすでに評議会[2]において弁明して述べているからである。かれは亡命していた者たちを責めて、かれらが帰国できたのは自分のおかげだ、ラケダイモン側は何の配慮もしなかったのだからと言い、国政に参加している者たちを責めて、私が先に述べた経過で成就したことについて、それはすべて自分のおかげであるのに自分はこのような目にあっている、多くの保証を行動によってかれらに与えもし、かの者たちから誓約もとったのに、と主張したのである。**七八**　かれは、新旧大小を問わずこれほど多くの、そしてほかにも数々の醜い悪事の張本人であったのだから、自分たちがその仲間であると表明するなら大胆不敵な人々であろう。テラメネスが死んだのは諸君のためではなくかれ自身の悪辣さのためであるのだから。またかれが寡頭政のもとで罰せられたのは正当であり（すでにその政体を崩していたのだから）、民主政であっても正当であろう。なぜなら、かれは二度にわたって[3]諸君を隷属状態においたからである。目前にあるものを軽視して目前にないものを希求し、最も美しい名のもとに最も恐ろしい仕業の演出者となって。

七九　さて、テラメネスについての私の弾劾はこれで十分である。諸君には、かの時機が来た、諸君の判断に許しや哀れみを介在させることなく、このエラトステネスおよびかれとともに支配の座にあった者たちを罰しなければならない、戦うと敵軍に勝つのに投票すると敵に負けるということがあってはならない、そのような時機が。八〇　かれらが今後実行に努めると言っていることへの感謝のほうが過去においてかれらがじっさい為したことへの怒りよりも大きい、ということがないように。目前にいない「三十人」に対して策をめぐらすあまりに、(4)目前にいる者たちを取り逃すことがないように。諸君は、この者たちをこの国に引き渡してくれた幸運に負けないように、みずからを助けねばならない。

八一　以上でエラトステネスとその仲間たち、(5)すなわちかれが弁明にあたってひきあいに出すはずであり、またかれがこれらのことを為し遂げるのに力を貸した者たちに対する告発を終わる。しかしながらこの裁判は、国のほうがエラトステネスより分の悪い立場にある。というのは、この男のほうは、裁かれるべき人々の告発者と裁き手とを一身に兼ねていたが、現在のわれらは、告発と弁明とにかかわっているからである。(6)

（1）四三節および一五九頁註（3）参照。この「三十人」選出の過程については他に記述がない。クセノポン（『ギリシア史』第二巻三-二）は名前を伝えるが、父の名も所属原籍区名も付記していないため各人物の同定は困難な場合が多い。

（2）ここでは「三十人」によって予選された一〇〇〇名の候補者のなかから選ばれた五〇〇名からなる評議会を指す。成立直後の「三十人」政権については、『ギリシア史』第二巻三-一一—一四、『国制』三五-一—四参照。

（3）「四百人」と「三十人」、二つの寡頭支配を指している。クリティアス対テラメネスの内部分裂と後者の最期にいたる記述は、前註二書の各箇所に続く段に詳しい。

（4）和解協定によってエレウシスへの移住を認められた「三十人」側に対する、敵意の継続を指すとみられる。前四〇一／〇〇年の最終的な和解まではまだ紛争があった（『ギリシア史』第二巻四-四三）。

（5）これが当話者にとっての「真の被告」であることがわかる。

（6）「三十人」は相手に弁明の機会も与えなかった（次節および一七節参照）が、われらは法の手続きをふんで告発し、相手の弁明も保障している、ということ。

八二　この者たちは何も不正なことをしていない人々を裁判ぬきで死に追いやったが、諸君は国を滅ぼした者たちを法に従って裁くのがよいと考えている。たとえ法を超えるほどの罰を与えたくても、かれらが国に対して為してきた不正行為にふさわしい罰を与えることなどできないようなかれらではあるが。そもそもいったい、かれらは何を受ければその所業にふさわしい罰を受けたことになるのであろうか。八三　もし諸君がかれらとその子らを死刑にしたら、われらはあの殺害に報いるに十分な罰を与えたことになるだろうか、父も息子も兄弟も裁判ぬきでこの者たちが殺してしまった、あの殺害に。いやそれとも、諸君がかれら所有の目に見える財産(1)を国庫に没収したならば、この者たちに多くを奪われたこの国にとって、あるいはかれらに家を略奪された市民個人にとって、満足すべきことであろうか。八四　したがって、あらゆることをしてもこの者たちを十分に罰することはできないのであるから、かれらに科したいと思う罰があれば、何であれそれをせずに残しておくのは諸君の恥ではないか。

私が思うに、まさしくいま、ほかでもないまさに被害者たちが陪審員になっているというときに、この男の悪辣さの証人たち(2)のもとへ自分を弁明するためにやって来るほどの［厚顔無恥な］者がいれば、その者はいかなることをも強行するであろう。その者はそれほど諸君を軽視しているか、諸君以外の人々を信頼しているか、なのである。八五　そのいずれの場合をも注意するがよい。かれら「三十人」一派は、もし他の人々が同調しなかったらあのようなことは為しえなかったであろうし、いままたその同じ人々によって救われるだろうと考えなかったら、ここに来ようとはしなかったであろう、ということを心に刻んでもらいたい。だがその人々はこの者たちを援助しようとして来ているのではなく、もし諸君が最大の悪事の責任者たちをいったんは捕らえておきながら放免するならば、すでに行なわれた事柄についての、また今後も自分たちの望むところを行なえるという、十分な罪責免除を自分たちは得ることになろうと考えて来ているのである。

八六　それにしてもかれらの弁護に立とうという人たち(3)は驚嘆に値する。いったいその人たちは、上層市民(4)として取りなそうとするのか、自分たちの美徳が(5)「三十人」の悪徳を埋め合わせて余りあることを示して（それにしても私はその人たちが、「三十人」が国を滅ぼすのに熱心だったのと同じくらいに、国を救うのに熱心ならよかったのに、と思う）。それとも、弁舌に巧みな者として弁明を行ない、この者たちのしたこと自体に多くの価値があると示そうとするのか。だが諸君のためには、その人たちの誰ひとりとして、ただの一度も、正しいことを主張しようともしなかったのに。

八七　もちろん、この者たちのために証言することによって自分自身を弾劾することになる証人たちは一見の価値がある。かれらは諸君がとても忘れやすくてお人好しであると思っているのだ、諸君の数を頼みに(6)

（1）主として土地、家屋などの不動産を指し、貨幣、債権など「目に見えない財産」と区別する。しかしこの分け方は必ずしも一定せず、厳密ではなかった。

（2）悪辣さの証人＝陪審員＝「三十人」の被害者＝私という連動を意図する。

（3）市民の間には相互援助のために多様なネットワークがあって、それが裁判にさいして証人や弁論に巧みな者を提供していたことは本書中の数多い例からも読みとれる。三七三頁註（3）および用語解説「エピロゴス」参照。

（4）原語は καλοὶ κἀγαθοί で、ヘタイレイアの構成員（一五九頁註（2）参照）のような人々が政治的に動いたことも考えられる。話者の苦しい立場が感じられる一節でもある。

（5）ここでは「国に対する奉仕、貢献」の意味。

（6）一五七頁註（3）参照。

「三十人」を救えるだろうと確信しているのならば――当時はエラトステネスおよびかれとともに支配していた者たちの手前、死者たちの葬列に参加するのさえ危険であったのに。八八　しかもこの者たちはここで救われれば再び国を滅ぼすことも可能かもしれないが、この者たちに滅ぼされた人々は、生命を終えてしまったのだから敵たちに報復することはもうできない。恐ろしいではないか、不当にも生命を落とした人々の場合にはその友人たちまで死の危険にさらされていたというのに、一方、まさに国を滅ぼした者たちには、これほど多数の者がかれらを援助する構えでいる以上、その葬列に多数の人が集まるという事態になるとしたら。八九　さらにつけ加えるなら、私は、諸君の受けた被害の側に立ってこの者たちに反対する弁論を行なうほうが、この者たちの為してきた所業の側に立ってこの者たちを弁護するよりもはるかに容易であると思う。ところがかれらは、エラトステネスの為した悪は「三十人」のなかでは最も小さいと主張し、ゆえにかれは救われるべきだと考えている。しかし「三十人」以外のギリシア人のなかではかれは最も大きな過ちを諸君に対して犯したのだから死刑になってしかるべきだ、とはかれらは思わないのであろうか。九〇　それならば諸君のほうで、これまでの事態についてどのような決断をもっているか、示してもらいたい。というのは、もし諸君がこの者を有罪と票決するならば、諸君が一連の事柄に怒りを抱いていることが明らかになるであろう。もし無罪とするならば、諸君はこの者たちと同じ所業を望んでいた人々だと見られようし、「三十人」に命じられたからそのとおりに行なったのだということもできないであろう。九一　今や誰ひとりとして諸君が諸君の判断に反して票を投ずることを強要してはいないからだ。ゆえに私は、この者たちを無罪放免することによって諸君自身を有罪にすることがないよう忠告する。投票は秘密裏にすむと考えてはいけない。(1) 諸君はこの国に対して諸君の判断を明らかにすることになるのだから。

九二　さて、あとわずかのことを諸君双方の、つまり市内派とペイライエウス派との記憶に蘇らせてから壇を降りることとしたい、諸君がこの者たち［「三十人」一派］のせいで諸君にふりかかった禍を教訓にして票を投じられるように。まず第一に、市内派の諸君は、つぎのことを考慮してもらいたい。すなわち諸君はまさにこの者たちの支配を非常に強く受けたために、兄弟や息子や市民を相手に戦うよう余儀なくされていたほどであった。その戦いにおいては、諸君は負けたがゆえに、いま勝者と対等の立場にいるが、勝っていればこの者たちに隷従しているはずである。九三　また各個人の家産についても、この者たちは事態に乗じて多くを手に入れたかもしれないが、諸君は互いの間の戦いによって家産が減ることになった。なぜならかれらは、利益のほうは諸君が自分たちと共に得ることをよしとせず、非難のほうは共に受けるのを強制しようとしたからである。かれらの諸君に対する侮蔑は甚だしいものだったので、善きことを共にして諸君の信頼を得ていたのではなく、非難を分かち与えることによって諸君が好意をもつと考えるほどであった。九四　かれらに対しては、諸君は今や安全な立場にいるのだから、自身のためにもペイライエウス派のためにも、できるかぎりの報復を為せ。これら最も悪辣な者たちによって支配されていたことを心に刻み、しかし今や、国事を司るのも、敵と戦うのも、この国について議を進めるのも、最良の市民たちと共にしているのだとい

（1）陪審廷での投票は秘密投票で、結果は得票数のみが公表された（『国制』六八―六九）。ここでは投票の結果エラトステネスが無罪になれば、陪審員全員が「三十人」の仲間ということになる、と訴えている。

うことを心に刻んで。また、この者たちが自分たちの支配と諸君の隷従との見張り役としてアクロポリスに置いた駐留援兵(1)のことを思い起こして。九五　諸君に向かって言うことはまだ多くあるが、以上にとどめる。ペイライエウス派の諸君は、まずあの武具の件を想起せよ。数多くの戦いを異国で戦った諸君が、敵にではなくこの者たちによって、しかも平和時において、武具を奪われたのだ、ということを(2)。つぎに、諸君は父祖代々諸君に譲られたこの国から追放されたのであるが、その亡命者たる諸君の引き渡しを、かれらは諸外国に向かって要求した、ということを(3)。九六　このことに対して、亡命当時のような憤りをもて。またかれらから蒙った他の諸々の悪行をも想起せよ。すなわち、かれらはアゴラからあるいは神殿から、人々を力づくで連れ去って殺害し、また、子や親や妻のもとから人々を引きたててみずからを殺害するような状況に追い込み(4)、しかも慣習となっている埋葬を死者が受けることも許さなかった。自分たちの支配は神々からの罰よりも確固たるものだと考えていたのである。九七　死を免れた者たちはあちこちで危険な目に遭い、諸国を放浪してどこからも立ち入りを拒否され、日々の糧にも事欠いて、ある人々は敵となった祖国にある人々は他国に子らを残し、多くの障害に遭いながらも、諸君はペイライエウスへ行ったのである。危険は大きく数多かったが、諸君は良き市民として、［アテナイにいた］人々を解放し、追放されていた人々を帰国させた。九八　もし運が悪くてこれらのことに失敗していたら、諸君自身は、以前のような被害を蒙るのを恐れて亡命の身になっているであろうし、神殿も祭壇もこの者たちのやり方では、不当な仕打ちを受けている諸君の助けとなりはしなかったであろう。それらは不正をはたらく者にとってすら救いとなるべきものであるのに(5)。そして諸君の子らについては、当地に残された子らはこの者たちの不法な暴虐行為を受けているであろうし、

異国にいる子らは手をさしのべる者もなく、わずかの負債のために隷従を強いられているであろう。(6)

九九 しかし、こうなるであろうという想定まで述べようとは思わない。私には、この者たちによって為された事実さえ語りつくすことができないのだから。それは一人や二人ではなく多くの告発者を必要とする仕事なのである。それでもやはり、私の熱意にはなんら欠けるところはなかった、この者たちが、売りに出したり、侵入して穢したりした神殿や聖財のため、(7) 弱小にしたこの国のため、破壊した造船所のため、そして死者たちのために。その人々を、諸君は、存命中には守ることができなかったのであるから、せめて死後

(1)「三十人」が政権の確立と維持をはかってスパルタに派遣を求めたもので、カリビオスの率いる七〇〇名がアテナイに駐留した(『ギリシア史』第二巻一三―一四、二二、およびディオドロス『歴史』第十四巻四―四)。

(2) 一五七頁註(1)参照。

(3) スパルタは、アテナイの亡命者がギリシア全土から「三十人」に引き渡されるべきであると決議した(ディオドロス『歴史』第十四巻六―一)が、リュシアスはそこに「三十人」からの要請がはたらいたとみている。なおカルキス(本書二十四―二五)、テバイとメガラ(『ギリシア史』第二巻四―一)、アルゴス(デモステネス一五―二二)は引き渡しに応じなかった。

(4) 自ら毒盃を仰ぐという方法で死刑に処したことをいう(一七節参照)。

(5) 神域や祭壇で助命を嘆願する者は、神の名に免じて救済される慣習があり、この慣習を破って嘆願者を殺害することは瀆神行為とみなされた。

(6) アテナイではソロンの改革以降、債務奴隷は原則として存在しなかったが、他の多くのポリスでは自由人が債務を返済できずに奴隷に転落する例が珍しくなかった。

(7) 戦争など国家の緊急時には、神殿内の聖財を売却して資金の調達をはかることがあった。また殺人を犯した者が神殿に入ることは穢れを及ぼすことであった。

にでも助けるべきである。一〇〇　思うに、その人々は、[1] われらの言うことをいま聴いていて、諸君が票を投じる姿を見守るであろう、この者たちに無罪を投票する諸君がいれば[2]それは自分たちに死刑の票決をなした人々だと考え、この者たちを罰する人々がいればそれは自分たちのために報復をしてくれた人々だと考えながら。

私の告発はここで止めよう。諸君は聴いた、見た、苦しんだ、手中にしている、判決を下せ。[3]

(1) 原告と被告を中心に、それぞれの同調者・支援者たち、陪審員たち、傍聴人たち、最後は死者たち、と同心円が大きくなってゆき、全員が法廷を見守っているという形をとる。

(2) 陪審員のなかに「三十人」に協力した者たちがいることを意識して、そこに視線を注いでいることを示す。

(3)「手中にしている」の目的語は、告発の相手方(エラトステネスを中心に、目前にいない者たちも含めての「三十人」全体に及ぶ)ととる。五つの動詞はつなぎの小辞を置かずに提示され、意味が順次強まってゆく漸層法 (climax) の形で並べられている。アリストテレス(『弁論術』第三巻一九)は弁論の結びにふさわしい形として本弁論のこの箇所によく似た一文を引いている。

第十三弁論　アゴラトス告発

概　要

本弁論は、アゴラトスを被告とする裁判のために、前三九九年に作成された原告側の弁論である。アゴラトスは、奴隷出身の父をもってアテナイに生まれた在留外人身分の男であり、話者は原告の一人で、アゴラトスの密告によって従兄弟が殺されたと主張する。ペロポンネソス戦争末期のアテナイでは、スパルタとの和平締結への動きが進むなか、締結に反対し、これを阻止しようとする者がいた。かれらはアゴラトスの密告により逮捕され、死刑に処せられたり、あるいは亡命に追いやられたという。原告はアゴラトスが卑賤の生まれの卑劣漢であることを強調しようと、その生い立ちから経歴までを陳述する。そのため本弁論はペロポンネソス戦争末期から内戦終結にいたるまでのアテナイの情勢ばかりでなく、アテナイ社会の底辺に生きた人間の姿をも伝えるものとなった。訴訟手続きとしては、写本および底本のタイトルではエンデイクシス（犯罪者と犯罪行為を書面で担当役人に申し立てる手続きで、犯人の逮捕、投獄は担当役人が行なう）とあるが、実際には、アゴラトスが在留外人身分であることから略式逮捕（用語解説参照）によって陪審廷に回付されたものと考えられる。構成は序言（一－四節）、叙述（五－四八節）、論証（四九－九〇節）、結語（九一－九七節）。

一　陪審員の皆さん、諸君多数派(1)に好意的であるがゆえに命を落とした人々のために報復することは、あなたがたすべての義務ですが、それに劣らず私の義務でもあります。(2)というのも、ディオニュソドロス(3)は私の義理の兄であると同時に従兄弟でもあるからです。したがいまして、ここにいるアゴラトス(4)に対して同じ敵意が私にも諸君多数派にもあるということなのです。かれが犯したことこそが、私が今まさにかれに憎しみをもち、また、皆さんが（神のお望みあらば）正当にもかれに復讐を遂げようとしている理由にほかならないからです。二　私の義兄弟であるディオニュソドロスと他の多くの人たち、その人たちの名はこれからお耳に入れますが、皆さんがた民主派に対し忠実であったその人たちを、かれは「三十人」の政権時に、その人たちにとって不利な密告をすることで殺害したのです。そうすることによって、かれは私や他の犠牲者の親族のそれぞれに個別に大きな打撃を与える一方で、全体としてもそれらの人々を奪い去ることで全ポリスに対して少なからざる損失をもたらしました。(5)三　私自身は、陪審員の皆さん、各人が及ぶかぎりの力で復讐を遂げることが正義にかない、神にも認められることであると考えますし、それを行なったならば、私たちには神々からも人間からも恵みがもたらされると思います。そこで、アテナイ人の皆さん、あなたがたは事のすべてを初めからお聞きになるべきです。四　それも、まずどのような方法で、また何者によって民主政が解体されたのかを知り、次に、どのようにして人々はアゴラトスによって死に追いやられたのか、さらにはまた、死ぬ間際の人々が何を言い残していったのか(6)を知るために。それらすべてを正確に知ったならば、あなたがたはなおいっそう積極的に、また、敬虔な気持ちでこのアゴラトス有罪の投票ができるでありましょう。では、あなたがたへの説明は、私どもにとって教えやすく、あなたがたにとって学びやすいことから始めましょう。

五　あなたがたの船団が破壊され[7]、国内の情勢が劣弱になってしまってからそれほど時をおかずにラケダイモンの船団がペイライエウスに到着し、ただちにラケダイモン人たちとの和平の話し合いが始まりました[8]。**六**　この時に、国内の情勢に新たな展開が起こることを望む人々が謀議していましたが、かれらは好機をとらえたと考え、何よりも今こそ情勢を自分たちの望むようにもっていこうと考えたのです。**七**　かれらは、自分たちに障碍《しょうがい》となるものは、民衆の指導者たちと将軍[9]たちと歩兵指揮官[10]たちを除いては何もないと考えていました。かれらは望むことを容易に成し遂げられるように、なんとかしてこの者たちを排除してしまい

(1) 原語は *τὸ πλῆθος τὸ ὑμέτερον*。市民の多数派の意で、実際には民主派を指す。リュシアスの弁論にはしばしば使用される語。一五七頁註 (3) 参照。
(2) 本弁論の話者で、アゴラトスを被告とする当裁判の原告の一人。
(3) 本弁論を除き未詳。
(4) かれの名は、本弁論以外には『ギリシア碑文集成』第一巻(第三版) 一〇三番二六―二七行に記されている。
(5) 話者はこのような論理を用いて、親族の殺害を告訴するという私訴に公的な意味を与えようとしている。
(6) 死の直前に後事を託すことはしばしば行なわれた。アンティポン一-一、二九―三〇参照。
(7) 前四〇五年のアイゴス・ポタモイの海戦での敗北を指す。解説 (三) 参照。
(8) 解説 (三) 参照。
(9) 用語解説参照。
(10) 各部族から一名、計一〇名が挙手で選出され、それぞれの部族の歩兵軍団を指揮した。『国制』六一-三参照。

たかったのです。そこで、かれらはまずクレオポン(1)につぎのようなやり方で攻撃をしかけました。八　つまり、和平について討議する最初の民会が開かれ(2)、ラケダイモンからやって来た者たちが、長壁のそれぞれ(3)について一〇スタディオン(4)ずつ取り壊すという条件で和平締結をする用意がある、と述べた時、アテナイ人の皆さん、あなたがたは長壁の破壊について聞いて不満に思い、クレオポンがあなたがたすべてのために立ち上がり、そのようなことは何としてもできないと反対意見を述べました。九　その後で、テラメネス(5)が諸君多数派に策謀をめぐらして立ち上がり、こう言うのです、もし自分を和平交渉のための全権使節に選出するならば、長壁のどこも取り壊さず、国を弱体化させもしないであろう、そのうえさらに、自分は国のために何か良い条件をラケダイモン人から引き出そうと考えている、と。一〇　あなたがたは説得されてかれを全権使節に選出しましたが(6)、そのテラメネスをあなたがたは、前年には投票で諸君多数派に対し好意的でないとみなし、将軍として選出された後の資格審査(7)で不合格としていたのです。一一　かの者はまずラケダイモンへと赴き、そこに長期にわたりとどまって、あなたがたを包囲されたままにしていましたが、かれは諸君多数派が苦境にあり、戦争とその弊害が原因で多数の者が必要品にも事欠いているのを知っていたので、諸君をどのような和平でも喜んで受け入れるような状態におこうと考え、結局は実際にそうなってしまったのです。一二　ここ［アテナイ］に残っていた者たちはといえば、かれらは民主政を解体させようと謀って、クレオポンを裁判に引き出しました。名目上は休息していて野営地に行かなかったという理由でしたが、ほんとうのところは、かれがあなたがたのために長壁破壊に反対であると述べたからでした。そこでかれらはクレオポンに関して陪審廷を用意し、寡頭政を樹立したい者たちが出廷して上記の事由でかれに死刑判決を下しました。(8) 一三　テラメネスはその後にラケダイモンから戻ってきました。そして同人のもとに将軍および歩兵指揮官のなかのある者たち、それに市民のなかの、後に明らかになったように、あなたがたに忠実な他の者たちがやって来て、激しい怒りをかれにぶつけたのです。なお、歩兵指揮官にはストロンビキデス(9)とディオニュソドロスも含まれていました。というのも、かれが持ち帰った和平とは、後にあなたがたが実体験で学び知ることになったような内容で、まったくのところ、私たちは多数の立派な市民を失うばかりでなく、自分たち自身も「三十人」によって追い出されたのでした。一四　つまり、長壁については一〇スタディオンを取り壊すかわりに、長壁全体を掘り崩すこと、国に有益な条件を獲得するかわりにラケダイモン人に軍

（1）前五世紀後半の政治家で民主派の指導者。主戦論者で、デマゴゴス（煽動政治家）の一人として前四一〇年のスパルタとの和平締結に反対し、ペロポンネソス戦争を続行させた。前四〇五年のアイゴス・ポタモイの海戦での敗北後にも和平に反対したが、和平推進派によって反逆罪で死刑に追いやられた経緯が本弁論に記されている。話者が民主派であることに注意。
（2）アイゴス・ポタモイでの敗北からほどなくしてであろう。解説（三）参照。
（3）中心市の周囲の長城とペイライエウスを防御する長城。
（4）一スタディオンは約一七七メートル。
（5）「三十人」の指導者の一人。本書十二-六二以下参照。
（6）テラメネスは二回使節として派遣されている。第一回はペイライエウスを封鎖したリュサンドロスのもとへ、第二回目はスパルタ本国へ。『ギリシア史』第二巻二-一六以下参照。
（7）用語解説参照。
（8）クレオポンの裁判については、本書三十-一二参照。
（9）エウオニュモン区所属で、父はディオティモス。本書三十-一四参照。前四一二／一一年に将軍職を務め、サモスを基地に離反の動きを制圧するためにキオス、ミレトス等への艦隊を指揮した。

船を引き渡すこと、ペイライエウスを囲む城壁を除去すること、これらがその内容でした。(1) 一五 かの人たちは、名目上は和平と言われているけれど、実際は民主政が解体されるのだとみてとって、和平成立の批准をしないと述べましたが、しかし、アテナイ人の皆さん、それはかれらが長壁の倒壊を嘆いてではなく、ラケダイモン人への軍船の引き渡しに困惑してでもなく(それらのことはかれらには、あなたがた各々にとって以上に関わりが深いわけではありませんでしたから)、一六 このようなやり方では諸君多数派が解体させられると知ったからで、ある人々の言うように和平成立に不熱心なのではなく、アテナイ国家にとってかの和平よりももっと良い和平を結びたいと望んでのことでした。かれらはそれができると考えていましたし、このアゴラトスによって壊滅させられなければそれをやり遂げていたでしょう。一七 テラメネスをはじめとし、皆さんにはかりごとを企んでいた者たちは、民主政体解体を阻止して自由のために対抗しようとしている人々がいるということを知ると、和平に関する民会開催の前にそのような者たちをまず誣告によって窮地に陥れようとしました。それは、誰も民会で諸君多数派を擁護して反対演説をしないようにするためでした。(2) かれらが企んだのはつぎのようなことなのです。一八 かれらはここにいるアゴラトスを説得して、将軍たちと歩兵指揮官たちを陥れる密告者(3)になるようにと言いましたが、それはアゴラトスがかれらにとって共犯者であったからではなくて(かれらは、それほどの重大事の実行について、奴隷であり、かつ奴隷を親にもつ(4)アゴラトスに信義に篤い仲間であるかのように話をもちかけるほど、思慮がないわけでも、友人がないわけでもなかったからです)、かれが便利な密告者と思えたからなのです。一九 そのアゴラトスが積極的にではなく、心ならずも密告していると思われるようにかれらはしたかったのですが、それはその密告がより信頼に値するものに見えるようにという思惑からでした。しかし、かれがみずからすすんで密告したことは、実際に起こったことから皆さんもおわかりのことと思います。というのも、かれらは評議会にエラポスティクトス(5)の息子といわれているテオクリトス(6)を送りこむのです。このテオクリトスはアゴラトスの仲間であり、親しい友人でした。二〇　その評議会は「三十人」の政権成立よりも前の評議会でしたが、腐敗していて、ご存じのように非常に寡頭政志向が強かった。その証拠には、その評議会の議員の多くがその後の「三十人」政権の評議会議員を務めたのです。何のために私はこのようなことを皆さんにお話しするのでし

(1) ペロポンネソス戦争終結の条件の一部。解説（三）参照。

(2) ここには、和平について審議した評議会と、和平締結後に政体をどうするかを審議した民会（この民会については本書十二-七一参照）との混同（意図的か？）があるのかもしれない。『ギリシア史』第二巻二-二二では、和平締結自体はそれほど難航しなかったように記されている。

(3) 密告（*μήνυσις*）は国事犯を逮捕し、告発するための手続きの一種。国事犯の裁判としては、エイサンゲリア（弾劾裁判）という形式の裁判が一般的であったが、その場合には、弾劾提起者が告発人であって、この告発ができるのは市民に限られていた。また弾劾の提起は民会または評議会が受けつけた。密告者は市民・非市民の別を問わず、何人であれ評議会または民会に出頭し、自分自身の罪責免除を条件として確保してから、国事犯などの犯罪者の名前を明かすことができた。ただし、密告者自身は裁判の訴追人とはならず、密告の内容をどう扱うかは評議会または民会の決定にまかされた。

(4) 六四節以下参照。

(5) 本弁論を除き未詳。鹿の印をつけた、と言う意味であることから、鹿の刺青をした男だったのではないか。このような刺青はトラキア人のあいだに多く見られた。テオクリトスの父も、もとは外国人であったのかもしれない。なお、逃亡に失敗した奴隷が刺青を入れられることも多かった。プラトン『法律』八五四Dも参照。

(6) 本弁論を除き未詳。

ょうか。その評議会の決議がすべて、皆さんへの好意からでなく、皆さんの民主政が倒壊するのを狙って出されていたことを知っていただくためであり、それらの決議がそうしたものであることに注意を向けていただくためなのです。二一 その評議会が秘密に開かれた(1)その場へテオクリトスは入っていって、当時成立しようとしていた体制に反対しようと結集している者たちがいると密告しました。しかし、その者たちの個別の名前を明かすことは拒みましたが、それはテオクリトスがかれらと同じ誓いをたてていて、名前を明かす人たちはほかにいるからで、かれ自身はそれをけっしてしないと述べたからなのです。二二 しかしながら、事前の謀議なしに密告したのでなければ、なぜ評議会はテオクリトスに名前を述べさせずに、名指しなしの密告をさせたりしたのでしょうか。実際にはつぎのような決議が出されるのです。

決議(2)

二三 さて、この決議が票決に付されたあとで、評議会議員のなかから選出された者がアゴラトスを目指してペイライエウスへと下って来て、たまたまアゴラ(3)で出会ったかれを連行しようとしました。そこにはニキアスとニコメネス(4)と他の何人かがいて、中心市での状況が最善の状態ではないとみてとると、アゴラトスを連行させはしないと言って、かれを救い出そうと、みずから保証人をかって出て、アゴラトスを評議会に出頭させると約束したのです。二四 評議会議員たちは、保証人となって逮捕を阻止した者たちの名前を書きとめると、立ち去り、中心市へと戻っていきました。アゴラトスと保証人たちはムニキアの祭壇(5)に腰をおろします。腰掛けてから、かれらは何をすべきか話し合いました。保証人たちも他の者たちもアゴラトスができるだけ身を隠すほうがよいと判断し、二五 二隻の船を並んで着岸させ、かれに何としてでもアテナイを離れるよう求め、事が決着するまで自分たちも航海を共にするからと言い、もし評議会に連れていかれたなら、拷問(6)を受けて、市内で面倒を起こそうと企む人たちが挙げそうなアテナイ人の名前を告げざるをえなくなるだろうと説明しました。二六　そのようにかれらは要求し、船を用意し、自分たちもいっしょに出航する準備をしていたのですが、このアゴラトスはかれらの説得に応じようとはしませんでした。しかしながら、アゴラトスよ、もしおまえに何らの心積いもなく、何の危害も蒙らないという確信がなかったならば、船が用意されていて、保証人たちがおまえといっしょに航行する準備をしていたにもかかわらず、どうして立ち去らないなどということがあっただろうか。それに、その時ならまだそれができたのだ。評議会はまだおまえを捕らえていなかったのだから。二七　しかし、おまえとあの人たちとでは立場は同じではなかった。まず、かれらはアテナイ人であるから、拷問を受ける恐れがなかった。それでも、自分の祖国を離れておまえといっしょに航海に出るつもりだったのだ。そうするほうが、市民たちのなかの多くの立派な人たちが、おまえのために破滅するよりも利するところが大きいと考えたからである。ところが、おまえはといえば、まずここにとどまるならば拷問される危険があった。二八　そのうえ、おまえの場合は祖国を離れるわけで

(1) 四一一頁註(6)参照。
(2) ここで読みあげられたのは、アゴラトスの逮捕を命じる決議。
(3) ペイライエウスのアゴラ。ムニキアの丘(後出註(5)参照)の西方に位置し、ヒッポダモスのアゴラと呼ばれていた。
(4) 両者ともに本弁論を除き未詳。『ギリシア史』第二巻四-一一参照。
(5) ペイライエウスの東端に位置するムニキアの丘には女神アルテミスの祭壇があった。
(6) 用語解説参照。

もないのだ。したがって、出航することはあらゆる点でかれらよりもおまえにとって益のあることだった。ただし、おまえが心頼みにすることがあったなら話は別である。いまおまえは心進まぬそぶりをしているが、実際は自発的に多くの立派なアテナイ人を殺害したのだ。さて、陪審員の皆さん、私が述べていることがすべて事前に準備されていたということについては、証人たちがいますし、評議会の決議そのものがかれに不利な証言ともなるでしょう(1)。

証人たち、決議

二九　さて、この決議が票決されて、評議会からの使節がムニキアへと赴くと、アゴラトスはみずからすすんで祭壇から腰を上げました。ところが、今かれは、力づくで連行されたのだと述べています。三〇　評議会へとかれらが連れ出されると、まずはじめにアゴラトスが自分の保証人たちの名前と、つぎに将軍たちと歩兵指揮官たちの名前、そしてさらに他の数名の市民たちの名前を挙げて供述しました。それがすべての禍の始まりでした。名前を挙げて供述したことは、あの男も認めるだろうと思います。さもなければ、私がかれを動かぬ証拠で告発しましょう。では、私の質問に答えるように(2)。

尋問

三一　ところが、陪審員の皆さん、かれら［評議会議員たち］はそのアゴラトスがもっと多くの者たちの名前を挙げて供述することを望んでいました。評議会は断固として不正をはたらくと決めていて、アゴラトスが告発するにあたって自分たちにまだ真実をすべて明かしてはいないと思ったのです。いずれにしても、かれは、まったく無理強いされずに、かれらすべての名前を自発的に供述するのです。三二　そして民会がムニキアの劇場(3)で開かれると、ある人々は民会でも将軍と歩兵指揮官について密告が行なわれることを強く望んだので、かれをそこに、つまり民会へと連れ出しました。（他の人たちについては、評議会で行なえば十分でした。）さあアゴラトスよ、私の質問に答えよ。いくらおまえでも全アテナイ人の前でしたことを否定するようなことはしないだろう、と私は思う。

尋問

三三　かれ自身も認めていますが、しかし、民会決議も諸君に読みあげてもらいましょう。

決議

このアゴラトスがかの人々の名前を、それも評議会と民会のそれぞれにおいて名前を供述したことと、かれがその人々の殺人者であることは、皆さんもはっきりと理解されたと思います。さらに、かれがポリスのあらゆる災厄の元凶であり、何人の哀れみにも値しないことは、私も皆さんにまとめて明らかにできると思います。三四　というのも、これらの者たちが逮捕され、投獄されたちょうどその時に、リュサンドロス(4)が

---

(1) アゴラトスに、密告を条件に罪責免除を与えた決議であろう。
(2) 尋問については一五一頁註（7）参照。
(3) ペイライエウスのムニキア地区の北西部に所在したディオニュソスの劇場。
(4) スパルタの海軍指令官。コリントス戦争が始まると、ボイオティア地方に進軍し、前三九五年にハリアルトスで戦死した。解説（三）参照。

あなたがたの港へと航行し、あなたがたの艦隊はラケダイモン人たちに引き渡され、城壁は破壊され、「三十人」政権が成立し、恐るべき事どもがことごとくポリスにふりかかったのではなかったでしょうか。三五　しかも、「三十人」は、成立するとただちにこれらの者を評議会における裁判にかけ、(1)一方の民会は「二〇〇〇人の陪審廷(2)における」裁判を決議していたのです。私にその決議を読みあげていただきたい。

決議

三六　もしかれらが陪審廷において裁判されたならば、容易に無罪放免となったでしょう。なぜなら、皆さんのすべてがすでにポリスの災厄について知っていたからです。しかし、それでも皆さんは何ら手出しができなかったのですが。そして、実際にはかれらを「三十人」政権の評議会へと連れ出したのです。その裁判がどのような結果になったかは、皆さん自身がご存じです。三七　というのも、「三十人」はベンチに座っていました、現在は当番評議員(3)が座っているベンチです。二脚の机が「三十人」の前に置かれ、票は投票壺へではなくて、(4)その机の上に誰にも見えるように置かれなければなりませんでした。(5)有罪の票は後ろの机(6)に……。(7)したがって、かれらの誰かが無罪となることなどあるはずもなかったのです。三八　一言でいえば、裁判を受けるために評議会議場に入った人はすべて死刑の判決を受け、このアゴラトスを除いて誰も無罪の票決を受けませんでした。この男はといえば、かれらが善行者として放免しました。多くの人がこの男によって死に追いやられたことを皆さんがご承知おきくださるように、かれらの名前を皆さんに読みあげたいと思います。

名前

三九　さて、陪審員の皆さん、死刑がこれらの者たちに宣告され、死を余儀なくされると、かれらは使いを送り、それぞれが、姉妹を、母を、妻を、あるいは近い身内の女を呼び寄せましたが、(8)それはかれらが自分の親族たちに別れの挨拶をしてから生を終えようとしてのことでした。四〇　そしてとくにまた、ディオニュソドロスも私の妹を、かれ自身の妻でしたから、牢獄に呼び寄せたのです。知らせを受けた彼女は黒装束でやって来ました……、(9)そのような不幸が自分の夫の身にふりかかっていたから当然でしたが。四一　私の妹を前にしてディオニュソドロスは自分自身の家のことについてかれがよいと判断する遺言をし、このアゴラトスについては、自分の死は同人のせいであると述べ、私とかれの弟であるこのディオニュシオス(10)と友

(1) 民主政下では、市民に対し死刑を判決する権限は評議会にはなかった(『国制』四五-一参照)。ただし、前四〇三年の民主政回復直後に、大赦令を無視した市民を評議会が死刑に処したことがあった(『国制』四〇-二参照)。

(2) 五〇〇名の法廷四つが合併し二〇〇〇名の大法廷を開く、ということであろう。

(3) 三一五頁註(3)参照。

(4) 通常の法廷では、有効票を入れる壺と無効票を入れる壺の二つが置かれていた。『国制』六八-二—三参照。

(5) アテナイの民主政では秘密投票が原則であったが、ここではその原則が無視されたのである。

(6) 「三十人」がよく監視できるよう、かれらに近い机に。

(7) この箇所に数文字の欠落がある。

(8) プラトン『パイドン』には死刑直前のソクラテスを妻クサンティッペが訪ねた様子が描かれている。

(9) この箇所に数文字の欠落がある。

(10) 本弁論を除き未詳。

人たちすべてがアゴラトスに自分の復讐をしてくれるようにと、言い残したのです。[1] 四二　そしてまた、妻には、彼女が自分の子を身ごもっているとみて、彼女に息子が産まれたならば、生まれた子供にアゴラトスがかれの父を殺したのだと教え、殺人を犯したのだから、父のために復讐をせよと伝えるよう命じたのでした。私が真実を述べていることについて、これらの事柄の証人たちを出廷させましょう。

証人たち

四三　さて、アテナイ人の皆さん、これらの者たちはアゴラトスによって名前を密告されて、死を迎えました。そして、「三十人」がかれらを邪魔者として排除すると、その後でなんと多くの恐ろしいことが起こったか、皆さんはかなりよくご存じのことと思います。それらのすべては、かれらを殺したこの男のせいなのです。まったく、ポリスに生起した不幸を思い出しては私は悲しく思うのですが、四四　それも現在の時点では必要なことなのです、アゴラトスがどれほどあなたがたの哀れみに値するかを知るためには。というのは、サラミスから連行された市民たちのなかで、どのような、そしてどのくらいの数の人々が「三十人」によってどれほどの乱暴を受けて死んでいったかを諸君はご存じですし、エレウシスから連行された多くの人々があの不幸に見舞われたことも知っています。[3] また、ここにいる人々が、個人的な反目が理由で略式逮捕で牢獄へと入れられたことも覚えておられる。[4] 四五　ポリスに対しなんの悪事もはたらいていない者たちが、ひどく恥ずべき、不名誉な乱暴行為で破滅しなければならなかったのです。老いた身を扶養してもらい、命を終えたときには埋葬してもらおうと自分の子供たちに期待していた老親たちを後に残した者もいれば、また、妹を未婚のままに、[5] あるいは子供をまだ十分な養育を必要とするほど幼いままに後に残して逝った者もおりました。四六　陪審員の皆さん、そのような人たちがどのような感情をこの男について抱くとお思いですか、どのような票を投じるとお思いでしょうか、もしこの男のゆえに最も大切で愛しい者たちを奪われた人たちであったならば。そのうえ、長壁が破壊され、軍船が敵どもに引き渡され、船渠が引き倒され、ラケダイモン人たちがわれわれのアクロポリスを占拠し、ポリスの国力のすべてが失われて、わが国は最小のポリスと大差ないほどになりました。四七　またこれらに加えて、あなたがたは個人の財産も失い、ついにはあなたがたすべてが「三十人」によって祖国からいっせいに放逐されたのです。(6) 陪審員の皆さん、あの誠実な人々はそのようなことを知っていたので和平締結を認めようとしなかったのです。四八　そのかれらを、ポリスに益することをしようと望んでいたかれらを、アゴラトスよ、おまえは、かれらがポリスにすなわち諸君多数派に謀略をはかっていると密告することで、殺したのであり、おまえがポリスに生じた災厄すべての張本人なのだ。さあ今こそ、陪審員の皆さん、個々人にふりかかった不幸とポリスにふりかかった公的な不幸とをしっかりと思い起こして、それらの不幸の張本人に報復をしてください。

四九　私はといえば、皆さんに対する弁明をかれがどのようにしようというのか、訝しく思います。とい

（1）四節参照。
（2）アテナイ市の西方、約二〇キロメートルに位置する町。なお、七五頁註（2）参照。
（3）本書十二-五二参照。
（4）「三十人」は略式逮捕を多用した。本書十二-二五、プラトン『ソクラテスの弁明』三二C参照。
（5）父親が娘を、父親がいない場合には兄が妹を嫁がせることが、その女性の幸福のためにぜひとも必要とみなされていた。
（6）「三十人」は三〇〇〇人の市民を除き、他を中心市の外に移住させた。『ギリシア史』第二巻二-一八—二〇参照。

うのは、かれにとって明らかにしなければならないのは、これらの人々に不利な密告をしなかったし、かれらの死に責任もないということですが、かれはけっしてそれを明らかにすることはできないでしょう。五〇まず、評議会と民会のかれに関する決議が当人に不利な証人となります。はっきりと「アゴラトスが告発した者たちに関して」と言明しているのですから。つぎに、かれが「三十人」の政権下で裁判を受けて、無罪放免となった際の判決が、はっきりと「かれが真実の情報を提供したとみなされたので」と述べています。私のためにそれを読んでください。

決議、判決

五一　もはや、かれが供述しなかったなどとは、どのような方法をもってしても明らかにはできないでしょう。こうなると、かれとしてはあのような密告は正義にかなっていたのであって、告発された者たちが卑劣で、あなたがたの民主政に不利益なことを行なっているのを見てそうしたのだ、ということを明らかにしなければならないことになります。しかし、かれはそれを明らかにするとは思えません。なぜなら、もしその人たちがアテナイ人の国に対して何らかの悪事をはたらいたのであれば、「三十人」は、民主政の倒壊を恐れて民衆のために報復しようとかれらを殺したりはせずに、それとは正反対のことをしただろうと思うからです。

五二　だが、おそらくかれアゴラトスは、心ならずもそのような悪事をはたらいたと言うでしょう。私の考えでは、もし何人かが不本意に、これ以上の悪事はないというほどの悪事を皆さんに対してはたらいたとして、そのことのために皆さんが自己防衛をすべきではないという理屈は成り立ちません。それに、つぎの事ども思い出してください。このアゴラトスは、評議会に連行される前に、ムニキアの祭壇に座っていた時に、助かることはできたのです。なぜなら船舶は準備されていて、保証人たちもいっしょに出発する用意ができていたのですから。**五三**　いや、まったくのところ、アゴラトスよ、おまえが説得されて、かれらと出航する気になったならば、本意、不本意にかかわらずアテナイ人のうちのそれだけ多くの人を殺したりはしなかっただろう。しかし、実際にはその時おまえが結局は説得されることになる者たちの説得を受け入れて、将軍と歩兵指揮官たちの名前を口にするだけでも、その者たちから多くを得るとおまえは考えたのだ。それゆえ、このような言い訳でおまえがわれわれから何か同情を得られるなどということはあってはならないのだ、かの人々はおまえから何の同情も得ることなく、おまえに殺されたのだから。**五四**　そしてタソス(1)の人ヒッピアス(2)もクリオン(3)のクセノポン(4)も、この男と同じ告発理由で評議会から召喚を受けたのですが、両者とも処刑されました。一方のクセノポンは捩《ねじ》りあげの拷問を受けてから、そして、ヒッピアスはそのままで(5)。いずれも救済に値しないと「三十人」には思われたからです（なぜなら、二人ともアテナイ市民を一人も破滅させなかったから）。ところが、アゴラトスは放免されました、最も望ましいことをかれがやりおおせたと「三十人」には思われたからなのです。

(1) エーゲ海北部沿岸の島。
(2) 本弁論を除き未詳。
(3) キュプロス島南部の市。
(4) 本弁論を除き未詳。
(5) すなわち拷問なしで、という意味か。この箇所はテキストに欠落がある。

五五　しかし、私が聞いたところでは、名前の供述について、一部はメネストラトス[1]が行なったとかれは述べました。しかし、メネストラトスの件とは、こういうことであったのです。このメネストラトス[2]はアゴラトスによって名前を供述されて、逮捕され、収監されました。ところで、ハグノドロスはメネストラトスと同じアンピトロペ区[3]所属の市民で、「三十人」の一人であるクリティアス[4]の姻戚でした。さて、このハグノドロスはムニキアの劇場で民会が開催されたときに[5]、メネストラトスを助けたいと考えると同時に、できるだけ多くの者の名前を供述で得て死刑に処したいと考えて、メネストラトスを市民の前に召喚し、市民はかれにつぎの決議によって罪責免除を認めるのです。

決議

五六　この決議が成立すると、メネストラトスは密告し、別の市民たちの名前を追加して供述します。そして、もちろん「三十人」はそのメネストラトスを真実の密告をしているとみなせるということで、このアゴラトスと同様に放免しましたが、皆さんはずっと後になってから陪審廷においてかれを殺人者として有罪にし、死刑という正しい判決を出すと、死刑執行人に引き渡し、かれは磔刑[6]に処せられたのです。五七　まったくのところ、あの男が死刑に処せられたのであれば、アゴラトスも処刑されて当然です。また、かれこそがメネストラトスの名前を明かしたのですからその死に責任がありますし、メネストラトスによって名前を明かされた者たちに対しても、かれをそうせざるをえない立場に追いやったアゴラトス以上に責任のある者がほかにいるでしょうか。

五八　かれはコレイダイ区[7]所属のアリストパネス[8]とは正反対であると私は思います。アリストパネスはあの時アゴラトスの保証人となり、ムニキアで船を用意して、アゴラトスとともに出航するつもりでいたのです。このように、アゴラトスよ、アリストパネスに関することに限っても、おまえは助かったはずだし、アテナイ人の誰をも殺すことなく、おまえ自身が今のような危機に陥ることもなかっただろう。五九 ところが、実際はそうではなく、おまえは自分を助けようとした者の名前を明かしてしまい、かればかりでなく、他の保証人たちの名前も明かしてしまったのである。ほんとうのところ、陪審員の皆さん、このアリストパネスを、生まれが生粋のアテナイ人でないからと拷問にかけたがる者たちがおりました。そして、かれらはつぎのような決議を可決させるよう民会を説得するのです。

決議

六〇 その後で、事を取り扱う担当者たちがアリストパネスに対し、仲間を告発して自分は助かるように、また、市民詐称の裁判を受けて極刑に処せられる危険を冒さないように求めるのです。ところが、かれは断じて否と答えました。かれはそれほどに投獄された者たちについてもアテナイ市民についても誠実であったので、誰か他の者を告発して、不当な死を迎えさせるより、むしろみずからの死を選んだのです。六一 こ

(1) 本弁論を除き未詳。
(2) 本弁論を除き未詳。
(3) アッティカ南部の区。
(4) 一五九頁註(4)参照。
(5) 三二節参照。
(6) 地面に立てられた板にくくりつけられ、そのまま死ぬまで放置されたらしい。
(7) アッティカ北部の区。
(8) 本弁論を除き未詳。
(9) 二三節参照。

うして、アゴラトスよ、アリストパネスはおまえに破滅させられても態度を変えなかったのだぞ。そして、拷問にかけられたクセノポンとタソスのヒッピアスもそうだった。ところがおまえはあの人たちについては何も知らないのに、もしかれらが破滅すれば、その時に成立しかけていた政権に参与できると言い聞かされて、アテナイ人のなかの多くの優れた人々の名前を明かし、かれらを死にいたらしめたのだ。

六二　だが私は、陪審員の皆さん、あなたがたがどのような人々をアゴラトスによって奪われたのか、お教えしたいと思います。かれらについては、もし多人数でなかったならば、個別にお聞きいただくところですが、現実はそうではないので、かれら全員についてまとめてお話ししましょう。かれらのなかには諸君のためにたびたび将軍職を務め、国を就任時よりも強大にして後任への引き継ぎをした者がいました。また、ある者たちは他の高位の役職を務め、何回となく三段櫂船奉仕[1]を果たしましたが、皆さんから恥ずべき行為ゆえの告発を受けたことなどけっしてありませんでした。六三　これらの者たちの何人かは逃げおおせて命びろいしました。その者たちもこのアゴラトスによって死に追いやられ、死刑判決を受けたものの、幸運と神慮によって身の安全を得て、この国から亡命したため、逮捕を逃れ、裁判にかけられずにすんだのであり、ピュレから帰還[2]してあなたがたによって立派な人たちと尊敬されているのです。

六四　このような人々であったその人たちをアゴラトスは死に追いやったり、この地から亡命させたりしたのですが、では、その当人はどんな人間なのでしょうか。かれが奴隷であり[3]、奴隷の子であることをあなたがたは知るべきです。そうすれば、どのような男があなたがたを崩壊させたのかわかるでしょう。この男の父はエウマレスといい、このエウマレスはニコクレスとアンティクレス[4]の所有にありました。証人の方々、私のためにに前に出てきてください。

証人たち

六五　ところで、陪審員の皆さん、かれとその兄弟たちによって為された悪行と醜行のすべてを語るとすれば、それは大仕事になるでしょう。(5) 提訴常習については、かれが提訴常習者(6)のやり方で裁判を起こした私訴や公訴や供述をすべて逐一お話しする必要はありますまい。というのは、要約すれば、あなたがた全員が民会や法廷においてかれの提訴常習行為に有罪判決を下して(7)一万ドラクメの罰金を課したのですし、それは、

六六　皆さん全員によって証言されています。さらに、かれはそのような男であるので、市民たちの妻と姦通して、良家の子女たちを堕落させようとし、姦夫として捕らえられましたが、そのような行為の刑罰は死

(1) 用語解説「公共奉仕」参照。
(2) 七七節参照。
(3) ただし、アゴラトスが奴隷でないことは、かれが民会によって顕彰されていることから明らかである。二〇二頁註(1)参照。
(4) 両者ともに本弁論を除き未詳。二人は父子だったのであろう。
(5) 六五―六六節と六七―六八節の順序を入れ替える校訂もある。
(6) 用語解説参照。
(7) 提訴常習者の行為に対しては、まず民会に予備的告訴（προβολή）が行なわれ民会が有罪と判決すれば、訴訟は陪審廷にまわされた。『国制』四三-五参照。

刑(1)なのです。私が真実を語っていることについて証人を召喚してください。

証人たち

六七　かれらは四人兄弟でした。そのうちの一人、長兄はシケリアで敵に対して焚き火で信号を送って、ラマコス(2)に捕らえられて、磔刑に処せられました。別の一人はこの国からコリントスへと奴隷を連れ出し、その地からまた奴隷の少女を連れ出して逮捕され、牢獄に閉じ込められて、死を迎えました。六八　三番目の男についてはパイニッピデス(3)が国内で追剝ぎとして略式逮捕し、あなたがたが陪審廷でかれを裁判し、死刑の判決を下して、磔刑執行のために身柄を引き渡しました。私が真実を述べていることは、かれ自身が認めると思いますが、証人たちをも提出しましょう。

証人たち

六九　それにしても、どうして皆さんすべてがこの男に反対の投票をすべきでないことがありましょうか。というのも、もしかれら兄弟のそれぞれがただ一つの罪のゆえに死刑に値したのであれば、かれが多くの罪を、公的には国に対して私的には皆さんの一人一人に対して犯しており、しかもその一つ一つの罪の刑罰が法律では死刑とされている場合、皆さんは決然としてこの男に死刑の投票をすべきなのです。

七〇　陪審員の皆さん、かれは「四百人」政権の時にプリュニコス(4)を暗殺したと語って皆さんを欺こうとし、さらに、その代償として民会がかれをアテナイ市民にしたの(5)だと言うでありましょうが、それは偽りです、陪審員の皆さん。かれはプリュニコスを殺害しなかったし、民会もアゴラトスを市民にはしませんでした。七一 なぜなら、陪審員の皆さん、プリュニコスについてはカリュドン(6)のトラシュブロスとメガラのアポロドロスが謀議をはかったのです(7)。すなわち、たまたまプリュニコスが歩いているのに出会ったとき、トラシュブロスが殴りかかり、一撃を加えて殴り倒しますが、他方のアポロドロスは自分で手を出すことはしませんでした。そうこうしている間に悲鳴が起こって、二人は逃げ去ってしまう。そしてこのアゴラトスはといえば、かれはその謀議へ参加の呼びかけも受けなかったし、現場に居合わせもせず、事の一部たりとも目撃しなかったのです。私が真実をお話ししていることは、決議そのものから諸君に明らかとなるでしょう。

決議

七二 かれがプリュニコスを殺害しなかったことは、この決議から明らかです。というのも、トラシュブ

(1) 実際には、必ずしも死刑とはかぎらなかった。本書一一二九および一三頁註(2)参照。ただし、六四節にみられるように、アゴラトスが奴隷であるというレトリックを使う原告は、この個所でも、奴隷が市民の正妻と姦通した場合の事例として論理を展開させている可能性もある。クレタ島ゴルテュンの前五世紀の法典(第二欄二五—二六)には、奴隷の男が自由人の女と姦通した場合、罰金は(おそらく、自由人の男がそうした場合の)二倍とする条項がある。

(2) 前四一五年のシケリア遠征で、ニキアス、アルキビアデスとともに全権指揮官を務めた。

(3) 本弁論を除き未詳。

(4) 前四一一年の「四百人」政権の中心にいた人物。将軍職経験者。トゥキュディデス『歴史』第二巻九〇—九二参照。

(5) すなわち、市民権を賦与した、ということ。

(6) ギリシア北西部アイトリア地方、コリントス湾沿岸の町。

(7) プリュニコスの暗殺については、トゥキュディデス『歴史』第八巻九二にも記述があるが、そこでは犯人の一人はアルゴス人だったとある。また、前四世紀の弁論作家リュクルゴスの第一弁論一一二にも記述があり、そこでは暗殺者としてアポロドロスとトラシュブロスの名が挙げられている。

ロスとアポロドロスの場合とは違って、アゴラトスをアテナイ市民にするという記述は、どこにも見当たらないからです。もし、かれがプリュニコスを殺害したのであれば、かれはトラシュブロスとアポロドロス［の名前］が記載されているのと同じ石柱に、アテナイ市民にされた者として記載されているはずです(1)。ただし、ある人々は政治家に金を贈って、自分の名前が善行者であると石柱に書き加えられるようにしていますが。私が真実を語っていることは、つぎの決議が証明するでしょう。

決議

七三　しかし、この男はあなたがたをたいそう侮っていたので、アテナイ市民でないにもかかわらず、陪審員として裁判に参与したり、民会に出席したり、また、思いつくかぎりのあらゆる種類の公訴を提起しましたが、その際にはアナギュルス区(2)所属のと署名していました。

さらに、かれがプリュニコスを殺害しなかったという別の有力な証拠があります。そのプリュニコス暗殺のゆえにアテナイ市民になったとかれは述べているのですが。このプリュニコスこそは「四百人」政権を成立させた人物なのです。そして、かれが殺されると、「四百人」のなかの多くのメンバーが国外に亡命しました。七四　どちらが理にかなっているとあなたがたはお思いでしょうか、「三十人」と当時その政権下で任にあった評議会とが、そのすべての者たちが亡命したかつての「四百人」の構成者であったのに、プリュニコス暗殺の下手人を捕らえておきながら釈放するか、それともプリュニコスと自分たちが余儀なくされた亡命のために復讐を遂げるか。私自身の考えでは、かれらは復讐しただろうと思います。七五　もし、プリュニコスを殺していないのに、殺したようにふるまうならば、私が述べるとおり、かれは不正をはたらいているのです。だから、アゴラトスよ、もしおまえがプリュニコスを殺害したと言って反論するならば、おまえがアテナイ国家にもっと大きな悪を為して「三十人」にプリュニコス暗殺の責任を問われないようにしたことが明らかとなる。なぜなら、プリュニコスを殺害しておきながら、「三十人」によって釈放されたなどと言っても、誰も納得しないだろうから。ただし、おまえがアテナイ国家に対して大きくて、致命的な悪事を為したのであれば、話は別だ。七六　ですから、陪審員の皆さん、もしプリュニコスを殺したとかれ［アゴラトス］が言うのであれば、私の言葉を思い出して、かれの仕業に復讐してください。また、もしかれが殺害しなかったと主張するならば、では何ゆえにアテナイ市民権を賦与されたかを尋ねてください。もしかれがその理由を示すことができないのであれば、かれがアテナイ市民と名乗って、裁判に参与し、民会に出席し、さらに、多くの人々を提訴常習者のやり方で告訴したことについて、刑罰を科してください。

七七　私はかれが、自分はピュレに赴き、ピュレから他の者たちと共に帰還した(3)のだと弁明しようともくろんでいると聞いていますし、また、これが最大の依り所であるとも聞いています。だが、実際はこういうことでした。かれはピュレに行くことは行きました。それにしても、これ以上に忌まわしい人間にどうした

---

(1)『ギリシア碑文集成』第一巻（第三版）一〇二番は前四一〇／〇九年の評議会および民会の決議であるが、内容は四百人の寡頭政権倒壊の契機をつくったプリュニコス暗殺の関係者の顕彰を記している。この碑文にトラシュブロスやアポロドロスの名とともにアゴラトスの名前も善行者の一人として明記されている。

(2) アッティカ半島西部沿岸に位置し、エレクテイス部族に所属した。

(3) 解説（三）参照。

らなれるでしょうか。ピュレには、かれによって国から追われていた者たちが何人かいることを知っていながら、そのような者たちのもとに、かれはあえて出かけていったのです。七八　かれらがこの男を見るやいなや捕らえて、殺してやるとばかりにただちに引き連れていったのは、すでに強盗その他の悪事をはたらいた者たちを捕らえると、その喉をかっ切っていた場所でした。しかし、将軍職にあったアニュトスは(1)、かれらが敵の誰かに仕返しをするような立場にはまだないという理由で、そのようなことをすべきではない、当面は静かにしておくように、と述べました。帰郷を果たしたならば、その時こそ不正をはたらいた者たちに報復するように。七九　このように述べて、アニュトスはピュレでこの男を放免する責めを負いました。また、もし自分たちが助かりたいと思えば、将軍の立場にある者には従わざるをえなかったのです。しかし、別のこともお話ししましょう。というのも、誰ひとりこの男と食卓を共にしようとも、幕舎を共にしようともせず、歩兵隊長は自分の部族の歩兵隊にかれを配属しようとしませんでした。罪の汚れを負った者に対するように、誰もかれに話しかけなかったのです。それでは、歩兵隊長を私のために呼んでいただきたい。

証言

八〇　和解が相互に成立し、ペイライエウス派の人々が首都へと行列を繰り出したとき、アイシモス(2)が先導役を務めましたが、このアゴラトスは厚かましくもそこに加わっていました。かれは武具一揃いを携え、歩兵たちとともに中心市へと行列を組んだのです。八一　そして城門のところまで来て、市内へ入る前に武具を置いたとき、アイシモスはその姿を認めて近づき、かれの盾を取りあげて投げ捨てるとともに、「この野郎、さっさと消え失せろ」と命じました。殺人者であるかれが女神アテナのための行列(3)に加わってはならない、と言ったのです。こうしてかれはアイシモスによって追い払われました。私が真実を述べていることを証言する証人たちを提出しましょう。

証人たち

八二　このようにしてだったのです、陪審員の皆さん、かれがピュレとペイライエウスで重装歩兵隊に加わったのは。誰も、かれに話しかけませんでした、人殺しなのだから。そして、かれが死なないですんだのは、アニュトスのせいです。ですから、もしアゴラトスがピュレ行きを弁明として利用するなら、かれに報復しようとする者たちがいたにもかかわらず死を免れたのは、アニュトスに責任があるのではないか、アイシモスはかれの盾を投げ捨て、市民たちの行列に加わることを許さなかったではないか、と応じるべきです。

八三　そこで、皆さんはかれのそのような弁明を受け入れないよう、また、われわれがはるか後になってからかれを処罰しようとしているとかれが言いたてても、それを受け入れないようにしてください。それほどの悪事に時効はないと考えるからです。私が思うに、処罰が即座に行なわれても、あるいは後になって行なわれたとしても、かれは告発の対象となっていることを自分がしなかったと明示しなければなりません。

(1) 前四一三／一二年に評議会議員、前四〇九／〇八年に将軍職を経験。『国制』三四-三によれば、ペロポンネソス戦争終結直後にはテラメネスと同じグループに属していたという。なお、前三九九年にソクラテスを告発した三人の一人。

(2)『ヘレニカ・オクシュリンキア』六-二によれば、前三九七／九六年にアイシモスはトラシュブロス、アニュトスと同じグループをなしていた。

(3) 内戦の勝利をアテナに感謝するためにアクロポリスに向かう行進。

八四　そこで、かれに申し開きをさせるとすれば、かれらを殺さなかったと言うか、かれらはアテナイ国家に悪事をはたらいたのだから、殺したのは正義にかなっていたと言うかのどちらかでしょう。他方、もっと早く処罰すべきであったことをわれわれが後になって処罰するとしても、咎めを受けずに生きる時間を稼いだのはかれのほうであって、被害者たちがかれによって死を迎えたことに変わりはないのです。

八五　聞くところによれば、かれは逮捕令状[1]に「現行犯で」と付記されていることに論拠をおいて自己弁護しようとしているようですが、まったく単純きわまりない人間だと思います。というのは、もし「現行犯で」と書き加えられていなくとも、かれは逮捕に相当します。かれはこの語が付記されているという理由で、自分に何らかの逃げ道があると考えているのですが、しかし、それは殺人を犯したが現行犯で逮捕されずにすんだと認める以外の何ものでもないし、そのことを頼みに自己弁護することは、かれが現行犯逮捕されずに殺人を犯したならば、そのことゆえに放免されるべきだと言っていることになります。八六　しかし、私の考えるところでは、この逮捕を承認した「十一人[2]」は、アゴラトスがその当時でさえしていた自己弁護の主張を助けようと考えてではなく、まったくもって正当にもディオニュシオスに「現行犯で」という語を付記させて逮捕を行なわせたのです。それとも、どうしてそうでないことなどありましょうか。最初に評議会の五〇〇人の前で、さらに再度全アテナイ人の前で数名の人々の名前を供述してその命を奪い、かれらの死の原因となった男なのですから。八七　アゴラトスよ、「現行犯で」という語は、ナイフや刀で襲いかかって倒す場合のみに該当すると考えているのではないだろうな。おまえの理屈に従えば、おまえが名前を供述した人たちを殺した者は誰もいないことになる。なぜなら、誰もかれらに襲いかかったり、切りつけたりしたわけではなく、かれらはおまえの供述によって死を余儀なくされたのであるから。したがって、死に責任のある者が「現行犯」なのではないか。それに、名前を供述したおまえ以外の誰か他の者に責任があるだろうか。それゆえ、命を奪ったおまえこそが「現行犯で」はないのか。

八八 かれが、裁判にかけられるのは誓言と協定に反している、と言おうとしていることは、知っています。このことわれわれペイライエウス派が市内派に対して和解の協定を結んだときのあの誓言と協定のことです。このことに固執するかれは、自分が殺人者であると認めているようなものなのです。少なくとも、かれは誓言や和解協定を、また時間の経過や「現行犯で」という語を盾にとっている。ともかく事柄そのものについては、かれは公正に争うこととは考えていないのです。**八九** 他方、あなたがたとしては、陪審員の皆さん、そのようなことについて容認すべきではありません。そうではなくて、供述をしなかったのか、かの人々も命を落とさなかったのか、これらについて弁明するようかれを召喚していただきたい。かれと争うわれわれは誓言も和解協定も関係あるとは考えません。誓言は市内派とペイライエウス派のあいだで成立したのですから。**九〇** つまり、もしこの男が市内にいて、われわれがペイライエウスにいたのであれば、かれは和解協定に一言することもできたでありましょう。ところが、実際にはかれはペイライエウスにおり、私もディニュシオスもアゴラトスに報復をしようとしている者たちすべても同様にペイライエウスにいましたから、われわれにとってなんらの争点にもならないのです。ペイライエウス派がペイライエウス派と誓約を交わしたりはしなかったからです。

（1）略式逮捕（用語解説参照）の逮捕令状。

（2）用語解説参照。

九一　あらゆる点からみて、かれには一回きりの死では足りないと私は思います。国から市民権を賦与されたと述べている当人でありますが、その国が自分の親であると言いながら、その国が大きく、強くなる際の基礎となったものを裏切り、売り渡して、害を加えたような者なのです。まったく実父を殴りつけて、必要な物を与えず、また養父からはかれが所有していた資産を奪い取ったような者には、それゆえ悪行の法に従って死刑で罰せられるのがふさわしいのではないでしょうか。

九二　あなたがたには、陪審員の皆さん、かの人々のために復讐する義務があります。それはわれわれ一人一人の義務でもあります。かれらは死に際して、かれら自身のためにわれわれと友人たちすべてが、殺人者であるこのアゴラトスに報復をするよう、ともかくもできるかぎり悪い扱いをするよう求めていました。そのうえ、あなたがた自身が認めているように、かの人々がポリスや諸君多数派に対して何か立派なことを為したことが明白であるなら、あなたがたはかれらの友人であり親しい仲間であるはずですから、かれらがわれわれの各自に対してと同様にあなたがたにも同じ求めを遺したことになります。九三　そうであるから、このアゴラトスを放免することはあなたがたにとって神意にかなうことでも法にかなうことでもないのです。ですから、あなたがたは、アテナイ人諸君、かれらが命を落とした時には当時の状況のためにかれらを救えなかったのだから、それが可能な今こそかれらを殺害した者に報復していただきたい。そして、アテナイ人諸君、すべてのなかでも最悪の所業を為したりしないよう心してください。なぜなら、もしこのアゴラトスを投票で無罪放免するなら、諸君の行為はそれだけにとどまらず、その同じ投票で、諸君が自分たちに善意を抱いてくれていたと認める、かの人々の死刑を決議することになるのです。九四　かれらの死の責任者を釈放すれば、かれらがその者によって殺されたのは正当だったと認める以外の何ものでもないのですから。かくして、かれらは最も恐るべき目にあうことになるでしょう、もし自分たちのために友人として報復してほしいと願ったその者たちが、自分たちに反対し、「三十人」に同意する投票をするのであれば。**九五**　陪審員諸君、オリュンポスの神々にかけて、いかなる技《わざ》や手だてをもってしても、けっしてかの人々に死刑判決を下さないでください。かれらは多くの益を諸君にもたらし、そのことゆえに「三十人」とこのアゴラトスとによって命を落としたのですから。すべての恐るべき事ども、つまり、かの人々が亡くなった後に一人一人にふりかかってきた公共のことであれ個人的なことであれ、それらのことを思い出して、その責めを負うべき者に報復するようにしてください。さて皆さんには、決議から、供述書から、また他のすべてのことから、アゴラトスがかれらの死に責任があることが明らかにされました。**九六**　さらに、皆さんは「三十人」に反対の票決をすべきです。そうすれば、「三十人」が死の判決を下したその人々を皆さんは票決によって無罪とし、他方、かれら「三十人」が死刑を判決しなかった者たちについて、諸君は有罪の票決をすることになるのです。ですから、「三十人」は諸君の友人であったあの人々に死刑の判決を下したのですが、その人々を皆さんは票決で無罪とすべきです。かれらはアゴラトスを票決で無罪としました。かれがそれらの人々の破滅に熱心であると思われたからです。そのかれには有罪の票決がふさわしい。**九七**　したがって、もし諸君が「三十人」に反対の票決をするならば、まず第一に、諸君は敵どもと異なる投票をすることになるでしょうし、次に、諸君の友人たちに復讐を果たしたことになるでしょう。そしてさらに、皆さんが正しく、神意にかなった票決をしたとすべての人が思うでありましょう。

第十四弁論　アルキビアデスの戦列離脱告発

概要

第十四弁論と第十五弁論は、アテナイの有名な政治家アルキビアデス（ペリクレスを後見人にもちソクラテスの弟子であり美貌と政治的「無節操」で知られる）の同名の息子を相手とする告発弁論である。直接の訴因は、子アルキビアデスが重装歩兵団に配属されていながら資格審査を経ずに騎兵団に参加したことが主で、法廷は将軍たちが主宰し兵士たちが陪審を務める兵事法廷、また制作年代はコリントス戦争初期の前三九五－三九四年頃と推定される。本弁論は第二告発者（名は出ていない）による論証を中心とした補足弁論（用語解説「エピロゴス」参照）で、序言（一－三節）、法に照らしての検討に始まる論証（四－四五節）、結語（四六－四七節）から構成される。話者は、論証の後半（二三－四〇節）では、子アルキビアデスの前歴糾弾（二三－二九節）に続いて父アルキビアデス（故人）の所業に対する糾弾を大々的に展開して、それを現被告である息子の有罪票決に結びつけようとしている。

一　陪審の市民諸君、私が思うに、諸君は、アルキビアデスを告発しよう[1]とする者たちからいかなる理由づけも得ようとはしないであろう。なぜならこの人物は、当初から[2]、個人的にはこの人物から不正を蒙っていない者でさえ、かれの平常の生き方からかれを敵と思っていても当然といえるような、そういう市民としてふるまってきたからである。二　じっさい、かれの罪過は小さからぬもので、赦しには値しないし、将来かれが良くなるであろうという望みもそこにはなく、かれが勢力争いをしている何人かの人々の間では敵たちでさえ恥じ入るようなことが為されるほど、それほどの悪辣さに達してもいるのである。だが私は、陪審の市民諸君、以前にも父たちの間で諍いがあったし、(3)昔からこの人物のことを悪辣であると考えてもいたし、今またかれから被害を蒙った以上、為されたことすべてについて、諸君とともにかれに報復すべく試みようと思う。三　さて他のことに関しては、すでにアルケストラティデスが十分に告発した。(4)かれは法を提示し、すべてについて証人たちも提出したのである。かれが言い残したことについては、私がいちいち諸君に語ることにしよう。法(5)を朗読してもらいたい。

(1) 本訳では、被告アルキビアデスを「アルキビアデス」または「子(または息子)アルキビアデス」として、「父アルキビアデス」と区別する。

(2) 市民として活動する年齢(一八―二〇歳)になってから、の意味。子アルキビアデスは、一七節およびイソクラテス一六-四五の記述から前四一七年あるいは四一六年出生と推定されるから、この訴訟当時は二一、二歳のはずである。

(3) 話者の父と被告の父(すなわち父アルキビアデス)が敵対関係にあった、という。原告の家とアルキビアデスの家とが、社会的に対等の地位にあったことも考えられる。

(4) 第一告発者の弁論によって事実の叙述がすでになされたことがわかる。この名は本書十五-一二でも出されて、二つの弁論のつながりを明示する。人物の同定はできない。なお用語解説「エピロゴス」参照。

(5) 底本は、多くの校訂版と同じく、三節末尾および「法」を削除している。

四　陪審の市民諸君、われらが和平を実現して以来、(1)これらのことに関して裁判を行なうのは今回が初めてで、たんに陪審員としてのみならず、われら自身が立法者となって臨むのは当然であるが、(2)それは、諸君がいまこの件について判断を下すまさにそのとおりに、われらのポリスは将来にわたってその判断を採り入れるであろうということを、よく承知のうえでのことである。良き市民と正しい陪審員の仕事は、将来にわたってこのポリスに利益をもたらすように諸法を解釈することである、と私には思われる。五　というのも、戦列離脱の廉でも怯懦の廉でも法に問われるべき者など存在しない、との主張を大胆にも行なう人々が(3)いるからであり、その根拠は、〔今回は〕戦闘などまったくなかったのであり、法が命じているのは、もし戦闘の継続中に怯懦ゆえに後方へと戦列を離脱する者があれば、その者については兵士たちが裁きを行なうべしということである、となる。しかし、法はこのような者たちに関してのみ規定しているのではなく、歩兵団に参加しない者たちに関しても規定しているのである。法を朗読してもらいたい。

法

六　陪審の市民諸君、聴いてのとおり、法は双方について規定している。すなわち、戦闘中に後方へ退く者たちと、歩兵団に参加しない者たちとである。考えてもらいたい、参加すべき者たちとは誰か。その年齢に達している者たちではないのか。(4)七　将軍たちが(5)登録して兵籍名簿に載せた者たちではないのか。陪審の市民諸君、私が思うに、この法全体によって罪に問われるべきは、市民のなかでかれ一人である。すなわち重装歩兵として登録されていながら諸君とともに出征しなかった、という理由で兵役忌避により、戦場において自分一人だけ、同僚兵士とともに戦列につくべくわが身を提供することをしなかった[6]、という理由で戦列離脱により[7]、また重装歩兵団とともに危険を冒すべきでありながら騎兵団に入ることを選んだ、という理由で怯懦により、これらによってかれを逮捕することは正当である。八　しかるに人の言うところでは、かれは自分が騎兵団にいたからといってポリスに対して何の損害も与えてはいない、という弁明をしようとしているらしい。しかし私は、資格審査を経ずに[8]騎兵団に所属する者は市民権を失うべしという法の規定があ[9]るにもかかわらずかれがあえて審査を経ずに騎兵団に所属したというその事実ゆえにこそ、諸君がかれに対して怒りを抱くのは正当であろうと考えるものである。ではその法を朗読してもらいたい。

(1) 前四〇四年のペロポンネソス戦争終結を指す。法の再整備が終了したのは前四〇〇／三九九年。
(2) 二三一頁註(8)参照。
(3) 被告側の補助弁論をする人々を指す。
(4) 一八歳から六〇歳まで。ただし最初の二年間は城壁などの守備にあたり、国外に出征する義務は二〇歳から五〇歳までであった。
(5) 用語解説参照。
(6) リュクルゴス『レオクラテス』一四七にある同様の文言から、これが「法」の条文にある表現で「将軍たちに提供する」の意味と推定される。
(7)「戦場において」から近代の校訂者による補入箇所(「という理由で戦列離脱により」)までテキストに混乱がある。話者の主張によれば「この法全体」(「全条項」)は「兵役忌避、戦列離脱、怯懦」の三点についての規定であるが、重複や拡張解釈があるとも考えられる。これらの軍規に関しては、アンドキデス一-七四、アイスキネス三-一七五、デモステネス二一-一〇三ほか、また喜劇中にも言及がある。
(8) 馬と騎兵の適格者を審査するのは評議会であった(『国制』四九-二)。なお二三五頁註(4)参照。
(9) 本書十六-一三にも言及される。市民権剥奪の内容については八一頁註(2)参照。

九　さてこの人物は、これほどに悪辣であり、かつ諸君を軽蔑し敵を恐れ、また騎兵団に属することを強く望んで法などは顧みることもなかったので、けっきょくそれに伴う危険に留意することもなくて、同胞市民と共にあって重装歩兵となるよりもむしろ、市民権を剝奪され財産を没収されて(1)現行のあらゆる罰を蒙る身となるほうを望んだほどなのである。一〇　しかも一方には、これまでは一度も重装歩兵団に属さずつねに騎兵団に属して敵に大きな打撃を与えてきた人々がおり、その人々でさえも諸君やこの法を恐れて、あえて馬に乗ることはしなかった。かれらは、このポリスが滅びることなく、救われて勢力を拡大し、不正な者たちに報復をするようになると考えて、その時に備えていたからである。ところがアルキビアデスは大胆にも馬に乗った。民衆に好意的であるわけでもなく、以前に騎兵団所属であったわけでもなく、いまその術に習熟しているというわけでもなく、諸君による資格審査を経たわけでもなくて、このポリスが不正な者たちを罰することはできないであろうという見通しをもってであった。一一　これは心に留めておくべきことであるが、もし誰にせよ望むことを何でも為してよいというのであれば、法を定めたり、諸君が集会を開いたり、あるいは将軍たちを選出したりするのは何の役にも立たないであろう。陪審の市民諸君、もし誰かが、第一列に配属されていたのに敵が向かってきたときに第二列に退いた者は怯懦の廉で有罪とするのが適当であるが、重装歩兵団に配属されていたのに騎兵団に入って現われた者は許すのが適当である、というのなら驚かざるをえない。(2)一二　さらにまた、陪審の市民諸君、私が思うに、諸君が裁きを行なうのはたんに罪を犯した者たちのためにというだけでなく、一般の人々でも、秩序にはずれていればそれを思慮深い人々にするためにであろう。そこでもし諸君が名の知られていない人々を罰するなら、他の人は誰ひとり、より勇気ある者とはならないであろう。諸君が何をもって有罪としたのか、誰も知ることがないであろうから。しかしもし、罪過を犯す者の中でも最も著名な人々を罰するなら、それは万人の知るところとなるであろうし、その結果、市民たちはこの先例を考慮してより勇気ある者となるであろう。(3) 一三 そこで、もし諸君がこの人物を有罪と票決するなら、たんにこのポリスの人々が知るだけでなく、同盟諸邦も気づくであろうし、敵方も聞き知るであろう。そしてもし、罪過のなかでもとくにこのようなことに対して諸君が最も怒りを抱いていることと、戦いの場で秩序にはずれた行為をする者たちはけっして放免されることがないこととをみれば、かれらはこのポリスをよりいっそうの尊敬に値するものと考えるであろう。一四 心に留めてもらいたい、陪審の市民諸君、兵士たちのなかには、病に冒されている者たちや、日々の必需品にも事欠いている者たちがいた。かれらは、自分の国に(4)とどまって治療を受けるとか、家に戻って自分の財産を管理するとか、あるいは軽装兵(5)として参戦するとか、騎馬で戦いに出るとか、のほうが心にかなっていたであろう。一五

---

(1) この場合の財産没収が市民権剝奪に付随するものであったかどうか、疑問視されている。
(2) 重装歩兵と騎兵の危険度については本書十六-一二にも述べられている。
(3) 同様の考え方が本書十五-九、二十二-一九、二十七-七、三十一-三〇などにもみられる。
(4) アテナイ以外の他国からの同盟軍の兵たちについて。
(5) 重装兵のような盾を持たない投槍兵、弓兵、投石兵などで、市民も入っていた。

しかしそれでも諸君は[1]あえて戦列を離れることも、自分自身にとって快適なほうを選ぶこともせず、敵の危険よりもこのポリスの法を恐れたのであった。諸君はそのことを想起して、今こそ票を投じ、万人に向かって、敵と戦おうとしないアテナイ市民は諸君から厳しい処断を受けるであろう、ということを明らかにすべきである。

一六　陪審の市民諸君、私が思うに、この法およびこの件自体に関しては、かれら[2]は主張すべきことをもたないであろう。かれらは登壇して諸君に懇願し頼みこむであろう。かのアルキビアデスの息子がこれほどの怯懦で有罪とされるのは不当であると考えて、かの人[3]は多くの善事に責任がありこそすれ、多くの悪事には責任がない、と主張するであろう。だがもし諸君がかの父アルキビアデスを、このアルキビアデスの年齢で、つまり最初にかの人が諸君に対して罪過を為して捕らえられたときに、死刑にしていたならば、ポリスにとってこれほどの禍は起こらなかったであろうに。一七　陪審の市民諸君、もし諸君がかの人に死を宣告しておきながら[4]、不正をはたらいているその息子をかの人に免じて無罪にするというなら、おかしなことではないか。この人物は諸君とともに戦うことをあえてせず、この人物の父親は敵方とともに出征するのをよしとしたのであるから[5]。そしてこの人物は、幼時、将来どのような人物になるか判然とはしなかったころに、父親の罪過ゆえに危うく「十一人」の手に引き渡されるところであった[6]。かの人によって為された事柄に加えてこの者の悪辣さをもわかっている諸君が、かの父親ゆえに、いまこの息子に哀れみをかけるのがよいと思うのであろうか。一八　おかしなことではないか、陪審の市民諸君、われらの相手方は、罪を犯して捕らえられても自分たちの血統ゆえに救済されるほど幸運であるというのに、われらのほうは、このように規律を無視した者たちのせいで不運な目にあうと、祖先の功績をもってしても誰ひとりとして敵の手から取り戻してくれる力のある人もいないなどということは。一九　まさにわれらが祖先の功績は大きく数多く、しかもギリシア人すべてのために為されたものであって、この者たちがポリスに対して為したところとは似ても似つかぬものではないか、陪審の市民諸君。もしかの人々が友を救済することでいっそう善い人間とみえるなら、諸君のほうも、敵に罰を加えればいっそう勇気ある人間とみえるだろう、というのは明白ではないか。二〇　陪審の市民諸君、もし一族の誰彼がかれの引き渡しを要求したら、諸君は怒りを覚えるのが正当だと私は思う。その理由は、[引き渡しを要求するということはすなわち]かれらが、この者に向かってはポリスの命じるところを行なうよう求める試みはしなかったのに(あるいは、求めても達せられなかったのに)、諸君

(1) 三人称の「かれら」ではなく二人称の「諸君」が使われている。聞き手を見渡して指さす話者の身ぶりを伝える表現で、被告を孤立させるためであるが、とくに本件では兵士だった者たちが陪審員となっているためにいっそう効果的である。
(2) 被告の側の補助弁論をする人々を指す(三七三頁註(3)参照)。
(3) 現被告の父アルキビアデスを指す。善きにつけ悪しきにつけ親子の連帯責任を重視する考え方が示される。本書二‐四七にも同様の例がある。
(4) 父アルキビアデスは前四一五年に、秘儀模倣、民主政体破壊の陰謀の嫌疑を受け欠席裁判で死刑を宣告された(トゥキュディデス『歴史』第六巻六一‐七、プルタルコス『アルキビアデス伝』二二)。
(5) 三〇、三二節参照。
(6)「四歳にもならないときに、父の追放で死の危険にさらされた」(イソクラテス一六‐四五)という。「十一人」については用語解説参照。

に向かっては、不正を行なっている者たちを罰する必要はないと説得する試みをしている、ということだからである。二一　もし役職者たち[1]の誰彼が、片やかれら自身に備わった力を披瀝するために、片や明らかに罪過を犯した者たちまでも救済する力を互いに競うために、かれを援助するようなことがあれば、諸君はこう理解すべきである。すなわちまず、もしすべての人々がアルキビアデスに似ていたら将軍たちなどまったく不要であるはずだ（なぜなら、かれらの命令に従う者などいないだろうから）ということ、次にかれらには、戦列離脱をした者を有罪とするほうが、現被告のような人々を弁護するよりもはるかに必要な任務なのだということである。将軍たち自身がこのように秩序を乱す者を救済しようとするのならば、一般の人々がかれらに命じられたことをすすんで行なうようになるなど、どうして期待できようか。二二　さて、アルキビアデスが重装歩兵団に入って出征した、あるいは資格審査を経て騎兵として参加したと主張してかれのために懇願する人々が、もしそれを立証するならば、かれに無罪票決をするのが適当と私は考える。しかしもし、何の正当性ももたないのに恩恵を施してくれと要求するなら、その人々は諸君に偽誓することと法に従わないことを教えているのであり[2]、不正を為す者たちを助けようと躍起になって、その結果多くの人々をかれらのような所業を欲するようにしむけることになるだろう、ということを覚えておくべきである。

二三　陪審の市民諸君、もし諸君の誰かが、このアルキビアデスには助力する者たちがいるから救済されるべきであって、かれ自身の悪辣さがあるからといって滅ぼされるべきではない、と考えるなら驚いたことである。このような違法行為を為してはいるが他面では有益な市民であった、との主張によってかれに無罪を票決するなど理に合わないことだと納得するために、かれの悪辣さのほどを諸君は聞く必要がある。かれによって為された諸々の行為からみれば、諸君がかれに死刑の有罪投票をしても正当であろうから。二四　諸君はかれら父子について知るべきである。なぜなら諸君は、自身の徳とその祖先の善行とを述べる弁明側の主張にさえ好意的なのであるから、告発する側の主張にも耳を傾けて、被告たちが諸君に対して違法行為を為したこと、またかれらの祖先も多くの悪事の原因であったことを立証するかどうか、その言い分を聴くべきである。二五　この人物は、少年だったころ、しょぼ目のアルケデモス[3]——この男は諸君の財から少なからぬものをひそかに着服していた者であるが——のところで、衆人環視のなかでかれと同じ外衣[4]の下に横たわって飲み、壮丁にも達していないのに遊女をあげて昼日中から大騒ぎをし、自分の祖先に倣って、若いときにたいそうな悪辣者だとみえるようでなければ歳をとってから著名な存在となることはできないと考えていたのである。二六　それから、違法行為をしていたのが明らかになったときに父アルキビアデスによって呼びつけられた[5]。まったく、このようなことを常としていたために、こうした悪事の元祖であるかの人物

（1）ここでは法廷を主宰する将軍たちをいう（本書十五-一–二、十六-一六参照）。かれらが演説その他何らかの形で裁判の進行に介入する可能性のあったことが読みとれる。

（2）開廷時に立てた、法に従って投票するという誓いに背くことになるから。

（3）アルギヌサイ海戦の将軍たちを裁判にかけるよう煽動した政治家（『ギリシア史』第一巻七-二）で、アテナイ生まれでないために市民資格が得られないことも揶揄される原因であった（アリストパネス『蛙』四一七、五八八行）。

（4）ヒマティオン。一二九頁註（3）参照。

（5）前四〇七／〇六年以来の亡命先であるトラキアのケルソネソスへ。

からさえも非難されたような者を、諸君はどのように評価すべきであろうか。かれはテオティモス[1]と組んで父親に対して陰謀を企てて、裏切りによってオルノイ[2]を与えたのである。テオティモスはその地所を受け取ると、当初は年頃のかれに対して思い上がったふるまいをしていたが[3]、最後にはかれを監禁して身代金を取り立てようとした。二七　しかし父親のほうはかれを非常に強く憎んでいたので、たとえかれが死んでも骨は拾わない[4]と言っていたものである。そして父親の没後[5]、アルケビアデス[6]が愛人となって、かれを解放した。それからほどなくして、かれは財産を賭博で失ったあと、レウケ海岸[7]から船出してはその友人たちを海に沈めていたのである。二八　さて陪審の市民諸君、同胞市民に対してであれ、外国人に対してであれ、かれ自身の家の者に対してであれ、その他誰に対してであれ、かれが為した罪過は、語るには長いことになるであろう。だが、ヒッポニコス[8]が多くの人々を証人として呼び寄せたうえで自分の妻を離婚したその時の言い分は、このアルキビアデスなる人物が彼女の兄弟としてではなくその夫として自分の家に入ろうとしている、というものであった。二九　そしてかれはこのように違法行為をし、またこれほどに恐ろしい大事件を数多く為していながら、起こった事態を悔やむこともなく、これから起こるはずの事態を憂慮することもなく、本来なら、市民のなかで最も秩序正しい者として、自分自身の生活をもって父親の罪過の弁明とする努力をすべきところであるのに、あたかも、自分に向けられる非難の大部分を他の人々に分け与えることができるかのように、人々に対して不遜なふるまいをしようとしている。三〇　こうしたことが息子アルキビアデスの所業であるが、かの父アルキビアデスのほうは、ラケダイモン方を説いてわれらに敵対する砦をデケレイアに築かせ、島々を離反させる目的で船を進め[9]、このポリスの諸悪の演出者となった者であって、同胞市民とともに敵に向かって進軍するよりも、敵とともに祖国に向かって進軍することのほうが多かったのである。その報復として、諸君も諸君の子孫も、何であれ受けた被害には報いることが適当である。[10]

三一　しかるに何度も言われることは、父アルキビアデスのほうは帰国してきて民会から贈物を受けたのに、この者が父親

---

(1) この箇所以外には知られていない。
(2) ケルソネソス半島中部、ネポス『アルキビアデス伝』七によればアルキビアデスの軍事拠点の一つがあったところ。
(3) おそらく第三弁論のシモンのような、同性愛に由来する暴力的な侵害行為をいうのであろう（四七頁註（10）参照）。
(4) 身内が異国で死亡したときには、火葬して遺骨を持ち帰るのがふつうであった。
(5) 前四〇四年、リュサンドロスを後盾とする「三十人」の決議とパルナバゾスの許可により、プリュギアのメリッサで殺された（プルタルコス『アルキビアデス伝』三八―三九）。
(6) おそらく、前四一五年の秘儀模倣およびヘルメス柱破壊事件に関係したとして密告されて亡命した市民の一人（アンドキデス一-一三）と同一人物であろうとされる。
(7) プロポンティス（現マルマラ海）に突き出た岬の小港。ここを根拠地として、航行する船（友人たちの船も含めて）を襲っていた、との主張。
(8) ラウレイオン銀山の富を手にヘレニズム時代に至るまでアテナイの政治や宗教面に力をもったケリュケス一族の一人。本書十九-四八の同名者の孫にあたる。妻は子アルキビアデスの姉妹で、この離婚事件は前三九五年頃と推定される。
(9) イソクラテス一六-一〇では、息子はこのような非難に抗議している。父アルキビアデスは前四一四年ラケダイモンに来て、議会における演説の中でシケリアへの援軍派遣とデケレイアの城塞構築を要請し自分の立場を訴えている（トゥキュディデス『歴史』第六巻八九―九二）。デケレイアはアテナイの北東約二〇キロにある高地。三二五頁註（3）参照。
(10) 前四〇七年にアテナイへ帰還して黄金の冠を受け、すでに前四一五年に没収されていた財産の償いとして土地を受けたが（プルタルコス『アルキビアデス伝』三三-二）、「三十人」政治のもとで再び没収された（イソクラテス一六-四六）。なおかれの遺産については本書十九-五二参照。

の追放ゆえに不当に非難されるのは理に合わない、という主張である。(1) しかし私からみれば、諸君がかの者の受けた贈物を正当な筋のものでないとして取りあげたからには、この者を、父親がこのポリスにとって有用な人物であったからといって無罪にする、というのはおかしなことである。三二 さて、陪審の市民諸君、かれは諸々の理由で有罪とされるべきであるが、とくに、諸君の美徳をみずからの悪徳の先例として使っているという理由がある。というのは、かれは大胆にも、父アルキビアデスは祖国に向かって軍を進めたとき何の恐ろしい事もしていないと主張しているからである。三三 かれの言うには、諸君は亡命していたときにピュレを占拠し、(2) 樹木を伐り倒し、城壁に向かって攻撃をしかけた、しかもこのようなことをしたのに子孫に非難を残さないどころかあらゆる人々から誉れを受けている、追放されて敵とともにこの土地に向かって進軍した人々と、ラケダイモン側が掌握しているこのポリスへ帰ってきた人々とは同じ扱いに値するではないか、とのことである。三四 しかし、誰の目にも明らかだと思うのであるが、この者たちは海の支配はラケダイモン側に引き渡して自分たちは諸君を支配下におこうとの目的で帰国を企てていたのであるが、多数の諸君(3)は帰国して敵を追い払い、市民たちのうちの隷従を望んでいた者たち(4)までも解放したのであった。このように双方が為したことはまったく異質であるにもかかわらず、かれは以上のような主張をしているのである。三五 それでもこれほど数多くの、しかもかれにとっては大きな禍が生じているのに、かれは父親の悪辣さを自慢して、父はこのポリスのあらゆる惨事の原因となるほど大きな事ができたのだ、と言っている。しかし、悪者になろうとした場合、敵に対して、押さえるべき場所を告げなかったり、見張り所のなかで見張り体制が不備であることを明らかにしなかったり、国政万端のなかの欠陥を教えなかったり、味方の側から離反しようとしている者たちを通報しなかったりというほど、祖国のことに疎い者がいるであろうか。三六　おそらくそんな人間はいないであろう。追放の身であった間にこのポリスに対して悪事を為すことができたのはかれの能力ゆえであろうが、諸君をまんまと欺いて帰国し(5)、多数の三段櫂船の支配権を握ると、敵側をこの地から追い出すこともできず、かれが離反させたキオス人らを再び味方につけることもできず、諸君に対して善いことは何ひとつすることができなかったではないか。三七　したがってアルキビアデスが能力の点では他人よりいささかも優れたところはないが、悪辣さの点では市民のうちで第一人者であった、ということは知るに難くない。かれは諸君のところで難渋していることがあるとわかると、それをラケダイモン側に通報する者となった。しかし自分自身が将軍職につくべき時になるとかれら［ラケダイモン側］に対して何ひとつ損害を与えることはできず、自分の地位を利用してペルシア大王の資金を提供すると約束して

(1) 三一―三三節にみえる被告側の主張は、イソクラテス一六-一一―一三で子アルキビアデスの口を通して言われていることと対応する。
(2) ピュレはアッティカ北部、デケレイアの西。一六一頁註(2)参照。
(3) 一五七頁註(3)参照。
(4) 内戦時の「市内派」(一六一頁註(4)、解説(三)参照)を指す。ほとんど同じ表現が本書二-六四にみられる。
(5) この時のかれの帰国については、『ギリシア史』第一巻四-一一―二〇、プルタルコス『アルキビアデス伝』三二―三四、ネポス『アルキビアデス伝』六などに詳しい。かれはその後イオニアで失敗を重ねて前四〇七/〇六年にケルソネソスへ退いた(『ギリシア史』第一巻五-一一―一六)。

いながら、(1)二〇〇タラントン以上をこのポリスからかすめ取ったのである。(2)三八　そしてこのように多くの過ちを諸君に対して犯したことを認めていたので、弁舌に長け、友人たちもあり、財産ももっていながら、一度たりとも執務報告(3)を出すために出頭することはなく、自分自身に有罪追放を科して、みずからの祖国の市民であるよりはむしろ、トラキアであれ、どこかほかのポリスであれ、他国の市民になることを望んでいた。そして最後には、陪審の市民諸君、それまでの悪辣さを誇大に吹聴して、船隊を、アデイマントス(4)とともにリュサンドロス(5)に引き渡すという裏切り行為にまで及んだのである。(6)三九　したがってもし諸君のうちに、海戦に斃れた人々を哀れんだり、敵方に隷従した人々を恥じたり、長壁を取り壊した人々に憤ったり、ラケダイモン人を憎んだり、「三十人」に怒りを抱いたりする人がいれば、こうしたことすべての責任はこの被告人の父親にあるのだと考えるべきであるし、また次のことも心に留めるべきである。すなわち、その曾祖父アルキビアデスをも、父の母方の祖父メガクレスをも、諸君の祖先が二度にわたってその両人とも陶片追放にし、(7)かれの父に対しては、諸君の先任者たちが死刑を宣告したのであるから、四〇　よって、今やこの被告はこのポリスにとって父祖代々の宿敵である、と考えて有罪の票を投じなければならず、そして、哀れみも赦しもいかなる恩恵も、現行の諸法(8)と諸君が誓った誓言(9)とを超える重みをもつと考えてはならない、ということである。

四一　よく考えてもらいたい、陪審の市民諸君、何ゆえにこのような男たちを容赦することができようか。ポリスとの関係においては不運であったがそれ以外のことでは秩序を守り、これまでも思慮深く生きてきたから、とでもいうのか。かれらのうち多数の者が淫らな交友関係をもち、またその姉妹たちと通じた者たちあり、娘たちによって子をなした者たちあり、四二　秘儀模倣を行なった者たちあり、またヘルメス柱を破壊した者たちあり、あらゆる神々に不敬をはたらき、ポリス全体に対して過ちを犯し、他人に向かっての市民としての態度も、自分自身に向かっての生活態度も不正であり違法であって、いかなる厚顔無恥なふるまいも控えることなく、いかなる恐ろしい仕業も手を染めないものはなく、これまでやってきているではない[10]

(1) この「約束」とそれに対する批判およびその後の動きについては、トゥキュディデス『歴史』第八巻四八以下に詳しい。
(2) 各地での軍資金調達（本書十九-五二、『ギリシア史』第一巻三-八、トゥキュディデス『歴史』第八巻一〇八-二等）に対する非難とみられる。
(3) 用語解説「執務審査」参照。
(4) アテナイの名門スカンボニダイ家の出身。アルキビアデスらとともに秘儀模倣行為をしたとして密告され亡命した（アンドキデス一-一六）。帰国してアンドロス島攻略（前四〇七年）に参加、のち将軍職に選ばれた（『ギリシア史』第一巻四-二一、七-一）。前四〇五年アイゴス・ポタモイの海戦の敗北で捕らえられ、ただ一人助命されたため、その後裏切り行為として告発された（同書第二巻一-三二）。
(5) スパルタの海軍司令官。一六五頁註（2）参照。
(6) クセノポン（『ギリシア史』第二巻一-二五—二六）によれば、当時ケルソネソスに退いていたアルキビアデスは、アイゴス・ポタモイの海戦直前にアテナイ軍の停泊場所について有益な進言をしたが、将軍たちに聞き入れられず立ち去った。
(7) 作者の記憶違いか、もしくは意図的な混乱があるらしい。陶片追放されたのはこのメガクレスと、かれの同名の祖父のこととされる。
(8)「諸法」は複数の条項を意味するととる（二一三頁註（7）参照）。四七節の「法」も同じ。
(9) 開廷時に陪審員が行なう、法に則った票決をするという宣誓（デモステネス二〇-一一八参照）。
(10) 子アルキビアデスについては二八節、父については、アテナイオス『食卓の賢人たち』二二〇cに言及がある。

か。かれらは、受けたことはすべて為したし、為したことはすべて受けたのである。かれらは、立派な人々の前では恥じるが悪人どもの前では自慢するというような態度なのである。四三　しかるに、陪審の市民諸君、諸君はすでに、不正をはたらいていると認めながらも後々は諸君のために有益になるであろうと考えて無罪にした人々があった。ではこの現被告からポリスが何か善いことを受けるだろうという希望はあるのか。かれが何の役にも立たぬ者だということは、かれの弁明を聴けば諸君はわかるであろうし、かれが悪辣な者だということは、かれの平常の生き方からしてもう気づいたはずである。四四　しかしけっきょくのところ、かれはこのポリスから出てゆけば諸君に対して何の悪事も為しえないであろう。明らかに、貧困と生活不能と家の者たちとの確執とがあり他人からは憎まれているのだから。四五　したがって、こうしたことがあるからといってかれを守ってやるのは適当ではなく、むしろ他の人々やかれに親しい者たちへの見せしめとするべきである。命じられることを行なおうとせず、このような仕業に意欲をもち、自分たち自身のことについてはよい思慮もないのに、諸君のことについては議会で演説などをしている者たちへの見せしめである。(1)

四六　さて私は能うかぎりよく告発演説を行なった。しかし私にはわかっている、かれ以外の聞き手は、どのようにして私がこの者たちの罪過をこのように正確に見つけ出すことができたのかと驚いているであろうが、被告のほうは、私がこの者たちのものである諸悪のほんの一部分も語りおおせなかったと私を嘲笑しているのだ。四七　そこで諸君は、語られたことも語られずに省かれたことをも十二分に推察して、かれに有罪の票を投じてもらいたい。かれがこの告発によく当てはまることを心に刻み、このような市民たちから解放されることはこのポリスにとって大いなる幸運であることを心に刻んで。かれらに向けて法と誓言と訴状とを朗読してもらいたい。(2) そして以上のことを銘記している者たちこそ、正義を票決するであろう。

法、誓言、訴状

(1) 次註参照。

(2) 弁論がこのような朗読で終わるのはリュシアス作品では異例である。なお、本弁論は、現裁判における勝敗よりもむしろ、アルキビアデス(父)が非難されることによって打撃を蒙ることになる者たち(話者の政敵であり、子アルキビアデスの周囲にいる者たちでもあろう)を意識して作られたものという見方もある。

第十五弁論　アルキビアデスの兵役忌避告発

概　要

前弁論と同じ問題について別の、おそらく第三番目の告発者（名は出ていない）が、同じ法廷で、前弁論とは異なる観点から弁じた補足弁論。話者は序言として将軍たちの不当な介入を牽制し（一－四節）、本件がかれらの判断で行なわれた蓋然性は小さいとの論証に努め（五－九節）、陪審員たちに法を守って有罪投票をするよう呼びかける（一〇－一二節）。

一　陪審の市民諸君、私は諸君にも、正しい事を投票してくれるよう懇願し、また将軍たちにもつぎのように要求する。将軍たちは他の役職においても今までこのポリスにとって大いに価値ある人々だったのであるから、兵役忌避の公訴(1)に関しても原告被告双方に対して同一の立場であってもらいたいし、恣意的に一方を援助すること(2)によって陪審の諸君から正義に反した票決を得ようと熱心になったりしないでもらいたい、と。二　将軍諸君は心してもらいたい、もし諸君の資格審査にさいして(3)、登壇した法務役たちが、「裁判を主宰し投票用具を配る係の人々が(4)、ある人々については有罪の投票をしないように、ある人々についてはするように、と要請することになったら危険だ」と考えて法務役たちのほうから諸君の有罪を投票するよう

〔審査員たちに〕要請するとしたら、諸君は強い憤りをもつであろう。三　ポリスにとってこれ以上恥ずべき習慣、恐るべきことがあるだろうか、もし女子相続人の裁判(5)で、当の役職にある者が陪審員たちに〔役職者の〕望むところをしてもらいたいと懇請嘆願し、ポレマルコスと「十一人」(6)が自分たちの提出した裁判で、ちょうど今のように要求するとしたら。四　したがって〔将軍である〕諸君自身についても同じ判断をもつことが望ましい。この兵役忌避の件で個人的に手助けをすることは、いま挙げたような人々の誰彼が投票者を束縛するのと少しも異ならないだろうということを心に刻んで。五　考えてもらいたい、陪審の市民諸君、かつて陣営における指揮官たちのうちアルキビアデスによってまるめこまれた者など一人もいなかったとい

---

(1) タイトルにもある「兵役忌避」は、重装歩兵に登録されていながらそれを忌避したことを指すと解する。二一三頁註(7)参照。

(2) 用語解説参照。

(3) 将軍の資格審査については用語解説「資格審査」および『国制』六一-二参照。「法務役たち」と訳した「テスモテタイ」(用語解説「アルコン」参照)はいわば事務局的な部署の役職者で「将軍たちの執務報告を裁判所に提出する」役目ももっていた(同書五九-二)。

(4) アリストテレス(『国制』六六-一、六八-二)によれば、法廷を主宰する役職者は、陪審員が入廷したあと抽籤で選ばれ、原告被告双方の弁論がすむと各陪審員に二個の投票用具を配った。本弁論の法廷は前弁論(十四-二一)と同様兵事法廷であるから、将軍たちがその役職についていると考えられる。

(5) 市民が女子のみを残して死亡した場合、最も近縁の男子(父の兄弟)が彼女と結婚する権利を有した(三三七頁註(1)参照)。ここでは複数の男子がその権利を主張した場合をいうのであろう。

(6) 用語解説「アルコン」「十一人」参照。「ポレマルコス」は主に在留外人に関する訴訟を裁判所に提出し(『国制』五八)、「十一人」は略式逮捕(用語解説参照)関連の訴訟を扱った(同書五二-一)。

うことが十分に証拠立てられたかどうか。もしかれらの主張(1)がまことなら、まずパンピロス(2)を、かれ［アルキビアデス］の馬を取り上げることによってポリスの騎兵団員を一名減らしたという理由で召喚すべきであり、部族騎兵指揮官(3)に、アルキビアデスを追放してこの者たちの戦列を指揮官不在の状態にしようとしたという理由で罰金を科すべきであり、歩兵指揮官に、かれを重装歩兵の名簿から除外するように要請すべきであった。六　ところが実際は、かれらはこうしたことを何ひとつ為さずに、遠征の陣営においては、アルキビアデスが全員から侮蔑的な扱いを受けて騎馬弓兵(4)のなかで勤務するのを見過ごしていた。それなのに今や諸君が不正を行なっている者たちを罰しなければならない時になると、もとの指揮官たちはかれにとりいろうとして、自分たちがかれを騎兵隊に配属したのだと証言している。(5)しかしながら、陪審の市民諸君、おかしなことではないか、将軍たち自身、民会での挙手によって選ばれても、法に則った資格審査を済ませるより前にはわれわれの指揮をとろうなどとはしないのに、そのかれらがアルキビアデスを、このポリスの法に反してまであえてそこに配属したというのは。七　陪審の市民諸君、私にはおかしなことに思える、将軍たちが、資格審査を経ている騎兵たちの中から自分たちの望む者を自分たちで重装歩兵に登録する権限はもたないが、資格審査を経ていない重装歩兵たちの中から自分たちの望む者を騎兵に登録する権限はもっている、などとは。八　さて、陪審の市民諸君、たとえ将軍たちがその権限をもっていて多数の志願者の中でかれ［アルキビアデス］以外の誰をも騎兵になることを許さなかったという次第であっても、諸君が［かれを無罪にすることによって］将軍たちにとりいろうとするなど、正当なことではあるまい。ましてや、もしかれらが自分たちにその権限はないと認めている場合には、心に刻んでおくがよい、諸君は正しい判断に従って投票すると誓ったのであって、この者たち[6]が求めるとおりに投票すると誓ったのではない、と。つまり、諸君自身と諸君の誓言以上に尊重すべき人間など、それを要求している者たちのなかに誰ひとりいないのである。**九** さらに、陪審の市民諸君、もしこの罰が大きく、この法があまりにも強力であると人の目に見えるというなら、諸君は、この事柄に関して立法するためにここに来ているのではなくて現在ある法[7]に従って投票するためにここに来ているのであり[8]、不正を行なう者たちを哀れむためではなくてかれらに怒りを抱いてポリス全体に益を為すために来ているのだ、ということを想起すべきである。諸君は、過去の事について少数者に報

---

(1) 次節の、アルキビアデスを騎兵に入れたのは自分たち（もとの指揮官たち）である、ということ。

(2) アテナイのケイリアダイ区出身、前三八九／八八年アイギナ島包囲戦で重装歩兵を指揮した将軍（『ギリシア史』第五巻一-二）でその後、公金横領の廉で有罪とされた（アリストパネス『福の神』一七四行）人物と同一視される。おそらくコリントス戦争初期にまず騎兵長官を務め、本弁論以前にその職を辞したのであろう。

(3) 各部族から一名、挙手で選ばれた。後出の重装歩兵の場合の「歩兵指揮官」も同様。

(4) 平時には市の警固にあたっていた（アリストパネス『鳥』一一七九行）。ここでは「騎兵」より格が低いものであったように読める（トゥキュディデス『歴史』第二巻一三-八参照）。

(5) この証言は第十四弁論では言及されていない。前もって三人の告発者のあいだで弁論内容の分担がなされていたのであろう（用語解説「エピロゴス」参照）。

(6) 出廷している被告側、つまりアルキビアデスとその支援者たち。

(7) 二二五頁註（8）参照。

(8) 前弁論（十四-四）では「和平以来最初の判決」という点に加えて、法の適用範囲を広げるほうが有利との話者の判断があったが、ここでは「法の厳正な適用」が主張される。法に依拠した、いわば両面からの攻撃である。

復することによってこそ、将来の事において多数者がより秩序正しく戦いの危険に臨むように導きうるであろう、とよく心得ているではないか。一〇　陪審の市民諸君、ちょうどこの者がポリスのことなど考慮せずに自分自身の救いのみを計ったと同様に、そのように諸君もこの者のことなど考慮せずにこのポリスにとっての最善を投票すべきである。とくに諸君はもう誓いを立てたうえでアルキビアデスについて票決しようとしているのであって、かれはもし諸君を欺きおおせればポリスを嘲笑しつつここから立ち去るであろう。自分が秘密の投票による恩恵を受けても諸君に感謝することなどありえないであろう。自分に対して公然と善事を為した友人たちにさえ悪い仕業をもって応える人物なのだから。一一　陪審の市民諸君、諸君は、この者たちの嘆願などに惑わされることなく、正しい事を投票せよ。証明はできている。アルキビアデスは、重装歩兵に登録されていながら戦列を離脱し、法によって禁じられているのに資格審査ぬきで騎兵を務め、そして法が、将軍も騎兵長官も他の何人といえども法を超える力はもたない、と明示している事柄に関して、私人でありながら、自分で自分に勝手気儘を許しているのだ。一二　私自身はといえば、友人であるアルケストラティデスを助けるとともに私自身の敵でもあるアルキビアデスに報復しようとする者。[2] 正しい票決が為されるよう要請する。諸君は、諸君の敵どもに対する一大決戦に臨んでいたときと同じ判断をもって、この投票に臨んでもらいたい。

(1) 票決で無罪となっても、ということ。陪審廷での投票は、票数の結果のみが発表される秘密投票であった(『国制』六九)。弁論終盤の一技巧としてこれに言及する例は本書十二-九一にもみられる。

(2) 補足弁論をする立場であるが、自身でも被告を告発する根拠があることを表明している。二二七頁註(2)参照。また、リュシアスの両作品は、別件であるがアルキビアデス父子を弁護する立場をとっているイソクラテスの第十六弁論『競技用戦車について』に対応する箇所が多く、それへの反論を意図して作られたともみられている。

第十六弁論　評議会において資格審査を受けるマンティテオス(1)の弁明

概　要

評議会議員に選出されたマンティテオスが資格審査（用語解説参照）の際に行なった弁明。アテナイ市民マンティテオスは「三十人」政権のもとでの騎兵の登録簿にその名が記載されていたという理由で、評議会議員就任の資格に疑義が提出された。騎兵になる市民は経済的に余裕のある土地所有者であったため、どちらかといえば寡頭主義的な者が多かったらしい。また、「三十人」政権維持のために騎兵が貢献したことも事実であった。弁論にみられるマンティテオスの反論は具体的な事実に言い及んでいるため、社会の上層に属する若者の目を通してとらえられたアテナイの情勢の一端を知ることができる。年代は内容から推して前三九四年から三八八年の間とみられる。弁論は簡潔で、まとまった叙述や論証の部分を欠いており、序言（一—三節）の後には、次々と事実が提示されていく技法が採られ、そこに話者である若者の性格も浮かびあがってくる。

一　評議会議員諸君、もし告発者たちが何としてでも私を傷つけようという意志をもっていることを私自身が知らなかったならば、この告発について大いに感謝の念をもったであろう。なぜなら、不当に汚名を着せられた人々にとっては、かれらのそれまでの人生について追及すべきだと主張する人々は誰でも、最大の恩恵をもたらしてくれる存在だと思われるからである。二　というのも、私は自分自身に大きな信頼をおいているので、もし私を不快に思っていたり、悪意を抱いたりしていた人がいても、私が過去の行動について語るのを聞いたならば、それまでのことを悔いて、以後は私に対し非常な好感をもちつづけてくれるだろうと思っているからである。三　評議会議員諸君、私としては、諸君にただつぎのことだけ、すなわち、現在の政体(2)を好ましく思っていることと、諸君と同じ危難を経験せざるをえなかったことを示すならば、それで十分だと思う。そして、私が他の点に関しても、敵たちの意見や評価とはまったく反対に、穏健な生き方をしてきたようにみえるならば、私を資格審査に合格させてくださるように、他方でかれらを卑劣な者たちとみなすようにとお願いする。ではまずはじめに、私は「三十人」政権(3)のときに騎兵(4)ではなかったし、国内に

(1) マンティテオスの名は弁論中ではなくて、タイトルに見いだせるのみ。かれの所属区は不明。デモステネス三九、四〇で言及されているトリコス区のマンティテオスとは無関係と考えられる。

(2) 前四〇三年秋に復活した民主政を指す。

(3) 解説(三)参照。

(4) ここにある騎兵は、ソロンの財産級の第二等級に相当する「騎士」身分とは別。前五世紀前半に創設された制度で、本弁論当時は定員が一〇〇〇名だった。国家から支給される支度金で馬匹を購入し、これを飼育、訓練するために一日一ドラクメの飼育料を支給されたが、支度金は退役時に国庫に返還する必要があり、さらに、騎兵となりうるのは土地所有者のみに限られていたため、騎兵の多くは富裕市民であった。「三十人」の寡頭政権のもとで重用された騎兵は、この政権下で始まった内戦でも大半が民主派討伐に積極的に関与したらしく、内戦終結後に民主政が復活したときに、騎兵に対する反感が一般市民のあいだで強くなった(『ギリシア史』第三巻一-四参照)。同人の資格審査の時期は、コロネイアの戦い(前三九四年)後、一二、三年以上あとで、トラシュブロスの戦死した前三八九年よりも前だった、と本文より推測が可能である。

とどまってもいなかったし、当時の政治に参与もしていなかったことを明らかにしよう。

四　父はわれわれを、ヘレスポントスにおける不幸な事件[1]の前にポントスのサテュロス[2]のもとに、そこで生活するようにと、送り出した、そして、長壁が取り払われようとしたとき[3]も、政体が変更を加えられようとしたとき[4]もわれわれは国内にいなかったのであり[5]、ピュレからの人々がペイライエウスへと下った[6]日の五日前に帰国したのだった。**五**　まったくもってわれわれはそのような時に帰国したのであるから、他人の危難を分かちあいたいと望んでいたことなどありえなかったし、あの連中［「三十人」］も、他国に住んで、何の過ちも犯していない者たちと政権を共にするような考えをもっていなかったことは明らかである。それどころか、かれらはいっしょになって民主政を解体させた人々からさえ市民権を剝奪しようとした[7]。**六**　次に、登録板[8]にもとづいて騎兵であった者たちを調べあげるのも単純すぎる。騎兵であったと認める者たちの多くがその登録板に記載されていない一方で、国外にいて不在だった者数名がそこに記載されているからである。だが、つぎのことこそは最大の反証である。というのは、諸君は帰還後に[9]、部族騎兵指揮官たちに[10]騎兵として従軍した者たち［の名簿］を引き渡すよう求める決議をしたが、それはかれら［騎兵］から支度金[11]を回収するためにだった。**七**　だが、私が部族騎兵指揮官たちによって［騎兵であったと］報告されたとか、裁定委員[12]に引き渡されたとか、あるいは支度金を返済した、ということを示すような者は誰もいないだろう。さらに、部族騎兵指揮官たちは、支度金の支給を受けた者たちを明らかにできないならば、かれら自身が罰金を支払わねばならないということは誰でも容易にわかることである。それゆえ、この登録板を信じるよりも、あの名簿を信じる方がはるかに正しいであろう。なぜなら、この登録板から名前を削除することは、その気にな

れば簡単であったが、騎兵を務めた者たちを部族騎兵指揮官があの名簿に記載しないはずはなかったからで

（1）前四〇五年夏にヘレスポントス（現在のダーダネルス海峡）のアイゴス・ポタモイでペロポンネソス軍によってアテナイ海軍が壊滅的な打撃を受けた事件を指す。

（2）ボスポロス王国の国王（在位前四三三頃－三八九または三八七年）。同王の宮廷はタウリスのケルソネソス（現在のクリミア半島）に成立していた同国の首都パンティカパイオンに所在した。同国はアテナイへ穀物を大量に輸出すべく特別な配慮をしたため、正確な年代は不明だが、サテュロスは前五世紀後半にアテナイ市民権を賦与され、かれの後継者たちも同様の厚遇を受けた。『ギリシア碑文集成』第二巻（第二版）二一二番二〇行以下、デモステネス二〇-三〇参照。

（3）ペロポンネソス戦争を終結する際の和平条件の一つは、アテナイの長壁の破壊であった。それについては本書十三-一四参照。

（4）ドラコンティデスの決議による寡頭政の導入を指す。『国制』三四-三参照。

（5）「われわれは」以降は近代の補入。

（6）「三十人」政権打倒のための内戦は、トラシュブロスが率いる七〇名がアッティカ北西部の要塞ピュレを占拠したことで始まった。この「三十人」政権打倒を目指す人々、すなわち民主派は内戦の後半には戦場をペイライエウスに移し、ここで寡頭派と民主派のあいだで苛烈な戦闘が展開された。解説（三）参照。

（7）本書三十一-一五参照。

（8）白塗りの板に公示のために掲示された。石柱に刻字された文書よりも、暫定的な意味合いの強い公文書が記された。

（9）ピュレでの、ついでペイライエウスでの内戦に勝利してアテナイ市に帰還した後に、という意味。

（10）各部族から選出された計一〇名。『国制』四九-二、六一-五参照。かれらは公金使用について説明責任があったためより信頼できる、という論理。

（11）国から支給される支度金（二三五頁註（4）参照）。退役後に返還の義務があったから、実質上は貸付金だった。

（12）原語は σύνδικοι で、「三十人」政権のもとで没収された財産に関して、その処理をするために同政権倒壊後に制定された委員会。本書十七-一〇、十八-二六、十九-三二にも言及されている。

ある。八　そのうえ、評議会議員諸君よ、もし万一私が騎兵として従軍したのであれば、何か恐ろしいことをしでかしたかのようにそれを否定するのではなくて、市民の誰も私によって不正を加えられなかったことを指し示して、資格審査を通してもらおうと求めるであろう。見たところ、諸君も同じ意見をおもちのようであるし、あのころに騎兵を務めた者たちのなかの多くが評議会議員になったり、また、別の多くの者たちが将軍や騎兵長官(1)として選出されている。したがって、私がこのような弁明をするのはかれらがあからさまに私について虚偽の告発をしようとしたからにほかならない、とお考えいただきたい。では、私のために登壇して、証言していただきたい。

証言

九　訴因そのものについて、評議会議員諸君、これ以上多くを述べるべきだとは思わない。だが、他の訴訟においてはただ告発内容そのものだけについて弁明すべきであるが(2)、資格審査においては全人生について弁論することが正当である、と私は思う。それゆえ、私の言い分をよろしく聞いてくださるよう、諸君にお願いする。そして、私はできるだけ手短かに弁明をしよう。

一〇　まずはじめに、父の災難と国の災難(3)のせいで私にはたいした財産も残されてはいなかったが、二人の妹にそれぞれ三〇ムナの嫁資をつけて嫁がせ(4)、弟に対しては私よりも多くを取得したと認めるように家産を分配したし(5)、他のすべての人に対しては、けっして誰も私に対する訴訟をどこにも提起しないような生き方をこれまでしてきた。一一　私的な事柄はそのように取り扱ってきたが、公的な事柄に関しては、私の温厚さの最大の証拠は以下のようなことだと考える。それはつまり、賽子《さいころ》(6)や酒杯や同種の放埒で時間をつぶしているような若い連中のすべてが、いまにおわかりになることだが、私と不仲であって、何よりもかれらが虚偽に私の悪口を言いふらしているということである。まったくのところ、われわれが同じことに関心を抱いているのであれば、かれらは私に関してそのような評価をしないことは明らかだ。一二　さらに、評議会の方々よ、誰も恥ずべき私訴や公訴や弾劾が私に対して提起されたことがあるなどと言明することはできないであろう。ところが、ほかの人々がしばしばそのような係争に関わったことがあるのはご存じのとおりである。そのうえ、遠征や敵を前にしたときの危険については、私がどれほど国のために貢献したか考えてもらいたい。一三　まずはじめに、諸君がボイオティア人と同盟を締結し、ハリアルトスへと援軍を派遣し

---

(1)『国制』四九-二、六一-四参照。一〇名の長官がそれぞれ五部族ずつを分掌した。

(2) アリストテレス『弁論術』第一巻一には、アレイオス・パゴスの法廷では、このような規定があったとある。

(3) 四節でも言及されているヘレスポントスのアイゴス・ポタモイでの敗北を指している。

(4) アテナイでは娘の婚姻の際に父親（父がいない場合には父に代わる後見人）が、一種の持参金（主に現金、貴金属品など。稀に不動産）をつけて娘を嫁がせた。このような金品をプロイクス（嫁資）という。この箇所からマンティテオスの父親はすでに死亡していたことがわかる。

(5) アテナイでは父の遺産は兄弟のあいだで均分相続する慣行があった。

(6) 若者の賭博場での暇つぶしについては、イソクラテス『アレイオス・パゴス会演説』四八に言及されている。

なければならなかったときに(1)、私はオルトブロス(2)によって騎兵に登録されたが、騎兵として戦う者たちは安全に違いないと誰もが考え(3)、重装歩兵には危険が伴うと思っているのを知ったので、他の者たちは審査を受けずに、法を犯してまで馬に乗ったが、私自身は出かけていって、オルトブロスに私を［騎兵の］名簿から削除するように申し出たのである。多数の市民が危険を冒そうとしているのに、わが身の安全を確保して出陣するのは恥ずべきことだと考えたので。さあ、オルトブロスさん、私のために登壇してください。

証言

一四　さて、同じ所属区の区民たちが出征前に集合していたときに、私はそのうちのある者たちが有為で熱心な市民であるのに従軍の費用(4)にも事欠いているのを知って、余裕のある者が不如意な状態にある者たちに必要なものを提供すべきであると述べた。私はそれを他人に進言しただけでなく、自分自身も二人の市民にそれぞれ三〇ドラクメずつ与えた。多額の財産を所有しているからではなく、他の人たちの手本となるようにそうしたのである。それでは、私のために登壇していただきたい。

証人たち

一五　さらに、評議会議員諸君、その後にコリントスへの出征があったときに(5)、危険に違いないと誰もが予想し、従軍を忌避しようとする者もいたが、私は前線に位置して敵どもと戦いぬこうとした。だが、われわれの部族は最も不運で、多くの者が戦死したが、私は、すべての人たちを臆病者と非難していたかの畏れ多いステイリア区の人(6)よりも後で撤退した。一六　その後、それほどの日を経ることなくしてコリントスの堅固な地点の何箇所かを敵が進軍できないように奪取し、アゲシラオス[7]がボイオティアへと進入してきた際には、指揮官たちは救援の歩兵軍団派遣を決定したが、すべての者たちは恐慌をきたしていたのに（それも道理だったのだ、評議会議員諸君。というのは、少し前に危険からようやく生還したばかりで、程なく別の危険に遭遇するのは恐るべきことであったから）、私は歩兵隊長[8]のもとに近づき、われわれの軍団を抽選によらずに派遣するよう求めた。一七　したがって、国事を遂行できると言っていながら危険からは逃れようとしている人々に対して怒りを抱く者たちが諸君のなかにいるならば、私に関して同じ評価を下すのは正しくないだろう。なぜなら、私は指令されたことを熱心に行なっただけでなく、危険を冒すことも厭わなかったのだから。しかも、そうしたのは、ラケダイモン人たちと戦うことを恐ろしくないと思ったからではなく、

（1）コリントス戦争の第一年目（前三九五年）に、テバイ軍応援のためにアテナイ陸軍はボイオティアのハリアルトスに派遣された。この戦闘でスパルタのリュサンドロスが戦死した。『ギリシア史』第三巻五-一六以下参照。

（2）おそらく部族騎兵指揮官だったのであろう。オルトブロスが、『ギリシア碑文集成』第二巻（第二版）四一番一七行にあるケラメイコス区のオルトブロスと同一人であるならば、かれはアカマンティス部族所属となり、マンティテオスも同部族所属ということになる。

（3）戦闘は陸上戦であり、その主力は歩兵部隊であったから。

（4）応召する兵士は三日分の食料を携帯した。アリストパネス『平和』三一二行参照。

（5）前三九四年の遠征。『ギリシア史』第四巻二-一四—二三参照。

（6）民主派を率いて内戦を指導したステイリア区出身のトラシュブロスのこと。解説（三）参照。

（7）スパルタ王。遠征先の小アジアからコリントスへと急行して戦闘を指揮した。クセノポンはかれを敬愛し、『アゲシラオス』を著わした。

（8）各部族から一名が選出された。『国制』六一-三参照。

もし、いつなんどきか不正に訴訟を提起された時に、このことゆえに諸君からよりよい評価を得て、あらゆる正当な扱いを受けるためであった。さあ、以上のことについて証人の方々、私のために登壇してください。

証人たち

一八　さて、私は他の遠征や守備任務のどれも失敗したことはなかったが、進軍する際にはつねに最前線に位置し、撤退するときには最後尾に属して任務をまっとうした。まったくもって、野心的で、しかも規律正しく市民の義務を果たそうとする者たちを識別するにはこのようなことにもとづいて行なうべきであり、長髪にしている者[1]がいても、そのことゆえにかれを嫌うべきではない。というのは、そのような習慣は私人たちをも国の公共の福利をも損なうものではないし、あらゆる敵に対してすすんで危険を冒そうとする者たちからこそ、諸君は利益を得るのだから。一九　したがって、評議会議員諸君、外見から人を好んだり嫌ったりすべきではなくて、行動によって判断すべきである。討論にはほとんど加わらないが、整った服装をしている多くの者たちが、大きな禍の元凶となっている一方で、別の、そのようなことを気にも留めない人々が多くの善行を諸君に果たしているのである。

二〇　すでに気づいていることだが、私がとても若いのに民会で発言しようとしたために、私を不快に思っている人々がいる[2]。それについてはまずはじめに、私は自分自身に関わることのために民会で発言せざるをえなかったのであるが、さらにまったくのところ必要以上に野心的にふるまっていたと私も思うが、それは祖先たちについては、かれらがけっして国事に携わるのをやめなかったと心に思い浮かべ、同時に、（真実を言わせていただくが）諸君がそのような人々だけが価値があると考えているのを見て行なったことであった。そもそも、諸君がそのような意見をもっていると知っていながら、国のために働いたり発言したりすることを心がけない者がいるであろうか。さらに、どうして諸君がそのような人々に反感をもつことがあろうか。かれらについて判断を下すのは他の誰でもなくて、諸君なのだから。

（1）アテナイの騎兵は長髪をトレードマークとしていたが、長髪はスパルタの慣習でもあったため、これを快く思わない者もいた。ただし、ここでマンティテオスは自分の長髪を必ずしも軍役と結びつけて述べてはいない。

（2）アテナイでは二〇歳以上の市民は誰であれ民会で発言ができたが、それでも慣行として、年長者の前では発言の機会を譲る傾向はみられた。

第十七弁論　不当に没収された財産について(1)

概要

本編はリュシアス作品中、唯一伝存するディアディカシア(権利請求者間の裁定を求める訴訟)における弁論である。話者の祖父がエラトンに貸し付けを行なったが、エラトンの死後、三人の息子は契約義務を遂行しなかったので、話者の父がその一人を相手取り全貸付金の返済を求める訴訟を起こし勝訴した。父の死後、話者はエラトンの財産の一部を所有し、一部については係争中であったところ、何らかの理由でエラトンの残した全財産が没収処分となったため、自分の権利を請求して国庫に対し訴訟を起こしたのである。序言(一節)、叙述(二–九節)、結語(一〇節)からなる弁論構成は、叙述におけるポイントごとの証人証言や財産目録の提示が論証に代わる形をとっており、短いながらも十分な説得力をもっていたと思われる。場所は「裁定委員」の出席する陪審廷。時期は、父の勝訴したのがクセナイネトスのアルコンの時(前四〇一/〇〇)であり(三節)、その後三年を経て(五節)、ガメリオン月への言及のあるところから、前三九七年。

一　おそらくあなた方のなかには、陪審員の皆さん、私がひとかどの人間でありたいという気持ちをもっているがゆえに、人より弁も立つだろうと思っておられる方もあるでしょう。しかし私は、自分自身のではない事柄について十分に話す力があるというには程遠い状態で、どうしても話さねばならない事柄についてさえ、話すべきことを話すことができないのではないかと心配でたまらないほどなのです。それでも私は信じます。エラトンとかれの息子たち(2)に対して私たちがとってきた行動の逐一を語れば、それらのことから、あなた方がこの件の裁定に関し適切な判断を下すのは容易であろうと。そういうわけですから、事の始めから聞いていただきたい。

二　エラシポンの父のエラトンが私の祖父から二タラントンの金を借りました。この金をかれが受け取ったこと、かれが借りたいと言ってきたのはその額に相違ないこと、この点につき、その金の受け渡しに立ち会った者たちを証人としてあなた方に出したいと思います。またかれのその金の使途、そこから得た利益については、かれの商売にじかに関わっていて、私よりもよく知っている人たちからあなた方に詳しく話をしてもらい、証人になってもらいたいと思います。証人を呼んでください。

証人たち

三　さて、エラトンが生きていた間は、私たちは利子をきちんと受け取っていましたし、他の契約条項も

(1) 諸写本に付されたタイトルには「について（περί）」の文字はなく（底本もこれに従っている）、近代の校訂者によってさまざまな修正が出されている。「財産」と訳した語の原語は δημοσίων で国庫金の意味であるが、内容的に、国庫に納められるのを不当とする個人の財産を指すので「財産」とした。この語を文字どおり財産（χρημάτων）とする修正もあり、そこに περί をつける読み、また「国庫に対する反論、エラトンの財産について」等の読みが出されている。

(2) エラトンとその三人の息子（三節に名が出る）についてはこの弁論における以外未詳。

守られていたのです。ところがかれが、三人の息子、エラシポンとエラトンとエラシストラトスを残して死んだ後は、この者たちは私たちに対して当然為すべきことを何ひとつ為そうとしなかった。戦争の間[1]は当然のことながら訴訟どころではなかったわけで、私たちは払ってもらうべきものをかれらに払わせることができないでいたのです。しかし、和平が成立して、民事に関する訴訟が審理されるようになるとただちに、父はエラシストラトスに対して、兄弟のうちでかれだけが当地に居住していたからなのですが、全貸付金の返済を求める訴訟を起こすことを認められ、クセナイネトスがアルコンの時[2]に勝訴したのです。これらのことについても、あなた方に証人を出したいと思います。証人を呼んでください。

証人たち

四 エラトンの財産が権利上私たちのものであるはずだということは、以上の証言から容易にわかります。またそのすべてが没収処分になろうとしていることは、ほかならぬ［債務の担保として作成された］財産目録からわかるわけです。三人、いや四人の債権者の手で細大漏らさず作成されているのですから。じっさい、誰にとってもつぎのことは理解に難くはありません。すなわち、もしほかに何かエラトンの財産で没収することのできるものがあるのなら、エラトンの全財産の目録を作成した人たちがそれを見落とすことはなかったはずで、そこにはすでに長い間私の所有になっているものも入っているのだ、と。まったくのところ、あなた方がその財産を没収してしまえば、私たちにはほかには何も回収する手だてがないことは、簡単にわかっていただけるものと思います。**五** しかし、私があなた方とあの人たち個人に対して、いかに自分の権利を主張したか、その事の次第を、なお聞いていただきたい。エラシポンの親族たちが私たちと争ってこの財産に対する請求を起こしていた間、私は、全債務に関して私の父の起こした訴訟に、エラシストラトスが抗弁の末敗訴した以上、その財産はすべて私のものであると主張しつづけました。そして、スペットスの土地はすでに三年にわたって私が賃貸に出していたのですが、キキュンナ(3)の土地と家屋については、それを占有する者たちと訴訟沙汰になっていました。ところが昨年になってかれらは私の訴訟を、自分たちは交易商人であると申し立てて、無効なものとさせたのです(4)。そしていま、ガメリオンの月(5)に訴訟を起こすことを認められたものの、海事裁判所の裁判員は判決を下すにいたっていないのです。六　エラシポン(6)の財産を没収すべきだとあなた方が思っているからには、私は国に対して三分の二の権利を放棄しますが、エラシストラトスの分については、すでに以前にもあなた方がそれは私たちのものであるという裁定を下している以上、当然

(1) 前四〇四―四〇三年の内戦の時のこと。解説(三)参照。

(2) 前四〇一／〇〇年のこと。この後やがて父親は死んだことが四、五節からわかる。クセナイネトスについては筆頭アルコン(用語解説「アルコン」参照)として以外は未詳。

(3) スペットスもキキュンナもアッティカの南に位置する、アカマンティス部族の区(デーモス)。

(4) 交易商人の場合は、事例によっては(詳細は不明)通常の陪審廷ではなく、特別の法廷での裁判になる場合のあったことが、ここより知られる。また次行から、この法廷での訴訟を裁くのは海事裁判所の裁判員(*ναυτοδίκαι*)であることがわかるが、この役人についてはアリストテレスの時にはすでに廃止されていたため、『国制』には言及がなく、その制度の詳細はわかっていない。

(5) 今のおよそ一月頃にあたる。

(6) 四節以下の内容からエラトン(父)となるのが妥当であり、そうした校訂もみられる。ただ、話者の父がエラシストラトス一人を相手取ってエラトンに貸し付けた金の全額返済を求める訴訟を起こして勝訴しているところから、ここでもエラトンの残した財産が、その長男であるエラシポンの名でいわれているとも考えられる。

私のものであるという票決がなされるべきであると主張します。つまり、私は自分の分をかの者たちの資産の三分の一(1)に限定したわけです。しかもそれは正確に計算したうえでのことではなく、三分の二をはるかに上回る額を国庫に入れることになるのです。七　このことは財産一覧表に付された評価額を見れば一目瞭然です。全財産の評価額は一タラントンを上回るものとなっています。このうち私が自分の権利として要求している一つ［スペットスの資産］の方に私がつけた評価額は五ムナですし、もう一つ［キキュンナの資産］の方は一〇〇〇ドラクメです。そして、もしそれらにこれ以上の値がつけば、競売後はその差額分が国家のものとなるわけです。八　そこで、このことに間違いはないことをあなた方に納得してもらうために、証人を出したいと思います。最初にスペットスの土地を私から借りている者たち、次に、私たちがすでに三年にわたってそこの権利を要求しつづけていることを知っているキキュンナの土地の隣人たち、さらには、私の起こした訴訟を受理した昨年度の役人たちと、海事裁判所の今の裁判員たちです。九　これらの財産目録もまたあなた方に対して読みあげてもらいましょう。これらからあなた方は必らずやおわかりになるでしょう。私たちがこれらの財産に対して権利があると主張しているのは最近の話ではないことも、以前に特定の個人に対して請求していたよりも多くの額を、いま国庫に対して請求しているわけではないことも。証人を呼んでください。

証人たち

一〇　陪審員の皆さん、私があなた方にこの件に関して私に有利な票決を下すよう要求するのはけっして不当な行為ではなく、それどころか、ほかでもない私自身が自分の権利の多くを国庫のために放棄したうえで、せめてこれだけは自分に返してもらいたいと要求しているのだということが明らかになりました。今や、あなた方およびあなた方の前にいる裁定委員(3)の好意を求めるのは正当なことと私は信じます。

(1)「三分の一」というのは三人の兄弟のうちのエラシストラトス一人分ということ(遺産は兄弟間で均等分割される制度であった)。つぎの七節で言われる評価額から計算すると、一タラントンは六〇〇〇ドラクメ、一ムナは一〇〇ドラクメであるから、資産額一タラントンに対し、話者の請求は一五〇〇ドラクメとなる。これは資産評価額の四分の一、貸し付け額の八分の一である。

(2)今のおよそ七月頃にあたるヘカトンバイオン月からが新しい役人の年度であった。ガメリオン月がおよそ今の一月頃にあたるので、キキュンナの資産をめぐる係争が長引いていたことがわかる。

(3)二三七頁註(12)および二七三頁註(7)参照。

第十八弁論　ニキアスの兄弟の財産没収について――エピロゴス

概　要

敗訴して財産没収を科せられることになった話者が行なう補足弁論（用語解説「エピロゴス」参照）で、弁論全体の調子から、話者は告発ではなく弁明する立場にあるとみる解釈に従う（二五五頁註（5）参照）。高名な政治家ニキアスの甥にあたる市民（名は出ていない）が話者で、短い序言（一節）に続いて伯父、父、従兄、自分を含めた兄弟など一族がアテナイに対して為した貢献を語って（二―一二節）、ポリオコスなる市民（原告）から要求された財産没収の不当性を心情的に訴えている（一三―二七節）。裁判の訴因は不明。法廷は「裁定委員」の出席する陪審廷、制作年代は前四〇三年よりかなり後でコリントス戦争開始以前、つまり前三九〇年代前半と推定される。

一　さて陪審の市民諸君、よく考えてください、私たち自身も親戚の者たちも、どのような市民であるか。私たちは不当な扱いを受けていますが、諸君から哀れまれ、受け取るべきものを手にすることになっても当然だと思っているのです。というのは私たちはたんに財産に関して争っているのみならず、市民権についても、私たちがこの国の民主政に参加するか否かを争ってもいるからです(1)。ではまず私たちの伯父であるニキアスを思い出してください。[2] 二　かの人ニキアスがかれ自身の判断によって多数の諸君のために為したことについては、どこからみても、この国にとっては多くの善事の原因であり、敵にとっては最大多数かつ最大級の悪事であったことが明らかになるでしょう。かれ自身が望んだのではなく意に反して余儀なく為したことについては、悪いことにもかかれ自身少なからず関与しましたが、その禍の責任は、諸君を説得した者たちが担うのが正当でしょう。[4] 三　というのは、少なくとも諸君に対する善意とかれ自身の卓越性は、諸君の幸運と敵の不運のなかで示されたからです。将軍職にあってはかれは多くの国を占領し、敵を制圧して数多くの戦勝碑を立派に建てました。それらのことをいちいち述べるとしたら大仕事になるでしょう。**四**　さて、

---

(1) 没収された財産が国の要求額に満たない場合には、負債は、市民権剝奪状態（八一頁註（2）参照）とともにその子に引き継がれた。第二十弁論にも罰金について同様の状況が語られる（二十-一八、三三）。

(2) アテナイ屈指の富裕な家柄の出身、ニケラトスの子、三人兄弟の長男。前五世紀後半の政治・軍事の最高指導者の一人で高潔な人格を讃えられる（トゥキュディデス『歴史』第七巻八六-四）。ペロポンネソス戦争開始一〇年後（前四二一年）に「ニキアスの平和」を成立させたが（同書第五巻一六-二五）、最後はシケリア遠征に敗北して降伏、処刑された（同書第七巻八五-八六）。所有する鉱山（銀山）で一〇〇〇人の奴隷を使っていたとされる（クセノポン『歳入論』四-一四）。

(3) 一五七頁註（3）参照。本弁論では、四、五、六（二例）、九、一七節にもある。

(4) ニキアスはシケリア遠征に将軍の一人として選ばれながら遠征には反対の立場をとり、アルキビアデスらに煽動された民会を翻意させようと努めたが、説得できなかった（トゥキュディデス『歴史』第六巻八-二五）。

エウクラテス[1]はかれニキアスの弟であり、私の父でありますが、すでに最後の海戦[2]のあったときに、多数の諸君に対して抱いていた善意を明らかに示しました。というのは、海戦で敗北を喫した後、諸君によって将軍に選ばれ、多数派に対して陰謀を企てる人々から寡頭政権に参加するよう要請されましたが、**五**　しかし父はかれらに従うことを拒んだのです。大多数の人間が目前の情勢に応じて変心したりめぐりあわせに譲歩したりするような危機的な状況に巻き込まれ、民主政も不安定でしたが、かれはその国政から追われることもなく、政権の座につくであろう人々に対して個人的な敵意があるのでもなく、自分では「三十人」に加わって誰にも劣らぬ力をもつこともできたのに、城壁が取り壊されて、艦隊が敵方に引き渡され、多数の諸君が隷従状態になるのを座視するよりは、むしろ諸君の救済のために行動して死ぬほうを選んだのです[3]。**六**　それから程経ぬころ、ニケラトスが[4]、私の従兄でニキアスの息子ですが、諸君民衆に好意的であった者で、「三十人」の手で逮捕されて死にました。出自、財産、年齢、どの点においてもこの政体に参画しておかしくないと思われた人物でしたが、しかしかれの諸君民衆に対する関係は、その祖先ゆえにもかれ自身ゆえにも民主政以外の国制を望むことはけっしてありえないほど緊密であると思われたのです。**七**　なぜなら一族はこの国の尊敬を受けていたあらゆる人々をその傍らにあって知っていたし、今に至るまで何度も諸君のために危険な目にあい、多額の臨時財産税も納め、非常に立派に公共奉仕[5]を務めてきて、またポリスがかれらに命じたことはかつて何ひとつなおざりにしたこともなく、今もすすんで公共奉仕を行なっているからです。**八**　そうであれば、私たちほど不運な者がいるでしょうか、寡頭政下においては民衆に好意的であるとして生命を落とし、民主政下においては民衆に悪意をもっているとして財産を奪われるとしたら。**九**　さらにいえば、陪審の市民の諸君、ディオグネトス(6)も提訴常習者たちに中傷されて亡命してしまいましたが、このポリスに向けて攻めてくることもデケレイアに赴くこともしなかった、数少ない亡命者たちの一人でした。またかれは亡命中も帰還後にも、多数の諸君にとっていかなる悪の原因にもなってはおらず、徳の高い人物であったので、自分にとって帰国の原因になった人々に感謝するよりもむしろ諸君に対して過誤を犯した人々

（1）ニキアス、エウクラテス、ディオグネトス（九節）の三兄弟は大ディオニュシア祭の悲劇上演世話人を務めて優勝し、鼎を奉納している（プラトン『ゴルギアス』四七二A）。前四一五年のヘルメス柱破壊事件に連座したとされたが、のちに無実となった（アンドキデス一-四七、六八）。妻（話者の母）はカリアスの姉妹で、アンドキデスとも縁続きになる。

（2）アイゴス・ポタモイの海戦（前四〇五年）を指す（三九頁註（1）参照）。かれはすでに前四一二―四一一年にもトラキアで将軍職を務め、収賄行為を揶揄されている（アリストパネス『女の平和』一〇三行他）。

（3）和平の条件受諾に反対する強硬派の一人だったのであろう。第十三弁論ではその一人クレオポンが処刑された次第が述べられている（十三-五―一二）。

（4）前四一〇／〇九年の「アテナ女神財務係の支出表」碑文（『ギリシア碑文集成』第一巻（第三版）三七五番、三五―三六行）にサモス島における三段櫂船指揮官として名が出る。「三十人」によって処刑されたことは『ギリシア史』第二巻三-三九など参照。なお本書十九-四七にその際のかれの財産についての言及がある。

（5）用語解説参照。

（6）話者の叔父（上掲註（1）参照）で、同じくヘルメス柱破壊事件に関与した（アンドキデス一-一四―一五）人物とみられている。おそらく「四百人」政権のメンバーだったためにその崩壊にさいして亡命したのであろう。この時の亡命者のなかにはスパルタ軍の拠点であるデケレイアに身を寄せた者も少なくなかったことが読める（本書二十三-二、三二五頁註（3）、また九三頁註（4）参照）。

に対して怒りをもつほどでした。一〇　そして寡頭政権下ではいかなる役職にもつきませんでした。しかしパウサニアスがラケダイモン人を率いてアカデメイア[1]に来ると、ただちにディオグネトスはニケラトスの子[2]と幼い私たちを連れてゆき、ニケラトスの子をパウサニアスの膝に乗せ、私たちを自分の傍らに立たせて、パウサニアスとそこにいた人々に向かって、私たちがどれほどの苦難を受けているか、どのような運不運を経験してきたかを述べ、そして、パウサニアスは友情ゆえにも現在も続いている客人関係[3]ゆえにも私たちを助けてくれるべきであり、私たちに対して為された過ちの報復者となってくれるべきだと頼んだのです。一一　それからというものパウサニアスは、ラケダイモン人に向かって私たちの受けた禍を「三十人」の悪辣さの見本として示して、民主派に対して好意的になってきました。なぜなら、ペロポンネソスからそこへ来ていた人々皆の目には、「三十人」が殺していたのは市民たちのなかで最も悪辣な者たちではなくて、出自、財産、そのほかの卓越性ゆえに最も尊敬に値する人々であった、ということが明らかになっていたからです。一二　私たちはこのように哀れみをもって見られ、またすべての人々の目に、ひどい仕打ちを受けていると思われたので、パウサニアスは「三十人」からの客人の贈物を受け取る気にならず、私たちからのを受け取ったほどでした。しかるに奇妙ではありませんか、陪審の市民諸君、私たちが幼かったときには、寡頭政に助力するために来た敵方からさえ哀れみを受けたのに、私たちが成人してしまうと、民主政のために死んだ父たちをもつ私たちが、諸君の手で、陪審の市民諸君、現在あるものまで取りあげられてしまうとは。

一三　陪審の市民諸君、私にはよくわかっています、ポリオコス[4]は同胞市民に対しても外国人に対しても自分の力を立派に証明してみせることになると考えて、勝つことを何より重視しているのでしょう。勝訴は、諸君のたてた誓いに背く投票を強いるほど、それほどの［強い］力を、かれがアテナイに対してもっていることの証明になるからです。一四　なぜなら誰でもわかるでしょうが、当時諸君は、私たちの土地を国有にしようとした者(5)に一〇〇〇ドラクメの罰金刑を科したのですが、今は、かれ［ポリオコス］が没収を要求して勝訴し、違法にも(6)被告の立場に立たされているのはこの両方の件に関してまさに同一人物なのですから、アテナイ市民は、自分自身に矛盾することを票決したことになるわけです。一五　恥ずべきことではありませ

(1) アテナイ西北郊外の「体育場」で、前四〇三年初め、スパルタ王パウサニアス（在位前四四五―四二六年および前四〇八／〇七―三九五／九四年）はアルゴスを除く全スパルタ軍を率いてここで野営させ、ペイライエウスを陸上から封鎖した（『ギリシア史』第二巻二-八）。話者の年齢に関連する記述は弁論制作年代の上限推定に一つの示唆を与える。下限（二五七頁註（1）参照）との整合性から少なくとも一〇歳にはなっていたと考えられる。

(2) ニキアス二世。前三九二年上演のアリストパネス『女の議会』（四二七―四二八行）に「色白の若者」といわれる。アテナイ内戦で民主派を率いたトラシュブロス（本書十二-五二他）の娘と結婚した（デモステネス一九-二九〇）。

(3) 個人的な「クセノス」（用語解説参照）の関係が政治や外交を動かしてゆく顕著な一例である。

(4) この裁判の原告。この箇所以外では未詳。

(5) 底本は「……にしようとしたかれ（ポリオコス）」とする修正読みを採るが、その場合はつぎの「被告……同一人物」もかれを指すことになる。つまり、没収される側に属する話者が、没収要求は違法であるとして再度ポリオコスを告発しているわけで、本弁論全体を告発弁論とみることになる。本訳は「……しようとした者」（ポリオコス以外の者）という諸写本の読みに従う。

(6) 以下「……なのですから」までテキストの難読箇所。底本の「違法行為の廉で」を採らず、修正読みに従う。「同一人物」は話者を指すと解する（底本の読みでは前註に連動してポリオコスを指す）。

んか、ラケダイモン人に対して合意した事柄[1]はしっかり守るのに、自分たち自身で票決したことはかくもたやすく廃止しようとする、さらに、ラケダイモン人に対して結んだ協定は有効としながら、自分たち自身に対するものは無効にしようとするのは。さらに［言い方を変えれば］諸君は、もし誰かほかのギリシア人が諸君よりもラケダイモン人を重んじるようなことがあると怒りを感じるのに、自分たちのほうは、明らかに自分自身よりもかれらラケダイモン人に対して忠実な態度をとろうというのは。一六　国政に従事している人々がすでに、何であれこの国にとっての良きことを民会での発言者が提案するというのでなく、かれらが自分の利益を得られそうなことを提案して、諸君がそのとおり票決する、というかたちになっている、その事態にこそ怒りを覚えるべきです。[2]　一七　もし、ある人々は自分のもてるものを保有し、別の人々は財産を不当にも没収されるということが、多数の諸君にとって利益になるなら、私たちの言っていることは意に介さないとしても当然でしょう。しかし、今や諸君全員が同意するでしょう、心を一つにすることこそが国にとって最大の善であり、内紛はあらゆる禍のもとであり、互いに諍いが起こるのは、何よりも、ある人々が他の人々のものを羨み、ある人々が今あるものを取りあげられるということからなのだ、と。一八　このようなことはまた、諸君は帰還したばかりのときには、正しく議論して判断したのです。というのは、諸君はまだあの禍を記憶していたし、神々に、過ぎ去った事どもの報復に向けてこの国が内乱状態に陥ったり民会の発言者が速やかに富をなしたりすることなく、[3]この国が一致協調するようにと、祈願していたからです。一九　しかし、まだ怒りがさめやらぬ当時では、帰還したばかりの者たちが遺恨を抱いてもまだ許せるといえましょう。それに比べると、これほどの時が経ってのちに、過ぎ去ってしまったことの報復に向かうこと、しかも［「三十人」の時には］市内に留まっていながら、［今になると］自分から諸君の役に立とうとはせず、ただ他人［旧市内派］に害を為すことが諸君［民主派］への好意の証だと考えるような人々、そして今やこの国の幸運を享受しているがしかし以前には諸君と危険を共にすることのなかった人々、そういう人々に説得されての報復は、許すことができません。

二〇　陪審の市民諸君、それでも、もし諸君が、この者たちによって没収された財産がこの国のために確保されたのを見たというのなら、私たちは許すこともできましょう。しかし実際はご承知のように、その財産は、この者たちによって蕩尽されたり、多大な価値のあるものがわずかな値で売られたりしています。(4) もし私の言い分を聴き入れてくれるなら、諸君がそこから得るであろう利益は所有者たる私たち以上になるでしょう。(5) 二一　なぜなら今でさえ、ディオムネストス(6)と私と私の兄弟と、私たちは一家から三人までも三段

(1) ペロポンネソス戦争終結の和平条件。現在の訴訟と直接の関係はないが、前節で指摘した矛盾をいっそう強く糾弾するための論。この節の内容からみて、本弁論はコリントス戦争開始（前三九五年）以前のものであろう。

(2) 没収財産が（諸々の手続きを経たうえで）競売で売られた場合には、それを提案した者にその四分の三が、国庫に四分の一が入る、という規定が伝えられている（伝デモステネス五三-二）。没収財産のことはなお二〇節に続く。

(3) 一六節および前註参照。

(4) 財産没収の実例については、第十九弁論とくに三一節参照。

(5) 没収されなければ、自分たちはそれを諸君のために使える、との趣旨。本書十九-六一以下、二十一-一三などでも同様の論法が用いられる。

(6) 九節に出るディオグネトスの息子（したがって話者の従兄弟）とみられる。

櫂船奉仕をしており、また、この国が財を必要とする時にはいつも、この財産のなかから諸君に臨時財産税を納めています。私たちがこのような考え方をもっていること、そして私たちの祖先がこのような人々であったことを考えて、私たちを容赦してください。(1) 二二 それよりほかには、陪審の市民諸君、私たちが惨めきわまりない状態になるのを妨げる手だては何もないのです。「三十人」の時代には父なし子として残され、民主政下においては財産を奪われてしまうというのでしょうか。偶然のめぐりあわせで、まだ子どもであった時にパウサニアスの陣営に行って民衆を助けた私たちであるのに。それがこのような事態に見舞われて、私たちはどの陪審員のもとに保護を求めればよかったでしょうか。二三 父も近親者たちもそのために生命を捧げた、その国政を司っている人々のもとにではないでしょうか。したがって、今やすべてのこととひきかえに、私たちは諸君にこのような恵みをお願いするのです。私たちが為すすべもない状況に陥っているのを見過ごさず、日常の糧にも事欠いているのを見過ごさないように。祖先の幸福を破壊することなく、国に善を為そうとする者たちへの範例としてください、危機的な状況になったとき諸君からどのように扱ってもらえるか、の範例に。

二四 陪審の市民諸君、私には、必要とあらば私たちのために登壇して証言してくれるような人がいません。なぜなら近親者は、ある者たちは良き市民として身を挺してこの国の大を為すのにつとめて戦いのなかで斃れ、ある者たちは民主政と諸君の自由とのために「三十人」のもとで毒盃を仰いで斃れ、二五 その結果、私たちの孤独の原因は、親族の徳とこの国の禍であるということになってしまったからです。諸君はかれらのことを心に刻み、すすんで私たちに助力してくれるべきでしょう、寡頭政下で禍の分け前に与った者は、民主政下であれば諸君から良い待遇を受けるのが正当なはずであると考えて。二六　また、ここにいる裁定委員たち(2)も私たちに好意をもってくれるべきだと思います。諸君が祖国から追放され財産を取りあげられていて、諸君のために死ぬ人々を最高の市民であると認めていたあのころのこと、その人々の子らを感謝で報いることができるようにと神々に祈っていたあのころのことを思い起こして。二七　さて私たちは、自由のために率先して危険を冒した者たちの息子であり兄弟であるのですが、いま諸君にそのような恵みを乞い願います。そして、不当にも私たちを滅ぼすのではなく、同じ禍を共にした者たちを助けるほうが、はるかに妥当なことだと考えています。こうしたことを、私自身、要請し、願い、嘆願します。私たちはこうしたことを諸君から受けるに値すると思います。私たちは小さなことで危険な状態にあるのではなく、全財産に関して危機に陥っているからです。

(1) 三四七頁註(5)参照。
(2) 一三七頁註(12)参照(本書十七-一〇、十九-三二にも出る)。財産没収についての裁判を管轄したが、この法廷で具体的にどのような役割をしたかは未詳。

第十九弁論　アリストパネスの財産について――国庫に対する反論

概　要

本弁論の話者は、妹（あるいは姉）がアリストパネスに嫁いでおり、かれの義理の兄弟にあたる。アリストパネスとその父ニコペモスが何らかの罪で死罪となり、財産は没収処分となったが、その額が人々の予想を下回るものだったところから、アリストパネスの義理の父親にあたる話者の父が、財産隠匿の嫌疑をかけられ告発されることとなった。しかしかれは裁判にいたる前に死亡したため、一人息子である話者が弁明に立つことになったのである。長い序言（一―一一節）に続いて、事の発端からのなりゆきが語られるが、この叙述（一二―六三節）は同時に論証の機能を果たし、財産隠匿のありうるはずのないことがさまざまな局面から最後まで示される。短いアピールが結語（六四節）となっている。アテナイの国庫窮乏を背景に、人々の不穏な感情、時代の情勢とそこに絡む人々の動きを窺い知ることのできる一編である。弁論の時期は、五一節に言及されているディオテイモスの在職期が前三八八／八七年であるところから、それより後、六二節では話者が三段櫂船の艤装にあたっているところから、「大王の平和」（前三八六年）以前ということになる。

一　陪審員の皆さん、この裁判に私はたいへんな困惑を感ぜざるをえません。もし今ここで、私が弁明に失敗すれば、私のみならず父までが有罪とみなされ、私の財産はすべて没収されることになると思うと。[1] ですから、たとえ私にこうしたことの才能が生まれつきないとしても、可能なかぎりの手を尽くして父を、そして私自身を弁護する必要があるのです。[2] 二 私の敵たちが準備万端整え、やる気満々でいるのはあなた方の見てのとおりで、これらのことについては何も言う必要はありません。一方私のほうはといえば、こんなことには不慣れでどうしていいかわからない状態なのは、私を知る人なら皆知っていることです。ですから、あなた方には、私たちの言い分にも、原告たちの言い分同様、怒りにかられることなく耳を傾けようという気持ちをもってほしい。正当かつ容易なことです。三 なぜなら、たとえあなた方が弁論を聴くにあたって不公平にならないようにしたとしても、弁明者としてはどうしても不利な立場にたたざるをえないからです。というのも、これら告発者たちは、かなり前から策謀をめぐらしており、何の危険も身に感ずることなく告発演説ができたのに対し、私たちのほうは、恐れと中傷と最悪の危険を抱えて弁論にあたることになるので

（1）概要参照。

（2）序言部分の殊に前半については、弁論術の教科書的「既成表現」に多少の改変を加えた形の目立つことが指摘されている。本弁論全体としても、平明な文体で知られるリュシアスのなかでもとくに修辞的技巧が少なく、リュシアスが頻繁に用いる対置構文さえきわめて少ないのが特徴である。こうした構えは、リュシアスが話者自身に語らせている人物像（一一二節、五五節）、すなわち、法廷にも評議会にも無縁な暮らしを営み、父親に逆らったこともなく、父の死によっていきなり「世間」の荒波の中に放り込まれ途方に暮れている人物像の描出に巧みに与って力あるものといえよう。リュシアスの「性格描写」（解説（二）参照）の力量をよく示す作品である。

すから。だからあなた方は、弁論者側の立場のほうをより慮ってしかるべきなのです。四　じっさい、あなた方は皆知っていると思います。過去多くの者が多くの恐るべき告発に及んだ末に、虚偽申し立ての廉で即刻有罪とされ、その証拠があまりにも明々白々なために、そこにいたすべての者たちの憎悪を買って法廷を出ていく羽目になったことを。また、嘘の証言をして人を不当に死に追いやったことで有罪判決を受けた者たちもいますが、時すでに遅く、死んだ者たちには何の役にも立たなかったということを。五　というわけで、私の聞き及ぶかぎり(1)、そうした事例が数多く起こっているうえは、陪審員の皆さん、あなた方としては、私たちの話が終わるまでは、告発者側の言い分を信ずべきものとは思わないでいるのが道理というものです。じっさい、中傷が世にも恐るべきものであることは、私自身が耳にしていますし、あなた方の多くが知っていると思うからです。六　このことは、大勢の者が同じ告発で裁きにかけられるような場合に最もよくみてとれます。つまり、そのような場合には、たいていは、最後のほうで裁かれる者たちは処罰を免れることになる。そのころにはあなた方の怒りがおさまって、かれらの言い分に耳を傾けるからであり、その反証を受け入れる気になっているからです。

七　それゆえ、つぎのことをよく心に留めてください。ニコペモスとアリストパネスは、かれらが罪を犯したとの証拠を挙げられたとき(2)、かれらのために人が居合わせることのないうちに(3)、[正式の] 裁判にかけられないまま死罪となったのだということを。じじつ、かれらが逮捕されてから後、その姿を目にした者は誰ひとりいませんでした。かれらの遺骸は埋葬さえされなかったのですから。かれらの災難たるや、他のさまざまなことに加えてさらに、今もって埋葬の礼さえ奪われたままというほどのひどさなのです。八　しかし、このことはもうこれ以上言わないことにしましょう。言っても始まらないでしょうから。それより私にずっと哀れに思われるのはアリストパネスの子供たちです。私的にも公的にも、誰にも何ひとつ悪いことなどしたことがないのに、かれらはあなた方の法によって父の財産を奪われているばかりか、祖父の財産で養育を受けるという唯一残された希望までもが、このような危機的状況に陥っている[4]のですから。**九**　私たちはた

---

(1) この表現は、以下一四、一九、四五、四六、四八節（変形）と何度も繰り返され、話者の人物像（二六一頁註（2）参照）を際立たせている。

(2) ニコペモスとアリストパネスが性急に断罪されることになった理由は不明である。ペロポンネソス戦争後、アテナイの国庫窮乏と不安定な国際情勢を背景に、アテナイ本国では、海外遠征に出ている指揮官たちに対し、公金横領等、背信行為への疑惑と不満が高まっていた（第二十七、二十八、二十九弁論は、人々のそのような感情のありようをうかがわせる）。かれらの問われた罪過もおそらくそのようなものであった可能性が高い。かれらの財産没収処分については、別個の訴訟のあったことが、ハルポクラティオンの辞書に、リュシアス作として反駁弁論のタイトルが残っているところから知られる（*Χύτροι* の項）。ニコペモスとアリストパネスについては当弁論以外未詳。

(3) ここの意味については、「この件を審理する者が本国から到着もしないうちに」とも、「かれらの証人尋問に立つ者が到着しないうちに」（この場合、つぎに述べられる二人の処刑はキュプロスでのこととなる）とも、「かれらの証人尋問に立つ者が誰ひとり居合わせることなく」（この場合は処刑の場所は特定できない）ともとれる。いずれにせよ、正式の裁判の手続きを経ずに断罪されたことがわかり、その合法性が問題となるはずであるが、それについてはふれられていない。このような断罪が許された背後には前註でふれたような市民たちの強い怒りの感情があったと思われる。

(4) この訴訟に負ければ、話者が継いだ父（アリストパネスの子供たちの祖父）の財産は没収されることになるからである。一一節参照。

だでさえ、親族を奪われ、[私の姉妹の持参した]嫁資を奪われ、(1)三人の小さな子供たちを育てねばならない事態に追い込まれているのに、さらにそのうえ、提訴常習者(2)の訴追を受けて、祖先が正当に手に入れ私たちに残してくれた財産さえ失いかねない状況にあるのです。しかし、陪審員の皆さん、私の父はその生涯にわたって、自分自身や家族の者たちのため以上に、国のために多くの金を費やし、(3)その額はいま私たちの手元に残されている額の倍にものぼります。私はかれが計算しているそばによくいたのです。一〇　だからあなた方は、自分のためにはわずかな金しか使わず、あなた方のためには毎年毎年多額の金を費やしてきた者を有罪とするという早まった行為に出るようなことがあってはなりません。それより、遺産もほかから手に入れたものも最も恥ずべき快楽のために費やすのを常としている者たちをこそ、そうすべきだ。一一　じっさい、陪審員の皆さん、この弁明には困難なものがあります。なにしろ、ニコペモスの財産に対しては[誤った]思い込みをしている者たちがいますし、現在国庫金は乏しく、私たちはその国庫を相手に争っているのですから。しかし、たとえ状況は厳しくとも、告発内容が真実ではないということは、あなた方には容易にみてとれるでしょう。あなた方に力のかぎりを尽くしてお願いします。どうぞ私たちの述べることに最後まで好意をもって耳を傾けてください。そのうえで、あなた方の最も善いと思うところ、最も誓いにかなうところを票決してください。

一二　さて、まず最初に、かれら[アリストパネス父子]と私たちとがどのようにして姻戚関係になったかをあなた方に知っておいていただきたい。コノン(4)がペロポンネソス方面で指揮をとっていた折(5)のことです。かれは、私の父が三段櫂船の艤装にあたった縁で(6)以前から父と親しかったことから、私の姉妹をニコペモスの息子に、その求婚に応じて与えてほしいと要請したのです。一三　父は、かれらがコノンの信頼を得ており、暮らしぶりも立派で、少なくともその当時は国の意にかなった存在であるのを知ると、娘を与えることを承知しました。やがて中傷誹謗が起ころうなど知る由もなく。それどころか、その当時なら、あなた方のうちの誰にせよ、かれらと婚姻関係を結ぶことを好ましく思ったはずです。それが金のためでないことは、父の

(1) この嫁資とはアリストパネスとの結婚の時に父親が与えた四〇ムナのこと(一五節参照)。アテナイでは結婚にさいし、娘を一定の資産つきで嫁がせるのが慣行となっており、現金の場合が多かったが、不動産や貴金属の場合もあった。これを嫁資という。嫁資は夫のものにはならず、離婚にさいしては、妻の実家に返還する義務があったが、結婚が続くかぎり、夫はこれを自由に管理運用することができた。この四〇ムナの嫁資は、アリストパネスの死後、子供たちの後見人となった話者の父に戻されねばならないところであるが(三二節参照)、アリストパネスの没収財産の中に含まれていたことになる。

(2) 用語解説参照。

(3) 五七節以下参照。

(4) アテナイの政治家、将軍。アイゴス・ポタモイの戦い(前四〇五年)に敗れた後、キュプロスのサラミスの支配者エウアゴラスのもとに逃れ、以後キュプロスを拠点に、めざましい働きを見せた。ペルシア海軍の再建に力を貸し、「コリントス戦争」では、そのペルシア艦隊を率いてクニドスの戦い(前三九四年)に勝利をおさめてスパルタに打撃を与え、アテナイへのペルシアの支援をとりつけ、みずからアテナイの長壁再建にあたるなど、アテナイの力の復興に与って力あった。アリストパネスの父ニコペモスは、このコノンの幕僚としてかれと親密な関係にあった。

(5) 前三九三年。『ギリシア史』第四巻八-八、ディオドロス『歴史』第十四巻八一参照。

(6) ペロポンネソス戦争時のいずれかの折。コノンは前四一四／一三年、四一一／一〇年、四〇七／〇六―四〇五／〇四年に将軍職に就いている。

全生涯とその働きから容易にわかるわけですから。一四　その証拠に、年頃になると、父は多額の嫁資つきの娘を貰うこともできたのに、まったく嫁資なしの私の母を娶った。エウリピデスの子クセノポン[1]の娘だということで。クセノポンは私生活の面でも立派な人とみなされていたばかりでなく、私の聞き及ぶところでは、あなた方から将軍職にふさわしい人物と思われてもいたからです。一五　逆にまた、私の姉妹たちを嫁資なしで娶りたいというたいそう富裕な者たちもいたのですが、父は素性卑しいと考えて断わったのです。そして、娘の一人を、多くの人から富裕というより立派と思われているパイアニア区のピロメロス[2]に嫁がせ、もう一人を、行ないが悪いわけでなく貧乏になっていた甥のミュリヌス区のパイドロス[3]に、四〇ムナの嫁資をつけて嫁がせました。後に［パイドロスの死後］その娘をアリストパネスに嫁がせたときも、同額の嫁資をつけたのです。一六　こうしたことに加えて、私は莫大な嫁資を手にすることも可能だったのですが、父は嫁資の少ないほうを取るように勧めたのです。そのほうが折目正しく思慮深い親族とつきあうことになるのが納得できるはずだ、と。それで、私はいまアロペケ区のクリトデモス[4]の娘を妻にしているのです。ヘレスポントスでの海戦[5]の折にラケダイモン軍の手にかかって死んだクリトデモスです。一七　じっさい、陪審員の皆さん、自分は持参金のない女性を娶り、娘たちには多額の金銭をつけて嫁がせ、息子のためにはわずかな嫁資しか取らなかった者について、かれがこれらの人々と婚姻関係を結んだのは金目当てのことではないと信じていったいどこが妥当でないといえるでしょう。

一八　しかし、当のアリストパネスのほうは、こうした妻を得ていたとはいえ、私の父との交わりよりむしろ多くの人々との交わりを好んだであろうことは、容易に察しのつくところです。なぜなら、かれは父とはずいぶん歳が離れていますし、性質ときたらなおさらなのですから。父は自分個人のことに精を出す人でしたが、アリストパネスのほうは私的なことのみならず公共の事柄にも関与することを欲した。そして少しでもお金があれば、人の尊敬を得たいと願って使ったのです。一九　私の言っていることが真実だということは、かれがとった行動からあなた方にもわかってもらえるはずです。まずかれは、コノンがシケリアに誰

(1) クセノポンは前四三〇年のポテイダイア包囲攻撃を勝利に導いた将軍の一人（トゥキュディデス『歴史』第二巻七〇-一）。翌年のカルキディケとの戦いで戦死した（同書第二巻七九-一、七）。生涯に三度将軍職を務めている。エウリピデスについてはこの箇所以外未詳。

(2) ピロメロスはイソクラテス一七-九、四五に言及されている人物で、かれの弟子であった（同書一五-九三－九四）。デモステネスにも言及があり（二一-一七四）、碑文にもしばしばその名が三段櫂船奉仕者として刻まれている（『ギリシア碑文集成』第二巻（第二版）七九一番九〇行ほか。

(3) プラトンの諸対話篇に登場するパイドロスと同一人物。『パイドロス』では熱烈なリュシアス信奉者としてかれの弁論作品をソクラテスに読み聞かせる設定になっている。このような関係が、リュシアスがこの弁論を書くことになった背後の事情であろう。また、これ以前のアリストパネスの財産没収に関する訴訟の反駁弁論を書いたのも（二六三頁註（2）参照）同じ事情によるものと思われる。

(4) クリトデモスについては、ほかに伝デモステネス五八-三五、五九-二五に言及がある。

(5) アイゴス・ポタモイの海戦（前四〇五年）のこと。アテナイはこの戦いで大敗北を喫し、捕虜三〇〇〇人が処刑されたと伝えられる。『ギリシア史』第二巻一-三二、プルタルコス『リュサンドロス伝』一一-六参照。

か人を送りたがっているというのでそれを引き受け、ディオニュシオス[1]の友人であり客分であった[2]エウノモス[3]とともに出かけていった。エウノモスはあなた方多数派[4]に多大な貢献をしたと、私はペイライエウスでかれといっしょにいた者たち[5]から聞いています。二〇　その航海に期待されたのは、ディオニュシオスを説得して、エウアゴラス[6]と姻戚関係を結ばせ、ラケダイモン人たちを敵とし、あなた方の国と友好同盟関係になるようにすることでした。かれらはこれらのことを、海に、敵に、あまたの危険があるなかで遂行していった。そして、ディオニュシオスを説き伏せて、かれが当時ラケダイモン軍のために用意していた三段櫂船の送り出しを阻止したのです。二一　その後、キュプロスから使節団が援助を求めてやって来たときには、かれの熱烈な献身たるやとどまるところを知らなかった[7]。あなた方はかれらに一〇隻の三段櫂船を与え、ほかにも諸々の物資の供与を決議したが、かれらはそれら船団を送り出す金に窮していた。じっさい、かれらがもってきた金は乏しく、もっと多くの資金が必要だったのです。船の乗組員のみならず、軽装兵も雇い、武器も購入しなければならなかったのですから。二二　そこでアリストパネスはみずからかれらに必要な資金の大半を提供したのです。しかしかれの手元には十分な金がなかったので、友人たちに懇請したり保証を与えたりして説得し、また、自分の異母兄弟のために手元にとってあった四〇ムナを取って、それを用立てたのでした。出航の前日、かれは私の父のところにやって来て、あるだけの金を貸してくれと迫った。かれの言うには、まだ軽装兵に支払う給与の分が足りないとのことでした。私たちの手元には七ムナあった。父はそれを取って用立てたのです。二三　陪審員の皆さん、功名心にかられ、キュプロスに来れば何ひとつ不自由することはないという手紙を自分の父親から受け取り、使節に選出されてエウアゴラスのもとへ出航せんとしている者が、自分のもてるものを少しでも後に残していくとあなた方は思うでしょうか。むしろ、可能なかぎりすべてを提供して、かの支配者に気に入られ、華々しい帰国を果たそうとするとは思いませんか。以上真実であることの証人としてエウノモスを呼んでください。

(1) シュラクサイの僭主ディオニュシオス一世。この時の企ては（二〇節）、シュラクサイ船団のスパルタ軍への送り出しをしばらくの間阻止しただけで、不首尾に終わった。

(2) すなわちプロクセノス（用語解説「クセノス」参照）であったということ。

(3) イソクラテスはその第十五弁論九三―九四節で、古くから自分の門弟であった者たちの名を列挙しているが、その一番手にエウノモスの名が挙げられている。前三八八年、かれの率いる一三隻からなる艦隊がスパルタ軍の戦略にかかって、四隻の戦艦を失ったことがクセノポンに記されている（『ギリシア史』第五巻一―五―九）。

(4) 一五七頁註（3）参照。

(5) 解説（三）参照。

(6) 前四一一年キュプロスのサラミスの僭主となり、親アテナイ政策をとった。かれの像がコノン、ティモテオスの像と並んでケラメイコスに建てられていたことをパウサニアスは伝えている（『ギリシア案内記』第一巻三―二）。

(7) キュプロスがペルシアと衝突して、エウアゴラスがアテナイに最初の支援要請をしたのは前三九〇年。アテナイはただちに支援を決議し、船団を派遣したが、この時はスパルタ軍によって阻止され、失敗に帰した（『ギリシア史』第四巻八―二四）。しかし二度目の派遣（前三八七年）は成功裏に運んだ（同書第五巻一―一〇）。アリストパネスが、本弁論に如実に語られているように（二一節以下）、キュプロスからの使節団に対する私的資金援助のために「熱烈な献身」ぶりを示し、使節としてエウアゴラスのもとに赴いたのが、そのどちらの折だったのかについては意見の分かれるところである。

証言

他の証人たちも呼んでください。

証人たち(1)

二四　証人たちの証言はお聞きのとおりです。かれらはアリストパネスの要請に応じて金を貸したことのみならず、その金をすでに返してもらっていることも証言しました。つまり、金は［アリストパネスを運んだあと帰還した］三段櫂船でかれらのもとに運ばれてきたわけです。

さて、かれが、そのようなまさに立つべき時を得て、自分の財を惜しむはずのなかったことは、私の今までの話から容易に知れるところですが、なおつぎの件がその最も有力な証拠となります。二五　すなわち、ピュリランペスの子デーモス(2)が、キュプロスのための三段櫂船の装備にあたっていたときに、アリストパネスに話をもちかけてくれと私に頼んできた一件があるのです。かれの言うには、ペルシア大王から信任の印《しるし》として受け取った金盃(3)がある、それをアリストパネスに渡すから、それを形《かた》に一六ムナを用立ててもらい、自分が装備にあたっている三段櫂船の費用に当てたい、キュプロスに着いた暁には二〇ムナで引き取れるだろう、なにしろその印の威力でアシア全土で金銭など多くの利益にあずかれるだろうから、とのことでした。二六　しかし、アリストパネスは、デーモスのこの申し出を聞くと——私も口添えをしたのですが——その金盃を引き受ければ利子として四ムナを手に入れられたでしょうに、それは叶わぬ話だと言ったのです。そして誓っていうには、自分は遠来の客たちのためにもうすでに他から金の借入をしている状態で、さもなければ他の誰にもましてまっ先にただちにその金盃を引き受け、われわれ二人の頼みに応じるところなのだが、と言ったのでした。二七　以上が真実であることにつき、証人を出したいと思います。

証人たち

ということで、アリストパネスが金銀を何も残していかなかったことは、私の話したこと、および証人たちの証言によって容易にわかるところです。上質青銅器はもっていましたが、たいした数ではなく、エウアゴラスの使節の饗応にあたっては、人から借りて間に合わせたくらいです。かれが残していった品のリストをあなた方に対して読みあげてもらいましょう。

青銅器一覧

二八　もしかしたらあなた方のなかには、陪審員の皆さん、今の一覧では少なすぎると思う人もいるかもしれません。しかしつぎのことを心に留めてください。つまり、コノンが海戦に勝利するまでは、アリスト

(1)「他の証人たちも……」からこの語までは写本にはなく、近代の校訂による。

(2) デーモスは美男として知られ(アリストパネス『蜂』九八行参照)、その名が区の意味のデーモスと同じであるところから、プラトンの遊び心を刺激している(『ゴルギアス』四八一D)。かれの父ピュリランペスは、ペリクレスの友人で(プルタルコス『ペリクレス伝』一三-一〇)、ペルシア王への使節の役を務めていたことをプラトンが伝えている(『カルミデス』一五八A)。

(3)「クセノスの関係」を結んだわけである(用語解説「クセノス」参照)。金盃はピュリランペスに与えられ、それをデーモスが「クセノスの関係」とともに受け継いだものであろう。

パネスには土地といえばラムノス(1)にあるわずかな地所しかなかったのです。その海戦があったのはエウブリデスがアルコンの時(2)でした。二九 ですから、四、五年の間に、なにしろそれ以前にはかれにには財力がなかったのですから、自分と父親の分と二度も悲劇上演奉仕(3)を務めるのは、陪審員の皆さん、たいへんなことだったのです。さらには、三年続けて三段櫂船奉仕(4)を務めるのも、何度となく臨時財産税(5)を出すのも、五〇ムナで家を購入するのも、三〇〇プレトロン(6)以上の土地を手に入れるのも。こうしたことをしたうえで、なおかつ、かれにまだ多くの調度品が残っているはずだとあなた方は思いますか。三〇 だいいち、古くから富裕だと思われている人たちでさえ、いうに値する調度品を世に示すことなどそうそうできるものではないでしょう。持ち主に後々まで喜びをもたらしてくれるような物は、いくら買い求めたいと思ってもできないことも多いのですから。三一 それに、つぎのこともよく考えてみてください。あなた方が財産没収に及んだ他のケースの場合は、[それ以前にすでに運び出されていて]家財を売却するどころか、部屋の扉まで持ち去られてしまっていましたが、私たちの場合は、財産没収が宣告され私の姉妹が家から立ち退くやただちに、自分たちで誰もいなくなった家に見張りをつけた。扉部分も器類も他のどんな物もなくなることのないように、です。家具調度は一〇〇〇ドラクメ以上の値のつくことがわかり、その値たるやそれまであなた方が誰からも得たことのないほどのものでした。三二 それに加えて、私たちは裁定委員たち(7)に対し、アリストパネスの財産はいっさい所有していないこと、ただ私の姉妹の嫁資と、アリストパネスが出発時に私の父から受け取った七ムナに対しては権利のあることを、前の時(8)もそうでしたが今もまた、人々にとってこれ以上はないほど固く誓うつもりです。三三 自身の財産を失ったうえに、あの人たちの財産まで所有していると思われているとするなら、人間の身たる者これ以上の不幸があるでしょうか。わけても厳しいのは、多くの子供を抱えた私の姉妹の身元を引き受け、その子供たちを養い育てねばならないことです。もしあなた方が現にあるものまで奪い取るとなれば、かれらは無一文になってしまうわけですから。

三四　オリュンポスの神々にかけて、さあ、こんなふうに考えてみてください、陪審員の皆さん。もしあなた方のうちの誰かが、コノンの息子のティモテオス(9)に自分の娘なり姉妹なりを嫁にやったところ、コノン

(1) アッティカ北東の海岸部にあるアイアンティス部族の区(デーモス)。

(2) 前三九四／九三年。海戦とはクニドスの戦いのこと。エウブリデスは、前三九二／九一年のスパルタでの和平協定会議に赴いた使節の一人で、この時の使節たちはこのあと追放処分となった。使節の一人であったアンドキデスの、協定受諾を説く民会での演説が残っている（第三弁論）。

(3) 用語解説「公共奉仕」参照。父の分も務めたのは、父がアテナイに居住していなかったためである。この出費は五〇〇〇ドラクメであったことが四二節に言及されている。

(4) 用語解説「公共奉仕」参照。この出費は八〇ムナ（八〇〇〇ドラクメ）であった（四二節）。

(5) 三一九頁註（1）参照。この出費は四〇ムナ（四〇〇〇ドラクメ）であった（四三節）。

(6) 一プレトロンは〇・〇八七ヘクタールに相当すると考えられている。

(7) 二三七頁註（12）参照。本書十七-一〇、十八-二六から、裁定委員は法廷に出席していることがわかる。法廷の取り仕切りにあたったものと思われるが、具体的役割については不明である。

(8) 予審の時。予審において、原告被告双方は、提出書類中の主張が真実であることを宣誓した。

(9) ティモテオスも、アリストパネスと同様、キュプロス在住の父と離れてアテナイに住んでいた。かれは前三七八年に初めて将軍職に就いて以来、何度も将軍職を務め、第二回アテナイ海上同盟（前三七八－三七三年）の結成に重要な役割を果たした。イソクラテスの愛弟子で、その第十五弁論にはかれの功績を讃える長い言及がある（一〇一－一三九）。

が他国にいて不在の間に中傷を受けて財産が没収されたとします、そしてすべてが売却に付された結果、国庫に入った金額が銀四タラントン(1)にならなかったとして、あなた方は、かれの財産があなた方が見積もった額のほんの一部にさえならないことが判明したという理由で、かれの子供たちや親族が破滅に追いやられてしかるべきだなどと思うでしょうか。三五　しかし実際のところ、指揮をとっていたのはコノンであって、ニコペモスの役目はかれの指示を実行するものだったということは、あなた方は皆承知している。となると、コノンが自分の利得のうち人に分かち与えるのはほんの一部だったと考えるのが妥当なところです。ならば、ニコペモスが多くの利益を得たと思うにしても、コノンのそれはその一〇倍以上にもなるということは人々の同意するところでしょう。三六　さらに、二人が仲違いしたことが一度もなかったのははっきりしている。だから、金についても同じ考えをもっていたとするのが当然です。つまり、各々が当地［アテナイ］にいる息子に十分なだけのものを残し、それ以外は自分の手元に置いておくというものです。というのも、コノンにはキュプロスに息子と妻がおり、ニコペモスには妻と娘がいたし、かの地の財産も、当地の財産と同様、安全無事なものと思っていたからです。三七　これらに加えて、つぎのこともよく心に留めてください。人が自分で手に入れたのではなく父から受け継いだ財産を子供たちに分けたとしても、かなりのものを自分のために残すところでしょう。［ましてや、コノンやニコペモスの場合、自分の働きで得た財なのだ。］というのも、誰しも、金がなくて子供たちに頭を下げるより、金があって子供たちに大事にされるほうがいいにきまっていますから。

三八　というわけで、この場合、万が一あなた方がティモテオスの財産を没収するとして——そんなことは国にとってよほど大きな益にならないかぎりありえないわけですが――そこから入る金がアリストパネスの場合より少なかったら、そのためにかれの身内の者が自分たち自身の財産を取られて当然だと、はたしてあなた方は考えるでしょうか。**三九** いいえ、そんなことはとうてい考えられない、陪審員の皆さん。じっさい、コノンの死とかれがキュプロスで遺言によって行なった財産処理が明瞭に示したのは、かれの財産があなた方の予想した額のほんの一部だったということでした。すなわち、アテナ女神とデルポイのアポロン神への献納が五〇〇〇スタテル(2)、**四〇** かれの護衛役を務め、キュプロスにあるかれの全財産の管理にあたっていた甥への遺贈が約一万ドラクメ、兄弟への遺贈が三タラントン、残りを息子に譲るというもので、その額は一七タラントンだった。この総額はおよそ四〇タラントンといったところです。**四一** 金を横領されたとか、計算は当てにならないとは誰も言えません。なぜなら、かれは病の床で、頭のしっかりしているうちに、みずから遺言して財産処理を行なったのですから。以上のことについて証人を呼んでください。

証人たち

四二 しかしじっさい、陪審員の皆さん、二人の財産の内容が明らかになるまでは、誰にしろ、ニコペモスの財産は、コノンのそれのほんの一部にしかならないと思ったはずなのです。しかも、アリストパネスは

(1) アリストパネスの財産が売却された額ととれる(三八節参照)。

(2) アッティカの一スタテルは二〇ドラクメ。スタテル金貨にはほかにキュジコスのものとペルシアのものとがあり、それぞれ二八ドラクメと二六ドラクメに相当した。

土地と家屋を手に入れるのに五タラントン以上を費やし、自分と父親の分と二度の悲劇上演奉仕に五〇〇〇ドラクメ、三段櫂船奉仕に八〇ムナを費やした。**四三** また臨時財産税は二人分で四〇ムナを下らぬ額になっているし、さらにシケリアのためにかれの費やした額は一〇〇ムナにのぼる。キュプロス人たちがやって来て、あなた方がかれらに一〇隻の戦艦を供与したときには、それら三段櫂船の就航と軽装歩兵への給与支払いと武器購入のための費用として三万ドラクメを提供したのです。これらすべてを総計すると一五タラントン弱になる。**四四** となれば、あなた方が私たちを非難するいわれはないというものでしょう。アリストパネスの財産の数層倍もあると思われていたコノンの財産は、かれ自身の手で計算されたその額が正当と認められていますが、アリストパネスのこの総計額はその三分の一強にもなることが明らかなのですから。それに私たちはこの計算に、ニコペモス自身がキュプロスにもっていた財産は入れていない。かれにはその地に妻と娘がいたからです。

四五 このような次第で、私は、陪審員の皆さん、こんなにも多くの有力な証拠を出しているのに、私たちが不当にも破滅に追い込まれることなど、とうていあってはならないと言いたい。じっさい、私は父からも他の長老たちからも耳にしてきました。あなた方が今回のみならず以前にも、多くの者の財産について思い違いをしたことを。生前には富裕な者と思われていた者たちが、死んでみるとあなた方の見込みとは大違いだったというわけです。**四六** 例えばイスコマコス[2]の場合、かれが生きていた間は皆、かれには七〇タラントン以上の財産があると思っていました。私はそう聞いています。ところがいざ死んでみると、二人の息子に分割された遺産は一〇タラントンにもならなかった。また、タロスの子ステパノス[3]の場合は、五〇タラントン以上の財産になるといわれていたのに、死んでみると、その財はおよそ一一タラントンであることが判明した。**四七**　さらに、ニキアス[4]の財産は一〇〇タラントンを下らず、その多くは手元にあるものと思われていました。しかし［かれの息子の］ニケラトス[5]は死に際に、自分としては金銀のひとつも残してやれないと言い、じっさいかれが息子に残した財産の価値は一四タラントンを下回るものでした。**四八**　またさらに、

（1）一九節参照。

（2）アンドキデス一-一二五に言及され、またクセノポン『家政論』六-一七以降でソクラテスの対話者として理想の市民像を披瀝しているイスコマコスであろうとされている。プルタルコス『モラリア』五一六Cにも登場している。

（3）ランプトゥライ区のステパノス。この箇所以外では、高額の寄進者として諸々の碑文にその名が見られる（『ギリシア碑文集成』第二巻（第二版）一三八六番一一行ほか）。タロスについては、この箇所以外未詳。

（4）保守穏健派の政治指導者として知られる人物。前四一五年のシケリア遠征にあたっては、みずからは反対演説をしたにもかかわらず（トゥキュディデス『歴史』第六巻九―一四、二〇―二三）、遠征軍の指揮官に任命され出征、苦戦の末、前四一三年投降して処刑された（同書第七巻八五―八六）。ニキアスが富裕であったことについてはプルタルコス『ニキアス伝』三―四に詳しい。トゥキュディデス『歴史』第七巻八六-四にも言及がある。

（5）「三十人」に処刑されたニキアスの息子（本書十八-六参照）。その富については『ギリシア史』第二巻三-三九、ディオドロス『歴史』第十四巻五-五参照。

ヒッポニコスの子カリアス[1]は、最近父が死んで、継いだ財産はどのギリシア人よりも多いと思われていた。それに、人の話では、かれの祖父は自分の財産を二〇〇タラントンとも評価していたとのことです。ところが、かれの現在の財産評価額は二タラントンにもなりません。また、クレオポン[2]についてはあなた方皆が知っているところです。かれは長年にわたって国家のあらゆる事柄を統御し、その仕事から多大な利益を上げたと思われていた。ところが、かれが死んでみると、そのような金などどこにも見つからず、かれが財産を残してやったはずの血族も姻族も、貧乏なのは周知の事実です。**四九** まったく、代々金持ちであった者たちについても、最近そうした評判を得るにいたった者たちについても、私たちがひどい思い違いをしているのは明らかです。その原因はつぎのところにあると私には思われます。つまり、誰それは職務上の地位を利用して何タラントンもの利益を得ている、などと軽はずみに言ってしまう人がいるということなのです。死んだ者について言うのならさして驚きもしない（死者に反証されるはずはないのだから）。しかし生きている者たちのことをことさら間違って言うとなれば、とんでもない話です。**五〇** じっさい、あなた方自身、つい最近民会で聞いたばかりです。ディオティモスが船主や交易商人らから自分で認めているより四〇タラントンも多い金を得ていると[3]。かれは帰国すると決算報告を為し、留守の間に中傷を受けたことをひどく憤ったが、この件について立証しようという者は一人もいなかった。国は金を必要としており、他方かれのほうは計算の詳細を詳らかにするつもりでいたというのにです。**五一** 考えてもみてください。ディオティモスが四〇タラントンも入手しているとの風聞がすべてのアテナイ人の耳に達したそのあとに、かれに何か異変が起きてこちらに帰り着くことができなくなっていたら、いったいどういう事態になっていたことでしょう。そうなったら、かれの親族たちはたいへんな危機に陥ったことでしょう。事実関係をいっさい知らないまま、とてつもない中傷誹謗に対して弁明しなければならなかったとしたら。そういう次第で、あなた方が今も多くの人について思い違いをし、それで不当にも身の破滅に陥る人が出るというのは、軽はずみに虚偽

(1) カリアスの家系は、ソロンの時に財の基を築いて以来（プルタルコス『ソロン伝』一五-六参照）代々富裕で知られ、カリアスの父ヒッポニコスは、娘をアルキビアデス（二八一頁註（2）参照）に嫁がせるとき、前代未聞の一〇タラントンもの嫁資（二六五頁註（1）参照）をつけたといわれている（プルタルコス『アルキビアデス伝』八-一―二）。カリアスはソピストたちのパトロン的存在で、その館に多くのソピストとその信奉者が集まっていた様子をプラトン『プロタゴラス』（三一四D―E）は描いている。カリアスは浪費によって遺産を食いつぶし、貧窮のうちに死んだと伝えられる（アテナイオス『食卓の賢人たち』第十二巻五三七b―c）。

(2) 前四一〇年の民主政回復以降、民主派の急先鋒であった人物。スパルタとの妥協を徹底して拒み、ペロポンネソス戦争終結のための和平条約締結にも反対した。前四〇四年、政敵によって告発され、処刑された（本書十三-七―一二および三十-一〇―一三参照）。『ギリシア史』第一巻七-三五、第二巻二-一五、ディオドロス『歴史』第十三巻五三-二ほかにも言及がある。

(3) ディオティモスは、コリントス戦争末期の前三八八／八七年、イピクラテスとともにヘレスポントスのアテナイ艦隊の司令官を務めた人物（『ギリシア史』第五巻一-二五参照）。その役目の一つに黒海からの穀物輸送船の護衛があったため、そのような職務を利用した個人的な金銭授受が行なわれているとみなされ、本国の市民たちの怨嗟の的となったのである。

の伝聞を流し、ことさらに人々を告発したがる者たちのせいなのです。**五二**[1] じっさい、アルキビアデス[2]の場合のことはあなた方も承知のことと思います。かれは四、五年続けて将軍職にあって、[3]ラケダイモン軍に対して優位に立ち勝利をおさめていた。そこで諸国は、かれには他の将軍たちの倍の額を与えてしかるべきだと思っていた。その結果かれには一〇〇タラントン以上の財産があると思う者たちが出てきたのです。しかしかれの死後、それは真実ではなかったことが明らかになった。かれが子供たちに残したの[4]は、かれ自身が後見人たち[5]から受け継いだ財産よりも少なかったからです。

五三 さて、そのようなことが以前にも起こっていたことを知るだけなら話は簡単です。しかし考えを変えるとなると、誰よりもその気になるのは、いちばん優れた賢い人たちだといわれています。だから、私たちが述べているのが正当なことで、提出した証拠も十分だと思われるなら、陪審員の皆さん、あらゆる手だてを尽くして哀れみの心を示してください。中傷誹謗はなんとも甚だしかったけれど、私たちは真実を信じてそれに打ち勝てると期待していたのですから。しかし、あなた方がいかにしても私たちの申し立てを受け入れる気がないとなれば、私たちには破滅を免れる一縷の望みもないと思っていたのです。**五四** しかし、オリュンポスの神々にかけて、陪審員の皆さん、あなた方は、私たちを不当に破滅させるよりも正当に救うことを選ぶべきです。そして、たとえ語らずとも生涯にわたって自分たちを思慮深く正義にかなった者として世に示している者たちは、それだけで真実を語っているのだと信じるべきです。

五五 以上今まであなた方は、本訴訟それ自体のこと、またかれらがどのようにして私たちの姻戚となったかということ、そしてアリストパネスの財産では出航には十分ではなく人から金を借りたこと、これらのことについて聴き、証拠が提出されているわけですが、今度は、私自身のことを手短かにお話ししたい。私はいま三〇歳ですが、これまで一度たりとも父に口答えしたことはありませんし、市民の誰からも訴えられ

---

(1) 五二節は、写本ではこの位置にあるが（底本もこれに従っている）、話の流れとして筋が通りにくいため、四七節の後に置き換える読み、あるいはこの節全体を後代の書きこみの紛れこんだものとして削除する読みが近代の校訂者によって出されている。

(2) ペロポンネソス戦争後半期に、政治的にも個人的にもその政治的「無節操」と美貌によって名を馳せた人物。トゥキュディデスをはじめ、プルタルコスおよびネポスの各『アルキビアデス伝』等、さまざまな作家の関心をひいている。プラトンにもアルキビアデスの名を冠した対話篇があり、また『饗宴』の最終段ではそのアルキビアデス像を生き生きと描き出している。本書第十四、十五弁論のアルキビアデスはかれの息子である。

(3) 前四一一年、サモス島に駐留していたアテナイ艦隊は、本国に樹立された「四百人」の寡頭政権に抗して民主政権樹立を宣言、アルキビアデスを将軍に選んだ（トゥキュディデス『歴史』第八巻七五―七七、八一―八二）。以後かれは、前四〇六年にノティオンの戦いに敗れて退くまで、指揮官として力をふるった。ここでふれられているのはこの期間のこと（前四二〇―四一五年にも指揮官を務めている）。

(4) アルキビアデスの財産は、前四一五年、かれのスパルタへの亡命後（この経緯についてはトゥキュディデス『歴史』第六巻五三―六一参照）没収されたが（『ギリシア碑文集成』第一巻（第三版）四二一番一二―一三行）、前四〇七年、アテナイへの帰還に伴って、土地がその賠償として国から与えられた（イソクラテス一六‐四六参照）。しかしその後再び「三十人」政権によってかれの財産は没収され、息子はそれを取り戻そうとして果たせなかった（同書上掲箇所）。かれにはそれ以外にトラキアのケルソネソスに地所があった。

(5) ペリクレスとその弟のアリプロンのこと（プルタルコス『アルキビアデス伝』一‐一、プラトン『プロタゴラス』三二〇A）。アルキビアデスの名門ぶりがうかがえる。

たこともありません。アゴラの近くに住んでいますが(1)、この不運がふりかかるまでは法廷にも評議会にも一度も立ったことはなかったのです。五六　私自身についてはこれだけにしておきますが、父については、これらの告発が父を有罪としているからには、かれが国や友人たちのためにどれほどのものを費やしたかを、私の口から語ることを許してほしい。自尊心のためではありません。つぎのことを証し立てるためです。つまり、強制されずとも多額の出費を惜しまない者と、たいへんな危険を冒して公共財産を手に入れようと欲する者とが、同一人物であるはずがないと。五七　たしかに率先して金を出す人もいますが、それはただそれだけのためというのではなく、公職を与えてしかるべきだという気をあなた方に起こさせ、その職務から二倍の収益を得ようというためなのです。私の父はといえば、公職を求めたことは一度もなく、その一方で、悲劇上演奉仕については細大漏らさずその役を果たしてきたし、三段櫂船奉仕は七回担当、臨時財産税については幾度となく多額の貢献をしてきた。あなた方にも確かめてもらうために、それら一つ一つについて記録を読みあげてもらいましょう。

公共奉仕

五八　お聞きのとおりです、陪審員の皆さん。その数たるや、たいへんなものです。なぜならそれらは、父が五〇年の長きにわたって国のために金銭と肉体双方によって果たしてきた公共奉仕の一部始終なのですから。ですから、それほどの長期間、父は、先祖代々の富を受け継いでいるとの評判のもと、ただの一度も出費を忌避したことはないと考えるのが当然です。しかしやはり証人も出すことにしましょう。

証人たち

五九　これらすべての総額は七タラントン二〇〇〇ドラクメになります。そのうえ個人的にも、困窮している市民の娘や姉妹に嫁資をもたせてやったり、人によっては身代金を払って敵から身柄を引き取ってやったり、葬儀費用を出してやったりした。そして父がそのような行ないをしたのは、友を助けるのは善き人たる者の当然の行為であると考えてのことでした。たとえ誰に知られることがないとしても、です。しかし、今はあなた方にも私の話すのを聞いてもらうほうが妥当でしょう。あの人とあの人を証人として呼んでください。

証人たち

六〇　さて、証人たちについてはお聞きのとおりです。それにつぎのことにもよく心を留めてください。誰にせよ短期間なら自分の性格を偽ることもできるでしょうが、しかし七〇年もの間、品性悪辣であることを露呈せずにすむ者など一人としていないでしょう。たしかに、他の点ならもしかしたら私の父を非難することのできる者もいるかもしれない。しかし、こと金にかけては、誰ひとり、敵といえども、そんなことをあえてやった者はいまだかつていないのです。六一　それゆえ、父の生涯にわたって為された行為よりも、

(1) アゴラはポリス生活の中核をなす公共の広場で、評議会議場はじめ、行政、司法関係の建物が集まり、さまざまな力関係と利害の渦巻く場所であった。話者は、アゴラの近くに住んでいるにもかかわらず、そのような世界とは無縁であった自分の暮らしぶりを強調している。

また、あなた方が真実を物語るいちばんの証拠とみなしてしかるべき時間［の示すもの］よりも、告発者たちの言い分のほうを信ずることなどあってはなりません。もし父が以上のような人でなかったなら、多大な財産からわずかしか残さなかったということはなかったでしょう。じっさい、万が一あなた方が今、この人たちにすっかり欺かれて、私たちの財産を没収するとしたら、あなた方の手に入るのは二タラントンにもならないでしょう。だから、評判の点のみならず、金銭面からも、私たちを無罪とするほうがもっとあなた方を益することになるのです。なぜなら、私たちが財産を所有していれば、あなた方ははるかに大きな利益を得ることになるでしょうから。六二　過去のことを振り返って、国のために費やされたことが明らかなものすべてに思いをめぐらしてください。今も私は残る財産で三段櫂船奉仕を務めています。父はその三段櫂船奉仕の最中に死んだのです。私は父がそうするのを見、その父のように私も、ささやかな財産を少しずつ調達して、公共の利益に役立つよう努力したいと思う。このようにして、事実上それは昔から国家のものなのです。そして私のほうは、自分を財産没収を受けた罪人だと思わずにすむわけですし、あなた方にとっては、このような次第で、没収する場合よりも利益が大きいのです。六三　そのうえでさらに、私の父がどのような性質の人であったか、それを考慮に入れてしかるべきです。じっさい、かれが必要以上に出費することを望んだどの場合も、そのことで国にも名誉がもたらされるよう意図したのだったことがわかるでしょう。例えば、父は、騎兵だったときには、何頭もの素晴らしい馬を入手した[1]ばかりでなく、イストモスとネメアで[2]は競技用の馬によっても勝利をおさめ、その結果この国の名が高々と宣せられ、かれのほうは栄誉の冠を戴くことになったのでした。六四　ゆえに、私はあなた方にお願いします、陪審員の皆さん。いま述べたこと、

西洋古典叢書
——第Ⅱ期第12回配本——

月報27

2001年7月
京都大学学術出版会

ギリシア法廷弁論と法廷弁論作品
——legal literature?——

葛西康徳

一　いわゆる「アテナイ十大弁論家」のものとされる約一五〇編の作品のうち主要部分は、作家により程度差はあるが、法廷弁論（forensic speech）である。周知のように、アリストテレスは『弁論術』において、弁論を議会弁論、式典弁論、そして法廷弁論に分類したが、総論部分の第一巻で最も詳細に論じているのは法廷弁論である。また、プラトンの『ゴルギアス』やアリストパネスの『雲』が批判の対象とするのも専ら法廷弁論であり、後者の『蜂』や『鳥』などでは、「訴訟を食い物にする者（*sychophantes*）」が槍玉にあげられ、「法化社会」が厭われる。

一方、法廷弁論作品は紀元前四世紀の散文作品の中心であり、デニストンやドーバーがギリシア散文研究の素材として活用している。法廷弁論作品は哲学作品と並んで、この時期の文学全体を代表するとすら言える。しかしそれにもかかわらず、欧米においても比較的最近に至るまで、古典的体系書や学生向け教科書ないし注釈書を除いて、法廷弁論作品に関する著作はそれほど多くなかったし、わが国においては皆無に近かった。本叢書で本邦初訳の弁論作品が次々と取り上げられることをまず何より歓迎したい。

ところで、当然のこととはいえ、法廷弁論「作品」は実際の法廷弁論を再現したものではない。それどころか、法廷での関係当事者間のやりとりやその場の雰囲気を嗅ぎ取ろうとして「作品」を読むと、肩透かしを食らった感じをうける。もしこのような印象を持つのが筆者だけではないとすれば、それはいったい何故であろうか。

まず、同一事件の原告および被告（人）双方の弁論が残存していることがないという事情がある。アンティポンのいわゆる『四部作』は習作であるし、デモステネスとアイスキネスの同名作品『外交使節の違法行為について』はきわめて政治的色合いの濃い弁論である。次に、尋問部分が一般的に欠落している。当事者尋問、証人尋問いずれも、主尋問、反対尋問を問わず、原則として見られない。たしかに、古代ギリシアの訴訟では双方いわば「言い放し」が原則であるから、当事者尋問がないのはやむをえないとしても、証人尋問がないのにはがっかりする。さらに、書証、物証なども原則として欠落し、したがって証拠調べの場面の活写がない。これらは、弁論作品の「物語叙述（narrative）」の中にそっとはめ込まれている。この失望感は、弁護人と検察官が丁丁発止と渡り合うアメリカ法廷映画の観すぎから来るのだろうか。

では「法（*nomos*）」はどうだろうか。法廷弁論と呼ばれるからには、作品は何らかの意味で法と関わっているはずである。ではどのように関わっているのであろうか。

二　古代ギリシアにそもそも法や法学があるのかという問題については、別に簡単に論じたので（「Where is law, if any, in ancient Greece?」『創文』二〇〇〇年十月 425号 創文社、一〇—一五頁）、ここでは弁論作品と法の関係にのみ注目したい。法は弁論の最中「読み上げられ」、作品の中には残存していないことが多い（アンドキデス『秘儀について』のような例外もある）。ただし、読み上げられるといっても、必ずしも成文法だけを弁論家は用いたわけではない（現在の学説状況は錯綜しているが）。成文法であれ不文法であれ、法は「物語叙述（narrative）」の中で言及され、その場で「解凍」されるのである。この「解凍」技術をどのように評価すべきか、筆者にはまだよくわからないが、作品中で法の「解釈」が行なわれたり（リュシアス第十弁論とヒュペレイデス『被告アテノゲネスに対する訴訟』は貴重な例外）、あるいは別の事件が「判例」として利用されることは基本的にはない。

法制史家ミルソム（S. F. C. Milsom）によれば、古代ローマ法やコモン・ローでは当初から訴訟スタイルにおいて「法」と「事実」が密接に結合し、ローマ法学者の著作や「訴訟記録集（plea rolls）」ないし「判例集（law reports）」等、独特の法文献のジャンルが成立した。事件を記述対象とする点で同じではあっても、ギリシアの法廷弁論作品では「法」と「事実」は何故か「乖離」したままに終わった。

その理由を筆者はまだ見出せていないが、ギリシアの法廷弁論はローマ法やコモン・ローの法資料と同じ意味で、'legal literature' とは呼べないことだけは間違いない。

実際の訴訟の現場をそのまま伝えるものでもなく、いわゆる法資料でもないとすれば、いったい法廷弁論作品をどのように捉えればいいのであろうか。

三　一九四五年六月十五日、イギリス総選挙の真只中、ラスキ（Harold Joseph Laski）はイングランド北東部の町、ニューワク（Newark）で、労働党候補の応援演説を行なった。ロンドン・スクール・オブ・エコノミックスの教授で『政治学大綱（*A Grammar of Politics*）』で名高い政治学者ラスキは当時、労働党全国執行委員会委員長として労働党躍進の担い手であった。実際、この総選挙でチャーチルは破れ、労働党政権（アトリー）が誕生した。さて同年六月二十二日、ラスキが遊説中に暴力革命を肯定する発言をしたと報道した新聞社（Newark Advertiser Co. Ltd.）および編集者（Mr. Parlby）に対して、ラスキは「文書による名誉毀損訴訟（libel action）」を提起した。審理は一九四六年十一月二十六－二十九日、および十二月二日に（女）王座裁判所主席裁判官（Lord Goddard, Lord Chief Justice of England）により行なわれ、陪審は「新聞報道記事は衡平かつ正確（fair and accurate）である」と評決した。ラスキの完敗である。

筆者の手許に四〇〇頁に及ぶこの事件の完全な（verbatim）記録がある（*The Laski Libel Action*, Daily Express. 出版年記載なし）。圧巻は被告代理人（Sir Patrick Hastings K. C.）のラスキに対する、二日間、約七〇頁の反対尋問である。焦点はラスキが暴力革命を肯定したか否か、これ一点。そのクライマックスを要約すると以下の通り。「あなたは暴力革命を否定し、同意による革命を唱導するというが、資本家が革命に『同意』することが『実際』ありうるのか？　危機的状況は、所与の制度を暴力により破壊することを『実際には不可避（practically inevitable）』にしてしまうのではないか」と尋問され、ついにラスキは肯定してしまう（七七頁）。そして被告代理人いわく、「もっと前に 'Yes' とあなたは言えたのに」。

アイスキュロス『アガメムノン』の一節。クリュタイメストラがアガメムノンに、「一定の条件ではそのような恐ろしいこと、すなわち、イピゲネイアを犠牲に捧げることを、あなたは承認したことがあったではないか」と尋ね、アガメムノンが（条件付だが）肯定してしまう。それならば、自分も同じように恐ろしいこと、すなわち、紫のカーペットの上を踏むことをしてもよいではないかということになり、結局彼は自らクリュタイメストラに折れる。かの有名な「カーペットシーン」の一行対話（九三一－九四三行）に、この反対尋問はなんと酷似していることか。荒唐無稽の謗りは免れないが、筆者には両作品における当事者の行き詰まるようなスピーチの応酬とそれを見守る陪審および合唱隊（コロス）の雰囲気が、酷似しているように思えてならない。

四『リュシアスとリュシアス集成』の中で、ドーバーはすでに弁論作品を他のジャンル、とくに歴史作品および劇作品との密接な関係を強調している。さらに近時、ギリシアの訴訟を一種の 'social drama' と捉える動きが出てきた。実際、弁論作品を読むと、そこでの人間関係は単に原告・被告だけではなく、相当複雑な人間模様が描かれている。

一例を挙げると、「名誉毀損（*dike kakegorias*）」の成立要件たる「禁止用語（*aporrheta*）」の解釈に関して、「意味（*dianoia*）」と「字句（*onoma*）」のいずれを基準とするかが争われているリュシアス第十弁論は、法廷弁論の中で法の「解釈」が見られる珍しい例の一つである。しかし、解釈技術や議論のレベルは例えばローマ法の『学説彙纂』に比べるべくもない。むしろ注目されるべきは、本件弁論作品では原告と被告以外の第三者が登場し、それらの人々の間でも「紛争」（裁判外も含む）が生じている点である。リュシテオスが被告（テオムネストス）に訴訟を提起し、敗訴する。その訴訟での原告側証人の一人ディオニュシオスは被告に偽証罪で告訴され、敗訴。本件原告もおそらくディオニュシオスと同様にリュシテオスの証人であると思われ、したがって、本件は原告によるリュシテオスの証人であると見ることができる。しかも、原告と被告は、一種の「裁判外紛争処理」を試み、それが不調に終わり、本訴に及んだとも考えられる。この弁論作品は、少なくとも四人が関与する一連の「紛争」を描いており、本件訴訟自体はこの「紛争」の一部にすぎない。実は、法の解釈が見られる他の弁論作品も、また、複雑な人間関係とその種々の紛争を描いている（上記ヒュペレイデスの作品やアンドキデス『秘儀について』等参照）。

このようにして、法廷弁論作品を「紛争状況にある錯綜した人間関係を、スピーチを含む種々の行動の観点から描いた作品」として捉えるならば、悲劇、喜劇作品、そして歴史作品等、それ以外のジャンルの作品と十分比較でき、そこから弁論作品の特徴が現われるかもしれない。そして法廷弁論作品を 'legal literature' と呼ぶことにもし意味があるとすれば、このような視点から各作品を眺める時かもしれない。

（古典学・法制史　新潟大学法学部教授）

エウパリネイオンの知的風土(3)

内山勝利

ディールスは、エウパリノスの測量方法を示唆するものとして、アレクサンドリアのヘロン（前三世紀）の『照準儀について』を援用している。この数学書には、照準儀を用いて数回の三角測量を行ないつつ山すそを迂回する仕方で、所定の二地点を結ぶ方向線を確定する作図が示され、直角座標を組み合わせた図解に添えて「トンネルがこの方法でつくられるならば、両側からの人夫たちはうまく出会うであろう」と記されている。ヘロンの念頭にはサモスのトンネルが置かれていたことは、まずまちがいない。しかも、当の作図に描かれた地形の平面図がサモスの「カストロ」と酷似してもいることから見て、ディールスも推測するように、彼がこの地を訪れて、当のトンネルを実見している公算さえけっして小さくないのである。

ヴァン・デル・ヴェルデン（『ギリシア数学の黎明』）やガスリー（『ギリシア哲学史』第一巻）も同意しているように、原理的にはトンネルがこの方法の適用によって掘削された可能性は十分に想定される。サモスは初期ギリシア文化の中心地ミレトスに近接し、まさにこの時代に数学の祖ピュタゴラスを生み出した土地にほかならない。むろん、ヘロンの方法は、初期ピュタゴラス派の「発見」と伝えられている定理のみで十分に実現可能である。とすれば、そうした想像に誘われるのも当然ではないか。エウパリネイオンは、ギリシア数学生誕の地と時代にふさわしい記念碑的構築物だということになる。

もっとも、実際の工事はそこまで純幾何学的な方法で着手されはしなかったのではないか、という疑義も出ている。とくに有力な見解の一つが、長期にわたって現地を調査した二人の科学史家によって提示されている。*トンネルの方向線は、もっとプリミティヴに、山腹に杭を打ち並べて、それらを目印にするような仕方で決定されたと考えるべきである、というのが彼らの判定である。ヘロン方式をとった場合、エウパリノスが測量しなければならなかったはずの西側山裾には谷が刻まれていて、実行には意外に困難かつ複雑な地形をなしていることも理由の一つだが、それ以上にまず彼らが注目したのは、トンネルが水源から直進して古代サモスの中心部に向かう位置になく、大きく西にずれて掘られていることであった。水路は不必要に迂回して導かれていることになる。しかし、そうする理由があったのだ、と彼らは言う。実際に山を歩いてみると、この位置では山の両裾から頂上への直進が容易で、山腹からの見通しがいいことが分かる。彼らによれば、まさにその理由からトンネルはその位置にずらされたのであり、また同時にその事実は杭打ち方式が採られたことを示す、何よりの状況証拠となってもいるのである。なるほど、これならエウパリノスは山腹の要所に立って、単純に方向線を目視すれば事はすむ。

しかし、仮にそのような方法が採られたとしても、着想の非凡さでは、ヘロン的な幾何学の応用にいささかも劣るものではあるまい。あるいは、それこそが紙の上での（いや、当時に合わせて言い直せば、砂の上での）幾何学を実地に移す見事な知恵の成果だったと見なければならないのではないか。しかも、両端からの水平高度を合致させるためには、打ち並べた目標杭ごとの高度差を（おそらくは）水準器で割り出しつつ、山越えして計算を重ねていかねばならなかったはずである。このアイディアだけでも、十分驚嘆に値しよう。そして、長大なトンネルの両端は精確に同じ高さにあって、全体が見事に水平を保って掘り抜かれている（勾配がつけられていないことも、山越えルートの測量を示唆している）。

さて、どのようにして掘られたかということについては、これまでにとどめよう。細部に立ち入れば、前六世紀における古代ギリシアの土木技術や測量技術の水準の高さがさらに明らかになるような、興味深い事柄もなお少なくないのだが、しかし、このトンネル式水道について、よりいっそう興味を引かれる点は、むしろなぜこのようなものが造られたのか、しかもなぜあえて両側から掘り進めるようなむずかしい方法が用いられたのかにある、と思われるからである。（つづく）

（『西洋古典叢書』編集委員・京都大学教授）

* J. Goodfield/S. Toulmin, "How Was the Tunnel of Eupalinos Aligned?" Isis 56 (1956), 46-55.

トゥキュディデス　歴史 1★, 2　藤縄謙三 訳
ペロポンネソス戦争を実証的に考察した古典的歴史書。

ピロストラトス他　哲学者・ソフィスト列伝　戸塚七郎他 訳
ギリシア哲学者やソフィストの活動を伝える貴重な資料。

ピンダロス　祝勝歌集／断片選☆　内田次信 訳
ギリシア四大祭典の優勝者を称えた祝勝歌を中心に収録。

フィロン　フラックスへの反論 他★　秦 剛平 訳
古代におけるユダヤ人迫害の実態をみごとに活写する。

プルタルコス　モラリア 2　瀬口昌久 訳
博識家が養生法その他について論じた倫理的エッセー集。

プルタルコス　モラリア 6★　戸塚七郎 訳
生活訓や様々な故事逸話を盛り込んだ哲学的英知の書。

リュシアス　リュシアス弁論集★　細井敦子他 訳
簡潔、精確な表現で日常言語を芸術にまで高めた弁論集。

●ラテン古典篇

スパルティアヌス他　ローマ皇帝群像 1　南川高志 訳
『ヒストリア・アウグスタ』の名で伝わるローマ皇帝伝。

ウェルギリウス　アエネーイス★　岡 道男他 訳
ローマ最大の詩人が10年余の歳月をかけた壮大な叙事詩。

ルフス　アレクサンドロス大王伝　谷栄一郎他 訳
大王史研究に不可欠な史料。歴史物語としても興味深い。

プラウトゥス　ローマ喜劇集 1★, 2★, 3, 4　木村健治他 訳
口語ラテン語を駆使したプラウトゥスの大衆演劇集。

テレンティウス　ローマ喜劇集 5　木村健治他 訳
数多くの格言を残したテレンティウスによる喜劇集。

西洋古典叢書　第Ⅱ期全31冊

★印既刊　☆印次回配本

●ギリシア古典篇

アテナイオス　食卓の賢人たち　3★，4　柳沼重剛 訳
グレコ・ローマン時代を如実に描く饗宴文学の代表的古典。

アリストテレス　魂について★　中畑正志 訳
現代哲学や認知科学に対しても豊かな示唆を蔵する心の哲学。

アリストテレス　ニコマコス倫理学　朴　一功 訳
人はいかに生きるべきかを説いたアリストテレスの名著。

アリストテレス　政治学★　牛田徳子 訳
現実の政治組織の分析から実現可能な国家形態を論じる。

アルクマン他　ギリシア合唱抒情詩集　丹下和彦 訳
竪琴を伴奏に歌われたギリシア合唱抒情詩を一冊に収録。

アンティポン／アンドキデス　弁論集　高畠純夫 訳
十大弁論家の二人が書き遺した政治史研究の貴重な史料。

イソクラテス　弁論集　2　小池澄夫 訳
弁論史上の巨匠の政治論を収めた弁論集がここに完結。

クセノポン　小品集★　松本仁助 訳
軍人の履歴や幅広い教養が生かされた著者晩年の作品群。

セクストス　学者たちへの論駁　金山弥平他 訳
『ピュロン主義哲学の概要』と並ぶ古代懐疑主義の大著。

ゼノン他　初期ストア派断片集　1★，2，3　中川純男他 訳
ストア派の創始者たちの広範な思想を伝える重要文献。

デモステネス　デモステネス弁論集　3，4　北嶋美雪他 訳
アテナイ末期の政治情勢を如実に伝える公開弁論集。

その他いままで述べてきたすべてのこと、どちらをも記憶に留めて、私たちを助け、敵によって私たちが無一文にされるのを許すことのないように。そしてそのようにすることで、あなた方は正しい裁決を、またあなた方自身にとって有益な裁決を下すことになるでしょう。

(1) 二三五頁註(4)参照。素晴らしい馬を揃えたのは騎兵の義務たる行列行進を立派に見せるためでもある。

(2) コリントスのイストミア競技会とネメアのネメア競技会において。これらの競技会は二年に一度開催され、勝者にはパセリの冠がかぶせられた。

第二十弁論　ポリュストラトスのために――民主政体破壊に関する弁明

概　要

「四百人」寡頭体制の一員として多くの役職についたことを告発され罰金刑を科されることになった人物（ポリュストラトス）を弁護するために、その次男が行なった補助弁論（用語解説「エピロゴス」参照）。「四百人」体制に続く過渡的な「五千人政治」を経て、前四一〇年初夏に民主政が復活するが、本弁論はそれから間もないころ（遅くも前四〇九年初めまで）の法廷で為されたものと推定され、現存するリュシアス作品中、年代の最も古いものであろうとされる。序言はなく、被告である父の功績と自分たち兄弟のポリスへの貢献の事実を積み重ね、寡頭体制に参画したことすなわち民衆と民主政に対する悪意の表われではないと主張し、善意の貢献に見合う恩恵としての無罪を要求して結語（三〇節以下）としている。全体にわたって反復表現の多い弁論である。

一　私が思うに、諸君が怒りを抱くべきは「四百人」(1)という名に対してではなく、かれらの行為に対してである。かれらのうちには悪い意図を抱いた者たちもありはしたが、他の者たちは、ポリスに対しても諸君の誰に対してもいかなる悪も為さないようにとの目的をもって、善意にみちて議場に入ったのである。その一人が、いまここにいるポリュストラトス(2)である。二　この人物は、原籍区の成員(3)についても諸君の民主政(4)

について も有用な市民であるとの理由で部族員⁽⁵⁾によって［「四百人」メンバーに］選ばれたのであった。しかしかれを非難告訴する者たちの主張によれば、かれは諸君の民主政に対して好意的でなかったという。自分たちがどのような人間であるか互いに最良の判断を下すことのできる部族員によって選ばれたかれであるのに。三　しかし、いったい何のためにこの人物［ポリュストラトス］が寡頭政治を望んだというのか。諸君のもとで弁論によって何事かを達成できるような年齢だったというのか。それとも体力をたのんで諸君の誰かに対して暴力的なふるまいをするという目的だったのか。しかしかれの年齢を見るがよい⁽⁶⁾、その年齢をもってすればかれのほうが他の人々にこうしたことをさせない立場にたつのに十分だったはずである。四　以前に何か悪事をしたために市民権剥奪となって別の政体を望んだ者なら、その罪過があるので自分自身のためにそ

---

(1) 前四一一年五月頃から約四ヵ月続いた寡頭政権。解説（三）参照。
(2) 本弁論以外では未詳。
(3) プリュニコスと同じ原籍区（デーモス）であること（一二節）からアッティカ（南東部か）の小規模なデイラデス区とわかる。
(4) この箇所では「原籍区の成員」と並ぶ文脈からみて「人（多数の諸君、諸君民衆）」ととるよりは「多数の諸君が集って構成する政体」ととるほうが適当であろう。次の例も同様。一五七頁註（3）参照。
(5) クレイステネスの改革によって設けられた、民主政運営の最大の構成単位。一〇部族が各々平均十数個の原籍区を包摂していた（解説（三）参照）。「四百人」政権成立の経緯については、トゥキュディデス（『歴史』第八巻六三以下）とアリストテレス（『国制』二九以下）の間に記述の違いがあって、未解明の点が多い。
(6) 本弁論一〇節から七〇歳を超えていると思われる。

のような暴挙に出たりすることもあろう。しかしこの人物は、自分自身とか自分の子らのために諸君民衆を憎まねばならぬような罪過は何ひとつ犯していなかった。子らのうち一人はシケリアに、他の子らはボイオティアにいたので、子らのために別の政体を望むこともなかったのである。(1) 五 しかもかれは多くの役職に就いたとして告発されているが、誰ひとりとしてかれの政務処理が立派でなかったと証明することはできないでいる。私としては、あの当時の政情においては、不正をはたらいていたのはこの人々(2)ではなく、もし誰か、就いた役職は少ないのにポリスのために最良の政策をとることができなかった者があれば、その者が不正をはたらいたといえると考える。ポリスを裏切っていたのは立派に役職を果たす者たちではなく、不正な役職者たちだったからである。六 この人物はまずオロポス(3)で役職についていたが、裏切って別の政権をたてたこともなかった。他の役職者は皆、徹底的な裏切り行為をしていたのであるが。したがってその人々は、自身の不正行為を認めていたので、［裁判の開始まで］留まっていることができなかった。しかしこの人物は自分が何の不正もしていないと考えているので、裁判に臨んでいる。七 しかも告発者たちは、その不正をはたらいている連中を、金銭とひきかえならば［裁判になる前に］ひそかに連れ出すが、もし利得がなければ不正をはたらいていることを暴露する、という次第である。そして、評議会において何らかの意見を述べた人々についてもそうでない人々についても、同じ告発が為されているのである。八 しかるにこの人物は、諸君の民主政に関してはいかなる意見も何ひとつも述べることがなかった。私が思うに、もし諸君に対して好意的であり、かれら［寡頭派］からも嫌われていなかったの(4)であれば、この人々は諸君から悪く扱われるのは適当ではあるまい。というのは、かれらに反対の言を述べる者たちは追放になったり死刑になったりしたので、もし誰か諸君のためにかれらに反対したいと思う者がいても、被害を恐れ、逃れようという気持ちがはたらいて、みな挫折させられてしまうからであった。九　その結果、多くの人はかれらに対していかなる告発もしなくなった。すれば追放になるか、死刑になるかだったからである。かれらに追随し、いかなる策謀の企てもせず暴露もしないような人々を要職につけるのがかれらの常であった。したがって政体の変革は、諸君が容易にできることではなかったであろう。だからそのなかで諸君に好意的であった人々が罰せられるのは正当ではない。一〇　もし諸君の民主政に関して最悪の提議をした人々とそういうことはいっさい言わなかった人が同じ処遇を受けることになったら恐ろしいではないか。また、七〇年の間に一度たりとも諸君に対して罪過を犯したことのない者が八日間でそれをしたというのも(5)、これまでずっと悪辣に生きてき

(1) 本弁論で言及される三人の息子のうちの二人と推定される名（ピロポリス、ポリュストラトス）がいくつかのアッティカの墓碑に残っており、またクセノポン『アナバシス』（第三巻三-二〇他）に出る「ポリュストラトスの子アテナイ人リュキオス」はおそらく三人目の息子であろう。

(2) 被告側の人々。被告である父とともに、話者を含む兄弟三人も出廷している（三五節）。

(3) ボイオティア東部、エウリポス海峡に臨む市。アテナイ軍警備隊が駐留していたが、前四一二―四一一年冬の終わりにボイオティア軍が現地側（オロポスおよび対岸のエレトリア）の手引きで占領した（トゥキュディデス『歴史』第八巻六〇）。現被告は駐留軍の役職にあったのであろう。

(4) 伝承は「嫌われていた」であるが、底本は修正読みに従う。民主政治に好意を抱きながら時流のなかで寡頭体制に組み入れられてゆく指導者たちは、リュシアス作品の典型的な人物像である。

(5) 一四節参照。

た者たちが、告発者たちを買収したために、会計審査[1]の席では有為の人になり、［逆に］つねに諸君にとって有益であった者たちがこうして悪者になる、というのも恐ろしいではないか。

一一　さて、たしか先の告発においては[2]私の父に対して偽りの告発がいくつも為されたが、甚だしいのはプリュニコス[3]がかれの兄弟であるというものまであった。しかるに、誰でもよい、この私の弁論の［持ち時間の］なかで父とプリュニコスの血縁関係を証言してみるがよい。できないはずである。かれらの告発は偽りだったのであるから。それどころか、私の父はかれの幼なじみですらなかった。かれは貧しく、農村で家畜の世話をしていたが、私の父はこの都で教育を受けたからである。一二　そして成人すると、父は農業に従事し、かれは都に来て提訴常習を職業としていた[4]。ことほどさように二人の生き方には互いに一致するところは何もないのである。そしてかれが国庫金返済の途上にあったとき、私の父はかれに金銭の援助をしなかった[5]。もし友人であるならこのような機会にそれが明らかになるものであるが。原籍区を同じくする人間であったからといってこの件で私の父が非難されるのは正当ではない、かれが諸君とポリスを同じくするという理由で諸君までが不正行為をしていることになる、というのでなければ。一三　かれは、諸君が「五千人[6]」に政権を委ねることを決議したときに、登録担当者として九〇〇〇人を登録したのであるが、それは原籍区の構成員のうち誰ひとりもかれに敵意をもつことがないよう、希望者を誰でも登録するためであり、もし登録できない者がいた場合でもその者も満足させるように、との目的である。これ以上民主政に好意的な人物があろうか。そもそも、民主政体を破壊するのは、市民の数を増やそうとする者たちではなく、その数を削減しようとする者たちなのである。一四　かれは宣誓することも登録の任にあたることも望んではいなかったが、罰金を科すとして強制されたのである。かれはやむなく宣誓をし、八日間だけ評議会議場に入った後、エレトリア(7)に向けて出帆した。そしてかの地で海戦において勇敢な精神を発揮し、負傷してこちらへ

(1) 用語解説「執務審査」参照。

(2) オロポスでの敗北(六節)のあとまもなく「四百人」体制(一節)が崩壊するが、その際の執務審査で告発されたものであろう。あるいはタイトルどおり「民主政体破壊」の罪であればエイサンゲリア(弾劾)の手続きにより現法廷に先立ってまず評議会に告発されたはずで、その時のことを指すとみることも可能である。

(3) 前四一二/一一年に将軍職を務めた。アルキビアデスが出したペルシア王の援助受け入れの提案(本書十四-三七)にただ一人反対し民主政擁護の立場を示すが、まもなく「四百人」政権に参画、指導的立場にいたが、暗殺された(本書十三-七〇-七六、二十五-九、トゥキュディデス『歴史』第八巻四八以下、プルタルコス『アルキビアデス伝』二五等参照)。

(4) 用語解説「提訴常習者」参照。

(5) ここでは返済期限前のことについてであろうか。アンティポン五-六二には期限までに完済できずに拘留されていた者を、友人たちが援助して釈放させた話がある。

(6) 「四百人」体制成立の過程で、戦争続行中の国政にあたるべく選ばれたとされる身体財力の点で有能な五〇〇〇人のアテナイ市民(『国制』二九-五、三〇-一、三二-三、トゥキュディデス『歴史』第八巻六七)。所伝は「登録」の経緯については一致しないが「五千人」の実体が曖昧であることでは一致している。本弁論の「九〇〇〇人」という話が法廷に訴える力をもちうるということ自体、曖昧さの証といえよう。トゥキュディデス『歴史』第八巻九二は、「四百人」が、実際に「五千人」の存在を許せば民主政治と同じになってしまうが曖昧にしておけば「一般市民間相互の不信や不安を醸成するに役立つ」と考えて意図的に曖昧にしておいた、とみている。

(7) エウボイア西岸の市。二八九頁註(3)参照。

帰ってきた。そしてその時にはすでに政情は一変していたのである。[1] そしてこの人物は、いかなる意見を述べることも八日間を超えて評議会議場に入ることもなかった者であるのに、これほど多額の罰金を科せられてしまった。[2] ところが諸君に反対する発言をし、最後まで評議会議場にいた連中のほうは、その多くが安全に追及を逃れているのである。**一五** しかも私がこう言うのはこの連中を恨んでのことではなく、われらを哀れんでのことである。なぜなら、不正をはたらいていると思われた人々は、一連の事件において諸君にすすんで奉仕した人々の懇願によって救われており、実際に不正をはたらいた人々は、告発者たちを買収したので不正をはたらいていると思われることさえなかったからである。これではわれらは恐ろしい結果を蒙らずにいられるはずがないではないか。**一六** また、「四百人」は悪政であったと非難されている。しかるに、ここにいる者たちに説得されて五〇〇〇人に事を委ねたのは諸君自身ではないか。しかも諸君自身このように多数でいながら説得されたからには、「四百人」の一人一人が説得されたのも当然ではないか。いや、悪いのはこの者たちではない、諸君を欺き諸君に悪事を為していた者たちが悪いのだ。この人物［私の父］は、もし多数の諸君に対して何か事を企むつもりであれば、評議会議場に八日間入っただけで国外へ出帆したりすることはけっしてなかったであろう、と大勢の前で明言している。**一七** だが、かれが船出したのは、奪い取っては持ち去っていた者たちと同様、[3] 利益を漁《あさ》ることを望んでいたからだと言う人がいるかもしれない。しかし誰もかれが諸君の財産に手をつけていると言うことはできまい。いや、かれらはこの人物の職務に非難を向けるというよりも、何でもかまわず告発しているのだ。そして告発者たちは、当時は民衆に対していかなる意味でも好意的とは見えなかったし、助力しようともしなかった。ところが今や、民衆自身が自分たちのためを考えるようになると、かれらは諸君を援助するという名目で、じつはかれら自身の利をはかっている。一八　だが陪審の市民諸君、かれがこれほど多額の罰金を科されたことを怪しまないでもらいたい。それはかれらが、この人物が孤立しているところを捕らえることによって、かれもろともわれらをも取り押さえて告発しているからである。また、かれのためになる証言をもっている者がいても、告発者たちを恐れて証言することができなかったのであるが、告発者たちのためにならず、かれらへの恐れから、偽りの証言ですらも為されたからなのである。一九　われらはまったくひどい仕打ちを蒙ることになるではないか、陪審の市民諸君、もし諸君が、諸君の財に手をつけなかったと否認しとおすことのできない者たちを、ある市民が執拗に頼みこんでいるからというので放免しておきながら、他方で諸君民衆を積極的に支援したわれらには、しかも私の父は諸君に対して何の不正もはたらいていないというのに、そういうわれらには好意をみせてくれないのであれば。また、もし異国の客人が諸君のもとに来て金銭を乞うたり、善行者として登録されること(4)を要求したりすれば、諸君はそれを与えるであろう。それなのにわれらには諸君のもとで市民権

(1) エレトリア海戦の敗北とエウボイアの離反をうけて前四一一年九月初めに「四百人」評議会が解散、実質的には「重装歩兵たりうる市民すべて」(トゥキュディデス『歴史』第八巻九七-二)を含む「五千人」体制が前四一〇年初夏まで続き、ついで民主政が復活する。「父」の帰還はそのころ(一七節)、すなわち前四一〇年後半であろう。

(2) 罰金の決定がどの時点のことであるか、十分明瞭とはいえない。二九一頁註(2)および一二節参照。

(3) 海賊行為をいう。本書十四-一七参照。

(4) 用語解説「クセノス」参照。

を保有することも許さないというのか。(1) 二〇　諸君の政体に対して悪意をもったり、諸君の役に立たない意見を述べたりする人々がいるとしよう。もしその人々が国外にいるのなら、咎はその人々にはないことになる——なにしろ諸君は目前にいた人々までも放免してしまったのだから——。また、諸君に最悪な提言をして諸君を説得する人々がいるとしよう。もしその人々がここにいるのなら、咎は諸君を欺こうとするその人にあって、［説得される］諸君にはないことになる。(2) 二一　かの人々は、罰を受けないように、裁判を受けるより前に不当行為による有罪の判決を自分で自分に下して退去してしまった。また、もし誰か他の人々が不正な行為をしていれば、つまりかの人々ほどではなくてもとにかく不当な行為をしたら、かれらは諸君と告発者たちへの恐れを抱いているので、諸君にもっと寛大になってもらい、告発者たちに納得してもらうためには国内にとどまってはおられず、兵士となって遠征せざるをえない。二二　さてこの人物は、諸君に対して不当な行為を何もしていないのに、この体制が倒れた直後に、諸君から罰を受けることになった。一連の事態が諸君の記憶に新しく、かつかれの言い分が証明されようとしていたその矢先のことであった。かれは自分は何も罪過を犯していないので正義を助けとして裁判を有利に争うことができるという自信をもっていたのである。かれが民衆側であったことを、この私が諸君に語り示そう。二三　まず、かれが出征を欠かしたことは一度もなく、何度従軍したか、これはかれの原籍区の者たちが見知っているから言うであろう。そして、財産を人目に見えぬかたちで貯えて諸君への奉仕は何もしない、ということも可能であったのに、かれはむしろ諸君にそれを見知っていてもらうほうを選んだ。それはたとえかれが悪人になろうとしてもそれが許されずに、臨時財産税の納入と公共奉仕とをするように、(3) との意図からであった。またかれはわれら息子たちを、ポリスにとって大いに有用な者となるよう育てた。二四　そして私をシケリアへ送り出し、諸君のために……(4)遠征軍が保たれていた間のことだが、私がいかに勇敢であるかを騎兵たちに知ってもらう目的であった。遠征軍が潰滅し、私はカタネ(5)へ逃げ延びると、そこから撃って出て戦利品を獲得することと、敵側に損害を与えることに努めた(6)。その結果、私はアテナ女神に奉納すべく、三〇ムナを超える額を収入の十分の一として確保し、敵に捕らえられていた兵たちには救いの手をさしのべることができるほどになった。

二五　そしてカタネの人々から騎兵として出征することを強制されると、私は騎兵となり、そこではいかなる危険も回避することがなかったので、すべての人が、私が騎兵としても重装歩兵としてもいかに勇敢であるかを理解したほどであった。この件に関しては諸君に証人たちを提出しよう。

（1）重罪の場合や罰金未納など国庫への債務未払いの場合には、市民権剥奪となってそれが子孫に及ぶこともあった（八一頁註（2）参照）。話者は三四、三五節でもこの不安を繰り返す。

（2）二〇節の主旨は、（不正な役職者（六節）のような）犯人でも、この場にいないから罰せられない、（自分たちのような）善人でも、この場にいるから罰せられてしまう、ということであろう。

（3）用語解説「公共奉仕」参照。「臨時財産税」については三一九頁註（1）参照。

（4）テキストに欠落が推定されている。

（5）シケリア東岸、カルキス（エウボイアの）系の植民市。前四一五年夏アテナイと同盟を結んで遠征軍の基地となった。前四一三年秋の敗北後、ここへ脱出できたアテナイ兵も多数いた（トゥキュディデス『歴史』第六巻三、五一、第七巻八五）。

（6）敵に対して海賊行為をしたということであろう。

二六　陪審の市民諸君、諸君は証人の証言を聴いた。では私が諸君の民主政に対していかなる態度をとっているか、私はそれを諸君に示そう。一人のシュラクサイ市民がかの地［カタネ］へ宣誓文を携えて到着し、宣誓の準備ができた状態で、そこにいた一人一人に向かって呼びかけたとき、私はただちにかれに反対し、テュデウス(1)のもとに赴いて事情を説明した。テュデウスは特別の集会を召集して、そこで数多くの議論が為されたのである。(2)私の述べたことについて、証人たちを呼び出したい。

証人たち

二七　それからまた、父が私に届けるべく出した書状についても、はたしてそのなかに諸君の民主政にとって善いことがあるかそうでないか、調べてもらいたい。なぜならそのなかには身内のことが書いてあるが、加えて、シケリアの政情が安定してから帰ってくるようにとも書いてある。そもそも諸君にとって利益になることが、そのままかの地にいる人々［同胞］の利益でもある、というのである。したがって、もしこのポリスと諸君とに好意的でないなら、父はけっしてこのようなことは書かないであろう。

二八　さらにまた、私の弟(3)についても、かれが諸君に対していかなる態度であるか私から示そう。亡命者たちの急襲があったとき、かれらはすでにここであらんかぎりの悪事をはたらいたうえで今度は砦の中から出ては諸君の財を繰り返し奪い、荒らしていたのであるが、(4)そのとき私の弟は仲間の騎兵たちのなかから出撃して一人を殺害したのである。その場にいた者たちのなかから諸君に証人たちを提出しよう。

証人たち

二九　私の兄(5)のことは、遠征した仲間である諸君自身、つまりレオンとともにヘレスポントスにいた人々(6)が知っていて、勇気においても誰にもひけをとらないと認めている。それでもここへ登壇してもらいたい。

証人たち

三〇　このような実情であるからには、われら一家は諸君から感謝されても当然ではないか。そうではなくて、私の父が諸君のもとへ告訴されている、その事柄ゆえにわれらが没落するのは正当だというのか、わ

（1）おそらくアイゴス・ポタモイの海戦時（前四〇五年）に将軍職を務めた（『ギリシア史』第二巻一・一六、二六）人物と同一とされる。ただ、トゥキュディデス（『歴史』第六巻五〇—五二）にこの名はみえず、カタネ側の人物であることも考えられる。

（2）カタネ市は、親シュラクサイ派の市民が反対したため、前四一五年夏当初はアテナイ軍を受け入れなかった。基地を設営できたのはアテナイ軍の策略による（トゥキュディデス『歴史』第六巻五〇—五一、および二九五頁註（5）参照）。いま本弁論で語られるのもそのころの状況の一端であろう。

（3）「四百人」政治のころボイオティアにいた弟（四節および二八九頁註（1）参照）。

（4）前四一三年春以降スパルタ側がデケレイアに要塞を構えてアッティカを攻撃していた（トゥキュディデス『歴史』第七巻一九、二七—二八）とき、そのなかに亡命中の旧寡頭派がいたのであろう（九三頁註（4）参照）。

（5）四節および二八九頁註（1）参照。

（6）原写本の読み「ここに……人々が」では無理があるため、底本は修正読み「レオンとともに……人々が」を採る。「レオン」であれば前四一一年に将軍職に就いてエーゲ海での諸戦を指揮して民主派の支持を受け（トゥキュディデス『歴史』第八巻五四、七三）、のちにソクラテスの拒絶にもかかわらず「三十人」の暴政の犠牲となった人物。

れらがこのポリスにすすんで奉仕をしてきたことは何の特典にもならないというのか。それは正当ではない。もしこの父に向けられた中傷ゆえにわれらが何か被害を受けねばならぬというのなら、われらの為した自発的な奉仕のゆえに、われらの父もわれらも共に救われてしかるべきである。三一　なぜならば、われらは少なくとも財貨のために、財貨を得ようとして諸君に向けて善行を為していたのではない。そうではなくて、もしいつかわれらに裁判沙汰が起こるようなことでもあった場合に、そこで懇請して諸君からわれらの善行に見合う恩恵を返してもらおうと考えてのことであった(1)。諸君はまた他の人々のためにも、そのような態度をとるべきである。もし誰か諸君に対してすすんで奉仕する者が出てくれば、[われらに対する恩恵が]われらのためだけのものではなかった、と諸君はわかるのだから。われらについては、われらが諸君にとっていかなる人間であるか、諸君はわれらを必要とする以前にもう経験ずみである。だが他の人々については、善行を為す者にそれにふさわしい恩恵を与えることによって、よりいっそうすすんで奉仕する気持ちにさせるであろう。三二　最も邪悪なことを言う連中、つまり悪い扱いを受けた者たちは良い扱いを受けた者たちよりもそれをよく記憶しているものだ、と言う連中に、その言葉を実証してやるようなことは、けっしてしないでもらいたい。もし善行をしている人々が諸君に悪事をはたらいている者たちに負けることにでもなれば、いったい誰が有用な人間でありたいと望むであろうか。陪審の市民諸君、諸君の情況はつぎのようなもの、つまり諸君の投ずる票はわれわれの一身に関わるものであって(2)、金銭についてではないという情況なのである。三三　というのは、平和であった間は、われらには目に見える財産があり(3)、私の父は裕福な農業者であった。ところが敵の侵入が起こると、われらはこれらすべてを奪われてしまった。その結果、まさにこのことのために、つまりわれらには罰金を科されても支払うに足る財産はないが、すすんで諸君に奉仕すればそれに見合う恩恵を受けられるであろうと考えて、このためにすすんで諸君に奉仕したのである。三四　しかるにわれらが諸君をみるところでは、陪審の市民諸君、もし自分の子らを登壇させて泣いたり嘆いたりする者がいる場合、諸君は子らがその者ゆえに市民権を喪失することになれば哀れだと思うであろう。そして青年になってから良くなるか悪くなるかまだ諸君にもわからないようなその子らゆえに、父祖の過ちを許してしまうであろう。だがわれらのことは、諸君は知っているではないか、われらがすすんで諸君に奉仕してきたこと、そして私の父が何の罪過も犯してはいないことを。であるから、諸君としては、すでに経験ずみのことについてそれに感謝するほうが、どういう人になるかがまだわからない人々に感謝するよりも、ずっと正当なのである。三五　われらのありさまは他の人々とは正反対である。他の人々は子らをわきに立たせて諸君に懇願しているが、われらはここにいる父とわれら自身とを立てて懇願している、市民権を享受している者を市民権剝奪にしないように、市民である者をポリスなき者にしないようにと。どうか、年老いた父とわれらとを哀れんでもらいたい。もし諸君がわれらを不当に滅ぼすことになれば、父は喜びをもってわれらと共に暮らすことなど、どうしてできようか。またわれらも同じことで、互いに共にいられないではないか、われらが諸君にもポリスにもふさわしくないとあれば。そうではなくて、われらは［兄弟］三人そろって、

（1）このような考え方の表明については三四七頁註（5）参照。
（2）二九五頁註（1）参照。
（3）ここでは土地建物などを指す（一三節参照）。

われらがこれまで以上にすすんで奉仕するのを認めてくれるよう、諸君に要請する。三六　さてわれらは諸君各々が現在手にしている良きことにかけて、息子たちをもっている人にはその息子たちに免じて、われらと同年輩の人や父と同年輩の人にはそれに免じて、無罪の票を投じてくれるよう要請する。そして、このポリスに対して善いことを為そうと望んでいるわれらを、諸君が妨げることのないように。もし、逃れられなくても当然だった敵たちからは救われたわれらであるのに、諸君のもとで救いを見いだせないということになったら、われらにとっては恐ろしい事態になるであろう。

第二十一弁論　収賄罪に問われた某市民の弁明

概要

収賄の罪で被告の立場にたたされた非常に富裕な市民（名は出ていない）の弁明弁論で、冒頭の言葉の意味するところおよび収賄事件の叙述がないところから、被告自身による補足弁論（用語解説「エピロゴス」参照）であろうとされる。複数の市民（名は出てない）が原告となっており、話者の執務審査（用語解説参照）にさいして告発したものとみられる。冒頭（一―五節）に話者がこれまでになした公共奉仕（用語解説参照）の実例が列挙され、さらに具体的な体験としてペロポンネソス戦争末期の二度の海戦に三段櫂船奉仕者として参加したときの状況が語られる（六―一一節）。弁論の後半は富裕階層の市民として公共奉仕を続けるほうが、ここで有罪となって財を失うよりも、市民全体にとっての利益が大きいと主張し（一二―一九節）、無罪投票を要請して結ぶ（二〇―二五節）。弁論の制作年代は、本文中にエウクレイデスのアルコン年（前四〇三／〇二年）があることからそれより少し後と推定される。

一　陪審の市民諸君、告発内容に関してはすでに諸君は十分に知らされている。したがって、どのような人間である私に関して諸君が投票することになるのかを理解するために、諸君は告発内容以外のことも聴くのが適切である、と私は思う。さて私は、テオポンポスがアルコンであった時に資格審査を受けて壮丁となり、[1]悲劇の上演世話人を務めて三〇ムナを支出し、[2]それから二ヵ月後のタルゲリア祭において二〇〇〇ドラクメを出資して成年合唱隊を率いて優勝し、[3]さらにグラウキッポスがアルコンの年には大パンアテナイア祭のピュリケ舞踊に八〇〇ドラクメを出資した。[4]二　また、同じアルコンのもとでディオニュシア祭の成年合唱隊の世話人を務めて優勝し、鼎の奉納費用も含めて五〇〇〇ドラクメを支出した。[5]そしてディオクレスがアルコンの年には、小パンアテナイア祭において円陣合唱隊を率いての支出が三〇〇ドラクメであった。[6]そ[7]れ以後現在にいたる七年間、私は三段櫂船奉仕を務めて六タラントンを支出した。[8]三　そしてこれほどの額を出資していながら私は日々諸君のために危険を冒し、それも外地であったのに、やはり臨時財産税は三〇ムナ、四〇〇〇ドラクメと納めてきたのである。[9]そしてアレクシアスがアルコンの年に帰還するとすぐ、プ[10]ロメテイア祭のための松明《たいまつ》競走の世話人を務めて優勝したが、その支出は一二ムナであった。[11]四　さらにそ

（1）前四一一／一〇年。まずムネシロコスが二ヵ月間在職し、その後テオポンポスがアルコンになった。
（2）アテナイ市民は満一八歳に達すると資格審査（用語解説参照）を受け、合格すれば原籍区（デーモス）の成員として登録されて壮丁となった。壮丁の期間は二年間（すなわち一九歳と二〇歳）で、共同生活をして軍事教練を受け、国内の軍務に専念した（『国制』四二-一－五）。続く二節の記述から、話者は、おそらく前四七二年春のペリクレスがそうであった

ように、壮丁の期間中にすでに公共奉仕を行なっていたと読める。
(3)「コレギア」なる公共奉仕(用語解説参照)。悲劇の競演は大ディオニュシア祭(三―四月)の第三日から三日間行なわれ、三人の作者が各三作品を上演した。各作者に一人の上演世話人がつき、関連するあらゆる費用を拠出した。アルコンは就任後の初仕事として最も富裕な市民三名をこの世話人に指名した(『国制』五六-二―三)。ここでは話者が二〇歳の時、前四一〇年の大ディオニュシア祭。以下五節までに挙げられる諸事業はいずれも公共奉仕である。当時の熟練職人の日当が一ドラクメであったことから、費用負担額のおよその大きさが推定できよう(貨幣の単位については凡例参照)。
(4)アポロンとアルテミスを祭神として、穢れを祓い豊作を祈願する祭りで、タルゲリオン月すなわち現在の五―六月に二日間行なわれた。ここでは前四一〇年。合唱隊には二部族ごとに一人の世話人が出た。アルコンの管轄。アンティポン六-一一にはこの祭りの少年合唱隊員を集めるのに苦労したことが語られている。
(5)前四一〇年七―八月。アテナイの守護女神アテナの祭りで、小祭(次節および四節)は毎年、大祭は四年に一度挙行され、行列、生贄儀式、各種の競技があった。名高いパルテノン神殿のフリーズ彫刻は大祭の行列を写している。ピュリケ舞踊は武具に身を固めて激しい動きで踊るもので、スパルタでは戦士養成訓練に採り入れられた(アリストパネス『蛙』一五三行、プラトン『法律』八一六B)。
(6)前四〇九年三―四月。世話人は各部族から一名が出された(『国制』五六-三)。「鼎」は優勝を感謝する記録を刻んで、記念碑の頂上に乗せるべく奉納したもの。合唱隊の人数は五〇名を超えると推定される。大ディオニュシア祭(上掲註(3)参照)では悲劇のほか、喜劇、少年合唱隊、成年合唱隊の競演が行なわれた。
(7)前四〇九年七―八月。合唱物語詩の合唱隊は、劇の合唱隊が通例は方陣をとったのに対して、円陣を形づくって歌舞を演じた。
(8)現在、つまり弁論の年代が前四〇二年(おそらく夏)とわかる。
(9)漕員約二百人の三段櫂船を一ヵ月就航させるには漕員(自由身分)の給料だけで約一タラントン(六〇〇〇ドラクメ)が必要とされた(上掲註(3)参照)。
(10)三一九頁註(1)参照。
(11)前四〇五年十―十一月。陶工など職人の守護神としてのプロメテウスを祭神とし、松明競走のほか、部族ごとの合唱隊の競演もあった(伝クセノポン『アテナイ人の国制』三-四)。

の後、少年合唱隊の世話人を務めて一五ムナ以上を支出した。(1) エウクレイデスがアルコンの年には喜劇作者ケピソドロスの上演世話人として喜劇をもって優勝し、衣裳等の奉納分も含めて一六ムナを支出し、(2) 小パンアテナイア祭においては青少年組ピュリケ舞踊の世話人を務めて七ムナを支出した。(3) **五** また、スニオンでの三段櫂船競技で優勝したがそれには一五ムナ支出した。(4) またこれとは別途に、祭典への使節団長の職務や(5)アレポリアや(6)その他この種の役目への支出も行ない、私が支出した額は三〇ムナを超えている。そしていま数えあげた額も、もし私が公共奉仕を法の規定どおりに行なおうという考えであったら、(7) その額は、私が実際に支出したものの四分の一にもならなかったであろう。**六** 私が三段櫂船奉仕をしていた間は、全軍中、最上の航行力をもっていたのは私の船であった。その何よりの証拠を諸君にお話ししよう。というのはまず最初に私の船に乗船したのはアルキビアデスだったのである。(8) 私としては、かれは友人でも親戚でも同部族員でもないので、私の船に乗り組まないでくれたらありがたいと思っていたのであるが。**七** それに、諸君もご存じと思うが、かれは望むことを何でもすることができる、将軍という立場にあったので、最も航行力の優れた船以外には乗るはずもなかった。自分自身が危険に臨もうという時だったからである。**八** 諸君がかれらをその役職から下ろして、トラシュロスを含む一〇名の将軍を選んだとき、(9) この人々も全員が私の船に乗って行くことを望んだが、いろいろと内紛があった末に、プレアリオイ区(10)のアルケストラトスが乗り組

(1) この奉仕は前四〇四年で、レナイア祭(またはレナイオンのディオニュシア祭)といわれた一―二月の演劇祭であったか、大ディオニュシア祭(三〇三頁註(3)参照)か、確定できない。話者は当時二五―二六歳のはずである。少年合唱隊

の上演世話人は四〇歳以上の者に限る（男色を防ぐため）との規定が伝えられているが（『国制』五六-三、プラトン『法律』七六四B、アイスキネス一-一一）、本弁論の話者には該当しない。

(2) 前四〇二年の大ディオニュシア祭とされる。喜劇作者の名は諸写本では「ケピソドトス」であるが、碑文学者たちはこの底本と同様に推定している。

(3) 三〇三頁註（5）参照。前四〇三年七－八月。話者は当時二七－二八歳のはずである。

(4) アッティカ地方南端のスニオン岬はアテナイへの海上の入口として重要であった。そこに英雄メネラオスの船の舵取りの名手プロンティスが葬られたという話があり（ホメロス『オデュッセイア』第三歌二七八－二八三行）、古くからプロンティス崇拝が行なわれていたことを示唆すると考えられている。船の競技もその祭儀の一環であろう。開催時期等は未詳。

(5) デロス島のアポロン神殿での五年目ごとの祭典（二－三月）に合唱隊を送るための使節団長の役目で、アルコンによって任命された（『国制』五六-三）。

(6) 「アレポリア」は写本の読み。「エレポリア」とする説もあり、底本はそれを採る。語源未詳。アテナ女神のための夜祭で、スキロポリオン月（アテナイ暦の最終月で、六－七月にあたる）に行なわれた。民会の投票で七歳から一一歳の少女四名が決定され、アテナ女神の女性神官が授ける聖秘物を納めた函を捧持して、アプロディテ女神の地下の聖所に運んだ。少女たちはまた、大パンアテナイア祭においてアテナ女神に奉納する衣裳を織る仕事にも関与した。本弁論の話者はこれらに必要な費用を負担している。

(7) 法定の基準額があったように読める。

(8) アルキビアデスについては、本書第十四弁論参照。八節との関連で、前四〇九年以後前四〇六年春以前の事件。前四〇八年にアテナイ全軍が海路プロポンティス方面に向かったときのこと（『ギリシア史』第一巻三-一－二二）を指すか。

(9) この節に名の出る三名を含む「十名の将軍選出」は、前四〇六年春（『ギリシア史』第一巻五-一六）。トラシュロスは、前四一一年六月頃から約四ヵ月間、トラシュブロス（解説(三)参照）とともにサモス島の民主政を支え（トゥキュディデス『歴史』第八巻七三－七五）、ヘレスポントスやイオニア方面（本書三十二-七参照）でも戦功をたてたが、前四〇六年夏のアルギヌサイの海戦を指揮して兵員の遺棄を糾弾され、他の五人の将軍とともに処刑された（本書十二-三六参照）。エラシニデスもその一人で、アリストパネス『蛙』一一九六行にも不幸な将軍の一人として言及される。

(10) アッティカ南部の原籍区（デーモス）。

んだ。しかしかれはミュティレネの戦いで没したので、[1] エラシニデス[2]が私の船に乗り組んだ。そもそもこれほどの三段櫂船を装備するにはどのくらいの財産を費やしたと諸君は思うか。言い換えれば、どのくらいの損害を敵に与えたと思うか。どのくらいの善行をポリスに対して為したと思うか。九 その最もよい証拠はつぎの事実である。つまり、最後の海戦においてアテナイの船隊は破壊されたが、ちなみに私の船には将軍[3]は誰も乗り組んでいなかった(諸君はあの時起こった禍のゆえに三段櫂船船長たち[4]にまで怒りを抱いていたので、このことも付加しておきたい)が、私自身は自分の船を戻したのみならず、パレロン区のナウシマコス[5]の船をも救ったのであった。一〇 しかもそれは偶然の幸運によるのではなくして、私の周到な準備によるものであった。私は全ギリシアで最良と評されていたパンティアス[6]を、金銭を積んで説得して終身の舵取長に雇用し、かれに適した乗組員も、さらにそれに従う漕員も用意したからである。私が真実を述べていることは、諸君のうちであの場に兵員として参加していた人々は皆、よくわかっているであろう。ではナウシマコスを呼び出してもらいたい。

証言

一一 さて、船隊のうちで無事だったのは一二隻であった。[7] 私が諸君のもとへ連れ帰った三段櫂船は、私の三段櫂船とナウシマコスの船との二隻である。

そしてこのように多くの危険を諸君のために冒し、ポリスのためにこれほどの善行を積んできた私であるが、現在の要求は、ほかの人たちのように自分の貢献とひきかえに諸君から報酬を受けようというのではなくて、自分のもっている財産を奪われないようにということに尽きる。望むときにも望まぬときにも私から取りあげるのは、諸君としても恥ずべきことだ、と思うからである。一三 そして私としては、もし今ある財産を失くすことになるとしてもそれほど気にはしない。どうしても承服できないのは不遜な不法行為を受

(1) ミュティレネはレスボス島南部の都市でイオニア本土の対岸にあり、アルギヌサイ島嶼は本土に近接しレスボス島南端に相対する位置にある。アルケストラトスがどの時点で戦死したのか不明だが、将軍コノンらの艦隊がミュティレネで包囲された(『ギリシア史』第一巻六-一六—二三)戦況のなかであろう。

(2) コノンとともに包囲されたが(『ギリシア史』第一巻六-一六)アルギヌサイの戦列には並んでいる(同書第一巻六-二九、七-二九)から、包囲を突破してアテナイに帰った一隻(同書第一巻六-二二)に乗っていたのかもしれない。そして再び戦列に加わったのであろう。かれが本弁論の話者の船に乗り組んだのはどの時点か。話者が自分の船について抱く大きな自負をみるとこれが包囲を突破しえた一隻と考えたいが、話者は前四〇五年までアテナイに帰っていない(三節)という。

(3) 前四〇五年のアイゴス・ポタモイの海戦を指す(三九頁註(1)参照)。この海戦については『ギリシア史』第二巻一-二一—三二参照。

(4) 原語 τριήραρχος は、指揮官としての船長と艤装費用拠出者との両方を意味しうる語。

(5) 前四世紀前半に多くの公共奉仕をした同名者の家柄(とくにデモステネス第三十八弁論から知られる)とのつながりは未詳。パレロン区はアテナイ南西の原籍区。

(6) この箇所以外では未詳。舵取長は危急の場合には船長の役も務めた(『ギリシア史』第一巻五-一一)。

(7) クセノポンによれば、このとき将軍コノン(本書十九-一二参照)が八隻の三段櫂船を率いてキュプロスへ逃れ(八一頁註(5)参照)、その他の船はすべてリュサンドロスに拿捕された(『ギリシア史』第二巻一-二八—二九)。しかしイソクラテス(一八-五九、弁論制作年代は前四〇二年末から四〇一年初めと推定)は、少数の船長が三段櫂船を救ってペイライエウスに帰港したことを伝えていて、本弁論の「一二隻」を裏づける。

けることであり[1]、また、公共奉仕を逃れている人々がいて、私のほうは諸君のためにした出費が感謝もされないままなのに、かれらのほうは、自分たちの財産から諸君のために何ひとつ出さなかったのは正しい考えだったと思われるようになる、ということである。したがって、もし私の言い分を受け入れてくれるなら諸君は正しい投票をすることになろうし、それがすなわち諸君にとって利益ある選択をすることにもなろう。

一三　というのも、陪審の市民諸君、諸君は見ているではないか、ポリスに入ってくる収入がいかに少ないか、しかもそれが、そこに関わる人間たちによっていかに収奪されているかを。したがって、みずからすすんで公共奉仕を行なう者たちの財産こそ、最も確かな収入であると考えるのが適切である。まったくのところ、もし諸君もよく考えてみるなら、諸君が以前のように私たちのものをすべて使うことができるだろうということを理解して、私たちの財産をも諸君自身の個人的な財産に劣らず配慮して扱うようになるであろう。

一四　諸君は誰でもわかっていることと思うが、私自身の財産に関していえば、諸君にとっては、この私のほうが、諸君のために現在国庫を管理している人々よりは、はるかに優れた財務役なのである。もし諸君が私を貧困者にするならば、諸君は諸君自身に対しても不当な仕打ちをすることになるだろう。私でもなく諸君でもない別の人々が、私から取りあげる財産を、他の物と同様、かれらのあいだで分配してしまうであろうから。

一五　これは一考の価値がある。私の財をめぐって私と争うよりも、諸君のものの一部分を私に与えるほうが諸君にははるかにふさわしいことであり、また、富裕である者を羨み妬むことよりも、貧困に陥った者を哀れむことのほうが、そして、人々が諸君の財産[3]に手を出すのではなく自分の財産を諸君のために使うような市民になるように、と神々に祈ることこそ、諸君にはふさわしいのである。一六　陪審の市民諸君（誰も怒らないでもらいたいのだが）、思うに、私の財産を所有しているという理由で諸君が調査委員たち[4]の告発予定者リストに書き入れられるほうが、国庫金を所有しているという理由で私がいま裁判にかけられるよりもずっと正当であろう。なぜなら私のポリスに対する姿勢は、私人としては財産を倹約しているが公人としては喜んで公共奉仕に拠出する、というものであり、また、自分に残った財を誇りに思うのではなくて、諸君のために費やした財を誇りに思うからである。一七　これは、諸君のための出費は私自身に原因があるが、私の財産は他の人たちが私に残してくれたものにすぎないと考え、またもし私が所有しているものゆえに敵たちから不当な誣告をされることがあっても、私が支出したものゆえに諸君から正当な救援を受けられると考えてのことである[5]。したがって、他の人々が諸君に私の放免を乞うなどありえないことであって、むしろ、もしこのような裁判にかけられているのが［私自身ではなくて］私の友人の誰かであってさえも、諸君は私への感謝のしるしとしてかれに援助を与えてくれるのが適切であるし、またもし私が諸君ではない別の人々のもとで裁判を受けているのであったら、諸君こそ私のために懇願してくれる存在となるのが適切であ

（1）不当に自分の領分（財産など）に踏みこまれ侵害されることをいっている（四七頁註（10）参照）。
（2）当時の国庫の窮乏については、本書十九-一一にも言及がある。
（3）「諸君の」は修正読み。諸写本は「他人の」。
（4）国庫に属すべき未納金を徴収する役人。没収財産問題を扱う「裁定委員」（本書十八-二六他）との関係は未詳。なお本書二十五-一〇参照。
（5）このような考え方の表明については三四七頁註（5）参照。

る、と私は思うであろう。一八　なぜなら、誰にせよ少なくとも次のようなことだけは言えないであろう。つまり、私が、多くの役職を歴任して諸君の財産から自分の利益を得たとか、恥ずべき訴訟事件に関わったとか、何か恥ずべきことの責任者であったとか、ポリスにとっての禍を歓迎する態度に出たとか、である。公私あらゆることについて私は市民としてこのように生きてきたし、諸君もそう承知していると思う。であるから、そのことについて弁明する必要はあるまい。一九　ゆえに陪審の市民諸君、いまは私に関して以前と同様の判断をもってくれるようお願いする。公的な公共奉仕のみならず私的な生き方のことも心に留めてもらいたい。生涯を通じてつねに秩序正しく思慮深く、快楽に負けることも利得に心を乱されることもなく、市民の誰も非難したりあえて訴訟をしかけたりすることもないような生活態度を堅持すること、これこそが最も苦労の多い公共奉仕であると考えてもらいたい。

二〇　さて陪審の市民諸君、このような告発者たちの言いなりになって私に有罪の投票をするのは適切なことではあるまい。この者たちは長いこと瀆神の廉で告発されてきている身で、自分たちの過誤を弁明することができそうもないので大胆にも他人を告発するという挙に出ている。かれらに比べれば、同類ともいうべきキネシアス(1)でさえ、兵として出征した回数はより多い。この者たちは現在の国情に関して怒りをあらわにしているが、その実体はこのとおりなのである。かれらは、このポリスの繁栄をもたらすようなことでは何も寄与するところがないどころか、善行を為してきた者たちに対して諸君が怒りを抱くようにと、あらゆる策を弄するのである。二一　陪審の市民諸君、この者たちは民会において諸君に向かって自分たち自身の生き方を告発すればよいのに。それが、私がかれらのために祈ることのできる最大の悪なのだ。私は諸君に要請し懇願し嘆願する、私に収賄の有罪判決をしないように。(2) また、そのためならポリスに対して何か悪事が起こってもよいと私が望むほどの、それほど巨額の金銭というものがある、などと思ったりしないように。

二二　陪審の市民諸君、もし私が、父祖の財産を名誉心から諸君のために費やしておきながら他方でポリスの禍となるように他人から収賄をしているとしたら、それは狂気の沙汰であろう。陪審の市民諸君、もし、善行を為した者たちについて票を投じるのは善行を受けた者たちである、というのが願わしいことなら、私は諸君以外の誰に、私の裁き手になるよう望むことができるだろうか。二三　そのうえ、陪審の市民諸君、(つぎのことにも言及しておきたいのだが) 諸君のために公共奉仕をすることが必要であったときに、私は私の子らがその分だけ貧しくなって残されはしないかということよりもむしろ、任務を実行する熱意が［途中で］さめはしないかと心配したものであった。(3) 二四　また、かつて海戦において危険を冒そうという際にも、一度たりとも、妻や子らのことを哀れに思ったり、涙を流したり、思い出したりはしなかった。また、もし自分が祖国のために生命を終えて、子らを父なしの孤児として残すことになるとしたら恐ろしいことだ、と思ったこともない。むしろ恥多く生き延びて私自身にも子らにも非難を浴びることのほうを、はるかに恐れ

---

(1) 合唱物語詩 (ディテュランボス) 作者で痩身、不品行、不信心の提訴常習者として知られていた。喜劇においてしばしば揶揄されている (アリストパネス『鳥』一三七二行、『蛙』一四三七行、『女の議会』三三〇行)。リュシアス作とされる断片「パニオスの違法動議告発に関してキネシアスに反対する」が伝えられている。

(2) 訴因は、タイトルにもあるとおり収賄であることが示される。

(3) 「心配したものであった」は原写本では脱落していて、近代の補入による。

たのである。二五　そのかわりに、私はいま、諸君に恩返しを頼みたい。そして危機の際に私が諸君についてこのような判断をもっていたのであるから、今や、思い切ったことのできる立場にいる諸君が、私と私の子らを大切に思ってくれるのが適切であると考える。諸君は、もし私たちがこのような咎めを負って市民権を失ったり、(1)現在の財産を奪われて貧窮に陥り多くのものに事欠いて路頭に迷ったりせざるをえなくなったとしたら、私たちには恐ろしいこと、諸君には恥ずかしいことになろう、と考えてくれるだろう。私たちは自身にもふさわしからず、諸君に対して為したことにもふさわしからぬ被害を蒙ったことになるのだから。それはしないでもらいたい、陪審の市民諸君。そうではなくて、無罪の票決を行なって、以前に変わらぬ市民としての私たちと交わりを続けてもらいたいのである。

（1）八一頁註（2）参照。

第二十二弁論　穀物商人告発

概　要

前五、四世紀のアテナイは、全居住人口の必要を満たすだけの穀物を生産できなかったため、不足分を輸入に頼らざるをえなかった。とりわけペロポンネソス戦争で敗北した後の前四世紀には、それまでに擁していた広域な支配圏を失ってしまったため、輸入穀物確保のために、弁論中に言及されているようなさまざまな方策が必要とされた。本弁論は、コリントス戦争で穀物事情がさらに深刻化したなかで穀物小売商をめぐって生じた係争のために書かれたもので、被告はそれら穀物小売商であり、原告は話者である評議会議員の一人。冒頭で述べられているように、提訴はまず当番評議員たち（プリュタネイス）を通して評議会に対して為されていることから、裁判手続きはパシスと呼ばれるものであったと解されている。パシスは公訴手続きの一種で、国有財産の不正使用や海上交易に関する違法行為などを対象とし、担当の役人に提起されるものであった。本件の場合は、提訴常習者によって評議会に提起され、ついで陪審廷に付託されたらしい。弁論の年代は前三八六年と推定できる。構成は、序言（一―四節）、論証（五―二一節）、結語（二二節）となり、叙述の部分が欠けている。

一　陪審員諸君、私のもとにはこれまでに多数の人々がやって来て、私が評議会(1)でこれら穀物商人たちを告発したことに驚いたと述べ、また、たとえ穀物商人が不正をはたらいていると諸君が考えるのが確実だとしても、この件に関して陳述する者については、提訴常習者(2)のやり方をとっていると諸君がみなすことに変わりはない、と語ったのである。そこで、どのような理由で私がこの者たちを告発する必要があったのか、それについてまず最初にお話ししようと思う。

二　すなわち、当番評議員たち(3)がその者たちに関して事を評議会へ付託したとき、評議員たちはかれらに対し憤激するあまり、発言者のなかの何人かが、かれらを裁判なしで死刑に処すよう「十一人」(4)に引き渡すべきである、と言ったほどであった。しかし、私としては評議会がそのようなことをするのが慣例となっては恐ろしいと考え、立ち上がってつぎのように発言したのである。もしかれらが死刑に相当することをしているならば、陪審員諸君はわれわれと同様に正しい裁定を下すであろうし、もし何も不正をはたらいていないならば、かれら穀物商人が裁判を受けずに死にいたるべきではない、と考えるので、かれらを法に従って裁くことが適当であると思われる、と。三　評議会はこの意見を受け入れたが、私がそのような発言をしたのは穀物商人を救うためであったと言って、私を攻撃しようとする者たちもいた。そこで、被告たちに対する予審(5)が行なわれたときに、評議会に対して私は行動によって弁明したのである。すなわち、他の者たちが沈黙を守っているあいだに、私は立ち上がってかれらを告発し、かくして、私がこの者たちを擁護して発言したのではなく、既存の法を護らんとしていたことを、あらゆる人々に明白なものとしたのであった。四　私が事を始めたのは以上の理由からであり、先の中傷を恐れてのことであった。他方で私は、諸君がかれらに関して望ましいと考える票決をするよりも前に、私が事を中止してしまうのも恥ずべきことと考えている。

五　「そこでまずはじめに、[6]あなたに登壇してもらいたい。あなたが私に述べられよ、あなたは在留外人[7]であるのか」。「そのとおり」。「あなたが在留外人として居住しているのは、この国の法に従うつもりでか、それとも、自分の思うがままに行動するつもりでか」。「法に従うつもりで」。「では、罰として死が定められていることを、法に反して行なったのであれば、あなたはまさしく死に値するのではないか」。「いかにも」。「では答えられよ、法が許容しうると定めている五〇ポルモス[8]を超える穀物を買いこんだ[9]、と認めるのかど

（1）用語解説参照。
（2）用語解説参照。
（3）五〇〇名の評議会議員中、各部族から選出された五〇名が一組となり、計一〇組が交代で三五日または三六日間当番を務め、具体的な政務を担当・処理した。この当番の評議員たちを当番評議員たち（プリュタネイス）という。評議会に対して提出される告発はまず当番評議員が受けつけ、評議会へ提出した。受けつけておきながら提出しない場合には、当該当番評議員に罰金刑が科された。
（4）用語解説参照。
（5）本訴訟は、まずはじめ当番評議員たちのもとに提起され、評議会で審理された。概要参照。
（6）五節は被告を呼び出して行なう一問一答である。一五一頁註（7）参照。
（7）用語解説参照。
（8）ポルモスは容量の単位。本来は籠の意であるが、一ポルモスは一メディムノス（約五二リットル）に等しかったらしい。
（9）原語は *συμπρίασθαι* で、次節の「買い付ける」と訳した語 *συνωνεῖσθαι* とともに「協同で買う」の意にも「買い集める、大量に買う」の意にもなりうる。このことが本弁論の趣旨の理解を困難にしている。役人と被告が同じ動詞を使用して主張した内容が、実際には異なった意味をもっている場合があるばかりでなく、言葉の多義性を利用して意図的に意味のすりかえをしている場合もあるからである。

うか」。「役人たちが命じたので私は買いこんだのだ」。

六　では陪審員諸君、もし役人が命じるならばいつでも穀物商人たちは穀物を買い付けてよい、と定める法律の存在を被告が証明するならば、被告に無罪の票決をされよ。さもなくば、諸君は有罪の票決をするのが正当である。というのは、われわれのほうでは、この国にいる者は誰であれ五〇ポルモスを超える穀物を買い付けてはならない、と定めている法を諸君に提示したのであるから。

七　したがって陪審員諸君、当の告発はこれで十分であるはずだ、被告が［穀物を］買いこんだことを認めており、他方、法が禁じていることは明らかであり、かつ、諸君としては法に従って票決することをすでに誓ったのであるから。しかしながら、かれら被告が役人たちに不利な虚偽の証言をしてもいると諸君が納得するためには、かれらのことを、たとえ長くなろうともさらに詳しく語る必要があろう。八　というのも、これら被告が役人たちに事の責任を転嫁しようとしたので、われわれは役人を召還して尋問したのである。(3)すると、そのうちの二人(4)はそのようなことは知らないと否定したのだが、アニュトス(5)はつぎのように語った。前の冬(6)に穀物が高値であったときに、これらの被告が互いに値をつり上げて争いあっていたので、相互に敵対するのをやめるよう勧告したが、それは、この者たちができるだけ適正な価格で買い入れることがかれらから購入する諸君にとって有益であると判断したからである。かれらはただ一オボロスしか買値より高く売ることができない(7)のだから、と。九　そこでアニュトスは被告たちに買いこんで蓄えるよう命じたのではなく、相互に競り合って値をつり上げたりしないように勧告したのだということについては、アニュトス自身を諸君のもとに証人として出すことにしよう。

まさしく当証人は、さきの評議会の任期内にこれらの言葉を語ったのだが、被告たちが現評議会の任期中にも買い付けをしているのは明らかである。

証言[8]

一〇　このように、かれらが穀物を買いこんだのは、役人たちに命じられたからでないことは、お聞きになったとおりである。他方、思うに、かれらがたしかに役人たちに関して真実を語っているとしても、自己の弁明にはならず、せいぜい役人を告発するだけのことである。法に明文化されていることについて、これを遵守しない者と、法に定めるところの反対のことをするよう命じる者とが、ともに有罪であるのは無論のことだからである。

(1) 穀物監督官を指す。ペイライエウスに五名、市内に五名の計一〇名が穀物の価格やパンの重量を監督した。

(2) 毎年抽選で選出された陪審員六〇〇〇名は各年度の初めに誓約した。その内容は正確には伝わっていないが、おそらく国法と民会および評議会の決議に従って（法に定められていない件に関しては公正に）投票すること、直接、間接のいずれにせよ、賄賂を受け取らないこと、などであった。

(3) 評議会による予審（三一五頁註（5）参照）の際になされたのであろう。

(4) 市内の穀物監督官はアニュトスのほかに四名いたはずである（上掲註（1）参照）から、ここを「二名」でなく「四名」とする校訂版もある。

(5) ソクラテスを告発したアニュトスと同一人か否か、確かなことは不明。

(6) 「大王の平和」が成立する直前の前三八七／八六年の冬。

(7) 参考までに、前三九三年の小麦の価格は、一メディムノスについて三ドラクメであった。

(8) アニュトスによる証言がここで読みあげられた。

一一　しかし実際のところ、陪審員諸君、かれらがこの論法に訴えることはあるまい。おそらく評議会で陳述したと同様に言うであろう。穀物を買い付けたのは、できるかぎり適正な価格で諸君に販売しようという、ポリスに対する好意からであった、と。そこで私は、かれらの陳述が虚偽であることの、最も強力でどこからみても歴然たる証拠を諸君にお話ししよう。一二　もしかれらがかくのごときことを行なったのが諸君のためであれば、買い付けた穀物が底をつくまで、何日でも同一価格で販売したことが明らかであったはずである。しかし現実には、同じ一日のうちに一ドラクメの値上げをして売ることが、数回もあった。まるで買い付けを一メディムノスずつしたかのように。そのことの証人として私は諸君自身を提出する。一三　また私に奇妙と思われるのは、臨時財産税[1]を納付するべき時、それはすべての人が知ることになるものであるのに、貧困を口実にして納めようとせず、他方、違反した場合の刑罰として死刑が科されていて、誰にも知られていないほうがかれらにとって利益となることについては、諸君に対する好意から違法行為に出たのだ、とかれらが主張することである。しかし、そのような理由を述べたてることがこの者たちに最もふさわしくないのは、諸君すべてがご存じのことだ。かれらと他の人々とでは、利害は正反対なのである。国に悪い知らせがもたらされると、かれらは穀物を高値で売りさばき、その時に最大の利益を得るのだから。一四　かれらは諸君の不幸をみることに大きな喜びを感じるあまり、誰よりも早くそれを聞きつけたり、自分たちでそれを捏造したりするほどである。例えば、ポントス[2]滞留中の船の難破、航行中の船のラケダイモン人たちによる拿捕[3]、取引所[4]の閉鎖、休戦協定[5]の破棄間近などと。一五　そして諸君に対するかれらの敵意たるや、敵が狙うのとまさに同じ機会を選んで諸君に謀略を企てるほどである。なぜなら、諸君が穀物に最も不足しているときに、この者たちはそれを素早く押さえこみ、売ろうとしないのだが、それはわれわれが価格について文句を言わずに、いかに高値で購入してかれらのもとを立ち去るにしても、満足感を抱くようにしむけるためである。このように時には平和時にあってもわれわれはこの者たちによって兵糧攻めにされることがある。一六　国は久しい以前からこの者たちの不正と悪意とについて知っていたので、諸君は一般の商品すべてには市場監督官(6)を設置し、この商取引のみについては、別に穀物監督官を抽選で選定したのである。かくして諸君はこれまでにしばしば、市民であるかの役人たち(7)に重い罰を科してきた。この者たちの悪行を制

(1) 戦時などの緊急時に、市民と在留外人に、その財産額に応じて課せられた税。史料で確認できる最初の例は『ギリシア碑文集成』第一巻（第三版）五二番（前四三四／三三年）にある。

(2) ポントスは「ポントス・エウクセイノス」の略で、現在の黒海を指す。その沿岸地域はアテナイの穀倉として重要であった。

(3) スパルタとアテナイはこのころ交戦状態（コリントス戦争、解説（三）参照）にあった。

(4) 原語は *τὰ ἐμπόρια*（*τὸ ἐμπόριον*）。海上交易に携わる商人と国内商人との間の商取引の場であり、多くは沿岸に設けられていた。いまでいう自由港に相当するものが多く、特別の法規が適用された。アテナイではペイライエウスに所在し、一〇名の取引所監督官が監督にあたった。

(5) 前三八六年に「大王の平和」締結にあたって前もって実際された休戦（『ギリシア史』第五巻一-三一）を指しているのであろう。このころ、アンタルキダスの命により、ポントスからの船はアテナイへの航行を阻止され、スパルタの同盟国へ向かわされた（同書第五巻一-二八）。

(6) ペイライエウスに五名、市内に五名、計一〇名が抽選で選出され、商品の品質と量目について監督し、市場税を徴収した。軽犯罪については処罰権を有するが、それ以外は陪審廷に提訴した。『国制』五一参照。

(7) 目の前にいる被告たちが在留外人であることとの対比。

することができなかったという理由で、まったくのところ、監督能力がないというだけで［かの役人たちを］死刑に処するのであれば、悪事をはたらいた当人たちは諸君からどのような扱いを受けるべきであろうか。一七　諸君はかれらに無罪の票決はできないと承知すべきである。もし、かれらが交易商人[1]たちに対抗して結託したことを認めるにもかかわらず、かれらに対する告発を却下するのであれば、諸君は輸入業者たちに敵対した考えをもっているとみなされるであろう。というのも、もしかれらが何か別の弁明をするのであれば、誰も無罪の票決をする者を非難はできないであろう。どちらの主張に信をおくか、判断するのは諸君であるから。しかし実際には、もし違法行為を犯したと認めている者を、処罰に値しない者として諸君が釈放するならば、途方もないことをしているとみえるのではなかろうか。一八　さらに陪審員諸君、以下のことを思い起こすように。これまで多くの者が同様の告発を受けてきたが、［告発内容を］否定し、証人さえも提出したにもかかわらず、諸君は告発者の言い分のほうを信用できると考えて、死刑の判決を下したことを。しかしながら、同じ罪状に関して裁決を下すときに、罪状を否認する者を有罪とすることにいっそうの熱意をもつのは、驚くべきことではなかろうか。一九　そしてさらに、陪審員諸君、思うにすべての人に明白なことであるが、かくのごとき係争事件は、国内の人々に何よりも共通の関心事であるので、諸君がそれらにいかなる判断を下すのか、皆が知ろうとするであろう。この者たちに死刑を判決するならば、残りの者たちはより秩序を守ろうとするようになるであろうが、もし無罪放免するならば、かれらに、欲するままに行動することを票決で十分に認めてしまうことになろう、と考えて。二〇　陪審員諸君、かれらを懲罰するのは、たんに過去の行為のためでなく、将来の人々が先例とするためでなければならない。そのようにして初めて、かれらはかろうじて容認しうる存在となるであろうから。この商取引からの利益があまりに大きいため、かれらは諸君から不正な利益を得るのを思いとどまるよりもむしろ、日々命がけで危険を冒すことを選ぶのだ。

二一　さらにまた、かれらが諸君に泣きつき、懇願しようとも、かれらに温情をかけるのは正しくあるまい。むしろ、市民のなかの、この者たちの悪行ゆえに生命を失った者たち(2)や、この者たちが結託して敵対した交易商人たちを哀れむべきである。被告たちを有罪とするならば、諸君はこれらの人々を喜ばせ、いっそうの熱意をもたせることになろう。さもない場合、輸入業者たちに対し謀略をはかったと認めた小売商人(3)たちを、無罪と票決したとかれらが知ったとき、かれらはどのような考えをもつと諸君は思うのであろうか。

二二　これ以上の言葉が必要とは思わない。一般の不正行為者については、何の廉でかれらが裁かれているかは告発者たちの口を通して知るべきであるが、しかし、この者たちの悪徳については諸君全員が知っているからである。かくして、かれらを有罪と票決するならば、諸君は正しいことを行なうことになり、またより適正な価格で穀物を購入することになろう。さもなくば、より高値で［購入することになろう］。

---

(1) 原語は ἔμποροι。海上交易に携わる商人一般を指し、アテナイでは在留外人身分の者または外国人が多かった。次行の輸入業者も交易商人に含まれる。

(2) 監督能力がないという理由で死刑になった役人たち。一六節参照。

(3) 原語は κάπηλοι。国内市場における小売商人を指し、アテナイ市民または在留外人などの国内居住者が多かった。本弁論の穀物商人たちはこれに相当する。かれらは商品を生産者から買い入れる場合と、他の商人から買い入れる場合とがあった。

第二十三弁論　パンクレオン告発——プラタイア人ではなかったこと

概要

アテナイには、告訴された被告がその訴訟を成立不能であるとして逆に訴える「反訴」という制度があり、反訴が提起されると、本訴に先立ってその審理が行なわれ、本訴の被告が先に発言した。本弁論はそうした被告の反訴に対する本訴原告による答弁である。原告は被告を在留外人（用語解説参照）とみなして、在留外人にかかわる裁判を担当するポレマルコスのもとに訴訟を起した。これに対し被告は、自分はプラタイア人であって（三二三頁註（2）参照）、ポレマルコスに対する訴訟提起は無効であるとの異議申し立てを行なった。それに対する原告の反駁である本弁論は、ゆえに、被告はプラタイア人ではないと証し立てることに終始し——序言（一節）、叙述（二—一三節）、論証（四—一五節）、結語（一六節）——、そもそもの係争事は不明なままである。弁論の時期は、「反訴」制度の制定が前四〇三／〇二年とされ、通常はパラグラペと呼ばれるものが、ここではアンティグラペと言われており、いまだ用語の確立が徹底していない初期の言い方であろうと推測されているところから、その制度制定後まもないころのことと考えられる。当時のアテナイ市内の様子を彷彿とさせる一編である。

一　陪審員諸君、この件について事細かに述べることは、私にはできないだろうし、またその必要もないものと思う。とはいえ、このパンクレオン(1)をプラタイア人ならざる者として告訴した件が受理されたのは、いかにも正当であったということ、この点を諸君に明らかにしたい(2)。

二　かれが長期にわたって私に対する不正行為をやめようとしなかったので、私はかれの働いていた縮絨店(3)へ赴き、ポレマルコス(4)のもとへかれを召喚した。在留外人だと思ったからである。ところがこの男は、自分はプラタイア人であると言ったので、私は、ではどの区(5)に属しているのかと尋ねた。かれがその一員であ

---

(1) パンクレオンについてはこの弁論によって知られるのみである。

(2) プラタイアはボイオティア地方に位置するポリスであるが、長年アテナイと友好関係にあり、ペロポンネソス戦争時の前四二七年、ペロポンネソス軍による包囲攻撃の末にスパルタに降伏したが、それ以前にかろうじて脱出に成功しアテナイに逃れた二一二名の市民全員に一括してアテナイ市民権が賦与された（トゥキュディデス『歴史』第三巻二〇―二四、および伝デモステネス五九-九二、一〇四―一〇六参照）。話者は、被告がこのプラタイア人であると自称して提起した反訴に対し、その身分詐称を明らかにしようとしている。

(3) 羊毛製の外衣（ヒマティオン）の汚れを落とし、起毛する店。

(4) 「ポレマルコス」は九人のアルコン（用語解説参照）の一人で、在留外人に関する訴訟はポレマルコスが扱った（『国制』五八-二―三参照）。

(5) クレイステネスの改革（前五〇八／〇七年）によって制定されたアテナイ民主政の基本的行政単位で、一三九の区（デーモス）の存在が確認されている。市民資格を有する者は一八歳で父の所属デーモスに登録された。

ると主張していることになる部族のもとにも召喚したらよい[1]、と私の立会人[2]の一人が勧めてくれたからである。するとかれは、デケレイア区[3]であると答えたので、私はかれをヒッポトンティス部族の裁判員[4]のもとにも召喚したうえで、三　ヘルメス像の並びにある[5]、デケレイア区の人々がよく出入りしている床屋[6]に出かけていって、出会ったデケレイア区の人々に、同区所属のパンクレオンなる人物を知っているかと尋ね回り訊《き》いて回った。しかしかれを知っていると答えた者は誰もいなかったし、かれがほかにもいろいろ、ポレマルコスのもとで、あるいは被告となっていたり、あるいは敗訴したりしていることを聞き知るに及んで、私もまた訴訟手続きをとったのである。

四　そこでまず、私が尋ねて回ったデケレイア区の人々を、次に、ほかにもポレマルコスのもとにかれに対する訴訟手続きをとって勝訴した人々のうち、この場にいる人すべてを、証人としてあなた方に出したいと思う。水を止めていただきたい[7]。

証人たち

五　以上の証拠に意を強くして、私はポレマルコスのもとにかれに対する訴訟手続きをとったのである。ところがかれは、私の告訴は訴えるべき筋の違う無効なものであるとの反訴を提出した[8]ので、私としては、法を無視して横暴なふるまいに出たがっているなどと人に思われないほうが、自分の蒙った不正に対する法的償いを得るよりも肝心だと思い、まず、プラタイア人のなかでも最長老であることがわかっており、最も情報に通じていると思われたエウテュクリトス[9]に、ヒッパルモドロス[10]の子、プラタイア人パンクレオンなる人物をご存じかと尋ねた。六　ピッパルモドロスは知っているが、パンクレオンにしろ誰にしろ、息子があるとは聞いていないとの返答を得たので、さらに私は、ほかにプラタイア人であるとわかっていた人々にも、むろん訊《き》いて回った。かれらは皆、かれの名前を知らなかったが、月の替わり目の日に立つチーズ市に行け

(1) クレイステネスの改革で十部族制が制定され、区（デーモス）はその下部構成単位であった。パンクレオンが市民であれば私訴（用語解説「公訴と私訴」参照）はアルコンに提起するものなど特定の場合を除いて、被告の所属する部族から抽籤で選ばれた四人の裁判員のもとに提起されるわけである（『国制』五三-一-二参照）。

(2) 一般に、訴追しようと思う者は、相手を当該の役人のもとに召喚するにあたって、一人か二人の立会人を伴い、自分で相手のもとに赴いて提訴の内容を告知した。

(3) アッティカ北部の区（デーモス）で、ヒッポトンティス部族に属していた。ペロポンネソス戦争末期の一〇年間はアッティカに侵入したスパルタ軍がここに攻撃の砦を構えていた。そのため戦後の当区の成員たちの生活再建には他の区の場合よりも多くの困難があったと思われる。成員相互間の連絡も途絶えがちだったかもしれない。パンクレオンがデケレイア区の所属だと言ったのはこうした状況を利したとも考えられる。

(4) 上掲註（1）参照。

(5) 北西に位置するアゴラへの主要な入口周辺には数多くのヘルメス像が建てられており、東西に延びていた。ヘルメス像は市内各所に建てられていたが、とくにこの場所がこの言い方で特定されていた。

(6) 床屋をはじめ、靴屋、香料屋等いろいろな店が、人々が立ち寄り集まっては話に興ずる恰好の場となっていたが（本書二十四-二〇、アリストパネス『福の神』三三八行、『鳥』一四四一行等参照）、さらに一定の部族や党派の溜まり場にもなっていたことが当箇所や第二十四弁論一九節からうかがえる。

(7) 私訴の裁判では、原告側、被告側、双方に与えられる時間は訴訟の内容によって異なり、その時間は水時計によって計られた。証言が読みあげられる時間はそのなかには含まれず、その間は水が止められた。『国制』六七-二-三参照。

(8) 概要参照。

(9) この箇所以外未詳。

(10) この箇所以外未詳。

ば、最も正確なところがわかるのではないか、というのは、毎月その日にプラタイア人たちはそこに寄り集まることになっているからだ、と教えてくれた。七　そこで私は、その日にチーズ市に赴いて、かれらに尋ねて回った、あなた方の同胞市民であるパンクレオンなる人物を知っているか、と。すると、皆知らないと答えたなかにただ一人、つぎのように言った者がいた。市民でそのような名前をもった者は知らないが、しかし、自分の奴隷で逃亡した者がいる、それがパンクレオンという名前である、と。そしてこの者の年齢、この者の身につけている技能にも言及したのである。八　以上事実に相違ないことにつき、証人を出したい。最初に尋ねたエウテュクリトス、ならびに、ほかにも私のあたったプラタイアの人々すべて、そしてこの者の主人であるとの言を得た人、これらの人々である。水を止めていただきたい。

証人たち

九　しかも、それから何日も経たないうちに、この当のパンクレオンが、さきほどかれの主人であるとの証言をしたニコメデス(1)によって引きたてられようとしているのを私は目にし、かれに対して、どのような処置がとられるのか知りたいと思い、その場に行ってみた。その時は、悶着がおさまった後、この男の立会人となった者のうち何名かが、かれには兄弟がおり、かれの自由身分の者たることを証し立てるであろう、と述べた。これで了解がつき、翌日(2)［その兄弟を］出頭させるとの保証のうえで、かれらは立ち去ったのである。一〇　翌日、私としては、当反訴およびほかならぬ本訴自体に鑑み、証人を伴ってその場に居合わせるべきだと思ったのであるが、それは、かれの身元を証明することになっている当の人物のこと、またその人物がいかなる主張をしてかれの身柄を取り戻すつもりなのかを知らんがためであった。ところが件の保証にかかわる要件はといえば、兄弟はおろか誰も現われることなく、一人の女性が、かれは自分の奴隷であると申し立て、ニコメデスの言い分に異を唱え、かれを連れていくことは認められないと主張する事態となった。

一一　その場でのやりとりを逐一述べるとなれば、長い話になることだろう。ともかく、当被告の証人たちおよび被告自身がつぎのような暴挙に出たのである。すなわち、ニコメデスのほうでも女性のほうでも、それぞれに、誰かこの男を自由身分の者と証を立てるなり、自分の奴隷であると申し立てて連れていくなりする者があるなら、この男を手放すのにやぶさかではなかったというのに、かれら証人は何ひとつそのようなことをせずに、かれを連れ去って行ってしまったのである。そこで、前日、先の条件にもとづき保証が為されたこと、そして次の日、かれらが力づくでかれを連れ去っていったことにつき、あなた方に証人を出したい。水を止めていただきたい。

証人たち

一三　というわけで、当のパンクレオン自身が、おのれをプラタイア人どころか自由身分の者とさえみなしていないということは、容易に得心のいくところである。つまり、法の手続きに則って自由身分の者としての証を立て、自分を引きたてていこうとした者たちに法的制裁を加えるよりも、力づくで連れ去られるこ

（1）この箇所以外未詳。

（2）諸写本の読みに従えば「アゴラに（出頭させる）」となるが、文脈上および語法上から判断し、修正読みに従う。

とで、自分の友人たちを暴力行為に対する訴訟[1]に追い込まれざるをえなくしてしまうほうをよしとしたような人物は、誰でも苦もなくみてとれることだが、じつは自分が奴隷であることを重々承知しているからこそ、証人を立てて自分の身元を裁きの場で争うことを恐れたのである。

一三　そこで、被告がプラタイア人であるなどとうてい言えないことは、以上述べた点から十分におわかりいただけるものと思う。また、当のこの男自身、自分の立場を十二分にわきまえており、あなた方にプラタイア人と信じてもらえるとは思ってもいなかったということも、かれの実際に為した行動からたやすく理解のいくところであろう。つまりかれは、ここに出席のアリストディコス[2]がかれに対して起こした訴訟の宣誓[3]にさいして、自分に対する訴訟はポレマルコスのもとに訴えられるべき筋のものではないとの申し立てを行なったが、原告側からの異議申し立てによって、プラタイア人ではないことを証言されたのであった。

一四　かれはその証言者に対し［偽証の廉で］告発するとの意志表明はしたものの、訴えを起こすまでにはいかず[4]、アリストディコス勝訴の判決に対してなすすべもなかったのである。そして、賠償金の支払い期限が来ても支払うことができずにいたが、なんとか相手の譲歩を引き出すことができて[5]払い終えたのであった。以上事実に相違ないことにつき、証人をあなた方に出したい。水を止めていただきたい。

証人たち

一五　しかも被告は、そうした支払いの段取りをつける以前、アリストディコスの追及を恐れてこの土地を離れ、テバイに在留外人として住んでいたのである。しかし、もしかれがプラタイア人であるのなら、他のどんな場所にもまして、テバイにだけは移り住むはずがないのであって[6]、それはあなた方も承知されていることと思う。そこで、かれがかの地に長期にわたって居住していたことにつき、あなた方に証人を出したい。水を止めていただきたい。

証人たち

一六　陪審員諸君、以上述べたことで私としては十分だと思う。それらをしっかり心に留めるなら、あなた方が正しくかつ真実なる票決を下すことは私にはわかっているからである。私があなた方に求めるのはただそれだけである。

（1）主人を名乗る者が、自分の「奴隷」を奪い取った者に対して提起することのできる訴訟。
（2）この箇所以外未詳。
（3）予審で原告、被告の双方は提出書類中の主張が真実であることを宣誓した。
（4）法廷で判決の投票が行なわれる直前に、原告、被告ともに、相手側の証言に異議を申し立てる意志を口頭で表明できた。判決が出た後に実際に偽証を告訴するには「偽証に対する訴訟」の手続きをとる必要があった。パンクレオンはこの手続きをとらなかったものと思われる。
（5）減額か分割払いか何らかの妥協が成立したものと思われる。
（6）プラタイアとテバイは長年にわたって敵対関係にあったからである。

第二十四弁論　身体障害者給付金差し止めの提訴に答えて

概　要

話者は、身体障害者としてそれまで国の給付金を受けていたが、年ごとの給付更新にさいし、審査監督にあたる評議会での資格審査で、受給資格に異議申し立てを受けた。本弁論は、その先行する異議申し立ての弁論に対する評議会での反論である。出だしから結びにいたるまで――序言（一―三節）、論証（四―二五節）、結語（二五―二六節）――、肝心の論点にかかわる身の不運についても、貧窮の程度についても、商いの実態についても、具体的に事実が明らかにされることなく、巧妙な修辞表現と理屈の組み立てによって、告訴人に対する皮肉、当てこすり、からかいの調子が全編にみてとれることが特徴とされている。弁論中にある話者自身の政治的な身の処し方への言及から、「三十人」政権崩壊（前四〇三年）後しばらくの時期のものと思われる。

一　評議会の皆さん、私に対してよくぞこの訴訟を提起してくれたと、私は本件の原告に対し感謝したいほどの気持ちです。なぜなら、これまで私には自分の暮らしのことを語るきっかけがなかったのですが、今回この訴訟のおかげでその機会を得たのですから。ですから、私はこの弁論で、この男の申し立ては嘘偽りであり、私の暮らしは今日この日まで称賛に値こそすれ妬まれるいわれはないものだということを明らかにするよう努めたいと思います。というのは、この男が私に対して、場合によっては私を危機的状況に追い込みかねないこの訴訟を起こしたのは、妬み心以外の理由があってのことではないと私には思われるからです。二　まったくのところ、人々が哀れみの情を寄せている者たちに対し、逆に妬み心を抱くような者がいるとすれば、そのような者がいったいどんな悪辣な所業に出ないでいられるとあなた方には思われるでしょうか。なぜなら、かれが金目当てに私に対し提訴常習者(1)の行為に出ているのなら［理屈に合わないわけですし］、もし私を自分の敵とみなして報復に及んでいるのだというのであれば、その言には偽りがあります。私はかれのよからぬ質《たち》のゆえに、今まで一度たりとも、友人としてはもとより敵としてもかれとは交わりをもったことがないのですから。三　評議会の皆さん、今やすでにかれの立場は明白です。かれは私を妬んでいるのです。私が、このような不幸を抱えてきた身であるにもかかわらず、市民としてかれより立派であるということで。評議会の皆さん、身体上の欠陥は精神のはたらきによって補うべきだと私は思うのです。もし私が身体上の不幸に見合った思いを抱き、暮らしを営むならば、私とかれとでどこが違うことになるでしょうか。四　これらの点については話は以上にしておきたいと思います。そしてこれから私が話さねばならない事

（1）用語解説参照。

柄については、できるだけ手短かにお話しするつもりです。原告の申し立てては、私が国の給付金(1)を受けるのは正当ではない、なんとなれば、身体的に問題があるとはいえず、身体障害者の範疇には入らない、また商いについても給付金がなくとも暮らしていけるだけの営みができている、というものです。五　そして、身体的に立派に力がある証拠として私が馬に乗っていることを、また商売上潤っている証拠として私が金を費やすことのできる人たちとつきあえていることを挙げています。さてしかし、商売上潤っているということについて、また私の生活全般について、それがどのようなものであるかは、あなた方全員が十分にご承知のことだと私は思うのですが、それでもやはり私自身の口から簡単に申し述べたいと思います。六　父は私に何ひとつ財産を残しませんでしたし、母が亡くなってその扶養の必要がなくなってからやっと二年にしかなりません。それに私には面倒をみてくれる子供もいまだにいないのです。商売を営んではいますが、その収益たるや微々たるものですし、自分一人の力ではもはやその仕事をすることもおぼつかないありさまなのです。かといって、誰か代わりに仕事をしてくれる人を見つけることもまだできません。収入の道としては私にはこの給付金のほか何もないのです。皆さんがこれを取りあげるとなったら、私は最も悲惨な境遇に陥ることになりかねません。七　ですから、評議会の皆さん、あなた方は、私を正当な理由のもとに救うことができるというのに、不当な仕方で私を破滅させてはなりません。私が若くてもっと力もあったときにはあなた方が与えていたものを、歳をとり力もなくなっていく今になって取りあげてはなりません。以前には格別困った状態にない人たちにさえ最大級の温情を寄せるものと思われていたのに、今になってこの男のせいで、敵の眼にさえ哀れとうつる者たちを手ひどく扱ってはなりません。私をことさらに不当に扱うことで、私と同じ境遇にある人々にまで無力感を抱かせてはなりません。八　じっさい、おかしな話ではありませんか、評議会の皆さん、私の不幸がただの不幸だったときには、私のこの給付金受給は当然のことだったというのに、いま、老齢や病やそれらに伴う諸々の不幸がさらに私にふりかかってくるころになって、それを取りあげられるとは。九　私の貧窮がどれほどのものであるかは、原告のみが世の誰にもまして明白に示しうるところであると私には思われます。すなわち、万が一この私がコレゴス(2)として悲劇の上演費用を賄わねばならなくなり、かれに財産交換(3)の申し出をする事態になったとしたら、かれは一回の財産交換よりもコレゴスを一〇回務めるほうを取ることでしょう。(4)じつに恐るべきことではありませんか、いまかれは、私が金銭的に大いに潤っていて最も金のある連中と対等につきあうことができると言って、私を訴えているのですが、もし、事態が私の述べているとおりなら、かれがこんなふるまいに出るとは。まったくこれ以上にひどいこと

(1) アテナイにおける国の給付金支給制度については、戦傷者は国費で養われるとする法がソロンないしはペイシストラトスによって定められたとプルタルコスが伝えており(『ソロン伝』三一)、前四三一年のペリクレスの国葬演説には、戦死者の遺児は成年に達するまで国の費用で養育されるとの言及がある(トゥキュディデス『歴史』第二巻四六)。おそらく前五世紀末までには、貧窮者や身体障害者など生活困窮者に対しても国による給付金支給の制度が設けられており、その資格審査には評議会があたっていた(『国制』四九-四参照)。

(2) 演劇や合唱抒情詩上演の際にコロス(合唱隊)の費用を負担する世話役。この負担は公共奉仕(用語解説参照)の一つで、とくに多額の出費を要するものであった。

(3) 用語解説参照。

(4) 自分の貧窮を訴えるのに、貧窮者には無縁の富裕市民間の「かけひき」をひきあいに出した大げさな想定をすることで、皮肉な調子が出る修辞。

があるでしょうか。

一〇　私が馬に乗れるということについては、この点をこの男は、運命に対する恐れの気持ちも、あなた方に対する恥の気持ちも感じることなく、大胆にもあなた方の前にもちだしたわけですが、話は簡単です。なぜなら、私は、評議会の皆さん、何らかの苦痛を抱えている人なら誰でも、わが身の蒙っている災いに対し、できるだけ苦痛が和らぐような措置を講ずること、これをひたすら求め、これに努力を傾注するものだと思うからです。私もそうした人々の一人にすぎません。このような境遇に陥っているうえは、馬に乗ることが、遠距離を行く必要上、わが身にとって楽なやり方だということに思い至っただけなのです。一一　私が馬に乗るのは、わが身の不運のせいなのであって、この男の言うように、傲慢のなせるわざではないということ、このことの最大の証拠は、評議会の皆さん、つぎの点です。つまり、もし私に財力というものがあるのなら、クッション鞍付きのラバに乗って出かけるところであって、人から借りた馬になど乗るわけがない。現状たるや、そのような乗り物を調達できないからこそ、折につけ人の馬を使わせてもらわざるをえないのです。一二　まったくもっておかしな話ではありませんか、評議会の皆さん、この男は、私がクッション鞍付きのラバに乗っていくところを見ても、［障害者だからと］何も言い出さないでしょうに（じっさい、何が言えるでしょうか）、私が人から借りた馬に乗ることで、身体上問題のない者だということをあなた方に説得しようというのですから。また、他の人たちは杖一本なのに私は二本使っているからといって、これまた身体上問題のない証拠であるなどと告発することはないでしょうに、私が馬に乗ることを、身体上問題のない者である証拠としてあなた方にもちだしているのですから。杖も馬も私は同じ理由で使っているというのに。

一三　かれの恥知らずたるや万人に勝ることかくも甚だしく、だからこそ、かくも多数のあなた方に対しわずか一人で、私が身体障害者の範疇に入らないことを説きつけようとしているのです。それにしても、もしかれがあなた方の何人かにこのことを納得させる事態にでもなれば、評議会の皆さん、私が九人のアルコンの一人に籤で選ばれることを妨げるものは何もなくなるのです(1)。そして、あなた方が、身体上問題ないとして私からは一オボロスを取りあげ(2)、この男には満場一致の票決で、かれが身体障害者であると認めることを妨げるものも(3)。なぜなら、同じ一人の人物でありながら、あなた方のほうでは身体上問題ない者であるとしてその給付金を取りあげ、役人たちのほうでは身体障害者であるとして籤で選ばれることを禁ずるなどということはとうていありえないでしょうから。一四　しかし実際上、あなた方はこの男と同じ考えを抱いているわけではありませんし、この男も利口に立ちまわっているわけではありません。なにしろ、この男のほ

(1) 身体障害者をアルコンに抽籤することはできなかったことが、当箇所から知られる。アルコンについては用語解説参照。
(2) 一日の給付額。『国制』四九-四では二オボロスとなっている。なお、前五世紀末の熟練職人の日当は通常一ドラクメ(六オボロス)であった。貨幣の単位については凡例参照。
(3) 自分を身体障害者ならざる者とするのは、まったく障害のない者を障害者とするに等しい言語道断なことだという、これもまた皮肉たっぷりの修辞的表現。

うは、私のこの身の不運に対してまるでそれが家付き娘[1]でもあるかのように、自分に権利があると言いたてようとここにやって来て、あなた方に向かい、私のことを皆さんが現にいま目にしているような者ではないと説きつけようとしているのですが、あなた方のほうは（ちゃんと思慮ある人なら当然のことながら）、この男の言うことよりも自分自身の目のほうを信じているのですから。

一五　かれが言うには、私は傲慢で、粗暴で、ひどく破廉恥なやつなのだそうです。まるで恐るべき言葉を使えば真実が語れるが、穏当な言葉遣いではそうはいかないかのようです。しかし、評議会の皆さん、あなた方ははっきりと見分けなければならないと私は思います。人間のなかで傲慢なふるまいのできる人間と、そんなことはそもそもできない人間とを。一六　つまり、傲慢なふるまいに及んでしかるべきは、貧乏でひどい困窮状態にある人たちではなく、生活必需品よりもはるかに多くの物を所有している人たち、肉体の不自由な者たちではなく、自分の肉体の力をことさら恃みにしている者たち、すでに齢を重ねている者たちではなく、まだ若くて頭のめぐりも若い者たちなのです。一七　というのも、金持ちは金の力を行使して自分たちの危険を免れるのですが、貧乏人は自分のおかれている困窮状態によって、いやでも慎ましい態度をとらざるをえないのですから。また若者は、自分たちが何をしようと年上の者たちには当然許してもらえるものと思っているのに対し、年上の者が過ちを犯そうものなら、かれらには老若を問わずいずれからも非難の矢が浴びせかけられるのですから。一八　また、力のある者は、自分たち自身は何の仕打ちも蒙ることなく思いのままに人を傲慢に扱うの対し、力のない者は、傲慢な扱いを受けても相手から身を護ることもできず、傲慢にふるまいたくても相手に力の及ぶところではないのです。ですから、私には、原告は私が傲慢だということを真面目に問題にしているのではなくて、ふざけて言っているのであり、私がそのような者であるとあなた方に信じさせたいと思ってのことではなく、私を茶化して何か気の利いたことでもしているつもりになりたいがために言っているのだと思われるのです。

一九　さらにまたかれは、私の店が大勢のごろつきどもの溜まり場になっていて、自分たちの財貨は浪費し、財貨を守ろうとする者たちには企みを抱いていると主張しています。しかし、あなた方は皆気がつくはずです。そんなことを言えば、他の商いを営んでいる者たちも私に劣らず告発の対象となってしまうし、他の店に通う者たちも私の店にやって来る者たちと同様告発されることになってしまうということを。**二〇**なぜなら、あなた方にしてもそれぞれ、香料屋だとか、床屋だとか、靴屋だとか、たまたま行くようになった店だとか、常日頃よく立ち寄る店があるはずです[2]。それもたいていの人はアゴラ[3]近くに店を構えている者

(1)「女子相続人」のこと。父の遺産を継ぐ男子がいなかったり死亡たりした場合、その娘が父方の最も近親の男性と結婚しなければならなず、遺産は、その結婚によって誕生した男子に、その子の成人とともに渡る仕組みであった。そのような女性のことを「女子相続人（エピクレロス）」というが、正確には女子には相続の権利はいっさいなく、「家」の財を守りその存続をはかるための、いわば「道具」にすぎなかった。ゆえに「家付き娘」とも訳される。そうした女性の夫は、息子の後見人として、その財産を自由に管理運用することができ、それによって自分自身の財を増やすこともできたため、資産豊かな場合にはとくに、女子相続人との結婚を望む近親者がその権利をめぐって訴訟を起こすこともあった。そのような社会現象を映す比喩には相手に対する皮肉なからかいの調子がみられる。

(2) 三二五頁註（6）参照。

(3) 二八三頁註（1）参照。

のところに出入りしていて、アゴラから遠く離れた店に出入りする者はあまりいません。ですから、あなた方のなかで、私の店にやって来る者たちに、悪巧みを企んでいるとの非難を浴びせる者がいるならば、他の店で時間をつぶしている者たちにも同様のことをせねばならないのは明らかです。そしてかれらに対してそうするなら、アテナイ人は皆、非難の対象とならざるをえない。なぜなら、あなた方は皆、いずれかの店に出入りして、時間をつぶすのを日常にしているのですから。

二一　しかし実際のところ、私は、かれの述べたてたこと一つ一つに事細かに反論して、これ以上あなた方をうんざりさせる必要があるとは思いません。なぜなら、私はもう肝心の点については語り終えたのであれば、どうしてこの男と同じようにつまらないことに一生懸命になる必要があるでしょうか。私としては、評議会の皆さん、あなた方全員にお願いするだけです。私の件についてはこれまでと考えを変えないでいただきたいと。二二　運命が唯一私に分かち与えてくれた祖国のこの恩恵を、この男のために私から奪い取ってはなりません。以前にはあなた方が全会一致で私に与えたものを、今になってこの男一人に説き伏せられて取りあげてはなりません。なんとなれば、われわれから最も大事なものを奪ったのは天命なのであって、だからこそ、国はわれわれに、運命は善きにつけ悪しきにつけすべての者に平等にふりかかるのだと考えて、この給付金の支給を票決したのですから。

二三　ですから、この上もなく素晴らしく大事なものをわが身の不幸ゆえに奪われているのに、そのうえ、国が私のような境遇にある人たちのことをよく慮って与えたものを、この告発のゆえに万が一にも奪い取られることになれば、私はなんとも惨めきわまりない者になってしまうでしょう。評議会の皆さん、そのような票決をけっしてしてはなりません。じっさい、どんな理由であなた方が私に対しそのような票決に走るなどということがあるでしょうか。二四　誰か私ゆえに裁きにかけられ財産を失ったことがあるからでしょうか。いや、それを証し立てできる者など一人もいないでしょう。では、私が差し出がましく、すぐ頭にきて、喧嘩っぱやいからでしょうか。いや、私はそのようなことを恃みに暮らしを立てられる身ではありません。二五　では、私がひどく傲慢で粗暴だからでしょうか。いや、他の嘘同様、このことについても嘘をつく気がないかぎり、かれ自身からして言い出しはしないでしょう。では、「三十人」政権[1]の時に私が権力の座について多数の市民たちを弾圧したからでしょうか。いや、私はあなた方多数派[2]とともにカルキスに亡命したのです[3]。かれら「三十人」政権の者たちとともに市内で暮らすこともできたのに、あなた方とともにアテナイを去って危険を冒すほうを選んだのです。二六　それゆえ、評議会の皆さん、私は何ひとつ悪いことはしていないのですから、あなた方から多くの罪を犯した者たちと同様の扱いを受けることがあってはなりません。私については、これまでの評議会と同じ票決をしていただきたい。私は、自分の扱かった国の金のことを説明しているのでもなければ、自分の就いていた職務についていま審査を受けている[4]ところでもなく、ただただ一オボロスのことでこの弁論を為しているのだということをよくよく心に留めて。二七　このように

---

(1) 解説（三）参照。
(2) 一五七頁註（3）参照。
(3) 前四〇四年、「三十人」政権によって民主政が覆されたとき。カルキスはエウボイア島の主要なポリスで、古くからアテナイと関係が深かった。
(4) 用語解説「執務審査」参照。

して、あなた方は全員正しい判決を下すでしょう。そして、その判決を得て私はあなた方に感謝の念を抱くでしょうし、この男はこの先学ぶでしょう、自分より弱い者に対して企みをもつことではなく、自分と同等の者にこそ力をふるうことを。

第二十五弁論　民主政破壊に関する弁明

概　要

再建民主政のもとでの役職者資格審査(用語解説参照)にさいして、旧市内派であるとの理由で異議を唱えられた富裕な一市民(名は出ていない)が、自分の就任資格を認めさせる目的で、「三十人」政権下で市内にとどまった者が必ずしも民衆に敵対する者ではないと弁明する弁論。寡頭派も民主派も生まれよりもむしろ利によって結びつき、さらにそれぞれがその内部に複雑な差違や矛盾をもっていることを、対置や平行の技巧を多用した入念な文構造と冷静かつ辛辣な論法によって述べている(解説(二)参照)。告発者は亡命から帰還した民主派の複数の市民(二五節)である。法廷は陪審廷であるが、通常の法廷弁論の形式をとらないのは、自分の政治的立場の表明という内容のためであろうか。政治的なパンフレットという見方もある。序言(一―六節)で双方の主張の大筋が示され、一般論と実例とを重ねた提題(七―一一節)がある。論証は自分自身の場合(一二―一七節)と、それをさらに自分と同様の立場にいる者たちに拡大した形をとり(一八―二四節)、それとの対比で相手方への一段ときびしい糾弾(二五―三一節)がなされて陪審員たちへの強い呼びかけ(三二―三五節)が続く。末尾は欠落しているが、それはもう長いものではないと思われる。制作年代はエレウシスに退いた者たちとの和解成立から間もないころで、前四〇〇年前後と推定される。

一　陪審の市民諸君、私は諸君がこのような告発弁論を聴き、過去の事件を想起して、当時市内にとどまった者たち[1]全員に対して等しく怒りを抱いても咎めはしない。だが告発者たちには驚き呆れる。かれらは自分のことは棚に上げて他人の私事に介入しているのだ、もしかれらが、何の悪事もしていないのは誰か、多くの罪を犯したのは誰かをはっきりと知っていながら、何らかの利益を得ようとか、[2]われわれ全員に関してこのような判断[3]をもつように諸君を説得しようとか努めているのであれば。二　さて、もしかれらが、「三十人」[4]が国家に対して為したことに関して私を告発しているつもりであるならば、かれらは無能な弁論者であると私は思う。かの「三十人」が為したことのごく小さな部分さえもかれらは語ってはいないのであるから[5]。だがもしそのことについての弁論を、何か私に適用すべきものとしてかれらが行なっているのならば、私は、原告たちはまったく偽りを述べているのであって、私自身はペイライエウス派の人々の中でも最良の者が市内にとどまったとした場合と同様であった、ということを示すであろう。三　陪審の市民諸君、私は諸君に、これら提訴常習者ども[6]と同じ判断をしないでもらいたいと願う。なぜならかれらの仕事は、何の過誤も犯したことのない人々にさえも訴訟を起こすこと（そういう人々からこそ、いちばん利得があるだろうというので）であるが、諸君の仕事は、何の不正も行なっていない人々を〔旧市内派も旧ペイライエウス派も〕同等の立場で国政に参加させることだからである。このようにすれば諸君は、回復されたこの政体のために最大多数の味方をもつことになろうから。四　陪審の市民諸君、もしかりに私がいかなる災禍にも責任がなく、私の身体と財産とをもって[7]国家のために多くの善いことを為したことが明らかになったら、私は少なくとも、善行を為した者たちのみならず何の不当な行為もしていない者たちが諸君から当然受け取ることになる、そういうものだけは受けてしかるべきだと考える。五　さて、つぎのことはその有力な証拠になると思う。すなわちもし告発者たちが、私に私的な不正行為があるとして反論することができるならば、かの「三十人」の罪過を理由に私を告発することはないはずであり、かの者たちの為したことのゆえに他の人々を中傷する必要があるとも思わず、まさにいま不正をはたらいている者たちにこそ報復すべきだと思うであろう。ところが実際は、かれらはいま、何の悪事も為さなかった人々まで滅ぼすには、かの者たちに対する憤りだけで十分であると考えているのである。六　しかし、ある人々が国家に対して多くの善い事の原因となった場合に、その人々が受けるべき名誉や感謝を、他の人々が諸君から受けたり、またある人々が多くの悪事をはたらいた場合に、その人々が受けるべき非難や中傷を、何の不正も為していない人々が受けたりするとい

（1）「（「三十人」体制下で）市内にとどまった者」（市外退去を命じられなかった「三千人」であろう）という表現は、反民主派を意味するレッテルのように用いられたらしい。本書十六-二三、二十六-一六、およびリュシアス作品パピルス断片（P. Lond. Inv. 2852＋P. Ryl. 489）『市内にとどまったエリュクシマコスのための弁明』など参照。

（2）底本は「何らかの利益を得ようとか」を削除する案を採る。

（3）有罪とする判断をいうが、「このような」は明確さに欠けるとして「同一の」に修正する読み方もある。

（4）「三十人」および次の「ペイライエウス派」（「市内派」とあわせて）については解説（三）参照。

（5）話者自身が「三十人」の為した悪をよく見知っていて、しかもそれを批判する立場をとることを示す。

（6）用語解説参照。

（7）出征と公共奉仕をしたこと（一二節）をいう。

うのは、正当ではあるまい。ポリスに敵対する者たち[1]、不当な中傷に陥っている人々を大きな利得の源だと考える者たちはすでに数多いのである。

七　私は諸君に、市民のなかで誰が寡頭政を望み、誰が民主政を望むのが当然であるか、私の思うところを示すよう努めたい。というのは、それにもとづいて諸君は判断を下すであろうし、私のほうは私自身の弁明をするであろうから。私はその際に、民主政下においても寡頭政下においても、私が為してきたことは、何ひとつとして多数の諸君に悪意をもって為されたもの[2]ではない、ということを示すであろう。八　さてまず第一につぎのことを心に刻んでおくべきである。人間は誰ひとりとしてその生まれによって寡頭派になったり民主派になったりする者はいないのであって、いずれの政体が各人にとって利益をもたらすかによって、その政体のほうが立てられることを望むのである[3]。したがって、大多数の人間がいま現在の国政を支持するためには、諸君の果たす役割が非常に大きい[4]。それが私の言うとおりであることは、以前に起こった事柄から諸君は容易に知ることができよう。九　諸君は見たではないか、陪審の市民諸君、二つの政体それぞれの指導者たちがいったい何度、方向転換したか。プリュニコス[5]、ペイサンドロス[6]およびかれらとともにいた民衆指導者たちは、諸君に対して多くの罪過を犯したために、その報復を恐れて第一次寡頭政[7]を立て、その「四百人」の多くの者はペイライエウス派の人々とともに帰還したが、「四百人」を追放した者たちの何人かは、今度は自分たちが「三十人」のメンバーに入ったではないか[8]。エレウシスへの移住登録をした人々のなかには、［移住せずにとどまって］ここを基地として諸君とともに打って出て、自分たちの仲間を包囲攻撃した人々もいたではないか[9]。一〇　であるから、陪審の市民諸君、かれらの間での敵対関係が政治体制をめぐってのことではなく、各人に私的にもたらされる利益をめぐってのことである、と知るのは難しいことではない。したがって諸君はつぎのような観点から、すなわち民主政のもとで市民としてどのように政治に参加したかを調べ、一連の政治的変動がかれらに何か利益をもたらしたのかを問うことによって、市民たちの資格審査をすべきである。このようにしてこそ諸君は市民に正当な裁判をすることができるであろうから。一一さて思うに、民主政下で、執務報告をしなかった(10)結果市民権を剝奪されていた人々や、もっていた財産を奪われた人々や、この類いの不幸に見舞われた人々は、変革することが自分たちに何らかの利益になるであろ

(1) 弁論の年代が前三九九年とすると、外ではスパルタとの抗争(ディオドロス『歴史』第十四巻三九)、内にはソクラテスの裁判にもみえるように、アテナイ内外の敵たちが意味されていよう。
(2) 一五七頁註(3)参照。
(3) 同様の考えが、それぞれ異なる裏づけをもってイソクラテス八-一二三、アイスキネス三-一六八にも述べられている。
(4) 自分が為した貢献(一二節以下)を念頭に、諸君がここで私の就任資格を認めることが現民主政の維持(諸君の利益)につながる、という。
(5) 本書十三-七〇以下、二十一-一およびニ九一頁註(3)参照。
(6) 本書七-四および九三頁註(4)、十二-六六参照。
(7) 前四一一年春から夏の「四百人」体制を指す。
(8) 最も有名な例はテラメネスであろう(本書十二-六五-七八、トゥキュディデス『歴史』第八巻六八参照)。
(9) 和解協定の条件の一つにより、市内派のうち希望する者は登録のうえで「三十人」の退去先エレウシスに移住することができた。「包囲攻撃」は前四〇一/〇〇年、エレウシス方との最終的な和解にいたるまでの紛争を指す(『国制』三九-一-五、四〇-一、四、『ギリシア史』第二巻四-三八-四三)。
(10) 「しなかった」の否定辞は補入。「執務報告をした結果」は「市民権を剝奪されていた」への欄外古註であってそれが伝承の過程で本文に紛れこんだものであるとする解釈もある。「市民権剝奪」については八一頁註(2)参照。

うと期待して、異なる政治体制を欲しても当然であろう。他方、民衆に対して多くの善事を為して悪事はけっして為さず、為した事態の罰を受けるよりはむしろ諸君の感謝を受けるはずになっていた人々は、たとえ現在国政にあたっている者たち全員がかれらを寡頭派であると主張しても、この者たちから中傷を受ける筋合いはないのである。[1]

一二　さて陪審の市民諸君、私自身には、私的にも公的にも、当時[2]一度たりとも、目前の窮状から解放されたいがために異なる体制を待望するようないかなる災禍もふりかかることはなかった。なぜなら私は、三段櫂船奉仕は五回も為し、四回も海戦に出征し[3]、今次大戦においては臨時財産税も多額に納め、他の公共奉仕も[4]、どの市民にも劣らず実行してきたのである。一三　しかも、国から命じられた額よりもつねに多額を拠出したのであるが、これは諸君からなおいっそう立派な者と認めてもらうためであり、また、もし私に何らかの禍が起こった場合に、より有利に裁判を進めたいというつもりがあったからである。[5]「三十人」支配の寡頭政下にあっては、そういうことは何も私には与えられていなかったのであるが。[6]というのはかれらは、一般民衆にとって何らかの善事の原因となった者たちにはかれらのほうから感謝して当然だとは考えず、諸君に対してあらゆる害を為した者たちを高い地位につけた。諸君に害を為すことがかれら[7]「市内にとどまった者たち」からの忠誠の保証だとしたのである。誰でも、以上のことを心に刻み、この者たちの言葉を信用するのではなくてその行動から、この者たち各人によって為されたことを調べる必要がある。一四　陪審の市民諸君、私は「四百人」のメンバーであったことも[8]ない。告発者の中から誰でも出てきて反駁してみるがよい。さらに、「三十人」政権の時代になっても、誰ひとりとして私が評議会のメンバーであったとも、いかなる役職に就いたとも、示すことはできないであろう。さらに私は、[当時]役職の座にあることも可能であったのにそれを望まなかったのであるから、今こそ諸君から役職の名誉を受けるのが正当なのである。他方、もし私を国政運営に参与させるべきではないと考えたのが当時の権力者たちであるということなら、告発者たちの申し立てが偽りであると証明するのにこれ以上明白な根拠は、いったいどこにあろうか。

一五　さらに陪審の市民諸君、私が為したことで考慮してもらいたいことはほかにもある。それは、私は、この国が災禍のなかにあったとき、もし皆が私と同意見であったならば諸君の誰ひとりとしていかなる災禍

(1) 伝承どおり読んで告発者たちを指すと解する。「このことに対する」(底本)、「このことについて」の修正読みもある。

(2) 「四百人」体制崩壊後ペロポンネソス戦争敗北までの民主政下と解する。

(3) 前註の期間中には、キュジコス(前四一〇年)、ノティオンとミュティレネ(前四〇七年)、アルギヌサイ(前四〇六年)、アイゴス・ポタモイ(前四〇五年秋)と四回の海戦があった。

(4) 用語解説参照。

(5) 公共奉仕をはじめとするポリスへの貢献の目的をこのように明言する例はこの箇所以外にも多い(本書十六-一七、二十一-三二、二十一-一七。表現はやや異なるが同趣旨では三-四七-四八、十八-二一、なお七-三〇-三一、十二-二〇など)。富裕な人々はつねに自分が被告の立場になりうることを念頭において行動していたと読めるし、またそのような貢献のあり方が法廷の共感を呼ぶものであったと推測できる。

(6) 貢献の見返りとしての名誉や高い地位をいうと解する。

(7) 内容的には「一般民衆」と別のものではなくそのままで対置文になるところを、「諸君」によって聴衆を指さして、かれらも被害者つまり話者の側であることを強調する。なお本書三十四-一一参照。

(8) これも民主政再建後に告発の材料として濫発された非難であった(本書二十-七)。

をも受けなかったであろうような、そのような者として身を処した、ということである。というのは寡頭政のもとで私によって略式逮捕[1]された者など誰ひとりいないことが明らかになるであろうし、敵だからといって報復された者は一人もいないし、一六　味方だからといって善い扱いを受けた者は一人もいないことが明らかになるであろうから（しかもこれは驚くべきことではない、当時にあっては善行をするのは困難であり、過ちを犯すのは、その気なら誰にも容易だったからである）。じっさい私がアテナイ市民の名簿[2]に誰ひとりも書き入れなかったこと、仲裁[3]にさいして誰に不利な裁定をしたこともなく、諸君の不幸を利用して私腹を肥やすこともなかったことが明らかになるであろう。しかも諸君は起こった禍の原因となった人々に対して怒りを抱いているのであるから、何の罪過も犯さなかった人々は諸君から善い人々であると認められるのが理の当然といえる。一七　さて陪審の市民諸君、以上で私自身に関する民主政への忠誠の保証としては最大限のものを提供したと考える。というのは、当時これほど多くの権限を与えられていながら何の罪過をも犯さなかった私のような者は、誰であれ、今こそ必ずや有用な人間でありたいとすすんで望むであろう。もし不正な行為をすればただちに罰せられるとよく心得ているからだ。不正など起こりえない。私はつねに、寡頭政のもとでは他人の物を欲することなく、民主政のもとではわが物をすすんで諸君の用に費やすことを信条としているからである。

一八　陪審の市民諸君、思うに、諸君が、寡頭政のもとで何の悪事も蒙らなかった者たちを憎むのは正当ではないであろう、一般民衆に対して過誤を犯した者たちに怒りを抱くのは許されることであるが。また、追放にならなかった人々を敵と考えるのではなく、諸君を追い出した人々を敵と考え、自分の財を救うのに熱心であった人々をではなくて他人のものを取りあげた人々を、自分の身の安全のために市内にとどまった人々をではなくて他人を亡き者にしようと望んで事に加担した人々をこそ、敵と考えるのが正当であろう。もし諸君が、悪事をはたらいたかの者たち〔「三十人」〕の手を逃れた人々は諸君の手で罰せられるべきだ、と考えるのなら、市民のうち生き残る者は誰ひとりいなくなるであろう。

一九　陪審の市民諸君、次のことからも考えなくてはならない。諸君全員が知っているとおり、先の民主政においては国政に与る人々のなかでも公金を横領する者は多かったし、諸君の利益に反して収賄行為をする者たち、誣告によって同盟諸国を離反させた者たちもいた。(4) そしてもし「三十人」がこのような者たちだけを懲らしたのであれば、諸君でさえかれら「三十人」を善い人々だと考えたであろう。(5) しかし実際のところは、かれらが、収賄や誣告をした連中の罪過を理由に一般民衆に対して不当な仕打ちをしても許されると

(1) 用語解説参照。

(2) リュシアス作品パピルス断片(『市内にとどまったエリュクシマコスのための弁明』一一六—一一八行)やイソクラテス一八-一一六、二一-二に「リュサンドロス付き市民の名簿」として言及されているものと同一で、「三十人」政権の後盾をしたスパルタの指揮官のもとに兵として送るべき市民の名を記載したと推定される。

(3)「仲裁係」(一一一頁註(5)参照)による裁き。

(4) みずから「民衆の番犬」を任じて(アリストパネス『騎士』一〇一七行)同盟諸国の不利になる訴訟を起こし、その結果アテナイから離反させるような提訴常習者たちをいう(イソクラテス一五-三一八参照)。

(5)「三十人」が最初期にとった政策についてリュシアス自身が下した評価は、本書十二-五にうかがわれる。

考えたので、諸君は、少数者の行なった不正行為が国全体に共有のものとなるのは恐ろしいことだと考えて、かれらに憤りをもったのである。二〇　したがって、かの者たちが犯したことを［今またここで］諸君が為すのはよくないことであり、諸君が被害者の立場にあるときは不正を蒙っていると思ったそのことを、他人に対して為すときには正当なことであると思ってはならない。そうではなくて、亡命当時諸君が自身についてもっていたと同じ判断を、帰還した今は他人についてもってもらいたい。それによってこそ、諸君は［和解の］合意を完全なものにするであろうし、このポリスも非常に強力になるであろうし、諸君は、敵対者には完膚なきまでの打撃となるような投票をするであろう。

二一　陪審の市民諸君、「三十人」体制のもとで起こった事態にも深く思いを致すべきである。諸君が、敵たちの過ちを教訓にして諸君自身のことについてよりよく議することができるように。というのは諸君は、市内派の意見が一致していると聞くたびに、われら［市内派］の合意が亡命中の諸君にとっては非常に大きな障害であると考えて、帰還の望みはあまりもたなかった。二二　ところが、「三千人」[1]が内紛を起こしており、それ以外の市民たちが市中への立入りを禁止されており[2]、「三十人」内部にも意見の対立があり[3]、諸君のために事態を憂慮している人の数のほうが、諸君に敵対する人の数より増えているということを知るに及んで、その時やっと諸君は、帰ってきて敵たちを罰しうるという見通しをもつにいたったのである。帰ってきて諸君が見たかれらの情況は、まさにそれこそ諸君が、亡命中の諸君に力があるから帰還できるというよりは「三十人」の悪辣さのおかげで救われる可能性のほうがはるかに高いだろうと考えて、神々に願っていたとおりのものであった。二三　さて陪審の市民諸君、諸君は以前に起こった出来事を先例として利用して、将来あるべきことを議論せねばならない。そして、諸君が心を一つにすることを願いつつ、それこそがこのポリスにとっての救いであり、敵たちに対する最大の報復であるとの認識にたって誓いと和解協定を守るような人々をこそ、最も民主的であると認めるべきである。なぜなら、敵たちにとっては、われらが国政に参加していることを知り、市民相互間に苦情や告発は何ひとつなかったかのごとき情況であると気づくことこそ、最大の痛手となるのであるから。二四　陪審の市民諸君、心してもらいたい、現在追放されている者たち[4]は、諸君から不当な扱いを受ける者は自分たちの味方になるであろうと期待して、市民のうちできるだけ多くの人々が中傷されたり、市民権を奪われたりすることを望んでいるのである。かれらはまた、提訴常習者たちが諸君のもとで名声を得、ポリスにおいて大きな力をもつことを歓迎するであろう。その悪辣さが自分たちにとっては救いだと考えるからである。

二五　「四百人」の後に起こった事態も言及に値する。告発者たちの忠告が諸君の利益になったことはいまだかつてなく、私が勧めることはいずれの体制にとってもつねに利をもたらしている、ということを諸君

(1)「三十人」が参政権と武器の所持を許可するとして登録した三〇〇〇人のアテナイ市民をいう（『国制』三六、三七、『ギリシア史』第二巻四-二三）。

(2)テラメネスの処刑後、「三十人」は登録簿に載っていない市民を市内立入禁止とし、さらにかれらの所有地からも追い出して土地を取りあげた（『ギリシア史』第二巻四-一）。

(3)最も顕著な例はクリティアス対テラメネスであろう（『ギリシア史』第二巻三-一五―五六）。

(4)「三十人」の生き残りのメンバーや「十人」の役職者（本書十二-五四参照）およびかれらの同調者・支援者たちなどが考えられる。

はよくわかるであろうから。諸君は、エピゲネスもデモパネスもクレイステネスも、(1) 私的にはこの国の災禍から収穫を得たが公的には最大の悪事の原因になったということを知っている。二六　すなわちかれらは、諸君を説得して何人かの人々に対する裁判ぬきの死刑票決をさせ、多くの人々の財産を不当に没収し、市民のある者たちを追放して市民権を剝奪したのである。かれらは一方で、罪過を犯した者たちを、金銭を受け取ることによって提訴せずにおきながら、他方で、何の悪事も犯していない者たちを、諸君のところへ引いてきて死刑にするほどであった。そしてこの国を内乱と最大の禍に陥れて自分たち自身は貧困から富裕へと成り上がるところへゆきつくまでやめなかったのである。二七　しかし諸君のほうは亡命していた者たちの帰国を受け入れ、市民権を失っている者たちにそれを回復させ、また他の人々とは合意の誓いをたてるという策をとった。(2) 最終的には民主政下の提訴常習者たちに報復をするほうが、寡頭政における支配者たちに報復をするよりも諸君にとっては快いことだったであろうに。しかも［そのほうが］理の当然ではないか、陪審の市民諸君。なぜなら、一方で、寡頭政において不正に国政を司る人々がいたために現在は民主政になりつつあるのだが、他方、民主政において提訴常習者たちがいたために、二度にわたって寡頭政がたてられた、ということはすでに誰の目にも明らかなことだからである。したがって、諸君がこれまでその忠告に従ってよかったということが一度たりともなかったこのような忠告者を何度も使うことは得策ではあるまい。二八　またつぎのことを考慮すべきである。すなわち、ペイライエウス派の人々のなかでも最高の評判を得ていて、これまでに最大の危険を冒し、諸君に対して最も多くのよきことを為してきた人々でさえ、すでに何度も多数の諸君に向かって、誓いと和解協定を遵守するよう勧告した、ということを。(3) それこそが民主政の砦となると考えてのことである。すなわち、市内派の人々には過ぎた事態について咎めなしとすること、ペイライエウス派の人々にはできるかぎり長期間にわたってこの政体が維持されること、であろう。二九　諸君としてもその人々を信用するほうが、ここにいる私の原告たち(4)を信用するよりよほど正当であろう。この者たちは追放中のところを他人の力で助けられ、いったん帰ってきてしまうと提訴常習を始めているのだから。陪審の市民諸君、私が考えるに、市内にとどまった人々の中で私と同じ考えをもっている人々が寡頭政下でも民主政下でもいかなる市民であるか、明らかになったと思う。三〇　それに反してこの連中のほうは驚嘆に

(1) 底本（伝承に依拠）に従って読み、この三名を原告（提訴常習者たち）とみる。エピゲネスとデモパネスはここ以外では未詳。クレイステネス（シビュルティオスの子）は、アテナイの名家の出で有力者であるが非常に柔弱で女々しい男としてアリストパネスの喜劇で揶揄されつづけた人物（『アカルナイの人々』一一八行、『蛙』四八行他）と同定されている。なお第二第三の名をアンドキデス一-九六を根拠に「デモパントス、クレイゲネス」に修正する案もある。

(2) ペロポンネソス戦争末期、陸海から包囲された（前四〇五年）アテナイでは内部対立解消の試みがなされた。パトロクレイデスの決議による市民権復活（『ギリシア史』第二巻二-一一、アンドキデス一-七三、七七-七九）、アクロポリスでの合意の誓い（アンドキデス一-七六）など。旧寡頭派亡命者たちの帰国はスパルタとの和平締結の一条件であり、実現したのは前四〇四年春にアテナイが降伏した後である（『ギリシア史』第二巻二-二〇-二三）。

(3) この時期のトラシュブロス、アニュトス、アルキノスら民主派指導者たちの行動（『ギリシア史』第二巻四-四二、『国制』四〇-二、イソクラテス一八-二三）は、この箇所を裏づける。

(4) 弁論が終盤にかかるときに原告を提訴常習者として非難し、法廷の注意をそちらへ向けるという論法は本書二十一-二〇-二一でも（やはり同様に富裕な被告によって）採られている。

値する。もし誰かがかれらに「三十人」になることを許していたら、この連中はいったい何をしたであろうか。今この民主政下にあってさえ、かの「三十人」と同じことをしている者たちは。しかも貧困層から富裕層へと急速に変わり、多くの要職に就いていながらどの職の執務報告もせずに、合意の代わりに猜疑を互いのあいだにつくりだし、和平の代わりに宣戦布告をしている。[1] この者たちゆえにわれわれは他のギリシア人の目に信頼できない者となってしまっているのだ。三一　この者たちはこれほどの悪事、そしてほかにも多くの悪事の原因であって「三十人」となんら異なるところはない。ただ、かの者たちは寡頭政のもとでこの者たちと同様のことを欲したのであるが、この者たちは民主政のもとでさえ、かの者たちと同様のことを欲している、というだけの違いである。それでもこの者たちは、自分たち以外の人々は不正をはたらいていて自分たちのみ最良の市民になってでもいるかのように容易に、望むとおりの悪事をはたらく義務があると信じているのだ。三二　（しかも驚嘆に値するのはこの連中のほうではなく、諸君のほうである。諸君は現在は民主政であると思っている。ところが実際に起こるのは、何であれこの連中の欲することで、そして罰を受けるのは多数の諸君に悪を為す者たちではなくて自分たち自身の財を守ろうとする者たちなのである。）そしてかれらは、[2] この国が自分たち以外の人々の力で強くかつ自由な状態にあるくらいなら、むしろ微力であるほうを受け入れるであろう。三三　現在はペイライエウスで危険を冒した功で自分たちには何でもしたいことをするのが許されているが、もし今後別の人々の手で諸君に救済策がもたらされることがあれば、自分たちは解任されてしまって別の人々がより大きな権力をふるうことになるだろう、と考えるからである。したがって、他の人々のはたらきで何か諸君によいことが現われたりすると、[この連中にとっては] すべての人々が等しく妨げになるのである。三四　じっさい、このことは誰でも容易に気づくことである。というのはかれら自身のほうは、人に知られずにいるのを望まず、悪辣な人間であると見えないことのほうをむしろ恥じるからであり、諸君のほうは、自分の目で見ることも多くの人々から聞くこともできるからである。陪審の市民諸君、われら［市内派］は、市民全員に対して、諸君が和解協定と誓いとを遵守することが正しいと考える。三五　それでも、これら悪事の責任者たちが罰せられるのを見れば、われらは諸君の当時の事情を想起して諸君を許すものであるが、諸君が、何の責任もない者たちを不正行為を為している者たちと対等に罰していることが明らかになれば、まさにその票決によって諸君はわれら全員を猜疑のなかにおくことになるであろう…………。

（1）ふつう対外的な戦争について用いられる表現「宣戦布告」を使っている。

（2）原告らを含む「提訴常習者たち」を指す。

（3）大赦令（解説（三）参照）には除外規定があった（『国制』三九-六）。

（4）原写本ではこのあとに一折丁（八紙葉）の欠落がある（解説（二）参照）。本弁論の末尾もそこに含まれていたはずである。「疑」以下の文は近代の補入による。

第二十六弁論　エウアンドロスの資格審査について

概要

レオダマスの筆頭アルコン職就任資格が審査を通らなかった後を受けて、次の候補者エウアンドロスの評議会での資格審査（用語解説参照）にさいし、その結果に反対する者の行なった弁論。写本上の欠落によって前半部分が失われており（三五七頁註（1）参照）、論証の途中から（一―二〇節）と結語（二一―二四節）のみ伝わっている。エウアンドロスが「三十人」政権時代から内戦にかけての時期にアテナイ市内にとどまった「市内派」の一人であったことが、論証での主たる反対の論拠となっており、その事実を「三十人」の悪辣さと重ね合わせ、結びつけることで聴衆の心理、感情に訴えようとする面が強い。結語ではエウアンドロスの弁護に立つトラシュブロスへの攻撃がなされる。弁論の時期は、本文中に言及される「年の最後の日」が第九十九オリュンピア暦年の二年目にあたることから、前三八二年の夏。なお、エウアンドロスは翌年度のアルコン表に名が出ており、この審査に通ったことが知られる。

一　……(1)あなた［エウアンドロス］は、このように時を経た今(2)、かれら［評議会の議員たち］が厳格な資格審査を行なうだろうとも思っていないのだ。かれらに対して多くの恐るべき過ちを犯したことを自覚していながら、かれらのなかにはそれらのことをすでに忘れて思い出しもしない者が何人もいるだろうと踏んでいるわけだ。[3] まったく私は非常な憤りを覚える。かれ［エウアンドロス］がこうした見込みに自信を抱いて、諸君の前に出てきていることに。まるで、自分が不当に扱ったのは誰か別の人たちであり、今回票決を下す人たちとは違う者であるかのようではないか。かれに苦しみをなめさせられた者たちと、今回聴聞にあたる者たちとは別人ででもあるかのようではないか。しかしこのことに責任があるのは諸君にほかならない。というのも、諸君はつぎのことを念頭においていないからだ。二　すなわち、国がラケダイモン人たちの支配

（1）現存する諸写本のもととされるハイデルベルク写本には八紙葉分の欠落があり、そのため第二十五弁論の末尾と「ニキデスの労働忌避告発」弁論と本弁論の前半部が失われている。タイトルは写本巻頭にある「内容一覧」からとられている。解説（二）参照。

（2）前四〇四―四〇三年の「三十人」政権および内戦の時期（解説（三）参照）から二一年の時が経っている。話者はこの「あの時」の事態に言及することで（一三、一八節）告発への聴衆の共感を促そうとしている。

（3）話者はまず、エウアンドロスを直接指弾するかたちで「あなた」と呼びかけ、かれの審査にあたる評議会議員については三人称「かれら」を用いる。しかしすぐ続いて、議員たちのほうに向きを変えるかたちでかれらを「諸君」と呼び、エウアンドロスは三人称「かれ」で扱う。エウアンドロスはまた、要所要所で「この男」という指示表現で強調され、さらに「この男」と同類の者が「この者たち」と指弾される。用いる人称のこのような使い分けは、法廷弁論が、身振り、視線の効果も含めて組み立てられていることをよく示している（解説（二）参照）。

下にあった間[1]、この者たちは、諸君に同じ隷属を分かち与えるのが妥当と思うことなく[2]、国から諸君を追放したというのに、諸君のほうは、国に自由を回復すると[3]、かれらに自由のみならず、裁判でも民会でも公共の事柄に与る権利を分かち与え、そのためにかれらは当然にも、諸君のこのお人好しかげんを手前勝手に解釈する結果となっているのだということを。三　この男［エウアンドロス］はこうした連中の一人なのであって、かれはこのような権利に与れるようになるだけでは物足りず、かつての行為に対する償いもしないうちに再び公職に就くことを要求しているのだ。かれは今日、自分が告発されている事柄については手短かに弁明すると私は聞いている。事実関係にざっととふれ、弁明で告発をはぐらかそうというわけだ。むしろかれが話すつもりなのは、かれを含め一族が国のためにいかに多大な出費をしてきたか、いかに熱心に公共奉仕[4]の役を務めてきたか、民主政下［演劇や運動競技において］いかに多くの輝かしい勝利をおさめてきたかということであり、また自分自身は秩序正しい人間であって、この地の他の者のように無謀な行動に出るところを人から見られることもなく、自分の務めを果たすのをよしとする人間である、ということらしい。四　しかし私は、このような陳述に反論するのになんら困難を覚えるものではない。まず公共奉仕については、かれの父は自分の財貨を多大に費やすよりも、公共奉仕役など務めないことのほうに力を注いだのだと反論できる。じっさい、かれが人々から信頼を寄せられたのをよいことに民主政を覆した[5]のは、これがためだったのだ。だからそうした所業は、公共奉仕の記録としてかれが納めた奉納物よりものちのちまで人々の記憶に残ることだろう。五　また当人自身が人目に立たない暮らしをしているということについては、つぎのように反論できる。今かれが思慮深く暮らしているかどうかを追及してみても始まらない、なにしろかれは今は放埒なふるまいはできない状況にあるのだから、むしろあの時のことを、どちらの生き方もお望みどおりというなかで、かれが法に反する仕方で市民であることを選んだあの時(6)をこそ吟味しなければならないのだ、と。なぜなら、今かれがなんら違法な行為をしていないのは、かれにそうさせないでいる人々がいるからなのだが、当時のかれの所業は、かれの性格とかれを好きなようにさせてよいと考えた者たちのせいだったのだから。それゆえ、かれがさきの点を挙げて資格審査を通すよう要求するなら、諸君は、かれの目にお人好しと映ることのないように、以上のような受けとめ方をすべきである。

六　もしかれらが、他の者を選出している時間はない、もし諸君がかれの資格審査を通さないとなったら、先祖伝来の供犠の儀式が行なわれなくなってしまうのは必定である、というような話のもっていき方をするつもりなら、諸君にはつぎの点に留意してほしい。時間ならとっくの昔に過ぎ去ってしまっているということ

(1)スパルタのリュサンドロスの介入、圧力によって成立した前四〇四年の「三十人」政権時のこと。アテナイのアクロポリスにはスパルタ軍が配置されていた。解説(三)参照。

(2)「三十人」政権とそれに加担した者たちに対する痛烈な皮肉。次の「自由のみならず……権利を分かち与え」との対比によってその効果はいっそう高まる。

(3)前四〇三年の晩夏、内戦はスパルタ王パウサニアスの仲介により和解にいたり、民主政が復活した。解説(三)参照。

(4)用語解説参照。

(5)エウアンドロスの父も「三十人」政権下、市内にとどまることで寡頭派に与したということであろう。エウアンドロスの父についてはここ以外未詳。

(6)前四〇四―四〇三年の民主政の覆った時期のこと。市中にとどまって亡命しなかったことを指している。

とに。なにしろ、明日が年度の残り最後の日であり、その日は救い主ゼウスに犠牲が捧げられる日であって、法を無視して法廷を開くことなどできないのだから。七　これらすべてのことを狙いとしてかれが動いているのなら、かれがいったん資格審査を通った暁には、いかなる挙に出ると予想したらいいというのか。離任する者たちに、自分のために違法な行為をするよう説きつけてしまうとなったら。一年の間にかれがこのようなことをやってのけるのは、わずかしかないだろうと思っていいのだろうか。私はそうは思わない。八しかし諸君がよく考えねばならないのは、このことにとどまらない。バシレウスとその同僚アルコンが、従来もそうであったように、次の［筆頭］アルコンのための犠牲式を執り行なうほうが敬虔なことか、それとも、その手の潔白ならざることがかれを知る者たちによって証し立てられたこの男が執り行なうほうか、また諸君が誓ったのは、資格審査を通らなかった者をアルコンにすることだったのか、それとも厳格に資格審査を行なってその職にふさわしい者に冠をかぶせることだったのか、これらの点についてもまたよく考える必要がある。なぜならこうしたことこそ諸君の熟慮すべきことなのだから。九　またつぎのこともよく心に留めてほしい。すなわち、資格審査に関する法を定めた者は、例の寡頭政権を担っていた者たちを少なからず念頭において法制定にあたったという点だ。それは、民主政を覆したこの者たちが、まさにその民主体制のもとで再び支配の座につき、法と国を牛耳るとなったら——なにしろかれらは以前に責任を担っていた時に、なんとも恥知らずな、また恐るべきやり方で国を踏みにじったのだから——とんでもないことになると、法の制定者が考えたからなのだ。それゆえ、資格審査をあだやおろそかに考えてはならないし、たいしたことではないとたかをくくるなどもってのほかであって、しっかり見張らねばならないのである。それぞれが正しく職務を果たすところにこそ、国家と諸君民衆(7)の安寧はかかっているのだから。一〇　それに、もしかりに今かれが、評議会の一員になるための資格審査を受けていて、その名が「三十人」政権下に騎兵として兵役についたとして登録板(8)に記されているとしたら、たとえ告発者が出ずとも諸君はかれの資格審査を通すことはないであろう(9)。いわんやいま、かれが「三十人」政権下」騎兵として兵役につきもし、評議会のメンバーでもあったというばかりでなく、人々に対して罪を犯したこともまた明らかになったというのに、諸君がかれについて同じ考えでいることを示さないとなったら、諸君の行為はおかしなものとなるのではなかろう

(1) アテナイの一年は今の六月から七月にあたるスキロポリオン月で最後を迎え、その最終日は役人や評議会議員の年度の変わり目であった。その日にはかれらによって来るべき年の安寧をゼウスに祈願する祭りが執り行なわれ、次年度の筆頭アルコンのための犠牲式が行なわれるため（八節参照）、その就任者の決定が差し迫った問題であった。

(2) 評議会での資格審査が通らなかった場合は、陪審廷に控訴することができ、そこで最終決定が下された（用語解説「資格審査」参照）。祭儀の行なわれる日に開廷することは違法行為だったことがうかがわれるが、この箇所の解釈には議論がある。

(3) 年の最終日のゼウスの祭りの日に法廷を開くこと。上掲註(1)(2)参照。

(4) 用語解説「アルコン」参照。

(5) エウアンドロスがアルコンになれば、その任期末に犠牲式を執り行なうことになる。

(6) 資格審査は、古くはアレイオス・パゴスの会議（用語解説参照）によるものが知られているが、この箇所は、「三十人」以後の民主政復活に伴って、資格審査に関する新たな法の制定があったことをうかがわせる。

(7) 一五七頁註(3)参照。

(8) 二三七頁註(8)参照。

(9) 第十六弁論参照。「三十人」の下で騎兵の任についた者は寡頭政の支持者とみなされて公職就任資格を問われた。

か。一一　さらに、かれが評議会議員としての資格審査に通ったのであれば、かれは五〇〇人の評議員のうちの一人にすぎず、任期もたかだか一年にすぎないのだから、たとえかれがその年度中に何か悪いことをしようと思っても、他の議員たちによって簡単に阻止されてしまうであろう。しかし、この職務を認可されるとなったら、かれは自分の思いどおりに職務にあたることになろうし、アレイオス・パゴスの会議の一員としていつまでも最重要事項を牛耳ることになるであろう。[1]　一二　したがって、諸君にあっては、この職務については他の職務よりももっと厳密に資格審査にあたるのが当然なのである。さもなくば、多数の市民たちはどういう気持ちになると諸君は思うのか。犯した諸々の罪のゆえに処罰されてしかるべきこの男が、諸君によってこのような高い役職に就くことを認められたと知ったら。また自分こそアレイオス・パゴスの会議で裁かれねばならない男が、殺人の罪を裁いているのを知ったら。[2]　さらにそのうえ、かれが冠を戴き、女子相続人と孤児を統べる権限を有しているのを見たとしたら。[3]　そのうちの何人かについては、ほかでもない、この男にこそそうした境遇を招いた責任があるというのに。一三　諸君は人々が憤りの念にかられ、責任はすべて諸君にあると考えるとは思わないのか。人々の多くが略式逮捕[4]され、裁きも受けずにこの者たちに殺されたり自分たちの国から逃げ出すことを余儀なくされたあの時[5]に戻るとしたら。それに加えて、レオダマス[6]を資格なしとし、この男のほうを資格ありとした者、レオダマスを告発し、この男のためには弁護の手筈を整えている者、それがほかでもない、今ここにいる同じ人物[トラシュブロス][7]であることに思いいたるとしたら。しかも当のエウアンドロスたるや、国に対してどういう態度でいることか。どれほどの害悪の責任を国に対して負っていることか。一四　まったく、かれの言うところを聞き入れるとなったら、諸君はどんな非難を蒙ることになると思うのか。なんとなれば、レオダマスの時には、諸君がかれを退けたのは怒りにかられてのことだと思われていたのだから。だからもし諸君がこの男の資格を審査を通すとなれば、人々は諸君がレオダマスについて下した判断は間違いだったと思い知ることになるだろう。この者たちは諸君の前に裁きを受けているが、諸君は国全体を前に裁きを受けているのである。国は、諸君が国についていかなる判断を下すことになるのかを、いまじっと見つめているのだ。一五　私がエウアンドロスを告発しているのは、私がレオダマスの友人なので、かれに好意を示そうとしてのことだなどと、諸君の一人たりとも考えてはならない。諸君および国を憂慮すればこそなのだ。このことはまさに事実からも容易に理解できる。つま

（1）アレイオス・パゴスの会議はアルコン経験者が成員であり、任期はなかった。アレイオス・パゴスの会議の司る領域については、『国制』四七-二、五七-三、五九-六、六〇-二参照。
（2）計画的殺人の裁判はアレイオス・パゴスの会議が行なった。『国制』五七-三参照。
（3）女子相続人と孤児に関する事柄を司るのは筆頭アルコンの役目であった。『国制』五六-六―七参照。
（4）用語解説参照。
（5）「三十人」政権の時。こうした状況については第十二弁論にリュシアス自身の経験として生々しく語られている。
（6）次註のレオダマスを参照。
（7）コリュトス区のトラシュブロスのこと（内戦の折の民主派のリーダーであった名高いトラシュブロスとは別人）。レオダマスの資格審査の際、かれを告発して勝訴し、続くエウアンドロスの審査では、その弁護に立っていることがわかる。結語部分における話者の激しいトラシュブロス非難は、決め手に欠けるがごとき当のエウアンドロス告発を、いわば外堀から埋める恰好になっている。なお、トラシュブロスの告発とレオダマスの弁明がアリストテレス『弁論術』第二巻二三-二四に引かれている。このレオダマスについてはアリストテレスの同箇所と本弁論における以外は未詳。

り、この男が資格審査に通ればレオダマスの利益にかなうのだ。なぜなら、そうなれば、諸君は最大級の非難を蒙ることになって、民主派の人物の代わりに寡頭派を役人に選出したと思われることになるからだ。一方、この男を退ければ、諸君の利にかなうことになる。レオダマスを退けたのは正当なことだったと思われることになるからだ。しかし、そうしないとなれば、レオダマスへの判定は正当ではなかったと思われるであろう。

一六　しかし私の聞くところでは、かれは、この資格審査はかれ個人のみならず、市内にとどまった者すべてに関わることだと話すつもりでいるらしい。そして諸君たちに誓いと協定[1]を思い出させるつもりらしい。そのことで、市内にとどまった者たちを審査にさいし自分の味方につけようという魂胆なのだ。しかし私は、人々に代わって、かれに対し簡潔にこう言っておきたい。人々は市内にとどまった者すべてについて同じ考え方をしているわけではない、かれのような罪を犯す者たちについては、私がかくあるべしと主張しているような［厳しい］考え方をしているのであって、そうでない者たちについてはその反対の考えをもっているのだ、と。一七　その証拠に、後者について国は、ピュレに赴きペイライエウスを占拠した者たち[2]に劣らない栄誉を与えてきたではないか。もっともなことだ。人々は、かれらのことはただ民主政のもとでのみどのような人間であったかを知っているだけであって、寡頭政のもとでいかなる人間になりうるものか、それはまだ試したことがないのだから。それに対して、この者たちについてはすでにどちらの政体のもとでも、十分実証ずみで、それは信ずるに足る。一八　人々は、当時、逮捕処刑が行なわれたのはこの類いの者たちの手によってであり、自分たちが国外に逃れられたのはそれ以外の［市内派の］者のおかげだったと思っているのだ。じっさい、すべての者が同じ考えだったのなら、亡命も帰国も、その他あの時生じたどんなことも、国に生じることはなかっただろうから。一九　さらに、ある人たちにとっては説明しがたいものと思われていること、つまり、いったいどうして市内派のほうが多勢だったのに、無勢のペイライエウス派に敗れたのかということについては、この人たちの先見の明のなせる業《わざ》だと言うほかないのである。この人たちは、「三十人」とともにラケダイモン人たちに隷属するよりも、帰還した者たちとともに国を治めるほうを採ったのだから。二〇　それゆえ、騎兵長官や将軍職や自分たちの使節に任命することで、人々が最高の栄誉をもって讃えてきたのはかれらなのであって、ここにいるこの者たちではないのだ。人々はそのことをけっして後悔したことはなかった。そして、数多くの罪を犯した者たちがいたからこそ資格審査制度を採択したのであり、一方そのようなことはいっさいしなかった者たちがいたからこそ協定を交わしたのである。以上のことを私は、人々に代わって、あなた［エウアンドロス］に対し答えておく。

二一　この資格審査に関して、どちらの言を容れるのが善い思案なのか、私のほうか、それともかれの弁護に立つトラシュブロスのほうか、それをじっくり考えるのが、評議会議員諸君、諸君の仕事だ。さて、この男［トラシュブロス］は、私についても、私の父についても、私の祖先たちについても、人々の憎悪を引き起こすようなことは何ひとつ指摘できないであろう。なぜなら、私が寡頭政に加担していたと言うわけには

（1）前四〇三年の内戦終結後に出された大赦のこと。解説（二）参照。

（2）解説（二）参照。

いかないし（私が市民資格を得た[1]のはその時代よりも後のことなのだから）、父がそうだったと言うわけにもいかない（父は内戦の時よりもずっと前に、シケリアの地で指揮をとっている間[2]に死んだのだから）。二二　また祖先たちが僭主の配下[3]にあったと言うわけにもいかない。かれらはいついかなる時にも僭主たちに対して最後の最後まで戦い抜いたのだから。それにかれは、私たちが戦争中に財産を手に入れたとか、国のために一銭も費やしてこなかったなどと主張することもできないであろう。まったくその逆なのだから。すなわち、平和時に私たちの財産は八〇タラントンに達したが、そのすべてが戦争中に国を救うために費やされたのである。二三　しかし一方私のほうは、この男について三つのことを指摘できるであろう。それらは途方もなくひどいものであって、そのためにその所業の一つ一つが死刑に値するほどである。第一に、ボイオティアの政体を金を取って覆し、われわれからその同盟関係を奪い去ったこと[4]。第二に、われわれの船舶を敵に引き渡し[5]、安全に関わる検討を国に余儀なくしたこと。二四　第三に、ほかでもないかれのせいで敵の捕虜となった者たちから、捕虜みずから身代金を用意して自分に渡さないかぎり解放してもらえないと嘘偽りの言を弄して、三〇ムナを強要したこと[6]。以上、諸君にはわれわれのどちらの生き方もよくわかっているのだから、それに従って、エウアンドロスの資格審査についてどちらの言い分を信ずべきかとくと考えてもらいたい。そうすれば間違った判決をせずにすむであろう。

（1）アテナイでは市民身分の男子は一八歳になると成人としての資格を得た。その手続きについては、四一九頁註（5）参照。

（2）ペロポンネソス戦争時のアテナイのシケリア遠征（前四一五―四一三年）の時のこと。

（3）ペイシストラトスとその息子たちが独裁支配の座についていた時期（前五四二頃―五一〇年）のこと。

（4）「大王の平和」締結の後、スパルタの干渉でボイオティア諸都市に政体の変更があったことを指すものと思われるが、トラシュブロスの動きについては不明。アイスキネス三―一三八によれば、かれはテバイと親密な関係にあった。

（5）コリントス戦争末期の前三八七年、ヘレスポントス攻防戦の折にアビュドス近くで、トラシュブロス配下の三段櫂船八隻がスパルタの将軍アンタルキダスの手に落ちたことを指す。アンタルキダスのヘレスポントス封鎖により、アテナイは「大王の平和」締結（前三八六年）を余儀なくされた。『ギリシア史』第五巻一―二七―三三参照。

（6）前註のヘレスポントスでの敗北の折のことと思われるが、実際のところは不明。

第二十七弁論　エピクラテスとその同行使節団告発
——テオドロスによれば(1)エピロゴス

概　要

公金横領や収賄を犯した役職者たちに向けられた告発の補足弁論。話者の名は出ない。告発の対象となっている犯罪と「使節団」としての職務との関係は文中に明示されていないが、それをもってタイトルの正当性を疑う理由とすることはできないであろう。事実の叙述や論証よりも、法廷での次の段階である刑の査定票決を視野に入れて、そこで極刑を得るための修辞的な論法を重ねることで作られている弁論である。末尾一六節が結語ととれる。制作年代はコリントス戦争中（前三九五－三八六年）と推定される。訴追手続きが執務審査、弾劾のいずれによるにせよ、法廷は市民による陪審廷である。

一　アテナイ市民諸君、エピクラテスとその同行使節団に対してはすでに十分な告発弁論が為された。(2)そこで諸君は、よく考慮する必要がある。諸君はしばしば、この者たちが人を不当に死刑にしようと望むときに言っているのを聞いたであろう(3)——もし諸君がこの者たちの指示する人々に有罪の票決をしないならば、諸君に陪審手当を支給することはできなくなるだろう、(4)ということを。二　しかも［国庫の］窮状は相変わらずで、諸君はこの者たちのせいで苦しみと恥を受け、この者たちのほうは利益を受けている。(5)というのは、かれら［この者たち］は経験から知っているのだ、諸君の下した正義に反する票決の原因がこの者たちやその弁論にある、とみえるときにはいつも、不正を犯している側から金銭を受け取るのはたやすい、ということを(6)。三　しかしながらいったいどのような救済の望みがあろうか、ポリスが救われるか否かが財政にかかっているというときに、この者たちが、諸君によって監視の役につけられて悪事をはたらく者を罰する立場にありながら、このように横領と収賄を行なっているとあれば。しかもかれらが不正行為に問われたのはこれが最初ではなく、すでに以前にも収賄で裁判を受けている。四　そこで私はつぎのことについて諸君に注意

(1) この「テオドロスによれば」という句は、ハイデルベルク写本（解説（二）参照）冒頭の内容一覧上では欠けているため、底本は修正案に従って削除している。テオドロスについては解説（一）（二）、「エピロゴス」は用語解説参照。

(2) ケピシア区出身の民主派政治家（デモステネス一九-二七六）と同一視される。前三九六／九五年以来たびたびペルシアに赴いて贈賄を受けた。第三十四弁論の「ディオニュシオスによる梗概」にあるポルミシオスと同行したこともある。

(3) 目前にいる相手方つまりエピクラテスを中心とする被告たちを指し、その支援者たちも含みうる。以下、話者は被告側をいう場合に、視線の方向によって「この者たち」と「かれら」とを巧みに使い分けている（解説（二）参照）。

(4) 有罪となって刑の確定した者からの罰金や没収財産は、陪審員の日当（三オボロス）支給に当てるなど国庫の重要な財源であった（アリストパネス『騎士』一三五九行、伝クセノポン『アテナイ人の国制』一-一六等）。陪審員手当はペリクレスが五世紀中頃に始めた制度とされる（『国制』二七-三）。

(5) この節はテキストが確定できない。

(6) 例えば、「この者たち」が無実の者を告発し、法廷で陪審員「諸君」を欺いて有罪をかちとった、勝訴は告発者たちの力によるとみられるので、真犯人は「この者たち」（告発者）に礼金を出した、という「経験」も推測できる。

を喚起したい。諸君は、同一の不正行為について、オノマサス[1]に対しては有罪を票決し、この者については無罪を票決した[2]。全員を同[3]一人物が告発し、同一の証人たちが証言を行なったにもかかわらずである。［じつは］その証人たちは他人から話を聞いたのではなく、自分たち自身が、金銭や賄賂についてこの者たちと関係をもって事を行なっていたのであった。五　しかも、このことは諸君全員が理解しているであろうが、諸君に対して不正をはたらいてはならないということの先例になりうるのは、諸君が弁舌の能力のない者たちを罰するときではなくて能力のある者たちを罰するときであり、その時にこそ、あらゆる人々が諸君に対して過ちを犯そうという企てを断念するようになるのだ。六　現在、かれらは身の安全の保証つきで諸君の財産を横領することができる。というのは、もし事が知られずにすめば、かれらは罰を伴わずにそれを享受することができるであろうし、もし露見したら、不正行為で得たものの一部分をもって裁判を買収するか[4]、法廷に出て自分の身に備わった力[5]で自分を救い出すか、である。したがって、陪審の市民諸君、この者たちを罰することによって、かれら以外の正しい人々のための先例をつくるように努めるがよい。七　国政に携わっている人々は皆ここに来ている。われらの主張を聴こうというのではなくて、諸君が不正を行なっている者たちについていかなる判定を下すかを知ろうとしてのことである。したがって、もし諸君がこの者たちを無罪とするならば、傍聴の人々には諸君を欺いて諸君の財産から利益を受けることは少しもおそろしいこととは見えないであろう。もし諸君が死刑の査定票決をして罰するならば、そのただ一回の投票によって諸君は、一般市民を現状よりも秩序にかなった者と為し、それと同時にこの者たちへの罰を完了することもできるであろう。八　アテナイ市民諸君、諸君がもしかれらに裁判を行なわず、あるいは弁明するのを聴く態勢もとらずに有罪の投票によって極刑を決定したとしても、私はかれらが裁判ぬきで死んだことになるとは考えず、かれらにふさわしい罰を受けたと考えるであろう。なぜならば、諸君がその所業を知っていて投票する場合には裁判ぬきとはいえず、敵たちから〔陪審員〕諸君も知らないような事について攻撃される場合が、事情聴取ぬきということになるからである。この者たちの場合は、所業そのものがかれらを告発しているのであって、われらは断罪の証人となっているにすぎない。**九**　また私は、もし諸君がかれらの主張を聴いたら無罪の票を投じるのではないかと恐れているわけではない。そうではなくて私は、もし諸君がかれらの主張を聴いたうえで有罪の票を投じるとしたら、かれらにふさわしい罰を受けたことにはならないのではないかと思っているのだ。陪審の市民諸君、いったいどうして、かれらの利益と諸君の利益とが同じになりうるだろうか。なぜならこの者たちは戦いのなかで諸君の財産によって貧困から富裕となり、諸君のほうはかれらの存在ゆえに貧困となったのであるから。**一〇**　そもそも善き民衆指導者たちの仕事というのは、諸

（1）この箇所以外では未詳。前節「この者たち」からの文脈で使節団の一人であろうが、名前は誤写の可能性があり、修正案も出ている。「この者」はエピクラテスを指す。

（2）前三九四／九三年または前三九三／九二年、ペルシアから帰国して告発されたときのことを指すとみる。

（3）「両人を」とする案もあるが、前節からの文脈では伝承を修正する必要はないであろう。

（4）陪審廷を買収して免れたのは、ピュロス戦（前四〇九年）敗北後のアニュトス（ソクラテスの告発者）の例が最初といわれる（『国制』二七-四）。本弁論ではむしろ告発者たちを買収して訴訟を起こさせないことをいうのであろう（以下一四－一五節および本書二十-七、二十五-二六参照）。

（5）原語 *δύναμις* は、ここでは風采や弁舌の能力などを意味し、「この者たちとその弁論」（二節）に対応している、と読む。

君の財産を諸君の不幸に乗じて獲得しようとすることではなく、むしろ自分のものを諸君に与えることなのである。ところがわれらの実情は、以前の平和時においては自分自身を養うこともできなかった者たちが、今や諸君に臨時財産税を納め、合唱隊奉仕をし、[1]大邸宅を構えるところまできているのである。一一　また以前には、父祖の財産をもちながらそのような横領をはたらく人々がいると諸君は悪意の目でみることもあった。しかし今やポリスの状況は、この者たちが横領をはたらいても諸君はもはや怒りを覚えることもなく、あたかも、この者たちが諸君の財を横領しているのではなくて、諸君のほうがこの者たちの財から給料をもらっているかのようにかれらに感謝の念を抱いている、というありさまである。一二　何よりも奇妙なのは、私的な場においては涙を流して哀れなさまを見せるのは不正を受けている者たちのほうであるのに、公の場になると、哀れなさまを見せるのは不正をはたらいている者たちのほうで、不正を受けている側の諸君がかれらを哀れんでいる、ということである。今回もまた、かれらは前回と同じように手慣れたやり方をする[2]だろう。同じ原籍区の人々も友人たちも声をあげて泣きながら諸君の手からかれらを取り戻そうと懇願するであろう。[3]一三　私は、つぎのような事態になることが望ましいと思う。もしかれら［支援者たち］がこの者たちの不正行為をまったく認めず、訴追は虚偽であると証明した場合には諸君はそのとおり説得されて無罪を投票する。しかしもしかれらが不正行為は認めたうえで懇願する場合には、かれらは不正を受けている諸君よりも不正を行なっている者たちに対してより好意的であるのは明らかであるから、諸君はできるときにはいつでも、かれらにふさわしく、感謝ではなく罰を与えるべきである。一四　さらに、この支援者たちが、われら告発者にまで強硬に手を回してきたということを考えなければならない。かれらの判断では、われらは少人数なので諸君に当たるよりもはるかに速やかにこの恩恵を受けられるであろうし、そのうえ、諸君自身よりも別の人々をおだてたほうが、諸君の財産をよりたやすく手に入れられるであろう、ということなのである。(4) **一五** さてわれらは、諸君を裏切ることはしたくなかったし、諸君にもそれを期待している。考えてもらいたい。もしわれらがこの者たちから金銭を受け取ったり、何か他の方法でかれらと和解したりすれば、諸君はわれらに対して強い怒りを抱き、われらが諸君の手におちた場合には、不正を犯した者には当然のことであるが、われらに報復するであろう。またもし諸君が、不正な告発をする連中に怒りを抱いているなら、まさに当然のこととして、不正を犯している者たちにこそ報復すべきであろう。**一六** さあ、今や陪審の市民諸君、エピクラテスに対して有罪の票を投じたら、極刑をもって報復せよ。そして従来諸君が慣行としてきたようなことは為してはならない。それは、有罪票決によって不正をはたらく者たちを論駁してお

(1) 臨時財産税については三一九頁註(1)、合唱隊奉仕については用語解説「公共奉仕」参照。戦争による新興成金層の成立が読める。
(2) 前回の裁判で無罪を獲得したとき(三―四節)のこと。
(3) 同じ原籍区民、親族、仲間などが、係争当事者を表でも裏でも支援する例はリュシアスにもしばしば見られる(六-五三および八九頁註(2)、八-一六、一八および一一四頁註(1)、十八-二四、三十一-三二ほか多数。なお用語解説「エピロゴス」参照)。
(4) 告発者側を事前に買収しようとしたのであろう(六節)。公訴の陪審廷は少なくとも五〇一人の陪審員「諸君」からなるものとされた(『国制』六八-一、用語解説「民衆法廷」参照)。

きながら、刑の査定にあたって、不正をはたらく者たちを罰することなく放免してしまうことである。(1) それによって諸君は不正をはたらく者たちの敵意は買うが、かれらを罰することはない。あたかもかれらの関心が実際の刑罰にではなくてもっぱら言葉による非難にあるかのようだ。諸君は、票決において諸君の為すことは不正をはたらいている者を咎めること以上の何ものでもなく、刑の査定においてこそ、過ちを犯している者たちに報復できるのだ、ということをよく心得ているではないか。

(1) 票決で有罪の場合、犯罪によっては刑がすでに法で定められていたものもあるが、そうでないときには原告側が求刑し、被告側が反対提案をしてから陪審員がいずれか一方を選ぶ投票をした(『国制』六九-二)。刑の査定に一日の三分の一かかったという記述もある(アイスキネス三-一九七)。この箇所では、被告側が提案した非常に軽い刑が査定された時のことを誇張している、と読む。

第二十八弁論　エルゴクレス告発——エピロゴス

概　要

公金横領の廉でエルゴクレスを告発するために、民会へ提起された弾劾裁判（エイサンゲリア、一五九頁註（5）参照）における補足弁論（用語解説「エピロゴス」参照）。そのため弁論構成は、被告の罪状確認と許すべからざる行為の数々を指弾した長い序言（一―一一節）と、被告の予定している弁明への反駁である論証（一二―一七節）のみとなっている（一七節の最後の部分が結語として機能）。コリントス戦争の最中、トラシュブロスは四〇隻からなる艦隊を率いて小アジア沿岸周域に遠征、諸都市からの貢納金取り立てなどにあたったが、エルゴクレスはその同僚指揮官の一人であった。その間本国アテナイでは、かれらの動きに疑念が高まり、トラシュブロスが不慮の死を遂げた後、艦隊は本国に召還され、エルゴクレスが公金横領の罪を問われることになったのである。したがって弁論の時期は、前三八八年のトラシュブロスの死後ほどなくのころと考えられる。

一　訴因となっている項目はかくも多数かつ重大であって、アテナイ人諸君、エルゴクレス(1)は自分の為し

（1）エルゴクレスについては本弁論以外未詳。

た行為の一つ一つについて何度死刑になろうが、諸君多数派(1)に十分満足のいく償いをすることはできないだろうと私には思われるほどである。なんとなれば、かれが諸国を裏切り、諸君のプロクセノス(2)や市民たちに不正をはたらき、諸君のものたる公金で貧乏人から金持ちになった(3)のは明らかだからだ。二 まったく、どうしてかれらを許してよいというのか。この者たちが指揮をとっていた船が資金不足のために壊滅状態に陥り、あまたの軍船もほんのわずかになってしまった(4)一方で、出航時は貧しく困窮していたこの者たちのほうは、こうもたちどころに市民のうちでも最大の財を所有するにいたったのを、現に諸君は目にしているというのに。それゆえ、このような輩に憤りをもつことは、アテナイ人諸君、まさに諸君の義務なのである。三 じっさいおかしなことではないか。いま諸君自身が臨時財産税(5)にかくも苦しんでいるというのに、公金を横領し賄賂を受け取る者たちを許すとなったら。これまで、諸君の資産も潤沢、国家の歳入も潤沢なときさえ、諸君の公金を狙う者たちには死罪を科してきたのだとしたら。四 私は次のことに諸君全員の同意を得られるものと思う。もしトラシュブロス(6)が諸君に、三段櫂船を率いて出航するが［帰国時に］諸君に引き渡すのは真新しいものではなく見るもあわれなものとなる、危険は諸君のものだが利得は自分の友人たちのものとなる、臨時財産税のために諸君をいっそう貧窮状態に追い込むことになるが、エルゴクレスをはじめ自分の取り巻き連は市民のなかでも最たる富裕者にしてやる、などと告げていたなら、諸君の誰ひとり、かれに船隊を率いて出航させはしなかっただろう、と(7)。五 とりわけつぎのような事態があったことを思うと。すなわち、諸国から受け取った金のリストを作ること、またかの者(8)と行動を共にしている指揮官たちは執務審査(9)を受けるべく即刻帰国のこと、という決議を諸君が下すや、エルゴクレスは、諸君が提訴常習者(10)の行為に走っており、古《いにしえ》の掟を欲していると言って、トラシュブロスに、かくなるうえはビュザンティオンを占拠し、船団はそのまま手元にとどめ、セウテス[11]の娘と結婚するのがよいと進言したのだ。六　かれは言った。「かれらの中傷誹謗を断つためだ。あなたがそのような行動に出れば、かれらが座してあなたおよびあなたの友人たちに企みをもつことをやめ、わが身のことを恐れるようにすることができるだろうから」。かくもひどいものだ、アテナイ人諸君。なにしろかれらときたら諸君の財をたらふく喰らい、さんざん美味しい思いをしたあげく、たちまち、自分たちはこの国とは関係ないと考えたのだから。七　金持ちになると同時に諸君を憎みだす。もはや諸君の言うことなどきくものか、諸君のほうを服従させてやるといわんばかりの企てを立てる。自分たちの奪い取ったものが心配で、要塞を占拠して、寡頭政を打ち立て、あらゆる手だてを講じ

（1）一五七頁註（3）参照。

（2）用語解説「クセノス」参照。

（3）諸ポリスから徴収した国庫に納めるべき貢納金を横領して、私腹を肥やしたということ。

（4）アテナイはこの遠征にトラシュブロス配下四〇隻の三段櫂船を送り出したことが、『ギリシア史』第四巻八-二五、ディオドロス『歴史』第十四巻九四-二に記されている。ディオドロスによれば、その艦隊はレスボス島に停泊中、嵐のために二三隻の船を失ったとされている。

（5）三一九頁註（1）参照。

（6）民主派のリーダーとして名高いステイリア区のトラシュブロス。解説（三）参照。

（7）事実に反する想定文によって、告発されるべき事柄を際立たせる手法。

（8）トラシュブロスのこと。

（9）用語解説参照。

（10）用語解説参照。

（11）セウテス二世。トラキアの王。トラシュブロスはこの遠征時、トラキアとアテナイとの同盟を調停し、セウテスの好意を得た。

て諸君を日々最も恐るべき危険にさらそうとの手筈を整えている。つまり、こうすればかれらの罪過に諸君がもはや注意を払わず、わが身と国のことを案じて恐れ、かれらに手を出さなくなるであろうとの思惑なのである。八　さて、トラシュブロスは、アテナイ人諸君、(かれについてはこれ以上言う必要はないわけだが)かくのごとく生涯を終えて幸い[1]だった。なぜなら、諸君のためになるはたらきをしたという評判をすでに相当得ていた以上、このような企みを押し進めつつ生きていることも、諸君の手で死刑に処せられることも、かれにはあってはならなかったことだからだ。むしろ、このような仕方で国の恨みを買わずにすんでよかったのだ。九　一方、他の者はといえば、一昨日の民会の結果[2]、もはや金を惜しんでなどいられない状況にあり、演説に立つ者からだろうが、敵からだろうが、当番評議員[3]からだろうが、自分たちの命を買い取ろうとして、多くのアテナイ人を金で堕落させているのである。今この男に処罰を下してこそ、こうしたことについての疑いの念を諸君は晴らすことができるのであり、すべての人々に、どんなに金を積んでも、それに負けて不正をはたらく者を処罰しないでおくなどということはないことを示すことができるのだ。一〇　じっさい、アテナイ人諸君、裁かれているのは一人エルゴクレスのみにとどまらない、国全体もまた裁かれていることを心に留めるべきである。いま、諸君は諸君の指揮官たちに示さねばならぬ。正しくあるべきか、それとも諸君のものたる公金を可能なかぎり大量に盗み取ったあげく、この者たちが今やっているのと同じやり方で命の助かる方法を講じるべきかを。一一　さらにまたよく心得えておくべきである、アテナイ人諸君。諸君の国の財政がかくも逼迫している状況にあって[4]、国を裏切ったり、公金横領に出たり、賄賂を受け取ってもよいなどと思っている者は誰であれ、城壁も戦艦も敵に引き渡し、民主政の代わりに寡頭政を打ち立てんとする者なのである。それゆえ、諸君はこの者たちの画策に負けてはならない。それより、すべての人々に実例を示し、利得も哀れみも他のどんなものもこの者たちの処罰以上に重大なものはないことを思い知らせねばならない。

一二　私は思う、アテナイ人諸君。エルゴクレスはハリカルナッソスのこと(5)や自分の指揮、自身の為した行動など弁明しようとはしないだろう。かれが話すのは、自分がピュレから帰国した者であること、民主派

(1)トラシュブロスはこの遠征途次、小アジアのアスペンドスでその土地の者たちに襲われ、殺された。『ギリシア史』第四巻八-三〇参照。
(2)この民会で被告の有罪か無罪かが票決され、エルゴクレスが有罪とされた後を受けて、ここでは新たに原告、被告の弁論が行なわれ、被告の刑を票決するのである。エルゴクレスが死刑を宣告され、その財産は没収となったことが、次の第二十九弁論から知られる。
(3)三一五頁註(3)参照。
(4)アテナイはペロポンネソス戦争後半になると同盟諸国からの貢納金が減少し、ついには徴収中止の事態となって(トゥキュディデス『歴史』第七巻二八-四)、国庫は窮乏を余儀なくされていた。
(5)ハリカルナッソスは小アジア沿岸部の主要都市。遠征艦隊はまずトラキア諸都市から貢納金を徴収、レスボスでスパルタ軍を破った後、小アジア沿岸諸都市からの資金調達にあたった(『ギリシア史』第四巻八-三〇)。クセノポンはハリカルナッソスについてはふれていないが、アスペンドスでアテナイ兵の略奪行為に怒った住民たちがトラシュブロスを殺害した件にもうかがえるように、各所で無法なふるまいがあったものと思われる。一七節に繰り返されているところからも、ハリカルナッソスについてはとくにひどい知らせがアテナイに届いていたのであろう。

であること、諸君と数々の危険を共にした者であることになるであろう。(1) しかし、アテナイ人諸君、こうした事柄について私の考えはかれと同じではない。一三　自由と正義を求め、法の安泰たることを欲し、不正の輩を憎みつつ諸君と危険を共にしていた者だけが初めて悪しき市民であると言われずにすむのであり、このような者こそ、かの者たちと亡命を共にしたことが斟酌されても公平を欠くことにはならないだろうと私は主張する。しかし、帰国の後、民主政下にあって諸君多数派に不正をはたらき、諸君のものたる公金で個人の財を大きくしている者たちには、「三十人」に対するよりはるかに大きな怒りを向けてしかるべきなのだ。一四　なぜなら、「三十人」が選ばれたのは、ほかでもない、可能とあらばどんな手でも使って諸君に害を為すためであったのに対し、諸君はこの者たちに、国を偉大に、そして自由にしてもらうべく自分たちを委ねたのだから。そのようなことは諸君には何ひとつ起こっていない。それどころかかれらは可能なかぎり諸君を最も恐るべき危険に陥れているのだ。それゆえ、この者たちによって屈辱的扱いを受けている以上、諸君はこの者たちよりもわが身を、また諸君の子供や妻を哀れむほうがはるかに正当であろう。一五　じっさい、われわれがやっと安泰を勝ち取ったとおもったら、今度は自分たちの選んだ指揮官らに敵以上にひどい目にあわされているのだから。不運に耐えているかぎり自分たちには何の希望もないということは、もとより諸君は皆理解している。それゆえ、諸君はみずからに勧告して、いま、この者たちに極刑を科し、他のギリシア人たちに不正を犯す者は罰せられることを示さねばならない。そうすれば諸君の指揮官たちを優良たらしめることができるであろう。一六　私は以上のことを諸君に勧告しておく。諸君のほうはつぎのことを承知しておくべきだ。もし私の言に従うなら、諸君は自分自身の判断を過つことはないだろう。が、もし従わないとなれば、他の市民たちも放縦に流れるという事態を蒙ることになろう。さらに、アテナイ人諸君、もし諸君がかれらを無罪としても、かれらは諸君に一片の感謝の念も抱くことはなく、自分たちが［買収のために］費やした費用や横領した金にこそ感謝するだろう。かくして、諸君はかれらの敵意をわが身に贈与する恰好になるだろうし、かれらのほうは身の破滅を免れたのはかの手だて(2)のおかげだと知ることになろう。

一七　さらには、アテナイ人諸君、ハリカルナッソスの人々をはじめこの者たちに不正な目にあわされた人々も、もし諸君がこの者らに極刑を科すならば、かれらによって身の破滅を蒙ったものの、諸君が自分たちの身の証を立ててくれたと考えるであろう。しかし、この者たちの命を助けるとなれば、かれらは諸君もまた自分たちを裏切った者らと同類になってしまったと思うことだろう。それゆえ、以上のことすべてを心に留めて諸君の友人たちに感謝の気持ちを表わさねばならないが、それはとりもなおさず、この不正を犯した者たちに処罰を下さねばならぬということである。

（1）解説（三）参照。内戦時、民主派として行動を共にしたか否かは、他の弁論中にもしばしばもちだされる、原告、被告どちらにとっても聴衆への強力なアピール力をもった項目であった。

（2）金で買収すること。九節参照。

第二十九弁論　ピロクラテス告発――エピロゴス

概要

第二十八弁論の後日の事態をめぐって為された、陪審廷における告発の補足弁論（用語解説「エピロゴス」参照）。エルゴクレスが公金横領の廉で死刑となり財産は没収処分となったが、かれが横領したとされる三〇タラントンにのぼる金の所在がわからなかったところから、かれの会計を預かり、かれの指名でその配下の三段櫂船艤装を取り仕切るなど、エルゴクレスの信厚かったとみなされたピロクラテスに隠匿の嫌疑がかけられたのである。叙述や論証を含むと思われる先行の告発弁論がおそらくすでに為されているため、本弁論は要点を押さえ直し、訴追を締めくくる機能を果たすものとなっている。弁論の時期は前三八八年、エルゴクレスの裁判と同じ年と考えられる。

一　本訴訟は、陪審員諸君、私の予想以上に告発者の欠席が多くなっている。ピロクラテス(1)を告発してやると言ったり、脅したりしていた者は大勢いたのに、ひとりとして、いま、姿を見せていないからだ。このことは私には、訴状の申し立ての真実であることを示す何にも勝る証拠だと思われる。なぜなら、被告がエルゴクレスの金を多量に所持していないならば、このように告発者たちに手を引かせることはできないはずだからだ。(2) 二　私は、陪審員諸君、諸君は皆知っていると思う。諸君がエルゴクレスに死刑の判決を下したのは、かれが国家の金を横領して、三〇タラントンを超す財を手に入れたためだということを。(3) そしてその金が国には一銭も見当たらないのだ。しかしどの方向を向いて、どこを探して、その金を見つければよいというのか。かれの親族やかれが最も親しくつきあっていた者たちのところには見当たりそうにないのなら、かれの敵たちのもとに見いだすのはましてや困難というものだろう。三　では、エルゴクレスがピロクラテスほど重用していた者が誰かいたか、かれ以上に親しい間柄だった者が誰かいただろうか。諸君の重装歩兵隊のなかからピロクラテスを選んで外地に連れていき、自分の財務担当とし、ついには三段櫂船の艤装担当者に指名したのではなかったか。四　しかし、三段櫂船の艤装にあたるとなると金持ちでさえ泣き言を言うというのに、この者が、以前には財など何ひとつもっていなかったにもかかわらず、その時この公共奉仕(4)をみずからすすんで引き受けたというのは妙なことだ。だから、エルゴクレスがピロクラテスを三段櫂船艤装担当者に指名したのは、かれに処罰を与えようとしてのことではなく、かれに利得を得させんがため、かつ自分の財産を守らんがためであり、それというのも、この者ほどに信頼すべき者がほかには誰もいなかったからである。五　私が思うに、陪審員諸君、ピロクラテスには二つの、しかも、ただ二つの弁明の道しかな

(1) ピロクラテスについては本弁論以外未詳。
(2) エルゴクレスの金をもっているからこそ、被告に不利な証言をすることになっていた者たちを買収できたということ。
(3) 第二十八弁論がその告発弁論である。
(4) 用語解説参照。

い。つまり、エルゴクレスの金は誰か他の者が所持していることを明らかにするか、あるいは、エルゴクレスは諸君の公金を着服したことなどいっさいないのだから、賄賂を受け取ったこともないのだから、かれが死刑になったのは不当だということを明らかにするか、いずれかの道しかないのだ。もしピロクラテスがこの二つのどちらもしないとなれば、かれの有罪はもはや決まったも同然。人の金を奪う者たちに憤りを覚えながら、諸君自身の公金を所持する者たちを許すなどあってはならない。

六　アテナイ人で誰か知らぬ者があろうか。エルゴクレスの弁護演説に立つ者が、万が一首尾よくかれを無罪放免にすることができた場合に備えて、かれらに手付金として三タラントンが渡されたということを。かれらは、諸君の報復せんという怒りを目にすると、沈黙を守り、姿を現わそうとはしなかった。ピロクラテスはまず、かれらからその金を取り戻そうとしたが果たせず、国に密告(1)してやると言った。七　しかし、その金を取り戻し、かつ、かの男の他の財産も統括できるようになると、自分がすべての人のなかでも最もエルゴクレスの憎む者だったということを証言してくれる証人たちを用意するほどの大胆なふるまいに及んだのだ。しかし、陪審員諸君、諸君は思うだろうか。指揮はトラシュブロスがとっており、かつピロクラテスとエルゴクレスは仲が悪かったというのなら、三段櫂船の艤装をすすんで引き受けるなど狂気の沙汰なのに、そのような狂気にかれが陥っていたなどと。なぜなら、このことほど速やかに身の破滅を呼ぶことのできるものが何かあるか。どうすればこれほどのひどい扱いに身をさらすことができるというのか(2)。

八　さて、これらのことについては以上述べたことで十分である。私としては、諸君自身の身に嫌疑が及ばぬようにすること、国家の金を手にしている者たちに憐憫を覚えるよりも、すべからく不正をはたらいた者たちに懲罰を下すことこそ諸君の為すべきことだと言いたい。さもなくばかれは、自分の金は一銭たりとも手放すことなく、諸君の公金を諸君に返却するにとどまり、かれの手元にはその額よりもはるかに多くの金が残ることになるだろうからだ。九　じっさい恐るべきことではないか。諸君が、自分の金から臨時財産税(3)を出すことができない者たちには激怒し、責任を果たさぬとしてその財産を没収しておきながら、諸君の公金を所持している者たちのほうは処罰せず、かれらに金を奪われたうえにさらに厄介な敵として野放しにしているとしたら。一〇　なぜなら、かれらは、諸君の公金を横領していることを自覚しているかぎり、いつまでたっても諸君に対して敵意を抱きつづけるのをやめないだろうから。自分たちの状況を安泰にするのは国家の災いだけだと信じているからだ。

一一　私は思う、陪審員諸君、かれの件で争われるべきは、ただたんに金の問題にとどまらない、かれの命が俎上に載ってもいるのだと。じっさい恐るべきことではないか。泥棒どもが個人の財産を盗み取ったことを知りながら見逃した者は、泥棒と同罪の憂き目をみる(4)。しかるにエルゴクレスが国家の金を盗み取り、諸君の公金を使った賄賂を受け取っているのを知りながら見逃したこの男のほうは、同じ処罰を受けることなく、逆にかの者の残した財産を自分の悪辣さの褒美として手に入れるなどということがあるとしたら。ま

(1) 一八五頁註(3)参照。
(2) 三段櫂船奉仕は公共奉仕のなかでもとくに負担の大きい、多額の金を要するものであった。四節参照。
(3) 三一九頁註(1)参照。
(4) プラトン『法律』九五五B参照。

たこの者たちは諸君の怒りを受けて当然である、陪審員諸君。一二　なぜなら、かれらは、エルゴクレスの審理中に人々のあいだを歩き回って、自分たちはペイライエウス派五〇〇人、市内派一六〇〇人[1]をすでに買収しているのだと触れ回っていたのだから。かれらは自分たちの過誤を恐れるよりもむしろ金の力を信じているとうそぶいていたのだ。一三　その時には、諸君はかれらにつぎのことをはっきりと示したのだから、今回もまた、もし諸君がよく思慮を働かせるなら、すべての人々に明らかにすることができるであろう。いくら金を積んでも、不正行為をはたらいた廉で捕らえた者たちに処罰を下すことから諸君の気をそらすことはできないし、諸君の公金を横領し盗む者たちを諸君が容赦することなどけっしてないということを。一四　以上で私の諸君への勧告としたい。諸君は皆知っているからだ。エルゴクレスが出航したのは金儲けのためであって、諸君のために功績をあげようとしてのことではなかったということ、そして他の誰でもない、この男こそかれのその金を所持している張本人だということを。ゆえに、諸君に分別があるならば、諸君は自分たちの金を取り戻せるであろう。

（1）ペイライエウス派、市内派については解説（三）参照。

第三十弁論　ニコマコス弾劾

概　要

アテナイでは前四〇〇／三九九年に、一〇年近い歳月をかけた法の改訂・編纂事業が終了した。本弁論の被告ニコマコスはこの事業の担当者の一人である。そもそも法の改訂は、前四一一年秋に成立した「四百人」による寡頭政権がきっかけで始まった。政体はわずか四ヵ月後に民主政に復帰したが、寡頭政成立を可能にした法制に問題があるとみたアテナイ市民たちは、アテナイの法体系の見直しをはかり、改訂・編纂事業が始まったのである。この作業は長期にわたり、前四一〇年から敗戦の前四〇四年まで続き、さらに民主政が復活した前四〇三年に再開されてからも四年間を要した。そして、すべてが終了した直後にニコマコスが告発されたのだが、告発の対象となったかれの行為については、本弁論に述べられている以上の詳細は現在のところ不明である。本弁論の題名を写本および底本は「書記ニコマコスに対する執務審査のための告発」としているが、この題名と弁論の内容とでは食い違うところが少なからずある。まず、ニコマコスの役職は書記（γραμματεύς）ではなくて、「集録係（ἀναγραφεύς）」であった（二、二五節）。また、弁論の内容からニコマコスは執務審査で告発されたのではなく、評議会へ提起された弾劾（エイサンゲリア、一五九頁註（5）参照）という形式で告発されたとみられる。弁論の構成は、序言（一節）、叙述（二―六節）、論証（七―三〇節）、結語（三一―三四節）となる。

一　さてさて、陪審員諸君、市民のなかには裁判にかけられて有罪と判断されながらも、祖先たちの徳行と自分自身の善行(1)とを明示することで、諸君の許しを得てきた者がいる。したがって、何らかの善行をポリスに対して為したことが明らかな者についてその者の弁明を受け入れるのであれば、被告がこれまで悪辣な人間であったことを原告が明らかにする場合には、その原告の言い分にも諸君は耳を傾けるべきであると思う。二　ところで、ニコマコスの父親(2)が国有奴隷(3)であったこと、どのような生活をこのニコマコスは若者のときに送っていたのか、そして何歳になったときにプラトリア成員たちに紹介されたのか(4)、以上については、語るのも大仕事である。しかし、かれが法の集録係(5)になった後に、かれがどれほどの不都合を国に与えてきたか誰か知らない者がいただろうか。というのも、かれには四ヵ月でソロンの法(6)を集録するように命じられたのだが、ソロンの代わりに自分自身を立法委員(7)にして、四ヵ月の代わりに六年間(8)その役職にあって、毎日現金を支給されながら、法律を書きこんだり、削除したりしていた(9)。三　そのため、われわれは法律をかれの手を通してあてがってもらい、法廷で訴訟当事者たちがそれぞれ正反対の法律を、双方がニコマコスから受け取ったと言って提出する、というような事態にまでいたっていた(10)。かれはアルコンたちが即決で刑を科しても(11)、陪審廷へ引き出しても、法律を引き渡そうとはしなかった。いや、それよりも、かれを役職から解

(1)「祖先たちの徳行と自分自身の善行」と同様の表現は本書十四-二四にもみられる。

(2) アリストパネス『蛙』一五〇四－一五一四行で言及されているニコマコスと同一人であろう。

(3) アテナイには一〇〇〇名を超える国有奴隷がいたらしい。国有奴隷には、役人たちの補佐をする奴隷（例えば市域監督

官の配下の死体処理係や道路建設係の配下の道路保全作業員など。『国制』五〇‐二、五四‐一参照）と、民会や法廷の保安を担当した三〇〇名のスキュタイ人の弓兵奴隷（アリストパネス『アカルナイの人々』五四行参照）がいた。

（4）プラトリアは、古典期のアテナイでデーモス（区）と並んで市民が必ず所属していた社会組織。ただし、デーモスには一八歳の成年に達した男子のみが登録を許されたが、プラトリアには男児も女児も生後間もなく父親のそれに紹介され、さらに男子のみ普通は一六歳になると名簿に登録されたらしい。もともと「兄弟」の意味を含むこの語を名称にもつ社会集団は、スパルタやアルゴスなど多数のポリスに存在していたことから、起源は古くはミュケナイ時代あるいはそれ以前に遡るとみられている。アテナイではクレイステネスの改革以前から存在していたが、その起源がどこまで遡るか、確実なところは不明。

（5）前四一〇年に始まった法律の改訂・編纂事業において立法委員（後出註（7）参照）のもとで、法律を集録し、公示する役職。

（6）前五世紀末までには、ソロンはアテナイの法の制定者であるというイメージが成立し、現行の諸法は一般に「ソロンの法」と呼ばれるようになっていた。ソロンについては三九九頁註（2）参照。

（7）前四一〇年に始まった法の改訂作業を担当した委員。この時の立法委員の選出については、トゥキュディデス『歴史』第八巻九七‐一も言及している。

（8）前四一〇年から前四〇四年までの六年間を指している。解説（三）参照。

（9）アテナイでは、民会決議を石碑で告示し、その石碑をアクロポリスやアゴラなどに設置して公示することが行なわれていたので、ニコマコスは国内の各所に設置されている多数の石碑を点検し、公示されている内容を必要と判断すれば集録し、石柱に刻字して公示したのであろう。その石碑の一部が断片の形で出土しており、これらの断片と本弁論の内容を照合させて、改訂作業の具体的内容を解明しようとする研究が一部研究者によって熱心に進められているが、出土断片数が僅少であるため困難を極めている。

（10）前四〇三／〇二年に立法制度が一新され、法律は、新たに設置された立法委員が立案し、民会での決議を経て制定されることになった。それ以前には、民会で出された決議がすなわち法律として受け入れられていたため、時には既存の法に背馳する決議が民会を通過し、相互に矛盾する複数の法律が並行して存在するということもあった。

（11）アルコン（用語解説参照）たちは、一定の金額以下の罰金については略式に判決を下すことができた。

任し、執務内容の審査を行なう前に、国が大きな災難に見舞われてしまった。[1] 四 それで、陪審員諸君、かれは、執務内容について何の罰も受けなかったので、同じ役職に就いたのである。つまりかれはまず、三〇日で任務を遂行できるはずの集録係の仕事を四年間かけてしてきた。[2] さらに、どの資料にもとづいて法を集録するかがはっきりと定められているにもかかわらず、かれはみずからすべてについて権限をもつ身となり、誰よりも多くのことに手を下したにもかかわらず、役職経験者のなかでただ一人かれは執務審査を受けなかった。[3] 五 他の役人たちは自分の職務の報告書を評議会当番期ごとに提出しているのに、おまえは、ニコマコスよ、四年間も報告書を提出しようとはせず、市民たちのなかでおまえただ一人が長期にわたって役職を占めながら、執務審査を受けず、決議に従いもせず、法に心を砕くこともしないでよい、と考え、ある法は書きこみ、別の法は削除し、自分自身は国有奴隷の身でありながら、[5] 国事を自分のすべき事とみなすほど思い上がるまでにいたったのである。六 したがって、陪審員諸君、あなた方はニコマコスの先祖がどのような人間たちであったのかを思い出し、また、かれ自身が法を犯して諸君に恩知らずなふるまいをしたことを思い出して、かれを罰すべきであるし、かれがその行為の一つ一つについて有罪判決を受けていないのであるから、ともかく、いまこそすべてについて罰を下すべきである。

七 陪審員諸君、かれは自分自身について弁明ができないので、おそらく、私を中傷しようとするだろう。しかし、私に関することについてかれの言葉を諸君が信じるのは、諸君から弁明の機会を与えられながら、虚偽の供述をするかれを私が論駁し通せなかったときにしてもらいたい。もし万一かれが評議会で述べたこと、すなわち、私がかつて「四百人」に属していたということを再び述べようとするならば、[6] そのような発言にもとづけば、四〇〇人は一〇〇〇〇人以上になるだろうということに注意していただきたい。なぜなら、そのような言いがかりをつけたがっている者たちは、当時まだ子供だった人たちや外国に滞在していた人たちまでをも罵っているからである。八　私はといえば、「四百人」の一人であるどころか、「五千人」[7]の名簿に加えられもしなかったのである。そして、私に奇妙に思われるのは、私がもし個人的な契約に関することでかれを告訴し、かれの不正を明白なものにしたならば、本人はそのような弁明をして放免されようと考えたりしないのに、いま国事に関する裁判では私を告発することで有罪とならないようにしようとかれが考えていることである。

九　さらに、ニコマコスが多数派に対して陰謀をめぐらしていたことを私が明らかにしようとしている時

（1）前四〇五年夏のアイゴス・ポタモイでの敗北以降の事態を指す。
（2）前四〇三年から前三九九年までの四年間。
（3）用語解説参照。
（4）当審評議員（三二五頁註（3）参照）が任務にある三五日または三六日の期間。
（5）ニコマコスの父親が国有奴隷であったので、原告側はこのような一種のレトリックを使用して、ニコマコスに対して陪審員が蔑視の評価を下すよう誘導しようとしている。
（6）すでに評議会における予審の際に述べたのであろう。
（7）前四一一年に成立した「四百人」の寡頭政権は四ヵ月で倒れ、「五千人」会議が政治を担当することになった。トゥキュディデス『歴史』第八巻九二―九三、『国制』三三-二―三四-一参照。

に、そのかれが他の者たちに対して不正にも大赦[1]を認めなくともよいとしていることに私は驚きを禁じえない。それでは、私の言うことを聞いていただきたい。あのとき民主政を共謀して崩壊させたのに、いま民主派であると主張しているこれらの人々に関して、そのような告発を受けつけることは正しいからである。[2]

一〇　というのも、艦隊が失われてしまい[3]、国制の変更が行なわれようとしていた時に、クレオポン[4]は評議会が共謀して、国のために最善のことを評議していないと言って、非難した。すると、評議会議員をしていたケピシア区[5]のサテュロス[6]が評議会に対し、かれを捕らえて陪審廷に引き渡すように動議した。一一　かれが死ぬのを望んでいた者たちは、陪審廷で死刑判決が出ないのではないかと恐れて、ニコマコス[7]に、評議会も裁判に参加すべきと定めた法律を提示するよう説得する。そして、この男、あらゆる人間のなかでも最も低劣なかれは、裁判が行なわれる当日にその法律を提示するという挙に出るほどあからさまに共同謀議に加わっていたのである。一二　ところで、陪審員諸君、クレオポンについては、かれを別の件で告発することもできるだろう。しかし、つぎのことに関してはすべての人々が同意する、すなわち、民主政を崩壊させようとする者たちはその男を市民のなかの誰よりも邪魔者として排除したがっていたこと、そして、「三十人」に加わることになるサテュロスとクレモン[8]がクレオポンを告発したのは、諸君のために怒りを抱いたからではなく、このクレオポンを死刑に処して自分たちで諸君に悪事をはたらけるようにするためだった。一三　かれらはそれを、ニコマコスが提示した法律によって実行した。したがって、陪審員諸君、諸君のなかでクレオポンは悪い市民だと考えていた人たちでさえ、つぎのことは心に留めておくべきだろう。寡頭政権の時に処刑された者たちのなかにはまことに悪辣な人間がひとりふたりはいたかもしれないが、そのような人のためにすら諸君が「三十人」に対して憤激するのは、「三十人」が悪事ゆえでなく、抗争ゆえにかれらを処刑したからなのである。**一四** そこで、もしニコマコスが以上のことについて弁明するのなら、つぎのことだけは覚えておくように。かれは国制の転覆が為されようとしていたまさにその時に、民主政を解体させた者たちに便宜をはかろうとしてあの法律を提示したのであり、サテュロスとクレモンが強力に采配をふるい、ストロンビキデスとカリアデス(9)、およびその他の多くの優れた市民たちが死刑に処せられたあの評議会が裁判に参与するのを可能にしたのだ。

一五 しかも、それらのことについて私は何も発言しはしなかったであろう、もしかれが民主派であると

（1）文字どおりには、「過去の悪事を記憶に留めないこと」という表現で、和解協定中の大赦を指している（次註参照）が、ここでは具体的にどのような意味がこめられているのか不明である。

（2）「三十人」政権下での出来事については大赦を適用することが、内戦終結の際の和解協定で決められたこと（『国制』三九-六）を念頭に、話者はこの大赦令に抵触しないように注意深く言葉を選んでいる。

（3）前四〇五年秋のアイゴス・ポタモイの戦時のことを指す。解説（三）参照。

（4）本書十三-七―一二、および一八三頁註（1）参照。

（5）中心市アテナイの北東近郊の区（デーモス）。

（6）「三十人」政権で「十一人」（用語解説参照）の一人だった。

（7）写本では、この箇所の名前はニコマキデスとなっている。『ギリシア史』第二巻三-五四―五六参照。

（8）「三十人」に加わっていたのはクレモンのみだが、サテュロスも「三十人」側に立っていたという意であろうか。また、テラメネス処刑（本書十二-七八参照）後に「三十人」に加わったともいわれている。

（9）ストロンビキデスについては本書十三-一三参照。カリアデスはその仲間か。

名乗って不当にも助かろうとしており、亡命したことを多数派への好意の証拠として利用しようとしていることを知らなかったならば。しかし、民主政を共同して解体させた者たちのなかにも死刑に処せられたり、亡命して市民権を行使しなかった人々がいて、私はその者たちの名を挙げることができるが、一六　そうすればかれの言い分はまったく通用しないものとなるのだ。というのも、諸君の追放についてこの男は一枚かんでいたのだが、他方、その当人の帰還は諸君多数派によってもたらされた。まったく恐ろしいことではないか、かれが心ならずも蒙ったことについて諸君はかれに感謝しながら、かれが故意に行なった過ちについては何の報復もしないとは。

一七　聞くところによれば、私が供犠を廃止することで瀆神行為を冒しているとニコマコスは主張するらしい。法典の集録事業について法律を制定するのが私であったならば、ニコマコスが私についてそのようなことを語ることもできるだろうと思う。しかし、今はわれわれが共有する現存の法律にかれが従うべきだと思う。規定書(1)に従って一覧表(2)や石柱に記載された供犠を執行すべきだと述べる私を瀆神行為を冒していると言うとき、かれは国をも告発しているのだということに気づかないのであれば、驚くべきことである。なぜなら、それらは諸君が決議して定めたのであるから。したがって、ニコマコスよ、もしおまえがそれらの法を恐ろしい内容であると考えるのであれば、一覧表に記載されている供犠のみを行なっていたかの者たちはまさに不正をはたらいていたと思っているのだろう。一八　そのうえ、陪審員諸君、敬虔(3)については、ニコマコスに教えてもらうのではなくて、これまでの伝統を参照すべきである。ところで、われわれの祖先たちは一覧表に記載された供犠を行なうことによって、ギリシア世界のなかでも最大にして最も幸多き国をわれわれ子孫に伝えてくれたので、これらの供犠の結果もたらされてきた幸運のためというただそれだけの理由ででも、かれらがしたのと同様の供犠をわれわれもすべきなのだ。一九　それでは、はたして誰か私よりも敬虔な人がいるなどということがあるだろうか。というのは私が重視するのは、まず父祖伝来の慣行に従って供犠すること、[4] 次に、国に大いに有益である供犠をすること、さらに、民会が決議したもので、国庫収入で賄える供犠をすること、であるのだから。ところがニコマコスよ、おまえはこれとは正反対のことをしたのだ。以前に命じられていた供犠よりも多くの供犠を記載し、それらの供犠のために国費から支払いが行なわれるようにしてしまい、父祖伝来の供犠のための支出を困難にしてしまった。二〇　例えば、昨年一覧表に記載されている供犠のうちの三タラントン相当の供犠が実施されなかった。しかし、国庫収入が十分でなかったと言うことはできない。なぜなら、この男が六タラントンを超える供犠を書き入れなかったならば、父祖伝来の供犠のための経費は十分あったのだし、また、三タラントンが国に残ったであろう。以上語られたことについての証人を諸君の前に連れ出すことにしよう。

（1）原語は συγγραφεῖς。主に宗教的な事柄に関連する規定を記した文書。

（2）原語は κύρβεις。木製あるいは青銅製。実体は未だに明らかではないが、ドラコンやソロンの時代には法律を一覧表や回転板（ἄξων）に記入したらしい。

（3）用語解説「瀆神行為」参照。

（4）父祖伝来の供犠については、『国制』五七-一参照。

二一　そこで、よくお考えいただきたい、陪審員諸君、規定書に従って行なうならば父祖伝来の供犠はすべて果たされるが、この男の集録した石碑に従って行なうならば供犠のなかの多くがないがしろにされるということを。ところが、以上のことについてこの瀆神者は、集録にあたっては倹約ではなく敬神を旨としたと繰り返し述べており、さらに、もし諸君がそれを気に入らないならば削除してもらいたいと言うのだが、それによってかれは自分がなんらの不正も行なっていないと諸君に納得してもらえると考えている。しかし、この男は二年間に、必要を超える一二タラントンを費やし、国が年に六タラントンの損失を蒙るようはからったのだ。二二　しかもかれはこれを、国が資金不足に陥って、われわれが金の支払いをしないとラケダイモン人たちが威嚇し[1]、また、われわれが二タラントンを支払えなかったためにボイオティア人たちが実力行使に出て[2]、船庫と城壁が崩壊するのを知っていながら行なったのであり、その時々の評議会は行政のために十分な資金を有しているならば過ちを犯しはしないであろうし、困難に陥ったならば弾劾告発を受けつけ、市民の財産を没収し、政治家たちのなかでも低劣きわまりない連中の言葉に従うことを余儀なくされるということを知っていながら行なったのである。二三　そこで、陪審員諸君、毎年交代する評議会議員一般にではなく、国をそのような困難へと陥れた当の評議会議員たちに怒りを向けなければならない。公金の横領をもくろむ者たちは、ニコマコスがどのように裁判に対処するかということに関心を向けている。もし諸君がニコマコスを処罰しないならば、諸君はかれらに対し十分な罪責免除を与えることになる。もし諸君が有罪の投票をして、かれに極刑の判決を下すならば、諸君は同じ一回の投票で他の者たちを更生させ、また、かれには正義の処罰をしたことになろう。二四　よく知っておいていただきたい、陪審員諸君、もし諸君が弁舌の巧みでない者を処罰するのでなくて、演説を得意とする者を有罪とするならば、それは他の人々によい手本となり、かれらは諸君に対し間違いを犯そうとしなくなるであろう。では、市民のなかの誰がニコマコスよりも敗訴するのにふさわしいであろうか。国に良いことを行なうのが少なかった人であろうか、それとも、より多くの不正をした人であろうか。二五　そのニコマコスは聖法と俗法、両方の集録係となってそのいずれについても誤ちを犯してしまった。諸君はすでに市民の多くを金銭の窃盗の咎で死刑に処してきたことを思い出していただきたい。ところが、その者たちは一時的に諸君に損害を与えたにすぎないが、法律の集録について賄賂を受け取ったこれらの者たちは永遠に国に対して罪を犯しつづけるのだ。

二六　かれを無罪放免するとすればどのような理由であろうか。敵どもに相対して勇敢な男であり、多くの陸戦や海戦に立ち会ったという理由だろうか。しかし、諸君が危険を冒して出航していったとき[3]、かれはそのままとどまってソロンの法[4]を骨抜きにしていた。それとも、かれが私財を提供し、多くの臨時財産税[5]を納めたことが理由だろうか。しかし、かれは自分の財産の一部を諸君に提供するどころか、諸君の財産か

（1）「三十人」がスパルタから借入した一〇〇タラントンについては、『ギリシア史』第二巻四-二八参照。
（2）ボイオティア人への借金とは、トラシュブロスの債務であろうか。この箇所で述べられている財政上の問題に関して他の史料は残されていない。
（3）前四一〇年から前四〇四年までの戦闘を指している。
（4）三八九頁註（6）参照。
（5）三一九頁註（1）参照。

ら多くを奪い取ってしまっている。二七　それとも、祖先たちが理由だろうか。というのは、それを理由に諸君から許しをもらった者たちがこれまでにいるからである。しかし、かれにふさわしいのは、自分を理由にすれば死刑に処せられることであり、祖先を理由にすれば売却されること(1)なのだ。また、もし諸君がいまかれを見逃すならば、それだからといってかれは後に心のこもったお返しをするだろうか。かれは諸君から分け与えてもらった恩恵を覚えてはいない。しかも、奴隷から市民に、物乞いから長者に、下級書記から立法者に変身してしまった。二八　そして、そのことで人は諸君を告発することもできる。それはつまり、祖先たちはソロン(2)やテミストクレス(3)やペリクレス(4)を、しかるべき立法者であればしかるべき法律ができると考えて立法者に選出したのだが、他方の諸君はメカニオン(5)の子テイサメノス(6)とニコマコスと他の下級書記であった者たちを選出したのだから。そして諸君は、政治支配がそのような連中によって損なわれてしまったと考えながらも、そのかれらに信をおいているのだ。二九　何よりも恐ろしいこと。それは、同じ人間が同じ役職で二度、下級書記役を務めること(7)はできないのに、同じ人々が最も重大な事柄について長期にわたり権限をもつことを諸君が認めていることである。最後に、諸君は父方ではポリスに何の関係もないニコマコスを父祖伝来の法の集録者に選んだのである。三〇　そして、市民団によって裁かれるべき人が公然と市民団の解体作業に加わっている。したがって、いまは諸君がこれまでに起こったことについて悔いるべきである。そしてこれらの者たちが悪事を犯しつづけるままにせず、悪事を犯した者たちを個人的に非難はするが、かれらを処罰することが可能であるのに無罪と判決することのないように。

三一　以上のことについては、私が語ったことで十分だが、かれの無罪放免を求める人々について若干のことを諸君に申し上げたい。かれの友人や国事に携わっている人のなかには、かれのために嘆願する準備をしている人たちがいるが、思うに、その幾人かの場合は不正をはたらいた者を助けることに関わるよりも、自分の為した事どもについて釈明することを先にすべきだ。三二　恐ろしいことだと私は思うのだ、陪審員諸君、その者たちが、ニコマコスは一人であって、しかも国からはなんらの不正な扱いも受けていないそのかれに対し、諸君への犯罪行為をやめるべきだと求めようとしなかったのに、これほど多数であって、しかもニコマコスから不正を加えられているその諸君に対し、かれを処罰すべきでないと要求するというのは。(8)

三三　したがって、諸君は、かれらが友人を助ける際に見せる熱意と同じだけの熱意をもって敵に制裁を加えなければならない、悪事をはたらく者を処罰するならば、まず最初にかれらがそのような諸君を良い人たちであると考えるだろうと確信をもって。よく考えていただきたい。かれのために嘆願する人々のなかの何

(1) ニコマコスの父親が奴隷であったことを想起させようとしている。

(2) 混乱する社会の改革のために調停者として選出され、前五九四年に改革を断行したアテナイの立法者。

(3) ペルシア戦争、とくに前四八〇年のサラミスの海戦の際に活躍した政治家。

(4) 解説(三)参照。

(5) 前四七〇年頃女神アテナに奉納碑文(『ギリシア碑文集成』第一巻(第三版)八四一番)を建造した書記のメカニオンと同一人物であろうか。

(6) 民主政回復の際の民会決議提案者。アンドキデス一-八三参照。

(7) 在任中の役人たちのもとで下級書記を務めた者が、次期の役人の下でも職務を継続することは禁じられていた。

(8) 有力者の裁判介入に対する反論としてよく使われた論法。本書十四-二〇参照。

人も、この男が犯した悪事と同じくらいの大きな善行を国のためにかつて行なったことはなかったのだから、かれらが助けるよりも、諸君が制裁を加えるべきなのだ。三四　そして、よく知っておくべきである、この同じ人々が告発者たちに大いに働きかけながらもわれわれを説得できなかったことを。(1)また、諸君の投票を買収しようとして法廷に入り、諸君をだまして将来何でも望むことをする免責を得ることを希望していることを。三五　ところが、われわれはかれらの期待にもかかわらず買収されなかったが、その同じことを諸君にお願いしよう、裁判の前に罪人を憎まないように、だが、裁判では諸君の立法制度を侵害する者たちに制裁を加えるように、と。なぜなら、このように法に従って国制に関するすべてのことは運営されるのであるから。

(1) 被告側が原告側を買収しようとしたことが示唆されている。

第三十一弁論　ピロンの資格審査への反対弁論

概　要

評議会が次期の評議会議員に選出されたピロンの資格審査（用語解説参照）を実施した際に、かれの資格認定に反対する評議会議員の一人によってなされた弁論である。弁論は、ピロンが「三十人」政権打倒のために内戦が生じた際に市民としてなんらの貢献もせず、自己の利益保全のために国外に亡命してしまったことや、私人としての行動にも問題があるということを理由に、評議会議員の資格を否定するものである。この主張がはたして事実を正しく伝えているのかどうか、判断は難しい。本弁論の正確な年代については、弁論中に具体的な手がかりがほとんどないため、確定は困難であるが、第八節の記述から前四〇三年の民主政回復後であることは間違いない。さらに、ピロン一味による強奪の被害者として弁論中で述べられている老人たちがなお存命であることを示唆する表現を考慮に入れれば、前三九八年かその前後と推定が可能であろう。弁論の構成は、序言（一－四節）、提言（五－七節）、叙述（八－一三節）、論証（二四－三三節）、結語（三四節）となる。

一　私は思いもしませんでした、評議会議員諸君、ピロン(1)が諸君の前にやって来て資格審査を受けようとするほどに大胆な所業に出てこようなどとは(2)。しかし、かれが厚顔なのは一事だけでなく万事についてでありますし、私は国のために最も良い審議をしようと誓いをたてて(3)評議会議場に入ってきたのであり、二　また、もし抽選で選出された者たちのなかに評議員として不適格な者がいると誰かが気づいたのであれば、それを明らかにすることが誓いを守ることであるので、私はこのピロンに対する告発をこれからするのですが、しかし、それは個人的な敵意を先に立ててするのではなく、諸君の前で語る能力があり、またそれに慣れているからその気になったというわけでもなく、かれの悪行の数の多さを確信し、また、たてた誓いを守ることが大切であると考えてすることなのです。三　まったくのところ、諸君はこれから理解なさるでしょうが、かれがどのような人間であるのか明らかにするにあたって、私はかれが悪辣な人間となろうとした際にした周到な準備と同じほどの準備をしてはおりません。しかし、もし私が弁舌のせいでこの告発をし損じ、それが原因でかれが勝利するならば、それは正しいことではありません。むしろ、私が十分に説明することによって、かれが資格審査で不合格となることのほうが正義にかなっているでしょう。四　私がかれの所業のすべてについて経験がないという理由からいえば十分ではないでしょうが、かれの悪辣さという理由から［かれを不合格とするためには］十分な説明を私はいたしましょう。また、諸君のなかの弁舌の能力が私よりも優れている方々が明らかにしてくださることを、そして私が言い残したことで、その方々が知っていることにもとづいてかれを告発してくださることを願っています。そうすれば、諸君自身でピロンを告発することができますし、私の陳述からだけでかれの人となりについて思いをめぐらすという必要もなくなります。

五　われわれに関して正しい評議ができるのは、市民であることと同様に、市民性について熱心に思いを向けている人々以外の誰でもないと思います。なぜなら、そういう人たちにとって、このポリスが順調にいっているかそうでないかは大きな違いであって、それは、かれら自身が繁栄に与るのと同様に苦難も分担しなければならないと考えるからなのです。**六**　生まれにおいては市民でありながら、どの土地であれ、生活に必要な資源のあるところが自分たちの祖国であるという考え方をする人々は、ポリスではなくて財産こそを自分の祖国であると考えるわけで、ポリスの公共善を自分の個人的な利益のために切り捨てるのは明らかです。**七**　そういうわけで、私はこのピロンがポリスの公共の苦難よりも個人の安全を重んじたのであり、自分の人生を大過なく過ごすことを、ポリスを救うために他の市民たちといっしょに危険を冒すことよりも良いと考えたのだということを明らかにしましょう。

八　というのは、この男は、評議会議員諸君、あの惨事がポリスに生じていたときに[4]（それについて私は、そうせざるをえないことだけを述べますが）、「三十人」の命令によって市民たちの他の多数の者とともに中

（1）本弁論以外では未詳。

（2）この冒頭の表現は第三弁論冒頭と酷似する。

（3）評議会議員は就任の際に誓約を宣誓した。この慣行は前五〇一／〇〇年に遡るが（『国制』二二-二）、誓約の内容にはその後変更が加えられたらしい。

（4）前四〇五年のアイゴス・ポタモイでの敗戦とその後にアテナイに起こったこと、すなわちペイライエウス港封鎖とスパルタへの降伏および「三十人」政権の成立を指す。

心市から放逐されてしばらくは田舎に住んでいましたが、[1] ピュレからの人々がペイライエウスへと帰還し、[2] 田舎からの人々ばかりでなく、国境の向こう側からも人々が、あるいは中心市へ、あるいはペイライエウスへと集まってきたときに、[3] そして、各人が力の及ぶかぎりのやり方で祖国を救済していたときに、かれは他のすべての市民たちとは正反対のことをしたのです。九 というのも、かれは自分の持ち物をすべて荷造りすると、それから国境の向こうへと移住し、オロポスで[4]在留外人税を支払って、身元引受人のもとで暮らしていたのです。市民としてわれわれとともにいるよりも、かの地の人たちのもとで在留外人[5]として暮らしたいと望んでのことでした。市民たちのなかには、ピュレからの人々が事を為すのに成功したのを見て態度を変えた者がいくらかいましたが、かれはそのように行動しませんでしたし、このような成功に自分も参与しようと考えもしませんでした。かれはむしろ、国に利益となることを何か成し遂げて[民主派の人々とともに市内に]帰還するよりも、事がし遂げられたときに舞い戻ってきたいと願っていたのです。[6] というのも、かれはペイライエウスへは来なかったし、自分の配属を諸君に委ねたということもないからです。一〇 しかし、われわれが事を成就したのを見てもあえて売国行為[7]をしてしまうような人間であれば、もしわれわれが失敗したならば、かれはいったい何をしたでありましょうか。さて、個人的な苦難が理由で国に起こった危難を分かちあわない者たちならば、容赦されてもよいでしょう。誰も自発的に不幸になろうとはしないからです。一一 しかし、自分の判断でそれをしたのであるなら、そのような人はいかなる容赦にも値しません。不幸のゆえではなく、損得勘定でそのようなことをしたからです。同じ悪事に関わることであっても、そのようなことを最も避けることのできた人々へ最大の怒りを抱き、貧乏人や体に不自由のある人々には、かれらが不本意に過ちを犯すと考えられるので、寛大であることが、すべての人間のあいだで確立している正義というものです。一二　したがって、この男はいかなる斟酌にも値しません。ご覧のとおり、体が不自由であるため労を払うことができないのではなく、また、財産が不足して公共奉仕(8)ができないわけでもないのです。まさに力のかぎりを尽くして悪人となったような人物であれば、諸君すべてに嫌われても当然ではないでしょうか。一三　それどころか諸君がかれを資格審査で不合格としても、市民たちの誰の憎悪をも招かないでしょう。[かれは](9)一方の側だけではなく、双方の裏切者だったのですから。つまり、市内にとどまっていた市民たちに対してかれは友人面《づら》ができないでしょうし（危険を冒そうとするその人たちの許に赴くこと

(1)「三十人」政権は三〇〇〇名の市民を選び出し、残りの市民は中心市から退去するように命じた。解説（三）参照。

(2)解説（三）参照。

(3)ペロポンネソス戦争終結後に、あるいは「三十人」政権成立前後に、市民たちの中には国外に亡命した者もいた。ピュレで決起したトラシュブロスら反寡頭派の人々がペイライエウスへ移動し、内戦がいよいよ本格化すると、このような亡命者たちが内戦に参加するために帰国したのである。

(4)ボイオティアの北東部に位置する都市で、ペロポンネソス戦争開戦までにはアテナイの属国となっていた（トゥキュディデス『歴史』第二巻二三）が、前四一一年にアテナイの支配から離れ、ボイオティアに帰属していた。

(5)オロポスにもアテナイと同様の在留外人身分が存在していたのであろう。在留外人税、身元引受人ともに、用語解説「在留外人」参照。

(6)解説（三）参照。

(7)原語は *προδιδόναι* で、「裏切る」という意のこの動詞（*προδίδωμι*）は本弁論では一〇、一三、二六（三回）、二九、三一、三二節の一〇箇所で使用されている。

(8)用語解説参照。

(9)寡頭派市民を指す。解説（三）参照。

などかれには思いもよらなかったのですから）、ペイライエウスを占拠した市民たち(1)に対しても同様でしょう。とりわけ自分自身が追放の身であるのに(2)、かれらとともに帰還することを望まなかったからです。一四　しかしながら、かれが関係する活動(3)に参与した人たちの一味が市民のなかに残っているならば、その人たちがポリスを掌握した暁にこそ（どうぞ、そうなりませんように）、ピロンはいっしょに評議会議員になろうと考えるがいい。

かれがオロポスで身元引受人のところに居を定め(4)、十分な財産を所有していて、しかもペイライエウスでも市内でも武器を手に戦いもしなかったこと、まず私の語るこれらのことが真実であると知っていただくために、証人たちの言葉を聞いてください。

証人たち

一五　そういうわけですから、これからかれに残されている言い訳は、己の身に起こった何らかの疾患のゆえにペイライエウスへと救援に赴くことができなかったが、みずから国のために貢献することのできない他の多くの市民がそうするように、自分の財産から諸君多数派(5)のために金銭を負担したり(6)、あるいは自分の所属区成員のなかの数名に重装歩兵の武装をさせたり(7)したと言明することくらいなのです。一六　それでは、かれが嘘を言って欺くことのできないように、これらのことについても諸君にここではっきりとお知らせしておきましょう。というのも、私は後でここに戻ってきて、かれを問いつめることができないからです(8)。それでは、私のためにアカルナイ区(9)のディオティモス(10)およびかれとともに選出されて拠金から所属区成員に重装歩兵の武装をさせた人々を呼び出してください。

ディオティモスとともに選出された者たちの証言

一七　このように、この男はそのような危機的状況下にあってポリスを助けようなどと考えはせず、諸君の不幸から何か利益を得ようと狙っていたのです。なぜなら、時には一人で、時には諸君の不幸を自分の幸いとみなすような輩を先導しながらオロポスを発ち、一八　［アッティカの］田園地帯を徘徊し、市民のなかでも、わずかの必需品をもって村々にとどまっていた老人たちで多数派に好意をもちながらも老齢のためにかれらを救援できなかった人たちに遭遇すると、その老人たちから持ち物を奪いました。かれらに悪事をはたらくのを控えるよりも、自分が少しでも儲けることのほうが大事とみなしてそうしたのです。その老人たちは皆、あのころポリスを救済できなかったのと同じ理由でいまかれを告訴することができない人たちなので

(1) 民主派の市民を指す。解説（三）参照。民主派ばかりでなく、寡頭派として内戦を戦った者たちもここでは祖国を救済しようとした、と評価されている。寡頭派に加わった者たちが当該法廷に陪審員としていた場合を考慮して、このような言い方がされたのであろうか。ピロンに対して、民主派と市内派のいずれもが敵対的になることを期待しての言い方であろうか。

(2) 第八節および四〇五頁註（1）参照。

(3) 具体的に何を指すか不明。ピロンの政治的見解であろうか。

(4) 九節参照。

(5) 一五七頁註（3）参照。

(6) 金銭負担は、内戦時にリュシアス自身も行なった。解説（四）参照。

(7) 「重装歩兵の武装をさせる」の表現はピロンが経済的、社会的に上層に属していたことを示唆している。

(8) 資格審査では、告発者は発言を一回にかぎり認められた。

(9) アッティカ最大の区（デーモス）。中心市から約一五キロ北に位置した。

(10) この箇所を除き未詳。ただし、この箇所からピロンがアカルナイ区成員であったと推測できる。

す。一九　しかし、その人たちが老齢でそうできないのをよいことに、この男が二重に儲けてはなりません。当時は老人たちが所有していた物を奪うことにより、今は諸君による資格審査に合格することによって。むしろ、かれから不正を加えられた人たちの誰か一人でも現われるなら、そのこと自体を重大とお考えください。そして、他の人たちであればその苦難を気の毒と思って自分たちの財産からなにがしかを与える気になるような人たちから、持ち物をあえて奪ったこの男に憎悪を向けてください。それでは、私のために証人たちを呼んでください。

証人たち

二〇　ところで、私が思うに、この男について下す評価が、かれの家族と諸君とで違うべきではないでしょう。なぜなら、家族の評価は、かれがほかになんらの過ちを犯していなかった場合でも、ただそれだけで資格審査の際に否認される正当な理由となるもの(1)なのですから。まず、母親がまだ存命中にどのようなことでかれを非難していたかは省略しましょう。それに、彼女が死の床で行なったことから判断すれば、かれが母親に対してどのようにふるまったのか諸君は容易に知ることができます。二一　彼女は死後の自分のことを託すほど息子を信じていなくて、アンティパネス(2)をまったく親族関係がないにもかかわらず信頼して、自分の墓のために銀貨三ムナ(3)をかれに与えたのです、自分の息子であるこの男を後に残しながら(4)そうしたのです。かれが彼女と母子関係があるにもかかわらず、為すべきこともしないだろうと彼女は明らかによく承知していたのです。二二　そもそも母親というものは、自分の子供たちから不正を受けても大いにそれに耐え、また、些細なことをしてもらっても大きなことをしてもらったと、起こったことをあれこれ吟味して査定するよりも情愛によってそう考える気質をもった存在ですが、その母親が死んだ自分からかれが持ち物を奪い去るだろうと考えていたのであれば、かれについて諸君はどのように考えるべきでしょうか。二三　まことに、自分の親族についてそのような罪を犯す者であれば、他人についてはどのようなことをするでありましょうか。以上のことが真実であるということについては、その銀貨を受け取り、彼女を埋葬したその当人(5)の言をお聞きください。

証言

二四　諸君がこの男を資格審査の際に承認なさるとすれば、それはどのような理由からでしょうか。かれが罪を犯さなかったとでもいうのでしょうか。しかし、かれは祖国に最大の不正をはたらいたのです。それとも、これからかれがより良い人間になるとでもいうのでしょうか。それならそれで、まずポリスに対して良い人間になり、そのあとで、かつて犯した悪事と同じほどに目にも明らかな善行を行なってから、評議会議員の座を狙うがいい。お礼は、誰にでも事が為された後でするほうが賢明なのですから。なぜなら、犯してしまった過ちについて罰を受けず、他方、これから行なおうとする善行について前もって報われるという

(1)『国制』五五-三にはアルコン九人の資格審査の内容が記されており、その審査内容中に両親に対して親切であるかという事項がある。
(2) この箇所を除き未詳。
(3) 弁論に言及されている葬儀、埋葬用の費用としてはきわめて小さい数字である。本書三十二-二一(二五ムナまたは五〇ムナ)参照。
(4) 親の埋葬は後継者である息子の義務であった。
(5) アンティパネスのこと。

のは、どう考えても奇妙なことだからです。二五　それとも、すべての人が同じように報われるのを見て市民たちが良くなるために、それを理由にかれを資格審査で合格させるべきなのでしょうか。しかし、立派な人たちは、自分たちが受けるのと同じほどの尊敬を低劣な者たちも受けていると知ったならば、悪人を尊敬するような者は優れた人たちを忘れてしまうものだと考えて、立派にふるまうのをやめてしまうという危険があります。二六　さらにつぎのことも心に留めておくべきです、もし何人か城塞や軍船や軍団を裏切ったならば、そのなかには市民の一部がいるだけであったとしても、極刑で処罰されるのに、ポリス全体を裏切ったこの男の場合、処罰を逃れるばかりでなく名誉を得ようという心づもりでいるということを。さらに、この男と同じように堂々と自由を売り渡したような者は誰であれ、評議会議員となるかどうかではなく、奴隷となるかどうかについて裁判にかけられ、最大の刑罰を科せられて当然なのです。

二七　私が聞いたところでは、かれはつぎのように言っているようです、あの危機の際に不在であったことが犯罪であるならば、他の不正行為の場合がそうであるように、そのことについても法がはっきりと定められていたであろうと。(1)かれは、それがあまりに大きな不正であるがゆえにいかなる法も定められなかったのだということに諸君が気づかないと考えるので、そのようなことを言うのです。まったくもって、市民の誰かがそのような大それた過ちを犯すなどということを、考えおよんだ政治家や想定した立法委員(2)がいたでしょうか。二八　もし何人か、自国が危機に瀕しているときではなくて、他国を危機に陥れているときに戦列を離れたのであれば、それを大罪とする法が定められたりはしなかったでしょうが、もし自国そのものが危機に瀕しているときに国を去ったのであれば、法が制定されなかったはずはないでしょう。まったくのところ、もし市民の誰かがかつてそのような罪を犯すということが想定されたならば、そのような法が制定されていたでありましょう。二九　もし諸君が、在留外人をその本分を超えて民主政の救済を行なったという理由でポリスにふさわしいやり方で顕彰したのに[3]、この男については、市民たる本分に反してポリスを裏切ったという理由で、少なくとも現在適用可能なより厳しい罰がないとして、せめても市民権剝奪の処罰[4]をしないのであれば、誰が諸君を非難しないなどということがあるでしょうか。三〇　諸君が国に益をもたらす者を顕彰し、害を為す者たちから市民権を剝奪するのはどのような理由によってなのか、思い起こしてください。いずれの場合も、すでに生まれてきた者たちよりもむしろこれから生まれてくる者たちのためであって、立派な者となるよう熱心に心がけ、けっして害悪を為す者とならないことを目指すためなのです。三一さらに、お考えください。行動によって[5]祖先伝来の神々を裏切った者が、どのような誓いであれば重んじると諸君はお考えでしょうか。あるいは、祖国の解放を欲しなかった者が、国事に有益などのような提案をするでしょうか。あるいは、国の要請を果たすことを重視しなかった者が、どのような秘密を守る[6]と諸君はお

（1）この箇所に依拠して、『国制』八-五にある「ソロンによる中立の法」がすでにこのころには無効となっていたとみなす見解が優勢である。ただし、当該法そのものがフィクションであった、とする見方もある。
（2）解説（三）参照。
（3）この時の在留外人のための顕彰決議は、『ギリシア碑文集成』第二巻（第二版）一〇番にみられる。
（4）原語は *ἀτιμία* で、ここでは、資格審査で不合格となり役職に就けない状態を指すのであろう。八一頁註（2）参照。
（5）誓いの言葉と対比させて、行動を持ち出している。
（6）評議会は秘密裏に開かれることがあった。アンドキデス一-四五参照。

考えでしょうか。危機にあたって最後までやって来ようとしなかったこの男が、首尾よく事を為し遂げた者たちより前に名誉を与えられるというのが、どうして理にかなっているというのでしょうか。この男が全市民をまったく顧みなかったのに、諸君がかれただ一人を資格審査で不合格としないならば、それは嘆かわしいことです。三二　また、かれを助けるとともに諸君の助力をも得ようと準備している人たちがいますが[1]、かれらは私を説得できなかったからそうするのです[2]。当時、苦難と最大の抗争が諸君に迫っていて、国制そのものの行く末がかかっていた時、そして、たんに評議会議員となることだけでなく自由をもかけて戦わなければならなかった時、その人たちは諸君や国全体を救助するようかれに求めませんでしたし、祖国や評議会を裏切らないよう求めもしなかったのですが、その評議会にかれはいま参加したがっています。事を成就したのは他の人々ですから、かれにはその権利がないにもかかわらずそうしたがっているのです。三三　たとえ評議会に受け入れられないとしても、皆さん、かれはそれに不服を述べる権利のない唯一の人間です。なぜなら、いま諸君がかれの市民権を剥奪するからではなくて、かれ自身がその資格を諸君の側に立って評議会のために戦うべきではないと考えたまさにその時自分から剥奪したからなのです。その時の熱意たるや、抽選で選出されようとやって来た現在の熱意と同じほどでした。

三四　これまでお話ししたことで十分と思いますが、それでも語り残したことはたくさんあります。しかし、それをお知らせしなくても皆さんはご自分で国に有利な判断をなさるであろうと信じております。評議会議員となるにふさわしいかどうか判断するにあたって諸君が範とすべきは、資格審査に合格した諸君自身のほかにはないのですから。まったく、この男の行状は新しい事例であり、民主政のどの点にも似つかわしくないものなのです。

（1）ピロンの補助弁論者（解説（二）参照）たちを指している。

（2）話者に対する贈賄工作が失敗したことを示唆している。

第三十二弁論　ディオゲイトン告発

概要

ハリカルナッソスのディオニュシオスがリュシアスの法廷弁論の具体例として引用（論証の途中まで）したことにより伝えられている作品（解説（二）参照）。本訴訟の原告は被告ディオゲイトンの兄弟ディオドトスの長男であるが、その母、すなわちディオドトスの妻は、ディオゲイトンの娘であり、原告にとってディオゲイトンは母方の祖父であると同時に父方の叔父という関係になる。ディオドトスの死後、ディオゲイトンは後見人として、未亡人となった娘を再婚させ、男子二人女子一人の遺児の後見役を長男が成年に達するまで八年間務め、その間に女子を嫁がせた。その嫁いだ相手が本弁論の話者である。つまり本編は、原告の義理の兄が原告の「代理弁論者」（四一七頁註（1）参照）として為した弁論である。時期は、ディオドトスの戦死が前四〇九年であり、その後八年を経、さらにただちに訴訟の段取りにはならなかったことから、前四〇〇年頃と考えられる。伝存の、序言（一—三節）、叙述（四—一八節）、論証（一九節以下途中まで）を通して、古代アテナイにおける血縁関係の様相、資金投資のあり方、女性像の一端が垣間見られる点でも興味深い。

ハリカルナッソスのディオニュシオスによる梗概

ディオドトスは、ペロポンネソス戦争の折、トラシュロス配下に登録された兵士の一人として、グラウキッポスのアルコン在任時、アシアに向け出征することとなった。出発にさいし、子供たちがまだ幼なかったところから、遺書をしたため、自分の兄弟であり、子供たちにとっては叔父かつ母方の祖父にあたるディオゲイトンをその後見人とした。ディオドトスがエペソスで戦死すると、ディオゲイトンは遺児の全財産を管理し、莫大な金のうちかれらに返す金は一文もないとしてそのまま埒があかなかったので、遺児の若者のうち市民資格を得た一人に、後見を悪用した廉で告訴される。ディオゲイトンに対する訴訟の弁論に立つのは、遺児の若者の姉妹の夫、すなわちディオゲイトンの孫娘の夫である。

一　もしこの争い事が重大なものでなければ、陪審員の皆さん、私はこれらの人々をあなた方の前に出頭させることはけっしてなかったでしょう。親族に対して事を構えるなど不面目きわまりないものと思いますし、あなた方の目に劣った者と映るのはただ不正をはたらく者にとどまらず、身内の者に手ひどい扱いを受けてもそれを我慢できない者は誰もがまたそう見られるのだということを知っているからです。しかしながら、陪審員の皆さん、かれらが多額の金を奪い取られ、このような行動に出ることを余儀なくされるとは思いもよらなかった相手から数々のひどい仕打ちを受け、義理の兄弟である私に助けを求めに来たとあらば、私としてはかれらのために弁ぜざるをえなくなった。[1]　二　私は、かれらの姉妹である、ディオゲイトンの娘の子を娶っています。それで、どちらからも多々要請を受けて、私は最初は、かれらの友人たちに仲裁を委ねるよう説得したのです。このような事柄は他人には誰にも知られないのが肝要だと思ったからです。ところが、ディオゲイトンが、その所持の不当性が明らかにされた当の金[2]のことで、友人の誰ひとりの言うことも聞き入れようとはせず、正しい行動に出てこの者たちの訴えから解放されるよりも、告訴され、判決の不当性を訴えて告訴し[3]、危険きわまる事態に身をさらすほうをよしとしたからには、私はあなた方にお願いします。三　この国で、身内でない者からさえいまだかつて誰ひとり受けたためしがないほど破廉恥な後見を、祖父からかれらが受けてきたことを、もし私が証し立てることができたら、どうかかれらに正義の助けを与えてください。さもなくば、この者の言い分を全面的に信じて、以後私たちを劣った者と思うがよろしい。それでは、事のなりゆきをそもそもの始まりからあなた方に明らかにするよう努めましょう。

四　陪審員の皆さん、ディオドトスとディオゲイトン[4]とは父母を同じくする兄弟で、動産については互いに分割したのですが、不動産は共有としていました。ディオドトスが海上交易で多大な財をなすと、ディオゲイトンはかれを説き伏せて自分の一人娘を娶らせる。[5]　かれには二人の息子と一人の娘[6]が生まれます。**五**　やがてディオドトスは重装歩兵員として軍に配属が決まると、姪でもある自分の妻と、自分の義理の父であり兄弟でもある、また子供たちには祖父でありかつ叔父にもあたる妻の父を呼び、というのも、こうした血のつながりゆえに自分の子供たちの後見人となるのにこれ以上ふさわしい者はいないと考えてのことでしたが、かれに遺書と預託金として五タラントンの金を与えるのです。**六**　さらに船舶抵当契約による投資[7]が七タラントン四〇ムナあること……、ケルソネソス[8]には二〇〇〇ドラクメの投資があることを示したのでした。そしてかれは、自分に万一のことがあった場合は、妻に嫁資[9]として一タラントンおよび自分の部屋の物を、また娘に嫁資一タラントンを渡すよう義務づけたのです。妻には、さらに二〇ムナとキュジコス金貨[10]三〇ス

---

(1) 訴訟当事者は持ち時間のなかで他の人に自分のための弁論を行なってもらうことができた。そうした人を「代理弁論者（シュネゴロス）」といい（用語解説「エピロゴス」参照）、親族や友人である場合が多かったが、社会的に信用のある者であれば、それだけ訴訟当事者にとって有利にはたらいた。ここでは原告はまだ成年に達したばかりの若者で、年長者の助けが必要だったと考えられる。

(2) 一四、二〇、二八節参照。

(3) 再審を請求すること。「告訴され」とのコントラストを強めるための言い方。訴訟当事者が裁判を欠席して敗訴した場合、それなりの理由が提示されれば裁判のやり直しができた。そのため、時間稼ぎの手だてとしてこれが利用されることがあったが、ここではそのことへの含みがある。ここで言わんとするところは、事実経過ではなく、修辞的な想定である。

(4) この兄弟については本弁論によって知られるのみである。

(5) 以下「歴史的現在」が多用されるが、これは他の諸時制の用いられ方の妙と相まって聴衆の共感を高める力をもつ。

(6) この娘がすなわち話者の妻であり、かれは妻の二人の兄弟のうち、成年に達した年長のほうの義弟のために代理の弁論を行なっているわけである。

(7) 船舶や船荷等、海運関係への投資は、土地への投資よりもリスクが大きい分、利率が高かった。土地投資の利率は通常、年一二パーセントであったが、海運投資は場合によって一航海につき三〇パーセントにもなることがあった。なお、次の「……」の欠落部分には一五節で言及されている別の投資金のことがふれられていたものと考えられる。

(8) ヘレスポントスの西側に沿って延びているトラキアの半島。アテナイからの入植者が多かった。

(9) 二六五頁註（1）参照。

(10) キュジコスの一スタテル金貨はおよそ二八ドラクメに相当する。

タテルを遺贈しました。七　かれはこうした手配をし、家にその写しを残して、トラシュロス(1)とともに出征していったのです。かれがエペソスで戦死すると、(2)ディオゲイトンはしばらくのあいだ娘に夫の死を隠し、かれが封印して残していった証書を、船舶抵当契約金を回収するのにそれらの証文が必要だからと言ってもっていってしまう。八　それからようやくディオドトスの死を家族に知らせる。かれらはしきたりどおりの葬儀を執り行なうと、最初の一年はペイライエウス(3)で暮らしました。すべての必要な備えがそこに残してあったからです。しかしこれらの備えが底をつくようになってくると、子供たちを市内に送り、かれらの母親のほうは五〇〇〇ドラクメの嫁資をつけて嫁がせるのですが、その金額は彼女の夫が与えていた額より一〇〇〇ドラクメ少ないものです。(4)九　その後八年目に、二人の男の子のうちの兄のほうが市民資格を得ると、(5)ディオゲイトンはかれらを呼んで、父親がかれらに残した金は二〇ムナと三〇スタテルであると告げ、つぎのように言ったのです。「さて、私はおまえたちの養育のために自分の金を多大に費やしてきた。私に金があるうちは意に介さなかったが、今は私自身も金に困っている状態だ。だからおまえは、もう市民資格を得たのだから、これからは自分で生活の資を得る手だてを考えることだ」。一〇　これらの言葉を聞くと、かれらはショックを受け、涙にくれて母親のところに行き、さらに母親を連れて私のところにやって来たのです。かわいそうに放り出され、受けた仕打ちに見るも哀れな様子で、泣き叫びながら私に、自分たちが父の財産を奪われ、こうした仕打ちを受けるとは夢にも思わなかった者たちから非道な仕打ちを受けて一文無しになってしまうのを見過ごしたりせず、姉妹と自分たち両方のために力を貸してほしいと訴えたのでした。

一一　そのとき私の家がどれほどの嘆きに満ちたかを語るとなれば、長い時間を要することでしょう。最後にかれらの母親は私に懇願し嘆願しました。自分の父親とその友人たちを呼び集めてほしいと。今まで男の人たちの前で話をする習慣などなかったとはいえ、こんなにも不幸な事態にたちいたったからには、自分としても窮状のすべてを私たちにわかってもらわざるをえない、と言って。一二　そこで私はまずこの男〔ディ

(1) 前四一一年、トラシュブロスとともに、本国アテナイの「四百人」の寡頭政権に抗して、サモスに民主政を樹立した人物(トゥキュディデス『歴史』第八巻七五-二)。前四〇九年には艦隊司令官としてイオニアに赴き失地回復の功をあげたが(『ギリシア史』第一巻二-四)、エペソスでは四百の重装歩兵を失った(同書第一巻二-六―九)。ディオドトスが戦死したのはこの時のことである。前四〇六年のアルギヌサイの海戦で遺体遺棄の罪を問われて処刑された指揮官の一人である。本書二十一-八にも言及がある。

(2) ディオドトスが召集されたのはペロポンネソス戦争も末期に近い前四一〇/〇九年のことで、トラシュロスの指揮下、小アジア沿岸での軍事行動に参加しエペソスで戦死したことがここから知られる(前註参照)。エペソスは小アジア西沿岸部のイオニアの主要都市。

(3) ペイライエウスはアテナイ市内から南西約六キロに位置するアテナイの最も主要な港町。アテナイ市内からペイライエウスに至る街道は堅固な城壁で守られ、アテナイの生命線となっていた。海運関係への投資をしていたディオドトスは投機のいわば最前線たるペイライエウスに住んでいたわけである。

(4) 六節参照。一タラントンは六〇〇〇ドラクメにあたる。

(5) アテナイの市民男子は一八歳になると、その出自の正しさ(両親ともに市民であること)と年齢につき所属すべき区(デーモス)の吟味を受け、承認が得られると区の登録簿に登録された。その後さらに評議会の資格審査(用語解説参照)に通ってはじめて正式に市民として認められた(『国制』四二-一―二参照)。これとともにかれには市民としての義務と権利が生ずることとなり、後見人の管理していた資産はかれに戻された。

オゲイトン」の娘の今の夫であるヘゲモン(1)のところに出向いてひどい話だと憤りの念を伝え、それから他の親戚の者たちと話し合いをし、そのうえでこの男に件《くだん》の金のことで問いただしたいことがあるから来てくれと要請したのです。ディオゲイトンは最初は出向こうとはしなかったのですが、最後には友人たちに無理やり連れてこられました。私たちが寄り集まると、ディオゲイトンの娘はかれに問いかけました。いったいどんな気持ちから、子供たちに関してこのような考え方をとってよいと思うのか、「子供たちの父親の兄弟であり、私の父であり、子供たちの叔父かつ祖父だというのに」。一三 彼女は続ける。「たとえあなたが人間にはまるで恥ずかしさを覚えなかったとしても、神々を畏れる気持ちはあったはずです。かれが遠征に出かける際に、あなたはかれから預託金として五タラントンを受け取ったではありませんか。このことについては私は、子供たちの命に賭けて、この子たちばかりでなく後から私に生まれた子供たち(2)の命にかけても、あなた自身がどんな場所を指定しようとそこで、「これが真実であると」誓うつもりです。じっさい私は、自分の子供たちの命をかけてまで偽証してこの世に別れを告げるほど、また自分の父親の財産を不当に奪い取るほど、惨めきわまる者でもないし、お金大事とも思っていない」。一四 それから彼女はさらに、かれが船舶抵当契約金七タラントン四〇〇〇ドラクメを回収していると断罪し、そのことの書かれた書き付けを出して見せたのです。というのも、かれがコリュトス(3)からパイドロス(4)の家に移る引っ越しの最中に、子供たちが置き忘れてあった書き付けを偶然見つけ、彼女のもとにもってきたのだと明かしたわけです。一五 彼女はまた、土地を抵当に利子付きで貸し付けていた一〇〇ムナと、さらに二〇〇〇ドラクメ(5)および高価な家具調度をかれが回収してしまったこと、自分たちのもとには毎年ケルソネソスから「投資金二〇〇〇ドラクメの利子分の］穀物が来ていたことを明らかにしたのです。彼女は続けた。「それから、あなたは大胆不敵にも言ったのです、それほどの大金をもっていながら。この子たちの父親が遺贈したのは二〇〇〇ドラクメ三〇スタテルだ(6)、と。それは、夫から私に遺贈され、かれが死んだあと私があなたに渡したまさにその金ではありませんか。一六　そしてあなたはこの子たちを、自分の娘の子だというのに、かれらの家から追い出してはばからなかった。すり切れた服のまま、素足のまま、従者も付けず、寝具もなく、外衣もなく、父親がかれらに残してやった家具調度もなく、あなたに託して預けていった金もなしに。一七　今あなたは、私の継母にあたる人との間にできた子供たちを、何ひとつ不自由な思いをさせることなく幸せいっぱいに育てています。それはそれで結構なことです。でも私の子供たちには間違ったことをしている。かれらを家から不面目な恰好で追い出し、富裕な者どころか物乞いにしてやろうという所存なのだから。そして、こうした所業にあって、あなたは神をも畏れず、私が気づいているというのに私に対して恥ずかしいとも思わず、自分の兄弟のことを心に留めることもなく、私たちみんなよりも金のほうが大事だと思っている」。一八　そんなわ

(1) この箇所以外未詳。
(2) ディオゲイトンの死後、再婚したヘゲモンとの間にもうけた子供たちのこと。八節、一二節参照。
(3) アクロポリスの南に位置する区。
(4) プラトンの対話篇に登場するパイドロスと思われる。かれは前四一五年のヘルメス像損壊事件に関与した廉で告発されて国外に逃れ、その財産は没収された。ディオゲイトンはその家を買ったか借りたかしたのであろう。
(5) この投資金がケルソネソスへの投資分なのか（六節参照）、別個の投資金なのかは不明である。
(6) 九節参照。二〇ムナは二〇〇〇ドラクメにあたる。

けで、陪審員の皆さん、私たちその場にいた者は皆、娘の口からひどい話が次々と語られるのを聞くと、この男の所業と彼女の語ったことに衝撃を受けました。子供たちがどんなに辛い目にあってきたのかを知るに及んで。そして死んだ者のことを想い浮かべ、かれが後見人として後に残し、財産を預けた者が、なんとその名に値しなかったことかと思って。そして自分の財産を託すのに、信用できる者を見つけるのがいかに難しいかを思って。そういう次第で、陪審員の皆さん、そこに居合わせた者たちは誰ひとり言葉もなく、苦しい思いをしている当人たちと同じように涙を流し、黙って立ち去るほかないほどの衝撃だったのです。

それではまず、以上の証人として［その場に居合わせた］あなた方に登壇していただきたい。

証人たち

一九　このようなわけで、陪審員の皆さん、私は帳簿に注意を払ってしかるべきだと思います。あなた方が、不幸の大きさを知ってこの若者たちに哀れみの念をもつことができるように、そしてこの男が市民たちすべての当然の怒りの的となるように。じっさい、ディオゲイトンはすべての人を互いに大きな猜疑心をもちあうようにしむけているわけで、その甚だしさたるや、生きている者にも死に瀕している者にも、いちばん近い身内の者を信ずるくらいならいちばん手強い敵を信じるほうがましだと思わせるほどです。二〇　なにしろかれは大胆にも、自分の預かった金の一部については身に覚えがないと言い、その他については最後にやっとその所持を認めたものの、七タラントンと七〇〇〇ドラクメの金(1)は八年にわたる二人の子供とその姉妹の養育のために受け取ったものであり、その費用に当てた、としたのですから。そしてかれの恥知らずな所業たるやこれから述べるほど甚だしいものだったのです。すなわちかれは、生活費がどんな物に要るのかを心得ることなく、二人の子供とその姉妹の食費として一日五オボロスを計上しただけで、履物代、洗濯代、(3)散髪代については月額も年額もいっさい計上しなかったのに、すべてを含めて全期間の費用は一タラントン以上の金額になるとしたのです。二一 またかれらの父親の墓碑については、[ディオゲイトンがかかったとした経費] 五〇〇〇ドラクメのうち二五ムナを、使ってもいないのに自分の費用としてつけ、あとの二五ムナをこの子たちの勘定としている。(4) さらに、ディオニュシア祭(5)についても、陪審員の皆さん、(このことについても、ふれて場違いになることはないと私は思うものですから) かれは子羊購入代金を一六ドラクメとし、そのうちの八ドラクメを子供たちの勘定としたのです。この件については私たちはとくに大きな怒りを覚えました。そんなふうに多大な損害を蒙っているときには、陪審員の皆さん、時としてほんのわずかな

(1) 船舶抵当契約投資額七タラントン四〇〇〇ドラクメに、ディオドトスから妻に遺贈されディオドトスの死後、彼女からディオゲイトンに渡された二〇ムナとキュジコス金貨三〇スタテルを足した額。一ムナは一〇〇ドラクメ。一スタテルは、変動はあったが、およそ二八ドラクメに等しかった。

(2) 一ドラクメは六オボロス。前五世紀末の職人の日当は通常一ドラクメであった。

(3) 羊毛製の外衣は羊毛縮絨店で(五一頁註(2)、三二三頁註(3)参照)汚れを落とし、起毛する必要があった。

(4) 実際には出していない費用を出したかのように見せるため。つまり墓碑にかかった費用は二五ムナであり、それを全額子供たちのほうにつけたのである。次の子羊の代金についても同じことが行なわれたものと思われる。

(5) ディオニュソス神の祭りであるディオニュシア祭には春初めの大(市の)ディオニュシア祭と今の十二月頃に催される小(田舎の)ディオニュシア祭とがあり、前者は悲劇の競演が行なわれることで殊に名高い。ここで言われているのは大ディオニュシア祭であろう。

額といえども少なからぬ打撃を被害者に与えるものです。なんとなればそのことで不正をはたらく者の邪悪さがあまりにもあからさまになるからです。二二　さらに、その他諸々の祭りや供犠については、かれはその費用として四〇〇〇ドラクメ以上をかれらの勘定につけ、またほかにもたくさんのものを勘定につけてそこに加算し合計額としました。この男が遺言によって子供たちの後見人に指定されたのは、まるで子供たちにお金の代わりに数字を見せ、かれらを金持ちどころか極貧にするため、そして子供たちが、もしかれらに誰か先祖代々にわたる敵がいたとしてもその敵のことは忘れて、自分たちの世襲財産が奪われたことで後見人と争うためであったかのようです。二三　しかし、もしかれが子供たちのことで正しい行動をとるつもりでいたのなら、かれは、後見人のなかで〔病気などの理由で〕その役を果たしえない者および、役は果たせてもそのつもりのない者双方に対して定められた孤児に関する法[1]に則って、子らの家の地所を小作に出し、諸々憂いのないようにしてやるなり、土地を買ってその収入で子供たちを養うなりすることができたはずなのです。どちらの方策をかれがとったにせよ、子供たちはどんなアテナイ人にも負けないほどの富裕者となっていたはずなのです。ところが実際には、かれはかれらの財産を不動産に替えようという考えなどただの一度ももったことがなく、かれらの財産は自分が所有する魂胆だったように私には思われる。故人の財産の相続人たるべきは自分の邪悪さだとでも思っていたの[2]でしょう。二四　なかでも恐るべきは、陪審員の皆さん、この男たるや、アリストディコスの子のアレクシスと共同で三段櫂船奉仕[3]の役にあたったとき、自分は四八ムナを出したと言いながら、その半分の額をこれら孤児たちの勘定方につけているのです。国は、孤児がまだ子供のうちはこうしたことを免除しているのはもちろん、正式に成人してからも一年の間はすべての公共奉仕を免れさせている。それなのにこの男は、祖父たる身でありながら違法にも、自分に割り当てられた三段櫂船艤装費用の半額を自分の娘の子供たちから調達しているのです。二五　さらにかれは、アドリア海に二タラントン分の船荷を送った際、荷を出すにあたって、かれらの母親に対しリスクは子供たちが負っていると告げていたのに、いざ荷が無事海を渡り値が二倍になると、この［危険な］取引をやったのは自分だと主張した。まったくのところ、損害はかれらのもの、首尾よくいったら自分の儲けというのだから、金が何に使われたかを帳簿に書きこむなどいかにもたやすいことでしょうし、自分自身は人の金で楽々と富を増やせるというものです。二六　ここでその逐一をあなた方に計算してみせるとなると、陪審員の皆さん、長い作業になることでしょう。しかし私は、かれからやっとのことで帳簿を手に入れたとき、証人を立てて、アレクシスの兄弟のアリストディコスに(4)（アレクシス本人はすでに死んでいたので）三段櫂船艤装費用の収支表が手元にあるか尋ねました。あるとの返事だったので、私たちはかれの家に行き、ディオゲイトンがアレクシスに三段櫂船艤装費用として二四ムナを出していたことを突き止めたのです。二七　しかしこの男がかかったと言っていた費用は四八ムナだった。ということはかれが現に出した費用はそっくりこの子たちの勘

（1）孤児に関する規定を司るのは筆頭アルコンの役目であった（『国制』五六-六－七）。アルコンは残された資産の貸し付けを公的競売にかけ、入札者は利率を提示して落札を競い、落札した者は担保を出す必要があった。利率は年一二パーセント以上になる場合もあった。
（2）この親子についてはこの箇所以外未詳。
（3）用語解説「公共奉仕」参照。
（4）父親と同名のこの人物についても、この箇所以外未詳。

定につけられたということなのです。(1) まったく、他人を通じて遂行され簡単に情報が手に入る事柄についてさえ、かれは嘘をついて自分の娘の子供たちに二四ムナの損害を与えるという大胆さなのですから、いわんや他の誰にも知られることなく自分一人で扱っている事柄となったら、かれはいったい何をしていたと皆さんは思いますか。それでは以上の証人としてあなた方に登壇していただきたい。

証人たち

二八　証人たちの言はお聞きのとおりです、陪審員の皆さん。かれ自身がその所持を最終的に認めた金、七タラントン四〇ムナについて、その利子のことはいっさいさしおき、もともとの金だけを使ったとして、かれに対抗して私のほうで計算してみると、二人の子とその姉妹および従者と召使の分として、この国の中でいまだかつて誰ひとり使ったことのないほどの額、年額一〇〇〇ドラクメ、日割りにして三ドラクメ弱を割り当てられるでしょう。二九　八年なら八〇〇〇ドラクメになるわけで……、七タラントンのうちの六タラントンと四〇ムナのうちの二〇ムナが残っている勘定になります。かれは、海賊に身ぐるみ剝がれたとも、損失を蒙ったとも、債権者への返済があったとも、示してみせることはできないでしょうから……。

(1) 先の墓碑や小羊の場合(二一節参照)と同じことを行なったのである。

第三十三弁論　オリュンピア大祭弁論

概　要

ハリカルナッソスのディオニュシオスがリュシアスの式典弁論として引用（ただし冒頭部分のみ）したため伝存する作品（解説（二）参照）。本弁論のオリュンピア大祭は、ディオドロス（『歴史』第十四巻一〇九）によれば第九十八回オリュンピア開催年（前三八八年）のものであるが、弁論の内容からコリントス戦争終結後のオリュンピア開催年（前三八四年）と推定する説もある。型どおり英雄ヘラクレスを称賛する序言（一―二節）のあとに、ペルシア大王とシケリアの僭主との脅威にさらされるギリシアの現状の叙述と現状打開のためのアピールが重ねられている。話者は、シュラクサイ出身の父をもったリュシアス自身とされ、かなり晩年の作と考えられる。

ハリカルナッソスのディオニュシオスによる梗概

リュシアスには式典弁論作品がある。そのなかで作者は、オリュンピアでの祭典の挙行にさいしてギリシア人を説いて、僭主ディオニュシオス[1]を支配の座から追ってシケリアを解放すべきであり、金や紫染めの布や多くの富で飾られた僭主の幕舎をただちに略奪して敵対行為を始めるべきだと主張する。これは、ディオニュシオスがこの祭典にゼウス神への奉納の生贄《いけにえ》を携えた使節団を派遣してきており、使節団の逗留所は、この僭主がギリシア全土からいっそう感嘆のまなざしを向けられるようにとの意図のもとに、神域の中でもとくに贅を凝らしたものになっていたからである[2]。作者は以上のことを題材としてとりあげて、その冒頭を次のようにつくっている。

一　市民諸君、ヘラクレスは数多くの偉業ゆえに記憶に留められてしかるべきであるが、なかでも、ギリシア全土のためによかれと考えてこの競技の祭典を創始して[3]ギリシア人を一堂に集めた功績はことに大きい。なぜならそれ以前には、ギリシアの諸都市は互いに敵対意識をもっていたからである。二　そこでヘラクレスは、僭主たちを退けて不法に増長する勢力を阻み、身体の競技と富の名声の誇示と知力の披露とを[4]、ギリシアで最も美しい場所において開催したのであるが、それはわれらが、こうしたすべての催しを見たり聴いたりするために同じ一つの場所に集うようにとの意図をもってのことであった。かれはこの場所における集いがギリシア人にとって相互の友好の源泉となるであろうと考えたのである。

三　さてヘラクレスはこのように道を示したのであるが、私がここに来たのはそれを細かに詮索したり、言葉に関して争ったりするためではない。そのようなことは、まったく無益でかつよほど生活の資に事欠いている弁論術の教師たちに向いている仕事であって、(5) 立派な男子でかつ有為の市民たる者は、(6) 最重要な問題に関して建議することこそが務めであると思い、ギリシアがこのように屈辱的な状況におかれていること、

(1) ディオニュシオス一世（在位前四〇五―三六七年）は武力でシュラクサイに独裁政権を立て、カルタゴ軍のシケリア侵攻を破りさらに海軍力でイタリア南端からアドリア海の奥までを支配下においた。シュラクサイは前七三四年頃に建設されたコリントス系の植民市で、前六―五世紀にはギリシア世界でも有数の大都市であった。前四六〇年代以来、民主制をとっていた。

(2) ディオドロス『歴史』第十四巻一〇九は、ディオニュシオスが四頭立ての競技用戦車多数のみか、朗誦者たちも派遣して自作の詩を披露させたとも、またリュシアスが、この不敬きわまりない僭主政の使節団を聖なる祭典に受け入れるべきではないと参加者たちに檄を飛ばしたとも伝えている。

(3) ヘラクレスをオリュンピア競技の創始者とする説は、ピンダロス『オリュンピア祝勝歌』二-三、一〇-二四にみえる。

(4) 富は、馬を使う戦車競技や競技関係者一行の装備設営などによって、知力は、詩の朗誦や弁論によって示される。葬礼弁論（本書二-八〇）にも同じ表現「力と知と富を競う」がみえる。

(5) リュシアス以前のオリュンピア大祭弁論としては、ソピストのゴルギアスによる前四〇八年（あるいは前三九二年）の断片が間接の引用として数行伝存するのみ（アリストテレス『弁論術』第三巻一四など）。先行の諸作を凌ごうとする意識は、前三八〇年のイソクラテスの大作『民族大祭弁論』（第四弁論）冒頭にも明示されている。

(6) オリュンピア祭典の場では参加者全員がギリシアの市民として発言できる、という自覚を示す表現と読む。

すなわちその大部分がかの夷狄(1)の支配下にあり、諸都市の多くが僭主たちによって破壊されてしまっている状況(2)を見るにつけても［その思いをつよくするのである］。四　しかもこのような状況にたちいたっているのが、もしわれらの無気力に由来するのであるならば、そのめぐりあわせに甘んじることもやむをえまい。しかしこれは内部分裂と相互間の覇権争いとに由来するのであるから、分裂をやめて争いをおしとどめることをせずにいてよいわけがあろうか。われらは、覇を争うのは繁栄している者たちのすることであって、そうでない者たちにとっては最良の方策を知ることこそ肝要、と心得ているのだから。五　われらは危険が大きくてしかもあらゆる方面からわれらを取り囲んでいるのを見ている。そして諸君は、支配権は海を制する者の手中にあり、財貨はペルシア大王の管理するところであり、ギリシア人の身体は支払う能力のある者たちの手中にあり(3)、船隊は、大王自身もその多くを所有しているがこのシケリアの僭主も多くを所有している、ということを知っている。六　したがって、互いのあいだの戦いに終止符を打ち(4)、一致した判断に立ってギリシアの救済に努めること、さらに、ここにたちいたった過去の事態を恥じて今後起こるべきことを恐れ、そして先人たちと功を競うことを為すべきである。先人たちは夷狄どもを、他国の領土を狙えば己の領土をも奪われるという状況に追い込み、僭主らをその座から追い払って、自由を、すべての人々の共有のものとして打ち立てたのである。

七　しかし誰より不思議なのはラケダイモンの人々である。いったいかれらは、どのような判断に立って、ギリシアが焼かれてゆく(5)のを見過ごしているのであろうか。かれらは、生得の武勇と実戦による知識とのゆえに正当にもギリシアの指導者となっており、かれらのみが、略奪されたことも、城壁をめぐらすことも、内乱を起こすことも、敗れることもなく住みつづけ、つねに変わることのない諸制度を保ちつつ生きている人々であるのに。こうしたことがあるからこそ、かれらは不滅の自由をかちえている、また、過去の危機にさいしてギリシアの救い手だったからこそ、かれらは今後の事態についても見通しをもっている、という期待が存在するのである。八　さて現在はまたとない好機である。破壊された町々の災禍を他人事ではなくわが事と考え、双方の勢力がわれら自身に向かってくるまで待つことなく、可能なうちにその勢力の不法な増長を押さえ止めるべき時は今だからである。九　かれらが強大になったのはわれらが互いに抗争している間のことであるのをみれば、憤りを覚えない者がいようか。事態は恥ずべきであるのみか恐るべきことになっており、そこでは、大きな罪過を犯した者たちにはその行為が許されていてギリシア人はそれに報復するこ

(1) ペルシア大王アルタクセルクセス(前四〇五―三五九年)を指す。「大王の平和」(前三八七―三八六年)によってイオニアの諸市は再びペルシアの支配下に入った(解説(三)参照)。

(2) シケリアのギリシア人諸市を掌握したディオニュシオスは、イタリア本土のギリシア人諸市に勢力を伸張していった。とくに前三九〇年のトゥリオイ侵攻などは本弁論の作者にとっては個人的にも衝撃的な事件であったと思われる(解説(四)参照)。

(3) 捕虜の買戻しなどにさいして、諸市の役職者たちとの間に贈収賄があったことをいうのか。金銭のために傭兵となる者が増加していた状況もある。

(4) 弁論制作年代をコリントス戦争の続行中とする一つの根拠であるが、むしろ比喩的にポリス間の絶え間ない対立抗争を指すとも解せる。

(5) 写本どおりの読み。底本校訂者は「改新されてゆく」と修正する。

(6) 巨富をもつペルシア王と、強大な海軍力をもつシケリアの独裁者ディオニュシオスとを指す。

(7) 本弁論第二節に対応する。四七頁註(10)参照。

とがまったくできない、という状況が存在するのである。(1)

(1) ハリカルナッソスのディオニュシオスによる引用はここで終わり、次に「議会弁論のジャンルにおけるリュシアス作品」の例として第三十四弁論が導入されることになる。なお本弁論邦訳においてはAujac版に従って三、七節に段落を入れてある。

第三十四弁論　アテナイの父祖の国制を破壊すべきでないこと

概　要

ハリカルナッソスのディオニュシオスによってリュシアス作の議会弁論として引用された作品（解説（二）参照）。制作年代は和解協定と亡命者たちの帰還の直後で、前四〇三年秋から冬のころと推定される。依頼人たる話者や攻撃の対象になっている人々は誰か、ディオニュシオスが依拠した史料は何か、は未解明である。序言の機能をもつ部分（一―二節）に続いて、全市民の国政参加を維持すべしとの主張が為され（三―五節）、それによってのみ敵に対抗できるとの訴え（六―一一節）の調子を高めたところで終わる、ほとんど完結に近い形をもっている。

ハリカルナッソスのディオニュシオスによる梗概

弁論の主題は、アテナイにおいては父祖の国制を破壊すべきではない、ということをめぐって設定されている。(1) 民主派はペイライエウスから帰還して、市内派と和解することおよび過去のことについていっさい責めないことを決議したが、大衆が以前の権限を取り戻したら再び富裕な人々に対して横暴な行動をするのではないかという恐れがあり、それについてさまざまな議論が出されていたときに、民主派とともに帰還した者たちの一人であるポルミシオス(2)なる人物が一つの議案を提出した。その内容は、亡命中の者たちが帰還すること、全市民にではなく土地の所有者のみに国政を渡すことであり、これの実現はラケダイモン側も望むところであった。この決議は、いったん承認されれば五〇〇〇人近いアテナイ市民が公共のことから閉め出されることになるはずのものであった。こうしたことが起こるのを防ぐ目的でリュシアスは、この弁論を、国政に携わっている一人の重要な人物のために制作している。ただしこれが当時実際に演説されたかどうか明らかではない。しかし少なくとも討論に向けてそれに役立つように構成されている。

一　アテナイ市民諸君、今般の不幸(3)は、このポリスにとって、われらの子孫でさえも他の政体は欲しなくなるであろうと思われるほど十分に重い教訓を残した。まさにその時に、この者たち(4)は、二つの政体を経験して手痛い被害を蒙った人々を、すでに以前二度にわたって為したと同じ票決によって欺こうとしている。

二　そして私はこの者たちのことを驚くのではなくて、この者たちに耳を傾ける諸君のことを驚いている。諸君は何もかも忘れてしまっていたり、このような市民たちのひどい仕打ちをすすんで受ける用意ができていたりするからだ。この者たちは事のなりゆきで(5)ペイライエウスでの(6)行動に参加しただけであって、考え方のうえではむしろ市内派であるのに。それに、もし諸君が挙手採決によって諸君自身を隷属状態に陥れようとするのなら、なぜ追放から帰還する必要などあったのか。三　さて私はといえば、アテナイ市民諸君、財産の点でも出自の点でも(7)［国政から］排除される側の者ではなく、それどころかどちらの点でも私の論争相手たちよりもまさっているのであるが、ポリスにとっての救いはただ一つ、すべてのアテナイ人が国政に参加

(1) 冒頭のこの一文（邦訳は Aujac 版による）は底本では引かれていない。「父祖の国制」は、それを唱える人の政治的な立場によって多様な了解を含んで使われた「錦の御旗」的なスローガンであった。民主派も寡頭派も中間派も、それぞれの理想とするところをこれに託したと思われる。

(2)「三十人」体制開始以前の段階で「民主制も寡頭制も求めず父祖の国制に戻ることを主張した」（『国制』三四-三）政治家たちの一人。美髭で知られ（アリストパネス『蛙』九六五行、『女の議会』九七行）、第二十七弁論で糾弾されているエピクラテスとともにペルシアに使節として赴いて大王から巨額の賄賂を受けたことが、喜劇で揶揄されている。ただし本弁論では攻撃相手はすべて「この者たち」と表現され、ポルミシオスなる個人名は一度も出ていない。

(3) 前四〇四年のペロポンネソス戦争敗戦に続いた「三十人」の支配、内戦から和解協定までの一連の苦難を指す。

(4) 話者の攻撃の対象たる相手方。

(5) 上掲註（2）の政治家たちのなかに、アニュトス（本書十三-七八、八二参照）、アルキノス（デモステネス二四-一三五他）のように民主派と行動を共にした者もいる。

(6) 四一九頁註（3）および解説（三）参照。

(7)「財産の点でも」は校訂者の補入。

することであると考えるものである。われらは城壁や船隊や財貨や同盟軍を掌握していたときでさえ、一人のアテナイ人をも除け者にしようなどとは考えなかったばかりか、エウボイア人にまでアテナイ人との通婚権を与えていたのである。(1)それなのに今になって、現在市民身分である者たちまでも排除しようというのか。四 そうはならない、諸君が少なくとも私の主張だけでも容れてくれるなら、われらが城壁ともどもさらに多数の重装歩兵や騎兵や弓兵までをも取りあげられることもありえない。それらを掌握していればこそ、諸君は確実に民主政を維持してゆけるであろうし、敵側をより強く圧倒することができるであろうし、また同盟者にとってはよりいっそう役立つ存在となるであろう。諸君も知ってのとおり、われらの時代の複数回にわたって施かれた寡頭政においては、土地所有者がポリスを掌握していたわけではなく、その人々の多くは、殺害されたり、ポリスから追放されたりしていた。五 民衆は、その人々を帰国させると、諸君には諸君のもの(2)を返還したが、自分たち自身は、あえてその分け前に与ることはしなかった。したがって、もし私の主張だけでも容れてくれるなら、そのような善行者たちから祖国を奪ってしまわぬよう、諸君にできるかぎりの尽力をしてもらいたい。言葉よりも行為が、未来のことよりも過去の事実が、信ずるに足ると認めてもらいたい。とくに、寡頭政を守って戦う者たちは、民主派と戦うというのは言葉だけで、じつは諸君の財産を狙っている、諸君が味方を失ったと見ればいつでもかれらは諸君の財産を自分のものにしてしまうだろう、ということを思い出してもらいたい。

六 そしてまた、現在われらのおかれた情勢下では、かれらは「もしわれらがラケダイモン側の要請するところを行なわなかったら、われらのポリスの救いはどこに見いだせるだろうか」とわれらに問うかもしれない。それならば私は、この者たちのほうが、「もしわれらがラケダイモン側の命ずるところを実行したら、大多数の者にはどんな結果があるだろうか」に答えるべきであると思う。そうでなければ、戦って死ぬほうが、わかっていながらわれら自身に死刑の票を投ずるよりはるかに立派ではないか。七　なんとなればもし私の説得が通れば、この危険はラケダイモンとわれらと双方に共通のものになる……。[3] 私がみるに、アルゴス人もマンティネイア人も、私の言うのと同様の考えをもちながら、かれらの領土に住みつづけている。前者はラケダイモンと境を共有しているし、後者はその隣に居住していて、また前者の人口はわれらより多くはなく、後者も三〇〇〇名にはなっていない。[4] 八　［ラケダイモン人たちは］もしたびたびこの人々の領土に侵入すればそのつどかれらが武器をとって立ち向かうだろう、と知っている。だから侵入者たちにも戦争の危

(1) アテナイと他のポリスとの間に結婚の権利が認められていた確かな具体例は、この箇所以外では未詳。
(2) 「諸君のもの」は代名詞で、ポリス、国政、財産、土地、のいずれをも指しうる。『国制』四〇-三の記述などをもとに「土地」とする見解が多い。
(3) 市民の国政参与権を制限せずにおけば現有兵力が保たれ、戦争を起こした場合の危険は敵方にもわれらにも同様になる、との趣旨であろうが、原文に欠落が推定されている。
(4) 実例を挙げることは議会弁論における説得にはとくに効果をもつ（アリストテレス『弁論術』第三巻一七）とされる。アルゴスとマンティネイア（アルカディア東部の都市）はエリスとともに前四二〇年にアテナイと同盟を結んでいた（トゥキュディデス『歴史』第五巻四七）。前四一二年以降かなり有名無実化していたらしいが、アルゴスのみはペロポンネソス戦争末期のアテナイ包囲軍に加わっていない（『ギリシア史』第二巻二-七）。

険はりっぱなものとは思えないのだ。侵入者は、たとえ勝っても相手を隷属させることはないだろう(1)し、もし敗北すれば、もっている利点を奪われてしまうのは自分たちのほうだからである。繁栄すればするほど、危険を冒すことは望まなくなるのだ。九　アテナイ市民諸君、われらがギリシア人を支配していたときには、われらもまたこれと同じ考えをもっていた。そして領土が分割されるのを看過し、それを防ぐために戦うことが必要だとは認めずにいてそれが立派な思慮であると思っていた。わずかなことには拘泥せずに多くの利益を守るのが適切だったからである。しかし今は、われらは戦争によってそのような利点はすべて奪われてしまい、われらに残されているのは祖国だけである。そしてわれらはこの危険を冒すことだけが救いの希望を含んでいると知っている。一〇　われらは、不正を蒙っている他国の人々を助けて他国の領土にもすでに数多くの戦勝碑を建てたことを想起し、祖国とわれら自身に関して勇敢な市民にならねばならない。神々に信頼し、正義は不正を蒙っている人々と共にあるであろうことにまだ望みを託して。一一　アテナイ市民諸君、奇妙なことではないか、追放されていた間は帰還するためにラケダイモン側と戦ったわれらであるのに、いったん帰還してしまうと戦いを避けて逃れようというのは(2)。恥ずべきではないか、われらの父祖は他国の人々の自由のためにさえ危険を冒したというのに、諸君は諸君みずからの自由のためにさえあえて戦おうとしない、それほどわれらが臆病になるのであれば(3)。……………………

(1)「ことはない」および本節末「望まなくなる」の二箇所の否定詞は近代の補入。

(2)対置文の前半および文末からみればここは「われらは」が期待されるところである。作者は「諸君は」を使うことによって、聴衆に視線を注ぎ指さす動作を、話者に指示しているのであろう。「梗概」にあるように議会での演説のためにつくられていることが如実に読みとれる箇所である。

(3)ハリカルナッソスのディオニュシオスによるリュシアス引用はここで終わり、次はイソクラテスに関する新しい章となる。なお本弁論の邦訳は、細井敦子「リューシアース第xxxiv弁論――翻訳およびノート」(『成蹊大学一般研究報告』二九、一九九七年)にもとづいている。

解説

一　アッティカの弁論術

アッティカの弁論術とリュシアス　古代ギリシアにあっては、公的な場において言葉によって自分の意志を表明し人を説得するための訓練、つまり弁論術は、行動による武勇の訓練と並んで、社会の指導者たるべき者の教育にとって最も重要な柱であった。最初期の証言としては、ホメロスに例が多く、なかでも戦列を退いたアキレウスに、使節たちが出陣を要請する説得場面はことに名高い。そこでは老将ポイニクスが、わが子のように養育したアキレウスに「戦いも、人の才が際立つ会議の場もまだ知らなかったおまえを、演説を弁じ、武勲をあげる者となるよう、教育した」（『イリアス』第九歌四四〇―四四三行）と述懐する。このポイニクスの話は、それ自体が忠告による説得という、萌芽的な形での一つの弁論作品であり、またポイニクスに続いて発言する智将オデュッセウスの説得は、さらに精緻な、法廷弁論にも比すべき弁論となっている。

言葉というもののもつ力への全幅の信頼を基盤とする「説得」が「術（τέχνη）」として成立する時期は、前五世紀前半のシケリアにおいてであるとされている。創始者たちに続く一人としてプラトン（『パイドロス』二六七A）やアリストテレス（『詭弁論駁論』三四）はシュラクサイ出身のテイシアスを名指しており、のちにローマの政治家にして大作家であるキケロ(前一世紀)がアリストテレスの著作(現在は伝存しないが、初期の弁論術理論の要約集であると推定される作品)からの引用としてつぎのように述べているところから、コラクスの名をテイシアスに先立てるのが通例となっている。キケロは、弁論術の源泉は平和時にあるとして「僭主追放後(前四六〇年代)のシケリアにおいて、人々が土地の私有権返還を法的手段によって実現させようとしたとき、初めてシケリア人であるコラクスとテイシアスが、人々の活発で論争好きな性質に術と規則を設けた。それまでは誰も方法や術によることなく弁じていたのである」(『ブルートゥス』四六)という趣旨の引用をしているのである。

コラクスもテイシアスも著作は現存せず、間接的な言及からの推定によるのみであるが、コラクスは弁論術のなかに「蓋然性、ほんとうらしさ(εἰκός)」による推論を用いた(アリストテレス『弁論術』第二巻二四)。また、弁論の構成を「序論、論争、結論」としていたとする後代の証言もあるが、詳細は不明である。テイシアスの後継者としては、プラトンの『国家』でリュシアスと同席するカルケドン出身のトラシュマコス、続いてビュザンティオンのテオドロスがいる(アリストテレス『詭弁論駁論』前掲箇所)。かれは法廷弁論の配列に関して従来よりもさらに細分化した形を提唱していたことがプラトン(『パイドロス』二六六E—二六七A)やアリストテレス(『弁論術』第三巻一三)によって伝えられていて、このことは本書リュシアスの弁論のいくつかにつけられた弁論構成に関する副題の由来問題との関連を考えさせる(四五二頁参照)。

五世紀中頃以降のアテナイにおける弁論術の発展を支えたのは、イオニア哲学の後を受けて、より実践的な知の教育を職業とし、ギリシア各地から主たる活動の場をアテナイに求めてきた、ソピステス(σοφιστής)

と呼ばれる人々であった。そのなかでも初期の大きな名である、トラキア南岸アブデラ出身で『正語法』の作者とされるプロタゴラスは、アテナイ民主政を代表する政治家ペリクレスとも交わった。かれはペリクレスによっておこされた南伊トゥリオイの植民市建設にさいしては、新設市の法文起草者に任じられたという。本書のリュシアスも、この大ソピストから直接間接の影響を受けたことは十分考えられよう。一方、シケリア東岸レオンティノイ出身で前四二七年に使節としてアテナイを訪れたゴルギアスは、文彩としての面で弁論の一典型を示した人で、韻文の技巧を最大限に散文にとりこみ、同数音節、同音語末、類似音などをもつ語句による対置的文構造、詩語や隠喩の使用など、さまざまの文彩で埋めつくされた装飾的な文体を試みている。『ヘレネ讃』はその典型的な現存例であろう。このような傾向は祭典、葬礼などの場での式典弁論として発展する一方、現実の目的を離れて、想定された題目について作者の力倆を示すための、いわば弁論のための弁論の追求ともなり、両者とも法廷弁論、議会弁論と並んでその後の西洋における弁論術の伝統を形成することになった。

これらのソピステスたちはシケリアや小アジアなど植民市の出身であったが、かれらに学んだアテナイの上層階級からも職業的な弁論作者が出るようになる。その最初の人がアッティカのラムヌス出身のアンティポンで、アッティカの弁論家たちの系譜はかれに始まり、現存作品の状況からとくに重要な名をたどれば、アンドキデス、リュシアス、イソクラテス、イサイオスと続き、最後に最大のデモステネスがくる。「アッティカの弁論家十人のカノン」と通称されるリストもあるがその成立時期は紀元後二世紀以前に遡ることは困難であり、一〇名の内訳には出入りがあって厳密な意味でのカノンとはいえない。上記以外の、現存作品がより少ない弁論家たちも含めて、アッティカの弁論家の時代は、大体のところ、アンティポンのころ（前五世紀後半）からデモステネスの死（前三二二年）までの約一世紀半の期間とみることができよう。

アッティカのラムヌス出身の貴族アンティポン（前四八〇頃－四一一年）は、寡頭派体制の指導者の一人として政治の場でも活躍し、最後は反逆罪に問われて処刑された人である。弁論作品としては断片のほか一五篇の法廷弁論が伝存し、そのうち三篇は実際の事件に関するもの、他の一二篇は、異なる状況下での殺人事件を想定して原告被告双方が二度ずつ弁論を行なうテトラロギア（四部作形式）すなわち四篇で一作品をなすものが三作品（一二篇）である。アンティポンの作品によってアテナイの法廷弁論の形式はほぼ完全な形で伝えられたということができる。本書リュシアスでは第十二弁論六七節にかれの名が出る。

アンドキデス（前四四〇年頃－没年不詳）も、代々政治家を生んだ名門貴族の家の出身である。前四一五年のヘルメス柱破壊事件やエレウシスの秘儀模倣事件など、シケリア遠征前夜に起こった、不吉な、民主政転覆を狙う陰謀とみられた宗教的・政治的大事件に関与した。自身の潔白を立証するためにつくった『秘儀について』（前三九九年）は代表作であるが、形の整った法廷弁論というよりはむしろ、口語調で大戦末期の政情不安を語る弁明である。アンドキデスが弁論を特定の師について学んだり、人々に教えたりあるいは演説の草稿作成を依頼されたりした形跡は伝えられていない。なお、リュシアスの第六弁論はアンドキデスに対する攻撃である。

アンティポンやアンドキデスとは異なって、みずからはアテナイの上層階級との交わりのなかで教育を受けながら、市民身分でなかったために活躍の場を政治の表舞台に求めることができず、もっぱら弁論作者として名を残すことになるのが、本書で訳出したリュシアスである。かれが世間で高い評価を得ていたことは哲学者プラトンの対話篇『パイドロス』にもうかがうことができる。この対話篇の冒頭には、ソクラテスの弟子パイドロスが弁論の模範文例として暗記すべく「当代随一の作者」リュシアスの作品草稿を持ち歩いている様子が描かれているからである。ただしソクラテスは（プラトンは）リュシアス、トラシュマコスら当代の弁論術を説く者たちのやり方は言葉の技術の方法ではないとして（二六九D）、魂の真実を追求する弁論術はディアレクティケー（哲学的問答法）によるべきであるという議論を展開することになる。そこで批判的に吟味されている人々のなかには、さきに言及した（四四三頁）テオドロスの名もみえる。

キケロは、本項初めに引いたところに続いて、シケリアに始まった弁論術がほかならぬアテナイで隆盛を誇った次第を語って、アンティポン、リュシアス、テオドロス、イソクラテスに言及しているのであるが（『ブルートゥス』四六―四九）、そこにつぎの一節がある。すなわち「リュシアスは、初めのうちは弁論には術が存在すると公言するのを常としていた。その後、テオドロスは弁論の術に関してはかれよりも巧みであるが、弁論作品に関してはかれに比べると無味乾燥であるから、という理由で、リュシアスは他人のために弁論作品を書くことを始め、弁論術からは退いた」。リュシアスがその初期においては理論家ないしは教師として出発しながら、その本領は実作者としての弁論制作にあり、実際の事件における係争の当事者から依頼を受けて弁論の代作をするという活動によって評価されることになった事情を伝える一節であるといえよう。なおキケロは、イソクラテスがリュシアスとは逆に、実作者から教育者へという経歴をとったことも記している。イソクラテスやデモステネスについては、ここでとりあげる必要はないであろう。イサイオスは法廷弁論の作者で、伝存する一一篇の作品はすべて遺産相続問題に限られている。

デモステネスの同時代者であるアイスキネス、リュクルゴス、ヒュペレイデスらの政治弁論は、ポリス・アテナイの消長と軌を一にするアテナイの実践的な弁論術の終わりを画するものであった。その理論的な完成は、デモステネスと生没年をほぼ同じくするアリストテレスによって為されたのである。

弁論の種類と構成　アリストテレス（『弁論術』第一巻三）は、弁論（ὁ λόγος）は、語る者、語られる事、語りかけられる者から成り立つとし、語りかけられる者すなわち聴き手は、たんに見物者（聴衆）であるか、すでに起こったことについての判定者であるか、これから起ころうとすることについての判定者であるか、のいずれかであるとする。そこから弁論にはつぎの三種類（τρία γένη）があるとして、それぞれの内容と時と目的を示している。

「議会弁論（συμβουλευτικόν）」（審議的・助言的）。内容は勧奨または諫止、時は未来に関わり、目的は利・害。

「法廷弁論（δικανικόν）」（訴訟的）。内容は告発または弁明、時は過去に関わり、目的は正・不正。

「式典弁論（ἐπιδεικτικόν）」（演示的）。内容は称賛または非難、時は現在に関わり、目的は美・醜。

弁論の分類は、アリストテレス以前にもすでにイソクラテス第四弁論（『民族大祭弁論』一一）やプラトン（『ソピステス』二二二C）にも意識されているのであるが、アリストテレスの形が最も包括的かつ明快であろう。式典弁論の「時」が現在であるのは、現在語り手の目前にいる（と想定される）ものを称賛や非難の対象としているからであるが、アリストテレス自身、これにはしばしば過去の事柄への想起が伴うとしている。

リュシアスの第二弁論（葬礼弁論）における、あるいはイソクラテスの第十二弁論（『パンアテナイア大祭弁論』）におけるアテナイの栄光の歴史への賛美など例は多く、演示的弁論が、韻文における祝勝歌の伝統をひくものであることを考えれば、「想起」の重要性が理解できよう。

弁論の構成または各部分の配列についてはすでに弁論術の生成当初から議論が為されていたと考えることができる。主流となっていた四部構成説、すなわち序言（προοίμιον）・叙述（διήγησις）・論証（πίστις）・結語（ἐπίλογος）はアリストテレスによって批判され、「（事件の）叙述」は過去に起こった事柄を扱う法廷弁論のみに必要な部分であり、また弁論が短いものであれば「結語」をおく必要はなく、どの種類の弁論にとっても必要不可欠な部分は、提題（弁論が為されるべきその事柄を述べること）と論証（それを証明すること）の二部分であるとされた（『弁論術』第三巻一三）。ただしリュシアスの場合には、法廷弁論が大多数であるために四部構成という定規は有効にはたらく。伝存する作品中にそれらの区切りが指示されているわけではないが、作品に書きこまれたさまざまの修辞的定型表現を頼りにその定規を当ててみると、作者が事実をどのような形で組み立てようとしているか、その意図が明瞭に見えてくる場合が多い。各部分にかける比重、作品全体としての均衡など、練達の弁論作者であれば依頼された状況に合わせて、事実や言葉を選ぶのと同じようによく計算された構想のもとに、作品を構成することが可能であったに違いない。このような考え方から、本書では各作品に先立つ「概要」の中に、四部構成を基本とした作品分析を示しておいた。

二　リュシアスの作品

作品　プルタルコス作と通称されるリュシアスの伝記は、『モラリア』中（八三五D－八三六D）に『十人の弁論家の生涯』の第三番目として収められている（以下『リュシアス伝』と略記）。そこには「リュシアスの作品は四二五点あるといわれているが、ハリカルナッソスのディオニュシオスとカイキリオスの一派によればそのなかの二三三点のみが真作であるという」（八三六A）との記述がある。四〇〇を超える数は、アレクサンドリア図書館のカリマコス作成といわれるリュシアス作品一覧に載っていたはずの数であり、紀元後二－三世紀のパピルス史料（POxy.2537）に部分的に残っているリュシアス作品梗概のリストが完全であった時にそこに記載されていたはずの数ともほぼ一致すると考えられる。真作偽作の論議がすでに古代においてあったとはいえ、非常に多数の弁論作品がリュシアスの名を冠して流布していたであろうことは否めない。

一方、今日まで伝存している、ある程度まとまった長さをもつ作品は、後述するように三十数点にすぎず、断片として残っているものや題名のみ伝わっているもの百数十点や書簡数点を考慮に入れても、なお二〇〇点を超える作品はまったく知られていないことになる。これは、例えばリュシアスより一〇歳ほど年下でその没後に活躍した弁論家イソクラテスの場合と比較すると、伝承としては格段に不利な状況といえる。イソクラテスにあっては、『十人の弁論家の生涯』で伝えられる数が六〇点、そのうち真作とされるものが二五－二八点で（『モラリア』八三八C）、現存作品数二一点（書簡は除く）とのあいだに大きな差はないからである。

リュシアスとイソクラテスにみられるこのような違いは、作品のでき方、その性質の違いによるところも大きいと思われる。イソクラテスの場合は、かれ自身何度も明言しているように、かれ自身の弁論作品として推敲をかさねて書きあげられたうえで公刊されたものであり、何年も後になって著作のなかに以前の作品を引用することも可能であった。ところがリュシアスの作品は、現存するものについて見るかぎり、第二、第十二、第三十三弁論以外はすべて他人の依頼を受けて（あるいは受けたと想定して）、その依頼人の立場に自分をおいて弁論を代作するという性質のものである。この点では、リュシアスは「弁論家」というよりはむしろ、晩年のイソクラテスが軽蔑的な口調で非難した「法廷のまわりで生活する」（第十五弁論『財産交換について』三八）演説作者（λογογράφος）の部類に入るのである。依頼の内容によっては概要や重要部分だけを制作して与えたこともありうるし、依頼人が実際に法廷で口述したものがリュシアスの作った草稿と同じであるという保証はなく、その両方ともが、また裁判後に手直しを加えたものが、どれも「リュシアスの作品」として広まることもありえた。また、何らかの理由で公共の場で演説する機会を制限されている者が、政治上の意見を公表するためにリュシアスに草稿を依頼してそれを公刊することも考えられよう。このようにさまざまの事情のもとに演説作者としての名が高まれば、他の無名氏の手になる草稿にリュシアスの名がつけられることもありえたであろう。作者と作品とのこのような不安定な関係が、さきに記した四〇〇を超える数となって表われていた、と考えられるのである。

本書において各作品の真作偽作問題をいっさい扱っていないのも、以上のような見方による。真偽について古来続けられている議論は、参照文献として挙げた基本的な著作や註釈書で見ることができるのでそちらに譲りたい。私たちは、少なくとも邦訳にさいしては、中世写本によってリュシアス作品として書写され、校訂を経て今日まで伝えられてきたところをそのまま受けとめ、それによってリュシアス作品なるものを考えてゆきたいと思う。

現在一般に「リュシアスの作品」として扱われるのは、後述の中世写本（パリ・クワラン本二四九番、ヴェネツィア・サンマルコ本四一六番、ハイデルベルク・パラティナ本八八番など）に伝わる長短三一点の弁論（第一―三十一弁論）と、本項冒頭に名を挙げたハリカルナッソス出身のディオニュシオス（帝政初期のローマで文筆活動をした修辞学者）によって部分的に引用された三点の弁論（第三十二―三十四弁論）であり、これらが本書で訳出するものである。ディオニュシオスには古代の弁論家たちを論じた作品があり、現在では弁論家ごとに分けたタイトルで呼ばれるが、本書でとりあげる三弁論はその『リュシアス論』（*De Lysia*; éd. G.Aujac, *Denys d'Halicarnasse. Opuscules rhétoriques* I, Paris 1978）中にリュシアス作品の一部分として引用されている。プラトンの『パイドロス』中にリュシアスの演説草稿として引用されたものもあるが、これはすでにプラトンの作品として邦訳されており、本書にはとりあげない。その他のリュシアス作品としてはパピルス断片や古代からのさまざまの形での短い引用による断片があるが、本書の範囲を超えるので邦訳の対象からは省いている。

本書におさめた三四作品のうち三一作品は、伝承の主な担い手であるハイデルベルク写本に入れられた順序で、題名もそのままに引き継いでいる。各題名の由来がどこまで遡るか確定はできないが、二世紀後期から三世紀初頭と推定される一葉のパピルス（POxy.2357）にいくつかの題名を含む二一の短い梗概があるところからそれ以前であることは確かで、真偽や作品数に関する古来の議論も題名なしに為されたとは考えにくい。三一作品の題名をリュシアスの同時代に遡らせることもまったく不可能とはいえないと思われる。またこれにともなって、第二十七弁論の副題に名の出るテオドロスが中世写本の筆写者（四五八頁参照）ではなくて、作者と同時代の理論家（四四三頁参照）を指すという推定も可能になるのではないか。ハリカルナッソスのディオニュシオスによってのみ伝えられている三作品は写本伝承においては題名はなく、これらがリュシアスの作品として独立した形でとりあげらるようになってから、（おそらく十八世紀の校訂版で初めて）それぞれにディオニュシオスの記述にもとづく題名が与えられた。

三四作品のうち、第二弁論（葬礼弁論）と第三十三弁論（オリュンピア大祭弁論）が式典弁論に、第三十四弁論が議会弁論に属するとされる。その他は、第八弁論などわずかな例外はあるが、ほとんどが勝敗を争う法廷弁論ないしはそれに関連する弁論である。ジャンルとしては偏っているといえようが、その内容の多様さは、アッティカの弁論のなかで例えばイサイオスの現存作品がすべて遺産相続を扱っていることと比べると、題名からだけでもうかがうことができよう。これらのなかには第二十九弁論によって第二十八弁論の結果が知られるという例、あるいは第六弁論に対する反論ともみられる弁論が、弁論家アンドキデスの『秘儀について』としてリュシアス作品群の外に残っている例などもありはするが、多くは告発か弁明かのどちらか一方が伝えられているのみである。「二三三点中敗訴は二回のみであった」という伝承（『リュシアス伝』八三六A、四四九頁参照）はあるが、現存弁論それぞれの結果が勝訴であったか否かは記録や史実としては知られていないのであり、そもそもこれは実際に法廷で述べられた、あるいは述べるために作られたものである、という確証をもった作品はほとんどないに等しい。一般的にいって法廷弁論そのものが仮構である、という議論にまでは立ち入らないとしても、リュシアスの場合も、第一弁論など、はじめからフィクションとして構想された弁論ともみられる作品もある。私たちはつねに、仮構であれ事実であれ、作者がこの事をこのように述べることこそ法廷を説得する最良の述べ方であるとして作ったのがこの作品である、という大前提に立ち戻って作品を読む必要があろう。原告側被告側の弁論こそが陪審員の票決を左右する力となるはずの制度だったと考えられるからである。

前述のように、リュシアスは弁論の代作者であったから、さまざまな依頼人の異なる立場を代弁しなくてはならない。それでも、弁論草稿作成の報酬についての具体的な事実などが知られていない現在では推定によるところも大きいが、少なくとも現存作品にみるかぎり、リュシアスの依頼人は概して富裕な、社会的にも上層の人々であると思われる。第一弁論や第二十四弁論の話者などは一見例外のようにもみえるが、それとても農園や複数の奴隷を所有していたり、名門出の人と交際があったり、あるいは話者の主張する貧困は裁判の相手方から見れば疑わしかったりする。聞き手とともに私たち読者も、リュシアスが選んで弁論にとりいれた事実のみに目を奪われ、その巧みな語り口にのせられている可能性がないとはいえない。話者たちの多くは財力を背景に政治面でも重要な役割を担っていて、個人名は出ない場合でも、トゥキュディデスやクセノポンやシケリアのディオドロスら歴史家たちの記述の裏づけや補いになるような行動をとる。第二十一弁論はその最たる例であろう。また作品のなかには、「四百人」寡頭体制の一員として告発された人物を弁護するために作られた第二十弁論、「三十人」の支配下でアテナイにとどまっていた人のために作られた第二十五弁論など、第十二弁論で述べられるリュシアス自身とは一見逆の立場にあった人々の依頼を受けて、その人々の立場を弁明するために作られたものもいくつかある。しかしそこにもやはり、前五世紀末から四世紀初期の困難な時代に、アテナイを構成する人々の間にある、単純な図式化を拒む錯綜した対立関係や、時代の動きに巻き込まれながらも内外に対してアテナイの存立を計らなければならない立場にある人々の苦渋が描かれている。リュシアスが伝えるかれらの言い分は、けっして第十二弁論にみるリュシアス自身の言い分と矛盾してはいないこと、作者の政治姿勢は一貫していることを、私たちは読みとるべきであろう。第二十五弁論の話者はいみじくも、「私自身はペイライエウス派の人々の中でも最良の者が市内にとどまったとした場合と同様に」(一二節)行動した、と言っている。当弁論の訳者としては、この「最良の者」はリュシアスを指す、言い換えればこの言葉は、「これは私が、もし自分が(在留外人ではなくて)市民であったら、と考えて書いた作品である」というリュシアス自身からのメッセージではないか、第十二弁論と第二十五弁論とは表裏一体ではないか、と考えている。

また、リュシアス作品には直接の訴因や法廷での相手の背後に、より大きな葛藤や真の敵対者の存在が見え隠れしているものが多い。現裁判で不利な結果が予想されても、主張すること自体が法廷の内外に大きな影響力をもつと判断される場合もあろうし、個人対個人の争いのように見えてじつは一族対一族、集団対集団の争いである場合もけっして少なくない。このような視点からの味読を許すのもリュシアス作品の一つの特色といえよう。

文体　弁論の文体を荘重体、平明体、中間体の三型とする分類は前四世紀後半、アリストテレスの高弟であるテオプラストスに始まるといわれる。この分類は、大筋において前一世紀のキケロ、ハリカルナッソスのディオニュシオスらに引き継がれたが、リュシアスはつねに「平明体」の規範とされていた。

ディオニュシオスは、古代の弁論家たちについての序章に続く『リュシアス論』において、リュシアスの弁論の特色として純正な（καθαρός）アッティカの現代語であること、日常語の使用（詩語に依存しないこと）によって重み、優美さ、大きさを出しえていること、明晰さ（σαφήνεια）、思考表現の簡潔さ（βραχέως ἐκφέρειν τὰ νοήματα）などを挙げている（二－六）。このような特色は、例えば前述したゴルギアスの文体と比較すれば明らかにみてとれるところであって、リュシアスの場合は、文の表面上の装飾的な要素はごく少なく、とりわけ修辞的な効果を意図したところにのみ使われる。第二弁論（葬礼弁論）などは式典弁論の性質上かなり装飾的な印象を与えるが、それも対置構文の技巧を主としたものであり、大多数の作品においては技巧はいわば構文そのもののなかに組み込まれた形になっている。通例なら三人称動詞による叙述を伴うはずの不定代名詞主語を二人称動詞によって叙述し、そこに一般論から個別論への濃縮と、扱う問題の広がりとを同時に示唆しようとする文構成などはそのよい例であろう。対置構文の多用は、リュシアスの特色としてしばしば指摘されるところである。しかしこれも、例えばイソクラテスにみられる対置構文とは著しく趣を異にしていて、機械的な均衡を保つのではなくむしろ微妙な変形を伴う文構造、つまり目で読まれるよりは口頭で声の強弱や速度の変化をつけて語られ、聴かれることを重視した文構造になっている場合がほとんどである。また、法廷で目の前にいる相手をいうときに「この者」と「かれ」とを使い分け、前者では相手に視線を注ぎ時には指さして、後者では相手をつき放して目を陪審員や傍聴者に転じるなど、弁論草稿のなかで作者から話者へ、演説に伴う所作の指示を出していると思われるところも随所にみられるのである。

ディオニュシオスはまた、リュシアスの文体が、言われた内容を感覚的な把握に導く力をもっていて、この活力ある描写（ἐνάργεια）がリュシアスの、他にぬきんでた特長である「（弁論の話者の）生きざまの表現、性格描写（ἠθοποιία）」を可能にしている、という（『リュシアス論』七－八）。同一の語法を繰り返し使って語らせることによって、語り手が単純素朴な人物である、という印象を聴き手に与えたり、小辞の微妙な使用によって皮肉な調子を出して語る人のゆとりを感じさせたり、分詞形を使って行為者を表わすにも現在分詞と完了分詞を使い分けることによって、行為の様態のみか行為への評価までも表現する語り手の周到さを印象づけたり等々、一見平明な語り口のなかに、各々の弁論を行なう人物の像がしっかりと描きこまれているのである。そしてこのような話者自身の「性格表現」が、客観的な証拠や蓋然性の議論による論証と並んで、説得のための重要な手段となっているところにリュシアスの特色がある、と考えられる。

リュシアスの「活力ある描写」は、それが事件の叙述においてとくに見事であるために、読者はともすればそれが事実そのものであるような感じをもってしまう。しかしそれは、歴史家にとっての事実とは異なる事実であろう。とくに法廷弁論の場合には、陪審員たちから当然ありうべきことだという判定を得るように、との目的をもって選択され、組み立てられて叙述された、いわば意味づけされた事実なのである。語られたことの裏には、語られなかったことも潜んでいるはずである。しかも、もし話者の叙述がたんなる誇張や「嘘八百」であるなら、反対の弁論もあり証人の証言も為される法廷を説得することは困難であろう。ディオニュシオスがリュシアスの事件叙述を、ホメロスの『オデュッセイア』第十九歌二〇三行を引用して、

「真実と同様の偽り」(これはまた、ヘシオドスの『神々の系譜』二七行の言葉でもある)として称賛している(『リュシアス論』一八)のはきわめて興味深い。弁論の話者(リュシアスに草稿を依頼した者)が目撃か伝聞かによって経験したはずの事実と、弁論の形で語られた事実と、そして語り手の背後にいる弁論の作者リュシアスにとっての真実と、この三者の間に存在するはずのずれを、必要に応じて巧みに調整してゆくところにかれの文体の、そしてかれの作品の尽きない魅力があると思われる。

伝　承　引用およびパピルス断片による伝承を除けば、リュシアス作品を伝える最も古い写本はパリの国立図書館蔵写本(Parisinus Coislinianus 249 記号V)で十世紀の手写になるものであるが、これに含まれるリュシアス作品は第二弁論(葬礼弁論)のみであり、ヴェネツィアのサンマルコ図書館蔵の十一世紀前半に手写された写本(Marcianus graecus 416 記号F)も同様である。したがって第二弁論以外の作品(第一、第三―三十一弁論)についての、現在遡りうる、まとまった形での最古の証人は、ハイデルベルク大学図書館蔵の皮紙写本(Heidelbergensis Palatinus graecus 88 記号X)である、ということができる。そして、第二弁論のみを含む写本を除くと、三一作品の全部または一部を伝える諸写本は直接間接にこのハイデルベルク本に依拠している、という評価は、十九世紀中頃にH.Sauppeによって出されて以来、大筋においては変わっていない。第三十二―三十四弁論は、ハリカルナッソスのディオニュシオスの写本伝承によっており、最も古いものは十一―十一世紀手写とされるフィレンツェのメディチ・ロレンツォ図書館蔵本(Laurentianus 59.15 記号F)である。

ハイデルベルク写本はビザンティン帝国の首都圏で手写されたもので、従来十二世紀の三〇年代までに写されたとされてきたが、近年ヴァチカン教皇庁図書館蔵のイソクラテス写本の一つ（一〇六二年の年記がある）との古筆学面での比較から、筆写年代を十一世紀中頃まで遡らせることができると考えられるようになった。主な筆写者は写本冒頭にみえるテオドロスで、他に一、二名の協力者らしい手がみられる。全体は一四二フォリオ（紙葉）からなり、「内容一覧」のあとリュシアス作品として第一、第二弁論があり、続いてアルキダマス、アンティステネス、デマデスの計五作品が入り、そのあと再びリュシアス作品となって第三―三十一弁論があり、最後にゴルギアス作品がある、という五人の弁論家のいわば選集である。リュシアス作として流布していた作品群が伝承の過程でいくつかに分かれ、他の弁論家たちの作品とともにアンソロジーを形成したり、写し換えられたり、あるいはそのまま散佚するものもあったりしながらビザンティン時代の後期にたどりついた一つの形が、このハイデルベルク写本であると考えられよう。じっさい、写本の折丁構成からもこの写本は複数の写本をモデルとして制作されたことが推測されるのである。ビザンティン盛時九世紀の学者ポティオスが残した厖大な読書録中にはかれがリュシアスを読んだことが記されており（Photius, *Bibliotheca* Codex 262）、それ以後ハイデルベルク写本制作までの時期の学者たちの著作においてもリュシアスの文体への言及が散見されることからリュシアスが読まれていたことは推測できるが、当時のリュシアス作品の写本すなわちハイデルベルク写本のモデルとなりえた写本がどのようなものであったかはわかっていない。

ここでハイデルベルク写本のリュシアス部分にみられる大きな欠落について付記しておきたい。この写本（176×148 mm）は原則として四枚の皮紙を重ねて中央で折って八紙葉（一六頁）とした一折丁を基本にしていて、一紙葉（フォリオの表と裏）はオックスフォード版テキストの約二頁分にあたる。その第五折丁で三紙葉が欠落しており、そのうち二紙葉は第五弁論の末尾と第六弁論前半部分を、一紙葉は第六弁論四九節と五〇節のあいだの部分を書写していたはずである。また第一五折丁のあとでは一折丁（八紙葉）が完全に欠落しており、その部分には、第二十五弁論の末尾と、『ニキデスの労働忌避告発』なる弁論全部と、第二十六弁論の冒頭とが書かれていたはずである。第六弁論、『ニキデス』弁論、第二十六弁論の題名は、それぞれ写本巻頭にある「内容一覧」から判明するものである。このような欠落がいつ生じたのか確定はできないが、現存の系列転写本中では最も古いD写本が第五、第六および『ニキデス』を書写していないことからみてハイデルベルク写本書写から二世紀半ほどの間のことであろうという推測は可能である。D写本（フィレンツェ、Laurentianus 57.45）は、一三二〇年頃コンスタンチノープルで制作と推定される。この写本はのちにクレタ島の書写工房（スクリプトリウム）にもたらされて、十五世紀中頃に再転写された。

ハイデルベルク写本のほうは十四世紀末から十五世紀初頭にイタリアへもちこまれ、フィレンツェ、パドヴァなどにおいて、職業的写字生だけでなく、ギリシア語の教授者やイタリア側の学習者たちによっても転写、再転写が繰り返されることになった。今日ヨーロッパ各地に伝存するリュシアス写本（全部で約五〇点が知られている）の大多数がこのころすなわち十五世紀にイタリアで手写されたものである。同一筆写者が複数の転写本を作ったり、互いに交流するなかで照合しあったりして、テキスト本文上の複雑な混流が容易に起こる状況であったと考えられる。リュシアス作品は、そのなかの一写本（ヴェネツィアのK写本にきわめて近縁の、現在は失われたもの）を主たる典拠として、他のアッティカの弁論家たちの作品とともに、ヴェネツィアのアルドゥス・マヌティウス（アルド・マヌッツィオ）書肆から『弁論家作品集』として刊行されることになった。初版本が出たのは一五一三年である。しかしこの初版本は、テキストの内容面でも書物としての形式の面でも、改善の余地を大きく残すものであった。それを飛躍的に前進させたのが、フランス・ルネッサンスの代表者の一人であるヘンリクス・ステファヌス（アンリ・エスティエンヌ）による『古代弁論家集』（「ジュネーヴ」一五七五年）である。エスティエンヌは、複数写本の校訂の結果を全般にわたってとりいれて欄外に註記するという方法でテキストの質を向上させ、本の体裁面でもアルドゥス版をしのぐものを作り出した。これが近代の諸校訂版の基礎となって、今日でもリュシアス全作品を収めた校訂版には、ステファヌス版の頁付けが記されている。

ハイデルベルク写本は、十六世紀中頃に、アウグスブルクの豪商フッガー家の蒐集するところとなり、選帝侯オットハインリッヒのハイデルベルク城内文庫（Bibliotheca Palatina Electoralis）に寄贈され、「パラティヌス」の呼称を得ることになった。その後三十年戦争にさいしてローマ教皇庁へ、さらにナポレオンのイタリア征服のさいにはパリへと戦利品の一つとして移動したが、一八一五–一六年にハイデルベルクへ返還された。この写本が校訂の対象としてとりあげられるのはこれより後で、最初に校訂版にとりいれたのはI. Bekker（Oxford, 1822）である。かれはこれと並んで体裁の整った、しばしばハイデルベルク写本（記号X）に代わる良い読みを提供するフィレンツェのC写本（十五世紀書写、Laurentiarus 57.4）をも重視していたので、ハイデルベルク写本を本格的に底本としたのはC. Scheibe（Leipzig, 1872²）であった。前述したSauppeのX写本評価もこの間に出されている。なお近年の研究によればC写本の提供する修正読みはその筆写者（能書家として知られたクレタ出身のヨアンネス・ロソス）に由来するのではなく、C写本のモデルとなった別の同時代の写本（ミラノ、アンブロシウス図書館蔵）から写された読みであることが主張されている。

本書で訳出した作品のパピルスに残る部分はごくわずかである。第一弁論四六―四九節部分が、P.Ryl.489とP.Lond. Inv.2852（もとは三―四世紀制作の同一冊子本であったもの）に残り、第二弁論七五―七九節部分がオクシュリンコス出土の二世紀の断片（PSI 1206）に残っている。パピルス一葉（POxy.2537）には二二の短い梗概が記されているが、そのうちで、該当する作品が中世写本にまで伝えられているのは、第八弁論から第十一弁論までの四作品のみである。

三　リュシアスの時代

リュシアスの生きた時代のアテナイ、それは繁栄とその崩壊、そして、それに続く体制立て直しの試みから復興へ、という激動のただなかのアテナイであった。その激動の変遷を概観するには、ペルシア軍がギリシア本土から撤退した直後の前四七八／七七年にデロス同盟が結成された時から書き起こすことにしよう。同年、ペルシアの脅威からいまだ解放されていないエーゲ海域では、沿岸、島嶼の諸ポリス、とくに小アジア西岸のイオニア地方のポリスを中心とする攻守同盟が、アテナイを盟主として結成された。これがいわゆるデロス同盟である。同盟諸ポリスはアテナイが査定した金額の年賦金を支払い、その集金はアテナイ市民の間から選出された一〇名の委員（ヘレノタミアイ）が行なうことになった。本部はデロス島におかれ、同盟金庫もこの島に保管された。

同盟成立からペロポンネソス戦争勃発の前四三一年まではいわゆる「五十年」と呼ばれる時代である。この間にアテナイはデロス同盟参加の諸ポリスへの支配を次第に強化していったため、年賦金はアテナイへの貢租になり果て、同盟は今日の研究者が呼ぶところの「アテナイ帝国」に変貌した。変貌の徴候は、早くも前四六六年頃に反乱を起こしたナクソスをアテナイが軍事力をもって鎮圧したときに認められるが、前四五四年に同盟金庫がデロスからアテナイへと移されたとき、それはもはや確固たるものとなった。貢租はアテナイの民主政充実のために、あるいは公共建造物の造営に利用され、同国は輝かしい繁栄を享受する一方で、他のポリスは同盟からの離脱も認められず、アテナイの隷属国となった。

この繁栄の時代のアテナイを代表する政治家こそがペリクレスであった。アテナイでは前五〇八／〇七年のクレイステネスの改革で民主政の基盤が制定され、アテナイ人全員（ただし成人男子）がいずれかのデーモス（区）に登録されて市民としての権利を行使し、享受することになっていた。デーモスとは民主政アテナイの基本的行政単位であって、クレイステネスの改革でアッティカが一〇部族に再編成された際に、部族の最下部組織としての位置を獲得した。前五世紀のアテナイ全体で一三九デーモスの存在が現在では確認されている。市民の息子は一八歳になると父の所属するデーモス成員会での審査を受け、合格するとデーモスの名簿に登録され、市民の仲間入りを果たした。このように、デーモスはアテナイ民主政の根幹に位置していたが、もともと自然発生的な村落をその母胎としていたから、民主政成立以前の村落で行なわれていた慣習も少なからず存続していた。もちろん国政のレベルでも、民主政開始当初には貴族政の名残は制度面で完全に払拭されたわけではなく、市民間にはまだ平等が実現されていなかった。そのような初期の民主政もペリクレスの指導の下で制度的に整備への努力が重ねられ、市民間の平等実現が追求されていく。とくに、前四六二年には「エピアルテスの改革」が断行され、上層市民たちの牙城であったアレイオス・パゴスの会議からほとんどの権限が取りあげられ、民会と民衆法廷の権限強化がはかられた。クレイステネスの改革以来のこの大改革で、アテナイ民主政の完成度は高まった。その実態については、本項最後に略述しておくことにする。

「帝国」の支配者であるアテナイ市民団は閉鎖性を強めていき、前四五一年には、アテナイ市民身分である両親から生まれた男子以外には市民権を認めない、という趣旨の法をペリクレスの提案に従って制定した。こうして市民たちは強国となったアテナイにおいて特権者集団としての地位を固めていった。

アテナイは同盟諸ポリスからの貢租を自国のために使用することで財政的に潤い、政治の分野だけでなく、文化の面でも繁栄を極めていく。また外港ペイライエウスは、当初は軍港として建設されたが、前五世紀なかば頃までには商港としての施設も整いはじめ、次第にエーゲ海の海上交易センターとして賑わうようになる。このようなアテナイであったから他国からの訪問者も増え、国内に居住する在留外人（メトイコイ、用語解説参照）の数も急増した。

右に挙げたアテナイの「帝国」化と隆盛とは、ギリシア世界全体のなかにどのような変化をもたらしたであろうか。前六世紀の間にいち早くギリシア世界の最強国となり、ペロポンネソス同盟を結成していたスパルタにとって、アテナイの強大化は大きな脅威となり、両国の対立は深まっていった。アテナイは前四八一／八〇年に、目前に迫った二回目のペルシア軍の襲来に対抗するため、スパルタ（ラケダイモン人たちとも呼ばれる）と同盟を締結したが、前四六一／六〇年にはこれを破棄し、当時スパルタと敵対していたアルゴスおよびテッサリアと同盟を結んだ。アテナイとスパルタのあいだの反目は、対ペルシア戦の際に多くのギリシア人のあいだに高まった連帯感に亀裂を入れ、ギリシア世界は、アテナイが率いるデロス同盟陣営とスパルタ率いるペロポンネソス同盟陣営とに分かれて敵対するようになり、ついに前四三一年にペロポンネソス戦争が始まったのである。

開戦に臨みペリクレスは籠城作戦を採った。つまり春から秋にいたる戦争のシーズンには、アッティカ住民すべては中心市とペイライエウス、および両者を結ぶ長壁内に居住することになったのである。狭い空間に多数が居住するという悪条件のもとで、開戦翌年には疫病が流行し、そのために全住民の三分の一近くが死亡したといわれる。ペリクレスもこの病の犠牲となったが、整備が進められていた民主政のもとで、クレオン、ニキアス、アルキビアデスらの指導により戦争は遂行された。アテナイ優勢のなかで前四二一年には「ニキアスの和約」が結ばれ、スパルタ、アテナイ相互間の直接の交戦は休止するが、両陣営の戦闘が停止することはなかった。アテナイは前四一五年にシケリアへの遠征を敢行する。同盟諸ポリス市民を含め乗組員約三万人の大艦隊はシケリア攻撃を開始した。その総指揮をとったのは、当初この遠征計画に断固反対したニキアスであった。かれは指揮官としての責務を熱心に果たしたが、シュラクサイの反撃は激しく、約二万人の援軍派遣も功を奏さなかった。前四一三年夏、アテナイ軍は撤退の時機を逸して、ほぼ全員が殺されるか、捕らえられて奴隷として売り飛ばされた。

一方、前四一三年春にスパルタ率いるペロポンネソス軍がアッティカに侵入し、北部デケレイアを占拠して常駐すると、デケレイアはスパルタの攻撃基地と化した。アテナイ市民は長壁の外へ出ることができず、恒常的な籠城状態に追い込まれた。もはや農業は不可能となり、以後、食糧やその他の物資はほとんどすべて輸入に頼らざるをえなくなる。こうして前四一三年に戦況はアテナイ劣勢に傾きはじめた。同年冬から翌年夏にかけて、キオス、エリュトライ、テオス、ミレトスなどの同盟諸ポリスが次々にアテナイから離反しはじめる。アテナイはそれを阻止できず、スパルタは離反の動きを支援した。そのうえ、同じころにスパルタはペルシアと同盟条約を締結し、対アテナイ戦争を協力して遂行する態勢を整え、ペルシアから軍資金の援助を受けるにいたった。苦境に追い込まれたアテナイでは、前四一一年に四ヵ月という短期間ながら、「四百人」による寡頭政権が成立した。前四一〇年に民主政を回復したアテナイでは、政情はいったん安定し、寡頭政権成立という事件で不備が明らかとなった諸法の改訂作業も始められた。

前四〇六年夏に、レスボス島近くのアルギヌサイの海戦でアテナイ海軍はペロポンネソス軍に勝利するが、折しも襲来した暴風雨のために自軍にも多くの犠牲者を出し、国内は動揺した。さらに、前四〇五年秋にはヘレスポントス（現ダーダネルス海峡）のアイゴス・ポタモイの戦いで惨敗して主要艦隊を失ったアテナイは、エーゲ海の制海権を手放し、来るべき本土攻略に備えなければならなかった。その年のうちに和平締結への模索はテラメネスを中心に始められたらしいが、その間にアイゴス・ポタモイの戦いの指揮官であったスパルタの海軍司令官リュサンドロスが、軍船一五〇隻を率いて小アジア沿岸からアテナイへと急行し、前四〇四年早々にはペイライエウス沖に艦隊を停泊させた。ペイライエウス港は封鎖されたのである。しかも陸上では、デケレイアを占拠していたペロポンネソス同盟の陸軍がスパルタ王アギスの指揮で中心市アテナイの封鎖を行なった。前四一三年以来、食糧のほとんどを国外から調達せざるをえなくなっていたアテナイの物資の補給路は、完全に閉ざされた。それにもかかわらず、スパルタ本国に赴いたテラメネスら使節による和平交渉が長引いたため、食糧不足は極限に達し、ついにアテナイはスパルタが提示した条件の受諾に追い込まれた。

和平条件には、長壁とペイライエウスの城壁の破壊、一二隻を除く全軍船のスパルタへの引き渡し、アテナイのペロポンネソス同盟参加、戦争中の亡命者の帰国、などが含まれていた。これらの条件受諾に反対の市民もいたが、テラメネスら和平推進派は強引に和平締結にこぎつけ、前四〇四年春にペロポンネソス戦争は終結した。

敗戦後約半年、前四〇四年秋に、テラメネスやクリティアスを中心とする寡頭派「三十人」による政権樹立が、スパルタのリュサンドロスの介入で実現する。しかし、数ヵ月のうちに「三十人」の支配は恐怖政治へと傾きはじめる。「三十人」は市民のなかから三〇〇〇人を選んで、かれらに参政権を認めると同時に、残りの市民たちには市内から退去するよう命じた。また、財政の逼迫もあって、「三十人」は罪もない市民や在留外人を逮捕、死刑に処し、財産は没収する、という暴挙に出るようになる。犠牲者は市民だけでも最終的に一五〇〇人を超えたといわれる。さらに、このようなやり方は「三十人」の内部にも亀裂を生み、指導者の一人テラメネスの処刑という事態にいたった。

恐怖政治が続くなかで、寡頭政権に反対の人々は、ペロポンネソス戦争の終結前後にテバイに亡命したトラシュブロスを中心にして、前四〇三年初めにアッティカ北部のピュレを占拠し、内戦が勃発した。ピュレに集結した反寡頭派は次第にその数を増し、四、五ヵ月後にトラシュブロスは約一〇〇〇名を率いてペイライエウスへと移動して、戦場はペイライエウスに場所を変えた。まもなくペイライエウスのムニキア地区での戦闘で大敗した「三十人」は寡頭派内部での信任を失い、アッティカ西部のエレウシスへと退去してしまう。内戦は中心市を拠点とする寡頭派とペイライエウスの民主派とのあいだで続けられる。この間にスパルタ本国からもう一人の王パウサニアス（スパルタは二人の王が軍事指揮をとる体制をとっていた）が寡頭派支援で派遣されてきていたが、そのかれが両派のあいだの仲介役にまわって、夏も終わるころに両派は和解協定を結ぶにいたった。和解協定のなかには、「三十人」など中心メンバーは別として、寡頭派を支えた人々の犯した罪を不問にするという大赦（アムネスティア）の条項も含まれていた。かくして同年秋にアテナイでは民主政が復活したのである。

しかし、アテナイは敗戦と内戦による人的、経済的損失で疲弊し、昔日の面影を失っていた。しかも、エレウシスに移住した寡頭派市民たちは、別の政権を立て、国は分裂した。敵と味方に分かれて戦った市民たちのあいだのわだかまりも簡単には消えない。アテナイに代わりギリシア世界における覇権確立を目指すスパルタの対外政策にも、求められれば協力しなければならなかった。そのような状況下にありながらも、アテナイ国内では内戦を戦い抜いたトラシュブロス、アギュリオスらの指導の下に敗戦後の疲弊から立ち直る努力が続けられ、一時は分離独立していたエレウシスも前四〇一年にアテナイに統合された。アルギヌサイの海戦以来キュプロスに亡命していたコノンの帰国と資金援助は再建への動きを加速した。

一方、ペロポンネソス戦争で勝利し、エーゲ海の制海権を掌握したスパルタは、小アジアのイオニア諸ポリスの支配をめぐって対ペルシア戦争に乗り出した。対するペルシアは、スパルタへの反感を次第に募らせていたかつての同盟国テバイ、コリントス、アルゴスに、さらには再建途上のアテナイにも、使者を派遣して経済援助すると申し出て工作を試み、前三九五年にスパルタに対する戦争、すなわちコリントス戦争を始めさせた。

戦争の帰趨が見きわめにくいなか、前三八七／八六年にペルシア王の主導の下にサルデイスにスパルタ使節アンタルキダスと対戦国である諸ポリスの代表が集まり、ようやく和平の合意に達して「大王の平和（アンタルキダスの和約）」が成立し、小アジア所在のギリシア諸ポリスはペルシア王に服属することになった。その後、ギリシア本土ではスパルタの覇権政策に対し、ペロピダス、エパメイノンダス率いるテバイが反撃に出た。テバイは前三七一年にはレウクトラの戦いでスパルタを破り、さらにペロポンネソス半島へ侵攻し、メッセニアをスパルタから解放した。以後、スパルタは衰退の一途をたどる。

「大王の平和」でかつての海外領レムノス、インブロス、スキュロス島の帰属が認められたアテナイは、対外的には反スパルタの姿勢を貫いてテバイを支援し、前三七七年に「第二回海上同盟」を結成した。しかし、北方に台頭したマケドニア王国がやがてギリシアへの侵攻を始める。ギリシア諸ポリスの前方には、新たな国際秩序成立までの困難な道程が控えていた。

リュシアスの弁論作者としての活躍は、前四〇三年の民主政復活後が中心となる。前五世紀の民主政と比べた場合、復活後の民主政は、制度の一部に変更も加えられ、必ずしもまったく同質であったわけではないが、ここではリュシアスの弁論の理解に資するために、前五世紀末から四世紀初めのころの民主政についてその仕組みを簡単に概括しておこう。

アテナイの民主政を根幹において支えていたのは、市民総会である民会と、一般市民が構成する民衆法廷であった。民会は国家の最高議決機関であり、定例会議は前四世紀には年四〇回開かれた。民会で審議・決定される案件は前もって五〇〇人が構成する評議会の審議と可決を経ていなければならなかった。三〇歳以上の市民のなかから各部族五〇名ずつ選出された任期一年の評議会議員五〇〇人は交替制をとりながら、常時執務の態勢で、アテナイの国制のほとんどあらゆる面において行政を統轄した。実際に行政上の実務を担当したのは各種の役職者で、将軍職などの例外は別として、大半は一年の任期で、抽選によって選出された一般市民であった。

他方、アテナイの民主政を支えるもう一つの柱である裁判制度の中心が民衆法廷であった。それは、公私の係争を処理するばかりでなく、ほとんどの役職者たちの資格審査やかれらに対する弾劾裁判をも取り扱うというように、司法のみならず、行政上の機能も備えていた(「民衆法廷」の構成および「公訴と私訴」については用語解説参照)。

アテナイには、今日のような警察や検察は存在しなかったので、告発、告訴は市民がみずから担当の役人の許に提起した。両親の虐待や孤児の虐待、相続財産に関する係争はアルコンへ、殺人や瀆神行為についてはバシレウス(用語解説「アルコン」参照)へ、というように。役人は訴えを受理し、予審をしてから法廷に回付した。法廷では原告と被告が陪審員の前でそれぞれ二回の弁論を、決められた時間内に行なった。場合によっては訴訟当事者を助ける補助弁論者や代理弁論者（用語解説「エピロゴス」参照）が弁論の一部または全部を担当することもあった。時間は水時計で計り、金額が五〇〇〇ドラクメ以上の私訴の場合、第一弁論に四〇分、第二弁論に一二分ほどであったらしい。弁論の途中で証言や関連の法規が読みあげられることがあったが、その間は水時計は止められた。なお、公訴の場合は全日が当てられた。すべての弁論が終わるとただちに陪審員による投票に入り、単純多数決で判決が出された。有罪の判決が出ても、刑が法で定められていない場合には刑の査定が必要である。その場合には、原告の側は求刑を、被告側は反対提案を行ない、陪審員は両者のいずれが適当であるか投票で決定した。

訴訟の当事者たちは、裁判に不慣れであった場合や、裁判をできるだけ自分に有利に運ばせたいと考えた場合、専門の弁論作者にあらかじめ草稿を作ってもらい、法廷ではそれをもとに弁論することが少なくなかった。リュシアスはこのような弁論作者の一人であった。

前五世紀の民主政と前四世紀のそれとの大きな相違は、法律の制定手続きにあった。前五世紀には民会決議は法と同等とみなされ、民会決議と法とのあいだに明確な区別はなかった。しかし、前四〇三年の民主政復活後には、両者は区別され、決議よりも法が優越することが定められた。立法は新たに制定された法律制定委員会（ノモテタイ）が担当することになり、民会は立法の発議や審議に参加するにとどまった。法律制定委員会委員はその年の陪審員のなかから任命されたらしいが、その組織や任期など十分に解明されてはいない。しかし、このような制度の改正により、前四〇三年以降のアテナイでは、法の優越を原則とする、より安定した民主政が実現したという見方が最近では優勢となっている。

四　リュシアスの伝記

同時代の証言　リュシアスの生涯について現存する主な史料には、リュシアスとほぼ同時代の第一次的なものと、それらを含む、より多くの史料をもとにしたと思われるローマ時代以降の伝記とがある。

前者としては、リュシアスの第十二弁論、紀元後二―三世紀初期のパピルス断片として残るリュシアス作品『ヒッポテルセスに答える弁論』(POxy.1606 fr.1-6)、プラトンの『国家』および『パイドロス』におけるリュシアスとその一家への言及、伝デモステネスの第五十九弁論『ネアイラ弾劾演説』中の記述を挙げることができる。これらはいずれも伝記としてまとめる意図をもって書かれたものではないので、限られた期間における事件の記述であったり、散発的な情報であったりするが、まずこれらを概観することが必要であろう。

第十二弁論は、リュシアスが自身で演説したものとされ話者は一人称で語っているが、自伝という面ではかなり限られた内容である。節を追って順次拾い出してみると、父の名はケパロスで、ペリクレスの要請で当地に来て三〇年住んだ。一家にはこれまで一度の訴訟沙汰もなかった(四節)。「三十人」の暴政下で、テオグニスとペイソンの主導する財産目的の在留外人逮捕政策の犠牲となり財産を没収される(六節、一一―一三節)。逮捕されて護送される途中で逃亡し、兄ポレマルコスが逮捕連行されたという情報を得てメガラへ亡命するが、ポレマルコスのほうは獄中で死刑に処せられる(一七節)。兄弟には家が三つあり、盾製作場や奴隷などは兄弟の共有であるらしいが没収される(一八―一九節)。リュシアス亡命中の動静は語られていない。和解交渉が続けられている最中にペイライエウスへ到着（五三節）。その後、市内派は「三十人」の大多数を支配の座からおろす。ペイドンらの新体制発足（五四節）。内乱再燃と「善き市民たち」の功による和解（六〇節まで）。以上が、前四〇三年の和解にいたるまでのリュシアスの自伝の概略である。生年、出生地、父の出生地や没年など、自伝であれば当然語られるべきことが欠落しているのは、法廷弁論という性格によるものであろう。語る必要がないか、あるいは語れば不利になるとの判断がはたらいて、意図的に沈黙しているとも考えられる。「当地」のどこに（アテナイ市内か、七キロほど離れた外港の町ペイライエウスか）家があったのか、父ケパロスがいつ移住してきたか、ペリクレスとの関係はどうか、などもこの第十二弁論に明示されてはいない。ただ、ペリクレスが前四七三／七二年に悲劇『ペルシアの人々』の上演世話人に任じられているところから、アテナイの将来を背負うこの名門出身の若い政治家が、おそらく財政的な後盾としてケパロスに来住を要請したのは、早くても前四七〇年代末であろうと考えられる。

『ヒッポテルセスに答える弁論』は長さの異なるパピルス六断片からなり、全体の行数としては二三八行。紀元一－二世紀のハルポクラティオンの辞典にリュシアス作として引用されたためにかれの作と同定されたものである。第十二弁論の記述を補う意味でも、後述する諸伝の典拠になったと考えられる点でも興味深い。内容はリュシアスが「三十人」に没収された財産を取り戻そうとしたときの紛争の法廷弁論で、リュシアスは三人称で語られ「陪審の市民諸君、私はリュシアスの無罪を要求する」（二一九－二二二）とあるところから、被告の立場にいることがわかる。つまりかれは被告としての自分のために弁明演説を書いているが、法廷に立つのはここでは名の出ていない一人称の人物すなわち代理人ということであろう。パピルス上の欠損部分を、後述する『リュシアス伝』から補入すると、かれが民主政下にあっては「在留外人のなかで［最も］富裕であったこと」、そして「亡命中は三〇〇名の［傭兵を送り］、［二〇〇〇］ドラクメの［資金と二〇〇面の盾を］提供し、［エリスのトラシュダイオスなるク］セノス（用語解説参照）を、二タラントン提供するように説得［した］りして民主派を援助した」ことなどが読みとれる（一五三―一七〇）。またパピルス第一断片の記述からは、かれがアテナイにも活動の拠点をもっていたらしいこと、没収売却された財産を取り戻すための財力はあっても取り戻せないでいるらしいことがうかがわれる（一〇―一七）。

プラトンの『国家』は、ペイライエウスにあるポレマルコスの家を舞台としているが、その冒頭では兄弟のリュシアス、エウテュデモスとかれらの年老いた父で二代前からの財産家であるケパロスも同席しているり、『パイドロス』でソクラテスがかれのことを「ピロソピアに心を傾けている」（二五七B）と評しているのと一致する。リュシアスとエウテュデモスは『国家』ではまったく発言していないが、これはかれらが年少であるという設定だからであろうか。（三二七A―三二八E）。ポレマルコスは『国家』全篇を通じての重要人物でソクラテスとも親しく議論してお

『パイドロス』におけるリュシアスについては本項冒頭でもふれたが、伝記として注目すべきことは、ポレマルコスの存命中（二五七B）にすでにリュシアスが「書くことにかけては当代きっての巧者」（二二八A）とされていること、さらに前四三六年前後に生まれたとされるイソクラテスがここでは「まだ若者だ」（二七八E）といわれていることである。このピュトクレスの子パイドロス（二四四A）はリュシアス第十九弁論の話者の縁故者であり、おそらく第三十二弁論一四節に名の出るパイドロスと同一人物であるが、さらに重要

なのは前四一五年夏の「秘儀冒瀆事件」とのつながりである。すなわちこの事件で密告されて亡命したパイドロス（アンドキデス一-一五）がプラトンのパイドロスと同一人物であることが碑文史料によって確定されて以来、対話篇『パイドロス』の対話設定年代の推定範囲が、パイドロスの亡命（前四一五年夏）以前か、帰国以後でかつポレマルコスの死（前四〇四年末か翌年初め）以前の間かのどちらかという選択に委ねられることになった。前述のイソクラテスの年齢を考慮すれば、より早い年代が望ましいことになろう。ただしこれは、対話設定年代が歴史上の年代としてとらえうるものであればのことであって、この点ではさらに議論の多い『国家』についても同様である。

同時代の証言となりうる史料の第四は、伝デモステネス第五十九弁論で、そこではリュシアスは若い愛人をもっているが、妻（「ブラキュロスの娘でリュシアスの姪」、ブラキュロスはリュシアスの義兄弟か）や同居している母への遠慮から、愛人を家には入らせない。これは前三九〇―三八〇年頃と推定される時期のことである。このリュシアスが本書のリュシアスと同一人物であるとすれば、この話は、人間関係におけるかれの現実的な対応を伝える一例ともみられよう。この記述中のリュシアスが六〇歳前後かそれとも七〇―八〇歳であるかどちらが妥当かを議論することは、生年推定のためにあまり実りあることとも思われない。

後代の記述　このように、同時代の証言からは、生涯のいくつかの時期における人物像はある程度見えてくるが、年代の指示は「三十人」時代以外にはほとんど得られない。生没年など年代の枠を得るためには、伝記としてまとめる意図をもって書かれた、ローマ時代以降のものに拠る必要がある。それらは当然のことながら、今日では現存していない史料にもとづいている部分もあるであろうから軽視することはできない。ハリカルナッソスのディオニュシオスによる『リュシアス論』の冒頭部分、伝プルタルコスの『リュシアス伝』(解説四四九頁参照)、さらに中世に入って九世紀の学者ポティオスの『読書録』中の伝記部分(Cod.262 489b-490a)、十世紀の『スーダ辞典』のリュシアスの項などがそれである。ラテン作家のものでは、伝記としてまとまっているものではないが、解説第一項で引いたキケロがカトーとの対比において「アテナイ人リュシアス」に言及している(『ブルートゥス』六三―六四)。これらの資料のなかで、ポティオスの記述は『リュシアス伝』とほぼ一致する。オリュンピア暦年などの年代表示はまったくなく、リュシアス伝としてはとくに新しい内容はないといってよい。一〇行ほどの記述のある『スーダ辞典』についても伝記部分はほぼ同様である。したがって年代設定を含む伝記の主な典拠は『リュシアス論』および『リュシアス伝』というローマ帝政初期の二資料になるが、前者は作品論、文体論の前置きであり、後者の前半は文字どおり伝記であって、両者は性格を異にする。ここではまず前者の伝記的部分を訳出し、後者によってそれを補う形で、リュシアスの生年から没年までのあらすじをたどることにしたい。

(一)ケパロスの子リュシアスはシュラクサイ出身の両親をもち、在留外人身分の父の子としてアテナイに生まれ、アテナイの最上層の人々とともに教育された。(二)一五歳のとき二人の兄弟とともに船出してトゥリオイに行った。植民活動への参加が目的であったが、それはアテナイをはじめとするギリシア諸邦がペロポンネソス戦争の一二年前に行なっていたものである。そしてその地で市民としてたいそう裕福に暮らした。シケリアにおいてアテナイ人たちを襲った災禍までの間である。(三)その災禍を蒙った後[トゥリオイの]デーモスが内乱状態となったときに、他の三〇〇人の人々とともに親アテナイ主義を咎められて追放された。（四）そして再びアテナイに戻ってきたが、それはカリアスがアルコンの時で、「リュシアスは」ある推定によれば四七歳であり、その時からアテナイにおいてかれの諸々の活動を続けた。（『リュシアス論』一）

『リュシアス論』の伝記的な部分はここで終わり、このあとはリュシアスの弁論作品の種類に始まって本論である作品の評価に入ってゆく。ここでまず注目されるのは、リュシアスの生年についての直接の年代指示がないことであろう。ディオニュシオスがイソクラテスを語るときにその生年は前四三六／三五年で「リュシアスより二二歳年少」（『イソクラテス論』一）であるとしていることと植民市建設が前四四三年であることを考え合わせると、『リュシアス論』はかれの生年を前四五九／五八年であるとみているようであるが、絶対年代を積極的に提示してはいないのである。それゆえにアテナイへ戻ってきたときのリュシアスの年齢についても「ある推定によれば」としているのであろう。アテナイへ戻った年を伝承どおりのアルコン暦年によって前四一二／一一年とするにせよ、より以前に遡らせるにせよ、帰国から「三十人」支配までの間がリュシアスの「諸々の活動」の前半期であったことは確かである。一家の盾製作場の経営管理とともに在留外人身分でありながら公共奉仕など、市民以上に市民の義務を果たした（本書十二-二〇）のはこの時期のことであろう。一方、トゥリオイ時代に「テイシアスやニキアスに教育された」（『リュシアス伝』八三五D）弁論術を教えていたのは、帰国後のこの時期の初め頃であろうし、やがて弁論作者としての実績を重ねていったと思われる（キケロ『ブルートゥス』四八）。現存作品中、成立年代が最も古いと推定されるものは「四百人」体制に参画した人物に関する第二十弁論であるが、これは遅くも前四〇九年初めまでの法廷に出されたはずである。弁論術の理論面ついで実作面でも、リュシアスの活動上この時期はすでに重要な段階であったに違いない。前述した『パイドロス』中の記述とも併せて、弁論作者としてのリュシアスの名声は「三十人」体制以前に確立していたと考えたい。

その後の、『リュシアス論』に言及のない期間については、さきにみたリュシアス自身の証言が中心で、そこに法廷弁論としての計算がある可能性は認めるとしても、事実性をつよく疑う理由はない。さらに「三十人」体制下の混乱と民主政回復の時期を経て没年に至るまで二〇年ほどの間、つまりリュシアスの活動の後半期については、『リュシアス伝』が唯一の資料となる。

プルタルコスに擬せられる『リュシアス伝』は、その信憑性について議論が多く、作者についても、しばしばシケリア北岸出身でハリカルナッソスのディオニュシオスとも交友関係にあったカラクテのカイキリオスの名が挙げられる。その作品は断片として残るのみであるが、リュシアスをアッティカ散文の範と仰いでいたとされる。ともあれ『リュシアス伝』は伝記としての記述はかなり詳細であり、典拠の選択や利用についても一貫した方法をとっていたらしいこと、混乱はありながらもオリュンピア暦、アルコン暦などの絶対年代を指示していることなどは注目すべきであろう。

『リュシアス伝』はまずリュシアスがシュラクサイ出身のケパロスの子であること、ケパロスが「友人でかつクセノスである」(用語解説「クセノス」参照)ペリクレスの説得でアテナイに移住した事情を語ってから、リュシアスがアテナイで生まれたこと、その生年は「フラシクレスのあとをうけてピロクレスがアルコンであったとき、第八十二オリュンピア暦の第二年目」とする。「第八十二」ならその第二年目は前四五一/五〇年となるが、諸校訂版は、おそらくアルコン暦年および『リュシアス論』との整合性を考慮して、「二」を削除し「第八十」（したがって前四五九／五八年生）と読んでいる。リュシアス兄弟の南伊移住についても、その目的やそれが父ケパロスの没後であったこと、その地での生活などかなり詳しい状況が語られる（八三五D）。ただ、その典拠が何であるか、また父の没年はいつかなど、推定にとどまることや十分な解決に至っていない問題も少なくない。リュシアスが南伊から追放されてアテナイへ戻った年については『リュシアス論』と同様であるが、『リュシアス伝』はさらに、「（アテナイでは）その当時すでに「四百人」が支配していた。かれはそこで生活した。アイゴス・ポタモイの戦いの後、「三十人」支配下で財産と兄を失って亡命したが、それは（アテナイに）七年間とどまったのちのことであった」と付加している（八三五E）。この七年間という数字は、前四一二／一一年帰国説を補強するものであろう。亡命中のリュシアスが民主派を援助した様子は、先述したようにかれ自身の証言としてパピルス断片から確かめられるが、その断片の補訂復元に『リュシアス伝』の記述が役立ったということは、すなわち『リュシアス伝』の作者が『ヒッポテルセスに答える弁論』を資料として使っていた、ということであろう。リュシアスが民主派のために為した援助の記述に続いて、『リュシアス伝』は、その行為に報いるために民主派の指導者トラシュブロスが前四〇四／〇三年に「かれのために市民権賦与を提議した。民会はその報賞を与えたが、アルキノスが手続き上の不備を理由に反対を唱え、決議は破棄された。こうしてかれは［いったんは賦与された］市民権を取りあげられて余生をイソテレス［税負担において市民と同等の者］として送り」、その地で没した、とする（八三五F－八三六A）。またリュシアスがトラシュブロスの決議を支持する弁論も書いていると伝えるが、これはハルポクラティオンの辞典にタイトルのみ挙げられているが現存しない『ポリスへの貢献の自己評価』を指すと考えることができる。

制作年代を推定しうるリュシアス作品の大多数は、敗戦後の内乱から和解そして復興へという変動期の二〇年ほどの間に成立している。かれの諸活動の後半期は、弁論作者として、前半期にもまして多産なものであったに違いない。年代を確定しうる最後の作品は、前三八二／八一年度の筆頭アルコンとなるべきエウアンドロスの資格審査のさいに出された第二十六弁論である。

リュシアスの没年については、ハリカルナッソスのディオニュシオスは作品論のなかで、「もし八〇歳でニコンあるいはナウシニコスのアルコン暦年の間（前三七九－三七七年）に没したとすれば」（『リュシアス論』一二）と仮定的に言及しているのみである。『リュシアス伝』のほうは、「かれがアテナイで没したのは、諸説では、八三歳あるいは七六歳あるいは八〇歳を過ぎて、ピロクレスのアルコン暦年（前三九二／九一年）生まれといわれるデモステネスの少年時代を見てのち」（八三六A）としているが、これら「諸説」の典拠は未詳である。

結び　リュシアスの時代は激動の時代であったが、かれの生涯もまた、劇的な生涯であった。アテナイに生まれ、父の代からアテナイの最有力者たち、名門の人々と親交のあった非常に富裕な環境で豊かな教養を身につけた。ただ一つ、市民ではないということ以外は、あらゆる意味で社会の指導者層に属していた。その知的にも経済的にも肉親の絆にも恵まれた生活は、移住先の南伊でも、帰ってきたアテナイでも、政治的な動乱に巻き込まれて大きな打撃を受けたのである。しかしその打撃は財力の点では決定的なものではなかったらしく、その後も当代随一の弁論作者として、のちにアッティカ散文の規範と仰がれる作品を数多く残した。その大部分は法廷弁論である。

リュシアスの生涯とかれの作品を重ねてみると読みとれるのは、リュシアスが、いかなる集団も、複数の人間が集まって行動するとき、掲げられた旗印が民主政であれ、寡頭政であれ、相互扶助であれ、一族の存続であれ、その内部には各自の欲望の追求があり、そこには必ず蹉跌や矛盾や対立が生じて外部との関係をさらに複雑にするものであることを、体験としてもよく知っていたということである。リュシアスはそれを熟知し、他方では、人が生きてゆくにはそのような矛盾に満ちた集団の力によらざるをえないことも見通していた。であるからこそ、現実を現実として受けとめ、そのなかで人と人とがどのように折り合いをつければかれらの考える善行と悪行とがそれぞれに見合う報酬を受けることができるか、に関心をもちつづけたのであろう。最上層の市民に囲まれていながら自分は市民ではないという事実に由来する疎外感は、かれにとって、人間関係をよりいっそう鋭く冷徹に解明するための強力な武器になったと思われる。多様な事件をとりあげて法廷弁論を作ることは、リュシアスにとってまさに最適の仕事であったということができる。

参照文献（辞典・事典類は原則として除く）

(1) 底本、写本、校訂版、訳註書

Hude, C., *Lysiae Orationes*, Oxford 1912.

Ms. *Heidelbergensis Palatinus graecus 88* (Universitätsbibliothek Heidelberg).

Thalheim, Th., *Lysiae Orationes*, Leipzig 1913^{2}.

Gernet, L.-Bizos, M., *Lysias. Discours*, Paris Tome I, 1992 (1924^{1}), II, 1989 (1926^{1}).

Lamb, W.R.M., *Lysias*, Cambridge-Mass. & London 1930.

Albini, U. *Lisia. I Discorsi*, Firenze 1955 (= *TLG* text, 1988).

Aujac, G., *Denys d'Halicarnasse. Opuscules rhétoriques*, Tome I, Paris 1978.

Rauchenstein, R.-Fuhr, K., *Ausgewählte Reden des Lysias*, Berlin (1848^{1}), Bd.I, 1880^{8}, 1963^{13} Bd.II, 1963^{11}.

Shuckburgh, E.S., *Lysiae orationes XVI*, London 1882.

Shuckburgh, E.S.-Batts, J.H., *Lysias. Five Speeches*, Bristol 1979 (= London 1888^{2}).

Jebb, R.C., *Selections from the Attic Orators*, New York 1983 (= London 1888^{2}).

Adams, C.D., *Lysias. Selected Speeches*, New York-Oklahoma 1970 (= 1905).

Bodin, L., *Extraits des orateurs attiques*, Paris 1910.

Bizos, M., *Lysias. Quatre discours*, Paris 1967.

Edwards, M.-Usher, S., *Greek Orators I. Antiphon & Lysias*, Warminster-Chicago 1985.
Weißenberger, M., *Die Dokimasiereden des Lysias*, Frankfurt/Mein 1987.
Hillgruber, M., *Die Zehnte Rede des Lysias*, Berlin-New York 1988.
Carey, C., ed., *Lysias. Selected Speeches*, Cambridge 1989.
Edwards, M.J., *Lysias. Five Speeches*, Bristol 1999.
Tod, S.C., *Lysias*, Texas 2000.
細井敦子・桜井万里子・安部素子訳注『リューシアース弁論選』大学書林、一九九六年。

(2)碑文、パピルス、中世写本関係

Inscriptiones Graecae（ギリシア碑文集成）Berlin, I^3 1981, 1993; II^2 1913–1940.
Vitelli, G., *Papiri Greci e Latini*, Vol.XI, Firenze 1935.
Roberts, C.H., *Catalogue of the Greek and Latin Papyri in the John Rylands Library*, Vol.III, Manchester 1938.
Bartoletti, V., *Hellenica Oxyrhynchia*, Leipzig 1959.
Barns, J.W.B.-Parsons, P.-Rea, J.-Turner, E.G., *The Oxyrhynchus Papyri, Part XXXI*, London 1966.
Avezzú G., *Lisia. Apologia per l'uccisione di Eratostene, Epitafio*, Padova 1985.
Sosower, M.L., *Palatinus Graecus 88 and the Manuscript Tradition of Lysias*, Amsterdam 1987.
細井敦子「リュシアス作品古写本について」『成蹊大学文学部紀要』（18）一九八二年、および（19）（30）（31）。

(3)弁論術、歴史関係

Dindorf, W. ed., *Harpocrationis Lexicon in Decem Oratores Atticos* I, Groningen 1960 (= Oxford 1853).

Blass, F., *Die Attische Beredsamkeit* I, Leipzig 1887^{2}.

Jebb, R.C., *The Attic Orators from Antiphon to Isaeus* I, New York 1962 (= London 1893^{3}, 1880^{1}).

Holmes, D.H., *Index Lysiacus*, Bonn 1895.

Kirchner, I., *Prosopographia Attica*, Berlin I, 1966 (= 1901^{1}), II, 1966 (= 1903^{1}).

Adler, A. ed., *Lexicographi graeci I Suidae Lexicon Pars III*, Stuttgart 1967 (=1933^{3}).

Kennedy, G., *The Art of Persuasion in Greece*, Princeton-London 1963.

Lavency, M., *Aspects de la logographie judiciaire attique*, Louvain 1964.

Dover, K.J., *Lysias and the Corpus Lysiacum*, Berkeley-L.A. 1968.

Harrison, A.R.W., *The Law of Athens. Family and Property*, Oxford 1968; *Procedure*, 1971.

Davies, J.K., *Athenian Propertied Families 600–300 B.C.*, Oxford 1971.

Henry, R. ed., *Photius. Bibliothèque* VIII, Paris 1977.

Whitehead, D., *The Ideology of the Athenian Metic*, Cambridge 1977.

Krentz, P., *The Thirty at Athens*, Ithaca-London 1982.

Nouhaud, M., *L'utilisation de l'histoire par les orateurs attiques*, Paris 1982.

Strauss, B.S., *Athens after the Peloponnesian War*, London-Sidney 1986.

Loening, T.C., *The Reconciliation Agreement of 403/402 B.C. in Athens*, Stuttgart 1987.

Osborne, M.J.-Byrne, S.G., *A Lexicon of Greek Personal Names*, Vol.II, *Attica*, Oxford 1994.

トゥーキュディデース／久保正彰訳注『戦史』全三巻、岩波文庫、一九六六－六七年。

アリストテレス／村川堅太郎訳註『アテナイ人の国制』岩波文庫、一九八〇年。

アリストテレス／戸塚七郎訳註『弁論術』岩波文庫、一九九二年。

桜井万里子『古代ギリシア社会史研究』岩波書店、一九九六年。

桜井万里子『ソクラテスの隣人たち』山川出版社、一九九七年。

クセノポン／根本英世訳註『ギリシア史』全二巻、京都大学学術出版会、一九九八－九九年。


リュシアスの邦訳を本叢書にお薦めくださった故藤縄謙三先生、仕事の進行についてたいそうお世話になった京都大学学術出版会編集部の方々に厚くお礼申し上げる。

リュシアス弁論集《べんろんしゅう》　西洋古典叢書　第Ⅱ期第12回配本

二〇〇一年七月十五日　初版第一刷発行

訳者　細《ほそ》井《い》敦《あつ》子《こ》
桜《さくら》井《い》万《ま》里《り》子《こ》
安《あ》部《べ》素《もと》子《こ》

発行者　佐藤文隆

発行所　京都大学学術出版会
606-8305 京都市左京区吉田河原町一五-九 京大会館内
電話 〇七五-七六一-六一八二
FAX 〇七五-七六一-六一九〇

印刷・土山印刷／製本・兼文堂

ISBN4-87698-128-0

定価はカバーに表示してあります

訳者略歴

細井　敦子（ほそい　あつこ）

成蹊大学文学部教授
文学修士（東京大学）、西洋古典学専攻

主な著訳書
『リューシアース弁論選』（共訳注、大学書林）、エウリーピデース『ヘレネー』（ギリシア悲劇全集 8 、岩波書店）、「戯曲形式」（ギリシア悲劇全集別巻、岩波書店）、B.クック『ギリシア語の銘文』（学藝書林）、J.ド・ロミイ『ギリシア文学概説』（共訳、法政大学出版局）

桜井万里子（さくらい　まりこ）

東京大学大学院人文社会系研究科教授
文学博士（東京大学）、西洋史学専攻

主な著訳書
『リューシアース弁論選』（共訳注、大学書林）、『古代ギリシアの女たち ── アテナイの現実と夢』（中公新書）、『古代ギリシア社会史研究 ── 宗教・女性・他者』（岩波書店）、『ソクラテスの隣人たち ── アテナイにおける市民と非市民』（山川出版社）

安部　素子（あべ　もとこ）

東京大学、東京外国語大学、東京女子大学非常勤講師
文学修士（東京大学）、西洋古典学専攻

主な著訳書
『リューシアース弁論選』（共訳注、大学書林）、D.ベリンガム『ギリシア神話』（PARCO 出版）、E.パウア『中世の女たち』（共訳、思索社）

人名索引

この索引は人名、神名、英雄名等を収載する。数字は本書本文の頁数を示す。

ア 行

アイシモス Aisimos 204, 205
アイスキュリデス Aiskhylides 159
アウトクラテス Autokrates 112
アウトクレス Autokles 49
アゲシラオス Agesilaos 241
アゴラトス Agoratos 179, 180, 184−198, 200−209
アテナ女神 Athena 204, 275, 295
アデイマントス Adeimantos 224
アドラストス Adrastos 22
アニュトス Anytos 204, 205, 316
アポロドロス Apollodoros 92, 201, 202
アポロン神 Apollon 130, 275
アマゾン Amazon 22
アリストクラテス Aristokrates 166
アリストクリトス Aristokritos 48
アリストディコス Aristodikos 328
アリストディコス Aristodikos (父) 424
アリストディコス Aristodikos (子) 425
アリストパネス Aristophanes 196−198
アリストパネス Aristophanes 260, 262−264, 266−268, 270−272, 275, 276, 280
アルキアス Alkias 94
アルキッポス Arkhippos 76
アルキビアデス Alkibiades (子) 210, 214, 216, 218, 220, 223, 228−230, 232
アルキビアデス Alkibiades (父) 216, 219−222, 280, 304
アルキビアデス Alkibiades (曾祖父) 224
アルケストラティデス Arkhestratides 211, 232
アルケストラトス Arkhestratos 304
アルケデモス Arkhedemos 219
アルケネオス Arkheneos 148
アルケビアデス Arkhebiades 220
アルケプトレモス Arkheptolemos 166
アレクシアス Alexias 302
アレクシス Alexis 424, 425
アレス神 Ares 22
アンティクレス Antikles 92
アンティクレス Antikles 198
アンティステネス Antisthenes 94
アンティパネス Antiphanes 408
アンティポン Antiphon 166
アンドキデス Andokides 72−74, 76−79, 82−88
イアトロクレス Iatrokles 156
イスコマコス Iskhomakhos 276
エウアゴラス Euagoras 80, 268, 271
エウアンドロス Euandros 356−358, 362, 363, 365, 366
エウクレイデス Eukleides 304
エウテュクリトス Euthykritos 324, 326
エウノモス Eunomos 268, 269
エウピレトス Euphiletos 7
エウブリデス Euboulides 272
エウマレス Eumares 198
エウモルピダイ Eumolpidai 75
エウリピデス Euripides 266
エウリュステウス Eurystheus 24−26
エウリュプトレモス Euryptolemos 112
エピカレス Epikhares 162
エピクラテス Epikrates 368, 373
エピゲネス Epigenes 352
エラシストラトス Erasistratos 246, 247
エラシニデス Erasinides 306
エラシポン Erasiphon 245−247
エラトステネス Eratosthenes (オエ区の) 3, 4, 8, 10, 16, 17
エラトステネス Eratosthenes (「三十人」のメンバー) 142, 148, 150, 153, 154, 156, 158, 161, 162, 164, 170, 171, 174
エラトン Eraton (父) 245, 246

エラトン Eraton（子） 246
エラポスティクトス Elaphostiktos 185
エルゴクレス Ergokles 375, 376, 378, 379, 382－386
オノマサス Onomasas 370
オルトブロス Orthoboulos 240

カ 行

カドモス Kadmos 22
カライスクロス Kallaiskhros 166
カリアス Kallias（在留外人） 68, 69
カリアス Kallias 278
カリアデス Kalliades 393
カリクラテス Kallikrates 116
カリクレス Kharikles 162
カリストラトス Kallistratos 94
キネシアス Kinesias 310
クセナイネトス Xenainetos 246
クセノポン Xenophon（クリオンの） 195, 198
クセノポン Xenophon（アテナイの） 266
クセルクセス Xerxes 29, 30
クテシクレス Ktesikles 116, 117
クリティアス Kritias 158, 162, 196
クリトデモス Kritodemos 266
クレイステネス Kleisthenes 352
クレイトディコス Kleitodikos 112
クレオポン Kleophon 182, 278, 392
クレモン Khremon 392, 393
グラウキッポス Glaukippos 302, 415
ケパロス Kephalos 144
ケピシオス Kephisios 84
ケピソドロス Kephisodoros 304
コノン Konon 264, 265, 267, 271, 273－276

サ 行

サテュロス Satyros（ポントスの） 236
サテュロス Satyros（アテナイの） 392, 393
ザコロス Zakoros 88
シモン Simon 45, 46, 48－58, 60
ステパノス Stephanos 276
ストロンビキデス Strombikhides 183, 393
スニアデス Souniades 94
セウテス Seuthes 377
ゼウス神 Zeus 83, 360, 428
ソストラトス Sostratos 10, 16
ソストラトス Sostratos 119
ソロン Solon 130, 388, 397, 398

タ 行

タロス Thallos 276
ダムニッポス Damnippos 146, 147
ティモテオス Timotheos 273, 274
テイサメノス Teisamenos 398
テオクリトス Theokritos 185, 186
テオグニス Theognis 144, 146, 147
テオティモス Theotimos 220
テオドトス Theodotos 46, 49, 52
テオピロス Theophilos 49
テオポンポス Theopompos 302
テオムネストス Theomnestos 123, 124, 126, 130, 134－138
テオン Theon 128
テミストクレス Themistokles 33, 164, 398
テュデウス Tydeus 296
テラメネス Theramenes 160, 164－166, 168－170, 182－184
ディアゴラス Diagoras 78
ディオクレス Diokles 62
ディオクレス Diokles 88
ディオクレス Diokles（前409/08年のアルコン） 302
ディオグネトス Diognetos 253, 254
ディオゲイトン Diogeiton 414－416, 418－420, 422, 423, 425
ディオティモス Diotimos 278
ディオティモス Diotimos 406, 407
ディオドトス Diodotos 415, 416, 418
ディオドロス Diodoros 110, 112
ディオニュシオス Dionysios（シュラクサイ僭主） 74, 268, 428
ディオニュシオス Dionysios 134, 135
ディオニュシオス Dionysios 191, 206
ディオニュソドロス Dionysodoros 180, 183, 191

ディオムネストス Diomnestos　257
デメトリオス Demetrios　94
デモパネス Demophanes　352
デーモス Demos　270
トラシュブロス Thrasyboulos（ステイリアの） 160, 376−378, 384
トラシュブロス Thrasyboulos（カリュドンの） 201, 202
トラシュブロス Thrasyboulos（コリュトスの） 362, 365
トラシュマコス Thrasymakhos　112
トラシュロス Thrasyllos　304, 415, 418
ドラコンティデス Drakontides　168

ナ　行

ナウシマコス Nausimakhos　306
ニキアス Nikias　186
ニキアス Nikias（アテナイの政治家） 250−252, 277
ニケラトス Nikeratos　252, 254, 277
ニコクレス Nikokles　198
ニコペモス Nikophemos　262, 264, 274−276
ニコマコス Nikomakhos　98, 102, 103
ニコマコス Nikomakhos　387, 388, 390−399
ニコメデス Nikomedes　326, 327
ニコメネス Nikomenes　186

ハ　行

ハグノドロス Hagnodoros　196
ハルモディオス Harmodios　16
バトラコス Batrakhos　85, 86, 159
パイドロス Phaidros　266, 420
パイニッピデス Phainippides　200
パウサニアス Pausanias　254, 258
パンクレオン Pankleon　322−324, 326, 327
パンタレオン Pantaleon　126
パンティアス Phantias　306
パンピロス Pamphilos　230
ヒッパルモドロス Hipparmodoros　324
ヒッピアス Hippias　195, 198
ヒッポクレス Hippokles　162
ヒッポニコス Hipponikos（3世） 220
ヒッポニコス Hipponikos（2世） 278
ピュトドロス Pythodoros　94
ピュリランペス Pyrilampes　270
ピリオス Philios　116
ピリノス Philinos　62
ピロカレス Philokhares　168
ピロクラテス Philokrates　382−384
ピロメロス Philomelos　266
ピロン Philon　401−403, 406
プリュニコス Phrynikhos　200−203, 290, 344
プロタルコス Protarkhos　49
プロテアス Proteas　94
ヘゲマコス Hegemakhos　110
ヘゲモン Hegemon　420
ヘラクレス Herakles　24−26, 428, 429
ヘルメス神 Hermes　76, 225, 324
ペイサンドロス Peisandros　92, 166, 344
ペイソン Peison　144−146
ペイドン Pheidon　162
ペリクレス Perikles　75, 144, 398
ポリオコス Poliokhos　254, 255
ポリュアイノス Polyainos　116
ポリュクレス Polykles　110−113
ポリュストラトス Polystratos　286, 287
ポリュネイケス Polyneikes　22
ポルミシオス Phormisios　434
ポレマルコス Polemarkhos　148, 150−152, 154

マ　行

マンティテオス Mantitheos　234
ミュロニデス Myronides　36
ミルティアデス Miltiades　168
ムネシテイデス Mnesitheides　146
メガクレス Megakles　224
メネストラトス Menestratos　196
メノピロス Menophilos　112
メロビオス Melobios　146, 148
モロン Molon　50

ラ　行

ラケス Lakhes　58

ラマコス Lamakhos　200
ランポン Lampon　50
リュサンドロス Lysandros　164, 168, 169, 189, 224
リュシアス Lysias　142, 428, 434
リュシテオス Lysitheos　124
リュシマコス Lysimakhos　49
レオダマス Leodamas　362－364
レオン Leon　297

用語解説

アルコン（ὁ ἄρχων, οἱ ἄρχοντες）

この語は原語では、役職者一般、九人のアルコン、筆頭アルコン（アルコン・エポニュモス）のいずれをも表わすが、通常はとくに「九人のアルコン」と呼ばれる最も重要な役職に就いている者たちを指すことが多い（本書では役職者一般を指す場合は「アルコン」なる訳語は用いていない）。アテナイでは王政から貴族政への推移によって、かつての王の権能が、主として祭祀面を司るバシレウスと軍事面を司るポレマルコスと行政の実権を握る筆頭アルコンとに分担され、その後さらに、法律の記録、保管にあたる6人のテスモテタイの選出が行なわれるようになった。これらを「九人のアルコン」という。前5世紀以降、9名のアルコンとテスモテタイ付きの書記1名は、10部族のそれぞれから1人ずつ抽籤によって選ばれた。「九人のアルコン」の歴史と変遷、各職務の権限と機能については、『国制』に詳しい。

アレイオス・パゴスの会議（ἡ ἐν Ἀρείῳ πάγῳ βουλή）

初期には貴族のみが構成する議会だったらしいが、ソロンの改革以降はアルコン職経験者が終身でこれを構成し、国政を監視する役割を果たしていたという。クレイステネスの改革によって「五百人」の評議会が成立するとその権限は縮小したものの、役人の審査権などを保持して、その権威はいまだ高かった。しかし、前462年のエピアルテスの改革でわずかの宗教上の権限と計画的殺人や傷害など限られた犯罪の裁判を担当する権限を除き、他はすべて剥奪された。『国制』57-3参照。呼称は、アクロポリスの北西に位置するアレイオス・パゴス（「アレスの丘」の意）で開かれたことに由来する。

エピロゴス（ὁ ἐπίλογος）

弁論の結語部分を指すほか、裁判のさいに当事者自身または家族、友人、同じ原籍区（デーモス）や同じ集団の仲間など、原告／被告と個人的、社会的つながりをもつ人物が、原告／被告を支援して裁判を有利に導くために付加的に行なう弁論を指す場合がある。形式からみれば「補足弁論」、為す者を中心にすれば「補助弁論」といえよう。本書においては、すでにテキストのタイトルに指示のある4作品（第18、27、28、29弁論）のほかにも「エピロゴス」とみなしうる作品がいくつかある。

これを行なうにはおそらく法廷の承認を必要とし、聴衆に与える効果という面でも有利な証言とほとんど同等であったと思われるが、証人と異なって偽証の罪に問われる危険はなく、依頼人の持ち時間内で弁論を行なったと考えられる。なお裁判の初めから当事者に代わって原告 / 被告を代弁する「代理弁論者（συνήγορος）」（この語自体はリュシアスでは用例がない）は、とくに前 5 世紀末から前 4 世紀デモステネスなどに多くみられ、やがては職業的な弁論者を指すようになるが、リュシアス作品中の事例は第 32 弁論のみである。

クセノス（ὁ ξένος）

「クセノス」は原意において相互的な贈与関係で結ばれた客人を意味し、それが「他所者、外国人」一般の意にも使われた。「クセノスの関係（ἡ ξενία）」は、ポリスを異にする上層市民男子（リュシアスの父ケパロスとペリクレス、第五弁論の話者の父と被告など一方が在留外人の場合もある）の間に結ばれた相互扶助の関係で、原型はすでにホメロスの作品にみられる。互いにクセノスであるという言明、握手と贈物（τὰ ξένια）の交換を必ず行ない、それに宴と宣誓が加えられ、最後に双方が割り符をもつことでこの関係が形式として成立した。この関係は父から子へと伝えられた。クセノス関係にある者は、互いに相手が自分のポリスを訪れたときに迎え入れてさまざまな便宜を計って援助した。これを制度化したものがプロクセノス（ὁ πρόξενος）で、ポリスからその称号（しばしば「善行者にして賓客」と称した）を与えられて、外国人には認められていない権利を代行したり、権益代表としての役割を務めたりする者（ほぼ現在の名誉領事にあたるとされる）をいう。

公共奉仕（ἡ λητουργία）

アテナイには、数多くの祭儀にかかわるもの、戦時に必要なもの等、さまざまな公共の経費を富裕な市民が指名されて負担するという仕組みがあった。これを「公共奉仕（レイトゥルギア）」という。その種類は百を越すといわれるが、なかでも悲劇、喜劇等の上演費用の負担奉仕（コレギア）と三段櫂船艤装費用の負担奉仕（トリエラルキア）はよく知られており、負担額もとくに大きいものであった。トリエラルキア以外は在留外人（用語解説参照）にも課せられた。指名されて役目を遂行することは大きな名誉であり、社会的にも多大な信用をもたらすものであった。リュシアス作品中にも、こうした公共奉仕をいかに立派に果たしたかが、自分に有利な判決を導き出す「項目」としてしばしば言及される。

公訴（ἡ γραφή）と私訴（ἡ δίκη）

アテナイの訴訟は、公共の利害に関係する訴訟である公的訴訟（δίκη δημοσία）と私的利害に関係する訴訟である私的訴訟（δίκη ἰδία）に分けられるが、提訴の主体に注目した場合、上記の公、私の訴訟と重なりながらも必ずしも一致しない分類として、第三者が提訴できるグラペ（γραφή）と当事者（被害者）とその親族のみが訴追で知るディケ（δίκη）との2種があり、これまで慣習的にグラペに公訴、ディケに私訴の訳語が当てられてきている。ただし、エイサンゲリア（εἰσαγγελία、159頁註（5）参照）、パシス（φάσις、第22弁論概要参照）、アパゴゲ（ἀπαγωγή、用語解説「略式逮捕」参照）のようなグラペに該当しない公訴もある。なお、グラペは市民の誰でも提訴できたが、その取り下げは罰せられ、また、法廷で5分の1以上の得票がない場合に1000ドラクメの罰金を科せられた。ただし、殺人事件は私訴であり、親を虐待することや孤児を虐待することは公訴に該当した。つまり、今日の「公と私」の区別と、アテナイの公訴、私訴の訴訟形式の背後にある公私の観念には大きな相違がある。また、司法警察員や検察官のような捜査機関の存在しなかったアテナイにおいて、提訴の手続きは当然ながら今日と大いに異なるため、本書でも訳語の選択は困難を極めた。誤解を最小限にする努力をしたというにとどまる。ちなみに、提訴の行為については原則として公訴には「告発」、私訴には「告訴」の表現を用いた。

拷問（ἡ βάσανος）

アテナイ市民は、成立年代未確定（僭主政後、前6世紀末か）の決議によって法廷における拷問を免除されていた。自由身分の外国人は、国家に関することについては拷問にかけられることがありえた。しかし奴隷の行なう証言は、それが拷問によって得られたものでないかぎり、証言として認められなかった。おそらく証言（自由意志によって係争中の一方を支持すること）が、自由身分市民の特権として考えられていたところに由来するのであろうとされる。弁論作品中には奴隷の拷問要請がしばしば言及されているが、実際にその要請が受け入れられて実行されたという例は未詳で、法廷でのかけひきの手段として使われたともみられる。アリストテレス（『弁論術』第1巻15）は法廷弁論に特有の説得方法の一つとして挙げている。

財産交換（ἡ ἀντίδοσις）

アテナイの富裕市民がなんらかの公共奉仕（用語解説参照）の役目を

課せられたとき、自分の財産評価額を不当とみて役目を忌避したい場合、他の、より富裕と思われる者に対し、役目を代わって引き受けるか、あるいは財産交換（アンティドシス）をするか、どちらかをするように要求することができた。要求が拒絶された場合には法廷に持ち込むことができ、そこでどちらが役目にふさわしいかの裁定が下された。実際に財産交換の行なわれた例は知られておらず、法廷に提示された双方の財産目録を基に奉仕者の裁定がなされることが、「財産交換」と呼ばれたとする考え方もある。

在留外人（ὁ μέτοικος, οἱ μέτοικοι）

アテナイに一定期間（おそらく１ヵ月）以上居住し、居住する区（デーモス）に登録している外国人。メトイキオンという人頭税（年に男12、女６ドラクメ）を課せられ、三段櫂船奉仕など以外の大半の公共奉仕を市民と同様に負担し、戦時には従軍の義務があったが、参政権はなかった。また、不動産所有特権を認められた者を除き、不動産を所有できなかったため、農業従事者は稀で、多くは商業、手工業に従事していた。解放されて自由身分となった者（解放奴隷）も在留外人の身分に属した。在留外人は登録の際に市民身分の身元引受人（解放奴隷の場合は元の主人）を届け出る必要があったが、実際には身元引受人の役割は名目的でしかないことが多かったらしい。

資格審査（ἡ δοκιμασία）

資格審査（ドキマシア）には役職者の資格審査と区民登録の資格審査とがあった。役職者については、全員が就任前に資格審査を受けねばならず、「九人のアルコン」および評議員は評議会で審査が行なわれ（審査に通らなかった場合は陪審廷に控訴できたとされているが、これには異論もある）、その他の役職者については陪審廷で審査が行なわれた。この資格審査の手続きについては『国制』55-2－4に詳しい。その目的については、役人として就任するための法的資格を確認するのみという見方と、それに加えて、候補者の人格や品行、民主政への忠誠心をも審査の対象としたという見方と、二つの考え方がある。区民登録のための資格審査は、18歳になって市民として区（デーモス）に登録された者を評議会が審査するものである。『国制』42-1－2参照。

執務審査（ἡ εὔθυνα, αἱ εὔθυναι）

役人として公職を果たした市民が任期満了にあたって受けた審査で、

任期中に扱った公金に関する審査と、任期中の行動内容に関する審査との2部からなっていた。第一部では、役人が提出した執務報告書を10名の会計審査係（ロギスタイ）が審査した。第二部では、公金関係以外の執務内容について、評議会により任命された10名の執務審査係（エウテュノイ）のもとに一般市民から告発が提起され、この告発が受理された場合には民衆法廷に回付されて、そこで審査が行なわれた。

将軍（ὁ στρατηγός, οἱ στρατηγοί）

クレイステネスの改革で設置された役職で、初めは各部族から1名ずつ、のちに（時期については諸説ある）民会において全市民から計10名が選ばれた。主に軍事、外交を担当し、重装歩兵の総指揮、兵役につくべき者の登録、三段櫂船奉仕者の登録その他諸々の任務にあたる。民主政の最盛期にあっても抽選によらず、挙手によって選ばれ、任期は1年で、執務審査で可とされれば何度でも就任することができたので、政治的にも重要な意味をもつようになった。将軍たちは指揮している間は全権をもち、命令に従わない者を投獄したり、軍隊から除名したり、罰金を科したりできるとされたが、本書（第9弁論6）にもかれらが罰金を決めたが実行しなかった例がある。『国制』61-1－2参照。

証人（ὁ μάρτυς, οἱ μάρτυρες）

法廷への証人の呼び入れは、話者が「証人を提出しよう」と言うかそれとも陪審員、法廷の係、証人自身のいずれに呼びかけるかによってそれぞれ定型化した表現を用いてなされている。テキスト上で「証言（τὰ μαρτύρια）」とあるところではあらかじめ書面の形式で用意された証言が読み上げられたと考えられるが、リュシアス作品ではほとんどの場合「証人」登壇の形をとる。証人として喚問されたときは、正当な手続きをふまずに欠席すれば罰金1000ドラクメが科せられた。証人の宣誓は殺人罪に関する場合を除けば必ずしも義務ではなかったが、証言が偽りと判断されれば偽証罪に問われる可能性があり、それで有罪になった例が本書にも述べられている（第19弁論4）。法廷弁論に特有の説得方法として、法、契約、拷問による自白、宣誓と並んで挙げられているもの（アリストテレス『弁論術』第1巻15）。

「十一人」（οἱ ἕνδεκα）

アテナイの11人の役人からなる委員会。抽籤によって選出され、囚人の監督および死刑執行を司った。現行犯として逮捕された強盗、誘拐

犯などはそのまま「十一人」に引き渡され、その者が罪状を認めれば、「十一人」は裁判なしに死刑を執行、否認の場合は陪審廷に回した。死罪となった者の没収財産の公売手続き等にもかかわった。『国制』52参照。

提訴常習者（ὁ συκοφάντης, οἱ συκοφάνται）

公訴の訴追は第三者にも可能であったため、常習的にこれを行なう者がいた。そのような者を συκοφάντης（本書では「提訴常習者」と訳す）といい、その訴追行為を συκοφαντεῖν という。提訴常習者が目的としたのは、勝訴した場合に得られる報奨金や、訴追をしないことにするという条件で相手から脅し取る金銭や、対立する二者の一方から依頼されて訴追することで得る礼金などであった。ただし、敗訴した場合、あるいは訴えを途中で取り下げた場合、かれらは罰金を科せられた。

瀆神行為（ἡ ἀσέβεια）

「（神々に対して）畏敬の念を抱く」を意味する σέβομαι の派生語で、否定辞 ἀ- との合成名詞。εὐ-（「善い」の意）と合成された εὐσέβεια は、「父祖伝来の、とくに神事に関する法慣習の遵守」、「敬神行為」を内容とし、これを変更せずに守る人が「敬虔な（εὐσεβής）」とされる。εὐσέβεια は市民の義務であったから、対立概念である ἀσέβεια「瀆神行為」は、共同体全体に対する神々の怒りを招くような公共的な犯罪を指した。なお「聖なる」と訳される ἱερός は、神域、祭日など神々に固有の領分に属するものについて用いられ、人間の神々に対する関係（「神々から許された」、「神々を敬う」）を示す ὅσιος と区別される。

民衆法廷（τὸ δικαστήριον）

30歳以上の市民のなかから抽選で選出された6000名の陪審員からなる法廷であるが、実際には、係争の規模に応じて定められた数の陪審員が構成する個別の法廷が裁判の当日の朝になって編成されて裁判にあたった。私訴は、争われる金額に応じて200名あるいは400名の陪審員が構成する法廷が、公訴は500名あるいその倍数（1000名、1500名、等々）の陪審員が構成する法廷が担当した。陪審員は投票によって事実の確定すなわち有罪か無罪かを判決するばかりでなく、刑の内容についての最終判断も下したので、今日の陪審員とも裁判官とも異なる。なお、殺人および傷害についての裁判は民衆法廷ではなく、アレイオス・パゴスの会議（計画的殺人、傷害等）やパラディオンの法廷（過失致死や非市民の殺

人等)、デルピニオンの法廷(現場で捕らえた姦通者の殺害や競技の最中の殺害など、法で咎められない殺人)、プレアトスの法廷(殺人事件のためすでに国外に退去している者が再び犯した殺人や傷害)などで行なわれた。これについては『国制』57-3参照。

略式逮捕(ἡ ἀπαγωγή)

逮捕の形式の一つで、告発者自身が被告発者を捕らえ、担当の役人のもとに連行した。略式逮捕が適用されうるのは、(1) 窃盗などのような他者の財産を侵害する悪事で、現行犯で捕らえられた者、(2) 殺人犯、(3) 市民権喪失者で権利を剝奪されている期間中に違反行為を犯した者であった。